中国历代通俗演义

U0460691

漢通俗演義

蔡东藩·著

下

中国书籍出版社
China Book Press

图书在版编目（CIP）数据

前汉通俗演义：全 2 册/蔡东藩著 . —北京：中国书籍出版社，2015. 10

（中国历代通俗演义）

ISBN 978 - 7 - 5068 - 5236 - 4

Ⅰ . ①前… Ⅱ . ①蔡… Ⅲ . ①章回小说 – 中国 – 现代 Ⅳ . ①I246. 4

中国版本图书馆 CIP 数据核字（2015）第 249879 号

前汉通俗演义 （下）

蔡东藩　著

图书策划	武　斌　崔付建	
责任编辑	刘　娜	
责任印制	孙马飞　马　芝	
出版发行	中国书籍出版社	
地　　址	北京市丰台区三路居路 97 号（邮编：100073）	
电　　话	(010)52257143(总编室)　(010)52257153(发行部)	
电子邮箱	chinabp@ vip. sina. com	
经　　销	全国新华书店	
印　　刷	阳谷毕升印务有限公司	
开　　本	880 毫米×1230 毫米　1/32	
字　　数	700 千字	
印　　张	28. 25	
版　　次	2016 年 1 月第 1 版　2021 年 2 月第 2 次印刷	
书　　号	ISBN 978 - 7 - 5068 - 5236 - 4	
总 定 价	980. 00 元（全十一卷）	

第五十二回

争棋局吴太子亡身　肃军营周亚夫守法

　　却说邓通进谒申屠嘉，听他开口便是一个"斩"字，吓得三魂中失去两魂，只好免冠跣足，跪伏地上，叩首乞怜。申屠嘉却厉声道："朝廷是高皇帝的朝廷，一切朝仪，无论何等人员，均应遵守。汝乃一个小臣，擅敢在殿上戏玩？应作大不敬论，例当斩首！"说至此，便顾视左右府吏，连声喝道："斩！斩！……"府吏满口答应，不过一时未便动手，但为申屠嘉助威恫吓邓通。通已抖做一团，尽管向嘉磕头，如同捣蒜，心中只望朝使到来，替他解救。那知头额已磕得青肿，甚至血流如注，尚不见有救命恩人，前来解危。真是急煞。那申屠嘉还是拍案连呼，定要将他绑出斩首，左右走将过来，正要用手绑缚，忽外面报有诏使，持节前来。申屠嘉方才起座，出迎诏使。使人见了申屠嘉，当即传旨道："通不过是朕弄臣，愿丞相贷他死罪。"嘉奉到谕旨，始准将通释放，但尚向通吩咐道："汝他日若再放肆，就使主上赦汝，老夫却不肯饶汝了。"通只得唯唯受教。诏使辞别申屠嘉，带通入宫。通见了文帝，忍不住两泪直流，呜咽说道："臣几被丞相杀死了！"文帝见他面目红肿，三分象人、七分象鬼，既好笑、又可怜，便召御医替他敷治，且叫他此后不宜冲撞丞相。通奉命维谨，不敢再有失礼。文帝宠爱如初，并擢通为上大夫。

　　汉自许负以后，相士不绝，辄与公卿等交游，每谈吉凶，尝有奇验。文帝既宠爱邓通，便召入一个有名相士，为通看相。相士直言不讳，竟说通相貌欠佳，将来难免贫穷，甚且饿死。文帝愀然不乐，竟把相士叱退，且慨然说道："通欲致富，有何难处？但只凭我一言，管教他富贵终身，何至将来饿死呢！"于是下一诏命，竟将蜀郡的严道铜山，赏赐与通，且许通自得铸钱。从前高祖开国，因嫌秦钱过重，约有半两，所以改铸荚钱，每文只重一铢半，径五分，形如榆荚，钱质太轻，遂致物价腾贵，米石万钱；文帝乃复改制，特铸四铢钱，并除盗铸法令，准人民自由铸钱。贾谊、贾山皆上书谏阻，文帝不从。当时吴王濞管领东南，觅得故鄣铜山，铸钱畅行，富埒皇家。至是邓通也得铜山铸钱，与吴王东西并峙，东南多吴钱，西北多邓钱，邓通的富豪，不问可知。

惟通既得此重赐，自然感激不尽，无论如何污役，也所甘心。会当文帝病痈，竟至溃烂，日夕不安，通想出一法，代为吮吸，渐渐的除去败脓，得免痛苦。看官试想！这疮痈中脓血，又臭又腐，何人肯不顾污秽，用口吮去？独邓通情愿为此，毫无厌恶，转令文帝别生他感，触起愁肠。一夕，由通吮去痈血，嗽过了口，侍立一旁，文帝向通启问道："朕抚有天下，据汝看来，究系何人，最为爱朕？"通未知文帝命意，但随口答道："至亲莫若父子，以情理论，最爱陛下，应无过太子了。"文帝默然不答。到了翌日，太子入宫省疾，正值文帝痈血又流，便顾语太子道："汝可为我吮去痈血！"太子闻命，不由的皱起眉头，欲想推辞，又觉得父命难违，没奈何屏着鼻息，向疮上吮了一口，慌忙吐去，已是不堪秽恶，几欲呕出宿食，勉强忍住。却是难受。文帝瞧着太子形容，就长叹一声，叫他退去，仍召邓通入吮余血。通照常吮吸，一些儿没有难色，益使文帝心为感动，宠昵愈甚。惟太子回到东宫，尚觉恶心，暗思吮痈一事，是由何人作俑，却使我也去承当？随即密嘱近臣，仔细探听。旋得复报，乃是邓通常入宫吮痈，免不得又愧又恨。嗣是与邓通结成嫌隙，待时报复，事见后文。

且说齐王襄助诛诸吕，收兵回国，未几便即病亡。襄子则嗣立为王，至文帝十五年，又复去世，后无子嗣，遂致绝封。文帝追念前功，不忍撤除齐国，又记起贾谊遗言，曾有国小力弱的主张，见《治安策》中。乃分齐地为六国，尽封悼惠王肥六子为王。长子将闾，仍使王齐，次子志为济北王，三子贤为菑川王，四子雄渠为胶东王，五子卬为胶西王，六子辟光为济南王。六王同日受封，并皆莅镇，待后再表。为后文七国造反伏案。

独吴王濞镇守东南，历年已久，势力渐充，既得铜山铸钱，见上文。复煮海水为盐，垄断厚利，国益富强。文帝在位，已十数年，并未闻吴王入朝，但遣子贤入觐一次，就与皇太子相争，自取祸殃，太子启与吴太子贤，本是再从堂兄弟，向无仇怨，此时因贤入朝，奉了父命，陪他游宴，当然和气相迎，格外欢洽。盘桓了好几天，相习生狎，渐觉得熟不拘礼，任意笑谈。吴太子身旁，又有随来的师傅，相偕出入，一淘儿逐队寻欢，除每日酣饮外，又复博弈消闲。两人对坐举棋，左立东宫侍臣，右立吴太子师傅，从旁参赞，各有胜负。彼此已赌赛了好几次，不免有些龃龉，太子启偶受讥嘲，已带着三分懊恼；只吴太子尚有童心，未肯见机罢手，还要与皇太子决一雌雄，太子启也不肯示弱，再与他下棋斗胜。方罫中间，各圈地点，到了生死关头，皇太子误下一着，被吴太子一子掩住，眼见得牵动全局，都要输去。皇太子不肯认输，定要将一着错棋，翻悔转来，吴太子如何肯依？遂起争论。再加吴太子的师傅，多是楚人，秉性强悍，帮着吴太子力争，你一言、我一语，统说皇太子理屈，一味冲撞。皇太子究系储君，从未经过这般委屈，怒从心上起、恶向胆边生，竟顺手提起棋盘，向吴太子猛力掷去，吴太子未曾防备，一时不及闪避，被棋盘掷中头颅，立即晕倒，霎时间脑浆迸流，死于非命。何苦寻死！

吴太子师傅等，当然喧闹起来，幸亏东宫侍臣，保护太子出去，奏明文帝。文帝倒也吃惊，但又不好加罪太子，只得训戒一番，更召入吴太子师傅等，好言劝慰；一面厚殓吴太子，令他师傅等送柩回吴。吴王濞悲恨交并，不愿收受，且怒说道："方今天下一家，死在长安，便葬在长安，何必送来？"当下派吏截住棺木，仍叫他发回长安。文帝闻报，也就把他埋葬了事。从此吴王濞心存怨望，不守臣节，每遇朝使到来，骄倨无礼。朝使返报文帝，文帝也知他为子衔恨，原谅三分。复遣使臣召濞入京，意欲当面排解，释怨修和。偏濞不愿应召，托词有病，却回朝使。文帝又使人至吴探问，见濞并无病容，自然据实返报。文帝倒也惹动怒意，见有吴使入京，即令有司将他拘住，下狱论罪。已而又有吴使西来，贿托前郎中令张武，代为先容，才得面见文帝。文帝开言责问，无非是说吴王何故诈病，不肯入朝？吴使从容答语道："古人有言，察见渊鱼者不祥。吴王为子冤死，托病不朝，今被陛下察觉，连系使人，近日吴王很是忧惧，唯恐受诛。若陛下再加急迫，是吴王越不敢入朝了。臣愿陛下不咎既往，使彼自新。人孰无良，得陛下如此宽容，难道尚不悦服么？"可谓善于措词。文帝听了，很觉有理，遂将所系吴使，一并放归，且遣人赍了几杖，往赐吴王，传语吴王年老，可使免朝。吴王濞自然拜命，不敢生心。

惟当时吴王不反，也亏有一人从中阻止，所以能使积骄积怨的强藩，暂就羁縻。是人为谁？就是前中郎将袁盎。盎屡次直谏，也为文帝所厌闻，把他外调，出任陇西都尉。未几，即迁为齐相，嗣复由齐徙吴。盎有兄子袁种，私下谏盎道："吴王享国已久，骄恣日甚，今公往为吴相，若欲依法纠治，必触彼怒，彼不上书劾公，必将挟剑刺公了！为公设法，最好是一切不问。南方地势卑湿，乐得借酒消遣，既可除病，又可免灾。只教劝导吴王，不使造反，便可不至生祸了。"盎依了种言，到吴后，如法办理，果得吴王优待。不过有时晤谈，总劝吴王安守臣道，吴王倒也听从，所以盎在吴国，吴王总算勉抑雄心，蹉跎度日。后来袁盎入都，吴王始生变志，这是后话。惟张武曾受吴赂，渐为文帝所闻，文帝并不说破，索性加赐武金，叫他自愧，以赏为罚。不可谓非文帝的权术呢！此事亦未足为训。

　　且说文帝自改元后，又过了好几年，承平如故，政简刑清，就是控御匈奴，也主张修好，无志用兵。当改元后二年时，复遣使致书匈奴，推诚与语，各敦睦谊，书中有"和亲以后，汉过不先"等语。匈奴主老上单于，即稽粥，见前文。亦令当户、且渠两番官，当户、且渠皆匈奴官名。献马两匹，复书称谢。文帝乃诏告全国道：

　　　　朕既不明，不能远德，使方外之国，或不宁息。夫四荒之外，不安其生，封圻之内，勤劳不处，二者之咎，皆由于朕之德薄，不能达远也。间者累年匈奴并暴边境，多杀吏民，边臣吏民，又不能谕其内志，以重吾不德，夫久结难连兵，中外之国，将何以自宁？今朕夙兴夜寐，勤劳天下，忧苦万民，为之恻怛不安，未尝一日忘于心，故遣使者冠盖相望，结辙于道，以谕朕志于单于。今单于反古之道，计社稷之安，便万民之利，新与朕俱弃细过，偕之大道，结兄弟之义，以全天下元元之民，和亲以定，始于今年。

　　过了两年，老上单于病死，子军臣单于继立，遣人至汉廷报告。文帝又遣宗室女往嫁，重申和亲旧约。军臣单于得了汉女为妻，却也心满意足，无他妄想。偏汉奸中行说，屡劝军臣单于伺隙入寇。军臣单于起初是不愿背约，未从说言，旋经说再三怂恿，把中国的子女玉帛，满口形容，使他垂涎，于是军臣单于竟为所动，居然兴兵犯塞，与汉绝交。文帝后六年冬月，匈奴兵两路侵边，一入上郡，一入云中，统共有六万余骑，分道扬镳，沿途掳掠。防边将吏，已有好几年不动兵戈，蓦闻虏骑南来，正是出人不意，慌忙举起烽火，报告远近。一处举烽，各处并举，火光烟焰，直达到甘泉宫。文帝闻警，急调出三路人马，派将统率，往镇三边。一路是出屯飞狐，统将是中大夫令勉；一路是出屯句注，统将是前楚相苏意；一路是出屯北地，统将系前郎中令张武，这三路兵同日出发，星夜前往。文帝尚恐有疏虞，惊动都邑，乃复令河内太守周亚夫驻兵细柳，宗正刘礼，驻兵霸上，祝兹侯徐厉驻兵棘门。内外戒严，缓急有备，文帝才稍稍放心。

过了数日，御驾复亲出劳军，先至霸上，次至棘门，统是直入营中，不先通报。刘、徐两将军，深居帐内，直至警跸入营，才率部将往迎文帝，面色都带着慌张，似乎事前失候，踟蹰不安。文帝虽瞧料三分，但也不以为怪，随口抚慰数语，便即退出。两营将士，统送出营门，拜辞御驾，不劳细述。及移跸至细柳营，遥见营门外面，甲士森列，或持刀，或执戟，或张弓挟矢，仿佛似临敌一般。文帝见所未见，暗暗称奇，当令先驱传报，说是车驾到来，营兵端立不动，喝声且住，并正色相拒道："我等只闻将军令，不闻天子诏！"语可屈铁，掷地作金石声。先驱还报文帝，文帝麾动车驾，自至营门，又被营兵阻住，不令进去。文帝乃取出符节，交与随员，使他入营通报。亚夫才接见来使，传令开门。营兵将门开着，放入车驾，一面嘱咐御车，传说军令道："将军有约，军中不得驰驱！"文帝听说，也只好按辔徐行。到了营门里面，始见亚夫从容出迎，披甲佩剑，对着文帝行礼，作了一个长揖，口中说道："甲胄之士不拜，臣照军礼施行。请陛下勿责！"文帝不禁动容，就将身子略俯，凭式致敬，并使人宣谕道："皇帝敬劳将军。"亚夫带着军士，肃立两旁，鞠躬称谢。文帝又亲嘱数语，然后出营。亚夫也未曾相送，一俟文帝退出，仍然闭住营门，严整如故。文帝回顾道："这才算是真将军了！彼霸上、棘门的将士，好同儿戏，若被敌人袭击，恐主将也不免成擒，怎能如亚夫谨严，无隙可乘呢？"说罢回宫，还是称善不置。

嗣接边防军奏报，虏众已经出塞，可无他虑，文帝方将各路人马，依次撤回，遂擢周亚夫为中尉。亚夫即绛侯周勃次子。勃二次就国，不久病逝。长子胜之袭爵，弟亚夫为河内守。闻老妪许负，尚是活着，素称善相，<small>许负相人，屡见前文中。</small>因特邀至署中，令他相视。许负默视多时，方语亚夫道："据君贵相，何止郡守，再过三年，便当封侯。八年以后，出将入相，手秉国钧，人臣中独一无二了。可惜结局欠佳！"亚夫道："莫非要犯罪遭刑么？"许负道："这却不至如此。"亚夫再欲穷诘，许负道："九年后自有分晓，毋待老妇哓哓。"亚夫道："这也何妨直告。"许负道："依相直谈，恐君将饿死。"亚夫冷笑道："汝说我将封侯，已出意外，试想我兄承袭父爵，方受侯封，就使兄年不永，自有兄子继任，也轮不到我身上，如何说应封侯呢？若果如汝言，既得封侯，又兼将相，为何尚致饿死？此理令人难解，还请指示明白。"许负道："这却非老妇所能预晓，老妇不过依相论相，方敢直言。"说至此，即用手指亚夫口旁道："这两处有直纹入口，法应饿死。"<small>许负所言相法，不知从何处学来？</small>亚夫又惊又疑，几至呆若木鸡，许负揖别自去。说也奇怪，到了三年以后，亚夫兄胜之，坐杀人罪，竟致夺封。文帝因周勃有功，另选勃子继袭，左右皆推许亚夫，得封条侯。至细柳成名，进任中尉，就职郎中，差不多要入预政权了。

约莫过了年余，文帝忽然得病，医药罔效，竟至弥留。太子启入侍榻前，文帝顾语后事，且谆嘱太子道："周亚夫缓急可恃，将来如有变乱，尽可使他掌兵，不必多疑。"却是知人。太子启涕泣受教。时为季夏六月，文帝寿数已终，瞑目归天，享年四十六岁。总计文帝在位二十三年，宫室苑囿，车骑服御，毫无增益，始终爱民如子，视有不便，当即取消。尝欲作一露台，估工费须百金，便慨然道："百金乃中人十家产业，我奉先帝宫室，尚恐不能享受，奈何还好筑台呢？"遂将露台罢议。平时衣服，无非弋绨。弋黑色，绨厚缯。所幸慎夫人，衣不曳地，帷帐无文绣，所筑霸陵，统用瓦器，凡金银铜锡等物，概屏勿用，每遇水旱偏灾，发粟蠲租，唯恐不逮，因此海内安宁，家给人足，百姓安居乐业，不致犯法。每岁断狱，最多不过数百件，有刑措风。史称文帝为守成令主，不亚周时成康。惟遗诏令天下短丧，未免令人遗议，说他不循古礼，此外却没有甚么指摘了。小子有诗赞道：

博得清时令主名，廿年歌颂遍苍生。
从知王道为仁恕，但解安民便太平。

文帝既崩，太子启当然嗣位。欲知嗣位后事，容至下回说明。

文帝即位改元，便立皇子启为太子，彼时太子尚幼，无甚表见，至文帝二次改元，太子年已逾冠矣。吴太子入朝，与饮可也，与博则不可。况为区区争道之举，即举博局掷杀之，虽未始非吴太子之自取，然其阴鸷少恩，已可概见。即如邓通吮痈一事，引为深恨，通固不近人情，太子亦未免量狭。较诸乃父之宽仁，相去远矣。周亚夫驻军细柳，立法森严，天子且不能遽入，遑问他人。将才如此，原可大用，然非文帝有知人之明，几何不至锻炼成狱，诬以大逆乎？司马穰苴受知于齐景，孙武子受知于吴阖庐，周亚夫受知于汉文帝，有良将必赖明君，此良臣之所以择主而事也。

第五十三回

呕心血气死申屠嘉　主首谋变起吴王濞

却说太子启受了遗命，即日嗣位，是谓景帝。尊太后薄氏为太皇太后，皇后窦氏为皇太后，一面令群臣会议，恭拟先帝庙号。当由群臣复奏，上庙号为孝文皇帝。丞相申屠嘉等，又言功莫大于高皇帝，德莫大于孝文皇帝，应尊高皇帝为太祖，孝文皇帝为太宗，庙祀千秋，世世不绝；就是四方郡国，亦宜各立太宗庙，有诏依议。当下奉文帝遗命，令臣民短丧，且匆匆奉葬霸陵。至是年孟冬改元，就称为景帝元年。

廷尉张释之，因景帝为太子时，与梁王共车入朝，不下司马门，曾有劾奏情事，见前文。至是恐景帝记恨，很是不安，时向老隐士王生问计。王生善谈黄老，名盛一时，盈廷公卿，多折节与交。释之亦尝在列。王生竟令释之结袜，释之不以为嫌，屈身长跪，替他结好，因此王生看重释之，恒与往来。及释之问计，王生谓不如面谢景帝，尚可无虞。释之依言入谢，景帝却说他守公奉法，应该如此。但口虽如此对付，心中总不能无嫌。才过半年，便将释之迁调出去，使为淮南相，另用张欧为廷尉。欧尝为东宫侍臣，治刑名学，但素性朴诚，不尚苛刻，属吏却也悦服，未敢相欺。景帝又减轻笞法，改五百为三百，三百为二百，总算是新政施仁，曲全罪犯。再加廷尉张欧，持平听讼，狱无冤滞，所以海内闻风，讴歌不息。

转眼间已是二年，太皇太后薄氏告终，出葬南陵。薄太后有侄孙女，曾选入东宫，为景帝妃，景帝不甚宠爱，只因戚谊相联，不得已立她为后。为下文被废张本。更立皇子德为河间王，阏为临江王，余为淮阳王，非为汝南王，彭祖为广州王，发为长沙王。长沙旧为吴氏封地，文帝末年，长沙王吴羌病殁，无子可传，撤除国籍，因把长沙地改封少子，这也不必细表。前后交代，界划清楚。

　　且说太子家人晁错，在文帝十五年间，对策称旨，已擢任中大夫。及景帝即位，错为旧属，自然得蒙主宠，超拜内史。屡参谋议，每有献纳，景帝无不听从。朝廷一切法令，无不变更，九卿中多半侧目。就是丞相申屠嘉，也不免嫉视，恨不得将错斥去。错不顾众怨，任意更张，擅将内史署舍，开辟角门，穿过太上皇庙的短墙。太上皇庙，就是高祖父太公庙，内史署正在庙旁，向由东门出入，欲至大道，必须绕过庙外短墙，颇觉不便。错未曾奏闻，便即擅辟，竟将短垣穿过，筑成直道。申屠嘉得了此隙，即令府吏缮起奏章，弹劾错罪，说他蔑视太上皇，应以大不敬论，请即按律加诛。这道奏章尚未呈入，偏已有人闻知，向错通报，错大为失色，慌忙乘夜入宫，叩阍进见。景帝本准他随时白事，且闻他夤夜进来，还道有甚么变故，立即传入。及错奏明开门事件，景帝便向错笑说道："这有何妨，尽管照办便了。"错得了此言，好似皇恩大赦一般，当即叩首告退。是夕好放心安睡了。

　　那申屠嘉如何得悉？一俟天明，便怀着奏章，入朝面递，好教景帝当时发落，省得悬搁起来。既入朝堂，略待须臾，便见景帝出来视朝。当下带同百官，行过常礼，就取出奏章，双手捧上。景帝启阅已毕，却淡淡的顾语道："晁错因署门不便，另辟新门，只穿过太上皇庙的外墙，与庙无损，不足为罪，且系朕使他为此，丞相不要多心。"嘉碰了这个钉子，只好顿首谢过，起身退归。回至相府，懊恼得不可名状，府吏等从旁惊问，嘉顿足说道："我悔不先斩错，乃为所卖，可恨可恨！"说着，喉中作痒，吐出了一口粘痰；色如桃花。府吏等相率大惊，忙令侍从扶嘉入卧，一面延医调理。俗语说得好，心病还须心药治，嘉病是因错而起，错不除去，嘉如何能痊？眼见是日日呕血。服药无灵，终致毕命。急性子终难长寿。景帝闻丧，总算遣人赐赙，予谥曰"节"，便升御史大夫陶青为丞相，且擢晁错为御史大夫。错暗地生欢，不消细说。

惟大中大夫邓通，时已免官，他还疑是申屠嘉反对，把他劾去。及嘉已病死，又想运动起复，那知免官的原因，是为了吮痈遗嫌，结怨景帝，景帝把他黜免，他却还想做官，岂不是求福得祸么？一道诏下，竟把他拘系狱中，饬吏审讯。通尚未识何因，至当堂对簿，方知有人告讦，说他盗出徼外铸钱。这种罪名，全是捕风捉影，怎得不极口呼冤。偏问官隐承上意，将假成真，一番诱迫，硬要邓通自诬，通偷生怕死，只好依言直认。及问官复奏上去，又得了一道严诏，收回严道铜山，且将家产抄没，还要令他交清官债。通已做了面团团的富翁，何至官款未还？这显是罗织成文，砌成此罪。通虽得出狱，已是家破人空，无从居食。还是馆陶长公主，记着文帝遗言，不使饿死，特遣人赍给钱物，作为赒济。怎晓得一班虎吏，专知逢迎天子，竟把通所得赏赐，悉数夺去；甚至浑身搜检，连一簪都不能收藏。可怜邓通得而复失，仍变做两手空空。长公主得知此事，又私下给予衣食，叫他托词借贷，免为吏取。通遵着密嘱，用言搪塞，还算活了一两年。后来长公主无暇顾及，通不名一钱，寄食人家，有朝餐、无晚餐，终落得奄奄饿死，应了相士的前言。大数难逃，吮痈何益。

惟晁错接连升任，气焰愈张，尝与景帝计议，请减削诸侯王土地，第一着应从吴国开手。所上议案，大略说是：

前高帝初定天下，昆弟少，诸子弱，大封同姓，齐七十余城，楚四十余城，吴五十余城，封三庶孽，半有天下。今吴王前有太子之隙，诈称病不朝，于古法当诛，文帝不忍，因赐几杖，德至厚也，当改过自新，反益骄恣，即山铸钱，煮海水为盐，诱天下亡人，潜谋作乱。今削亦反，不削亦反，削之其反亟，祸小，不削则反迟，祸大。末二语未尝无识。

景帝平日，也是怀着此念，欲削王侯。既得错议，便令公卿等复议朝堂，大众莫敢驳斥。独詹事窦婴，力言不可，乃将错议暂行搁起。窦婴字王孙，系窦太后从侄，官虽不过詹事，未列九卿，但为太后亲属，却是有此权力，所以不畏晁错，放胆力争。错当然恨婴，惟因婴有内援，却也未便强辩，只得暂从含忍，留作后图。

景帝三年冬十月，梁王武由镇入朝。武系窦太后少子，由淮阳徙梁，事见前文。统辖四十余城，地皆膏腴，收入甚富，历年得朝廷赏赐，不可胜计，府库金钱，积至亿万，珠玉宝器，比京师为多。景帝即位，武已入觐二次，此番复来朝见，当由景帝派使持节，用了乘车驷马，出郊迎接。待至阙下，由武下车拜谒，景帝即起座降殿，亲为扶起，携手入宫。窦太后素爱少子，景帝又只有这个母弟，自然曲体亲心，格外优待。既已谒过太后，当即开宴接风，太后上座，景帝与武左右分坐，一母两儿，聚首同堂，端的是天伦乐事，喜气融融。景帝酒后忘情，对着幼弟欢欣与语道："千秋万岁后，当将帝位传王。"武得了此言，且喜且惊。明知是一句醉话，不便作真，但既有此一言，将来总好援为话柄，所以表面上虽然谦谢，心意中却甚欢愉。窦太后越加快慰，正要申说数语，使景帝订定密约，不料有一人趋至席前，引卮进言道："天下乃高皇帝的天下，父子相传，立有定例，皇上怎得传位梁王？"说着，即将酒卮捧呈景帝，朗声说道："陛下今日失言，请饮此酒。"景帝瞧着，乃是詹事窦婴，也自觉出言冒昧，应该受罚，便将酒卮接受，一饮而尽。独梁王武横目睨婴，面有愠色；更着急的乃是窦太后，好好的一场美事，偏被那侄儿打断，真是满怀郁愤，无处可伸。随即罢席不欢，怅然入内。景帝也率弟出宫，婴亦退去。翌日，即由婴上书辞职，告病回家。窦太后余怒未平，且将婴门籍除去，此后不准入见。门籍谓出入殿门户籍。梁王武住了数日，也辞行回国去了。

御史大夫晁错，前次为了窦婴反对，停消议案，此次见婴免职，暗地生欢，因复提出原议，劝景帝速削诸王，毋再稽迟。议尚未决，适逢楚王戊入朝，错遂吹毛索瘢，说他生性渔色，当薄太后丧葬时，未尝守制，仍然纵淫，依律当加死罪，请景帝明正典刑。太觉辣手。

这楚王戊系景帝从弟，乃祖就是元王刘交，即高祖同父少弟，殁谥曰元，前文中亦曾叙过。刘交王楚二十余年，尝用名士穆生、白生、申公为中大夫，敬礼不衰。穆生素不嗜酒，交与饮时，特为置醴，借示敬意。及交殁后，长子辟非先亡，由次子郢客嗣封。郢客继承先志，仍然优待三人。未几郢客又殁，子戊袭爵。起初尚勉绳祖武，后来渐耽酒色，无意礼贤，就使有时召宴穆生，也把醴酒失记，不为特设。穆生退席长叹道："醴酒不设，王意已怠，我再若不去，恐不免受钳楚市了。"遂称疾不出。申公、白生，与穆生同事多年，闻他有疾，忙往探省。既入穆生家内，穆生虽然睡着，面上却没有甚么病容，当下瞧透隐情，便同声劝解道："君何不念先王旧德，乃为了嗣王忘醴，小小失敬，就卧病不起呢？"穆生喟然道："古人有言，君子见机而作，不俟终日。先王待我三人，始终有礼，无非为重道起见，今嗣王礼貌寖衰，是明明忘道了。王既忘道，怎可与他久居？我岂但为区区醴酒么？"申公、白生也叹息而出，穆生竟谢病自去。不愧知机。戊不以为意，专从女色上着想，采选丽姝，终日淫乐，所以薄太后丧讣到来，并没有甚么哀戚，仍在后宫，倚翠偎红，自图快活。太傅韦孟，作诗讽谏，毫不见从，孟亦辞归。戊以为距都甚远，朝廷未必察觉，乐得花天酒地，娱我少年。那知被晁错查悉，竟乘戊入朝时，索取性命。还亏景帝不忍从严，但削夺东海郡，仍令回国。

错既得削楚，复议削赵，也将赵王遂摘取过失，把他常山郡削去。赵王遂即幽王友子，见前文。又闻胶西王卬，系齐王肥第五子，见前文。私下卖爵，亦提出弹劾，削去六县。三国已皆怨错，惟一时未敢遽动，错遂以为安然无忌，就好趁势削吴。正在兴高采烈的时候，忽来了一个苍头白发的老人，踵门直入，见了错面，即皱眉与语道："汝莫非寻死不成？"错闻声一瞧，乃是自己的父亲，慌忙扶令入座，问他何故前来。错父说道："我在颍川家居，却也觉得安逸。今闻汝为政用事，硬要侵削王侯，疏人骨肉，外间已怨声载道，究属何为？所以特来问汝！"错应声道："怨声原是难免，但今不为此，恐天子不尊，宗庙不固。"错父遽起，向错长叹道："刘氏得安，晁氏心危，我年已老，实不忍见祸及身，不如归去罢。"此老却也有识。错尚欲挽留，偏他父接连摇首，扬长自去。及错送出门外，也不见老父回顾，竟尔登车就道，一溜烟似的去了。错还入厅中，踌躇多时，总觉得箭在弦上，不得不发，只好违了父嘱，一意做去。

吴王濞闻楚、赵、胶西，并致削地，已恐自己波及，也要坐削。忽由都中传出消息，说是晁错议及削吴，果然不出所料，自思束手待毙，终属不妙，不如先发制人，或可泄愤。惟独力恐难成事，总须联络各国，方好起兵。默计各国诸王，要算胶西王最有勇力，为众所惮，况曾经削地，必然怀恨，何妨遣人前往，约同起事。计划已定，即令中大夫应高，出使胶西。胶西王卬，闻有吴使到来，当即召见，问明来意。应高道："近日主上任用邪臣，听信谗贼，侵削诸侯，诛罚日甚。古语有言，刮糠及米，吴与胶西，皆著名大国，今日见削，明日便恐受诛。吴王抱病有年，不能朝请，朝廷不察，屡次加疑，甚至吴王胁肩累足，尚惧不能免祸。今闻大王因封爵小事，还且被削，罪轻罚重，后患更不堪设想了。未知大王曾预虑否？"卬答道："我亦未尝不忧，但既为人臣，也是无法，君将何以教我？"应高道："吴王与大王同忧，所以遣臣前来，请大王乘时兴兵，拼生除患。"卬不待说完，即瞿然惊起道："寡人何敢如此！主上操持过急，我辈只有拼着一死，怎好造反呢？"高接说道："御史大夫晁错，荧惑天子，侵夺诸侯，各国都生叛意，事变已甚；今复彗星出现，蝗虫并起，天象已见，正是万世一时的机会。吴王已整甲待命，但得大王许诺，便当合同楚国，西略函谷关，据住荥阳敖仓的积粟，守候大王，待大王一到，并师入都，唾手成功，那时与大王中分天下，岂不甚善！"卬听了此言，禁不住高兴起来，便即极口称善，与高立约，使报吴王。吴王濞尚恐变卦，复扮作使臣模样，亲至胶西，与卬面约订章。卬愿纠合齐、菑川、胶东、济南诸国，濞愿纠合楚、赵诸国。彼此说妥，濞遂归吴，卬即遣使四出，与约起事。

胶西群臣，有几个见识高明，料难有成，向卬进谏道："诸侯地小，不能当汉十分之二，大王无端起反，徒为太后加忧，实属非计！况今天下只有一主，尚起纷争，他日果侥幸成事，变做两头政治，岂不是越要滋扰么！"卬不肯从。利令智昏。旋得各使返报，谓齐与菑川、胶东、济南诸国，俱愿如约。卬喜如所望，飞书报吴，吴亦遣使往说楚、赵。楚王戊早已归国，正是愤恨得很，还有甚么不允？申公、白生，极言不可，反致触动戊怒，把二人连系一处，使服赭衣，就市司春。楚相张尚、太傅赵夷吾，再加谏阻，竟被戊喝令斩首。狂暴至此，不亡何待。遂调动兵马，起应吴王，赵王遂也应许吴使，赵相建德内史王悍，苦谏不听，反致烧死。比戊还要残忍。于是吴、楚、赵、胶西、胶东、菑川、济南七国，同时举兵。

　　独齐王将闾，前已与胶西连谋，忽觉此事不妙，幡然变计，敛兵自守。还有济北王志，本由胶西王号召，有意相从，适值城坏未修，无暇起应，更被郎中令等将王监束，不得发兵。胶西王卬，因齐中途悔约，即与胶东、菑川、济南三国，合兵围齐，拟先把临淄攻下，然后往会吴兵。就是失机。惟赵王遂出兵西境，等候吴、楚兵至，一同西进，又遣使招诱匈奴，使为后援。

　　吴王濞已得六国响应，就遍征国中士卒，出发广陵，且下令军中道："寡人年六十二，今自为将；少子年甫十四，亦使作前驱。将士等年齿不同，最老不过如寡人，最少不过如寡人少子，应各自努力，图功待赏，不得有违！"军中听着命令，未尽赞成，但也不能不去，只好相率西行，鱼贯而出，差不多有二十万人。濞又与闽越、东越诸国，东越即东瓯。通使赍书，请兵相助。闽越犹怀观望，东越却发兵万人，来会吴军。吴军渡过淮水，与楚王戊相会，势焰尤威，再由濞致书淮南诸王，诱令出兵。淮南分为三国，事见前文。淮南王刘安，系厉王长冢子，尚记父仇，得濞赍书，便欲发兵，偏中了淮南相的计谋，佯请为将，待至兵权到手，即不服安命，守境拒吴。刘安不即诛死，还亏此相。衡山王勃，不愿从吴，谢绝吴使。庐江王赐，意在观望，含糊答复。吴王濞见三国不至，又复传檄四方，托词诛错。当时诸侯王共有二十二国，除楚、赵、胶西、胶东、菑川、济南与吴同谋外，余皆裹足不前。齐、燕、城阳、济北、淮南、衡山、庐江、梁、代、河间、临江、淮阳、汝南、广川、长沙共十五国加入同叛七国，合得二十二国。濞已势成骑虎，也顾不得祸福利害，竟与楚王戊合攻梁国。梁王武飞章入都，火急求援。景帝闻报，不觉大惊，亟召群臣入朝，会议讨逆事宜。小子有诗叹道：

> 封建翻成乱国媒，叛吴牵率叛兵来。
> 追原祸始非无自，总为时君太好猜。

景帝会议讨逆，当有一人出奏，请景帝御驾亲征，欲知此人为谁，待至下回再表。

申屠嘉虽称刚正，而性太躁急，不合为相。相道在力持大体，徒以严峻为事，非计也。观其檄召邓通，擅欲加诛，已不免失之卤莽。幸而文帝仁柔，邓通庸劣，故不致嫁祸己身耳。彼景帝之宽，不逮文帝，晁错之狡，远过邓通，嘉乃欲以待邓通者待晁错，适见其惑也。呕血而死得保首领，其犹为申屠嘉之幸事欤？若邓通之不死嘉手，而终致饿毙，铜山无济，愈富愈穷，彼之热中富贵者，不知以通为鉴，尚营营逐逐，于朝市之间，果胡为者？吴王濞首先发难，连兵叛汉，虽晁错之激成，终觉野心之未餍，名不正，言不顺，是而欲侥幸成功也，宁可得乎？彼楚、赵、胶西、胶东、菑川、济南诸王，则更为不度德不量力之徒，以一国为孤注，其愚更不足道焉。

第五十四回

信袁盎诡谋斩御史 遇赵涉依议出奇兵

却说景帝闻七国变乱，吴为首谋，已与楚兵连合攻梁，急得形色仓皇，忙召群臣会议。当有一人出班献策，请景帝亲自出征。这人为谁？就是主议削吴的晁错。景帝道："我若亲征，都中出何人居守？"晁错道："臣当留守都中。陛下但出兵荥阳，堵住叛兵，就是徐、潼一带，暂时不妨弃去，令彼得地生骄，自减锐气，方可用逸制劳，一鼓平乱。"景帝听着，半晌无言。猛记得文帝遗言，谓天下有变，可用周亚夫为将，因即掉头左顾，见亚夫正端立一旁，便召至案前，命他督兵讨逆，亚夫直任不辞。景帝大喜，遂升亚夫为太尉，命率三十六将军，出讨吴楚，亚夫受命即行。

景帝遣发亚夫，正想退朝，偏又接到齐王急报，速请援师。景帝踌躇多时，方想着窦婴忠诚，可付大任，乃特派使臣持节，召婴入朝。既用周亚夫，又召入窦婴，不可谓景帝不明。婴已免官家居，使节往返，不免需时，景帝未便坐待，当然退朝入内。及婴与使臣到来，景帝正进谒太后，陈述意见。应该有此手续。婴虽违忤太后，被除门籍，但此时是奉旨特召，门吏怎敢拦阻？自然放他进去，他却趋入太后宫中，拜见太后及景帝。景帝即命婴为将，使他领兵救齐。婴拜辞道："臣本不才，近又患病，望陛下另择他人。"景帝知婴尚记前嫌，未肯效力，免不得劝慰数语，仍令就任。婴再三固辞，景帝作色

455

道:"天下方危,王孙即婴字,见上。谊关国戚。难道可袖手旁观么?"婴见景帝情词激切,又暗窥太后形容,也带着三分愧色,自知不便固执,乃始承认下去。景帝就命婴为大将军,且赐金千斤。婴谓齐固当援,赵亦宜讨,特保荐栾布、郦寄两人,分统军马。景帝依议,拜两人并为将军,使栾布率兵救齐,郦寄引兵击赵,都归窦婴节制。

婴拜命而出,先在都中,暂设军辕,即将所赐千金,陈诸廊下。一面招集将士,分委军务,应需费用,令就廊下自取。不到数日,千金已尽,无一入私,因此部下感激,俱乐为用。婴又日夕部署,拟即出发荥阳。忽有故吴相袁盎乘夜谒婴,婴立即延入,与谈时事。盎说及七国叛乱,由吴唆使,吴为不轨,由错激成,但教主上肯听盎言,自有平乱的至计。婴前时与错相争,互有嫌隙,此时听了盎言,好似针芥相投,格外合意。婴、错争论,见前回。因留盎住宿军辕,愿为奏达。盎暗喜道:"晁错、晁错,看汝今日尚能逞威否?"原来盎与错素不相容,虽同为朝臣,未尝同堂与语。至错为御史大夫,创议削吴,盎方辞去吴相,回都复命,错独说盎私受吴王财物,应该坐罪,有诏将盎免官,赦为庶人。及吴、楚连兵攻梁,错又嘱语丞史,重提前案,欲即诛盎,还是丞史替盎解说,谓盎不宜有谋,且吴已起兵,穷治何益,错乃稍从缓议。偏已有人向盎告知,盎遂进见窦婴,要想靠婴势力,乘间除错。婴与他意见相同,那有不替他入奏。

景帝闻得盎有妙策,自然召见。盎拜谒已毕,望见错亦在侧,正是冤家相遇,格外留心。但听景帝问道:"吴、楚造反,君意将如何处置?"盎随口答道:"陛下尽管放怀,不必忧虑。"景帝道:"吴王倚山铸钱,煮海为盐,诱致天下豪杰,白头起事,若非计出万全,岂肯轻发?怎得说是不必忧呢!"盎又道:"吴只有铜盐,并无豪杰,不过招聚无赖子弟,亡命奸人，一哄为乱，臣故说是不必忧呢。"错正入白调饷事宜，急切不能趋避，只好呆立一旁，待盎说了数语，已是听得生厌，便从旁插入道："盎言甚是，陛下只准备兵食便了。"偏景帝不肯听错，还要穷根到底，详问计策，盎答道："臣有一计，定能平乱，但军谋须守秘密，不便使人与闻。"明明是为了晁错。景帝因命左右退去，惟错不肯行，仍然留着。盎暗暗着急，又向景帝面请道："臣今所言，无论何人，不宜得知。"何必这般鬼祟！景帝乃使错暂退，错不好违命，悻悻的趋往东厢。盎四顾无人，才低声说道："臣闻吴、楚连谋，彼此书信往来，无非说是高帝子弟，各有分土。偏出了贼臣晁错，擅削诸侯，欲危刘氏，所以众心不服，连兵西来，志在诛错，求复故土。诚使陛下将错处斩，赦免吴、楚各国，归还故地，彼必罢兵谢罪，欢然回国，还要遣什么兵将，费什么军饷呢！"景帝为了亲征计议，已是动疑，此次听了盎言，越觉错有歹心，所以前番力请亲征，自愿守都，损人利己，煞是可恨。因复对盎答说道："如果可以罢兵，我亦何惜一人，不谢天下！"盎乃答说道："愚见如此，惟陛下熟思后行。"景帝竟面授盎为太常，使他秘密治装，赴吴议和，盎受命而去。

晁错尚莫明其妙，等到袁盎退出，仍至景帝前续陈军事，但见景帝形容如旧，倒也看不出甚么端倪。又未便问及袁盎所言，只好说完本意，怅然退归。约莫过了一旬，也不见有特别诏令，还道袁盎无甚异议，或虽有异言，未邀景帝信从，因此毫无动静。那知景帝已密嘱丞相陶青、廷尉张欧等劾奏错罪，说他议论乖谬，大逆不道，应该腰斩，家属弃市。景帝又亲加手批，准如所奏，不过一时未曾发落，但召中尉入宫，授与密诏，且嘱咐了好几语，使他依旨施行。

中尉领了密旨，乘车疾驰，直入御史府中，传旨召错，立刻入朝。错惊问何事？中尉诡称未知，但催他快快登车，一同前去。错连忙穿好冠带，与中尉同车出门。车夫已经中尉密嘱，一手挽车，一手扬鞭，真是非常起劲，与风驰电掣相似。错从车内顾着外面，惊疑的了不得，原来车路所经，统是都市，并非入宫要道。正要开口诘问中尉，车已停住。中尉一跃下车，车旁早有兵役待着，由中尉递了一个暗号，便回首向错道："晁御史快下车听诏！"错见停车处乃是东市，向来是杀头地方，为何叫我此处听旨，莫非要杀我不成！一面想，一面下车，两脚方立住地上，便由兵役趋近，把错两手反剪，牵至法场，令他长跪听诏。中尉从袖中取出诏书，宣读到"应该腰斩"一语，那晁错的头颅，已离了脖项，堕地有声。叙得新颖。身上尚穿着朝服，未曾脱去。中尉也不复多顾，仍然上车，还朝复命。景帝方将错罪宣告中外，并命拿捕错家全眷，一体坐罪。诛错已不免失刑，况及全家！旋由颍川郡报称错父于半月前，已服毒自尽，回应前回。外如母妻子侄等，悉数拿解，送入都中。景帝闻报，诏称已死勿问，余皆处斩。可怜错夙号智囊，反弄到这般结局，身诛族夷，聪明反被聪明误，看错便可了然！这且毋庸细表。言之慨然。

且说袁盎受命整装，也知赴吴议和，未必有效，但闻朝廷已经诛错，得报宿仇，不得不冒险一行，聊报知遇。景帝又遣吴王濞从子刘通，与盎同行。盎至吴军，先使通入报吴王。吴王知晁错已诛，却也心喜，不过罢兵诏命，未肯接受，索性将通留住军中，另派都尉一人，率兵五百，把盎围住营舍，断绝往来。盎屡次求见，终被拒绝，惟遣人招盎降吴，当使为将。总算盎还有良心，始终不为所动，宁死勿降。

到了夜静更深，盎自觉困倦，展被就睡，正在神思蒙眬，突有一人叫道："快起！快走！"盎猛被惊醒，慌忙起来，从灯光下顾视来人，似曾相识，唯一时叫不出姓名，却也未便发言。那人又敦促道："吴王定议斩君，期在诘朝，君此时不走，死在目前了！"盎惊疑道："君究系何人，乃来救我？"那人复答道："臣尝为君从史，盗君侍儿，幸蒙宽宥，感恩不忘，故特来救君。"盎乃仔细辨认，果然不谬，因即称谢道："难得君不忘旧情，肯来相救！但帐外兵士甚多，叫我如何出走？"那人答道："这可无虑。臣为军中司马，本奉吴王命令，来此围君，现已为君设策，典衣换酒，灌醉兵士，大众统已睡熟，君可速行。"盎复疑虑道："我曾知君有老亲，若放我出围，必致累君，奈何奈何！"那人又答道："臣已安排妥当，君但前去，不必为臣担忧！臣自有与亲偕亡的方法。"盎乃向他下拜，由那人答礼后，即引盎至帐后，用刀割开营帐，屈身钻出。帐外搭着一棚，棚外果有醉卒卧着，东倒西歪，不省人事，两人悄悄的跨过醉卒，觅路疾趋。一经出棚，正值春寒雨湿，泥滑难行。那人已有双屦怀着，取出赠盎，使盎穿上，又送盎数百步，指示去路，方才告别。

盎黄夜疾走，幸喜路上尚有微光，不致失足。自思从前为吴相时，从史盗我侍儿，亏得我度量尚大，不愿究治，且将侍儿赐与从史，因此得他搭救，使我脱围。盎之宽免从史，与从史之用计救盎，都从两方语意中叙出，可省许多文字。但距敌未远，总还担忧，便将身中所持的旄节，解下包好，藏在怀中，免得露出马脚。自己苦无车马，又要着屦行走，觉得两足滞重，很是不便，但逃命要紧，也顾不得步履艰难，只好放出老力，向前急行。一口气跑了六七十里，天色已明，远远望见梁都，心下才得放宽，惟身体不堪疲乏，两脚又肿痛交加，没奈何就地坐下。可巧有一班马队，侦哨过来，想必定是梁兵，便又起身候着。待他行近，当即问讯，果然不出所料。乃复从怀中取出旄节，持示梁军，且与他说明情由。梁军见是朝使，不敢怠慢，且借与一马，使盎坐着。盎至梁营中一转，匆匆就道，入都销差去了。侥幸侥幸。

　　景帝还道盎等赴吴，定能息兵，反遣人至周亚夫军营，饬令缓进。待了数日，尚未得盎等回报，只有谒者仆射邓公入朝求见。邓公为成固人，本从亚夫出征，任官校尉，此次正由亚夫差遣，入报军情。景帝疑问道："汝从军中前来，可知晁错已死，吴楚曾愿罢兵否？"邓公道："吴王蓄谋造反，已有好几十年，今日借端发兵，不过托名诛错，其实并不是单为一错呢！陛下竟将错诛死，臣恐天下士人，从此将箝口结舌，不敢再言国事了！"景帝愕然，急问何故？邓公道："错欲减削藩封，实恐诸侯强大难制，故特创此议，强本弱末，为万世计。今计画方行，反受大戮。内使忠臣短气，外为列侯报仇，臣窃为陛下不取呢！"景帝不禁叹息道："君言甚是！我亦悔恨无及了！"已而袁盎逃还，果言吴王不肯罢兵，景帝未免埋怨袁盎。但盎曾有言说明，要景帝熟思后行，是诛错一事，实出景帝主张，景帝无从推诿。且盎在吴营，拼死不降，忠诚亦属可取。于是不复加罪，许盎照常供职，一面授邓公为城阳中尉，使他回报亚夫，相机进兵。

　　邓公方去，那梁王武的告急书，一日再至。景帝又遣人催促亚夫，令速救梁。亚夫上书献计，略言"楚兵剽轻，难与争锋，现只可把梁委敌，使他固守，待臣断敌食道，方可制楚。楚兵溃散，吴自无能为了。景帝已信任亚夫，复称依议。亚夫时尚屯兵霸上，既接景帝复诏，便备着驿车六乘，拟即驰赴荥阳。甫经启行，有一士人遮道进说道："将军往讨吴楚，战胜，宗庙安；不胜，天下危，关系重大，可否容仆一言？"亚夫闻说，忙下车相揖道："愿闻高论。"如此虚心，怎得不克？士人答道："吴王素富，久已蓄养死士，此次闻将军出征，必令死士埋伏殽渑，预备邀击，将军不可不防！且兵事首贵神速，将军何不绕道右行，走蓝田，出武关，进抵洛阳，直入武库，掩敌无备，且使诸侯闻风震动，共疑将军从天而下，不战便已生畏了。"亚夫极称妙计，因问他姓名，知是赵涉，遂留与同行。依了赵涉所说的路途，星夜前进，安安稳稳的到了雒阳。亚夫大喜道："七国造反，我乘传车至此，一路无阻，岂非大幸！今我若得进据荥阳，荥阳以东，不足忧了！"当下遣派将士，至殽渑间搜索要隘，果得许多伏兵，逐去一半，擒住一半，回至亚夫前报功。亚夫益服赵涉先见，奏举涉为护军。更访得雒阳侠客剧孟，与他结交，免为敌用。然后驰入荥阳，会同各路人马，再议进行。

看官听说！荥阳扼东西要冲，左敖仓，右武库，有粟可因，有械可取，东得即东胜，西得即西胜，从来刘项相争，注重荥阳，便是为此。至亚夫会兵荥阳，喜如所望，亦无非因要地未失，赶先据住，已经占了胜着。说明形势，格外醒目。彼时吴中也有智士，请吴王先机进取，毋落人后，吴王不肯信用，遂为亚夫所乘，终致败亡。

当吴王濞出兵时，大将军田禄伯，曾进语吴王道："我兵一路西行，若无他奇道，恐难立功。臣愿得五万人，出江淮间，收复淮南、长沙，长驱西进，直入武关，与大王会，这也是一条奇计呢！"吴王意欲照行，偏由吴太子驹，从中阻挠，恐禄伯得机先叛，请乃父不可分兵，遂致一条奇计，徒付空谈。嗣又有少将桓将军，为吴划策道："吴多步兵，步兵利走险阻，汉多车骑，车骑利战平地。今为大王计，宜赶紧西进，所过城邑，不必留攻，若能西据雒阳，取武库，食敖仓粟，阻山带河，号令诸侯，就使一时不得入关，天下已定；否则大王徐行，汉兵先出，彼此在梁楚交界，对垒争锋，我失彼长，彼得我失，大事去了！"吴正濞又复狐疑，偏问老将。老将都不肯冒险，反说桓将军年少躁进，未可深恃。于是第二条良谋，又屏弃不用。吴王该死。好几十万吴楚大兵，徒然屯聚梁郊，与梁争战。

梁王武派兵守住棘壁，被吴、楚兵一鼓陷入，杀伤梁兵数万人。再由梁王遣将截击，复为所败。梁王大惧，固守睢阳，闻得周亚夫已至河、雒，便即遣使求援。那知亚夫抱定本旨，未肯相救，急得梁王望眼将穿，一日三使，催促亚夫。亚夫进至淮阳，仍然逗留。梁王待久不至，索性将亚夫劾奏一本，飞达长安。景帝得梁王奏章，见他似泣似诉，料知情急万分，不得不转饬亚夫，使救梁都。亚夫却回诏使，用了旧客邓尉的秘谋，故意的退避三舍，回驻昌邑，深沟高垒，坚守勿出。梁王虽然愤恨亚夫，但求人无效，只好求己，日夜激励士卒，一意死守；复选得中大夫韩安国，及楚相张尚弟羽为将军，且守且战。安国持重善守，羽为乃兄死事，尚为楚王戊所杀，见前回。立志复仇，往往乘隙出击，力败吴兵，因此睢阳一城兀自支持得住。吴、楚两王，还想督兵再攻，踏破梁都，不料有探马报入，说是周亚夫暗遣将士，抄出我兵后面，截我粮道，现在粮多被劫，运路全然不通了。吴王濞大惊道："我兵不下数十万，怎可无粮？这且奈何！"楚王戊亦连声叫苦，无法可施。小子有诗咏道：

> 老悖原为速死征，陵人反致受人陵。
> 良谋不用机先失，坐使雄兵兆土崩。

欲知吴楚两王，如何抵制周亚夫，且待下回再叙。

　　晁错之死，后世多代为呼冤。错特小有才耳，其杀身也固宜，非真不幸也。苏子瞻之论错，最为公允，自发而不能自收，徒欲以天子为孤注，能保景帝之不加疑忌耶！惟袁盎借公济私，当国家危急之秋，反为是报怨欺君之举，其罪固较错为尤甚，错死而盎不受诛，错其原难瞑目欤！彼周亚夫之受命出征，以谨严之军律，具翕受之虚心。赵涉，途人耳，一经献议，见可即行；邓尉，旧客也，再请坚壁，深信不疑。以视吴王之两得良谋，终不能用，其相去固甚远矣。两军相见，善谋者胜，观诸周亚夫而益信云。

第五十五回

平叛军太尉建功　保犀王邻封乞命

　　却说吴、楚两王，闻得粮道被断，并皆惊惶，欲待冒险西进，又恐梁军截住，不便径行。当由吴王濞打定主意，决先往击周亚夫军，移兵北行。到了下邑，却与亚夫军相值，因即扎定营盘，准备交锋。亚夫前次回驻昌邑，原是以退为进，暗遣弓高侯韩颓当等，绕出淮泗，截击吴楚粮道，使后无退路，必然向前进攻，所以也移节下邑，屯兵待着。既见吴楚兵到来，又复坚壁相持，但守勿战。吴王濞与楚王戊，挟着一腔怒气，来攻亚夫，恨不得将亚夫大营，顷刻踏破，所以三番四次，逼营挑战。亚夫只号令军士，不准妄动，但教四面布好强弩，见有敌兵猛扑，便用硬箭射去，敌退即止，连箭干都似宝贵，不容妄发一支。吴楚兵要想冲锋，徒受了一阵箭伤，毫无寸进，害得吴楚两王，非常焦灼，日夜派遣侦卒，探伺亚夫军营。一夕，亚夫营中，忽然自相惊扰，声达中军帐下，独亚夫高卧不起，传令军士毋哗，违令立斩！果然不到多时，仍归镇静。持重之效。

　　过了两天，吴兵竟乘夜劫营，直奔东南角上，喊杀连天。亚夫当然准备，临事不致张皇，但却能见机应变，料知敌兵鼓噪前来，定是声东击西的诡计，当下遣派将吏，防御东南，仍令照常堵住，不必惊惶，自己领着精兵，向西北一方面，严装待敌。部将还道他是避危就安，不能无疑，那知吴、楚两王，潜率锐卒，竟悄悄的绕出西北，想来乘虚踹营。距营不过百步，早被亚夫窥见，一声鼓号，营门大开，前驱发出弓弩手，连环迭射，后队发出刀牌手，严密加防。亚夫亲自督阵，相机指挥，吴楚兵乘锐扑来，耳中一闻箭镞声，便即受伤倒地，接连跌翻了好几百人，余众大哗。时当昏夜，月色无光，吴楚兵是来袭击，未曾多带火炬，所以箭已射到，尚且不知闪避，徒落得皮开肉裂，疼痛难熬，伤重的当即倒毙，伤轻的也致晕翻。人情都贪生怕死，怎肯向死路钻入，自去拼生，况前队已有多人殒命，眼见得不能再进，只好退下。就是吴、楚两王，本欲攻其无备，不意亚夫开营迎敌，满布人马，并且飞矢如雨，很觉利害，一番高兴，化作冰消，连忙收兵退归，懊怅而返。那东南角上的吴兵，明明是虚张声势，不待吴王命令，早已退向营中去了。亚夫也不追赶，入营闭垒，检点军士，不折一人。

又相持了好几日，探得吴楚兵已将绝粮，挫损锐气，乃遣颍阴侯灌何等，率兵数千，前去搦战。吴楚兵出营接仗，两下奋斗多时，恼动汉军校尉灌孟，舞动长槊，奋勇陷阵。吴楚兵向前拦阻，被灌孟左挑右拨，刺死多人，一马驰入。孟子灌夫，见老父轻身陷敌，忙率部曲千人，上前接应。偏乃父只向前进，不遑后顾，看看杀到吴王面前，竟欲力歼渠魁，一劳永逸。那吴王左右，统是历年豢养的死士，猛见灌孟杀入，慌忙并力迎战。灌孟虽然老健，究竟众寡悬殊，区区一支长槊，拦不住许多刀戟，遂致身经数创，危急万分。待至灌夫上前相救，乃父已力竭声嘶，倒翻马上。灌夫急指示部曲，将父救回，自在马上杀开吴军，冲出一条走路，驰归军前。顾视乃父，已是挺着不动，毫无声息了。夫不禁大恸，尚欲为父报仇，回马致死。灌何瞧着，忙自出来劝阻，一面招呼部众，退回大营。

这灌孟系颍阳人，本是张姓，尝事灌何父婴，由婴荐为二千石，因此寄姓为灌。灌婴殁后，何得袭封。孟年老家居，吴楚变起，何为偏将，仍召孟为校尉。孟本不欲从军，但为了旧情难却，乃与子灌夫偕行。灌夫也有勇力，带领千人，与乃父自成一队，隶属灌何麾下。此次见父阵亡，怎得不哀？亚夫闻报，亲为视殓，并依照汉朝定例，令灌夫送父归葬。灌夫不肯从命，且泣且愤道：“愿取吴王或吴将首级，报我父仇。”却有血性。亚夫见他义愤过人，倒也不便相强，只好仍使留着，惟劝他不必过急。偏灌夫迫不及待，私嘱家奴十余人，夜劫敌营。又向部曲中挑选壮士，得数十名，裹束停当，候至夜半，便披甲执戟，带领数十骑出寨，驰往敌垒。才行数步，回顾壮士，多已散去，只有两人相随，此时报仇心切，也不管人数多少，竟至吴王大营前，怒马冲入。吴兵未曾预防，统是吓得倒躲，一任灌夫闯进后帐。灌夫手下十数骑，亦皆紧紧跟着。后帐由吴王住宿，绕守多人，当即出来阻住，与灌夫鏖斗起来。灌夫毫不胆怯，挺戟乱刺，戳倒了好几人，惟身上也受了好几处重伤，再看从奴等，多被杀死，自知不能济事，随即大喝一声，拍马退走。吴兵从后追赶，亏得两壮士断住后路，好使灌夫前行。至灌夫走出吴营，两壮士中又战死一人，只有一人得脱，仍然追上灌夫，疾驰回营。灌何闻夫潜往袭敌，亟派兵士救应。兵士才出营门，已与夫兜头碰着，见他战袍上面，尽染血痕，料知已经重创，忙即扶令下马，簇拥入营。灌何取出万金良药，替他敷治，才得不死。但十余人能劫吴营，九死中博得一生，好算是健儿身手，亘古罕闻了！

吴王经他一吓，险些儿魂离躯壳，且闻汉将只十数人，能有这般胆量，倘或全军过来，如何招架得住，因此日夜不安。再加粮食已尽，兵不得食，上下枵腹，将佐离心，自思长此不走，即不战死，也是饿死。踌躇终日，毫无良法，结果是想得一条密策，竟挈领太子驹，及亲卒数千，夤夜私行，向东逃去。蛇无头不行，兵无主自乱，二十多万饥卒，仓猝中不见吴王，当然骇散。楚王戊孤掌难鸣，也想率众逃生，不料汉军大至，并力杀来。楚兵都饿得力乏，怎能上前迎战？一声惊叫，四面狂奔，单剩了一个楚王戊，拖落后面，被汉军团团围住。戊自知不能脱身，拔剑在手，向颈一横，立即毙命。可记得后宫美人否？亚夫指挥将士，荡平吴楚大营，复下令招降敌卒，缴械免死。吴楚兵无路可归，便相率投诚。只有下邳人周邱，好酒无赖，前投吴王麾下，请得军令，略定下邳，北攻城阳，有众十余万，嗣闻吴王败逃，众多离散，邱亦退归。自恨无成，发生了一个背疽，不久即死。

吴王父子，渡淮急奔，过丹徒，走东越，沿途收集溃卒，尚有万人。东越就是东瓯，惠帝三年，曾封东越君长摇为东海王，后来子孙相传，与吴通好。吴起兵时，东越王曾拨兵助吴，驻扎丹徒，为吴后缓。回应五十四回。及吴王父子来奔，见他势穷力尽；已有悔心，可巧周亚夫遣使前来，嘱使杀死吴王，当给重赏。东越王乐得听命，便诱吴王濞劳军，暗令军士突出，将濞杀毙。六十多岁的老藩王，偏要这般寻死，所谓自作孽、不可活，与人何尤！但高祖曾说濞有反相，至是果验，莫非因相貌生成，到老也是难免吗？不幸多言而中。濞既被杀，传首长安，独吴太子驹，幸得逃脱，往奔闽越，下文自有交代。

且说周亚夫讨平吴楚，先后不过三月，便即奏凯班师，惟遣弓高侯韩颓当，带兵赴齐助攻胶西诸国。胶西王卬，使济南军主持粮道，自与胶东、菑川，合兵围齐，环城数匝。回应前回。齐王将闾，曾遣路中大夫入都告急，景帝已将齐事委任窦婴，由婴调派将军栾布，领兵东援；至路中大夫进见，乃复续遣平阳侯曹襄，曹参曾孙。往助栾布，并令路中大夫返报齐王，使他坚守待援。路中大夫星夜回齐,行至临淄城下,正值胶西诸国,四面筑垒,无路可通,没奈何硬着头皮,闯将进去,匹马单身,怎能越过敌垒,眼见是为敌所缚,牵见三国主将。三国主将问他何来?

路中大夫直言不讳。三国主将与语道:"近日汝主已遣人乞降,将有成议,汝今由都中回来,最好与我通报齐王,但言汉兵为吴楚所破,无暇救齐,齐不如速降三国,免得受屠。果如此言,我当从重赏汝,否则汝可饮刀,莫怪我等无情!"路中大夫佯为许诺,并与设誓,从容趋至城下,仰呼齐王禀报。齐王登城俯问,路中大夫朗声道:"汉已发兵百万,使太尉亚夫,击破吴楚,即日引兵来援。栾将军与平阳侯先驱将至,请大王坚守数日,自可无患,切勿与敌兵通和!"齐王才答声称是,那路中大夫的头颅,已被敌兵斫去,不由的触目生悲,咬牙切齿,把一腔情急求和的惧意,变做拼生杀敌的热肠。舍身谏主,路中大夫不愧忠臣!当下督率将士,婴城固守。未几即由汉将栾布,驱兵杀到,与胶西、胶东、菑川三国人马,交战一场,不分胜负。又未几由平阳侯曹襄,率兵继至,与栾布两路夹攻,击败三国将士。齐王将闾,也乘势开城,麾兵杀出,三路并进,把三国人马扫得精光。济南军也不敢相救,逃回本国去了。如此不耐久战,造甚么反!

胶西王卬,奔还高密,即胶西都城。免冠徒跣,席稿饮水,入向王太后谢罪。王太后本教他勿反,至此见子败归,惹得忧愤交并,无词可说。独王太子德,从旁献议,还想招集败卒,袭击汉军。卬摇首道:"将怯卒伤,怎可再用?"道言未绝,外面已递入一书,乃是弓高侯韩颓当差人送来。卬又吃了一惊,展开一阅,见书中写着道:

奉诏诛不义,降者赦除其罪,仍复故土,不降者灭之。王今何处？当待命从事！

卬既阅罢，问明来使，始知韩颓当领兵到来，离城不过十里。此时无法拒绝，只好偕同来使，往见颓当。甫至营前，即肉袒匍匐，叩头请罪。既已做错，一死便了，何必这般乞怜！颓当闻报，手执金鼓，出营语卬道："王兴师多日，想亦劳苦，但不知王为何事发兵？"卬膝行前进道："近因晁错用事，变更高皇帝命令，侵削诸侯，卬等以为不义，恐他败乱天下，所以联合七国，发兵诛错。今闻错已受诛，卬等谨罢兵回国，自愿请罪！"颓当正色道："王若单为晁错一人，何勿上表奏闻，况未曾奉诏，擅击齐国，齐本守义奉法，又与晁错毫不相关，试问王何故进攻？如此看来，王岂徒为晁错么？"说着，即从袖中取出诏书，朗读一周。诏书大意，无非说是"造反诸王，应该伏法"等语。听得刘卬毛骨皆寒，无言可辩。及颓当读完诏书，且与语道："请王自行裁决，无待多言！"卬乃流涕道："如卬等死有余辜，也不望再生了。"随即拔剑自刎。卬母与卬子，闻卬毕命，也即自尽。胶东王雄渠、菑川王贤、济南王辟光，得悉胶西王死状，已是心惊，又闻汉兵四逼，料难抵敌，不如与卬同尽，免得受刀。因此预求一死，或服药，或投缳，并皆自杀。

七国中已平了六国，只有赵王遂，守住邯郸。由汉将郦寄，率兵围攻，好几月不能取胜。乃就近致书栾布，请他援应。栾布早拟班师，因查得齐王将闾，曾与胶西诸国通谋，不能无罪，所以表请加讨，留齐待命。齐王将闾，闻风先惧，竟至饮鸩丧生，布乃停兵不攻。会接郦寄来书，乃移兵赴赵。赵王遂求救匈奴，匈奴已探知吴楚败耗，不肯发兵，赵势益危。郦、栾两军，合力攻邯郸城，尚不能下。嗣经栾布想出一法，决水灌入，守兵大惊，城脚又坏，终被汉军乘隙突进，得破邯郸。赵王遂无路可奔，也拼着性命，一死了事，于是七国皆平。

济北王志，前与胶西王约同起事，虽由郎中令设法阻挠，总算中止。见五三回。但闻齐王难免一死，自己怎能逃咎，因与妻子诀别，决计自裁。妻子牵衣哭泣，一再劝阻，志却与语道："我死，汝等或尚可保全。"随即取过毒药，将要饮下。有一僚属公孙獚，从旁趋入道："臣愿为大王往说梁王，求他通意天子；如或无成，死亦未迟。"志乃依言，遣獚往梁。梁王武传令入见，獚行过了礼，便向前进言道："济北地居西塞，东接强齐，南牵吴越，北逼燕赵，势不能自守，力不足御侮。前因吴与胶西双方威胁，虚言承诺，实非本心。若使济北明示绝吴，吴必先下齐国，次及济北，连合燕赵，据有山东各国，西向叩关，成败尚未可知。今吴王连合诸侯，贸然西行，彼以为东顾无忧，那知济北抗节不从，致失后援，终落得势孤援绝，兵败身亡。大王试想区区济北，若非如此用谋，是以犬羊敌虎狼，早被吞噬，怎能为国效忠，自尽职务？乃功义如此，尚闻为朝廷所疑，臣恐藩臣寒心，非社稷利！现在只有大王能持正义，力能斡旋，诚肯为济北王出言剖白，上全危国，下保穷民，便是德沦骨髓，加惠无穷了！愿大王留意为幸！"不外恭维。梁王武闻言大悦，即代为驰表上闻，果得景帝复诏，赦罪不问。但将济北王徙封菑川。公孙獚既得如愿，自然回国复命，济北王志才得幸全。

各路将帅，陆续回朝，景帝论功行赏，封窦婴为魏其侯，栾布为郦侯。惟周亚夫、曹襄等早沐侯封，不便再加，仍照旧职，不过赏赐若干金帛，算做报功。其余随征将士，亦皆封赏有差。自齐王将闾服毒身亡，景帝说他被人胁迫，罪不至死，特从抚恤条例，赐谥将闾为孝王，使齐太子寿，仍得嗣封。一面拟封吴楚后人，奉承先祀。窦太后得知此信，召语景帝道：

"吴王首谋造反，罪在不赦，奈何尚得封荫子孙？"景帝乃罢。惟封平陆侯宗正刘礼为楚王，礼为楚元王交次子，命礼袭封，是不忘元王的意思。又分吴地为鲁、江都二国，徙淮阳王余为鲁王，汝南王非为江都王。二王为景帝子，见五十三回。立皇子端为胶西王，彻为胶东王，胜为中山王。迁衡山王勃为济北王，庐江王赐为衡山王。济南国除，不复置封。

越年，立子荣为皇太子。荣为景帝爱姬栗氏所出，年尚幼稚，因母得宠，遂立为储嗣。时人或称为栗太子。栗太子既立，栗姬越加得势，遂暗中设法，想将薄皇后摔去，好使自己正位中宫。薄皇后既无子嗣，又为景帝所不喜，只看太皇太后薄氏面上，权立为后。见五十三回。本来是个宫中傀儡，有名无实，一经栗姬从旁倾轧，怎得保得住中宫位置？果然到了景帝六年，被栗姬运动成熟，下了一道诏旨，平白地将薄后废去。无故废后，景帝不为无过。栗姬满心欢喜，总道是桃僵可代，唾手告成；就是六宫粉黛，也以为景帝废后，无非为栗姬起见，虽然因羡生妒，亦唯有徒唤奈何罢了。谁知天有不测风云、人有旦夕祸福，栗姬始终不得为后，连太子荣都被摇动，黜为藩王。可怜栗姬数载苦心，付诸流水，免不得愤恚成病，玉殒香消。小子有诗咏道：

> 欲海茫茫总不平，一波才逐一波生。
> 从知谗妒终无益，色未衰时命已倾。

究竟太子荣何故被黜，待至下回再详。

　　吴楚二王之屯兵梁郊，不急西进，是一大失策，既非周亚夫之善于用兵，亦未必果能逞志。项霸王以百战余威，犹受困于广武间，卒至粮尽退师，败死垓下，况如吴、楚二王乎？灌夫之为父复仇，路中大夫之为主捐躯，忠肝义胆，照耀史乘，备录之以示后世，所以勖子臣也。公孙玃愿说梁王，以片言之请命，救孱主于垂危，亦未始非济北忠臣。假令齐王将闾，有此臣属，则亦何至仓皇毕命。将闾死而志独得生，此国家之所以不可无良臣也。彼七王之致毙，皆其自取，何足惜乎！

第五十六回

王美人有缘终作后　栗太子被废复蒙冤

却说景帝妃嫔，不止栗姬一人，当时后宫里面，尚有一对姊妹花，生长槐里，选入椒房，出落得娉娉婷婷，成就了恩恩爱爱。闺娃王氏，母名臧儿，本是故燕王臧荼孙女，嫁为同里王仲妻，生下一男两女，男名为信，长女名娡，一名娀儿。次女名息姁。未几仲死，臧儿挈了子女，转醮与长陵田家，又生二子，长名蚡，幼名胜。娡年已长，嫁为金王孙妇，已生一女。臧儿平日算命，术士说她两女当贵，臧儿似信非信。适值长女归宁，有一相士姚翁趋过，由臧儿邀他入室，令与二女看相。姚翁见了长女，不禁瞠目道："好一个贵人，将来当生天子，母仪天下！"继相次女，亦云当贵，不过比乃姊稍逊一筹。汉家相士，所言多验，想是独得秘传。臧儿听着，暗想长女已嫁平民，如何能生天子？得为国母？因此心下尚是怀疑。事有凑巧，朝廷选取良家子女，纳入青宫，臧儿遂与长女密商，拟把她送入宫中，博取富贵。长女娡虽已有夫，但闻着富贵两字，当然欣羡，也不能顾及名节，情愿他适。臧儿即托人向金氏离婚，金氏如何肯从，辱骂臧儿。臧儿不管他肯与不肯，趁着长女归宁未返，就把她装束起来，送交有司，辇运入宫。

槐里与长安相距，不过百里，朝发夕至。一入宫门，便拨令侍奉太子，太子就是未即位的景帝。壮年好色，喜得娇娃，娡复为希宠起见，朝夕侍侧，格外巴结，惹得太子色魔缠扰，情意缠绵，男贪女爱，我我卿卿，一朵残花，居然压倒香国，不到一年，便已怀胎，可惜是弄瓦之喜，未及弄璋。大器须要晚成。惟宫中已呼她为王美人，或称王夫人。美人系汉宫妃妾之称，秩视二千石。这王美人忆及同胞，又想到女弟身上，替她关说。太子是多多益善，就派了东宫侍监，赍着金帛，再向臧儿家聘选次女，充作媵嫱。臧儿自送长女入宫后，尚与金氏争执数次，究竟金氏是一介平民，不能与储君构讼，只好和平解决，不复与争。此次由宫监到来，传说王美人如何得宠，如何生女，更令臧儿生欢。及听到续聘次女一事，也乐得惟命是从，随即受了金帛，又把次女改装，打扮得齐齐整整，跟着宫监，出门上车。

好容易驰入东宫，乃姊早已待着，叮嘱数语，便引见太子。太子见她体态轻盈，与乃姊不相上下，自然称心合意，相得益欢。当夜开筵与饮，令姊妹花左右侍宴，约莫饮了十余觥，酒酣兴至，情不自持，王美人知情识趣，当即辞去。神女初会高唐，襄王合登巫峡，行云布雨，其乐可知。比乃姊如何。说也奇怪，一点灵犀，透入子宫，竟尔缊缊化育，得孕麟儿。十月满足，产了一男，取名为越，就是将来的广川王。

乃姊亦随时进御，接连怀妊，偏只生女不生男。到了景帝即位这一年，景帝梦见一个赤彘，从天空中降下，云雾迷离，直入崇芳阁中，及梦觉后，起游崇芳阁，尚觉赤云环绕，仿佛龙形。当下召术士姚翁入问，姚翁谓兆主吉祥，阁内必生奇男，当为汉家盛主，景帝大喜。过了数日，景帝又梦见神女捧日，授与王美人，王美人吞入口中，醒后即告知王美人，偏王美人也梦日入怀，正与景帝梦兆相符。景帝料为贵兆，遂使王美人移居崇芳阁，改阁名为绮兰殿，凭着那龙马精神，与王美人谐欢竟夕，果得应了瑞征。待至七夕佳期，天上牛女相会，人间麟趾呈祥，王美人得生一子，英声初试，便是不凡。景帝

尝梦见高祖，叫他生子名彘，又因前时梦彘下降，遂取王美人
子为彘。嗣因彘字取名，究属不雅，乃改名为彻。王美人生彻
以后，竟不复孕；那妹子却迭生四男，除长男越外，尚有寄、
乘、舜三人，后皆封王。事且慢表。

　　且说王美人生彻时，景帝已有数男，栗姬生子最多，貌亦
可人，却是王美人的情敌。景帝本爱恋栗姬，与订私约，俟姬
生一子，当立为储君。后来栗姬连生三男，长名荣，次名德，
又次名阏。德已封为河间王，阏亦封为临江王，见五十三回。
只有荣未受封，明明是为立储起见。偏经王家姊妹，连翩引
入，与栗姬争宠斗妍，累得栗姬非常愤恨。王美人生下一彻，
却有许多瑞兆相应，栗姬恐他立为太子，反致己子失位，所以
格外献媚，力求景帝践言。景帝既欲立荣，又欲立彻，迁延了
两三年，尚难决定。惟禁不住栗姬催促，絮聒不休，而且舍长
立幼，也觉不情，因此决意立荣，但封彻为胶东王。见前回。

　　是时馆陶长公主嫖，为景帝胞姊，适堂邑侯陈午为妻，生
有一女，芳名叫做阿娇。长公主欲配字太子，使人向栗姬示
意，总道是辈分相当，可一说便成。偏偏栗姬不愿联姻，竟至
复绝。原来长公主出入宫闱，与景帝谊属同胞，素来亲昵，凡
后宫许多妾媵，都奉承长公主，求她先容，长公主不忍却情，
免不得代为荐引。乐得做人情。独栗姬素来妒忌，闻着长公主
时进美人，很为不平，所以长公主为女议婚，便不顾情谊，随
口谢绝。长公主恼羞成怒，遂与栗姬结下冤仇。统是妇人意见。
那王美人却趁此机会，联络长公主，十分巴结。两下相遇，往
往叙谈竟日，无语不宣。长公主说及议婚情事，尚有恨声，王
美人乐得凑奉，只说自己没福，不能得此佳妇。长公主随口接
说，愿将爱女阿娇，与彻相配。王美人巴不得有此一语，但口
中尚谦言彻非太子，不配高亲。语语反激，才情远过栗姬。惹得
长公主耸眉张目，且笑且恨道：“废立常情，祸福难料。栗氏

以为己子立储，将来定得为皇太后，千稳万当；那知还有我在，管教她儿子立储不成！"王美人忙接入道："立储是国家大典，应该一成不变，请长公主不可多心！"再激一句更恶。长公主愤然道："她既不中抬举，我也无暇多顾了！"王美人暗暗喜欢，又与长公主申订婚约，长公主方才辞去。

王美人见了景帝，就说起长公主美意，愿结儿女姻亲。景帝以彻年较幼，与阿娇相差数岁，似乎不甚相合，所以未肯遽允。王美人即转喜为忧，又与长公主说明。长公主索性带同女儿，相将入宫，适胶东王彻，立在母侧。汉时分封诸王，年幼者多未就国，故彻尚在宫。长公主顺手携住，拥置膝上，就顶抚摩，戏言相问道："儿愿娶妇否？"彻生性聪明，对着长公主嬉笑无言。长公主故意指示宫女，问他可否合意？彻并皆摇首。至长公主指及己女道："阿娇可好么？"彻独笑着道："若得阿娇为妇，合贮金屋，甚好！甚好！"小儿生就老脸皮。长公主不禁大笑，就是王美人也喜动颜开。长公主遂将彻抱定，趋见景帝，笑述彻言。景帝当面问彻，彻自认不讳。景帝想他小小年纪，独喜阿娇，当是前生注定姻缘，不若就此允许，成就儿女终身大事，于是认定婚约，各无异言。长公主与王美人，彼此做了亲母，情好尤深，一想报恨，一想夺嫡，两条心合做一条心，都要把栗姬母子捽去。栗姬也有风闻，惟望自己做了皇后，便不怕他播弄。好几年费尽心机，才把薄皇后挤落台下，正想自己登台，偏有两位新亲母，从旁摆布，不使如愿。这也是因果报应，弄巧反拙呢！

景帝方欲立栗姬为后，急得长公主连忙进谗，诬称栗姬崇信邪术，诅咒妃嫱，每与诸夫人相会，往往唾及背后。量窄如此，恐一得为后，又要看见人彘的惨祸了！景帝听及"人彘"二字，未免动心，遂踱至栗姬宫内，用言探试道："我百年后，后宫诸姬，已得生子，汝应善为待遇，幸勿忘怀。"一面说，一面瞧着栗姬容颜，忽然改变，又紫又青，半晌不发一言。一味嫉妒，全无才具，怎能免人挤排。待了多时，仍然无语，甚且将脸儿背转，遂致景帝忍耐不住，起身便走。甫出宫门，但听里面有哭骂声，隐约有"老狗"二字。本想回身诘责，因恐徒劳口角，反失尊严，不得已忍气而去。自是心恨栗姬，不愿册立。长公主又日来侦伺，或与景帝晤谈，辄称胶东王如何聪俊、如何孝顺。景帝也以为然。并记起前时梦兆，多主吉祥，如或立为太子，必能缵承大统。此念一起，太子荣已是动摇，再加王美人格外谦和，誉满六宫，越觉得栗姬母子，相形见绌了。

流光如驶，又是一年，大行官礼官。忽来奏请，说是子以母贵，母以子贵，今太子母尚无位号，应即册为皇后。景帝瞧着，不禁大怒道："这事岂汝等所宜言？"说着，即命将大行官论罪，拘系狱中，且竟废太子荣为临江王。条侯周亚夫、魏其侯窦婴，先后谏诤，皆不见从。婴本来气急，谢病归隐。只周亚夫仍然在朝，寻且因丞相陶青病免，即令亚夫代任，但礼貌反不及曩时，不过援例超迁罢了。看官听说！景帝决然废立，是为了大行一奏，疑是栗姬暗中主使，所以动怒。其实主使的不是栗姬，却是争宠夺嫡的王美人。王美人已知景帝怨恨栗姬，特嘱大行奏请立后，为反激计。果然景帝一怒，立废太子，只大行官为此下狱，枉受了数旬苦楚。后来王美人替他缓颊，才得释放，总算侥幸免刑。那栗姬从此失宠，不得再见景帝一面，深宫寂寂，长夜漫漫，叫她如何不愤，如何不病。未几又来了一道催命符，顿将栗姬芳魂，送入冥府！看官不必细猜，便可知彻为太子，王美人为皇后，是送死栗姬的催命符呢。

惟自太子荣被废，至胶东王彻得为太子，中间也经过两月有余，生出一种波折，几乎把两亲母的秘谋，平空打断。还亏王氏母子，生就多福，任凭他人觊觎，究竟不为所夺，仍得暗地斡旋。看官欲知觊觎储位的人物，就是景帝胞弟梁王武。梁王武前次入朝，景帝曾有将来传位的戏言，被窦婴从旁谏阻，扫兴还梁。见五十三回。至七国平定，梁王武固守有功，得赐天子旌旗，出警入跸，开拓国都睢阳城，约七十里，建筑东苑方三百余里，招延四方宾客，如齐人羊胜、公孙诡、邹阳，吴人枚乘、严忌，蜀人司马相如等，陆续趋集，侍宴东苑，称盛一时。公孙诡更多诡计，*不愧大名*。常为梁王谋划帝位，梁王倍加宠遇，任为中尉。及栗太子废立时，梁王似预得风闻，先期入朝，静觇内变，果然不到多日，储君易位。

梁王进谒窦太后，婉言干请，意欲太后替他主张，订一兄终弟及的新约。太后爱怜少子，自然乐从，遂召入景帝，再开家宴，酒过数巡，太后顾着景帝道："我已老了，能有几多年得生世间，他日梁王身世，所托惟兄。"景帝闻言避席，慌忙下跪道："谨遵慈命！"太后甚喜，即命景帝起来，仍复欢宴。直至三人共醉，方罢席而散。既而景帝酒醒，自思太后所言，寓有深意，莫非因我废去太子，即将梁王接替不成。因特召入诸大臣，与他密议所闻。太常袁盎首答道："臣料太后意思，实欲立梁王为储君，但臣决以为不可行！"景帝复问及不可行的理由，盎复答道："陛下不闻宋宣公么？*宋宣公见春秋时代*。不立子殇公，独立弟穆公，后来五世争国，祸乱不绝。小不忍必乱大谋，故《春秋》要义，在大居正，传子不传弟，免得乱统。"说到此语，群臣并齐声赞成。景帝点首称是，遂将袁盎所说，转白太后。太后虽然不悦，但也无词可驳，只得罢议。梁王武不得逞谋，很是懊恼，复上书乞赐容车地，由梁国直达长乐宫。当使梁民筑一甬道，彼此相接，可以随时通车，入觐太后，这事又是一大奇议，自古罕闻。景帝将原书颁示群臣，又由袁盎首先反对，力为驳斥。景帝依言，拒复梁王，且使梁王归国。梁王闻得两番计策，都被袁盎打消，恨不得手刃袁盎，只因有诏遣归，不便再留，方怏怏回国去了。

景帝遂立王美人为皇后，胶东王彻为皇太子，一个再醮的民妇，居然得入主中宫，若非福命生成，怎有这番幸遇！可见姚翁所言，确是不诬。还有小王美人息姁，亦得进位夫人，所生长子越与次子寄，已有七龄，并为景帝所爱，拟皆封王。到了景帝改元的第二年，景帝三次改元，第一次计七年，第二次计六年，第三次计三年，史称第二次为中元年，末次为后元年。即命越王广川，寄王胶东，尚有乘、舜二幼子，后亦授封清河、常山二王。可惜息姁享年不永，未及乃姊福寿，但也算是一个贵命了。话休叙烦。

且说太子荣，既失储位，又丧生母，没奈何辞行就国，往至江陵。江陵就是临江国都，本是栗姬少子阏分封地，见前文。阏已夭逝，荣适被黜，遂将临江封荣。荣到国甫及年余，因王宫不甚宽敞，特拟估工增筑。宫外苦无隙地，只有太宗文皇帝庙垣，与宫相近，尚有余地空着，可以造屋，荣不顾后虑，乘便构造。偏被他人告发，说他侵占宗庙余地，无非投阱下石。景帝乃征令入都。荣不得不行，就在北门外设帐祖祭，即日登程。相传黄帝子累祖，壮年好游，致死道中，后人奉为行神。一说系共工氏子修。每遇出行，必先设祭，因此叫作祖祭。荣已祭毕，上车就道，蓦听得"豁喇"一声，车轴无故自断，不由的吃了一惊，只好改乘他车。江陵父老，因荣抚治年余，却还仁厚爱民，故多来相送。既见荣车断轴，料知此去不祥，相率流涕道："我王恐不复返了！"荣别了江陵百姓，驰入都中，当有诏旨传将出来，令荣至中尉处待质。冤冤相凑，碰着了中尉郅都，乃是著名的酷吏，绰号"苍鹰"，朝臣多半侧目，独景帝说他不避权贵，特加倚任。这大约是臭味相投，别有赏心呢！句中有刺。

先是后宫中有一贾姬，色艺颇优，也邀主眷。景帝尝带她同游上苑，赏玩多时，贾姬意欲小便，自往厕所。突有野彘从兽栏窜出，向厕闯入，景帝瞧着，不禁着忙，恐怕贾姬受伤，急欲派人往救。郅都正为中郎将，侍驾在旁，见景帝顾视左右，面色仓皇，却故意把头垂下，佯作不见。景帝急不暇择，竟拔出佩剑，自去抢救，郅都偏趋前数步，拦住景帝，伏地启奏道："陛下失一姬又有一姬，天下岂少美妇人？若陛下自去冒险，恐对不住宗庙太后，奈何为一妇人，不顾轻重呢！"景帝乃止。俄而野彘退出，贾姬也即出来，幸未受伤，当由景帝挈她登辇，一同还宫。适有人将郅都谏诤，入白太后，太后嘉他知义，赏赐黄金百斤。景帝亦以都为忠，加赐百金，嗣是郅都称重朝廷。也亏贾姬不加妒忌，才得厚赐。既而济南有一瞷氏大族，约三百余家，横行邑中，有司不敢过问。景帝闻知，特命郅都为济南守，令他往治。都一到济南，立即派兵往捕，得瞷氏首恶数人，斩首示众，余皆股栗，不敢为非。约莫过了一年，道不拾遗，济南大治，连邻郡都惮他声威，景帝乃召为中尉。

都再入国门，丰裁越峻，就是见了丞相周亚夫，亦只一揖，与他抗礼。亚夫却也不与计较。及临江王荣，征诣中尉，都更欲借此申威，召至对簿，装起一张黑铁面孔，好似阎罗王一般。荣究竟少年，未经大狱，见着郅都这副面目，已吓得魂胆飞扬；转思母死弟亡，父已失爱，余生也觉没趣，何苦向酷吏乞怜，不若作书谢过，自杀了事。主意已定，乃旁顾府吏，欲借取纸笔一用，那知又被郅都喝阻，竟叱令皂役，把他牵回狱中。还是魏其侯窦婴，闻悉情形，取给纸笔，荣写就一封绝命书，托狱吏转达景帝，一面解带悬梁，自缢而亡。却是可怜！狱吏报知郅都，都并不惊惶，但取荣遗书呈入。景帝览书，却也没有甚么哀戚，只命将王礼殓葬，予谥曰"闵"，待至出葬蓝田，偏有许多燕子，替他衔泥，加置冢上。途人见之，无不惊叹，共为临江王呼冤。小子有诗叹道：

> 入都拼把一身捐，玉碎何心望瓦全？
> 底事苍鹰心太狠，何如燕子尚知怜！

窦婴闻报，代为不平，便即入奏太后。欲知太后曾否加怜，待下回详细说明。

薄皇后为栗姬所排，无辜被废，而王美人又伺栗姬之后，并栗太子而捽去之，天道好还，何报应之巧耶？独怪景帝为守成令主，乃为二三妇人所播弄，无故废后，是为不义；无端废子，是为不慈。且王美人为再醮之妇，名节已失，亦不宜正位中宫，为天下母。君一过多矣，况至再至三乎！太子荣既降为临江王，欲求免祸，务在小心，旧有王宫，居之可也，必欲鸠工增筑，致有侵及宗庙之嫌，未免自贻伊戚。但晁错穿庙垣而犹得无辜，临江王侵庙地而即致加罪，谁使苍鹰，迫诸死地？谓其非冤，不可得也。夫有栗太子之冤死，益足见景帝之忍心，苏颖滨谓其忌刻少恩，岂过毁哉！

第五十七回

索罪犯曲全介弟　赐肉食戏弄条侯

却说窦婴入谒太后，报称临江王冤死情形，窦太后究属婆心，不免泣下，且召入景帝，命将郅都斩首，俾得雪冤。景帝含糊答应，及退出外殿，又不忍将都加诛，但令免官归家。未几又想出一法，潜调都为雁门太守。雁门为北方要塞，景帝调他出去，一是使他离开都邑，免得母后闻知；二是使他镇守边疆，好令匈奴夺气。果然郅都一到雁门，匈奴兵望风却退，不敢相逼。甚至匈奴国王，刻一木偶，状似郅都，令部众用箭射像，部众尚觉手颤，迭射不中。这可想见郅都声威，得未曾有哩！匈奴本与汉朝和亲，景帝五年，也曾仿祖宗遗制，将宗室女充作公主，遣嫁出去，但番众总不肯守静，往往出没汉边，时思侵掠。自从郅都出守，举国相戒，胆子虽怯，心下总是不甘，便由中行说等定计，遣使入汉，只说郅都虐待番众，有背和约。景帝也知匈奴逞刁，置诸不问。偏被窦太后得知，大发慈威，怒责景帝敢违母命，仍用郅都，内扰不足，还要叫他虐待外人，真正岂有此理！今惟速诛郅都，方足免患。景帝见母后动怒，慌忙长跪谢过，并向太后哀求道："郅都实是忠臣，外言不足轻信，还乞母后贷他一死，以后再不轻用了！"太后厉声道："临江王独非忠臣么？为何死在他手中，汝若再不杀都，我宁让汝！"这数句怒话，说得景帝担当不起，只好勉依慈命，遣人传旨出去，把郅都置诸死刑。都为人颇有奇节，居官廉正，不受馈遗，就使亲若妻孥，也所不顾，但气太急、心太忍，终落得身首两分，史家称为酷吏首领，实是为此。持平之论。

景帝得使臣还报，尚是叹惜不已。忽闻太常袁盎，被人刺死安陵门外，还有大臣数人，亦皆遇害。景帝不待详查，便顾语左右道："这定是梁王所为。朕忆被害诸人，统是前次与议诸人，不肯赞成梁王，所以梁王挟恨，遣人刺死；否则盎有他仇，盎死便足了事，何故牵连多人呢！"说着，即令有司严捕刺客，好几日不得拿获。惟经有司悉心钩考，查得袁盎尸旁，遗有一剑，此剑柄旧锋新，料经工匠磨洗，方得如此。当下派干吏取剑过市，问明工匠，果有一匠承认，谓由梁国郎官，曾令磨擦生新。干吏遂复报有司，有司复转达景帝，景帝立遣田叔、吕季主两人，往梁索犯。田叔曾为赵王张敖故吏，经高祖特别赏识，令为汉中郡守，见前文。在任十余年，方免职还乡。景帝因他老成练达，复召令入朝，命与吕季主同赴梁都。田叔明知刺盎首谋，就是梁王，但梁王系太后爱子，皇上介弟，如何叫他抵罪？因此降格相求，姑把梁王撤去，唯将梁王幸臣公孙诡、羊胜，当作案中首犯，先派随员飞驰入梁，叫他拿交诡、胜两人。诡、胜是梁王的左右手，此次遣贼行刺，原是两人教唆出来，梁王方嘉他有功，待遇从隆，怎肯将他交出？反令他匿居王宫，免得汉使再来捕拿。田叔闻梁王不肯交犯，乃持诏入梁，责令梁相轩邱豹及内史韩安国等，拿缉诡、胜两犯，不得稽延。这是旁敲侧击的法门，田叔不为无见。

轩邱豹是个庸材，碌碌无能，那里捕得到两犯？只有韩安国材识，远过轩邱豹，却是有些能耐，从前吴楚攻梁，幸赖安国善守，才得保全。见五十四回。还有梁王僭拟无度，曾遭母兄诘责，也亏安国入都斡旋，求长公主代为洗刷，梁王方得无事。此数语是补叙前文之阙。后来安国为诡、胜所忌，构陷下狱，狱吏田甲，多方凌辱，安国慨然道："君不闻死灰复燃么?"田甲道："死灰复燃，我当撒尿浇灰!"那知过了数旬，竟来了煌煌诏旨，说是梁内史出缺，应用安国为内史。梁王不敢违诏，只好释他出狱，授内史职，慌得田甲不知所措，私下逃去。安国却下令道："甲敢弃职私逃，应该灭族!"甲闻令益惧，没奈何出见安国，肉袒叩头，俯伏谢罪。这也是小人惯技。安国笑道："何必出此! 请来撒尿!"甲头如捣蒜，自称该死。安国复笑语道："我岂同汝等见识，徒知侮人? 汝幸遇我，此后休得自夸!"甲惶愧无地，说出许多感恩悔过的话儿，安国不复与较，但令退去，仍复原职。甲始拜谢而出。从此安国大度，称颂一方。

惟至刺盎狱起，诡、胜二人，匿居王宫，安国不便入捕，又无从卸责。踌躇数日，乃入白梁王道："臣闻主辱臣死，今大王不得良臣，竟遭摧辱，臣情愿辞官就死!"说着，泪下数行。梁王诧异道："君何为至此?"安国道："大王原系皇帝亲弟，但与太上皇对着高帝，与今上对着临江王，究系谁亲?"梁王应声道："我却勿如。"安国道："高帝尝谓提三尺剑，自取天下，所以太上皇不便相制，坐老抵阳。临江王无罪被废，又为了侵地一案，自杀中尉府。父子至亲，尚且如此，俗语有云：'虽有亲父，安知不为虎? 虽有亲兄，安知不为狼?'今大王列在诸侯，听信邪臣，违禁犯法，天子为着太后一人，不忍加罪，使交出诡、胜二人，大王尚力为袒护，未肯遵诏，恐天子一怒，太后亦难挽回。况太后亦连日涕泣，惟望大王改过，大王尚不觉悟，一旦太后晏驾，大王将攀援何人呢?"怵以利害，语婉而切。梁王不待说毕，已是泪下，乃入嘱诡、胜，令他自图。诡、胜无法求免，只得仰药毕命。梁王命将两人尸首，取示田叔、吕季主，田、吕乐得留情，好言劝慰。但尚未别去，还要探刺案情，梁王不免加忧，意欲选派一人，入都转圜，免得意外受罪。想来想去，只有邹阳可使，乃嘱令入都，并取给千金，由他使用，邹阳受金即行。这位邹阳的性格，却是忠直豪爽，与公孙诡、羊胜不同。从前为了诡、胜不法，屡次谏诤，几被他构成大罪，下狱论死。亏得才华敏赡，下笔千言，自就狱中缮成一书，呈入梁王，梁王见他词旨悱恻，也为动情，因命释出狱中，照常看待。阳却不愿与诡、胜同事，自甘恬退，厌闻国政。至诡胜伏法，梁王始知阳有先见，再三慰勉，浼他入都调护，阳无可推诿，不得不勉为一行。既入长安，探得后兄王信，方蒙上宠，遂托人介绍，踵门求见。信召入邹阳，猝然问道："汝莫非流寓都门，欲至我处当差么？"邹阳道："臣素知长君门下，人多如鲫，不敢妄求使令。信系后兄，时人号为长君，故阳亦援例相称。今特竭诚进谒，愿为长君预告安危。"信始竦然起座道："君有何言？敢请明示！"阳又说道："长君骤得贵宠，无非因女弟为后，有此幸遇。但祸为福倚，福为祸伏，还请长君三思。"长君听了，暗暗生惊。

原来王皇后善事太后，太后因后推恩，欲封王信为侯。嗣被丞相周亚夫驳议，说是高祖有约，无功不得封侯，乃致中止。这也是补叙之笔。今阳来告密，莫非更有意外祸变，为此情急求教，忙握着阳手，引入内厅，仔细问明。阳即申说道："袁盎被刺，案连梁王，梁王为太后爱子，若不幸被诛，太后必然哀戚，因哀生愤，免不得迁怒豪门。长君功无可言，过却易指，一或受责，富贵恐不保了。"庸人易骄亦易惧，故阳多恫吓语。长君被他一吓，越觉着忙，皱眉问计。阳故意摆些架子，令他自思，急得王信下座作揖，几乎欲长跪下去。阳始从容拦阻，向他献议道："长君欲保全禄位，最好是入白主上，毋穷梁事，梁王脱罪，太后必深感长君，与共富贵，何人再敢摇动呢！"信展颜为笑道："君言诚是。惟主上方在盛怒，应如何进说主上，方可挽回？"连说话都要教他，真是一个笨伯！阳说道："长君何不援引舜事。舜弟名象，尝欲杀舜，及舜为天子，封象有庳。自来仁人待弟，不藏怒，不宿怨，只是亲爱相待，毫无怨言，今梁王顽不如象，应该加恩赦宥，上效虞廷，如此说法，定可挽回上怒了。"信乃大喜，待至邹阳辞出，便入见景帝，把邹阳所教的言语，照述一遍，只不说出是受教邹阳。景帝喜信能知事，且自己好摹仿圣王，当然合意，遂将怨恨梁王的意思，消去了一大半。

可巧田叔、吕季主查完梁事，回京复命，路过霸昌厩，得知宫中消息，窦太后为了梁案，日夜忧泣不休，田叔究竟心灵，竟将带回案卷，一律取出，付诸一炬。吕季主大为惊疑，还欲抢取，田叔摇手道："我自有计，决不累君!"季主乃罢。待至还朝，田叔首先进谒，景帝亟问道："梁事已办了否?"田叔道："公孙诡、羊胜实为主谋，现已伏法，可勿他问。"景帝道："梁王是否预谋?"田叔道："梁王亦不能辞责，但请陛下不必穷究。"景帝道："汝二人赴梁多日，总有查办案册，今可带来否?"田叔道："臣已大胆毁去了。试想陛下只有此亲弟，又为太后所爱，若必认真办理，梁王难逃死罪，梁王一死，太后必食不甘味，寝不安席，陛下有伤孝友，故臣以为可了就了，何必再留案册，株累无穷。"景帝正忧太后哭泣不安，听了田叔所奏，不禁心慰道："我知道了。君等可入白太后，免得太后忧劳。"田叔乃与吕季主进谒太后，见太后容色憔悴，面上尚有泪痕，便即禀白道："臣等往查梁案，梁王实未知情，罪由公孙诡、羊胜二人，今已将二人加诛，梁王可安然无事了。"太后听着，即露出三分喜色，慰问田叔等劳苦，令他暂且归休。田叔等谢恩而退。吕季主好似寄生虫。从此窦太后起居如故。

景帝以田叔能持大体，拜为鲁相。田叔拜辞东往，梁王武却谢罪西来。梁臣茅兰，劝梁王轻骑入关，先至长公主处，寓居数日，相机入朝。梁王依议，便将从行车马，停住关外，自己乘着布车，潜入关中，至景帝闻报，派人出迎，只见车骑，不见梁王，慌忙还报景帝。景帝急命朝吏，四出探寻，亦无下落。正在惊疑的时候，突由窦太后趋出，向景帝大哭道："皇帝果杀我子了！"不脱妇人腔调。景帝连忙分辩，窦太后总不肯信。可巧外面有人趋入，报称梁王已至阙下，斧锧待罪。景帝大喜，出见梁王，命他起身入内，谒见太后。太后如获至宝，喜极生悲，梁王亦自觉怀惭，极口认过。景帝不咎既往，待遇如初，更召梁王从骑一律入关。

　　梁王一住数日，因得邹阳报告，知是王信代为调停，免不得亲去道谢。两人一往一来，周旋数次，渐觉情投意合，畅叙胸襟。王信为了周亚夫阻他侯封，心中常存芥蒂；就是梁王武，因吴、楚一役，亚夫坚壁不救，也引为宿嫌。两人谈及周丞相，并不禁触起旧恨，想要把他除去。梁王初幸脱罪，又要报复前嫌，正是江山可改，本性难移。因此互相密约，双方进言。王信靠着皇后势力，从中媒蘖；梁王靠着太后威权，实行谗诬。景帝只有个人知识，那禁得母妻弟舅，陆续蔽惑，自然不能无疑。况栗太子被废，及王信封侯时，亚夫并来絮聒，也觉厌烦，所以对着亚夫，已有把他免相的意思。不过记念旧功，一时未便开口，暂且迁延。并因梁王未知改过，仍向太后前搬弄是非，总属不安本分，就使要将亚夫免职，亦须待他回去，然后施行。梁王扳不倒亚夫，且见景帝情意寖衰，也即辞行回国，不复逗留。景帝巴不得他离开面前，自然准如所请，听令东归。

　　会因匈奴部酋徐卢等六人，叩关请降，景帝当然收纳，并欲封为列侯。当下查及六人履历，有一个卢姓降酋，就是前叛王卢绾孙，名叫它人。绾前降匈奴，匈奴令为东胡王。见前文。嗣欲乘间南归，终不得志，郁郁而亡。至吕后称制八年，绾子潜行入关，诣阙谢罪，吕后颇嘉他反正，命寓燕邸，拟为置酒召宴，不料一病不起，大命告终，遂至绾妻不得相见，亦即病死。惟绾孙它人，尚在匈奴，承袭祖封，此时亦来投降。景帝为招降起见，拟将六人均授侯封，偏又惹动了丞相周亚夫，入朝面谏道："卢它人系叛王后裔，应该加罪，怎得受封？就是此外番王，叛主来降，也是不忠，陛下反封他为侯，如何为训！"景帝本已不悦亚夫，一闻此言，自觉忍耐不住，勃然变色道："丞相议未合时势，不用不用！"亚夫讨了一场没趣，怅怅而退。景帝便封卢它人为恶谷侯，余五人亦皆授封。

越日，即由亚夫呈入奏章，称病辞官，景帝也不挽留，准以列侯归第，另用桃侯刘舍为丞相。舍本姓项，乃父名襄，与项伯同降汉朝，俱得封侯，赐姓刘氏。襄死后，由舍袭爵，颇得景帝宠遇，至是竟代为丞相。舍实非相材，幸值太平，国家无事，恰也好敷衍过去。一年一年又一年，已是景帝改元后六年，舍自觉闲暇，乃迎合上意，想出一种更改官名的条议，录呈景帝。先是景帝命改郡守为太守，郡尉为都尉。又减去侯国丞相的"丞"字，但称为相。舍拟改称廷尉为大理，奉常为太常，典客为大行，后又改名为大鸿胪。治粟内史为大农，后又改名大司农。将作少府为将作大匠，主爵中尉为都尉，后又改名右扶风。长信詹事为长信少府，将行为大长秋，九行为行人，景帝当即准议。未几又改称中大夫为卫尉，但改官名何关损益，我国累代如此，至今尚仍是习，令人不解。总算是刘舍的相绩。挖苦得妙。

梁王武闻亚夫免官，还道景帝信用己言，正好入都亲近，乃复乘车入朝。窦太后当然欢喜，惟景帝仍淡漠相遭，虚与应酬。梁王不免失望，更上书请留居京中，侍奉太后，偏又被景帝驳斥，梁王不得不归。归国数月，常闷闷不乐，趁着春夏交界，草木向荣，出猎消遣。忽有一人献上一牛，奇形怪状，背上生足，惹得梁王大加惊诧。罢猎回宫，惊魂未定，致引病魔，一连发了六日热症，服药无灵，竟尔逝世。讣音传到长安，窦太后废寝忘餐，悲悼的了不得，且泣且语道："皇帝果杀我子了！"回应一笔，见得太后溺爱，只知梁王，不知景帝。景帝入宫省母，一再劝慰，偏太后全然不睬，只是卧床大哭，或且痛责景帝，说他逼归梁王，遂致毕命。景帝有口难言，好似哑子吃黄连，说不出的苦闷；没奈何央恳长公主，代为劝解。长公主想了一策，与景帝说明，景帝依言下诏，赐谥梁王武为"孝王"，并分梁地为五国，尽封孝王子五人为王，连孝王五女，亦皆赐汤沐邑。太后闻报，乃稍稍解忧，起床进餐，后来境过情迁，自然渐忘。

　　总计梁王先封代郡，继迁梁地，做了三十五年的藩王。拥资甚巨，坐享豪华，殁后查得梁库，尚剩黄金四十余万斤，其他珍玩，价值相等，他还不自知足，要想窥窃神器，终致失意亡身。惟平生却有一种好处，入谒太后，必致敬尽礼，不敢少违。就是在国时候，每闻太后不豫，亦且食旨不甘，闻乐不乐，接连驰使请安，待至太后病愈，才复常态。赐谥曰"孝"，并非全出虚诬呢。孝为百行先，故特别提叙。

　　梁王死后，景帝又复改元，史称为后元年。平居无事，倒反记起梁王遗言，曾说周亚夫许多坏处，究竟亚夫行谊，优劣如何，好多时不见入朝，且召他进来，再加面试。如或亚夫举止，不如梁王所言，将来当更予重任，也好做个顾命大臣，否则还是预先除去，免贻后患。主见已定，便令侍臣宣召亚夫，一面密嘱御厨，为赐食计。亚夫虽然免相，尚住都中，未尝还沛。一经奉召，当即趋入，见景帝兀坐宫中，行过了拜谒礼，景帝赐令旁坐，略略问答数语，便由御厨搬进酒肴，摆好席上。景帝命亚夫侍食，亚夫不好推辞，不过席间并无他人，只有一君一臣，已觉有些惊异，及顾视面前，仅一酒卮，并无匕箸，所陈肴馔，又是一块大肉，余无别物，暗思这种办法，定是景帝有意戏弄，不觉怒意勃发，顾视尚席道：尚席是主席官名。"可取箸来。"尚席已由景帝预嘱，假作痴聋，立着不动。亚夫正要再言，偏景帝向他笑语道："这还未满君意么？"说得亚夫又恨又愧，不得已起座下跪，免冠称谢。景帝才说了一个"起"字，亚夫便即起身，掉头径出。也太率性。景帝目送亚夫出门，喟然太息道："此人鞅鞅，与快字通。非少主臣。"谁料你这般猜忌！亚夫已经趋出，未及闻知，回第数日，突有朝使到来，叫他入廷对簿。亚夫也不知何因，只好随吏入朝。这一番有分教：

烹狗依然循故辙，鸣雌毕竟识先机。汉高祖曾封许负为鸣雌亭侯。

究竟亚夫犯着何罪，待看下回便知。

若孔子尝杀少正卯，不失为圣，袁盎亦少正卯之流亚也，杀之亦宜。然孔子之杀少正卯，未尝不请命鲁君，梁王武乃为盗贼之行，潜遣刺客以毙之，例以擅杀之罪，夫复何辞！但梁王为窦太后爱子，若有罪即诛，是大伤母后之心，倘母以忧死，景帝不但负杀弟之名，且并成逼母之罪矣！贤哉田叔，移罪于公孙诡、羊胜，悉毁狱辞，还朝复命，片言悟主，此正善处人母子兄弟之间，而曲为调护者也。若周亚夫之忠直，远出袁盎诸人之上，盎之示直，伪也，亚夫之主直，诚也，盎以口舌见幸，而亚夫以功业成名，社稷之臣也，犹将十世宥之，以劝能者，乃以直谏忤旨，赐食而不置箸，信谗而即召质，卒致柱石忠臣，无端饿死，庸非冤乎！黄钟毁弃，瓦釜雷鸣，古今殆有同慨焉。

第五十八回

嗣帝阼董生进三策　应主召申公陈两言

却说周亚夫到了大廷，已由景帝派出问官，责令亚夫对
簿，且取出一封告密原书，交与阅看。亚夫览毕，全然没有头
绪，无从对答。原来亚夫子恐父年老，预备后事，特向尚方掌
供御用食物之官。买得甲楯五百具，作为他时护丧仪器。尚方所
置器物，本有例禁，想是亚夫子贪占便宜，秘密托办，一面饬
佣工运至家中，不给佣钱。佣工心中怀恨，竟说亚夫子偷买禁
物，意图不轨，背地里上书告密。景帝方深忌亚夫，见了此
书，正好作为罪证，派吏审问，其实亚夫子未尝禀父，亚夫毫
不得知，如何辩说，问官还道他倔强负气，复白景帝。景帝怒
骂道：“我亦何必要他对答呢？”遂命将亚夫移交大理。即廷
尉，见前。亚夫子闻知，慌忙过视，见乃父已入狱中，才将原
情详告。亚夫也不暇多责，付之一叹。及大理当堂审讯，竟向
亚夫问道：“君侯何故谋反？”亚夫方答辩道：“我子所买，乃
系葬器，怎得说是谋反呢！”大理又讥笑道：“就使君侯不欲
反地上，也是欲反地下，何必讳言！”亚夫生性高傲，怎禁得
这般揶揄，索性瞑目不言，仍然还狱。一连饿了五日，不愿进
食，遂致呕血数升，气竭而亡，适应了许负的遗言。命也何如。

景帝闻亚夫饿死，毫不赗赠，但更封亚夫弟坚为平曲侯，
使承绛侯周勃遗祀。那皇后亲兄王长君，却得从此出头，居然
受封为盖侯了。莫非萦私！独丞相刘舍，就职五年，滥竽充数，

无甚补益，景帝也知他庸碌，把他罢免，升任御史大夫卫绾为丞相。绾系代人，素善弄车，得宠文帝，由郎官迁授中郎将，为人循谨有余，干练不足。景帝为太子时，曾召文帝侍臣，同往宴饮，惟绾不应召，文帝越加器重。谓绾居心不贰，至临崩时曾嘱景帝道："卫绾忠厚，汝应好生看待为是！"景帝记着，故仍使为中郎将。未几出任河间王太傅，吴楚造反，绾奉河间王命，领兵助攻，得有战功，因超拜中尉，封建陵侯。嗣复徙为太子太傅，更擢为御史大夫。刘舍免职，绾循资升任，也不过照例供职，无是无非。至御史大夫一职，却用了南阳人直不疑。不疑也做过郎官，郎官本无定额，并皆宿卫宫中，人数既多，退班时辄数人同居，呼为同舍。会有同舍郎告归，误将别人金钱携去，失金的郎官，还道是不疑盗取，不疑并不加辩，且措资代偿。*未免矫情。*嗣经同舍郎假满回来，仍将原金送还失主，失主大惭，忙向不疑谢过。不疑才说明意见，以为大众蒙谤，宁我受诬，于是众人都称不疑为长老。及不疑迁任中大夫，又有人讥他盗嫂无行，徒有美貌。不疑仍不与较，但自言我本无兄，从来也因从击吴楚得封塞侯，兼官卫尉，卫绾为相，不疑便超补御史大夫，两人都自守本分，不敢妄为。但欲要他治国平天下，却是相差得多呢！*断煞两人。*

景帝又用宁成为中尉。宁成专尚严酷，比郅都还要辣手，曾做过济南都尉，人民疾首，并且居心操行，远不及郅都的忠清。偏景帝视为能吏，叫他主持刑政，正是嗜好不同，别具见解。看他诏令中语，如疑狱加谳，*景帝中五年诏令。*治狱务宽，*后元年诏令。*也说得仁至义尽，可惜是徒有虚文，言与行违，就是戒修职事，*后一年诏令。*诏劝农桑，禁采黄金珠玉，*后三年诏令。*亦未必臣民逊听，一道同风。可见景帝所为，远逊乃父，史家以文、景并称，未免失实。不过与民休息，无甚纷更，还算有些守成规范。到了后三年孟春，猝然遇病，竟致崩逝，享寿四十有八，在位一十六年。遗诏赐诸侯王列侯马各二驷，吏二千石，各黄金二斤，民户百钱，出宫人归家，终身不复役使，作为景帝身后隆恩。

太子彻嗣皇帝位，年甫十有六岁，就是好大喜功、比迹秦皇的汉武帝。回顾本书第一回。尊皇太后窦氏为太皇太后，皇后王氏为皇太后，上先帝庙号为孝景皇帝，奉葬阳陵。武帝未即位时，已娶长公主女陈阿娇为妃，此时尊为天子，当然立陈氏为皇后。金屋贮娇，好算如愿。又尊皇太后母臧儿为平原君，连臧儿所生子田蚡、田胜，亦予荣封，蚡为武安侯，胜为周阳侯。臧儿改嫁田氏，已与王氏相绝，田氏二子怎得无功封侯？即此已见武帝不遵祖制。所有丞相御史等人，暂仍旧职，未几已将改年。向来新皇嗣统，应该就先帝崩后，改年称元，以后便按次递增，就使到了一百年，也没有再三改元等事。自文帝误信新埋平候日再中，乃有二次改元的创闻。见五十一回。景帝未知干蛊，还要踵事增华，索性改元三次，史家因称为前元、中元、后元，作为区划。武帝即位一年，照例改元，本不足怪，惟后来且改元十余次，有司曲意献谀，谓改元宜应天瑞，当用瑞命纪元，选取名号，因此从武帝第一次改元为始，递用年号相系。元年年号，叫作建元，这是在武帝元鼎三年时新作出来，由后追前，各系年号，后人依书编叙，就称武帝第一年为建元元年。看官须知年号开始，创自武帝，也是一种特别纪念，垂为成例呢。标明始事，应有之笔。

武帝性喜读书，雅重文学，一经践祚，便颁下一道诏书，命丞相、御史、列侯、郡守、诸侯相等，举荐贤良方正、直言极谏之士。于是广川人董仲舒，菑川人公孙弘，会稽人严助，以及各处有名儒生，并皆被选，同时入都，差不多有百余人。武帝悉数召入，亲加策问，无非询及帝王治要。一班对策士子，统皆凝神细思，属笔成文，约莫有三五时，依次呈缴，陆续退出。武帝逐篇披览，无甚合意，及看到董仲舒一卷，乃是详论天人感应的道理，说得原原本本，计数千言，当即击节称赏，叹为奇文。原来仲舒少治《春秋》，颇有心得，景帝时已列名博士，下帷讲诵，目不窥园，又阅三年有余，功益精进，远近学子俱奉为经师。至是诣阙对策，正好把生平学识，抒展出来，果然压倒群儒，特蒙知遇。武帝见他言未尽意，复加策问，至再至三。仲舒更迭详对，统是援据《春秋》，归本道学，世称为天人三策，传诵古今。小子无暇抄录，但记得最后一篇，尤关重要，乃是请武帝崇尚孔子，屏黜异言。大略说是：

臣闻天者群物之祖，故遍复包含而无所殊。圣人法天而立道，亦溥爱而无私。春者天之所以生也，仁者君之所以爱也；夏者天之所以长也，德者君之所以养也；霜者天之所以杀也，刑者君之所以罚也，故孔子作《春秋》，上揆之天道，下质诸人情，书邦家之过，兼灾异之变，以此见人之所为，其美恶之极，乃与天地流通，而往来相应，此亦言天之一端也。夫天令之谓命，命非圣人不行，质朴之谓性，性非教化不成，人欲之谓情，情非制度不节，是故古之王者，上谨于承天意，以顺命也，下务明教化民，以成性也，正法度之宜，别上下之序，以防欲也。修此三者，而大本举矣，人受命于天，固超然异于群生，故孔子曰：天地之性人为贵，明于天性，知自贵于物，然后知仁义，知仁义然后重礼节，重礼节然后安处善，安处善然后乐循理，乐循理然后谓之君子。臣又闻之：聚少成多，积小致巨，故圣人莫不以晻与暗字通。致明，以微致显。是以尧发于诸侯，舜兴于深山，非一日而显也。盖有渐以致之矣。言出于己，不可塞也。行发于身，不可掩也，言行之大者，君子所以动天地也，故尽小者大，慎微者著。积善在身，犹长日加益而人不知也，积恶在身，犹火之销膏而人不见也，此唐虞之所以得令名，而桀纣之可为悼惧者也。夫乐而不乱，复而不厌者，谓之道。道者万世无敝，敝者道之失也。夏尚忠，殷尚质，周尚文者，救敝之术，当用此也。道之大原出于天，天不变，道亦不变，是以禹继舜，舜继尧，三圣相授，而守一道，不待救也。由是观之，继治世者其道同，继乱世者其道变，今大汉继乱之后，若宜少损周之文，致用夏之忠者。夫古之天下，犹今之天下，共是天下，古大治而今远不逮，安所缪盭而陵夷若是，意者有所失于古之道与？有所诡于天之理与？天亦有所分予，予之齿者去其角，傅之翼者两其足，是所受大者，不得取小也。古之所予禄者，不食于力，不动于末，与天同意者也。身宠而载高位，家温而食厚禄，因乘富贵之资力。以与民争利于下，民安能如之哉？民日被朘削，寖以大穷，死且不避，安能避罪，此刑罚之所以繁，而奸邪之所以不可胜者也。公仪子相鲁，至其家，见织帛，怒而出其妻，食于舍而茹葵，愠而拔之，曰吾已食禄，又夺园夫红女利乎？红读如工。夫皇皇求财利，尝恐乏匮者，庶人之意也。皇皇求仁义，惟恐不能化民者，大夫之意也。易曰：负且乘，致寇至。言居君子之位，而为庶人之行者，祸患必至也。若居君子之位，当君子之行，则舍公仪休之相鲁，无可为者矣。且臣闻《春秋》大一统者，天地之常经，古今之通谊也。今师异道，人异论，百家殊方，指意不同，是以上无以持一统，法制数变，下不知所守。臣愚以为诸不在六艺之科，孔子之术者，皆绝其道，勿使并进。邪僻之说灭息，然后统纪可壹，法度可明，民乃知所从矣。

这篇文字，最合武帝微意。武帝年少气盛，好高骛远，要想大做一番事业，振古烁今，可巧仲舒对策，首在兴学，次在求贤，最后进说大一统模范，请武帝崇正黜邪，规定一尊，正是武帝有志未逮，首思举行，所以深相契合，大加称赏。当下命仲舒为江都相，使佐江都王非。景帝子，见前。武帝既赏识仲舒，何不留为内用？丞相卫绾，闻得武帝嘉美仲舒，忙即迎合意旨，上了一本奏牍，说是各地所举贤良，或治申韩学，申商、韩非。或好苏、张言，无关盛治，反乱国政，应请一律罢归。武帝自然准奏，除公孙弘、严助诸人素通儒学外，并令归去，不得录用。卫绾还道揣摩中旨，可以希宠固荣、保全禄位，那知武帝并不见重，反因他拾人牙慧，格外鄙夷。不到数月，竟将卫绾罢免，改用窦婴为丞相。

婴系窦太后侄儿，窦太后尝与景帝说及，欲令婴居相位。景帝谓婴沾沾自喜，量窄行轻，不合为相，所以终不见用。武帝也未尝定欲相婴，意中却拟重任田蚡，不过因蚡资望尚浅，恐人不服，并且婴是太皇太后的兄子，蚡乃皇太后的母弟，斟情酌理，亦应先婴后蚡，所以使婴代相，特命蚡为太尉。太尉一官，前时或设或废，惟周勃父子，两任太尉，及迁为丞相后，并将官职停罢。武帝复设此官，明明是位置田蚡起见。蚡虽曾学习书史，才识很是平常，只有性情乖巧，口才敏捷，乃是他的特长。自从武帝授为武安侯，他亦自知才具不足，广招宾佐，预为计画。入朝时乃滔滔奏对，议论动人，武帝堕入彀中，错疑他才能迈众，欲加大位。为此一误，遂惹出后来许多波澜，连窦婴也要被他排挤，断送性命，这且待后再表。

且说窦婴、田蚡，既握朝纲，揣知武帝好儒，也不得不访求名士，推重耆英。适御史大夫直不疑免官，遂同举代人赵绾继任，并又荐入兰陵人王臧，由武帝授为郎中令。赵、王两人既已受任，便拟仿照古制，请设明堂辟雍。武帝也有此意，叫他详考古制，采择施行，两人又同奏一本，说是臣师申公，稽古有素，应由特旨征召，邀令入议。这申公就是故楚遗臣，与白生同谏楚王，被罚司春。见五十三回。及楚王戊兵败自焚，申公等自然免罪，各归原籍。申公鲁人，归家授徒，独重诗教，门下弟子，约千余人。赵绾、王臧，俱向申公受诗，知师饱学，故特从推荐。武帝风闻申公重名，立即派遣使臣，用了安车蒲轮，束帛加璧，迎聘申公。

申公已八十余岁，杜门不出，此次闻有朝使到来，只好出迎。朝使传述上意，赍交玉帛，申公见他礼意殷勤，不得不应召入都。既到长安，面见武帝，武帝见他道貌高古，格外加敬，当下传谕赐坐，访问治道，但听申公答说道："为治不在多言，但视力行何如。"两语说完，便即住口。武帝待了半晌，仍不闻有他语，两语够了。暗思自己备着厚礼，迎他到来，难道叫他说此二语，便算了事？一时大失所望，遂不欲再加质问，但命他为大中大夫，暂居鲁邸，妥议明堂辟雍，及改历易服与巡狩封禅等礼仪。申公已料武帝少年喜事，行不顾言，所以开口提出二语，待他有问再答。嗣见武帝不复加询，也即起身拜谢，退出朝门。赵绾、王臧引申公至鲁邸，叩问明堂、辟雍等古制，申公微笑无言。绾与臧虽未免诧异，但只道是远来辛苦，不便遽问，因此请师休息，慢慢儿的提议。那知宫廷里面，发生一大阻力，不但议事无成，还要闯出大祸，害得二人失职亡身，这真叫做冒昧进阶、自取祸殃哩。

原来太皇太后窦氏，素好黄老，不悦儒术，尝召入博士辕固取示老子书。辕固尚儒绌老，猝然答说道："这不过家人常言，无甚至理。"窦太后发怒道："难道定要司空、城旦书么？"固知太后语意，是讥儒教苛刻，比诸司空狱官、城旦刑法，因与私见不合，掉头自退。固本善辩，从前与黄生争论汤武，黄生主张放狱，固主张征诛，景帝颇祖固说；此番在窦太后前碰了钉子，还是不便力争，方才退出。那窦太后怒气未平，且因固不知谢过，欲加死罪，转思罪无可援，不如使他入圈击彘，俾彘咬死，省得费事。恶之欲其死，全是妇人私见。亏得景帝知悉，不忍固无端致死，特令左右借与利刃，方才将彘刺死。太后无词可说，只得罢休。但每闻儒生起用，往往从中阻挠，所以景帝在位十六年，始终不重用儒生。及武帝嗣位，窦太后闻他好儒，大为不然，复欲出来干预。武帝又不便违忤祖母，所有朝廷政议，都须随时请命。窦太后对着他事，却也听令施行，只有关系儒家法言，如明堂、辟雍等种种制度，独批得一文不值，硬加阻止。冒冒失失的赵绾，一经探悉，便入奏武帝道："古礼妇人不得预政，陛下已亲理万机，不必事事请命东宫！"处人骨肉之间，怎得如此直率！武帝听了，默然不答。

看官听说！绾所说的"东宫"二字，乃是指长乐宫，为太皇太后所居。长乐宫在汉都东面，故称东宫。诠释明白，免致阅者误会。自从绾有此一奏，竟被太皇太后闻知，非常震怒，立召武帝入内，责他误用匪人。且言绾既崇尚儒术，怎得离间亲属？这明明是导主不孝，应该重惩。武帝尚想替绾护辩，只说丞相窦婴、太尉田蚡，并言赵绾多才，与王臧一同荐入，所以特加重任。窦太后不听犹可，听了此语，越觉怒不可遏，定要将绾、臧下狱，婴、蚡免官。武帝拗不过祖母，只好暂依训令，传旨出去，革去赵绾、王臧官职，下吏论罪。拟俟窦太后怒解，再行释放。偏窦太后指二人为新垣平，非诛死不足示惩，累得武帝左右为难。那知绾与臧已拼一死，索性自杀了事。倒也清脱。小子有诗叹道：

才经拜爵即遭灾，祸患都从富贵来；
莫道文章憎命达，衒才便是杀身媒。

绾臧既死，窦太后还要黜免窦婴、田蚡。究竟婴、蚡曾否免官，待至下回再表。

武帝继文、景之后，慨然有为，首重儒生，而董仲舒起承其乏，对策大廷，衰然举首。观其三策中语，持论纯正，不但非公孙弘辈可比，即贾长沙亦勿如也。武帝果有心鉴赏，应即留其补阙，胡为使之出相江都，是可知武帝之重儒，非真好儒也。第欲借儒生之词藻，以文致太平耳。申公老成有识，一经召问，即以力行为勉，譬如对症发药，先究病源，惜乎武帝之讳疾忌医，而未由针砭也。就令无窦太后之阻力，亦乌有济？董生去，申公归，而伪儒杂进，汉治不可问矣。

第五十九回

迎母姊亲驰御驾　访公主喜遇歌姬

却说窦婴、田蚡，为了赵绾、王臧，触怒太皇太后，遂致波及，一同坐罪。武帝不能祖护，只得令二人免官。申公本料武帝有始无终，不过事变猝来，两徒受戮，却也出诸意外，随即谢病免职，仍归林下，所有明堂辟雍诸议，当然搁置，不烦再提。武帝别用栢至侯许昌为相，武疆侯庄青翟为御史大夫，复将太尉一职，罢置不设。

先是，河内人石奋，少侍高祖，有姊能通音乐，入为美人，<small>美人乃是女职，注见前。</small>奋亦得任中涓，<small>内侍官名。</small>迁居长安。后来历事数朝，累迁至太子太傅，勤慎供职，备位全身；有子四人，俱有父风，当景帝时，官皆至二千石，遂赐号为"万石君"。奋年老致仕，仍许食上大夫俸禄，岁时入朝庆贺，守礼如前，就是家规，亦非常严肃，子孙既出为吏，归谒时必朝服相见，如有过失，奋亦不欲明责，但当食不食，必经子孙肉袒谢罪，然后饮食如常，因此一门孝谨，名闻郡国。太皇太后窦氏，示意武帝，略言儒生尚文，徒事藻饰，还不如万石君家，起自小吏，却能躬行实践，远胜腐儒。因此武帝记着，特令石奋长子建为郎中令，少子庆为内史。建已经垂老，须发尽白，奋尚强健无恙，每值五日休沐，建必回家省亲，私取乃父所服衣裤，亲为洗濯，悄悄付与仆役，不使乃父得知，如是成为常例。至入朝事君，在大庭广众中，似不能言，如必须详奏事件，往往请屏左右，直言无隐。武帝颇嘉他朴诚，另眼相看。一日有奏牍呈入，经武帝批发下来，又由建复阅，原奏内有一个"马"字，失落一点，不由的大惊道："马字下有四点，象四足形与马尾一弯，共计五画；今有四缺一，倘被主上察出，岂不要受谴么？"为此格外谨慎，不敢少疏。看似迂拘，其实谨小慎微，也是人生要务，故特从详叙。

惟少子庆，稍从大意，未拘小谨，某夕因酒后忘情，回过里门，竟不下车，一直驰入家中。偏被乃父闻知，又把老态形容出来，不食不语。庆瞧着父面，酒都吓醒，慌忙肉袒跪伏，叩头请罪，奋只摇首无言。时建亦在家，见弟庆触怒父亲，也招集全家眷属，一齐肉袒，跪在父前，代弟乞情，奋始冷笑道："好一个朝廷内史，为现今贵人，经过闾里，长老都皆趋避，内史却安坐车中，形容自若，想是现今时代，应该如此！"庆听乃父诘责，方知为此负罪，连忙说是下次不敢，幸乞恩恕。建与家人，也为固请，方由奋谕令退去，庆自此亦非常戒慎。比现今时代之父子相去何如？嗣由内史调任太仆，为武帝御车出宫，武帝问车中共有几马？庆明知御马六龙，应得六马，但恐忙中有错，特用鞭指数，方以六马相答。武帝却不责他迟慢，反默许他遇事小心，倚任有加。可小知者，未必能大受，故后来为相，贻讥素餐。至奋已寿终，建哀泣过度，岁余亦死，独庆年尚疆，历跻显阶。事且慢表。夹入此段，虽为御史郎中令补缺，似承接上文之笔，但说他家风醇谨，却是借古箴今。

且说弓高侯韩颓当，自平叛有功后，还朝复命，见五十五回。未几病殁。有一庶孙，生小聪明，眉目清扬，好似美女一般，因此取名为嫣，表字叫做王孙。武帝为胶东王时，尝与嫣同学，互相亲爱，后来随着武帝，不离左右。及武帝即位，嫣仍在侧，有时同寝御榻，与共卧起。或说他为武帝男姬，不知是真是假，无从证明。惟嫣既如此得宠，当然略去形迹，无论什么言语，都好与武帝说知。武帝生母王太后，前时嫁与金氏，生有一女，为武帝所未闻。见五十六回。嫣却得自家传，具悉王太后来历，乘间说明。武帝愕然道："汝何不早言？既有这个母姊，应该迎她入宫，一叙亲谊。"当下遣人至长陵，暗地调查，果有此女，当即回报。武帝遂带同韩嫣，乘坐御辇，前引后随，骑从如云，一拥出横城门，横音光。横城门为长安北面西门。直向长陵进发。

长陵系高祖葬地，距都城三十五里，立有县邑，徒民聚居，地方却也闹热。百姓望见御驾到来，总道是就祭陵寝，偏御驾驰入小市，转弯抹角，竟至金氏所居的里门外，突然停下。向来御驾经过，前驱清道，家家闭户，人人匿踪，所以一切里门，统皆关住。当由武帝从吏，呼令开门，连叫不应，遂将里门打开，一直驰入。到了金氏门首，不过老屋三椽，借蔽风雨。武帝恐金女胆怯，或致逃去，竟命从吏截住前后，不准放人出来。屋小人多，甚至环绕数匝，吓得金家里面，不知有何大祸，没一人不去躲避。金女是个女流，更慌得浑身发颤，带抖带跑，抢入内房，向床下钻将进去。那知外面已有人闯入，四处搜寻，只有大小男女数人，单单不见金女。当下向他人问明，知在内室，便呼她出来见驾。金女怎敢出头？直至宫监进去，搜至床下，才见她缩做一团，还是不肯出来。宫监七手八脚，把她拖出，叫她放胆出见，可得富贵。她尚似信非信，勉强拭去尘污，且行且却，宫监急不暇待，只好把她扶持出来，导令见驾。金女战兢兢的跪伏地上，连称呼都不知晓，只好屏息听着。一路描摹，令人解颐。

武帝亲自下车，呜咽与语道："嚄！惊愕之辞。大姊何必这般胆小，躲入里面？请即起来相见！"金女听得这位豪贵少年，叫她大姊，尚未知是何处弟兄。不过看他语意缠绵，料无他患，因即徐徐起立。再由武帝命她坐入副车，同诣宫中。金女答称少慢，再返入家门，匆匆装扮，换了一套半新半旧的衣服，辞别家人，再出乘车。问明宫监，才知来迎的乃是皇帝，不由的惊喜异常。一路思想，莫非做梦不成！好容易便入皇都，直进皇宫，仰望是宫殿巍峨，俯瞩是康衢平坦，还有一班官吏，分立两旁，非常严肃，真是见所未见、闻所未闻。待到了一座深宫，始由从吏请她下车，至下车后，见武帝已经立着，招呼同入，因即在后跟着，缓步徐行。

既至内廷，武帝又嘱令立待，方才应声住步。不消多时，便有许多宫女，一齐出来，将她簇拥进去。凝神睇视，上面坐着一位雍容华贵的妇人，左侧立着便是引她同入的少年皇帝，只听皇帝指示道："这就是臣往长陵，自去迎接的大姊。"又用手招呼道："大姊快上前谒见太后！"当下福至心灵，连忙步至座前，跪倒叩首道："臣女金氏拜谒。"亏她想着！王太后与金女，相隔多年，一时竟不相认，便开口问着道："汝就是俗女么？"金女小名是一俗字，当即应声称是。王太后立即下座，就近抚女。女也曾闻生母入宫，至此有缘重会，悲从中来，便即伏地涕泣。太后亦为泪下，亲为扶起，问及家况。金女答称父已病殁，又无兄弟，只招赘了一个夫婿，生下子、女各一人，并皆幼稚，现在家况单寒，勉力糊口云云。母女正在泣叙，武帝已命内监传谕御厨，速备酒肴，顷刻间便即搬入，宴赏团圞。太后当然上坐，姊、弟左右侍宴，武帝斟酒一卮，亲为太后上寿，又续斟一卮，递与金女道："大姊今可勿忧，我当给钱千万，奴婢三百人，公田百顷，甲第一区，俾大姊安享荣华，可好么？"金女当即起谢。太后亦很是喜欢，顾语武帝道："皇帝亦太觉破费了。"武帝笑道："母后也有此说，做臣子的如何敢当？"说着，遂各饮了好几杯。武帝又进白太后道："今日大姊到此，三公主应即相见，愿太后一同召来！"太后说声称善，武帝即命内监出去，往召三公主去了。

太后见金女服饰粗劣，不甚雅观，便借更衣为名，叫金女一同入内。俗语说得好，佛要金装，人要衣装，自从金女随入更衣，由宫女替她装饰，搽脂抹粉，贴钿横钗，服霞裳，着玉舄，居然象个现成帝女，与进宫时大不相同。待至装束停当，复随太后出来，可巧三公主陆续趋入。当由太后、武帝，引她相见，彼此称姊道妹，凑成一片欢声。这三公主统是武帝胞姊，均为王太后所出，见五十六回。长为平阳公主，次为南宫公主，又次为隆虑公主，已皆出嫁，不过并在都中，容易往来，所以一召即至。既已叙过寒暄，便即一同入席，团坐共饮，不但太后非常高兴，就是武帝姊弟，亦皆备极欢愉，直至更鼓频催，方才罢席。金女留宿宫中，余皆退去。到了翌日，武帝记着前言，即将面许金女的田宅财奴，一并拨给，复赐号为修成君。金女喜出望外，住宫数日，自去移居。偏偏祸福相因，吉凶并至，金女骤得富贵，乃夫遽尔病亡。想是没福消受。金女不免哀伤，犹幸得此厚赐，还好领着一对儿女，安闲度日。有时入觐太后，又得邀太后抚恤，更觉安心。

惟武帝迎姊以后，竟引动一番游兴，时常出行。建元二年三月上巳，亲幸霸上祓祭。还过平阳公主家，乐得进去休息，叙谈一回。平阳公主，本称阳信公主，因嫁与平阳侯曹寿为妻，故亦称平阳公主。曹寿即曹参曾孙。公主见武帝到来，慌忙迎入，开筵相待。饮至数巡，却召出年轻女子十余人，劝酒奉觞。看官道平阳公主是何寓意？她是为皇后陈氏久未生子，特地采选良家女儿，蓄养家中，趁着武帝过饮，遂一并叫唤出来，任令武帝自择。偏武帝左右四顾，略略评量，都不过寻常脂粉，无一当意，索性回头不视，尽管自己饮酒。

平阳公主见武帝看了诸女，统不上眼，乃令诸女退去，另召一班歌女进来侑酒，当筵弹唱。就中有一个娇喉宛转，曲调铿锵，送入武帝目中，不由的凝眸审视，但见她低眉敛翠，晕脸生红，已觉得妩媚动人，可喜可爱。尤妙在万缕青丝，拢成蛇鬓，黑油油的可鉴人影，光滑滑的不受尘蒙。端详了好多时，尚且目不转瞬，那歌女早已觉着，斜着一双俏眼，屡向武帝偷看，口中复度出一种靡曼的柔音，暗暗挑逗，直令武帝魂驰魄荡，目动神迷。色不醉人人自醉。平阳公主复从旁凑趣，故意向武帝问道："这个歌女卫氏，色艺何如？"武帝听着，才顾向公主道："她是何方人氏？叫做何名？"公主答称籍隶平阳，名叫子夫。武帝不禁失声道："好一个平阳卫子夫呢！"说着，佯称体热，起座更衣。公主体心贴意，即命子夫随着武帝，同入尚衣轩。公主更衣室名尚衣轩。

好一歇不见出来，公主安坐待着，并不着忙。又过了半晌，才见武帝出来，面上微带倦容。那卫子夫且更阅片时，方姗姗来前，星眼微饧，云鬟斜亸，一种娇怯态度，几乎有笔难描。怕武帝耶？怕公主耶？平阳公主瞧着子夫，故意的瞅了一眼，益令子夫含羞俯首，拖带无言。好容易乞求得来，何必如此！武帝看那子夫情态，越觉销魂，且因公主引进歌姝，发生感念，特面允酬金千斤。公主谢过赏赐，并愿将子夫奉送入宫。武帝喜甚，便拟挈与同归，公主再令子夫入室整妆。待她妆毕，席已早撤，武帝已别姝登车。公主忙呼子夫出行。子夫拜辞公主，由公主笑颜扶起，并为抚背道："此去当勉承雨露，强饭为佳！将来得能尊贵，幸勿相忘！"子夫诺诺连声，上车自去。

时已日暮，武帝带着子夫，并驱入宫，满拟夜间，再续欢情，重谐鸾凤。偏有一位贪酸吃醋的大贵人，在宫候着，巧巧冤家碰着对头，竟与武帝相遇，目光一瞬，早已看见那卫子夫，急忙问明来历。武帝只好说是平阳公主家奴，入宫充役。谁知她竖起柳眉，翻转桃靥，说了两个"好"字，掉头竟去。这人究竟为谁？就是皇后陈阿娇。武帝一想，皇后不是好惹的人物，从前由胶东王得为太子，由太子得为皇帝，多亏是后母长公主，一力提携。况幼年便有金屋贮娇的誓言，怎好为了卫子夫一人，撇去好几年夫妻情分？于是把卫子夫安顿别室，自往中宫，陪着小心。陈皇后还要装腔作态，叫武帝去伴新来美人，不必絮扰。嗣经武帝一再温存，方与武帝订约，把卫子夫锢置冷宫，不准私见一面。武帝恐伤后意，勉强照行，从此子夫锁处宫中，几有一年余不见天颜。陈后渐渐疏防，不再查问，就是武帝亦放下旧情，蹉跎过去。

　　会因宫女过多，武帝欲察视优劣，分别去留。一班闷居深宫的女子，巴不得出宫归家，倒还好另行择配，免误终身，所以情愿见驾，冀得发放。卫子夫入宫以后，本想陪伴少年天子，专宠后房，偏被正宫妒忌，不准相见，起初似罪犯下狱，出入俱受人管束，后来虽稍得自由，总觉得天高日远，毫无趣味，还不如乘机出宫，仍去做个歌女，较为快活，乃亦粗整乌云，薄施朱粉，出随大众入殿，听候发落。武帝亲御便殿，按着宫人名册，一一点验，有的是准令出去，有的是仍使留住。至看到"卫子夫"三字，不由的触起前情，留心盼着。俄见子夫冉冉过来，人面依然，不过清瘦了好几分，惟鸦鬟蝉鬓，依然漆黑生光。子夫以美发闻，故一再提及。及拜倒座前，逼住娇喉，呜呜咽咽的说出一语，愿求释放出宫。武帝又惊又愧，又怜又爱，忙即好言抚慰，命她留着。子夫不便违命，只好起立一旁。待至余人验毕，应去的即出宫门，应留的仍返原室；子夫奉谕留居，没奈何随众退回，是夕尚不见有消息。到了次日的夜间，始有内侍传旨宣召，子夫应召进见，亭亭下拜。武帝忙为拦阻，揽她入怀，重叙一年离绪。子夫故意说道："臣妾不应再近陛下，倘被中宫得知，妾死不足惜，恐陛下亦许多不便哩！"武帝道："我在此处召卿，与正宫相离颇远，不致被闻。况我昨得一梦，见卿立处，旁有梓树数株，梓与子声音相通，我尚无子，莫非应在卿身，应该替我生子么？"日有所思，夜有所梦，武帝自解梦境，未免附会。说着，即与子夫携手入床，再图好事。一宵湛露，特别覃恩，十月欢苗，从兹布种。小子有诗咏道：

阴阳化合得生机，年少何忧子嗣稀？
可惜昭阳将夺宠，祸端从此肇宫闱。

子夫得幸以后，便即怀妊在身，不意被陈后知晓，又生出许多醋波。欲知后事，且看下回。

武帝与金氏女，虽为同母姊，然母已改适景帝，则与前夫之恩情已绝，即置诸不问，亦属无妨。就令武帝曲体亲心，顾及金氏，亦惟有密遣使人，给彼粟帛，令无冻馁之虞，已可告无愧矣。必张皇车驾，麾骑往迎，果何为者？名为孝母，实彰母过，是即武帝喜事之一端，不足为后世法也。平阳公主，因武帝之无子，私蓄少艾，乘间进御，或称其为国求储，心堪共谅，不知武帝年未弱冠，无子宁足为忧？观其送卫子夫时，有贵毋相忘之嘱，是可知公主之心，无非徼利，而他日巫蛊之狱、长门之锢，何莫非公主阶之厉也！武帝迎金氏女，平阳公主献卫子夫，迹似是而实皆非，有是弟即有是姊，同胞其固相类欤？

第六十回

因祸为福仲卿得官　寓正于谐东方善辩

却说卫子夫怀妊在身，被陈皇后察觉，恚恨异常，立即往见武帝，与他争论。武帝却不肯再让，反责陈后无子，不能不另幸卫氏，求育麟儿。陈皇后无词可驳，愤愤退去，一面出金求医，屡服宜男的药品，一面多方设计，欲害新进的歌姬。老天不肯做人美，任她如何谋画，始终无效。武帝且恨后奇妒，既不愿入寝中宫，复格外保护卫氏，因此子夫日处危地，几番遇险，终得复安。陈皇后不得逞志，又常与母亲窦太主密商，总想除去情敌。窦太主就是馆陶长公主，因后加号，从母称姓，所以尊为窦太主。太主非不爱女，但一时也想不出良谋，忽闻建章宫中，有一小吏，叫做卫青，乃是卫子夫同母弟，新近当差，太主推不倒卫子夫，要想从她母弟上出气，嘱人捕青。

青与子夫，同母不同父，母本平阳侯家婢女，嫁与卫氏，生有一男三女，长女名君孺，次女名少儿，三女就是子夫。后来夫死，仍至平阳侯家为佣，适有家僮郑季，暗中勾搭，竟与私通，居然得产一男，取名为青。郑季已有妻室，不能再娶卫媪，卫媪养青数年，已害得辛苦艰难，不可名状。谁叫你偷图快乐。只好使归郑季，季亦没奈何，只好收留。从来妇人多妒，往往防夫外遇，郑季妻犹是人情，怎肯大度包容？况家中早有数子，还要他儿何用？不过郑季已将青收归，势难麾使他去，当下令青牧羊，视若童仆，任情呼叱。郑家诸子，也不与他称兄道弟，一味苛待。

青寄人篱下，熬受了许多苦楚，才得偷生苟活，粗粗成人。一日跟了里人，行至甘泉，过一徒犯居室，遇着髡奴，注视青面，不由的惊诧道："小哥儿今日穷困，将来当为贵人，官至封侯哩！"青笑道："我为人奴，想甚么富贵？"髡奴道："我颇通相术，不至看错！"青又慨然道："我但求免人笞骂，已为万幸，怎得立功封侯？愿君不必妄言！" 贫贱时都不敢痴想。说罢自去。已而年益长成，不愿再受郑家奴畜，乃复过访生母，求为设法。生母卫媪，乃至平阳公主处乞情，公主召青入见，却是一个彪形大汉，相貌堂堂，因即用为骑奴。每当公主出行，青即骑马相随，虽未得一官半职，较诸在家时候，苦乐迥殊。时卫氏三女，已皆入都，长女嫁与太子舍人公孙贺；次女与平阳家吏霍仲孺相奸，生子去病；三女子夫，已由歌女选入宫中。青自思郑家兄弟，一无情谊，不如改从母姓，与郑氏断绝亲情，因此冒姓为卫，自取一个表字，叫做仲卿。这"仲卿"二字的取义，乃因卫家已有长子，自己认作同宗，应该排行第二，所以系一"仲"字；"卿"字是志在希荣，不烦索解。惟据此一端，见得卫青入公主家，已是研究文字，粗通音义。聪明人不劳苦求，一经涉览，便能领会，所以后此掌兵，才足胜任。否则一个牧羊儿，胸无点墨，难道能平空腾达，专阃无惭么？ 应有此理。

惟当时做了一两年骑奴，却认识了好几个朋友，如骑郎公孙敖等，皆与往还，因此替他荐引，转入建章宫当差。不意与窦太主做了对头，好好的居住上林，竟被太主使人缚去，险些儿斫落头颅。 建章系上林宫名。亏得公孙敖等，召集骑士，急往抢救，得将卫青夺回，一面托人代达武帝。武帝不禁愤起，索性召见卫青，面加擢用，使为建章监侍中，寻且封卫子夫为夫人，再迁青为大中大夫。就是青同母兄弟姊妹，也拟一并加恩，俾享富贵。青兄向未知名，时人因他入为贵戚，排行最长，共号为卫长君，此时亦得受职侍中。卫长女君孺，既嫁与公孙贺，贺父浑邪，尝为陇西太守，封平曲侯，后来坐法夺封，贺却得侍武帝，曾为舍人，至是夫因妻贵，升官太仆。卫次女少儿，与霍仲孺私通后，又看中了一个陈掌，私相往来。掌系前曲逆侯陈平曾孙，有兄名何，擅夺人妻，坐罪弃市，封邑被削，掌寄寓都中，不过充个寻常小吏，只因他面庞秀美，为少儿所眼羡，竟撇却仲孺，愿与掌为夫妇。掌兄夺人妻，掌又诱人妻，可谓难兄难弟，不过福命不同。仲孺本无媒证，不能强留少儿，只好眼睁睁的由她改适。那知陈掌既得少妇，复沐异荣，平白地为天子姨夫，受官詹事。俏郎君也有特益。就是抢救卫青的公孙敖，也获邀特赏，超任大中大夫。

惟窦太主欲杀卫青，弄巧成拙，反令他骤跻显要，连一班昆弟亲戚，并登显阶，真是悔恨不迭，无从诉苦！陈皇后更闷个不了，日日想逐卫子夫，偏子夫越得专宠，甚至龙颜咫尺，似隔天涯，急切里又无从挽回，惟长锁蛾眉，终日不展，慢慢儿设法摆布罢了。伏下文巫蛊之祸。惟武帝本思废去陈后，尚恐太皇太后窦氏，顾着血胤，出来阻挠，所以只厚待卫氏姊弟，与陈后母女一边，未敢过问。但太皇太后已经不悦，每遇武帝入省，常有责言。武帝不便反抗，心下却很是抑郁，出来排遣，无非与一班侍臣，嘲风弄月，吟诗醉酒，消磨那愁里光阴。

当时侍臣，多来自远方，大都有一技一能，足邀主眷，方得内用。就中如词章、滑稽两派，更博武帝欢心，越蒙宠任。滑稽派要推东方朔，词章派要推司马相如，他若庄助、枚皋、吾邱、寿王、主父偃、朱买臣、徐乐、严安、终军等人，先后干进，总不能越此两派范围。迄今传说东方朔、司马相如遗事，几乎脍炙人口，称道勿衰。小子且撮叙大略，聊说所闻。

东方朔字曼倩，系平原厌次人氏，少好读书，又善诙谐。闻得汉廷广求文士，也想乘时干禄，光耀门楣，乃西入长安，至公车令处上书自陈，但看他书中语意，已足令人解颐。略云：

> 臣朔少失父母，长养兄嫂，年十二学书，三冬文史足用，十五学击剑，十六学诗书，诵二十二万言，十九学孙吴兵法，战阵之具，钲鼓之教，亦诵二十二万言。凡臣朔固已诵四十四万言，又尝服子路之言。臣朔年二十二，长九尺三寸，目若悬珠，齿若编贝，勇若孟贲，孟贲卫人，古勇士。捷若庆忌，吴王僚子。廉若鲍叔，齐大夫。信若尾生，古信士。若此可以为天子大臣矣。臣朔昧死再拜以闻。

这等书辞，若遇着老成皇帝，定然视作痴狂，弃掷了事。偏经那武帝的眼中，却当作奇人看待，竟令他待诏公车。公车属卫尉管领，置有令史，凡征求四方名士，得用公车往来，不需私费。就是士人上书，亦必至公车令处呈递，转达禁中。武帝叫他待诏公车，已是有心留用，朔只好遵诏留着。好多时不见诏下，惟在公车令处领取钱米，只够一宿三餐，此外没有甚么俸金，累得朔望眼将穿，囊资俱尽。偶然出游都中，见有一班侏儒，倭人名。从旁经过，便向他们恐吓道："汝等死在目前，尚未知晓么？"侏儒大惊问故。朔又说道："我闻朝廷召入汝等，名为侍奉天子，实是设法歼除。试想汝等不能为官，不能为农，不能为兵，无益国家，徒耗衣食，何如一概处死，可省许多食用？但恐杀汝无名，所以诱令进来，暗地加刑。"亏他捏造。侏儒闻言，统吓得面色惨沮，涕泣俱下。朔复佯劝道："汝等哭亦无益，我看汝等无罪受戮，很觉可怜，现在特为设法，愿汝等依着我言，便可免死。"侏儒齐声问计，朔答道："汝等但俟御驾出来，叩头请罪，如或天子有问，可推到我东方朔身上，包管无事。"说罢自去。侏儒信以为真，逐日至宫门外候着，好容易得如所望，便一齐至车驾前，跪伏叩头，泣请死罪。武帝毫不接洽，惊问何因？大众齐声道："东方朔传言，臣等将尽受天诛，故来请死。"武帝道："朕并无此意，汝等且退，待朕讯明东方朔便了。"

众始拜谢起去，武帝即命人往召东方朔。朔正虑无从见驾，特设此计，既得闻召，立即欣然赶来。武帝忙问道："汝敢造言惑众，难道目无王法么？"朔跪答道："臣朔生固欲言，死亦欲言。侏儒身长三尺余，每次领一囊粟，钱二百四十；臣朔身长九尺余，亦只得粟一囊，钱二百四十。侏儒饱欲死，臣朔饥欲死，臣意以为陛下求才，可用即用，不可用即放令归家，勿使在长安索米，饥饱难免一死呢！"武帝听罢，不禁大笑，因令朔待诏金马门。金马门本在宫内，朔既得入宫，便容易觐见天颜。会由武帝召集术士，令他射覆。是游戏术名。详见下句。特使左右取过一盂，把守宫复诸盂下，令人猜射。守宫虫名，即壁虎。诸术士屡猜不中，东方朔独闻信趋入道："臣尝研究易理，能射此复。武帝即令他猜射，朔分蓍布卦，依象推测，便答出四语道：

> 臣以为龙又无角，谓之为蛇又无足，跂跂脉脉善缘壁，是非守宫即蜥蜴。

武帝见朔猜着，随口称善，且命左右赐帛十匹，再令别射他物，无不奇中，连蒙赐帛。旁有宠优郭舍人，因技见宠，雅善口才，此次独怀了妒意，进白武帝道："朔不过侥幸猜着，未足为奇。臣愿令朔复射，朔若再能射中，臣愿受笞百下；否则朔当受笞，臣当赐帛。"想是臀上肉作痒，自愿求笞。说着，即密向盂下放入一物，使朔射复。朔布卦毕，含糊说道："这不过是个窭数呢。"独言小物。郭舍人笑指道："臣原知朔不能中，何必谩言！"道言未毕，朔又申说道："生肉为脍，干肉为脯，著树为寄生，盆下为窭数。"郭舍人不禁失色，待至揭盂审视，果系树上寄生。那时郭舍人不能免笞，只得趋至殿下，俯伏待着。

当有监督优伶的官吏，奉武帝命，用着竹板，笞责舍人，喝打声与呼痛声，同时并作。东方朔拍手大笑道："咄！口无毛，声嗷嗷，尻益高！"尻读若考，平声。郭舍人又痛又恨，等到受笞已毕，一踬一突的走上殿阶，哭诉武帝道："朔敢毁辱天子从官，罪应弃市。"武帝乃顾朔问道："汝为何将他毁辱？"朔答道："臣不敢毁他，但与他说的隐语。"武帝问隐语如何，朔说道："'口'无毛是狗窦形，'声嗷嗷'是鸟哺鷇声，'尻益高'是鹤俯啄状，奈何说是毁辱呢！"郭舍人从旁应声道："朔有隐语，臣亦有隐语，朔如不知，也应受笞。"朔顾着道："汝且说来。"舍人信口乱凑，作为谐语道："令壶齟，侧加切。老柏涂，丈加切。伊优亚，乌加切。狋音银。吽读若牛。"朔不加思索，随口作答道："'令'作命字解；'壶'所以盛物，'齟'即邪齿貌；'老'是年长的称呼，为人所敬；'柏'是不凋木，四时阴浓，为鬼所聚；'涂'是低湿的路径；'伊优亚'乃未定词；'狋、吽、牙'乃犬争声，有何难解呢？"舍人本胡诌成词，无甚深意，偏经朔一一解释，倒觉得语有来历；自思才辩不能相及，还是忍受一些笞辱，便算了事。是你自己取笞，与朔何尤。武帝却因此重朔，拜为郎官。朔得常侍驾前，时作谐语，引动武帝欢颜。武帝逐渐加宠，就是朔脱略形迹，也不复诘责，且尝呼朔为先生。

会当伏日赐肉，例须由大官丞官名。分给。朔入殿候赐，待到日昃，尚不见大官丞来分，那肉却早已摆着；天气盛暑，汗不停挥，不由的懊恼起来，便即拔出佩剑，走至俎前，割下肥肉一方，举示同僚道："三伏天热，应早归休，且肉亦防腐，臣朔不如自取，就此受赐回家罢。"口中说，手中提肉，两脚已经转动，趋出殿门，径自去讫，群僚竟不敢动手。待至大官丞进来，宣诏分给，独不见东方朔，问明群僚，才知朔割肉自去，心下恨他专擅，当即向武帝奏明。汝何故至晚方来？武帝记着，至翌日御殿，见朔趋入，便向他问道："昨日赐肉，先生不待诏命，割肉自去，究属何理？"朔也不变色，但免冠跪下，从容请罪。武帝道："先生且起，尽可自责罢了！"朔再拜而起，当即自责道："朔来！朔来！受赐不待诏，为何这般无礼呢？拔剑割肉，志何甚壮！割肉不多，节何甚廉，归遗细君，情何甚仁！难道敢称无罪么？"细君犹言小妻，自谦之词。武帝又不觉失笑道："我使先生自责，乃反自誉，岂不可笑！"当下顾令左右，再赐酒一石，肉百斤，使他归遗细君。朔舞蹈称谢，受赐而去。群僚都服他机警，称羡不置。

会东都献一矮人，入谒武帝，见朔在侧，很加诧异道："此人惯偷王母桃，何亦在此。"武帝怪问原因，矮人答道："西方有王母种桃，三千年方一结子。此人不良，已偷桃三次了。"武帝再问东方朔，朔但笑无言。其实东方朔并非仙人，不过略有技术，见誉当时。偷桃一说，也是与他谐谑，所以朔毫不置辩。后世因讹传讹，竟当作实事相看，疑他有不死术，说他偷食蟠桃，因得延年，这真叫做无稽之谈了。辟除邪说，有关世道。惟东方朔虽好谈谑，却也未尝没有直言，即据他谏止辟苑，却是一篇正大光明的奏议，可惜武帝反不肯尽信呢。

武帝与诸人谈笑度日，尚觉得兴味有限，因想出微行一法，易服出游。每与走马善射的少年，私下嘱咐，叫他守候门外，以漏下十刻为期，届期即潜率近侍，悄悄出会，纵马同往，所以殿门叫做期门；有时驰骋竟夕，直至天明，还是兴致勃勃，跑入南山，与从人射猎为乐，薄暮方还。一日又往南山驰射，践人禾稼，农民大哗，鄠杜令闻报，领役往捕，截住数骑，骑士示以乘舆中物，方得脱身。已而夜至柏谷，投宿旅店。店主人疑为盗贼，暗招壮士，意图拿住众人，送官究治。亏得店主妇独具慧眼，见武帝骨相非凡，料非常人，因把店主灌醉，将他缚住，备食进帝。转眼间天色已明，武帝挈众出店，一直回宫。当下遣人往召店主夫妇，店主人已经酒醒，闻知底细，惊慌的了不得。店主妇才与说明，于是放胆同来，伏阙谢罪。武帝特赏店主妇千金，并擢店主人为羽林郎。店主人喜出望外，与妻室同叩几个响头，然后退去。亏得有此贤妻，应该令他向妻磕头。

自经过两次恐慌，武帝乃托名平阳侯曹寿，多带侍从数名，防备不测。且分置更衣所十二处，以便日夕休息。大中大夫吾邱寿王，阿承意旨，请拓造上林苑，直接南山，预先估计价值，圈地偿民。武帝因国库盈饶，并不吝惜。独东方朔进奏道：

> 臣闻谦游静恳，天表之应，应之以福；骄溢靡丽，天表之应，应之以异。今陛下累筑郎台，郎与廊字通。恐其不高也，弋猎之处，恐其不广也，如天不为变，则三辅之地，尽可为苑，何必蛮屋、鄠杜乎？夫南山天下之阻也，南有江淮，北有河渭，其地从汧陇以东，商雒以西，厥壤肥饶，所谓天下陆海之地，百工之所取资，万民之所仰给也。今规以为苑，绝陂池水泽之利，而取民膏腴之地，上乏国家之用，下夺农桑之业，其不可一也。且盛荆棘之林，大虎狼之墟，坏人冢墓，毁人家庐，令幼弱怀土而思，耆老泣涕而悲，其不可二也。斥而营之，垣而围之，

骑驰东西，车骛南北，纵一日之乐，致危无堤之舆，其不可三也。夫殷作九市之宫而诸侯叛，灵王起章华之台而楚民散，秦兴阿房之殿而天下乱，陛下奈何蹈之？粪土愚臣，自知忤旨，但不敢以阿默者危陛下，谨昧死以闻。

武帝见说，却也称善，进拜朔为大中大夫，兼给事中。但游猎一事，始终不忘，仍依吾邱寿王奏请，拓造上林苑。小子有诗叹道：

　　谐语何如法语良，嘉谟入告独从详。
　　君虽不用臣无忝，莫道东方果太狂！

上林苑既经拓造，遂引出一篇《上林赋》来。欲知《上林赋》作是何人？便是上文所说的司马相如。看官且住，容小子下回叙明。

　　陈皇后母子欲害卫子夫，并及其同母弟卫青，卒之始终无效，害人适以利人，是可为妇女好妒者，留下龟鉴。天下未有无故害人，而能自求多福者也。东方朔好为诙谐，乘时干进，而武帝亦第以俳优畜之。观其射复之举，与郭舍人互相角技，不过自矜才辩，与国家毫无补益。至若割肉偷桃诸事，情同儿戏，更不足取，况偷桃之事更无实证乎？惟谏止拓苑之言，有关大体，厥后尚有直谏时事，是东方朔之名闻后世者，赖有此尔。滑稽派固不足重也。

第六十一回

挑鬓女即席弹琴　别娇妻入都献赋

却说司马相如，字长卿，系蜀郡成都人氏。少时好读书，学击剑，为父母所钟爱，呼为犬子；及年已成童，慕战国时人蔺相如，赵人。因名相如。是时蜀郡太守文翁，吏治循良，大兴教化，遂选择本郡士人，送京肄业，司马相如亦得与选。至学成归里，文翁便命相如为教授，就市中设立官学，招集民间子弟，师事相如，入学读书。遇有高足学生，辄使为郡县吏，或命为孝弟力田。蜀民本来野蛮，得着这位贤太守，兴教劝学，风气大开，嗣是学校林立，化野为文。后来文翁在任病殁，百姓追怀功德，立祠致祭，连文翁平日的讲台旧址，都随时修葺，垂为纪念，至今遗址犹存。莫谓循吏不可为。惟文翁既殁，相如也不愿长作教师，遂往游长安，入资为郎，嗣得迁官武骑常侍。相如虽少学技击，究竟是注重文字，不好武备，因此就任武职，反致用违所长。会值梁王武入朝景帝，从吏如邹阳、枚乘诸人，皆工著作，见了相如，互相谈论，引为同志，相如乃欲往投梁国，索性托病辞官，竟至睢阳，梁都见前。干谒梁王。梁王却优礼相待，相如得与邹枚诸人，琴书雅集，诗酒逍遥，暇时撰成一篇《子虚赋》，传播出去，誉重一时。

既而梁王逝世，同人皆风流云散，相如亦不得安居，没奈何归至成都。家中只有四壁，父母早已亡故，就使有几个族人，也是无可倚赖，穷途落魄，郁郁无聊，偶记及临邛县令王吉，系多年好友，且曾与自己有约，说是宦游不遂，可来过从等语。此时正当贫穷失业的时候，不能不前往相依，乃摒挡行李，径赴临邛。王吉却不忘旧约，闻得相如到来，当即欢迎，并问及相如近状。相如直言不讳，吉代为扼腕叹息，眉头一皱、计上心来，遂与相如附耳数语，相如自然乐从。当下用过酒膳，遂将相如行装，命左右搬至都亭，使他暂寓亭舍，每日必亲自趋候。相如前尚出见，后来却屡次挡驾，称病不出。偏吉仍日日一至，未尝少懈。附近民居，见县令仆仆往来，伺候都亭，不知是甚么贵客，寓居亭舍，有劳县令这般优待，逐日殷勤。一时哄动全邑，传为异闻。

临邛向多富人，第一家要算卓王孙，次为程郑，两家僮仆，各不下数百人。卓氏先世居赵，以冶铁致富，战国时便已著名。及赵为秦灭，国亡家灭，只剩得卓氏两夫妇，辗转徙蜀，流寓临邛。好在临邛亦有铁山，卓氏仍得采铁铸造，重兴旧业。汉初榷铁从宽，榷铁即冶铁税。卓氏坐取厚利，复成巨富，蓄养家僮八百，良田美宅，不可胜计。程郑由山东徙至，与卓氏操业相同，彼此统是富户，并且同业，当然是情谊相投，联为亲友。一日，卓王孙与程郑晤谈，说及都亭中寓有贵客，应该设宴相邀，自尽地主情谊，乃即就卓家为宴客地，预为安排，两家精华，一齐搬出，铺设得非常华美；然后具柬请客，首为司马相如，次为县令王吉，此外为地方绅富，差不多有百余人。

王吉闻信，自喜得计，立即至都亭密告相如，叫他如此如此。总算玉女于成。相如大悦，依计施行，待至王吉别去，方将行李中的贵重衣服，携取出来，最值钱的是一件鹔鹴裘，正好乘寒穿著，出些风头。余如冠履等皆更换一新，专待王吉再至，好与同行。俄而县中复派到车骑仆役，归他使唤，充作驺从。又俄而卓家使至，敦促赴席。相如尚托词有病，未便应召。及至使人往返两次，才见王吉复来，且笑且语，携手登车，从骑一拥而去。

到了卓家门首，卓王孙、程郑与一班陪客，统皆伫候，见了王吉下车，便一齐趋集，来迎贵客。相如又故意延挨，直至卓王孙等，车前迎谒，方缓缓的起身走下。描摹得妙。大众仰望丰采，果然是雍容大雅，文采风流，当即延入大厅，延他上坐。王吉从后趋入，顾众与语道："司马公尚不愿莅宴，总算有我情面，才肯到此。"相如即接入道："屑躯多病，不惯应酬，自到贵地以来，惟探望邑尊一次，此外未曾访友，还乞诸君原谅。"卓王孙等满口恭维，无非说是大驾辱临，有光陋室等语。未几即请令入席，相如也不推辞，便坐首位。王吉以下，挨次坐定，卓王孙、程郑两人，并在末座相陪。余若驺从等，俱在外厢，亦有盛餐相待，不消多叙。那大厅里面的筵席，真个是山珍海味，无美不收。

约莫饮了一两个时辰，宾主俱有三分酒意，王吉顾相如道："君素善弹琴，何不一劳贵手，使仆等领教一二？"相如尚有难色，卓王孙起语道："舍下却有古琴，愿听司马公一奏。"王吉道："不必不必，司马公琴剑随身，我看他车上带有琴囊，可即取来。"左右闻言，便出外取琴。须臾携至，当是特地带来。由王吉接受，奉交相如。都是做作。相如不好再辞，乃抚琴调弦，弹出声来。这琴名为绿绮琴，系相如所素弄，凭着那多年熟手，按指成声，自然雅韵铿锵，抑扬有致。大众齐声喝彩，无不称赏。恐未免对牛弹琴。正在一弹再鼓，忽闻屏后有环珮声，即由相如留心窥看，天缘辐凑，巧巧打了一个照面，引得相如目迷心醉，意荡神驰。

究竟屏后立着何人？原来是卓王孙女卓文君。文君年才十七，生得聪明伶俐，妖冶风流，琴棋书画，件件皆精，不幸嫁了一夫，为欢未久，即悲死别，二八红颜，怎堪经此惨剧，不得已回到母家，嫠居度日。此时闻得外堂上客，乃是华贵少年，已觉得摇动芳心，情不自主，当即缓步出来，潜立屏后。方思举头外望，又听得琴声入耳，音律双谐，不由的探出娇容，偷窥贵客，适被相如瞧见，果然是个绝世尤物，比众不同。便即变动指法，弹成一套凤求凰曲，借那弦上宫商，度送心中诗意。文君是个解人，侧耳静听，一声声的寓着情词，词云：

> 凤兮凤兮归故乡，遨游四海求其凰。有一艳女在此堂，室迩人遐毒我肠。何由交接为鸳鸯！凤兮凤兮从凰栖，得托子尾永为妃。交情通体必和谐，中夜相从别有谁！

弹到末句，划然顿止。已而酒阑席散，客皆辞去，文君才返入内房，不言不语，好似失去了魂魄一般。忽有一侍儿跟踉趋入，报称贵客为司马相如，曾在都中做过显官，年轻才美，择偶甚苛，所以至今尚无妻室。目下告假旋里，路经此地，由县令留玩数天，不久便要回去了。文君不禁失声道：“他……他就要回去么？”情急如绘。侍儿本由相如从人，奉相如命，厚给金银，使通殷勤，所以入告文君，用言探试。及见文君语急情深，就进一层说道：“似小姐这般才貌，若与那贵客订结丝萝，正是一对天成佳耦。愿小姐勿可错过！”文君并不加嗔，还道侍儿是个知心，便与她密商良法。侍儿替她设策，竟想出一条黄夜私奔的法子，附耳相告。文君记起琴心，原有“中夜相从”一语，与侍儿计谋暗合。情魔一扰，也顾不得甚么嫌疑，什么名节，便即草草装束，一俟天晚，竟带了侍儿，偷出后门，趁着夜间月色，直向都亭行去。

都亭与卓家相距，不过里许，顷刻间便可走到。司马相如尚未就寝，正在忆念文君，胡思乱想，蓦闻门上有剥啄声，即将灯光剔亮，亲自开门。双扉一启，有两女鱼贯进来，先入的乃是侍儿，继进的就是日间所见的美人。一宵好事从天降，真令相如大喜过望，忙即至文君前，鞠躬三揖。也是一番俟门礼。文君含羞答礼，趋入内房。惟侍儿便欲告归，当由相如向她道谢，送出门外，转身将门掩住，急与文君握手叙情。灯下端详，越加娇艳，但看她眉如远山，面如芙蕖，肤如凝脂，手如柔荑，低鬟弄带，真个销魂。那时也无暇多谈，当即相携入帏，成就了一段姻缘。郎贪女爱，彻夜绸缪，待至天明，两人起来梳洗，彼此密商，只恐卓家闻知，前来问罪，索性逃之夭夭，与文君同诣成都去了。

卓王孙失去女儿，四下找寻，并无下落，嗣探得都亭贵客，不知去向，转至县署访问，亦未曾预悉，才料到寡女文君，定随相如私奔。家丑不宜外扬，只好搁置不提。王吉闻相如不别而行，亦知他拥艳逃归，但本意是欲替相如作伐，好教他入赘卓家，借重富翁金帛，再向都中谋事，那知他求凰甫就，遽效鸿飞，自思已对得住故人，也由他自去，不复追寻。这谢媒酒未曾吃得，当亦可惜。

惟文君跟着相如，到了成都，总道相如衣装华美，定有些须财产，那知他家室荡然，只剩了几间敝屋，仅可容身。自己又仓猝夜奔，未曾多带金帛，但靠着随身金饰，能值多少钱文？事已如此，悔亦无及，没奈何拔钗沽酒，脱钏易粮。敷衍了好几月，已将衣饰卖尽，甚至相如所穿的鹔鹴裘，也押与酒家，赊取新酿数斗，看核数色，归与文君对饮浇愁。文君见了酒肴，勉强陪饮，至问及酒肴来历，乃由鹔鹴裘抵押得来，禁不住泪下数行，无心下箸。相如虽设词劝慰，也觉得无限凄凉。文君见相如为己增愁，因即收泪与语道："君一寒至此，终非长策，不如再往临邛，向兄弟处借贷钱财，方可营谋生计。"相如含糊答应,到了次日,即挈文君启程。身外已无长物,只有一琴一剑,一车一马,尚未卖去,乃与文君一同登程,再至临邛,先向旅店中暂憩,私探卓王孙家消息。

旅店中人,与相如夫妇,素不相识。便直言相告道:"卓女私奔,卓王孙几乎气死,现闻卓女家穷苦得很,曾有人往劝卓王孙,叫他分财赒济,偏卓王孙盛怒不从,说是女儿不肖,我不忍杀死,何妨听她饿死;如要我赒给一钱,也是不愿"云云。相如听说,暗思卓王孙如此无情,文君也不便往贷。我已日暮途穷,也不能顾着名誉,索性与他女儿抛头露面,开起一爿小酒肆来,使他自己看不过去,情愿给我钱财,方作罢论。主见已定,遂与文君商量,文君到了此时,也觉没法,遂依了相如所言,决计照办。文君名节,原不足取,但比诸朱买臣妻,还是较胜一筹。相如遂将车马变卖,作为资本,租借房屋,备办器具,居然择日开店,悬挂酒旗。店中雇了两三个酒保,自己也充当一个脚色,改服犊鼻裈,即短脚裤。携壶涤器,与佣保通力合作。一面令文君淡装浅抹,当垆卖酒。系卖酒之处,筑土堆瓮。

顿时引动一班酒色朋友,都至相如店中,喝酒赏花。有几人认识卓文君,背地笑谈,当作新闻,一传十、十传百,送入卓王孙耳中。卓王孙使人密视,果是文君,惹得羞愧难堪,杜门不出。当有许多亲戚故旧,往劝卓王孙道:"足下只有一男二女,何苦令文君出丑,不给多金?况文君既失身长卿,往事何须追究。长卿曾做过贵官,近因倦游归家,暂时落魄,家况虽贫,人才确是不弱;且为县令门客,怎见得埋没终身?足下不患无财,一经赒济,便好反辱为荣了!"卓王孙无奈相从,因拨给家童百名,钱百万缗,并文君嫁时衣被财物,送交相如肆中。相如即将酒肆闭歇,乃与文君饱载而归。县令王吉,却也得知,惟料是相如诡计,绝不过问。相如也未曾往会,彼此心心相印，总算是个好朋友呢。看到此处，不可谓非相如能屈能伸。

相如返至成都，已得僮仆资财，居然做起富家翁来，置田宅，辟园囿，就住室旁筑一琴台，与文君弹琴消遣。又因文君性耽曲蘖，特向邛崃县东，购得一井，井水甘美，酿酒甚佳，特号为文君井，随时汲取，造酒合欢。且在井旁亦造一琴台，尝挈文君登台弹饮，目送手挥，领略春山眉妩；酒酣兴至，翦来秋水瞳人。未免有情，愿从此老。何物长卿得此艳福。只是蛾眉伐性、醇酒伤肠，相如又素有消渴病，怎禁得酒色沉迷，恬不知返，因此旧疾复发，不能起床。特叙琐事以戒后人。亏得名医调治，渐渐痊可，乃特作一篇《美人赋》，作为自箴。可巧朝旨到来，召令入都，相如乐得暂别文君，整装北上。不多日便到长安，探得邑人杨得意，现为狗监，掌上林猎犬，代为先容，所以特召。当下先访得意，问明大略，得意说道："这是足下的《子虚赋》，得邀主知。主上恨不与足下同时，仆谓足下，曾为此赋，现正家居。主上闻言，因即宣召足下。足下今日到此，取功名如拾芥了。"相如忙为道谢，别了得意。诘旦入朝，武帝见了相如，便问："《子虚赋》是否亲笔？"相如答道："《子虚赋》原出臣手，但尚系诸侯情事，未足一观。臣请为陛下作《游猎赋》。"武帝听说，遂令尚书给与笔札。相如受笔札后，退至阙下，据案构思，濡毫落纸，赋就了数千言，方才呈入。武帝展览一周，觉得满纸琳琅，目不胜赏，遂即叹为奇才，拜为郎官。

当时与相如齐名，要算枚皋，皋即吴王濞郎中枚乘庶子。乘尝谏阻吴王造反，故吴王走死，乘不坐罪，仍由景帝召入，命为弘农都尉。乘久为大国上宾，不愿退就郡吏，莅任未几，便托病辞官，往游梁国。梁王武好养食客，当然引为幕宾，文诰多出乘手。乘纳梁地民女为妾，乃生枚皋。至梁王病殁，乘归淮阴原籍，妾不肯从行，触动乘怒，竟将她母子留下，但给与数千钱，俾她赡养，径自告归。武帝素闻乘名，即位后，就派遣使臣，用着安车蒲轮，迎乘入都。乘年已衰迈，竟病死道中。使臣回报武帝，武帝问乘子能否属文？派员调查，好多时才得枚皋出来，诣阙上陈，自称读书能文。原来皋幼传父业，少即工词，十七岁上书梁王刘买，即梁王武长子。得诏为郎，嗣为从吏所谮，得罪亡去，家产被收。辗转到了长安，适遇朝廷大赦，并闻武帝曾求乘子，遂放胆上书，作了自荐的毛遂。赵人，此处系是借喻。武帝召入，见他少年儒雅，已料知所言非虚，再命作《平乐馆赋》，却是下笔立就，比相如尤为敏捷，词藻亦曲赡可观，因也授职为郎。惟相如为文，虽迟必佳，皋却随手写来，片刻可成，但究不及相如的工整。就是皋亦自言勿如，惟谓诗赋乃消遣笔墨，毋庸多费心思，故往往诙谐杂出，不尚修辞。后人称为马迟枚速，便是为此。小子有诗咏道：

> 髦士峨峨待诏来，幸逢天子拨真才。
> 马迟枚速何遑问，但擅词章便占魁。

尚有朱买臣一段故事，不妨连类叙明，请看官续阅下回，自知分晓。

　　文君夜奔相如，古今传为佳话，究之寡廉鲜耻。有玷闺范。而相如则尤为名教罪人，美其美而挑逗之，诞其富而污辱之，学士文人，果当如是耶！我国小说家，往往于才子佳人之苟合，津津乐道，遂致钻穴窥墙之行，时有所闻。近则自由择偶，不待媒妁，盖又变本加厉。名节益荡然矣。然文君既随相如，虽

穷不怨，甚至当垆沽酒，亦所甘心，以视近人之忽合
忽离、行同犬彘者，其得毋相去尚远耶！读此回，不
禁有每况愈下之感云。

第六十二回

厌夫贫下堂致悔　开敌衅出塞无功

却说吴人朱买臣，表字翁子，性好读书，不治产业，蹉跎至四十多岁，还是一个落拓儒生，食贫居贱，困顿无聊。家中只有一妻，不能赡养，只好与他同入山中，刈薪砍柴，挑往市中求售，易钱为生；妻亦负载相随。惟买臣肩上挑柴，口中尚咿唔不绝，妻在后面听着，却是一语不懂，大约总是背诵古书，不由的懊恼起来，叫他不要再念。偏是买臣越读越响，甚且如唱歌一般，提起嗓子，响彻市中。妻连劝数次，并不见睬，又因家况越弄越僵，单靠一两担薪柴，如何度日？往往有了朝餐，没有晚餐。自思长此饥饿，终非了局，不如别寻生路，省得这般受苦，便向买臣求去。买臣道："我年五十当富贵，今已四十余岁了，不久便当发迹了，汝随我吃苦，已有二十多年，难道这数载光阴，竟忍耐不住么？待我富贵，当报汝功劳。"语未说完，但听得一声娇嗔道："我随汝多年，苦楚已尝遍了。汝原是个书生，弄到担柴为生，也应晓得读书无益，为何至今不悟，还要到处行吟！我想汝终要饿死沟中，怎能富贵？不如放我生路，由我去罢！"买臣见妻动恼，再欲劝解，那知妇人性格，固执不返，索性大哭大闹，不成样子，乃允与离婚，写了休书，交与妻手，妻绝不留恋，出门自去。实是妇人常态，亦不足怪。

买臣仍操故业，读书卖柴，行歌如故。会当清明节届，春寒未尽，买臣从山上刈柴，束作一担，挑将下来，忽遇着一阵风雨，淋湿敝衣，觉得身上单寒，没奈何趋入墓间，为暂避计。好容易待至天霁，又觉得饥肠乱鸣，支撑不住。事有凑巧，来了一男一女，祭扫墓前，妇人非别，正是买臣故妻。买臣明明看见，却似未曾相识，不去睬她。倒是故妻瞧着买臣，见他瑟缩得很，料为饥寒所迫，因将祭毕酒饭，分给买臣，使他饮食。买臣也顾不得羞惭，便即饱餐一顿，把碗盏交还男人，单说了一个谢字，也不问男子姓名。其实这个男子，就是他前妻的后夫。前妻还算有情。两下里各走各路，并皆归家。

转眼间已过数年，买臣已将近五秩了，适会稽郡吏入京上计，计乃簿帐之总名。随带食物，并载车内，买臣愿为运卒，跟吏同行。既到长安，即诣阙上书，多日不见发落。买臣只好待诏公车，身边并无银钱，还亏上计吏怜他穷苦，给济饮食，才得生存。可巧邑人庄助，自南方出使回来，买臣曾与识面，乃踵门求见，托助引进。助却顾全乡谊，便替他入白武帝，武帝方才召入，面询学术。买臣说《春秋》，言《楚辞》，正合武帝意旨，遂得拜为中大夫，与庄助同侍禁中。不意释褐以后，官运尚未亨通，屡生波折，终致坐事免官，仍在长安寄食。又阅年，始召他待诏。

是时武帝方有事南方，欲平越地，遂令买臣乘机献策，取得铜章墨绶，来作本地长官。富贵到手了。看官欲知买臣计议，待小子表明越事，方有头绪可寻。随手叙入越事，是紧带法。从前东南一带，南越最大，次为闽越，又次为东越；闽越王无诸受封最早，汉高所封。东越王摇及南越王赵佗受封较迟。摇为惠帝时所封，佗为文帝时所封，并见前文。三国子孙，相传未绝。自吴王濞败奔东越，被他杀死，吴太子驹，亡走闽越，屡思报复父仇，尝劝闽越王进击东越。回应前文五十五回。闽越王郢，乃发兵东侵，东越抵敌不住，使人向都中求救。武帝召问群臣，武安侯田蚡，谓越地辽远，不足劳师，独庄助从旁驳议，谓小国有急，天子不救，如何抚宇万方？武帝依了助言，便遣助持节东行，至会稽郡调发戍兵，使救东越。会稽守迁延不发，由助斩一司马，促令发兵，乃即由海道进军，陆续往援。行至中途，闽越兵已闻风退去。东越王屡经受创，恐汉兵一返，闽越再来进攻，因请举国内徙，得邀俞允。于是东越王以下，悉数迁入江淮间。闽越王郢，自恃兵强，既得逐去东越，复欲并吞南越。休养了三四年，竟大举入南越王境。南越王胡，为赵佗孙，闻得闽越犯边，但守勿战，一面使人飞奏汉廷，略言"两越俱为藩臣，不应互相攻击，今闽越无故侵臣，臣不敢举兵，惟求皇上裁夺！"武帝览奏，极口褒赏，说他守义践信，不能不为他出师。当下命大行王恢，及大司农韩安国，并为将军，一出豫章，一出会稽，两路并进，直讨闽越。淮南王安，上书谏阻，武帝不从，但饬两路兵速进。闽越王郢回军据险，防御汉师。郢弟余善，聚族与谋，拟杀郢谢汉，族人多半赞成。遂由余善怀刃见郢，把郢刺毙，就差人赍着郢首，献与汉将军王恢。恢方率军逾岭，既得余善来使，乐得按兵不动。一面通告韩安国，一面将郢首传送京师，候诏定夺。武帝下诏罢兵，遣中郎将传谕闽越，另立无诸孙繇君丑为王，使承先祀。偏余善挟威自恣，不服繇王，繇王丑复遣人入报。武帝以余善诛郢有功，不如使王东越，权示羁縻，乃特派使册封，并谕余善，划境自守，不准与繇王相争。余善总算受命。武帝复使庄助慰谕南越，南越王胡，稽首谢恩，愿遣太子婴齐，入备宿卫，庄助遂与婴齐偕行。路过淮南，淮南王安迎助入都，表示殷勤。助曾受武帝面嘱，顺道谕淮南王，至是传达帝意。淮南王安，自知前谏有误，惶恐谢过，且厚礼待助，私结交好。助不便久留，遂与订约而别。为后文连坐叛案张本。还至长安，武帝因助不辱使命，特别赐宴，从容问答。至问及居乡时事，助答言少时家贫，致为友婿富人所辱，未免怅然。武帝听他言中寓意，即拜助为会稽太守，使得夸耀乡邻。谁知助莅任以后，并无善声，武帝要把他调归。

适值东越王余善，屡征不朝，触动武帝怒意，谋即往讨，买臣乘机进言道："东越王余善，向居泉山，负嵎自固，一夫守险，千人俱不能上。今闻他南迁大泽，去泉山约五百里，无险可恃，今若发兵浮海，直指泉山，陈舟列兵，席卷南趋，破东越不难了！"武帝甚喜，便将庄助调还，使买臣代任会稽太守。买臣受命辞行，武帝笑语道："富贵不归故乡，如衣锦夜行，今汝可谓衣锦荣归了！"天子当为地择人，不应徒令夸耀故乡，乃待庄助如此，待买臣又如此。毋乃不经。买臣顿首拜谢，武帝复嘱道："此去到郡，宜亟治楼船，储粮蓄械，待军俱进，不得有违！"买臣奉命而出。

先是买臣失官，尝在会稽守邸中，寄居饭食，守邸如今之会馆相似。免不得遭人白眼，忍受揶揄。此次受命为会稽太守，正是吐气扬眉的日子，他却藏着印绶，仍穿了一件旧衣，步行至邸。邸中坐着上计郡吏，方置酒高会，酣饮狂呼，见了买臣进去，并不邀他入席，尽管自己乱喝。统是势利小人。买臣也不去说明，低头趋入内室，与邸中当差人役，一同啖饭。待至食毕，方从怀中露出绶带，随身飘扬。有人从旁瞧着，暗暗称奇，遂走至买臣身旁，引绶出怀，却悬着一个金章。细认篆文，正是会稽郡太守官印，慌忙向买臣问明。买臣尚淡淡的答说道："今日正诣阙受命，君等不必张皇！"话虽如此，已有人跑出外厅报告上计郡吏。郡吏等多半酒醉，统斥他是妄语胡言，气得报告人头筋饱绽，反唇相讥道："如若不信，尽可入内看明。"当有一个买臣故友，素来瞧不起买臣，至此首先着忙，起座入室。片刻便即趋出，拍手狂呼道："的确是真，不是假的！"大众听了，无不骇然，急白守邸郡丞，同肃衣冠，至中庭排班伫立，再由郡丞入启买臣，请他出庭受谒。买臣徐徐出户，踱至中庭，大众尚恐酒后失仪，并皆加意谨慎，拜倒地上。不如是，不足以见炎凉世态。买臣才答他一个半礼。待到大众起来，外面已驱入驷马高车，迎接买臣赴任。买臣别了众人，登车自去，有几个想乘势趋奉，愿随买臣到郡，都被买臣复绝，碰了一鼻子灰，这且无容细说。

惟买臣驰入吴境，吏民夹道欢迎，趋集车前，就是吴中妇女，也来观看新太守丰仪，真是少见多怪，盛极一时。买臣从人丛中望将过去，遥见故妻，亦站立道旁，不由的触起旧情，记着墓前给食的余惠，便令左右呼她过来，停车细询。此时贵贱悬殊，后先迥别，那故妻又羞又悔，到了车前，几至呆若木鸡。还是买臣和颜与语，才说出一两句话来，原来故妻的后夫，正充郡中工役，修治道路，经买臣问悉情形，也叫他前来相见，使与故妻同载后车，驰入郡衙。当下腾出后园房屋，令他夫妻同居，给与衣食。不可谓买臣无情。又遍召故人入宴，所有从前叨惠的亲友，无不报酬，乡里翕然称颂。惟故妻追悔不了，虽尚衣食无亏，到底不得锦衣美食，且见买臣已另娶妻室，享受现成富贵，自己曾受苦多年，为了一时气忿，竟至别嫁，反将黄堂贵眷，平白地让诸他人，如何甘心？左思右想，无可挽回，还是自尽了事，遂乘后夫外出时，投缳毕命。买臣因覆水难收，势难再返，特地收养园中，也算是不忘旧谊。才经一月，即闻故妻自缢身亡，倒也叹息不置。因即取出钱财，令她后夫买棺殓葬，这也不在话下。覆水难收，本太公望故事，后人多误作买臣遗闻，史传中并未载及，故不妄人。

且说买臣到任，遵着武帝面谕，置备船械，专待朝廷出兵，助讨东越。适武帝误听王恢，诱击匈奴，无暇南顾，所以把东越事搁起，但向北方预备出师。

汉自文景以来，屡用和亲政策，笼络匈奴。匈奴总算与汉言和，未尝大举入犯，惟小小侵掠，在所不免。朝廷亦未敢弛防，屡选名臣猛将，出守边疆。当时有个上郡太守李广，系陇西成纪人，骁勇绝伦，尤长骑射，文帝时出击匈奴，毙敌甚众，已得擢为武骑常侍，至吴楚叛命，也随周亚夫出征，突阵搴旗，著有大功，只因他私受梁印，功罪相抵，故只调为上谷太守。上谷为出塞要冲，每遇匈奴兵至，广必亲身出敌，为士卒先。典属国官名。公孙昆邪，尝泣语景帝道："李广材气无双，可惜轻敌，倘有挫失，恐亡一骁将，不如内调为是。"景帝乃徙广入守上郡。上郡在雁门内，距庑较远，偏广生性好动，往往自出巡边。一日出外探哨，猝遇匈奴兵数千人，蜂拥前来，广手下只有百余骑，如何对敌？战无可战，走不及走，他却从容下马，解鞍坐着。匈奴兵疑有诡谋，倒也未敢相逼。会有一白马将军出阵望广，睥睨自如，广竟一跃上马，仅带健骑十余人，向前奔去，至与白马将军相近。张弓发矢，"飕"的一声，立将白马将军射毙，再回至原处，跳落马下，坐卧自由。匈奴兵始终怀疑，相持至暮，并皆退回。嗣是广名益盛。却是有胆有识，可惜命运欠佳。

武帝素闻广名，特调入为未央宫卫尉；又将边郡太守程不识，亦召回京师，使为长乐宫卫尉。广用兵尚宽，随便行止，不拘行伍，不击刁斗，使他人人自卫，却亦不遭敌人暗算。不识用兵尚严，部曲必整，斥堠必周，部众当谨受约束，不得少违军律，敌人亦怕他严整，未敢相犯。两将都防边能手，士卒颇愿从李广，不愿从程不识。不识也推重广才，但谓宽易致失，宁可从严。这是正论。因此两人名望相同，将略不同。

至武帝元光元年，武帝于建元六年后，改称元光元年。复令李广、程不识为将军，出屯朔方。越年，匈奴复遣使至汉，申请和亲。大行王恢，谓不如与他绝好，相机进兵。韩安国已为御史大夫，独主张和亲，免得劳师。武帝遍问群臣，群臣多赞同韩议，乃遣归番使，仍允和亲。偏有雁门郡马邑人聂壹，年老嗜利，入都进谒王恢，说是匈奴终为边患，今乘他和亲无备，诱令入塞，伏兵邀击，必获大胜。恢本欲击虏邀功，至此听了壹言，又觉得兴致勃发，立刻奏闻。武帝年少气盛，也为所动，再召群臣会议。韩安国又出来反对，与王恢争论廷前，各执一是。王恢说道："陛下即位数年，威加四海，统一华夷，独匈奴侵盗不已，肆无忌惮，若非设法痛击，如何示威！"安国驳说道："臣闻高皇帝被困平城，七日不食，及出围返都，不相仇怨，可见圣人以天下为心，不愿挟私害公。自与匈奴和亲，利及五世，故臣以为不如主和！"恢又说道："此语实似是而非。从前高皇帝不去报怨，乃因天下新定，不应屡次兴师，劳我人民。今海内久安，只有匈奴屡来寇边，常为民患，死伤累累，槥车相望。这正仁人君子，引为痛心，奈何不乘机击逐呢！"安国又申驳道："臣闻兵法有言，以饱待饥，以逸待劳，所以不战屈人，安坐退敌。今欲卷甲轻举，长驱深入，臣恐道远力竭，反为敌擒，故决意主和，不愿主战！"恢摇首道："韩御史徒读兵书，未谙兵略，若使我兵轻进，原是可虞；今当诱彼入塞，设伏邀击，使他左右受敌，进退两难，臣料擒渠获丑，在此一举，可保得有利无害呢！"<small>看汝做来。</small>

　　武帝听了多时，也觉得恢计可用，决从恢议，遂使韩安国为护军将军，王恢为将屯将军，太仆公孙贺为轻车将军，卫尉李广为骁骑将军，大中大夫李息为材官将军，率同兵马三十多万，悄悄出发。先令聂壹出塞互市，往见军臣单于，<small>匈奴国主名，见前。</small>愿举马邑城献虏。单于似信非信，便问聂壹道："汝本商民，怎能献城？"聂壹答道："我有同志数百人，若混入马邑，斩了令丞，管教全城可取，财物可得。但望单于发兵接应，并录微劳，自不致有他患了！"单于本来贪利，闻言甚喜，立派部目随着聂壹，先入马邑，俟聂壹得斩守令，然后进兵。聂壹返至马邑，先与邑令密谋，提出死囚数名，枭了首级，悬诸城上，托言是令丞头颅，诳示匈奴来使。来使信以为然，忙去回报军臣单于，单于便领兵十万，亲来接应。路过武州，距马邑尚百余里，但见沿途统是牲畜，独无一个牧人，未免诧异起来，可巧路旁有一亭堡，料想堡内定有亭尉，何不擒住了他，问明底细？当下指挥人马，把亭围住，亭内除尉史外，只有守兵百人，无非是瞭望敌情，通报边讯。此次亭尉得了军令，佯示镇静，使敌不疑，所以留住亭内，谁料被匈奴兵马，团团围住，偌大孤亭，如何固守？没奈何出降匈奴，报知汉将秘谋。单于且惊且喜，慌忙退还，及驰入塞外，额手相庆道："我得尉史，实邀天佑！"一面说，一面召过尉史，特封天王。<small>却是侥来富贵，可惜舍义贪生。</small>

是时王恢已抄出代郡，拟袭匈奴兵背后，截夺辎重，蓦闻单于退归，不胜惊讶，自思随身兵士，不过二三万人，怎能敌得过匈奴大队，不如纵敌出塞，还好保全自己生命，遂敛兵不出，旋且引还。<small>既有今日，何必当初！</small>韩安国等带领大军，分驻马邑境内，好几日不见动静，急忙变计出击，驰至塞下，那匈奴兵早已遁去，一些儿没有形影了，只好空手回都。安国本不赞成恢议，当然无罪，公孙贺等亦得免谴。独王恢乃是首谋，无故劳师，轻自纵敌，眼见是无功有罪，应该受刑。小子有诗叹道：

> 娄敬和亲原下策，王恢诱敌岂良谋。
> 劳师卅万轻挑衅，一死犹难谢主忧。

毕竟王恢是否坐罪，且看下回再详。

"贪"之一字，无论男妇，皆不可犯。试观本回之朱买臣妻，及大行王恢，事迹不同，而致死则同，盖无一非"贪"字误之耳。买臣妻之求去，是志在贪富，王恢之诱匈奴，是志在贪功。卒之贪富者轻丧名节，无救于贫，贪功者徒费机谋，反致坐罪，后悔难追，终归自杀，亦何若不贪之为愈乎！是故买臣妻之致死，不能怨买臣之薄情，王恢之致死，不能怨武帝之寡德，要之皆自取而已。世之好贪者其鉴诸！

第六十三回

执国法王恢受诛　骂座客灌夫得罪

却说王恢还朝，入见武帝，武帝不禁怒起，说他劳师纵敌，罪有所归。试问自己，果能无过否？王恢答辩道："此次出师，原拟前后夹攻，计擒单于，诸将军分伏马邑，由臣抄袭敌后，截击辎重。不幸良谋被泄，单于逃归，臣所部止三万人，不能拦阻单于，明知回朝复命，不免遭戮，但为陛下保全三万人马，亦望曲原！陛下如开恩恕臣，臣愿邀功赎罪；否则请陛下惩处便了。"武帝怒尚未息，令左右系恢下狱，援律谳案。廷尉议恢逗挠当斩，复奏武帝。武帝当即依议，限期正法。恢闻报大惧，慌忙属令家人，取出千金，献与武安侯田蚡，求他缓颊。

是时太皇太后窦氏早崩，在武帝建元六年。丞相许昌亦已免职，武安侯田蚡竟得入膺相位，内依太后，外冠群僚，总道是容易设法，替恢求生，遂将千金老实收受，入宫白王太后道："王恢谋击匈奴，伏兵马邑，本来是一条好计，偏被匈奴探悉，计不得成，虽然无功，罪不至死。今若将恢加诛，是反为匈奴报仇，岂非一误再误么？"王太后点首无言。待至武帝入省，便将田蚡所言，略述一遍。武帝答道："马邑一役，本是王恢主谋，出师三十万众，望得大功，就使单于退去，不中我计，但恢已抄出敌后，何勿邀击一阵，杀获数人，借慰众心？今恢贪生怕死，逗留不出，若非按律加诛，如何得谢天下呢!"理论亦正,可惜徒知责人,不知责己。王太后本与恢无亲,不过为了母弟情面,代为转言。及见武帝义正词严,也觉得不便多说,待至武帝出宫,即使人复报田蚡。蚡亦只好复绝王恢。千金可曾发还否? 恢至此已无生路,索性图个自尽,省得身首两分。狱吏至恢死后,方才得知,立即据实奏闻,有诏免议。看官阅此,还道武帝决意诛恢,连太后母舅的关说,都不肯依,好算是为公忘私;其实武帝也怀着私意,与太后、母舅两人,稍有芥蒂,所以借恢出气,不肯枉法。

武帝常宠遇韩嫣,累给厚赏。已见前文。嫣坐拥资财,任情挥霍,甚至用黄金为丸,弹取鸟雀。长安儿童,俟嫣出猎,往往随去。嫣一弹射,弹丸辄坠落远处,不复觅取。一班儿童,乐得奔往寻觅,运气的拾得一丸,值钱数十缗,当然怀归。嫣亦不过问。时人有歌谣道:"苦饥寒,逐金丸。"武帝颇有所闻,但素加宠幸,何忍为此小事,责他过奢。会值江都王非入朝,武帝约他同猎上林,先命韩嫣往视鸟兽。嫣奉命出宫,登车驰去,从人却有百余骑。江都王非,正在宫外伺候,望见车骑如云,想总是天子出来,急忙麾退从人,自向道旁伏谒。不意车骑并未停住,尽管向前驰去。非才知有异,起问从人,乃是韩嫣坐车驰过,忍不住怒气直冲,急欲奏白武帝。转思武帝宠嫣,说也无益,不如暂时容忍。待至侍猎已毕,始入谒王太后,泣诉韩嫣无礼,自愿辞国还都,入备宿卫,与嫣同列。王太后也为动容,虽然非不是亲子,究竟由景帝所出,不能为嫣所侮,非系程姬所产。乃好言抚慰,决加嫣罪。也是嫣命运该绝,一经王太后留心调查,复得嫣与宫人相好情事,两罪并发,即命赐死。武帝还替嫣求宽,被王太后训斥一顿,弄得无法转圜,只好听嫣服药,毒发毙命。嫣弟名说,曾由嫣荐引入侍,武帝惜嫣短命,乃擢说为将,后来且列入军功,封案道侯。江都王非,仍然归国,未几即殁,由子建嗣封,待后再表。

惟武帝失一韩嫣，总觉得太后不肯留情，未免介意。独王太后母弟田蚡，素善阿谀，颇得武帝亲信。从前尚有太皇太后，与蚡不合，_{见前文。}至此已经病逝，毫无阻碍，所以蚡得进跻相位。向来小人情性，失志便谄，得志便骄。蚡既首握朝纲，并有王太后作为内援，当即起了骄态，作福作威，营大厦，置良田，广纳姬姜，厚储珍宝，四方货赂，辇集门庭，端的是安富尊荣，一时无两。_{犹记前时贫贱时否？}每当入朝白事，坐语移时，言多见用，推荐人物，往往得为大吏至二千石，甚至所求无厌，惹得武帝也觉生烦。一日，蚡又面呈荐牍，开列至十余人，要求武帝任用。武帝略略看毕，不禁作色道："母舅举用许多官吏，难道尚未满意么？以后须让我拣选数人。"蚡乃起座趋出。既而增筑家园，欲将考工地圈入，以便扩充。_{考工系少府属官。}因再入朝面请，武帝又怫然道："何不径取武库？"说得蚡面颊发赤，谢过而退。为此种种情由，所以王恢一案，武帝不肯放松，越是太后、母舅说情，越是要将王恢处死。田蚡权势虽隆，究竟拗不过武帝，只好作罢。

是时故丞相窦婴，失职家居，与田蚡相差甚远，免不得抚髀兴嗟。前时婴为大将军，声势赫濯，蚡不过一个郎官，奔走大将军门下，拜跪趋谒，何等谦卑；就是后来婴为丞相，蚡为太尉，名位上几乎并肩，但蚡尚自居后进，一切政议，推婴主持，不稍争忤。谁知时移势易，婴竟蹉跌，蚡得超升，从此不复往来，视同陌路，连一班亲戚僚友，统皆变了态度，只知趋承田氏，未尝过谒窦门，所以婴相形见绌，越觉不平。_{何不归隐。}

独故太仆灌夫，却与婴沆瀣相投，始终交好，不改故态，婴遂视为知己，格外情深。灌夫自吴楚战后，_{见五十五回。}还都为中郎将，迁任代相。武帝初，入为太仆，与长乐卫尉窦甫饮酒，忽生争论，即举拳殴甫。甫系窦太后兄弟，当然不肯罢休，便即入白宫中。武帝还怜灌夫忠直，忙将他外调出去，使为燕相。夫终使酒好气，落落难合，卒致坐法免官，仍然还居长安。他本是颍川人氏，家产颇饶，平时善交豪猾，食客常数十人，及夫出外为官，宗族宾客，还是倚官托势，鱼肉乡民。颍川人并有怨言，遂编出四句歌谣，使儿童唱着道："颍水清，灌氏宁；颍水浊，灌氏族。"夫在外多年，无暇顾问家事，到了免官以后，仍不欲退守家园，但在都中混迹。居常无事，辄至窦婴家欢叙。两人性质相同，所以引为至交。

一日夫在都游行，路过相府，自思与丞相田蚡，本是熟识，何妨闯将进去，看他如何相待？主见已定，遂趋入相府求见。门吏当即入报，蚡却未拒绝，照常迎入。谈了数语，便问夫近日闲居，如何消遣？夫直答道："不过多至魏其侯家，饮酒谈天。"蚡随口接入道："我也欲过访魏其侯，仲孺可愿同往否？"夫本字仲孺，听得蚡邀与同往，就应声说道："丞相肯辱临魏其侯家，夫愿随行。"蚡不过一句虚言，谁知灌夫竟要当起真来！乃注目视夫，见夫身著素服，便问他近有何丧？夫恐蚡寓有别意，又向蚡进说道："夫原有期功丧服，未便宴饮；但丞相欲过魏其侯家，夫怎敢以服为辞？当为丞相预告魏其侯，令他具酒守候，愿丞相明日蚤临，幸勿渝约！"蚡只好允诺。夫即告别，出了相府，匆匆往报窦婴。实是多事。

婴虽未夺侯封，究竟比不得从前，一呼百诺。既闻田蚡要来宴叙，不得不盛筵相待，因特入告妻室，赶紧预备，一面嘱厨夫多买牛羊，连夜烹宰，并饬仆役洒扫房屋，设具供张，足足忙了一宵，未遑安睡。一经天明，便令门役小心侍候。过了片刻，灌夫也即趋至，与窦婴一同候客。好多时不闻足音，仰瞩日光，已到晌午时候。婴不禁焦急，对灌夫说道："莫非丞相已忘记不成！"夫亦愤然道："那有此理！我当往迎。"说着便驰往相府，问明门吏，才知蚡尚高卧未起。勉强按着性子，坐待了一二时，方见蚡缓步出来。当下起立与语道："丞相昨许至魏其侯家，魏其侯夫妇，安排酒席，渴望多时了。"蚡本无去意，到此只好佯谢道："昨宵醉卧不醒，竟至失记，今当与君同往便了。"乃吩咐左右驾车，自己又复入内，延至日影西斜，始出呼灌夫，登车并行。窦婴已望眼欲穿，总算不虚所望，接着这位田丞相，延入大厅，开筵共饮。灌夫喝了几杯闷酒，觉得身体不快，乃离座起舞，舒动筋骸。未几舞罢，便语田蚡道："丞相曾善舞否？"蚡假作不闻。惹动灌夫酒兴，连问数语，仍不见答。夫索性移动座位，与蚡相接，说出许多讥刺的话儿。窦婴见他语带蹊跷，恐致惹祸，连忙起扶灌夫，说他已醉，令至外厢休息。待夫出去，再替灌夫谢过。蚡却不动声色，言笑自若。饮至夜半，方尽欢而归。即此可见田蚡阴险。

自有这番交际，蚡即想出一法，浼令宾佐籍福，至窦婴处求让城南田。此田系窦婴宝产，向称肥沃，怎肯让与田蚡？当即对着籍福，忿然作色道："老朽虽是无用，丞相也不应擅夺人田！"籍福尚未答言，巧值灌夫趋进，听悉此事，竟把籍福指斥一番。还是籍福气度尚宽，别婴报蚡，将情形概置不提，但向蚡劝解道："魏其侯年老且死，丞相忍耐数日，自可唾手取来，何必多费唇舌哩？"蚡颇以为然，不复提议。偏有他人讨好蚡前，竟将窦婴、灌夫的实情，一一告知，蚡不禁发怒道："窦氏子尝杀人，应坐死罪，亏我替他救活；今向他乞让数顷田，乃这般吝惜么？况此事与灌夫何干，又来饶舌。我却不稀罕这区区田亩，看他两人能活到几时？"于是先上书劾奏灌夫，说他家属横行颍川，请即饬有司惩治。武帝答谕道："这本丞相分内事，何必奏请呢！"蚡得了谕旨，便欲捕夫家属，偏夫亦探得田蚡阴事，要想乘此讦发，作为抵制。原来蚡为太尉时，正值淮南王安入朝，蚡出迎霸上，密与安语道：

“主上未有太子，将来帝位，当属大王。大王为高皇帝孙，又有贤名，若非大王继立，此外尚有何人？”安闻言大喜，厚赠蚡金钱财物，托蚡随时留意。蚡原是骗钱好手。两下里订立密约，偏被灌夫侦悉，援作话柄，关系却是很大。何妨先发制人，径去告讦。蚡得着风声，自觉情虚，倒也未敢遽下辣手，当有和事老出来调停，劝他两面息争，才算罢议。

到了元光四年，蚡取燕王嘉刘泽子。女为夫人，由王太后颁出教令，尽召列侯宗室，前往贺喜。窦婴尚为列侯，应去道贺，乃邀同灌夫偕往。夫辞谢道：“夫屡次得罪丞相，近又与丞相有仇，不如不往。”婴强夫使行，且与语道：“前事已经人调解，谅可免嫌；况丞相今有喜事，正可乘机宴会，仍旧修好，否则将疑君负气，仍留隐恨了。”婴为灌夫所累，也是够了，此次还要叫他同行，真是该死！灌夫不得已与婴同行，一入相门，真是车马喧阗，说不尽的热闹。两人同至大厅，当由田蚡亲出相迎，彼此作揖行礼，自然没有怒容。

未几便皆入席，田蚡首先敬客，挨次捧觞，座上俱不敢当礼，避席俯伏；窦婴、灌夫，也只得随众鸣谦。嗣由座客举酒酬蚡，也是挨次轮流。待到窦婴敬酒，只有故人避席，余皆膝席。古人尝席地而坐，就是宾朋聚宴，也是如此。膝席是膝跪席上，聊申敬意，比不得避席的谦恭。灌夫瞧在眼里，已觉得座客势利，心滋不悦，及轮至灌夫敬酒，到了田蚡面前，蚡亦膝席相答，且向夫说道：“不能满觞！”夫忍不住调笑道：“丞相原是当今贵人，但此觞亦应毕饮。”蚡不肯依言，勉强喝了一半。夫不便再争，乃另敬他客，依次挨到临汝侯灌贤。灌贤方与程不识密谈，并不避席。夫正怀怒意，便借贤泄忿，开口骂道：“平日毁程不识不值一钱，今日长者敬酒，反效那儿女子态，絮絮耳语么？”灌贤未及答言，蚡却从旁插嘴道：“程、李尝并为东西宫卫尉，今当众毁辱程将军，独不为李将军留些余地，未免欺人?"这数语明是双方挑衅，因灌夫素推重李广，所以把程、李一并提及，使他结怨两人。偏灌夫性子发作，不肯少耐，竟张目厉声道："今日便要斩头洞胸，夫也不怕! 顾甚么程将军、李将军?"狂夫任性，有何好处? 座客见灌夫闹酒，大杀风景，遂托词更衣，陆续散去。窦婴见夫已惹祸，慌忙用手挥夫，令他出去。谁叫你邀他同来?

夫方趋出，蚡大为懊恼，对众宣言道："这是我平时骄纵灌夫，反致得罪座客，今日不能不稍加惩戒了!"说着，即令从骑追留灌夫，不准出门，从骑奉命，便将灌夫牵回。籍福时亦在座，出为劝解，并使灌夫向蚡谢过。夫怎肯依从? 再由福按住夫项，迫令下拜，夫越加动怒，竟将福一手推开。蚡至此不能再忍，便命从骑缚住灌夫，迫居传舍。座客等未便再留，统皆散去，窦婴也只好退归。蚡却召语长史道："今日奉诏开宴，灌夫乃敢来骂座，明明违诏不敬，应该劾奏论罪!"好一个大题目。长史自去办理，拜本上奏。蚡自思一不做、二不休，索性追究前事，遣吏分捕灌夫宗族，并皆论死。一面把灌夫徙系狱室，派人监守，断绝交通。灌夫要想告讦田蚡，无从得出，只好束手待毙。

独窦婴返回家中，自悔从前不该邀夫同去，现既害他入狱，理应挺身出救。婴妻在侧，问明大略，亟出言谏阻道："灌将军得罪丞相，便是得罪太后家，怎可救得?"婴喟然道："一个侯爵，自我得来，何妨自我失去? 我怎忍独生，乃令灌仲孺独死?"说罢，即自入密室，缮成一书，竟往朝堂呈入。有顷，即由武帝传令进见。婴谒过武帝，便言灌夫醉后得罪，不应即诛。武帝点首，并赐婴食，且与语道："明日可至东朝辩明便了。"婴拜谢而出。

到了翌晨，就遵着谕旨，径往东朝。东朝便是长乐宫，为王太后所居，田蚡系王太后母弟，武帝欲审问此案，也是不便专擅，所以会集大臣，同至东朝决狱。婴驰入东朝，待了片刻，大臣陆续趋集，连田蚡也即到来。未几便由武帝御殿，面加质讯，各大臣站列两旁，婴与蚡同至御案前，辩论灌夫曲直。为这一番讼案，有分教：

　　刺虎不成终被噬，飞蛾狂扑自遭灾。

欲知两人辩论情形，俟至下回再表。

　　王恢之应坐死罪，前回中已经评论，姑不赘述。惟田蚡私受千金，即恳太后代为缓颊，诚使武帝明哲，便当默察几微，撤蚡相位，别用贤良，岂徒拒绝所请，即足了事耶？况壹意诛恢，亦属有激使然，非真知有公不知有私也。窦婴既免相职，正可退居林下，安享天年，乃犹溷迹都中，流连不去，果胡为者！且灌夫好酒使性，引与为友，益少损多，无端而亲田蚡，无端而忤田蚡，又无端而仇田蚡，卒至招尤取辱，同归于尽，天下之刚愎自用者，皆可作灌夫观！天下之游移无主者，亦何不可作窦婴观也？田蚡不足责，窦婴、灌夫，其亦自贻伊戚乎！

第六十四回

遭鬼祟田□毙命　抚夷人司马扬镳

却说窦婴、田蚡，为了灌夫骂座一事，争论廷前。窦婴先言灌夫曾有大功，不过醉后忘情，触犯丞相，丞相竟挟嫌诬控，实属非是。田蚡却继陈灌夫罪恶，极言夫纵容家属，私交豪猾，居心难问，应该加刑。两人辩论多时，毕竟窦婴口才，不及田蚡，遂致婴忍耐不住，历言蚡骄奢无度，贻误国家。蚡随口答辩道："天下幸安乐无事，蚡得叨蒙恩遇，置田室，备音乐，畜倡优，弄狗马，坐享承平；但却不比那魏其、灌夫，日夜招聚豪猾，秘密会议，腹诽心谤，仰视天，俯画地，睥睨两宫间，喜乱恶治，冀邀大功。这乃蚡不及两人，望陛下明察！"舌上有刀。武帝见他辩论不休，便顾问群臣，究竟孰是孰非？群臣多面面相觑，未敢发言。只御史大夫韩安国启奏道："魏其谓灌夫为父死事，只身荷戟，驰入吴军，身被数十创，名冠三军，足为天下壮士，现在并无大恶，不过杯酒争论，未可牵入他罪，诛戮功臣，这言也未尝不是。丞相乃说灌夫通奸猾，虐细民，家资累万，横恣颍川，恐将来枝比干大，不折必披，丞相言亦属有理。究竟如何处置，应求明主定夺！"武帝默然不答。又有主爵都尉汲黯，及内史郑当时，相继上陈，颇为窦婴辩护，请武帝曲宥灌夫。蚡即怒目注视两人，汲黯素来刚直，不肯改言，郑当时生得胆小，遂致语涉游移。武帝也知田蚡理屈，不过碍着太后面子，未便斥蚡，因借郑当时泄忿道：“汝平日惯谈魏其、武安长短，今日廷论，乃局促效辕下驹，究怀何意，我当一并处斩方好哩！”郑当时吓得发颤，缩做一团，此外还有何人，再敢饶舌，乐得寡言免尤。保身之道莫逾于此。武帝拂袖起座，掉头趋入，群臣自然散归，窦婴亦去。

田蚡徐徐引退，走出宫门，见韩安国尚在前面，便呼与同载一车，且呼安国表字道：“长孺，汝应与我共治一秃翁，窦婴年老发秃。为何首鼠两端？”首鼠系一前一却之意。安国沉吟半晌，方答说道：“君何不自谦？魏其既说君短，君当免冠解印，向主上致谢道：‘臣幸托主上肺腑，待罪宰相，愧难胜任，魏其所言皆是，臣愿免职。’如此进说，主上必喜君能让，定然慰留，魏其亦自觉怀惭，杜门自杀。今人毁君短，君亦毁人，好似乡村妇孺，互相口角，岂不是自失大体么？”田蚡听了，也觉得自己性急，乃对韩安国谢过道：“争辩时急不暇择，未知出此。长孺幸勿怪我呢！”及田蚡还第，安国当然别去。蚡回忆廷争情状，未能必胜，只好暗通内线，请太后出来作主，方可推倒窦婴。乃即使人进白太后，求为援助。

王太后为了此事，早已留心探察，闻得朝议多袒护窦婴，已是不悦，及蚡使人入白，越觉动怒。适值武帝入宫视膳，太后把箸一掷，顾语武帝道：“我尚在世，人便凌践我弟，待我百年后，恐怕要变做鱼肉了！”妇人何知大体？武帝忙上前谢道：“田、窦俱系外戚，故须廷论；否则并非大事，一狱吏便能决断了。”王太后面色未平，武帝只得劝她进食，说是当重惩窦婴。及出宫以后，郎中令石建复与武帝详言田、窦事实，武帝原是明白，但因太后力护田蚡，不得不从权办理。事父母几谏，岂可专徇母意？乃再使御史召问窦婴，责他所言非实，拘留都司空署内。都司空系汉时宗正属官。婴既被拘，怎能再营救灌夫，有司希承上旨，竟将灌夫拟定族诛。这消息为婴所闻，越加惊惶，猛然记得景帝时候，曾受遗诏云："事有不便，可从便宜上白。"此时无法解免，只好把遗诏所言，叙入奏章，或得再见武帝，申辩是非。会有从子入狱探视，婴即与说明，从子便去照办，即日奏上。武帝览奏，命尚书复查遗诏，尚书竟称"查无实据，只有窦婴家丞，封藏诏书，当系由婴捏造，罪当弃市"等语。武帝却知尚书有意陷婴，留中不发，但将灌夫处死，家族骈诛，已算对得住太后、母舅。待至来春大赦，便当将婴释放。婴闻尚书劾他矫诏，自知越弄越糟，不如假称风疾，绝粒自尽。嗣又知武帝未曾批准，还有一线生路，乃复饮食如常。那知田蚡煞是利害，只恐窦婴不死，暗中造出谣言，诬称婴在狱怨望，肆口讪谤。一时传入宫中，致为武帝所闻，不禁怒起，饬令将婴斩首，时已为十二月晦日。可怜婴并无死罪，冤冤枉枉的被蚡播弄，陨首渭城。就是灌夫触忤田蚡，也没有甚么大罪，偏把他身诛族灭，岂非奇冤。两道冤气，无从伸雪，当然要扑到田蚡身上，向他索命。

元光五年春月，蚡正志得气骄，十分快活，出与诸僚吏会聚朝堂，颐指气使。入与新夫人食前方丈，翠绕珠围；朝野上下，那个敢动他毫毛？偏偏两冤鬼寻入相府，互击蚡身，蚡一声狂叫，扑倒地上，接连呼了几声"知罪"，竟致晕去。妻妾仆从等，慌忙上前施救，一面延医诊治，闹得一家不宁。好多时才得苏醒，还要他吃些苦楚，方肯死去。口眼却能开闭，身子却不能动弹。当由家人舁至榻上，昼夜呻吟，只说浑身尽痛，无一好肉。有时狂言谵语，无非连声乞恕，满口求饶。家中虽不见有鬼魅，却亦料他为鬼所祟，代他祈祷，始终无效。武帝亲往视疾，也觉得病有奇异，特遣术士看验虚实，复称有两鬼为祟，更迭笞击，一是窦婴，一是灌夫，武帝叹息不已，就是王太后亦追悔无及。约莫过了三五天，蚡满身青肿，七窍流血，呜呼毕命。报应止及一身。还是田氏有福。武帝乃命平棘侯薛泽为丞相，待后再表。

且说武帝兄弟，共有十三人，皆封为王，临江王阏早死，接封为故太子荣，被召自杀；江都王非，广川王越，清河王乘，亦先后病亡。累见前文。尚有河间王德，鲁王余，胶西王端，赵王彭祖，中山王胜，长沙王发，胶东王寄，常山王舜，受封就国，并皆无恙。就中要算河间王德，为最贤德，修学好古，实事求是，尝购求民间遗书，不吝金帛，因此古文经籍，先秦旧书，俱由四方奉献，所得甚多。平时讲习礼乐，被服儒术，造次不敢妄为，必循古道。元光五年，入朝武帝，面献雅乐，对三雍宫，辟雍，明堂，灵台，号三雍宫，对字联属下文。及诏策所问三十余事，统皆推本道术，言简意赅。武帝甚为嘉叹，并饬太常就肄雅声，岁时进奏。已而德辞别回国，得病身亡。中尉常丽入都讣丧，武帝不免哀悼，且称德身端行治，应予美谥。有司应诏复陈，援据谥法，谓聪明睿知曰"献"，可即谥为"献王"，有诏依议，令王子不害嗣封。河间献王，为汉代贤王之一。故特笔提叙。

河间与鲁地相近，鲁秉礼义，尚有孔子遗风、只鲁王余，自淮阳徙治，不好文学，只喜宫室狗马等类，甚且欲将孔子旧宅，尽行拆去，改作自己宫殿。当下亲自督工，饬令毁壁，见壁间有藏书数十卷，字皆作蝌蚪文，鲁王多不认识，却也称奇。嗣入孔子庙堂，忽听得钟磬声，琴瑟声，同时并作，还疑里面有人作乐，及到处搜寻，并无人迹，惟余音尚觉绕梁，吓得鲁王余毛发森竖，慌忙命工罢役，并将坏壁修好，仍使照常，所有壁间遗书，给还孔裔，上车自去。相传遗书为孔子八世孙子襄所藏，就是《尚书》、《礼记》、《论语》、《孝经》等书，当时欲避秦火，因将原简置入壁内，至此才得发现，故后人号为"壁经"。毕竟孔圣有灵，保全祠宇。鲁王余经此一吓，方不敢藐视儒宗。但旧时一切嗜好，相沿不改；费用不足，往往妄取民间。亏得鲁相田叔，弥缝王阙，稍免怨言。田叔自奉命到鲁，见前文。便有人民拦舆诉讼，告王擅夺民财，田叔佯怒道："王非汝主么？怎得与王相讼！"说着，即将为首二十人，各笞五十，余皆逐去。鲁王余得知此事，也觉怀惭，即将私财取出，交与田叔，使他偿还人民。还是好王。田叔道："王从民间取来，应该由王自偿。否则，王受恶名，相得贤声？窃为王不取哩！"鲁王依言，乃自行偿还，不再妄取。独逐日游畋，成为习惯。田叔却不加谏阻，惟见王出猎，必然随行，老态龙钟，动致喘息。鲁王余却还敬老，辄令他回去休息。他虽当面应允，步出苑外，仍然露坐相待。有人入报鲁王，王仍使归休，终不见去。待至鲁王猎毕，出见田叔，问他何故留着？田叔道："大王且暴露苑中，臣何敢就舍？"说得鲁王难以为情，便同与载归，稍知敛迹。未几田叔病逝，百姓感他厚恩，凑集百金，送他祭礼。叔少子仁，却金不受，对众作谢道："不敢为百金累先人名！"众皆叹息而退。鲁王余也得优游卒岁，不致负愆。这也是幸得田叔，辅导有方，所以保全富贵，颐养终身哩。叙入此段，全为田叔扬名。

武帝因郡国无事，内外咸安，乃复拟戡定蛮夷，特遣郎官司马相如，往抚巴蜀，通道西南。先是王恢出征闽越，见六十二回。曾使番阳令唐蒙，慰谕南越，南越设席相待，看馔中有一种枸酱，味颇甘美。枸亦作蒟，音矩，草名，缘木而生，子可作酱。蒙问明出处，才知此物由牂柯江运来。牂柯江西达黔中，距南越不下千里，输运甚艰，如何南越得有此物？所以蒙虽知出处，尚觉怀疑。及返至长安，复问及蜀中贾人，贾人答道："枸酱出自蜀地，并非出自黔中，不过土人贪利，往往偷带此物，卖与夜郎国人。夜郎是黔中小国，地临牂柯江，尝与南越交通，由江往来，故枸酱遂得送达。现在南越屡出财物，羁縻夜郎，令为役属，不过要他甘心臣服，尚非易事呢。"蒙听了此言，便想拓地徼功，即诣阙上书，略云：

> 南越王黄屋左纛，地东西万余里，名为外臣，实一州
> 主也。今若就长沙豫章，通道南越，水绝难行。窃闻夜郎
> 国所有精兵，可得十万，浮舰牂牁，出其不意，亦制越一
> 奇也。诚以大汉之强，巴蜀之饶，通夜郎道，设官置吏，
> 则取南越不难矣。谨此上闻。

武帝览书，立即允准，擢蒙为中郎将，使诣夜郎。蒙多带
缯帛，调兵千人为卫，出都南下。沿途经过许多险阻，方至巴
地筰关，再从筰关出发，才入夜郎国境。夜郎国王，以竹为
姓，名叫多同，向来僻处南方，世人号为南夷。南夷部落，约
有十余，要算夜郎最大。素与中国不通闻问，所以夜郎王坐井
观天，还道是世界以上，惟我独尊。后世相传夜郎自大，便是
为此。及唐蒙入见，夜郎王多同，得睹汉官威仪，才觉相形见
绌。蒙更极口铺张，具说汉朝如何强盛、如何富饶，又把缯帛
取置帐前，益显得五光十色，锦绣成章。夜郎王见所未见，闻
所未闻，不由的瞠目伸舌，愿听指挥。比南越何如？蒙乃叫他
举国内附，不失侯封，并可使多同子为县令，由汉廷置吏为
助。多同甚喜，召集附近诸部酋，与他说明。各部酋见汉缯
帛，统是垂涎，且因汉都甚远，料不至发兵进攻，乃皆怂恿多
同，请依蒙约。多同遂与蒙订定约章，蒙即将缯帛分给，告别
还都，入朝复命。武帝闻报，遂特置键为郡，统辖南夷，复命
蒙往治道路，由僰音卜。道直达牂牁江。蒙再至巴蜀，调发士
卒，督令治道，用着军法部勒，不得少懈，逃亡即诛。地方百
姓，大加惶惑，遂至讹言百出，物议沸腾。

事为武帝所闻，不得不另派妥员，出去宣抚，自思司马相
如本是蜀人，应该熟悉地方情形，派令出抚，较为妥当。乃使

相如赴蜀，一面责备唐蒙，一面慰谕人民。相如驰至蜀郡，凭着那粲花妙手，作了一篇檄文，晓谕各属，果得地方谅解，渐息浮言。莫谓毛锥无用。可巧西夷各部，闻得南夷内附，多蒙赏赐，也情愿仿照办法，归属汉朝，当即与蜀中官吏通书，表明诚意，官吏自然奏闻。武帝正拟派使调查，适相如由蜀还朝，正好问明原委。相如奏对道："西夷如邛莋、音昨。冉駹，并称大部，地近蜀郡，容易交通，秦时尝通道置吏，尚有遗辙。今若规复旧制，更置郡县。比南夷还要较胜哩。"武帝甚喜，即拜相如为中郎将，持节出使，令王然于、壶充国、吕越人为副，分乘驿车四辆，往抚西夷。

　　此次相如赴蜀，与前次情形不同。前次官职尚卑，又非朝廷特派正使，所以地方官虽尝迎送，不过照例相待，没甚殷勤。到了此次出使，前导后呼，拥旌旄，饰舆卫，声威赫濯，冠冕堂皇。一入蜀郡，太守以下，俱出郊远迎，县令身负弩矢，作为前驱。道旁士女，无不叹羡，就是临邛富翁卓王孙，亦邀同程郑诸人，望风趋集，争献牛酒。相如尚高自位置，托言皇命在身，不肯轻与相见。卓王孙等只好恳求从吏，表示殷勤。相如才不便却还牛酒，特使从吏向他复报，全数收受。卓王孙还道相如有情，竟肯赏受，自觉得叨受光荣，对着同来诸亲友，喟然叹息道："我不意司马长卿，果有今日！"诸亲友齐声附和，盛称文君眼光，毕竟过人。就是卓王孙拈须自思，也悔从前目光短小，未知当筵招赘，以致诸多唐突，不但对不住相如，并且对不住自己女儿！并非从前寡识，实是始终势利，故先后不同。于是顺道访女，即将文君接回临邛。昔日当垆，今日乘轩，也不枉一番慧眼，半世苦心。褒中寓贬。卓王孙复分给家财，与子相等。红颜有幸，因贵致富，相如亦得为妻吐气，安心西行。及驰入西夷境内，也是照着唐蒙老法，把车中随带的币物，使人赍去，分给西夷。邛莋、冉駹各部落，原是为了财帛，来求内附；此时既得如愿，当然奉表称臣。于是拓边关，广绝域，西至沫若水，南至牂牁江，凿灵山道，架桥孙水，直达邛都。共设一都尉，十县令，归蜀管辖。规划已毕，仍从原路回蜀。

蜀中父老，本谓相如凿通西夷，无甚益处。原是无益。经相如作文诘难，蜀父老始不敢多言。卓王孙闻相如归来，亟将文君送至行辕，夫妻相见，旧感新欢，不问可知。相如遂挈文君至长安，自诣朝堂复命。武帝大悦，慰劳有加，相如亦沾沾自喜，渐有骄色。偏同僚从旁加忌，劾他出使时私受赂金，竟致坐罪免官。相如遂与文君寓居茂陵，不复归蜀。后来武帝又复记着，再召为郎。偶从武帝至长杨宫射猎，武帝膂力方刚，辄亲击熊豕，驰逐野兽，相如上书谏阻，颇合上意，乃罢猎而还。路过宜春宫，系是秦二世被弑处，相如又作赋凭吊，奏闻武帝。武帝览辞叹赏，因拜相如为孝文园令。既而武帝好仙，相如又呈入一篇《大人赋》，借讽作规。武帝见相如文，往往称为奇才。才人多半好色，相如前时勾动文君，全为好色起见；及文君华色渐衰，相如又有他念，欲纳茂陵女为妾，嗣得文君《白头吟》，责他薄幸，方才罢议。未几消渴病发，乞假家居，好多时不得入朝。忽由长门宫遣出内侍，赍送黄金百斤，求相如代作一赋。相如问明来使，得悉原因，免不得挥毫落墨，力疾成文。小子有诗叹道：

富贵都从文字邀，入都献赋姓名标。
词人翰墨原推重，可惜长门已寂廖！

究竟相如作赋，是为何人费心，待至下回再叙。

鬼神非尽有凭，而报应却真不爽。田蚡以私憾而族灌夫、杀窦婴，假使作威作福，长享荣华，则世人尽可逞刁，何苦行善？观其暴病之来，非必窦婴、灌夫之果为作祟，然天夺之魄而益其疾，使其自呼服罪，痛极致亡，乃知善恶昭彰，无施不报。彼田蚡之但毙一身，未及全族，吾犹不能不为窦、灌呼冤也。西南夷之通道，议者辄以好大喜功，为汉武咎，吾谓拓边之举，非不可行，误在知拓土而不知殖民，徒买服而未尝柔服耳。若司马相如之入蜀，蜀中守令，郊迎前驱，卓王孙辈，争送牛酒，恍如苏季之路过洛阳，后先一辙。炎凉世态，良可慨也！本回曲笔描摹，觉流俗情形，跃然纸上。

第六十五回

窦太主好淫甘屈膝　公孙弘变节善承颜

却说司马相如，因病家居，只为了长门宫中，赠金买赋，不得已力疾成文，交与来使带回。这赋叫做《长门赋》，乃是皇后被废，尚思复位，欲借那文人笔墨，感悟主心，所以不惜千金，购求一赋。皇后为谁？就是窦太主女陈阿娇。陈后不得生男，又复奇妒，自与卫子夫争宠后，竟失武帝欢心。见前文。子夫越加得宠，陈后越加失势，穷极无聊，乃召入女巫楚服，要她设法祈禳，挽回武帝心意。楚服满口承认，且自夸玄法精通，能使指日有效。陈后是个女流见识，怎知她妄语骗钱？便即叫她祈祷起来。楚服遂号召徒众，设坛斋醮，每日必入宫一二次，喃喃诵咒，不知说些甚么话儿。好几月不见应验，反使武帝得知消息，怒不可遏，好似火上添油一般。当下彻底查究，立将楚服拿下，饬吏讯鞫，一吓二骗，不由楚服不招，依词定谳，说她为后咒诅，大逆无道，罪应枭斩。此外尚有一班徒众，及宫中女使太监，统皆连坐，一概处死。这篇谳案奏将上去，武帝立即批准，便把楚服推出市曹，先行枭首，再将连坐诸人悉数牵出，一刀一个，杀死至三百余人。楚服贪财害命，咎由自取，必连坐至三百余人，冤乎不冤？陈后得报，吓得魂不附体，数夜不曾合眼，结果是册书被收，玺绶被夺，废徙长门宫。窦太主也觉惭惧，忙入宫至武帝前，稽颡谢罪。武帝尚追念旧情，避座答礼，并用好言劝慰，决不令废后吃苦，窦太主乃称谢而出。

本来窦太主是武帝姑母，且有拥立旧功，应该入宫谯责，为何如此谦卑，甘心屈膝？说来又有一段隐情，从头细叙，却是汉史中的秽闻。窦太主尝养一娈儿，叫做董偃。偃母向以卖珠为业，得出入窦太主家，有时挈偃同行，进谒太主。太主见他童年貌美，齿白唇红，不觉心中怜爱。询明年龄，尚只一十三岁，遂向偃母说道："我当为汝教养此儿。"偃母听了此言，真是喜从天降，忙即应声称谢。窦太主便留偃在家，令人教他书算，并及骑射御车等事。偃却秀外慧中，有所授受，无不心领神会；就是侍奉窦太主，亦能曲承意旨，驯谨无违。光阴易过，又是数年，窦太主夫堂邑侯陈午病殁，一切丧葬，皆由偃从中襄理。井井有条。窦太主年过五十，垂老丧夫，也是意中情事，算不得甚么苦媚。偏她生长皇家，华衣美食，望去尚如三十许人；就是她的性情，也还似中年时候，不耐嫠居。可巧得了一个董偃，年已十八，出落得人品风流，多能鄙事，自从陈午逝世，偃更穿房入户，不必避嫌。窦太主由爱生情，居然降尊就卑，引同寝处。偃虽然不甚情愿，但主人有命，未敢违慢，只好勉为效力，日夕承欢。老妇得了少夫，自然惬意，当即替他行了冠礼，肆筵设席，备极奢华。不如行合婚礼，较为有名。一班趋炎附势的官僚，相率趋贺。区区卖珠儿，得此奇遇，真是梦想不到。窦太主恐贻众谤，且令偃广交宾客，笼络人心，所需资财，任令恣取，必须每日金满百斤，钱满百万，帛满千匹，方须由自己裁夺。偃好似得了金窟，取不尽，用不竭，乐得任情挥霍，遍结交游。就是名公臣卿，亦与往来，统称偃为董君。

安陵人袁叔，系袁盎从子，与偃友善，无隐不宣。一日，密与偃语道："足下私侍太主，蹈不测罪，难道能长此安享么？"偃被他提醒，皱眉问计。袁叔道："我为足下设想，却有一计在此，顾城庙系汉祖祠宇，<small>文帝庙。</small>旁有揪竹籍田，主上岁时到此，恨无宿宫，可以休息。惟窦太主长门园与庙相近，足下若预白太主，将此园献与主上，主上必喜，且知此意出自足下，当然记功赦过，足下便可高枕无忧了。"偃欣然受教，入告窦太主，窦太主也是乐从，当日奉书入奏，愿献长门园，果然武帝改园为宫。袁叔却从中取巧，坐得窦太主赠金一百斤。<small>可谓计中有计。</small>

已而陈后被废，出居长门宫中，尚觉生死难卜，窦太主为亲女计，复为自己计，没奈何婢颜奴膝，入求武帝，至武帝面加慰谕，方才安心回家。袁叔复替偃划策，再向偃密进秘谋，偃即转告窦太主，令她装起假病，连日不朝。武帝怎知真伪？亲自探疾，问她所欲，窦太主故意唏嘘，且泣且谢道："妾蒙陛下厚恩，先帝遗德，列为公主，赏赐食邑，天高地厚，愧无以报，设有不测，先填沟壑，遗恨实多！故窃有私愿，愿陛下政躬有暇，养精游神，随时临妾山林，使妾得奉觞上寿，娱乐左右，妾虽死亦无恨了！"武帝答说道："太主何必忧虑，但愿早日病愈，自当常来游宴，不过群从太多，免不得要太主破费哩。"窦太主谢了又谢，武帝即起驾还宫。过了数日，窦太主便自称病愈，进见武帝。武帝却命左右取钱千万，给与窦太主，一面设宴与饮。席间谈笑，暗寓讽词，窦太主知他言中有意，却也未尝抵赖，含糊答了数语，宴毕始归。

又阅数日，武帝果亲临窦太主家。窦太主闻御驾将到，急忙脱去华衣，改穿贱服，下身着了一条蔽膝的围裙，仿佛与灶下婢相似，乃出门伫候，待至武帝到来，伛偻迎入，登阶就座。武帝见她这般服饰，已是一眼窥透，便笑语窦太主道："愿谒主人翁！"<small>天子无戏言，奈何武帝不知？</small>窦太主听着，不禁赧颜，下堂跪伏，自除簪珥，脱履叩首道："妾自知无状，负陛下恩，罪当伏诛，陛下不忍加刑，愿顿首谢罪！"<small>亏地老脸。</small>

武帝又微笑道:"太主不必多礼,且请主人翁出来,自有话说。"窦太主乃起,戴簪著履,步往东厢,引了董偃,前谒武帝。偃首戴绿帻,臂缠青韝,皆厨人服。随窦太主至堂下,惶恐匍伏。窦太主代为致辞道:"馆陶公主庖人臣偃,昧死拜谒!"好一个厨宰。武帝笑着,特为起座,嘱赐衣冠,上堂与宴。偃再拜起身,入著衣冠。窦太主吩咐左右,开筵飨帝,奉食进觞,偃亦出来进爵,武帝一饮而尽,且顾左右斟酒,回敬主人,并命与窦太主分坐侍饮。居然是敕赐为夫妇。窦太主格外献媚,引动武帝欢心,饮至日落西山,方才撤席。及车驾将行,窦太主又献出许多金银杂缯,请武帝颁赐将军列侯从官,武帝应声称善,顾命从骑搬运了去。次日即传诏分赐,大众得了财帛,都感窦太主厚惠,无不倾心。窦太主本来贪财,所以平时积贮,不可胜计,且自窦太后去世,遗下私财,都归窦太主受用,此次为了董偃一人,却毫不吝惜,买动舆情。俗语有言,钱可通灵,无论何等人物,总教慷慨好施,自然人人凑奉,争相趋集;况且偃一时贵宠,连天子都叫他主人翁,还有何人再敢轻视?因此远近闻风,争投董君门下,其实这般做作,统是袁叔教他的妙计。总束一句。不烦琐叙。

窦太主既显出丑事,遂公然带偃入朝。武帝亦爱偃伶俐,许得自由往返,偃从此出入宫禁,亲近天颜,尝从武帝游戏北宫,驰逐平乐,系上林苑中台观名。狎狗马,戏蹴鞠,大邀主眷。会窦太主复入宫朝谒,武帝特为置酒宣室,召偃共饮,与主合欢。可巧东方朔执戟为卫,侍立殿侧,闻武帝使人召偃,亟置戟入奏道:"董偃有斩罪三,怎得进来?"武帝问为何因?朔申说道:"偃以贱臣私侍太主,便是第一大罪;败常渎礼,敢违王制,便是第二大罪;陛下春秋日富,正应披览六经,留心庶政,偃不遵经劝学,反以靡丽纷华,蛊惑陛下,是乃国家大贼,人主火蜮,罪无逾此,死有余辜!陛下不责他三罪,还要引进宣室，臣窃为陛下生忧哩！"朝阳鸣凤。武帝默然不应，良久方答说道："此次不妨暂行，后当改过。"朔正色道："不可不可！宣室为先帝正殿，非正人不得引入。自来篡逆大祸，多从淫乱酿成，竖刁为淫，齐国大乱，庆父不死，鲁难未平。陛下若不预防，祸胎从此种根了！"武帝听说，也觉悚然，当即点首称善，移宴北宫，命董偃从东司马门入宴，改称东司马门为东交门。改名曰交，适自增丑。惟武帝天姿聪颖，一经旁人提醒，便知董偃不是好人，赐朔黄金三十斤，不复宠偃。后来窦太主年逾六十，渐渐的头童齿豁，不合浓妆，董偃甫及壮年，怎肯再顾念老姬，不去寻花问柳？窦太主怨偃负情，屡有责言，武帝乘机罪偃，把他赐死。偃年终三十，窦太主又活了三五年，然后病殁。武帝竟令二人合葬霸陵旁。霸陵即文帝陵，见前文。

　　只废后陈氏，心尚未死，暗思老母做出这般歹事，尚能巧计安排，不致获谴，自己倘能得人斡旋，或即挽回主意，亦未可知；犹记从前在中宫时，尝闻武帝称赞相如，因此不惜重金，买得一赋，命宫人日日传诵，冀为武帝所闻，感动旧念。那知此事与乃母不同，乃母所为，无人作梗，自己有一卫氏在内，做了生死的对头，怎肯令武帝再收废后？所以《长门赋》虽是佳文，挽不转汉皇恩意，不过陈氏的饮食服用，总由有司按时拨给，终身无亏。到了窦太主死后，陈氏愈加悲郁，不久亦即病死了。收束净尽。

　　话分两头。且说陈废后巫蛊一案，本来不至株连多人，因有侍御史张汤参入治狱，主张严酷，所以锻炼周纳，连坐至三百余名。汤系杜陵人氏，童年敏悟，性最刚强。乃父尝为长安丞，有事外出，嘱汤守舍。汤尚好嬉戏，未免疏忽。至乃父回来，见厨中所藏食肉，被鼠啮尽，不禁动怒，把汤笞责数下。汤为鼠遭笞，很不甘心，遂熏穴寻鼠。果有一鼠跃出，被汤用铁网罩住，竟得捕获。穴中尚有余肉剩着，也即取出，戏做一篇《谳鼠文》，将肉作证，处他死刑，磔毙堂下。父见他谳鼠文辞，竟与老狱吏相似，暗暗惊奇，当即使习刑名，抄写案牍。久久练习，养成一个法律家。嗣为中尉宁成掾属。宁成为有名酷吏，汤不免效尤，习与性成，尚严务猛。及入为侍御史，与治巫蛊一案，不管人家性命，一味罗织，害及无辜。武帝还道他是治狱能手，升任大中大夫；同时又有中大夫赵禹，亦尚苛刻，与汤交好，汤尝事禹如兄，交相推重。武帝遂令两人同修律令，加添则例，特创出见知故纵法，钳束官僚。凡官吏见人犯法，应即出头告发，否则与犯人同罪，这就是见知法；问官断狱，宁可失入，不可失出，失出便是故意纵犯，应该坐罪，这叫作"故纵法"。自经两法创行，遂致狱讼繁苛，赭衣满路。汤又巧为迎合，见武帝性好文学，就附会古义，引作狱辞。又请令博士弟子，分治《尚书》、《春秋》。

《春秋》学要算董仲舒，武帝即位，曾将他拔为首选，出相江都。见前文。江都王非，本来骄恣不法，经仲舒从旁匡正，方得安分终身。那知有功不赏，反且见罚，竟因别案牵连，被降为中大夫。无非是不善逢迎。建元六年，辽东高庙及长陵高园殿两处失火，仲舒援据《春秋》，推演义理。属稿方就，适辩士主父偃过访，见着此稿，竟觑隙窃去，背地奏闻。武帝召示诸儒，儒生吕步舒，本是仲舒弟子，未知稿出师手，斥为下愚。偃始说出仲舒所作，且劾他语多讥刺，遂致仲舒下狱，几乎论死。偃之阴险如此，怎能善终？幸武帝尚器重仲舒，特诏赦罪，仲舒乃得免死。但中大夫一职，已从此褫去了。

先是，菑川人公孙弘，与仲舒同时被征，选为博士，嗣奉命出使匈奴，还白武帝，不合上意，没奈何托病告归。至元光五年，复征贤良文学诸士，菑川国又推举公孙弘。弘年将八十，精神尚健，筋力就衰，且经他前次蹉跌，不愿入都，无奈国人一致怂恿，乃襆被就道，再至长安，谒太常府中对策。太常先评甲乙，见他语意近迂，列居下第，仍将原卷呈入。偏武帝特别鉴赏，擢居第一，随即召入，面加咨询。弘预为揣摩，奏对称旨，因复拜为博士，使待诏金马门。齐人辕固，时亦与选，年已九十有余，比弘貌还要高古。弘颇怀妒意，侧目相视。辕固本与弘相识，便开口戒弘道："公孙子，务正学以立言，毋曲学以阿世！"弘佯若不闻，掉头径去。辕固老不改行，前为窦太后所不容，见前文。此次又为公孙弘等所排斥，仍然罢归。独公孙弘重入都门，变计求合，曲意取容，第一着是逢迎主上，第二着是结纳权豪。他见张汤方得上宠，屡次往访，与通声气。又因主爵都尉汲黯，为武帝所敬礼，亦特与结交。

汲黯籍隶濮阳，世为卿士，生平治黄老言，不好烦扰，专喜谅直。初为谒者，旋迁中大夫，继复出任东海太守，执简御民，卧病不出，东海居然大治。武帝闻他藉藉有声，又诏为主爵都尉。名列九卿。当田蚡为相时，威赫无比，僚吏都望舆下拜，黯不屑趋承，相见不过长揖，蚡亦无可如何。武帝尝与黯谈论治道，志在唐虞，黯竟直答道："陛下内多私欲，外施仁义，奈何欲效唐虞盛治呢！"一语中的。武帝变色退朝，顾语左右道："汲黯真一个憨人！"朝臣见武帝骤退，都说黯言不逊，黯朗声道："天子位置公卿，难道叫他来作谀臣，陷主不义么？况人臣既食主禄，应思为主尽忠，若徒爱惜身家，便要贻误朝廷了！"说毕，夷然趋出。武帝却也未尝加谴。及唐蒙与司马相如，往通西南夷，黯独谓徒劳无益，果然治道数年，士卒多死，外夷亦叛服无常。适公孙弘入都待诏，奉使往视，至还朝奏报，颇与黯议相同。偏武帝不信弘言，再召群臣会议，黯也当然在列。他正与公孙弘往来，又见弘与己同意，遂在朝堂预约，决议坚持到底，弘已直认不辞。那知武帝升殿，集众开议，弘竟翻去前调，但说由主圣裁。顿时恼动黠性，厉声语弘道："齐人多诈无信，才与臣言不宜通夷，忽又变议，岂非不忠！"武帝听着，便问弘有无食言？弘答谢道："能知臣心，当说臣忠；不知臣心，便说臣不忠！"老奸巨猾。武帝颔首退朝，越日便迁弘为左内史，未几又超授御史大夫。小子有诗叹道：

> 八十衰翁待死年，如何尚被利名牵！
> 岂因宣圣遗言在，求富无妨暂执鞭？

欲知后事如何，且至下回分解。

　　窦太主以五十岁老妪，私通十八岁弄儿，渎伦伤化，至此极矣。武帝不加惩戒，反称董偃为主人翁，是导人淫乱，何以为治？微东方朔之直言进谏，几何不封偃为堂邑侯也。张汤、赵禹以苛刻见宠，无非由迎合主心。公孙弘则智足饰奸，取容当世，以视董子、辕固之守正不阿，固大相径庭矣。然笑骂由他笑骂，好官我自为之，古今之为公孙弘者，比比然也。于公孙弘乎何诛？

第六十六回

飞将军射石惊奇　愚主父受金拒谏

却说元光六年，匈奴兴兵入塞，杀掠吏民，前锋进至上谷；当由边境守将，飞报京师。武帝遂命卫青为车骑将军，带领骑兵万人，直出上谷，又使骑将军公孙敖出代郡，轻车将军公孙贺出云中，骁骑将军李广出雁门。部下兵马，四路一律，李广资格最老，雁门又是熟路，总道是旗开得胜，马到成功。哪知匈奴早已探悉，料知李广不好轻敌，竟调集大队，沿途埋伏，待广纵骑前来，就好将他围住，生擒活捉。广果自恃骁勇，当然急进，匈奴兵佯作败状，诱他入围，四面攻击，任汝李广如何善战，终究是寡不敌众，杀得势穷力竭，竟为所擒。匈奴将士获得李广，非常欢喜，遂将广缚住马上，押去献功。广知此去死多活少，闭目设谋，约莫行了数十里，只听胡儿口唱凯歌，自鸣得意，偷眼一瞧，近身有个胡儿，坐着一匹好马，便尽力一挣，扯断绳索，腾身急起，跃上胡儿马背，把胡儿推落马下，夺得弓箭，加鞭南驰。胡兵见广走脱，回马急追，却被广射死数人，竟得逃归。代郡一路的公孙敖，遇着胡兵，吃了一个败仗，伤兵至七千余人，也即逃回。公孙贺行至云中，不见一敌，驻扎了好几日，闻得两路兵败，不敢再进，当即收兵回来，总算不折一人。独卫青出兵上谷，径抵笼城，匈奴兵已多趋雁门，不过数千人留着，被青驱杀一阵，却斩获了数百人，还都报捷。全是运气使然。武帝闻得四路兵马，两路失败，一路无功，只有卫青得胜，当然另眼相待，加封关内侯。公孙贺无功无过，置诸不问；李广与公孙敖，丧师失律，并应处斩，经两人出钱赎罪，乃并免为庶人。看官听说！这卫青初次领兵，首当敌冲，真是安危难料，偏匈奴大队，移往雁门，仅留少数兵士，抵敌卫青，遂使青得着一回小小胜仗。这岂不是福星照临，应该富贵么？李广替哀。

事有凑巧，他的同母姊卫子夫，选入宫中。接连生下三女，偏此次阿弟得胜，阿姊也居然生男。正是喜气重重。武帝年已及壮，尚未有子，此次专宠后房的卫夫人，竟得产下麟儿，正是如愿以偿，不胜快慰！三日开筵，取名为据，且下诏命立禖祠。古时帝喾元妃姜源，三妃简狄，皆出祀郊禖，得生贵子。姜源生弃，简狄生契。武帝仿行古礼，所以立祠祭神，使东方朔、枚皋等作禖祝文，垂为纪念。一面册立卫子夫为皇后，满朝文武，一再贺喜，说不尽的热闹，忙不了的仪文。惟枚皋为了卫后正位，献赋戒终，却是独具只眼，言人未言。暗伏后文。武帝虽未尝驳斥，究不过视作闲文，没甚注意，并即纪瑞改元，称元光七年为元朔元年。

是年秋月，匈奴又来犯边，杀毙辽西太守，掠去吏民二千余人。武帝方遣韩安国为材官将军，出戍渔阳，部卒不过数千，竟被胡兵围住，安国出战败绩，回营拒守，险些儿覆没全巢，还亏燕兵来援，方得突围东走，移驻右北平。武帝遣使诘责，安国且惭且惧，呕血而亡。讣闻都中。免不得择人接任。武帝想了多时，不如再起李广，使他防边。乃颁诏出去，授广为右北平太守。

广自赎罪还家，与故颍阴侯灌婴孙灌强，屏居蓝田南山中，射猎自娱。尝带一骑兵出饮，深夜方归，路过亭下，正值霸陵县尉巡夜前来，厉声喝止。广未及答言，从骑已代为报名，说是故李将军。县尉时亦酒醉，悍然说道："就是现任将

军，也不宜犯夜，何况是故将军呢？"广不能与校，只好忍气
吞声，留宿亭下，待至黎明，方得回家。未几即奉到朝命，授
职赴任，奏调霸陵尉同行。霸陵尉无从推辞，过谒李广，立被
广喝令斩首，广虽数奇，亦非大器。然后上书请罪。武帝方倚重
广才，反加慰勉，因此广格外感奋，戒备极严。匈奴不敢进
犯，且赠他一个美号，叫做"飞将军"。

　　右北平向多虎患，广日日巡逻，一面瞭敌，一面逐虎，靠
着那百步穿杨的绝技，射毙好几个大虫。一日，复巡至山麓，
遥望丛草中间，似有一虎蹲着，急忙张弓搭箭，射将过去。他
本箭不虚发，当然射着。从骑见他射中虎身，便即过去牵取，
谁知走近草丛，仔细一瞧，并不是虎，却是一块大石！最奇怪
的是箭透石中，约有数寸，上面露出箭羽，却用手拔它不起。
大众互相诧异，返报李广。广亲自往观，亦暗暗称奇，再回至
原处注射，箭到石上，全然不受，反将箭镞折断。这大石本甚
坚固，箭锋原难穿入，独李广开手一箭，得把石头射穿，后来
连射数箭，俱不能入，不但大众瞧着，惊疑不置，就是李广亦
莫名其妙，只好拍马自回。但经此一箭，越觉扬名，都说他箭
能入石，确具神力，还有何人再敢当锋？所以广在任五年，烽
燧无惊，后至郎中令石建病殁，广乃奉召入京，代任郎中令，
事见后文。

　　惟右北平一带，匈奴原未敢相侵，此外边境袤延，守将虽
多，没有似李广的声望，匈奴既与汉朝失和，怎肯敛兵不动，
所以时出时入，飘忽无常。武帝再令车骑将军卫青，率三万骑
出雁门，又使将军李息出代郡。青与匈奴兵交战一场，复斩首
虏数千人，得胜而回。青连获胜仗，主眷日隆，凡有谋议，当
即照行；独推荐齐人主父偃，终不见用。偃久羁京师，资用乏
绝，借贷无门，不得已乞灵文字，草成数千言，诣阙呈入。书
中共陈九事，八事为律令，一事谏伐匈奴。大略说是：

臣闻怒为逆德，兵为凶器，争为末节，盖务战胜、穷武事者，未有不悔者也。昔秦皇帝并吞六国，务胜不休，尝欲北攻匈奴，不从李斯之谏，卒使蒙恬将兵攻胡，辟地千里，发天下丁男，以守北河，暴兵露师，十有余年，死者不可胜数。又使天下飞刍挽粟，起自负海，转输北河，率三十钟而至一石，男子疾耕，不足于粮饷，女子纺绩，不足于帷幕，百姓靡敝，孤寡老弱，不能相养，天下乃始叛秦也。及高皇帝平定天下，略地于边，闻匈奴聚于代谷之外，而欲击之。御史成进，进谏不听，遂北至代谷，果有平城之围。高帝悔之，乃使刘敬往结和亲，然后天下无兵戈之事。夫匈奴难得而制，非一世也，行盗侵驱，所以为业也，天性固然，上及虞夏商周，固弗程督，禽兽畜之，不比为人。若不上观虞夏殷周之统，而下循近世之失，此臣之所以大恐，百姓之所疾苦也。且夫兵久则变生，事苦则虑易，使边境之民，靡敝愁苦，将吏相疑而外市，故尉佗、章邯得成其私，而秦政不行，权分二子，此得失之效也。故《周书》曰："安危在出令，存亡在所用。"愿陛下熟计之而加察焉！

这封书呈将进去，竟蒙武帝鉴赏，即日召见，面询数语，也觉应对称旨，遂拜偃为郎中。故丞相史严安，与偃同为临淄人，见偃得邀主知，也照样上书，无非是举秦为戒；还有无终人徐乐，也来凑兴，说了一番土崩瓦解的危言，拜本上呈，具由武帝召入，当面奖谕道："公等前在何处？为何至今才来上书？朕却相见恨晚了！"遂并授官郎中。主父偃素擅辩才，前时尝游说诸侯，不得一遇，至此时来运凑，因言见幸，乐得多说几语，连陈数书。好在武帝并不厌烦，屡次采用，且屡次超迁。俄而使为谒者，俄而使为中郎，又俄而使为中大夫，为期不满一载，官阶竟得四迁，真是步步青云，联梯直上。严安、徐乐，并皆瞠乎落后，让着先鞭。偃越觉兴高采烈，遇事敢言。适梁王刘襄，刘买子。与城阳王刘延，刘章孙。先后上书，愿将属邑封弟，偃即乘机献议道：

> 古者诸侯，地不过百里，强弱之形易制。今诸侯或连城数十，地方千里，缓则骄奢，易为淫佚，急则恃强合纵，以逆京师，若依法割削，则逆节萌起，前日晁错是也。今诸侯子弟或十数，而嫡嗣代立，余虽骨肉，无尺地之封，则仁孝之道不宣。愿陛下令诸侯推恩，分封子弟，以地侯之，彼人人喜得所愿，靡不感德。实则国土既分，无尾大不掉之弊，安上全下，无逾于此。愿陛下采择施行！

武帝依议，先将梁王、城阳王奏牍，一律批准，并令诸侯得分国邑，封子弟为列侯，因此远近藩封，削弱易制，比不得从前骄横了。贾长沙早有此议，偃不过拾人牙慧，并非奇谋，然尚有淮南之叛。元朔二年春月，匈奴又发兵侵边，突入上谷渔阳，武帝复遣卫青、李息两将军，统兵出讨，由云中直抵陇西，屡败胡兵，击退白羊、楼烦二王，阵斩敌首数千，截获牛羊百余万，尽得河套南地。捷书到达长安，武帝大悦，即派使犒劳两军。嗣由使臣返报，归功卫青。无非趋奉卫皇后。因下诏封青为长平侯，连青属下部将，亦邀特赏。校尉苏建，得封平陵侯，张次公得封岸头侯。

主父偃复入朝献策，说是"河南地土肥饶，外阻大河，秦时蒙恬尝就地筑城，控制匈奴，今可修复故塞，特设郡县，内省转输，外拓边陲，实是灭胡的根本"云云。但知迎合主心，不管前后矛盾。武帝见说，更命公卿会议，大众多有异言。御史大夫公孙弘，且极力驳说道："秦时尝发三十万众筑城北河，终归无成，今奈何复蹈故辙呢？"武帝不以为然，竟从偃策，特派苏建，调集丁夫，筑城缮塞，因河为固，特置朔方、五原两郡，徙民十万口居住。自经此次兴筑，费用不可胜计，累得府库日竭，把文景两朝的蓄积，搬发一空了。

主父偃又请将各地豪民，徙居茂陵。茂陵系武帝万年吉地，在长安东北，新置园邑，地广人稀，所以偃拟移民居住，谓"可内实京师、外销奸猾"等语。武帝亦惟言是听，诏令郡国调查富豪，徙至茂陵，不得违延。也是秦朝敝法。郡国自然遵行，陆续派吏驱遣，越是有财有势，越要他赶早启程。

时有河内轵人郭解，素有侠名，乃是鸣雌侯许负外孙，短小精悍，动辄杀人。不过他生性慷慨，遇有乡里不平事件，往往代为调停，任劳任怨，甚至自己的身家性命，亦可不顾。因此关东一带，说起"郭解"二字，无不知名，称为大侠。此次亦名列徙中。解不欲迁居，特托人转恳将军卫青，代为求免。青因入白武帝，但言解系贫民，无力迁徙。偏武帝摇首不答，待至青退出殿门，却笑顾左右道："郭解是一个布衣，乃能使将军说情，这还好算得贫穷么？"青不得所求，只好回复郭解，解未便违诏，没奈何整顿行装，挈眷登程。临行时候，亲友争来饯送，赆仪多至千余万缗，解悉数收受，谢别入关。关中人相率欢迎，无论知与不知，竟与交结，因此解名益盛。

会有轵人杨季主子，充当县掾，押解至京，见他拥资甚厚，未免垂涎，遂向解一再需索。解却也慨与，偏解兄子代为不平，竟把杨掾刺死，取去首级。事为杨季主所闻，立命人入京控诉，谁知来人又被刺死，首亦不见。都下出了两件无头命案，当然哄动一时，到了官吏勘验尸身，察得来人身上，尚有诉冤告状，指明凶手郭解，于是案捕首犯，大索茂陵。解闻只潜逃，东出临晋关。关吏籍少翁，未识解面，颇慕解名，一经盘诘，解竟直认不讳。少翁越为感动，竟将他私放出关。嗣经侦吏到了关下，查问少翁，少翁恐连坐得罪，不如舍身全解，乃即自杀。解竟得安匿太原。越年遇赦，回视家属，偏被地方官闻知，把他拿住，再向轵县调查旧事。解虽犯案累累，却都在大赦以前，不能追咎。且全邑士绅，多半为解延誉，只有一儒生对众宣言，斥解种种不法，不意为解客所闻，待他回家时候，截住途中，把他杀死，截舌遁去。为此一案，又复提解讯质。解全未预闻，似应免罪，独公孙弘主张罪解，且说他私结党羽，睚眦杀人，大逆不道，例当族诛。武帝竟依弘言，便命把郭解全家处斩，解非不可诛，但屠及全家，毋乃太酷。还是郭解朋友，替他设法，救出解子孙一二人，方得不绝解后。东汉时有循吏郭伋，就是郭解的玄孙，这些后话不提。

且说燕王刘泽孙定国，承袭封爵，日夕肆淫，父死未几，便与庶母通奸，私生一男。又把弟妇硬行占住，作为己妾。后来越加淫纵，连自己三个女儿，也逼之侍寝，轮流交欢。禽兽不如。肥如令郢人，上书切谏，反触彼怒，意欲将郢人论罪。郢人乃拟入都告发，偏被定国先期劾捕，杀死灭口。定国妹为田蚡夫人，事见六十三回。田蚡得宠，定国亦依势横行，直至元朔二年，蚡已早死，郢人兄弟，乃诣阙诉冤，并托主父偃代为申理。偃前曾游燕，不得见用，至是遂借公济私，极言定国行同禽兽，不能不诛。武帝遂下诏赐死。定国自杀，国除为郡。定国应该受诛，与偃无尤。

朝臣等见偃势盛，一言能诛死燕主，夷灭燕国，只恐自己被他寻隙，构成罪名，所以格外奉承，随时馈遗财物，冀免祸殃。偃毫不客气，老实收受。有一知友，从旁诫偃，说偃未免太横，偃答说道："我自束发游学，屈指已四十余年，从前所如不合，甚至父母弃我，兄弟嫉我，宾朋疏我，我实在受苦得够了。大丈夫生不五鼎食，死就五鼎烹，亦属何妨！古人有言，日暮途远，故倒行逆施，语本伍子胥。我亦颇作此想呢！"

既而齐王次昌，与偃有嫌，又由偃讦发隐情。武帝便令偃为齐相，监束齐王。偃原籍临淄，得了这个美差，即日东行，也似衣锦还乡一般。那知福为祸倚，乐极悲生，为了这番相齐，竟把身家性命，一古脑儿灭得精光。小子有诗叹道：

> 谦能受益满招灾，得志骄盈兆祸胎。
> 此日荣归犹衣锦，他时暴骨竟成堆。

欲知主父偃如何族灭，待至下回叙明。

李广射石一事，古今传为奇闻，吾以为未足奇也。石性本坚，非箭镞所能贯入，夫人而知之矣，然有时而泐，非必无罅隙之留，广之一箭贯石，乃适中其隙耳。且广曾视石为虎，倾全力以射之，而又适抵其隙，则石之射穿，固其宜也，何足怪乎！夫将在谋不在勇，广有勇寡谋，故屡战无功，动辄得咎，后人惜其数奇，亦非确论。彼主父偃所如不合，挟策干进，一纸书即邀主眷，立授官阶，前何其难，后何其易，甚至一岁四迁，无言不用，当时之得君如偃者，能有几人？然有无妄之福，必有无妄之灾，此古君子所以居安思危也。偃不知此，反欲倒行逆施，不死何为？乃知得不必喜，失不必忧，何数奇之足惜云！

第六十七回

失俭德故人烛隐　庆凯旋大将承恩

　　却说齐王次昌，乃故孝王将间孙，将间见前文。元光五年，继立为王，却是一个翩翩少年，习成淫佚。母纪氏替他择偶，特将弟女配与为婚。次昌素性好色，见纪女姿貌平常，当然白眼相看，名为夫妇，实同仇敌。纪女不得夫欢，便向姑母前泣诉，姑母就是齐王母，也算一个王太后，国内统以纪太后相称。这纪太后顾恋侄女，便想替她设法，特令女纪翁主入居宫中，劝戒次昌，代为调停，一面隐加监束，不准后宫姬妾，媚事次昌。纪翁主已经适人，年比次昌长大，本是次昌母姊，不过为纪太后所生，因称为纪翁主。汉称王女为翁主，说见前文。纪翁主的容貌性情，也与次昌相似。次昌被她管束，不能私近姬妾，索性与乃姊调情，演那齐襄公、鲁文姜故事，只瞒过了一位老母。齐襄与文姜私通，见《春秋·左传》。纪女仍然冷落宫中。

　　是时复有一个齐人徐甲，犯了阉刑，充作太监，在都备役，得入长乐宫当差。长乐宫系帝母王太后所居，见他口齿敏慧，常令侍侧，甲因揣摩求合，冀博欢心。王太后有女修成君，为前夫所生，自经武帝迎入，视同骨肉，相爱有年。见五十九回。修成君有女名娥，尚未许字，王太后欲将她配一国王，安享富贵。甲离齐已久，不但未闻齐王奸姊，并至齐王纳后，尚且茫然，因此禀白太后，愿为修成君女作伐，赴齐说亲。王太后自然乐允，便令甲即日东行。主父偃也有一女，欲嫁齐王，闻甲奉命赴齐，亟托他乘便说合，就使为齐王妾媵，也所甘心。好好一个卿大夫女儿，何必定与人作妾？甲应诺而去，及抵齐都，见了齐王次昌，便将大意告知，齐王听说，却甚愿意。纪女原可撇去，如何对得住阿姊！偏被纪太后得知，勃然大怒道："王已娶后，后宫也早备齐，难道徐甲尚还未悉么？况甲系贱人，充当一个太监，不思自尽职务，反欲乱我王家，真是多事！主父偃又怀何意，也想将女儿入充后宫？"说至此，即顾令左右道："快与我回复徐甲，叫他速还长安，不得在此多言！"左右奉命，立去报甲，甲乘兴而来，怎堪扫兴而返？当下探听齐事，始知齐王与姊相奸。自思有词可援，乃即西归，复白王太后道："齐王愿配修成君女，惟有一事阻碍，与燕王相似，臣未敢与他订婚。"这数语，未免捏造，欲挑动太后怒意，加罪齐王，太后却不愿生事，随口接说道："既已如此，可不必再提了！"

甲怅然趋出，转报主父偃。偃最喜捕风捉影，侮弄他人；况齐王不肯纳女，毫无情面，乐得乘此奏闻，给他一番辣手。计划已定，遂入朝面奏道："齐都临淄，户口十万，市租千金，比长安还要富庶，此惟陛下亲弟爱子，方可使王。今齐王本是疏属，近又与姊犯奸，理应遣使究治，明正典刑。"武帝乃使偃为齐相，但嘱他善为匡正，毋得过急。偃阳奉阴违，一到齐国，便要查究齐王阴事。一班兄弟朋友，闻偃荣归故乡，都来迎谒。偃应接不暇，未免增恨。且因从前贫贱，受他奚落，此时正好报复前嫌，索性一并召入，取出五百金，按人分给，正色与语道："诸位原是我兄弟朋友，可记得从前待我情形否？我今为齐相，不劳诸位费心，诸位可取金自去，此后不必再入我门！"语虽近是，终嫌器小。众人听了，很觉愧悔，不得已取金散去。

偃乐得清净，遂召集王宫侍臣，鞫问齐王奸情。侍臣不敢隐讳，只好实供。偃即将侍臣拘住，扬言将奏闻武帝，意欲齐王向他乞怜，好把一国大权，让归掌握。那知齐王次昌，年轻胆小，一遭恐吓，便去寻死。偃计不能遂，反致惹祸，也觉悔不可追，没奈何据实奏报。武帝得书，已恨偃不遵前命，逼死齐王；再加赵王彭祖，上书劾偃，说他私受外赂，计封诸侯子弟，惹得武帝恨上加恨，即命褫去偃官，下狱治罪。这赵王彭祖，本与偃无甚仇隙，不过因偃尝游赵，未尝举用，自恐蹈燕覆辙，所以待偃赴齐，出头告讦。还有御史大夫公孙弘，好似与偃有宿世冤仇，必欲置偃死地。武帝将偃拿问，未尝加偃死罪，偏弘上前力争，谓齐王自杀无后，国除为郡，偃本首祸，不诛偃，无以谢天下。武帝乃下诏诛偃，并及全家。偃贵幸时，门客不下千人，至是俱怕连坐，无敢问。独洨县人孔车，替他收葬，武帝闻知，却称车为忠厚长者，并不加责。*可见得待人以义，原是有益无损呢！借孔车以讽世，非真誉偃。*

严安、徐乐，贵宠不能及偃，却得安然无恙，备员全身。*高而危，何如卑而安。*独公孙弘排去主父偃，遂得专承主宠，言听计从。主爵都尉汲黯，为了朔方筑城，弘言反复，才知他是伪君子，不愿与交。*朔方事见六十五回。*会闻弘饰为俭约，终身布被，遂入见武帝道："公孙弘位列三公，俸禄甚多，乃自为布被，佯示俭约，这不是挟诈欺人么？"*假布被以劾弘，失之琐屑。丞相、太尉、御史大夫称为三公。*武帝乃召弘入问，弘直答道："诚有此事。现在九卿中，与臣交好，无过汲黯，黯今责臣，正中臣病。臣闻管仲相齐，拥有三归，侈拟公室，齐赖以霸；及晏婴相景公，食不重肉，妾不衣帛，齐亦称治。今臣位为御史大夫，乃身为布被，与小吏无二，怪不得黯有微议，斥臣钓名。且陛下若不遇黯，亦未必得闻此言。"武帝闻他满口认过，越觉得好让不争，却是一个贤士。就是黯亦无法再劾，只好趋退。弘与董仲舒并学《春秋》，惟所学不如仲舒。仲舒失职家居，武帝却还念及，时常提起。弘偶有所闻，未免加忌，且又探得仲舒言论，常斥自己阿谀取容，因此越加怀恨，暗暗排挤。武帝未能洞悉，总道弘是个端人，始终信任。到了元朔五年，竟将丞相薛泽免官，使弘继任，并封为平津侯。向例常用列侯为丞相，弘未得封侯，所以特加爵邑。

弘既封侯拜相，望重一时，特地开阁礼贤，与参谋议，甚么钦贤馆，甚么翘材馆，甚么接士馆，开出了许多条规，每日延见宾佐，格外谦恭。有故人高贺进谒，弘当然接待，且留他在府宿食。惟每餐不过一肉，饭皆粗粝，卧止布衾。贺还道他有心简慢，及问诸待人，才知弘自己服食，也是这般。勉强住了数日，又探悉内容情形，因即辞去。有人问贺何故辞归？贺愤然说道："弘内服貂裘，外着麻枲，内厨五鼎，外膳一肴，如此矫饰，何以示信？且粗粝布被，我家也未尝不有，何必在此求人呢！"自经贺说破隐情，都下士大夫，始知弘浑身矫诈，无论行己待人，统是作伪到底，假面目渐渐揭露了。只一武帝尚似梦未醒。

汲黯与弘有嫌，弘竟荐黯为右内史。右内史部中，多系贵人宗室，号称难治。黯也知弘怀着鬼胎，故意荐引，但既奉诏命，只好就任，随时小心，无瑕可指，竟得安然无事。又有董仲舒闲居数年，不求再仕，偏弘因胶西相出缺，独将仲舒推荐出去。仲舒受了朝命，并不推辞，居然赴任。胶西王端，是武帝异母兄弟，阴贼险狠，与众异趋，只生就一种缺陷，每近妇人，数月不能起床，所以后宫虽多，如同虚设。有一少年为郎，狡黠得幸，遂替端暗中代劳，与后宫轮流同寝。不意事机被泄，被端支解，又把他母子一并诛戮，此外待遇属僚，专务残酷，就是胶西相，亦辄被害死。弘无端推荐仲舒，亦是有心加害，偏仲舒到了胶西，刘端却慕他大名，特别优待，反令仲舒闻望益崇。不过仲舒也是知机，奉职年余，见端好饰非拒谏，不如退位鸣高，乃即向朝廷辞职，仍然回家。不愧贤名。著书终老，发明《春秋》大义，约数十万言，流传后世。所著《春秋繁露》一书，尤为脍炙人口，这真好算一代名儒呢。收束仲舒，极力推崇。

大中大夫张汤，平时尝契慕仲舒，但不过阳为推重，有名无实。他与公孙弘同一使诈，故脾气相投，很为莫逆。弘称汤有才，汤称弘有学，互相推美，标榜朝堂。武帝迁汤为廷尉，景帝时尝改称廷尉为大理，武帝仍依旧名。汤遇有疑谳，必先探察上意，上意从轻，即轻予发落，上意从重，即重加锻炼，总教武帝没有话说，便算判决得宜。一日有谳案上奏，竟遭驳斥，汤连忙召集属吏，改议办法，仍复上闻。偏又不合武帝意旨，重行批驳下来，弄得忐忑不安，莫名其妙。再向属吏商议，大众统面面相觑，不知所为。延宕了好几日，尚无良法，忽又有掾史趋入，取出一个稿底，举示同僚。众人见了，无不叹赏，当即向汤说知。汤也为称奇，便嘱掾属交与原手，使他缮成奏牍，呈报上去，果然所言中旨，批令照办。

究竟这奏稿出自何人？原来是千乘人倪宽。倪宽颇有贤名，故从特叙。宽少学《尚书》，师事同邑欧阳生。欧阳生表字和伯，为伏生弟子，伏生事见前文。通《尚书》学，宽颇得所传。武帝尝置五经博士，公孙弘为相，更增博士弟子员，令郡国选取青年学子，入京备数。宽幸得充选，草草入都。是时孔子九世孙孔安国，方为博士，教授弟子员，宽亦与列。无如家素贫乏，旅费无出，不得已为同学司炊。又乘暇出去佣工，博资度活，故往往带经而锄，休息辄读。受了一两年辛苦，才得射策中式，补充掌故。嗣又调补廷尉文学卒史，廷尉府中的掾属，多说他未谙刀笔，意在蔑视，但派他充当贱役，往北地看管牲畜，宽只好奉差前去。好多时还至府中，呈缴畜簿，巧值诸掾史为了驳案，莫展一筹。当由宽问明原委，据经折狱，援笔属稿。为此一篇文字，竟得出人头地，上达九重。运气来了。

武帝既批准案牍，复召汤入问道："前奏非俗吏所为，究出何人手笔？"汤答称倪宽。武帝道："我亦颇闻他勤学，君得此人，也算是一良佐了。"汤唯唯而退，还至府舍，忙将倪宽召入，任为奏谳掾。宽不工口才，但工文笔，一经判案，往往有典有则，要言不烦。汤自是愈重文人，广交宾客，所有亲戚故旧，凡有一长可取，无不照顾，因此性虽苛刻，名却播扬。

只汲黯见他纷更法令，易宽为残，常觉看不过去，有时在廷前遇汤，即向他诘责道："公位列正卿，上不能广先帝功业，下不能遏天下邪心，徒将高皇帝垂定法律，擅加变更，究是何意？"汤知黯性刚直，也不便与他力争，只得无言而退。嗣黯又与汤会议政务，汤总主张严劲，吹毛索瘢。三句不离本行。黯辩不胜辩，因发忿面斥道："世人谓刀笔吏，不可作公卿，果然语不虚传！试看张汤这般言动，如果得志，天下只好重足而走，侧目而视了！这难道是致治气象么？"说毕自去。已而入见武帝，正色奏陈道："陛下任用群臣，好似积薪，后来反得居上，令臣不解。"武帝被黯一诘，半晌说不出话来，只面上已经变色。俟黯退朝后，顾语左右道："人不可无学，汲黯近日比前益憨，这就是不学的过失呢。"原来黯为此官，是明指公孙弘、张汤两人，比他后进，此时反位居己上，未免不平，所以不嫌唐突，意向武帝直陈。武帝也知黯言中寓意，但已宠任公孙弘、张汤，不便与黯说明，因即含糊过去，但讥黯不学罢了。黯始终抗正，不肯媚人，到了卫青封为大将军，尊宠绝伦，仍然见面长揖，不屑下拜。或谓大将军功爵最隆，应该加敬，黯笑说道："与大将军抗礼，便是使大将军成名，若为此生憎，便不成为大将军了！"这数语却也使乖。卫青得闻黯言，果称黯为贤士，优礼有加。

惟卫青何故得升大将军？查考原因，仍是为了征虏有功，因得超擢。自从朔方置郡，匈奴右贤王连年入侵，欲将朔方夺还。元朔五年，武帝特派车骑将军卫青，率三万骑出高阙，锐击匈奴；又使卫尉苏建为游击将军，左内史李沮为强弩将军，太仆公孙贺为骑将军，代相李蔡为轻车将军，俱归卫青节制，并出朔方；再命大行李息、岸头侯张次公为将军，出右北平，作为声援。统计人马十余万，先后北去。匈奴右贤王，探得汉兵大举来援，倒也自知不敌，退出塞外，依险驻扎。一面令人哨探，不闻有甚么动静，总道汉兵路远，未能即至，乐得快乐数天。况营中带有爱妾，并有美酒，拥娇夜饮，趣味何如。不料汉将卫青，率同大队，星夜前来，竟将营帐团团围住。胡儿突然遇敌，慌忙入报，右贤王尚与爱妾对饮，酒意已有八九分，蓦闻营帐被围，才将酒意吓醒，令营兵出寨御敌，自己抱妾上马，带了壮骑数百，混至帐后。待至前面战鼓喧天，杀声不绝，方一溜烟似的逃出帐外，向北急遁。汉兵多至前面厮杀，后面不过数百兵士，擒不住右贤王，竟被逃脱。还是忙中有智。惟前面的胡兵，仓皇接仗，眼见是有败无胜，一大半作为俘虏，溜脱的甚属寥寥，汉兵破入胡营，擒得裨王即小王。十余人，男女一万五千余人，牲畜全数截住，约有数十百万，再去追捕右贤王，已是不及，乃收兵南还。

这次出兵，总算是一场大捷，露布入京，盈廷相贺。武帝亦喜出望外，即遣使臣往劳卫青，传旨擢青为大将军，统领六师，加封青食邑八千七百户，青三子尚在襁褓，俱封列侯。青上表固辞，让功诸将，武帝乃更封公孙贺为南窌侯，李蔡为乐安侯，余如属将公孙敖、韩说、李朔、赵不虞、公孙戎奴等，也并授侯封。及青引军还朝，公卿以下，统皆拜谒马前，就是武帝，也起座慰谕，亲赐御酒三杯，为青洗尘。旷古恩遇，一时无两，宫廷内外，莫不想望丰仪，甚至引动一位孀居公主，也居然贪图利欲，不惜名节，竟与卫大将军愿结丝萝，成为夫妇。小子有诗叹道：

> 妇道须知从一终，不分贵贱例相同。
> 如何帝女淫痴甚，也学文君卓氏风！

究竟这公主为谁，试看下回续叙。

主父偃谓日暮途穷，故倒行逆施，卒以此罹诛夷之祸。彼公孙弘之志，亦犹是耳。胡为偃以权诈败，而弘以名位终？此无他，偃过横而弘尚自知止耳。高贺直揭其伪，而弘听之，假使偃易地处此，度未必有是宽容也。即如汲黯之为右内史，董仲舒之为胶西相，未免由弘之故意推荐，为嫁祸计。但黯与仲舒，在位无过，而弘即不复生心，以视偃之逼死齐王，固相去有间矣。夫天道喜谦而恶盈，偃之致死，死于骄盈，弘固尚不若偃也。彼卫青之屡战得胜，超迁至大将军，而汲黯与之抗礼，反且以黯为贤，优待有加，青其深知持满戒盈之道乎？弘且幸免，而青之考终，宜哉！

第六十八回

舅甥踵起一战封侯　父子败谋九重讨罪

却说卫青得功专宠，恩荣无比，有一位孀居公主，竟愿再嫁卫青。这公主就是前时卫青的女主人，叫做平阳公主。一语已够突落。平阳公主，曾为平阳侯曹寿妻，此时寿已病殁，公主寡居，年近四十，尚耐不住寂寞鳌帏，要想择人再醮。当下召问仆从道："现在各列侯中，何人算是最贤？"仆从听说，料知公主有再醮意，便把"卫大将军"四字，齐声呼答。平阳公主微答道："他是我家骑奴，曾跨马随我出入，如何是好！"如果尚知羞耻，何必再醮！仆从又答道："今日却比不得从前了！身为大将军，姊做皇后，子皆封侯，除当今皇上外，还有何人似他尊贵哩！"平阳公主听了，暗思此言，原是有理。且卫青方在壮年，身材状貌，很是雄伟，比诸前夫曹寿，大不相同，我若嫁得此人，也好算得后半生的福气，只是眼前无人作主，未免为难。何不私奔！左思右想，只有去白卫皇后求她撮合，或能如愿，于是淡妆浓抹，打扮得齐齐整整，自去求婚。

看官听说！此时候皇太后王氏，已经崩逝，约莫有一年了。王太后崩逝，正好乘此带叙。公主夫丧已阕，母服亦终，所以改著艳服，乘车入宫。卫皇后见她衣饰，已经瞧透三分，及坐谈片刻，听她一派口气，更觉了然，索性将它揭破，再与作撮合山。平阳公主也顾不得甚么羞耻，只好老实说明，卫后乐得凑趣，满口应允。俟公主退归，一面召入卫青，与他熟商，一面告知武帝，恳为玉成。双方说妥，竟颁出一道诏书：令卫大将军得尚平阳公主。不知诏书中如何说法，可惜史中不载！成婚这一日，大将军府中，布置礼堂，靡丽纷华，不消细说。到了凤辇临门，请出那再醮公主，与大将军行交拜礼，仪文繁缛，雅乐铿锵。四座宾朋，男红女绿，都为两新人道贺，那个不说是美满良缘！至礼毕入房，夜阑更转，展开那翡翠衾，成就那鸳鸯梦。看官多是过来人，毋庸小子演说了。卫青并未断弦，又尚平阳公主，此后将如何处置故妻，史皆未详，公主不足责，青有愧宋弘多矣。

卫青自尚公主以后，与武帝亲上加亲，越加宠任，满朝公卿，亦越觉趋奉卫青，惟汲黯抗礼如故。青素性宽和，原是始终敬黯，毫不介意。最可怪的是好刚任性的武帝，也是见黯生畏，平时未整衣冠，不敢使近。一日御坐武帐，适黯入奏事，为武帝所望见，自思冠尚未戴，不便见黯，慌忙避入帷中，使人出接奏牍，不待呈阅，便传旨准奏。俟黯退出，才就原座。这乃是特别的待遇。此外无论何人，统皆随便接见。就是丞相公孙弘进谒，亦往往未曾戴冠；至如卫青是第一贵戚、第一勋臣，武帝往往踞床相对，衣冠更不暇顾及。可见得大臣出仕，总教正色立朝，就是遇着雄主，亦且起敬，自尊自重人尊重，俗语原有来历呢。警世之言。黯常多病，一再乞假，假满尚未能视事，乃托同僚严助代为申请。武帝问严助道："汝看汲黯为何如人？"助即答道："黯居官任职，却亦未必胜人；若寄孤托命，定能临节不挠，虽有孟贲、夏育，也未能夺他志操哩。"武帝因称黯为社稷臣。不过黯学黄老，与武帝志趣不同，并且言多切直，非雄主所能容，故武帝虽加敬礼，往往言不见从。就是有事朔方，黯亦时常谏阻，武帝还道他胆怯无能，未尝入耳。况有卫青这般大将，数次出塞，不闻挫失，正可乘此张威，驱除强虏。

　　那匈奴却亦猖獗得很，入代地，攻雁门，掠定襄、上郡，于是元朔六年，再使大将军卫青，出讨匈奴，命合骑侯公孙敖为中将军，太仆公孙贺为左将军，翕侯赵信为前将军，卫尉苏建为右将军，郎中令李广为后将军，左内史李沮为强弩将军，分掌六师，统归大将军节制，浩浩荡荡，出发定襄。青有甥霍去病，年才十八，熟习骑射，去病已见前文。官拜侍中。此次亦自愿随征，由青承制带去，令为嫖姚校尉，选募壮士八百人，归他带领，一同前进。既至塞外，适与匈奴兵相遇，迎头痛击，斩首约数千级。匈奴兵战败遁去，青亦收军回驻定襄，休养士马，再行决战。约阅月余，又整队出发，直入匈奴境百余里，攻破好几处胡垒，斩获甚多。各将士杀得高兴，分道再进。前将军赵信，本是匈奴小王，降汉封侯，自恃路境素熟，踊跃直前；右将军苏建，也不肯轻落人后，联镳继进；霍去病少年好胜，自领壮士八百骑，独成一队，独走一方；余众亦各率部曲，寻斩胡虏。卫青在后驻扎，专等各路胜负，再定行止。已而诸将陆续还营，或献上虏首数百颗，或捕到虏卒数十人，或说是不见一敌，未便深入，因此回来。青将军士一一点验，却还没有什么大损，惟赵信、苏建两将军，及外甥霍去病，未见回营，毫无音响。青恐有疏虞，忙派诸将前去救应。过了一日一夜，仍然没有回报，急得青惶惑不安。

　　正忧虑间，见有一将踉跄奔入，长跪帐前，涕泣请罪。卫青瞧着，乃是右将军苏建，便开口问道：“将军何故这般狼狈？”建答说道：“末将与赵信，深入敌境，猝被虏兵围住，杀了一日，部下伤亡过半，虏兵亦死了多人。我兵正好脱围，不意赵信心变，竟带了八九百人，投降匈奴。末将与信，本只带得三千余骑，战死了千余名，叛去了八九百名，怎堪再当大敌？不得已突围南走，又被虏众追蹑，扫尽残兵，剩得末将一人，单骑奔回，还亏大帅派人救应，才得到此。末将自知冒失，故来请罪！"青听毕建言，便召回军正闳、长史安及议郎周霸道："苏建败还，失去部军，应处何罪？"周霸道："大将军出师以来，未曾斩过一员偏将，今苏建弃军逃还，例应处斩，方可示威。"闳、安二人齐声道："不可、不可！苏建用寡敌众，不随赵信叛去，乃独拼死归来，自明无贰，若将他斩首，是使后来将士，偶然战败，只可弃甲降虏，不敢再还了！"两人是苏建救星。青乃徐说道："周议郎所言，原属未合，试想青奉令专阃，不患无威，何必定斩属将！就使有罪当斩，亦宜请命天子，青却未便专擅呢。"军吏齐声称善，这便是卫青权术。因将建置入槛车，遣人押送至京。

惟霍去病最后方到，提着一颗血淋淋的首级，入营报功。这首级系何人？据言系单于大父行借若侯产，接连由部兵绑进两人，一是匈奴相国、当户，一是单于季父罗姑。这两人为匈奴头目，由去病活擒了来，此外斩首馘耳，大约二千有余。他自带着八百壮士，向北深入，一路不见胡虏，直走了好几百里，才望见有虏兵营帐，当即掩他不备，驰杀过去。虏兵不意汉军猝至，顿时溃乱，遂为去病所乘，手刃渠魁一人，擒住头目两人，把虏营一力踏破，然后回营报功。卫青大喜，自思得足偿失，不如归休，乃引军还朝。武帝因此次北征，虽得斩首万级，却也覆没两军，失去赵信，功过尽足相抵，不应封赏，但赐卫青千金。惟霍去病战绩过人，授封为冠军侯。还有校尉张骞，前曾出使西域，被匈奴截留十余年，颇悉匈奴地势，能知水草所在，故兵马不至饥渴。当由卫青申奏骞功，也受封博望侯。苏建得蒙恩赦，免为庶人。

赵信败降匈奴，匈奴主军臣单于已早病死，由弟左谷蠡王伊稚斜，逐走军臣于单，自立有年。于单尝入塞降汉，汉封为陟安侯，未几病死，事在元朔三年。一闻赵信来降，便即召入，好言抚慰，面授为自次王，并将阿姐嫁与为妻。信当然感激，且本来是个胡人，重归故国，乐得替他设策，即教单于但增边幕，不必入塞，俟汉兵往来疲敝，方可一举成功。伊稚斜单于依言办理，汉边才得少静烽尘。但自元光以后，连岁出兵，军需浩繁，不可胜数，害得国库空虚，司农仰屋。不得已令吏民出资买爵，名为武功，大约买爵一级，计钱十七万，每级递加二万钱，万钱一金，共鬻出十七万级，直三十余万金。嗣是朝廷名器，几与市物相似，但教有钱输入，不论他人品何如，俱好算做命官。试想这般制度，岂不是豪奴得志，名士灰心么！卖官鬻爵之弊，实自此始。

　　是年冬月，武帝行幸雍郊，亲祠五畤。即五帝祠，称畤不称祠，因畤义训止有神灵依止之意。忽有一兽，在前行走，首上只生一角，全体白毛。众卫士赶将过去，竟得将兽拿住，仔细看验，足有五蹄。当下呈示武帝，武帝瞧着，好似麒麟模样，便问从官道："这兽可是麒麟否？"从官齐声答是麒麟，且言"陛下肃祀明禋，故上帝报享，特赐神兽"云云。无非献谀。武帝大悦，因将一角兽荐诸五畤，另外宰牛致祭。礼成驾归，途中又见一奇木，枝从旁出，还附木上，大众又不禁称奇。连武帝也为诧异，既返宫廷，又复召询群臣，给事中终军上奏道："野兽并角，显系同本，众枝内附，示无外向，这乃是外夷向化的瑞应，陛下好垂裳坐待了。"亏他附会。武帝益喜，令词臣作《白麟歌》，预贺升平。有司复希旨进言，请即应瑞改元。改元每次，相隔六年，此时已值元朔六年初冬，本拟照例改元，不过获得白麟，愈觉改元有名，元狩纪元，便是为此。

　　谁知外夷未曾归化，内乱却已发生，淮南王安及衡山王赐，串同谋反，居然想摇动江山，亏得逆谋败露，才得不劳兵革，一发即平。安与赐皆淮南王长子，文帝怜长失国自杀，因将淮南故地，作为三分，封长子安、勃、赐为王。勃先王衡山，移封济北，不久即殁。赐自庐江徙王衡山，与安虽系兄弟，两不相容。安性好读书，更善鼓琴，也欲笼络民心，招致文士。门下食客，趋附至数千人，内有苏飞、李尚、左吴、田由、雷被、伍被、毛被、晋昌八人，最号有才，称为淮南八公。安令诸食客著作内书二十一篇，外书三十三篇，就是古今相传的《淮南子》。另有中篇八卷，多言神仙黄白术。黄金白银，能以术化，故称黄白术。武帝初年，安自淮南入朝，献上内书，武帝览书称善，视为秘宝。又使安作《离骚传》，半日即成，并上颂德，及《长安都国颂》。武帝本好文艺，见安博学能文，当然器重，且又是叔父行，更当另眼相看。

当时武安侯田蚡，曾与安秘密订约，有将来推立意，语见六十三回。安为蚡所惑，乃生逆谋。建元六年，天空中出现彗星，当有人向安密说，说是吴楚反时，彗星出现，光芒不过数尺，今长且竟天，眼见是兵戈大起，比前益甚。安也以为然，遂修治兵器，蓄积金钱，为待乱计。庄助出抚南越，安复邀留数日，结作内援。见六十二回。种种计划，尚恐未足，乃更想出一法，密嘱女陵入都，侦察内情。陵青年有色，又工口才，既到长安，借作内省为名，出入宫闱，毫无拘束；随身又带着许多金钱，仗着财色两字，结识廷臣，何人不喜与交往？抢先巴结的叫作鄂但，系故安平侯鄂千秋孙，年貌相符，便与通奸。第二人为岸头侯张次公，壮年封侯，气宇不凡，也与陵秘密往来，作为腻友。偷得馒头狗造化。陵得内外打通，常有密书传报淮南。

淮南王后姓荼名荼，为安所爱。荼生一男，取名为迁；尚有庶长子不害，素失父宠，不得立储。因立迁为太子。迁年渐长，娶王太后外孙女为妃，就是修成君女金蛾。见前回。安本意欲攀葛附藤，想靠王太后为护符，偏偏王太后告崩，无势可援。又恐太子妃得烛阴谋，暗地报闻，遂又密嘱太子迁，叫他与妃反目，三月不同席。自己又阳为调停，迫迁夜入妃室，迁终不与寝。妃遂赌气求去，安乃使人护送入都，奏陈情迹，表面上尚归罪己子。武帝尚信为真言，准令离婚。迁少好学剑，自以为无人可及。闻得郎中雷被，素通剑术，欲与比赛高低，被屡辞不获。两人比试起来，毕竟迁不如被，伤及皮肤。迁因此与被有嫌。被自知得罪太子，不免及祸，适汉廷募士从军，被即向安陈请，愿入都中投效。安先入迁言，知他有意趋避，将被免官，被索性潜奔长安，上书讦安。武帝遣中尉段宏查办，安父子欲将宏刺死。还是宏命不该绝，一到淮南，但略问雷被免官事迹，并未讯及别情，且辞色甚是谦和。安料无他患，不如变计周旋，但托宏善为转圜。宏允诺而别，还白武帝。武帝召问公卿，众谓安格阻明诏，不令雷被入都效力，罪应弃市。武帝不从，只准削夺二县，赦罪勿问。安尚且愧愤道："我力行仁义，还要削地么？"这种仁义，自古罕闻。乃日夜与左吴等查考地图，整备行军路径，指日起军。

　　时庶长子不害，有男名建，年龄寖长，因见乃父失宠，常觉不平，暗中结交壮士，欲杀太子。偏被太子迁约略闻知，竟将建缚住，一再笞责。建更怨恨莫伸，遂使私人严正，入都献书道："臣闻良药苦口，乃足利病，忠言逆耳，也足利行。今淮南王孙建，材能甚高，王后荼及太子迁，屡思加害，建父不害无辜，又尝被囚系，日夜会集宾客，潜议逆谋，建今尚在，尽可召问，一证虚实，免得养痈贻患，累及国家。"武帝得书，又发交廷尉，转饬河南官吏，就便讯治。适有辟阳侯孙审卿，尝怨祖父为厉王长所杀，意图复仇，淮南王长杀审食其事，见前文。便密查安谋逆情迹，告知丞相公孙弘。弘又函饬河南官吏，彻底究治。河南官吏，迭接君相命令，怎敢怠慢？立将刘建传到，详细讯明。建将淮南罪状，悉数推到太子迁身上，统是怀私。由问官录供奏闻。安得知此事，谋反益甚。

先是衡山王赐，入朝武帝，道出淮南，安迎入府中，释嫌修好，与商秘谋。赐原有叛意，得安联络，也即乐从，因退归衡山，托病不朝。安部下多浮嚣士，亦屡次劝安起兵，独中郎伍被，极言谏阻，安非但不听被言，且将被父母拘住，逼令同谋，被尚涕泣固谏。至建被传讯，事且益急，安仍向被问计，被乃说道："方今诸侯无异心，百姓无怨气，大王猝思起事，比吴楚还要难成。必不得已，只好伪为丞相御史请书，徙郡国豪杰至朔方；又伪为诏狱书逮诸侯太子幸臣，使民间闻风怀怨，诸侯亦皆疑贰；然后遣辩士四出诱约，或可侥幸万一。还请大王审慎为是！"被不能始终力争，也属自误。安决意起反，遂私铸皇帝御玺，及丞相御史大夫将军等印信，为作伪计。又拟使人诈称得罪，往投大将军卫青，乘间行刺。且私语僚属道："汉廷大臣，只有汲黯正直，尚能守节死义，不为人惑；若公孙弘等随势逢迎，我若起事，好似发蒙振落，毫不足畏呢！"

正部署间，忽由朝廷遣到廷尉监。廷尉府中之监吏。会同淮南中尉，拿问太子迁。迁急禀知乃父，立召淮南相与内史，中尉，一并集议，即日发难。偏内史、中尉不肯应召，只有淮南相一人到来，语多支吾。迁料知不能成事，待相退出，索性寻个自尽。趋入别室，拔剑拟颈，毕竟心慌手颤，只割伤一些皮肤，已是不胜痛楚，倒地呻吟。外人闻声入救，忙将他舁到床上，延医敷治。安与后荼，亦急来探视。正在忙乱时候，突有一人入报道："不好了！不好了！外面已有朝使至此，领着大兵，把王宫围住了！"正是：

　　咎由自取难逃死，祸已临头怎解围？

究竟汉使如何围宫，待至下回表明。

　　卫青之屡次立功，具有天幸，而霍去病亦如之。
六师无功，去病独能战捷，枭虏侯，擒虏目，斩虏首
至二千余级，虽曰人事，岂非天命！汉武诸将，首推
卫、霍，一舅一甥，其出身相同，其立功又同，亦汉
史中之一奇也。淮南王安，种种诡谋，心劳日拙，彼
以子女为足恃，而讵知其身家之绝灭，皆自子女酿成
之。家且不齐，遑问治国？尚鳃鳃然欲窥窃神器，据
有天下，虽欲不亡，乌得而不亡！

第六十九回

勘叛案重兴大狱　立战功还挈同胞

却说汉使领了大兵，遽将淮南王宫围住，淮南王安，还是一无预备，怎能抵敌？只好佯作不知，迎入朝使。朝使并不多说，当即指挥兵士，四处搜寻，好一歇寻出谋反证据，就是私造的各种玺印。安至此无可隐讳，只吓得面如土色，听他所为。汉使便将太子迁及王后荼，一并拿去，止留安在宫中，派兵监守。又出宫捕拿许多食客，尽拘狱中。俗语有言：迅雷不及掩耳，这真好算似青天霹雳，令人不防。其实仍由刘安父子，自取祸殃。安前曾拘住伍被父母，硬要迫被同谋，被虽替安想出末策，自知凶多吉少，乃乘汉使到来，前去出首。汉使不便迟慢，因即调兵入宫，搜查证据，证据到手，便好拘人；一面遣人飞报朝廷，听候诏命。未几即有宗正刘弃，持节驰至淮南，来提一班案犯。安已服毒自尽，余犯押解到京，发交廷尉张汤审办。

汤是个著名辣手，怎肯从宽？先将荼、迁两人，定了死罪，推出枭首。复查出庄助与安有私，鄂但、张次公与安女通奸，同时拿问。安女陵无从奔避，当然拿到正法，随那父母兄弟，同入冥途。也快活得够了。还有一班淮南僚佐，与安通同谋反，汤不但悉数致死，并且悉数灭族。就是自行出首的伍被，亦谳成死刑。武帝爱被有才，拟从赦宥，汤独入请道："伍被不能力谏，曾与叛谋，罪不可赦。"武帝不得已准议，乃将伍被处死。庄助本可邀赦，也由汤入朝固争，随即弃市。鄂但、张次公，却未闻伏诛，想是与汤有交，但坐奸罪，免官赎死罢了。汤又会同公卿，请逮捕衡山王赐，武帝却批驳道："衡山王自就侯封，虽与安为兄弟，究未闻有同谋确证，不应连坐。"这数语批发下来，赐乃得免议，惟将淮南国除为九江郡，总算了案。

　　哪知余波未静，一仆一起，遂致衡山亦逆谋败露，同就灭亡。衡山王赐，本与安私下订约，专待淮南起兵，当即响应。嗣闻淮南失败，只好作罢。偏是人心不轨，天道难容，也与淮南覆辙相似，弄得骨肉相残，全家毕命。赐后乘舒，生下二子一女，长子名爽，立为太子，少子名孝，女名无采。乘舒病殁，宠姬徐来继立为后，徐来亦生有男女四人。惟徐来以外，尚有一个厥姬，也曾得宠，两人素来相妒，不肯相下。至后位被徐来夺去，厥姬那里甘心？遂向太子爽进谗，伪言太子母乘舒，被徐来暗中毒死。太子爽信以为真，甚恨徐来，会徐来兄至衡山，爽佯与宴饮，伺隙行刺，仅得不死。两造结冤愈深，互相寻衅。赐少子孝，童年失母，归徐来抚养。徐来未尝爱孝，佯示仁慈。孝姊无采，已经出嫁，与夫相忤，离归母家。无采年少思淫，怎肯守着活寡？竟与家客通奸。事为太子爽所闻，屡加诃斥，无采不知敛束，反与长兄有仇。徐来又故意厚待无采，联为臂助。转眼间孝亦长成，与徐来、无采串同一气，谗毁太子。太子爽孤立无助，当然敌不过三人，往往触怒乃父，动遭笞责。*刘赐妻子，与乃兄绝对相似，真是难兄难弟。*

　　已而徐来假母，被人刺伤，*如乳母相类。*徐来硬指为太子所使。赐听信谗言，又将太子敲扑一番，父子遂积成怨隙，好似冤家一般。适赐有疾病，太子爽并不入视，亦假称有疾。徐来与孝，正好乘间进言，说出太子如何心喜，准备嗣位，惹得赐非常懊恼，便欲废爽立孝。徐来见赐有废立意，又想出一种毒计,意欲并孝陷害,好使亲生子广,起嗣王封。徐来有侍女善舞,为赐所宠,适为徐来所嫉忌,乃特纵令伴孝,日夕相亲,干柴碰着热火,怎能不爇?自然凑成一堆。太子爽闻孝奸姬侍,也觉垂涎,暗想弟烝父妾,我何不可遂烝父妻?况徐来屡加谗构,若能引与私通,定当易憎为爱,不至寻仇。想入非非。计划已就,便逐日入宫,向徐来处请安,并自陈前愆,立誓悔过。徐来不能不虚与周旋,取酒与饮,温颜慰劝。爽奉卮上寿,跪在徐来膝前,俟徐来接过酒卮,便将两手捧住两膝,涎脸求欢。徐来且惊且怒,忙将酒卮放下,将身离座,那衣襟尚被爽牵住,不肯放手,急得徐来振喉大呼,方才走脱。爽不能逞计,起身便走,回至住室,正想法免祸,那外面已有宫监进来,传述赐命,把爽拖曳了去。及得见赐面,还有何幸?无非把坐臀晦气,吃了几十下毛竹板子。爽号呼道:"孝与王侍女通奸,无采与家奴通奸,王奈何勿问?尽管笞责臣儿!臣儿愿上书天子,背王自去!"说着,竟似痴似狂,向外奔出。赐已气得发昏,命左右追爽,爽怎肯回头,及赐亲自出追,乃将爽牵回,械系宫中。孝反日见宠爱,由赐给与王印,号为将军,使居外家,招致宾客,与谋大事。

江都人枚赫、陈喜,先后往依,为孝私造兵车弓箭,刻天子玺及将相军吏印,待机发作。陈喜本事淮南王,淮南事败,乃奔投衡山,为孝划策。孝谋为太子,运动乃父,上书朝廷,废长立幼。太子爽虽然被系,总尚不至断绝交通,因嘱心腹人白嬴潜往长安,使他上书告变,说孝上烝父妾,且与父谋逆等情。书尚未上,嬴却被都吏拘住,讯出孝纳叛人等情,乃行文至沛郡太守,饬他速拿陈喜。喜未尝预防,竟被捉住。孝知已惹祸,也想援自首减罪的律例,自行告发,且归咎枚赫、陈喜等人。武帝又委廷尉张汤查办,汤怎肯放松?当然一网打尽,立遣中尉等驰往衡山,围住王宫。仍是一番老手段。赐惊惶自杀，赐后徐来，及太子爽、次子孝，与帮同谋反诸党羽，一古脑儿押至都中。经张汤一番审谳，悉数论罪。徐来坐蛊前后乘舒，爽坐告父王不孝，孝坐与王侍妾通奸，并皆弃市。所有党羽，亦皆伏诛，国除为郡。总计淮南、衡山两案，株累至好几万人，真是汉朝开国以后所仅闻。主意多出自张汤，武帝见汤谳词，都是死有余辜，自然不肯特赦，徒断送了许多生命。

时皇子据年已七岁，即册立为皇太子，储作国本，冀定人心。一面拟通道西域，再遣博望侯张骞，出使西方。骞为汉中人，建元中入都为郎。适匈奴中有人降汉，报称"匈奴新破月氏，音支。阵斩月氏王首，取为饮器；月氏余众西走，常欲报仇，只恨无人相助云云。武帝方欲北灭匈奴，得闻此言，便欲西结月氏，为夹击匈奴计，惟因月氏向居河西，与汉不通音问，此时为匈奴所败，更向西徼窜去，距汉更远，急切欲与交通，必须得一精明强干的人员，方可前往。乃下诏募才，充当西使。廷臣等偷生怕死，无人敢行，只张骞放胆应募，与胡人堂邑父等相偕出都，从陇西进发。

陇西外面，便是匈奴属地，骞欲西往月氏，必须经过此地，方可相通，乃悄悄的引了徒众，偷向前去。行经数日，偏被匈奴逻骑将他拘住，押送虏廷。骞等不过百人，势难与抗，只好怀着汉节，坐听羁留。匈奴虽未敢杀骞，却亦加意管束，不肯放归。一连住了十多年，骞居然娶得胡妇，生有子女，与胡人往来周旋，好似乐不思蜀的状态。匈奴不复严防，骞竟与堂邑父等伺隙西逃，奔入大宛国境。大宛在月氏北面，为西域中列国，地产善马，又多葡萄、苜蓿。骞等本未识路径，乱闯至此，当由大宛人把他截留。彼此问答，才得互悉情形，大宛人即报知国王。国王素闻汉朝富庶，但恨路远难通，一闻汉使入境，当即召见，询明来意。骞自述姓名，并言"奉汉帝命，遣使月氏，途次被匈奴羁留，现幸脱身至此，请王派人导往月氏，若交卸使命，仍得还汉，必然感王厚惠，愿奉重酬"。大宛王大喜，答言"此去月氏，还须经过康居国，当代为通译，使得往达"云云。骞称谢而出，遂由大宛王遣人为导，引至康居。康居国同在西域，与大宛毗邻，素来交好。既由大宛为骞介绍，乐得卖个人情，送他过去，于是骞等得抵月氏国。

月氏自前王阵亡，另立王子为主，王夫人为辅，西入大夏，据有全土，更建一大月氏国。大夏在妫水滨，地势肥沃，物产丰饶，此时为月氏所据，坐享安逸，遂把前时报仇的思想，渐渐打消。骞入见国王，谈论多时，却没有什么效果。又住了年余，始终不得要领，只好辞归。归途复入匈奴境，又被匈奴兵拘去，幸亏骞居胡有年，待人宽大，为胡儿所爱重，方得不死。会匈奴易主，叔侄交争，<small>即伊稚斜单于与兄子于单争国，事见前文。</small>国中未免扰乱，骞又得乘隙南奔，私挈胡地妻子，与堂邑父一同归汉，进谒武帝，缴还使节。

武帝拜骞为大中大夫，号堂邑父为奉使君。从前骞同行百人，或逃或死，大率无存，随归只有二人，惟多了一妻一子，总算是不虚此行。<small>不怕故妻吃醋么？</small>及定襄一役，骞熟谙胡地，不绝水草，应得积功封侯。<small>回应前回。</small>他却雄心未厌，又想冒险西行，再去一试，乃入朝献议道："臣前在大夏时，见有邛竹杖、蜀布，该国人谓买诸身毒。<small>身音捐，毒音笃，即天竺二字之转音。</small>臣查身毒国，在大夏东南，风俗与大夏相似，独人民喜乘象出战，国濒大川。依臣窥测，大夏去中国万二千里，身毒又在大夏东南数千里，该地有蜀物输入，定是离蜀不远。今欲出使大夏，北行必经过匈奴，不如从蜀西进，较为妥便，当不至有意外阻碍了。"武帝欣然依议，复令骞持节赴蜀，至犍为郡，分遣王然、于柏、始昌、吕越人等四路并出，一出駹，一出莋，一出邛，一出僰。<small>音见前。</small>駹、莋等部，本皆为西夷部落，归附汉朝。<small>见六十四回。</small>但自元朔四年以来，内外不通，又多反侧，此次汉使假道，又被中阻，北路为氏雟所梗，南路为雟音舍。及昆明所塞。昆明杂居夷种，不置君长，毫无纪律，见有外人入境，只知杀掠，不问谁何。汉使所赍财物，多被夺去，不得已改道前行，趋入滇越。滇越亦简称滇国，地有滇池，周围约三百里，因以为名。滇王当羌，为楚将军庄蹻后裔，庄蹻尝略定滇地，因楚为秦灭，留滇为王，后来传国数世，与中国隔绝多年，不通闻问。及见汉使趋入，当面问讯，才知汉朝地广民稠，乃好意款待汉使，代为觅道。嗣探得昆明作梗，无法疏通，乃回复汉使，返报张骞。骞亦还白武帝。

武帝不免震怒，意欲往讨，特就上林凿通一池，号为昆明池，使士卒置筏池中，练习水战，预备西讨。一面复擢霍去病为骠骑将军，使他带领万骑，出击匈奴。去病由陇西出击，迭攻匈奴守砦，转战六日，逾焉支山，深入千余里，杀折兰王，枭卢侯王，擒住浑邪王子，及相国都尉，夺取休屠王祭天金人，斩获虏首八千九百余级，始奏凯还京。武帝赏去病功，加封食邑二千户。

过了数月，适当元狩二年的夏季，去病复与合骑侯公孙敖，率兵数万，再出北地，另派博望侯张骞，郎中令李广出右北平。广领骑兵四千人为前驱，骞率万骑继进，先后相去数十里。匈奴左贤王探知汉兵入境，亟引铁骑四万，前来抵御。途次与广相值，广只四千马队，如何挡得住四万胡骑？当即被他围住。广却神色不变，独命少子李敢，带着壮士数十骑，突围试敌。敢挺身径往，左持长槊，右执短刀，跃马陷阵，两手挑拨，杀开一条血路，穿通敌围，复从原路杀回，仍至广前，手下壮士，不过伤亡三五人，余皆无恙。颇有父风。军士本皆惶惧，见敢出入自如，却也胆壮起来，且闻敢回报道："胡虏容易抵敌，不足为虑。"于是众心益安。广令军士布着圆阵，面皆外向，四面堵住，胡兵不敢进逼，但用强弓四射，箭如飞蝗。广军虽然镇定，究竟避不过箭镞，多半伤亡。广也令士卒返射，毙敌数千。嗣见箭干且尽，乃使士卒张弓勿发，自用有名的大黄箭，<small>大黄弩名。</small>专射敌将，每一发矢，无不奇中，接连射毙数人。胡儿素知广善射，统皆畏缩不前，惟四面守定圈子，未肯释围。相持至一日一夜，广军已不堪疲乏，个个面无人色，独广仍抖擞精神，力持不懈。俟至天明，再与胡兵力战，杀伤过当。胡兵终恃众勿退，幸张骞驱着大队，前来援应，方得击退胡兵，救出李广，收兵南回。广虽善斗，其如命何！那骠骑将军霍去病，与公孙敖驰出塞外，中途相失，自引部曲急进，渡居延泽，过小月氏，至祁连山，一路顺风，势如破竹，斩首三万级，虏获尤多，方才凯旋。武帝叙功罚罪，分别定论，广用寡敌众，兵死过半，功罪相抵，仅得免罚。张骞、公孙敖延误军期，应坐死罪，赎为庶人。只去病三次大捷，功无与比，复加封五千户，连部下偏将如赵破奴等，皆得侯封。

是时诸宿将部下，俱不如去病的精锐，去病又屡得天佑，深入无阻，匈奴亦相戒生畏，不敢撄锋。至焉支、祁连两山，被去病踏破，胡儿为作歌谣云："亡我祁连山，使我六畜不蕃息！失我焉支山，使我妇女无颜色。"这种歌谣，传入内地，去病声威益盛。武帝尝令去病学习孙吴兵法，去病道："为将须随时运谋，何必定拘古法呢？"武帝又替去病营宅，去病辞谢道："匈奴未灭，何以家为？"<small>这数语颇见忠勇，为他人所未及。</small>武帝益加宠爱，比诸大将军卫青。去病父霍仲孺，前在平阳侯家为吏，故得私通卫少儿。少儿别嫁陈掌，仲孺亦自回平阳原籍。去病初不识父名，至入官后，方才知悉。此次北伐回军，道出河东，查知仲孺尚存，乃派吏往迎，始得父子聚首。仲孺已另娶一妇，生子名光，<small>仲孺善生贵子，却也难得！</small>年逾成童，颇有才慧，去病视若亲弟，令他随行。一面为仲孺购置田宅，招买奴婢，使得安享天年，然后辞归。霍光随兄入都，补充郎官，大将军卫青见甥立功致贵，与己相似，当然欣慰。父子甥舅，同时五侯，真个是势倾朝右，烜赫绝伦。

当时都中人私相艳羡，总以为卫氏贵显，全仗卫皇后一人，因编成一歌道："生男无喜，生女无怒，独不见卫子夫，霸天下！"卫青虽偶有所闻，但也觉得不错，未尝相怪。无如妇人得宠，全靠姿色，一到中年，色衰爱弛，往往如此。卫皇后生了一男三女，渐渐的改变娇容，就是满头的鬒发，也脱落过半。武帝目为老姬，未免讨厌，另去宠爱了一位王夫人。这王夫人出身赵地，色艺动人，自从入选宫中，见幸武帝，也产下一男，取名为闳，与卫后确是劲敌。卫后宠不如前，卫氏一门，亦恐难保，当有一个冷眼旁观的方士，进策大将军前，与决安危，顿令卫青如梦初醒，依策照行。小子有诗叹道：

　　到底光荣仗女兄，后宫色重战功轻。
　　盛衰得失寻常事，何必营营逐利名！

欲知方士为谁，所献何策，容至下回说明。

　　昔袁盎论淮南王长事，谓文帝纵之使骄，勿为置严傅相，后世推为至论，吾意以为未然。淮南长之不得其死，与安、赐之并致夷灭，皆汉高贻谋之不善，有以启之耳。汉高宠戚姬而爱少子，酿成内乱，牝鸡当国，人彘贻殃，微平、勃之交欢，预谋诛逆，汉祚殆已早斩矣。淮南王长屡次谋叛，是谓无君。安与赐盖尤甚焉，匪惟无君，甚至举父子兄弟夫妇之道而尽弃之，安死于前，赐死于后，俱由家庭之自相残害，卒至覆宗，由来者渐，高祖实阶之厉欤？霍去病三次

奏功，原邀天幸，而迎见乃父，提携季弟，孝友固有
足多者。且"匈奴未灭，何以家为"之言，尤见爱国
热诚。为将如霍嫖姚，正不徒以武功见称也。

第七十回

贤汲黯直谏救人　老李广失途刎首

却说大将军卫青，声华赫奕，一门五侯，偏有人替他担忧，突然献策。这人为谁？乃是齐人宁乘。是时武帝有意求仙，征召方士，宁乘入都待诏，好多日不得进见，累得资用乏绝，衣履不全。一日踽踽都门，正值卫青自公退食，他竟迎将上去，说有要事求见。青向来和平，即停车动问。乘行过了礼，答言事须密谈，不便率陈，当由青邀他入府，屏去左右，私下问明。乘方说道："大将军身食万户，三子封侯，可谓位极人臣，一时无两了。但物极必反，高且益危，大将军亦曾计及否？"青被他提醒，便皱眉道："我平时也曾虑及，君将何以教我？"乘又道："大将军得此尊荣，并非全靠战功，实是叨光懿戚。今皇后原是无恙，王夫人已大见幸，彼有老母在都，未邀封赏，大将军何不先赠千金，预结欢心？多一内援，即多一保障，此后方可无虑了。"不以大体规人，但从钻营着想，确是方士见识。青喜谢道："幸承指教，自当遵行。"说着即留乘寓居府中，自取出五百金，遣人赍赠王夫人母亲。王夫人母，得了厚赠，自然告知王夫人。王夫人复转告武帝，武帝却也心喜，惟暗想青素老实，如何无故赠金，乃乘青入朝，向他询及，青答说道："宁乘谓王夫人母，尚无封赏，未免缺用，故臣特赍送五百金，余无他意。"武帝道："宁乘何在？"青答称现在府中。武帝立即召见，拜乘为东海都尉。乘谢恩退朝，

佩印出都，居然高车驷马，一麾莅任去了。<small>片语得官，真正容易。</small>

忽由匈奴属部浑邪王，入塞请降，由大行李息据情奏报。武帝恐有诈谋，因命霍去病率兵往迎，相机办理。说起这个浑邪王，本居匈奴西方，与休屠王结作毗邻。自从卫、霍两将军屡次北讨，浑邪、休屠两王，首先当冲，连战连败。匈奴伊稚斜单于，责他连年挫失，有损国威，因派使征召，拟加诛戮。浑邪王方失爱子，大为悲戚，<small>见前回。</small>又闻单于将声罪行诛，怎得不忧怒交并？乃即约同休屠王，叛胡降汉。可巧汉李息奉武帝命，至河上筑城，浑邪王便遣人请降，求息奏闻。及霍去病领兵出迎，浑邪王往招休屠王邀同入塞。那知休屠王忽然中悔，延期不至，惹得浑邪王愤不可遏，引兵袭击，杀死休屠王，并有休屠部众，且将休屠王妻子，悉数拘系，牵迎汉军。隔河相望，浑邪王属下裨将，见汉兵甚众，多有畏心，相约欲遁。还是去病麾军渡河，接见浑邪王，察出离心将士，计八千人，一并处死。尚有四万余名，尽归去病带领，先遣浑邪王乘驿赴都，自率降众南归。武帝闻报，命长安令发车二千辆，即日往迎。长安令连忙备办，苦乏马匹，只好向百姓贳马。百姓恐县令无钱给发，多将马藏匿他处，不肯应命，因此马匹不能凑齐，未免耽延时日。武帝还道他有意捱延，饬令斩首，右内史汲黯忍耐不住，便入朝面诤道："长安令无罪，独斩臣黯，民间方肯出马！"<small>快人快语。</small>武帝用目斜视，默然不答。黯复申说道："浑邪王叛主来降，已由各县次传驿相送，也算尽情。何必令天下骚动，疲敝中国，服事夷人呢？"武帝乃收回成命，赦免长安令死罪。

至浑邪王入都觐见，授封漯阴侯，食邑万户，裨王呼毒尼等四人，亦皆为列侯。汉朝定例，吏民不得持兵铁出关，售与胡人。自浑邪王部众到京，沐赏至数十百万，便有钱财与民交易，民间不知法律，免不得卖与铁器，当被有司察出，收捕下狱，应坐死罪，多至五百余人。汲黯又复进谏道："匈奴断绝和亲，屡攻边塞，我朝累年往讨，劳师无算，糜饷又无算。臣愚以为陛下捕得胡人，多应罚作奴婢，分赐将士，取得财物，亦宜遍赏兵民，庶足谢天下劳苦，消百姓怨气。今浑邪王率众来降，就使不能视作俘虏，亦何必优加待遇？今乃倾帑出赐，府库皆虚，又发良民传养，若奉骄子，愚民何知，总道朝廷如此厚待，不妨随便贸易，法吏乃援照边律，加他死罪，待夷何仁？待民何酷？重外轻内，庇叶伤枝，臣窃为陛下不取哩！"武帝听了，变色不答。及汲黯退出，乃向左右道："我久不闻黯言，今又来胡说了。"话虽如此，但也下诏减免，将五百人从轻发落。汲黯也可谓仁人。

既而遣散降众，析居陇西、北地、上郡、朔方、云中五郡，号为五属国。又将浑邪王旧地，改置武威、酒泉二郡。嗣是金城河西，通出南山，直至盐泽，已无胡人踪迹。凡陇西、北地、上郡，寇患少纾，所有戍卒，方得减去半数，借宽民力。霍去病又得叙功，加封食邑千七百户。惟休屠王太子日䃅，音低。由浑邪王拘送汉军，没为官奴。年才十四，输入黄门处养马，供役甚勤。后来武帝游宴，乘便阅马，适日䃅牵马进来，行过殿下，为武帝所瞧见，却是一个相貌堂堂的美少年，便召至面前，问他姓名。日䃅具述本末，应对称旨，武帝即令他沐浴，特赐衣冠，拜为马监。未几又迁官侍中，赐姓金氏。从前霍去病北征，曾获取休屠王祭天金人，见前回。故赐日䃅为金姓，余见后文。日䃅为汉室功臣，故特笔钩元。

惟自西北一带，归入汉朝，地宜牧畜，当由边境长官，陆续移徙内地贫民，使他垦牧。就是各处罪犯，亦往往流戍，充当苦工。时有河南新野人暴利长，犯罪充边，罚至渥洼水滨，屯田作苦。他尝见野马一群，就水吸饮，中有一马，非常雄骏。利长想去拿捕，才近岸边，马早逸去，好几次拿不到手。乃想出一法，塑起一个泥人，与自己身材相似，异置水旁，并将络头绊索，放入泥人手中，使他持着，然后走至僻处，倚树遥望。起初见群马到来，望见泥人，且前且却，嗣因泥人毫无举动，仍至原处饮水，徐徐引去。利长知马中计，把泥人摆置数日，使马见惯，来往自如，乃将泥人搬去，自己装做泥人模样，手持络头绊索，呆立水滨。群马究是野兽，怎晓得暴利长的诡计？利长手足未动，眼光却早已觑定那匹好马，待他饮水时候，抢步急进，先用绊索绊住马脚，再用络头套住马头，任他奔腾跳跃，力持不放。群马统皆骇散，只有此马羁住，无从摆脱，好容易得就衔勒，牵了回来。小聪明却也可取。又复加意调养，马状益肥。暴利长喜出望外，索性再逞小智，去骗那地方官，佯言马出水中，因特取献，地方官当面看验，果见骅骝佳品，不等驽骀，当下照利长言，拜本奏闻。武帝正调兵征饷，有事匈奴，无暇顾及献马细事，但淡淡的批了一语，准他送马入都。小子就时事次序，下笔编述，只好先将调兵征饷的事情，演写出来。

自从武帝南征北讨，费用浩繁，连年入不敷出，甚至减捐御膳，取出内府私帑，作为弥补，尚嫌不足。再加水旱偏灾，时常遇着，东闹荒、西啼饥，正供不免缺乏。元狩三年的秋季，山东大水，漂没民庐数千家，虽经地方官发仓赈济，好似杯水车薪，全不济事，再向富民贷粟救急，亦觉不敷。没奈何想出移民政策，徙灾氓至关西就食，统共计算约有七十余万口，沿途川资，又须仰给官吏。就是到了关西，也是谋生无计，仍须官吏贷与钱财，因此糜费愈多，国用愈匮。偏是武帝不虑贫穷，但求开拓，整日里召集群臣，会议敛财方法。丞相公孙弘已经病死，御史大夫李蔡，代为丞相。蔡本庸材，滥竽充数，独廷尉张汤，得升任御史大夫，费尽心计，定出好几条新法，次第施行，列述如下：

（一）商民所有舟车，悉数课税。（二）禁民间铸造铁器，煮盐酿酒，所有盐铁各区，及可酿酒等处，均收为官业，设官专卖。（三）用白鹿皮为币，每皮一方尺，缘饰藻缋，作价四十万钱。（四）令郡县销半两钱，改铸三铢钱，质轻值重。（五）作均输法，使郡国各将土产为赋，纳诸朝廷。朝廷令官吏转售别处，取得贵价，接济国用。（六）在长安置平准官，视货物价贱时买入，价贵时卖出，辗转盘剥，与民争利。

为此种种法例，遂引进计吏三人，居中用事，一个叫做东郭咸阳，一个叫做孔仅，并为大农丞，管领盐铁。又有一个桑弘羊，尤工心计，利析秋毫，初为大农中丞，嗣迁治粟都尉。咸阳是齐地盐商，孔仅是南阳铁商，弘羊是洛阳商人子，三商当道，万姓受殃。又将右内史汲黯免官，调入南阳太守义纵继任。纵系盗贼出身，素行无赖。有姊名姁，略通医术，入侍宫闱。当王太后未崩时，常使诊治，问她有无子弟，曾否为官，姁言有弟无赖，不可使仕。偏王太后未肯深信，竟与武帝说及。武帝遂召为中郎，累迁至南阳太守。穰人宁成，曾为中尉，徙官内史，以苛刻为治，见前文。旋因失职家居，积资巨万。穰邑属南阳管辖，纵既到任，先从宁氏下手，架诬罪恶，籍没家产，南阳吏民畏惮的了不得。既而调守定襄，冤戮至四百余人，武帝还说他强干，召为内史，同时复征河内太守王温舒为中尉。温舒少年行迹，与纵略同，初为亭长，继迁都尉，皆以督捕盗贼，课最叙功。及擢至河内守，严缉郡中豪猾，连坐至千余家，大猾族诛，小奸论死，仅阅一冬，流血至十余里。转眼间便是春令，不宜决囚，温舒尚顿足自叹道："可惜可惜！若使冬令得再展一月，豪猾尽除，事可告毕了。"草菅人命，宁得长生！武帝也以为能，调任中尉。当时张汤、赵禹，相继任事，并尚深文，但还是辅法而行，未敢妄作。纵与温舒却一味好杀，恫吓吏民。总之武帝用财无度，不得不需用计臣，放利多怨，不得不需用酷吏，苛征所及，济以严刑，可怜一班小百姓，只好卖男鬻女，得钱上供，比那文景两朝，家给人足，粟红贯朽，端的是大不相同了。愁怨盈纸。

偏有一个河南人卜式，素业耕牧，尝入山牧羊十余年，育羊千余头，贩售获利，购置田宅。闻得朝廷有事匈奴，独慨然上书，愿捐出家财一半，输作边用。武帝颇加惊异，遣使问式道："汝莫非欲为官么？"式答称自少牧羊，不习仕官。使人又问道："难道汝家有冤，欲借此上诉么？"式又答生平与人无争，何故有冤。使人又问他究怀何意？式申说道："天子方诛伐匈奴，愚以为贤吏宜死节，富民宜输财，然后匈奴可灭。臣非索封，颇怀此志，故愿输财助边，为天下倡。此外却无别意呢。"使人听说，返报朝廷，时丞相公孙弘尚未病殁，谓式矫情立异，不宜深信，乃搁置不报。弘不取卜式，未尝无识。及弘已逝世，式又输钱二十万，交与河南太守，接济移民经费，河南守当然上闻，武帝因记起前事，特别嘉许，乃召式为中郎，赐爵左庶长。式入朝固辞，武帝道："汝不必辞官，朕有羊在上林中，汝可往牧便了。"式始受命至上林，布衣草履，勤司牧事。约阅年余，武帝往上林游览，见式所牧羊，并皆蕃息，因连声称善。式在旁进言道："非但牧羊如是，牧民亦应如是，道在随时省察，去恶留善，毋令败群！"渐渐干进，意在言中。武帝闻言点首，及回宫后，便发出诏旨，拜式为缑氏令。式至此直受不辞，交卸牧羊役使，竟接印牧民去了。可见他前时多诈。

武帝因赋税所入，足敷兵饷，乃复议兴师北征，备足刍粮，乘势大举。元狩四年春月，遣大将军卫青、骠骑将军霍去病，各率骑兵五万，出击匈奴。郎中令李广，自请效力，武帝嫌他年老，不愿使行。经广一再固请，方使他为前将军，令与左将军公孙贺、右将军赵食其、后将军曹襄，尽归大将军卫青节制。青入朝辞行，武帝面嘱道："李广年老数奇，音鸡，数奇即命蹇之意。毋使独当单于。"青领命而去，引着大军出发定襄。沿途拿讯胡人，据云单于现居东方，青使人报知武帝。武帝诏令去病，独出代郡，自当一面。去病乃与青分军，引着校尉李敢等，麾兵自去。这次汉军出塞，与前数次情形不同，除卫、霍各领兵十万外，尚有步兵数十万人，随后继进，公私马匹计十四万头，真是倾国远征，志在平虏。当有匈奴侦骑，飞报伊稚斜单于，单于却也惊慌，忙即准备迎敌。赵信与单于划策，请将辎重远徙漠北，严兵戒备，以逸待劳。单于称为妙计，如言施行。

　　卫青连日进兵，并不见有大敌，乃迭派探马，四出侦伺。嗣闻单于移居漠北，便欲驱军深入，直捣虏巢。暗思武帝密嘱，不宜令李广当锋，乃命李广与赵食其合兵东行，限期相会。东道迂远，更乏水草，广不欲前往，入帐自请道："广受命为前将军，理应为国前驱，今大将军令出东道，殊失广意。广情愿当先杀敌，虽死不恨！"青未便明言，只是摇首不答。广愤然趋出，怏怏起程。赵食其却不加可否，与广一同去讫。青既遣去李广，挥兵直入，又走了好几百里，始遇匈奴大营。当下扎住营盘，用武刚车四面环住。武刚车有巾有盖，格外坚固，可作营壁。系古时行军利器。营既立定，便遣精骑五千，前去挑战，匈奴亦出万骑接仗。时已天暮，大风忽起，走石飞沙，两军虽然对阵，不能相见。青乘势指麾大队，分作两翼，左右并进，包围匈奴大营。匈奴伊稚斜单于，尚在营中，听得外面喊杀连天，势甚汹汹，一时情虚思避，即潜率劲骑数百，突出帐后，自乘六骡，径向西北遁去。此外胡兵仍与汉军力战，两下里杀了半夜，彼此俱有死伤。汉军左校，捕得单于亲卒数人，问明单于所在，才知他未昏即遁，当即禀知卫青，青急发轻骑追蹑，已是不及。待到天明，胡兵亦已四散，青自率大军继进。急驰二百余里，才接前骑归报，单于已经远去，无从擒获，惟前面寘颜山有赵信城，贮有积谷，尚未运去等语。青乃径至赵信城中，果有积谷贮着，正好接济兵马，饱餐一顿。这赵信城本属赵信，因以为名。

汉军住了一日，青即下令班师，待至全军出城，索性放起火来，把城毁去，然后引归，还至漠南，方见李广、赵食其到来。青责两人逾限迟至，应该论罪，食其却未敢抗议；独广本不欲东行，此时又迂回失道，有罪无功，气得须髯戟张，不发一语。<small>始终为客气所误。</small>青令长史赍遗酒食，促令广幕府对簿，广愤然语长史道："诸校尉无罪，乃我失道无状，我当自行上簿便了！"说着，即趋至幕府，流涕对将士道："广自结发从戎，与匈奴大小七十余战，有进无退，今从大将军出征匈奴，大将军乃令广东行，迂回失道，岂非天命！广今已六十多岁，死不为夭，怎能再对刀笔吏，乞怜求生？罢罢！广今日与诸君长别了！"说至此，即拔出佩刀，向颈一挥，倒毙地上。小子有诗叹道：

> 老不封侯命可知，年衰何必再驱驰？
> 漠南一死终无益，翻使千秋得指疵。

将士等见广自刭，抢救无及，便即为广举哀。欲知后事，请看下回再详。

本回类叙诸事，无非为北征起见。浑邪王之入降，喜胡人之投诚也；长安令之拟斩，怒有司之慢客也。用计臣以敛财，进酷吏以司法，竭泽而渔，迫以刑威，何一不为筹饷征胡计乎？暴利长之献马，与卜式之输财，皆揣摩上意，乃有此举。独汲黯一再直谏，最得治体，御夷以道，救人以义，汉廷公卿，无出黯右，惜乎其硕果仅存耳。若李广之自请从军，全是武夫客气，东行失道，愤激自戕，非不幸也，亦宜也。而卫青固不足责云。

第七十一回

报私仇射毙李敢　发诈谋致死张汤

却说李广因失道误期，愤急自刭，军士不及抢救，相率举哀。就是远近居民，闻广自尽，亦皆垂涕。广生平待士有恩，行军无犯，故兵民相率畏怀，无论识广与否，莫不感泣。广从弟李蔡，才能远出广下，反得从征有功，封乐安侯，迁拜丞相。广独拼死百战，未沐侯封。尝与术士王朔谈及，朔问广有无滥杀情事？广沉吟半晌，方答说道："我从前为陇西太守，尝诱杀降羌八百余人，至今尚觉追悔，莫非为了此事，有伤阴骘么？"王朔道："祸莫大于杀已降，将军不得封侯，确是为此。"就是杀霸陵尉亦属不合。广叹息不已。至是竟殁身绝域，裹尸南归。有子三人，长名当户，次名椒，又次名敢，皆为郎官。当户早死，椒出为代郡太守，亦先广病殁，独敢方从骠骑将军霍去病，出发代郡。见前回。去病出塞二千余里，与匈奴左贤王相遇，交战数次，统得胜仗，擒住屯头王韩王等三人，及房将房官等八十三人，俘获无算，左贤王遁去，遂封狼居胥山，禅姑衍山，登临瀚海，乃班师回朝。武帝大悦，复增封去病食邑五千八百户，李敢亦加封关内侯，食邑二百户。卫青功不及去病，未得益封，惟特置大司马官职，令青与去病二人兼任。赵食其失道当斩，赎为庶人。这次大举两军，杀获胡房，共计得八九万名，汉军亦伤亡数万，丧失马匹至十万有余。功不补患。

惟伊稚斜单于仓皇奔窜，与众相失，右谷蠡王还道单于阵亡，自立为单于，招收散卒。及伊稚斜单于归来，方让还主位，仍为右谷蠡王。单于经此大创，徙居漠北，自是漠南无王庭。赵信劝单于休战言和，遣使至汉，重议和亲。武帝令群臣集议，或可或否，聚讼不休。丞相长史任敞道："匈奴方为我军破败，正可使为外臣，怎得与我朝敌体言和？"武帝称善，因即令敞偕同胡使，北往匈奴。好数月不闻复命，想是由敞唐突单于，因被拘留。武帝未免怀忧，临朝时辄提及和亲利弊。博士狄山，却主张和亲。武帝未以为然，转问御史大夫张汤。汤窥知武帝微意，因答说道："愚儒无知，何足听信！"狄山也不肯让步，便接口道："臣原是甚愚，尚不失为愚忠；若御史大夫张汤，乃是诈忠！"虽是快语，但言之无益，徒然取死。武帝方宠任张汤，听狄山言，不禁作色道："我使汝出守一郡，能勿使胡虏入寇么？"狄山答言不能；武帝又问他能任一县否？山又自言未能；至武帝问居一障，即亭障。山不好再辞，只得答了一个能字。武帝便遣山往边，居守一障。才阅一月，山竟暴毙，头颅都不知去向。时人统言为匈奴所杀，其实是一种疑案，无从证明。不白之冤。朝臣见狄山枉送性命，当然戒惧，何人再敢多嘴，复说和亲？但汉兵疮痍未复，马亦缺乏，亦不能再击匈奴。只骠骑将军霍去病，闻望日隆，所受禄秩，几与大将军卫青相埒，青却自甘恬退，主宠亦因此渐衰。就是故人门下，亦往往去卫事霍，惟荥阳人任安，随青不去。

既而丞相李蔡，坐盗孝景帝园田，下狱论罪，蔡惶恐自杀。从子李敢，即李广少子，见父与从叔，并皆惨死，更觉衔哀。他自受封关内侯后，由武帝令袭父爵，得为郎中令。自思父死非罪，常欲报仇。及李蔡自杀，越激动一腔热愤，遂往见大将军卫青，问及乃父致死原由。两下稍有龃龉，敢即出拳相向，向卫青面上击去。青连忙闪避，额上已略略受伤。嗣经青左右抢护，扯开李敢，敢愤愤而去。敢固敢为，惜太敢死！青却不动怒，但在家中调养，用药敷治，数日即愈，并不与外人说知。偏霍去病是青外甥，往来青家，得悉此事，记在胸中。

既而武帝至甘泉宫游猎，去病从行，敢亦相随。正在驰逐野兽的时候，去病觑敢无备，借着射兽为名，竟向敢猛力射去，不偏不倚，正中要害，立即毙命。当有人报知武帝，武帝还左袒去病，只说敢被鹿触毙，并非去病射死。专制君主，无人敢违，只好替敢拔出箭镞，舁还敢家，交他殓葬，便即了事。天道有知，巧为报复，不到一年，去病竟致病死。武帝大加悲悼，赐谥"景桓侯"，并在茂陵旁赐葬，特筑高塚，使象祁连山。令去病子嬗袭封。嬗之子侯，亦为武帝所爱，任官奉车都尉，后至从禅泰山，在道病殁。父子俱当壮年逝世，嬗且无嗣，终绝侯封。好杀人者，往往无后。

御史大夫张汤，因李蔡已死，满望自己得升相位，偏武帝不使为相，另命太子少傅庄青翟继蔡后任。汤以青翟直受不辞，未尝相让，遂阴与青翟有嫌，意欲设法构陷，只因一时无可下手，权且耐心待着。会因汤所拟铸钱，质轻价重，容易伪造，奸商各思牟利，往往犯法私铸。有司虽奏请改造五铢钱，但私铸仍然不绝，楚地一带，私钱尤多。武帝特召故内史汲黯入朝，拜为淮阳太守，使治楚民，黯固辞不获，乃入见武帝道："臣已衰朽，自以为将填沟壑，不能再见陛下，偏蒙陛下垂恩，重赐录用。臣实多病，不堪出任郡治，情愿乞为中郎，出入禁闼，补阙拾遗，或尚得少贡愚忠，效忠万一。"武帝笑说道："君果薄视淮阳么？我不久便当召君。现因淮阳吏民，两不相安，所以借重君名，前去卧治呢。"黯只好应命，谢别出朝。当有一班故友，前来钱行，黯不过虚与周旋。惟见大行李息，也曾到来，不觉触着一桩心事，惟因大众在座，不便与言。待息去后，特往息家回拜，屏人与语道："黯被徙外郡，不得预议朝政，但思御史大夫张汤，内怀奸诈，欺君罔上，外挟贼吏，结党为非，公位列九卿，若不早为揭发，一旦汤败，恐公亦不免同罪了！"却是个有心人。息本是个模棱人物，怎敢出头劾汤？不过表面上乐得承认，说了一声领教，便算敷衍过去。黯乃告辞而往，自去就任。息仍守故态，始终未敢发言。

那张汤却揽权怙势，大有顺我便生、逆我就死的气势。大农令颜异，为了白鹿皮币一事，独持异议。白鹿皮币见前文。武帝心下不悦，汤且视如眼中钉，不消多时，便有人上书讦异，说他阴怀两端，武帝即令张汤查办。汤早欲将异致死，得了这个机会，怎肯令他再生？当下极力罗织，却没的确罪证，只有时与座客谈及新法，不过略略反唇，汤就援作罪案，复奏上去，谓"颜异位列九卿，见有诏令不便，未尝入奏，但好腹诽，应该论死"。武帝不分皂白，居然准奏。看官阅过秦朝苛律，诽谤加诛，至文帝时已将此禁除去，那知张汤不但规复秦例，还要将"腹诽"二字，指作异罪，平白地把他杀死，岂非惨闻！异既冤死，又将腹诽论死法，加入刑律。比秦尤暴，汉武不得辞咎。试想当时这班大臣，还有何人再敢忤汤，轻生试法呢？

御史中丞李文，与汤向有嫌隙，遇有文书上达，与汤有关，文往往不为转圜。汤又欲算计害文，适有汤爱吏鲁谒居，不待汤嘱，竟使人诣阙上书，诬告文许多奸状。武帝怎知暗中情弊，当然将原书发出，仍要这老张查问。李文还有何幸，不死也要处死了。又了掉一个。那张汤正在得意，不料一日入朝，竟由武帝启问道："李文为变，究系何人详知情实？原书中不载姓名，可曾查出否？"汤已知告发李文，乃是府史鲁谒居所为，此时不便实告，只得佯作惊疑，半晌才答道："这当是李文故人，与文有怨，所以告发隐情。"武帝才不复问。汤安然趋出，还至府中，正想召入谒居，与他密谈，偏经左右报告，说是谒居有病，未能进见。死在眼前，何苦逞刁。汤慌忙亲去探问，见谒居病不能兴，但在榻上呻吟，说是两足奇痛。汤启衾看明，果然两足红肿，不由的替他抚摩。一介小吏，乃得主司这般优待，真是闻所未闻。无奈谒居消受不起，过了旬月，竟尔呜呼毕命。谒居无子，只有一弟同居长安，家中亦没有甚么积储，一切丧葬，概由汤出资料理，不劳细叙。

忽从赵国奏上一书，内称"张汤身为大臣，竟替府史鲁谒居亲为摩足，若非与为大奸，何至如此狎昵，应请从速严究"云云。这封书奏，乃是赵王彭祖出名。彭祖王赵有年，素性阴险，令人不测。从前主父偃受金，亦由他闻风弹劾，致偃伏诛。_{见前文。}自张汤议设铁官，无论各郡各国，所有铁器，均归朝廷专卖，赵地多铁，向有一项大税款，得入彭祖私囊，至是凭空失去，彭祖如何甘心？故每与铁官争持。张汤尝使府史鲁谒居，赴赵查究，迫彭祖让交铁权，不得再行占据。彭祖因此怨汤，并恨及谒居，暗中遣人入都，密探两人过恶。可巧谒居生病，汤为摩足，事为侦探所闻，还报彭祖。彭祖遂乘隙入奏，严词纠弹。武帝因事涉张汤，不便令汤与闻，乃将来书发交廷尉。廷尉只好先捕谒居，质问虚实，偏是谒居已死，无从逮问，但将谒居弟带至廷中。谒居弟不肯实供，暂系导官。_{为少府所属，掌春御米。}一时案情未决，谒居弟无从脱累，连日被囚。会张汤至导官署中，有事查验，谒居弟见汤到来，连忙大声呼救。汤也想替他解释，无如自己为案中首犯，未便相应，只好佯为不识，昂头自去。谒居弟不知汤意，还道汤抹脸无情，很是生恨，当即使人上书，谓汤曾与谒居同谋，构陷李文。_{李文事使彼供出，造化亦巧为播弄。}武帝正因李文一案，怀疑未释，一见此书，当更命御史中丞减宣查究。减宣也是个有名酷吏，与张汤却有宿嫌，既经奉命究治，乐得借公济私，格外钩索，好教张汤死心伏罪。

　　复奏尚未呈上，忽又出了一桩盗案，乃是孝文帝园陵中，所有瘞钱，被人盗去。这事关系重大，累得丞相庄青翟，也有失察处分，只好邀同张汤，入朝谢罪。汤与青翟，乃是面上交好，意中很加妒忌。当即想就一计，佯为允诺，及见了武帝，却是兀立朝班，毫无举动。青翟瞅汤数眼，汤假作不见，青翟不得已自行谢罪，武帝便令御史查缉盗犯，御史首领就是张汤。退朝以后，汤阴召御史，嘱他如何办法，如何定案。原来庄青翟既为丞相，应四时巡视园陵，瘞钱被盗，青翟却未知为何人所犯，不过略带三分责任。汤不肯与他同谢，实欲将盗钱一案，尽推卸至青翟身上，而且还要办他明知故纵的罪名，使他受谴免官，然后自己好代相位。那知御史隐受汤命，却有人漏泄出去，为相府内三长史所闻，慌忙报知青翟，替他设计，先发制汤。

　　三长史为谁？第一人就是前会稽太守朱买臣。买臣受命出守，本要他预备战具，往击东越，嗣因武帝注重北征，不遑南顾，但由买臣会同横海将军韩说，出兵一次，俘斩东越兵数百名，上表献功。回应前六十二回。武帝即召为主爵都尉，列入九卿。越数年，坐事免官，未几又超为丞相长史。从前买臣发迹，与庄助同为侍中，雅相友善。张汤不过做个小吏，在买臣前趋承奔走。及汤为廷尉，害死庄助，见前文。买臣失一好友，未免怨汤。偏汤官运亨通，超迁至御史大夫，甚得主宠，每遇丞相掉任，或当告假时候，辄由汤摄行相事。买臣蹭蹬仕途，反为丞相门下的役使，有时与汤相见，只好低头参谒。汤故意踞坐，一些儿不加礼貌，因此买臣衔恨越深。还有一个王朝，曾做过右内史，一个边通，也做过济南相，俱因失官复起，权任相府长史，为汤所慢。三人串同一气，伺汤过失，此次闻汤欲害青翟，便齐声禀白道："张汤与公定约，面主谢罪，旋即负约，今又欲借园陵事倾公，公若不早图，相位即被汤夺去了。为公计画，请即发汤阴事，先坐汤罪，方足免忧。"青翟志在保位，听了三长史的言语，当然允许，且令三人代为办理。三人遂潜命吏役，往拿商人田信等，到案审讯。田信等皆为汤爪牙，与汤营奸牟利，一经廷审，严刑逼供，田信等只得招认。

当有人传入宫中，武帝已有所闻，便召汤入问道："朝廷每有举措，如何商人早得闻知，莫非有人泄漏不成？"汤并不谢过，又佯为诧异道："大约有人泄漏，亦未可知。"一味使诈，总要被人看穿。武帝闻言，面有愠色，汤亦趋退。御史中丞减宣，已将谒居事调查确凿，当即乘间奏闻。双方夹攻，不怕张汤不死。武帝越觉动怒，连遣使臣责汤，汤尚极口抵赖，无一承认。武帝更令廷尉赵禹，向汤诘问，汤仍然不服。禹微笑道："君也太不知分量呢！试想君决狱以来，杀人几何？灭族几何？今君被人讦发，事皆有据，天子不忍加诛，欲令君自为计，君何必哓哓置辩？不如就此自决，还可保全家族呢！"汤至此也自知不免，乃向禹索取一纸，援笔写着道：

> 臣汤无尺寸之功，起刀笔吏，幸蒙陛下过宠，忝位三公，无自塞责，然谋陷汤者，乃三长史也。臣汤临死上闻！

写毕，即将纸递交赵禹，自己取剑在手，拼命一挥，喉管立断，当然毙命。禹见汤已死，乃执汤书还报。汤尚有老母及兄弟子侄等，环集悲号，且欲将汤厚葬。汤实无余财，家产不过五百金，俱系所得禄赐，余无他物。史传原有是说，但复阅前文，恐是说亦未必尽信。汤母因嘱咐家人道："汤身为大臣，坐被恶言，终致自杀，还用甚么厚葬呢？"家人乃草草棺殓，止用牛车一乘，载棺出葬，棺外无椁，就土埋讫。先是汤客田甲，颇有清操，屡诫汤不宜过酷，汤不肯听信，遂有这般结局。家族保全，还算幸事。

惟武帝得赵禹复报，览汤遗书，心下又不免生悔。嗣闻汤无余资，汤母禁令厚葬，益加叹息道："非此母不生此子！"说着，便命收捕三长史，一体抵罪。朱买臣、王朝、边通，骈死市曹。买臣妻如死后有知，可无庸追悔了。就是丞相庄青翟，亦连坐下狱，仰药自尽。武帝另用太子太傅赵周为丞相，石庆为御史大夫，命释田信出狱，使汤子安世为郎。惟同时酷吏义纵，已经坐罪弃市，还有王温舒后来受赃，亦致身死族灭。温舒两弟及两妻家，且各坐他罪，一并族诛。光禄勋徐自为叹道："古时罪至三族，已算极刑，王温舒五族同夷，岂非特别惨报么？"义纵、王温舒，并见前文。至若御史中丞减宣，亦不得善终。独赵禹较为和平，总算保全首领，寿考终身。小子有诗咏道：

天道由来是好生，杀人毕竟少公平。

试看酷吏多遭戮，才识穹苍有定衡。

是时武帝已五次改元，因在汾水上得了一鼎，号为元鼎。元鼎二年，得通西域。欲知西域如何得通，待至下回说明。

李广未尝非忠臣，李敢亦未尝非孝子，乃皆以过激致死，甚矣哉血气之不可妄使也！卫青以广之失道，责令对簿，迫诸死地，已觉御下之不情。及为李敢所击伤，却退然自阻、不愿报复，青亦渐知悔过欤？霍去病乃从旁挟忿、擅射李敢，杀人者死，汉有明刑，即有议亲议贵之条，亦不过贷及一死，乌得曲为掩护，任其妄杀乎？夫惟如武帝之偏憎偏爱，而后权贵得以横行，甚至酷吏张汤，屡陷人于死罪，冤狱累累而不少恤。刀笔吏不可作公卿，汲长孺之言信矣！然势倾朝野而不能延命，智移人主而不足欺天，徒诩诩然逞一时之权诈，果奚益乎？观于霍去病之不寿，与张汤之自杀，而后世之得志称雄者，可废然返矣。

第七十二回

通西域复灭南夷　进神马兼迎宝鼎

却说匈奴西偏，有一乌孙国，向为匈奴役属。当时乌孙国王，叫作昆莫。昆莫父难兜靡，为月氏所杀，昆莫尚幼，由遗臣布就翎侯窃负而逃，途次往寻食物，把昆莫藏匿草间，狼为之乳，乌为之哺，布就知非凡人，乃抱奔匈奴。到了昆莫长成，匈奴已攻破月氏，斩月氏王，月氏余众西走，据塞种地，作为行巢。昆莫乘间复仇，借得匈奴部众，再将月氏余众击走。月氏徙往大夏，改建大月氏国。已见前文。所有塞种故土，却被昆莫占住，仍立号为乌孙国，牧马招兵，渐渐强盛，不愿再事匈奴。匈奴方与汉连年交战，无暇西顾，及为卫、霍两军所败，匈奴更势不如前，非但乌孙生贰，就是西域一带，前时奉匈奴为共主，至此亦皆懈体，各有异心。

武帝探闻此事，乃复欲通道西域，更起张骞为中郎将，令他西行。张骞入朝献议道："陛下欲遣臣西往，最好是先结乌孙；诚使厚赂乌孙王，招居前浑邪王故地，令断匈奴右臂，且与结和亲，羁縻勿绝，将见乌孙以西，如大夏等国，亦必闻风归命、尽为外臣了。"武帝专好虚名，但教夷人称臣，无论子女玉帛，俱所不惜。因此令骞率众三百人，马六百匹，牛羊万头，金帛值数千巨万，赍往乌孙。乌孙王昆莫，出来接见，骞传达上意，赐给各物。昆莫却仍然坐着，并不拜命。骞不禁怀惭，便向昆莫说道："天子赐王厚仪，王若不拜受，尽请还赐便了。"昆莫才起身离座，拜了两拜。骞复进词道："王肯归附汉朝，汉当遣嫁公主为王夫人，结为兄弟，同拒匈奴，岂不甚善！"昆莫听了，踌躇未决，乃留骞暂居帐中，自召部众，商议可否。部众素未知汉朝强弱，且恐与汉联和，益令匈奴生忿，多招寇患，所以聚议数日，仍无定论。

就中尚有一段隐情，更令昆莫左支右绌，不能有为。昆莫有十余子，太子早死，临终时曾泣请昆莫，愿立己子岑陬为嗣，昆莫当然垂怜，面允所请。偏有中子官拜大禄，强健善将，夙任边防，闻得太子病殁，自思继立，不意昆莫另立嗣孙，致失所望，于是招集亲属，谋攻岑陬。昆莫得知此信，亟分万余骑与岑陬，使他出御中子，自集万余骑为卫，防备不虞。国中分作三部，如何制治？且因昆莫年老，越觉颓靡不振，姑息偷安。夷狄无亲，可见一斑，汉乃以和亲为长策，实属非计。

骞留待数日，并未得昆莫确报，乃别遣副使，分往大宛、康居、月氏、大夏等国，传谕汉朝威德。各副使去了多日，尚未复命，那乌孙却遣骞归国，特派使人相送，并遗良马数十匹，作为酬仪。骞偕番使一同入朝，番使进谒武帝，却还致敬尽礼，并且所献良马，格外雄壮。武帝见了，不觉喜慰，遂优待番使，特拜骞为大行。骞受任年余，竟致病逝。又阅一年，才由骞所遣副使陆续还都，西域各国也各派使人随来，于是西域始与汉交通。汉复再三遣使，西出宣抚。各国只知博望侯张骞，不知他人。各使亦讳言骞死，但说是由骞所遣，后人因盛传张骞凿空。凿空谓开凿孔道。且因骞尝探视河源，称为张骞乘槎入天河，其实黄河远源，并不在当时西域中，以讹传讹，不足为信。惟西域一带，地形广袤，东西六千余里，南北千余里，东接玉门、阳关，西限葱岭，葱岭以外，尚有数国。今据史传纪载，西域共三十六国，后且分作五十余国，与汉朝往来通使，计有南北二道，南北二道的终点，就是葱岭。小子录述国名如下：

　　婼羌国，楼兰国，后名鄯善。且末国，小宛国，精绝国，戎卢国，扜弥国，渠勒国，于阗国，皮山国，乌秅国，西夜国，蒲犁国，依耐国，无雷国，难兜国，以上为南道诸国。乌孙国，康居国，大宛国，桃槐国，休循国，捐毒国。与身毒不同，身毒不入《西域传》。莎车国，疏勒国，尉头国，姑墨国，温宿国，龟兹国，尉犁国，危须国，焉耆国，车师国。亦名姑师。蒲类国，狐胡国，郁立师国，单桓国，以上为北道诸国。大月氏国，大夏国，罽宾国，乌弋山离国，犁靬国，条支国，安息国，奄蔡国。以上为葱岭外诸国。

　　以上数十国，前时多服属匈奴，至此与汉交通，为匈奴所闻知，屡次发兵邀截，汉乃复就酒泉、武威两郡外，增置张掖、敦煌二郡，派吏设戍，严备匈奴。不意西北未平，东南忽又生乱，累得汉廷上下，又要调兵征饷，出定东南。

　　先是南越王赵胡，曾遣太子婴齐，入都宿卫，一住数年。见前文。婴齐本有妻孥，惟未曾挈领入都，不得不另娶一妇。适有邯郸人樛氏女子，留寓都中，高张艳帜，常与灞陵人安国少季，私相往来。婴齐却一见倾情，不管她品性贞淫，便即浼人说合。好容易得娶樛女，真是心满意足，快慰非常。未几生下一男，取名为兴。祸胎在此。后来赵胡病重，遣使至京，请归婴齐，武帝准他归省，婴齐遂挈妻子南旋。不久胡死，婴齐当即嗣位，上书报闻，且请令樛女为王后，兴为太子。武帝也即依议，但常遣使征他入朝。婴齐恐再被羁留，不肯应命，只遣少子次公入侍，自与樛女镇日淫乐，竟致尫瘵不起，中年毕命。太子兴继立为主，奉母樛氏为王太后。偏武帝得了此信，又要召他母子一同入朝。当下御殿择使，即有谏大夫终军，自请效劳，且面奏道："臣愿受长缨，羁南越王于阙下！"谈何容易！武帝见他年少气豪，却也嘉许，便令与勇士魏臣等，出使南越。又查得安国少季，曾与樛太后相识，也令同往。

终军表字子云，济南人氏，年未弱冠，即选为博士弟子，步行入关。关吏给与一繻，终军问有何用？关吏指示道："这是出入关门的证券，将来汝要出关，仍可用此为证。"繻系裂帛为之，用代符节。终军慨然道："大丈夫西游，何至无事出关！"一面说，一面弃繻自去。果然不到两年，官拜谒者，出使郡国，建旌出关。关吏惊诧道："这就是弃繻生，不料他竟践前言！"终军也不与多说，待至事毕还都，奏对称旨，得超迁至谏大夫。至是复出使南越，见了南越王兴，凭着那豪情辩口，劝兴内附，兴也自然畏服。偏是南越相吕嘉，历相三朝，权高望重，独与汉使反对，阻兴附汉。兴不免怀疑，入白太后，请命定夺。太后樛氏，也即出殿，召见汉使。两眼瞟去，早已瞧见那少年姘夫，当下引近座前，详问一番。安国少季即将朝廷意旨，约略相告，樛太后毫不辩驳，立即乐从，嘱兴奉表汉廷，愿比内地诸侯，三岁一朝。终军得表，遣从吏飞报长安。武帝复诏奖勉，且赐南越相吕嘉银印，及内史中尉太傅等印；余听自置，所有终军等人，都留使镇抚。

吕嘉始终不服，且闻安国少季出入宫禁，更觉怀疑，遂托疾不出，阴蓄异图。安国少季方与樛太后重续旧欢，非常狎昵，但恐吕嘉从中为变，不如劝樛太后带子入朝，自己好相偕北上，一路绸缪。樛太后虽饬治行装，惟意中却欲先除吕嘉，然后启行，乃置酒宫中，款待汉使。一面召入丞相以下诸官吏，共同入宴。吕嘉不得不往，惟弟正为将军，在宫外领兵环卫。樛太后见嘉已列席，行过了酒，便向嘉顾语道："南越内属，利国利民，相君独以为不便，究属何意？"吕嘉听着，料知太后激动汉使，与他反对，因此未敢发言。汉使也恐嘉弟在外，不便发作，只好面面相觑，袖手旁观。樛太后不免着急，忽见吕嘉起身欲走，也即离座取矛，向前刺嘉。还是南越王兴，防有他变，慌忙起阻太后，将嘉放脱。淫妇必悍，实自取死。嘉回到府中，便思发难，转念王兴，并无歹意，倒也不忍起事。蹉跎蹉跎，又过数月，蓦闻汉廷特派前济北相韩千秋，与樛太后弟樛乐，率兵二千人，驰入边疆，乃亟召弟计议道："汉兵远来，必是淫后串同汉使，召兵入境，来灭我家，我兄弟岂可束手就毙么？"嘉弟系是武夫，一闻此言，当然大愤，便劝嘉速行大事。嘉至是也不遑多顾，便与弟引兵入宫。宫中未曾防备，立被突入，樛太后与安国少季并坐私谈，急切无从逃避，由嘉兄弟持刀进来，一刀一个，劈死了事。死得亲昵。两人再去搜寻王兴，兴如何得免？也遭杀害。嘉索性往攻使馆，戕杀汉使，可怜终军、魏臣等，双手不敌四拳，同时殉难。终军不过二十多岁，惨遭此祸，时人因称为终童。

嘉即下令国中道："王年尚少，太后系中国人，与汉使淫乱，不顾赵氏社稷，故特起兵除奸，另立嗣主，保我宗祧。"国人素属望吕嘉，统皆听命，无一异议，嘉乃迎立婴齐长子术阳侯建德为王，系婴齐前妻所生之子。自己仍为相国，且遣人通知苍梧王赵光。苍梧为南越大郡，光与嘉素有感谊，当然复书赞成。于是嘉一意御汉，专待韩千秋到来，反令边境吏卒，开道供食，诱令深入。千秋也是矜才使气，请愿南来，一入越境，即与樛乐并驱进兵，攻破好几处城池。嗣见南越吏卒，殷勤接待，愿为向导，还道他震慑兵威，畅行无阻，谁知行近越都，相去不过四十里，突见越兵四面杀到，重重裹住。千秋只有二千人马，前无去路，后无救兵，眼见得同归于尽，无一生还。

　　嘉杀尽汉兵，遂函封汉使符节，使人赍送汉边，设词谢罪。边吏立即奏闻，武帝大怒，颁诏发罪人从军，且调集舟师十万，会讨南越。命卫尉路博德为伏波将军，出桂阳，下湟水；主爵都尉杨仆为楼船将军，出豫章，下横浦；故归义、越侯两人，同出零陵，一名严，为戈船将军，一名甲，为下濑将军；又使越人驰义侯遗，带领巴蜀罪人，发夜郎兵，下牂牁江，同至番禺会齐。番禺就是南越郡城，北有寻陕、石门诸险，都被杨仆捣破，直进番禺。路博德部下多罪人，沿途逃散，只有千余人至石门，与仆相会。两军同路并进，到了番禺城下，仆攻东南，博德攻西北。仆想夺首功，麾着部众，奋力猛扑，越相吕嘉督兵死守，坚拒不退。博德却从容不迫，但在西北角上，虚设旗鼓，遥张声势；一面遣人射书入城，劝令出降。城中已是垂危，又闻博德立营西北，将要夹攻，急得守将仓皇失措，往往缒城夜出，奔降博德。博德好言抚慰，各赐印绶，令他还城相招。适杨仆攻城不下，焦躁异常，督令部兵纵火烧城，东南一带烟焰冲霄，西北兵民都已魂飞天外，闻得出降免死，并有封赏的消息，自然踊跃出城，争向博德处投降。吕嘉及南越王建德，如何支持？也即乘夜逃出，窜投海岛。及杨仆破城直入，那路博德早进西北门，安坐府中。^{斗力不如斗智}仆费了许多气力，反让博德先入，很不甘心，便欲往捕南越君相，再图建功。博德却与仆笑语道：“君连日攻城，劳疲已甚，尽可少休！南越君相，便可擒到，请君勿忧。”仆尚似信非信。过了一两日，果由越司马苏弘，捕到建德，越郎都稽，捕到吕嘉。经博德讯验属实，立命处斩。当即飞章奏捷，保举苏弘为海常侯，都稽为临蔡侯，且奏章中亦备述杨仆功劳。仆始知博德善抚降人，用夷制夷，智略高出一筹，也觉得自愧勿如了。^{不由杨仆不服。}戈船、下濑两将军，及驰义侯所发夜郎兵，尚未赶到，南越已平。就是苍梧王赵光，不待往讨，已经闻风胆落，慌忙投诚，后来得封为随桃侯。

自从南越事起，朝廷亟须筹饷，不得不催收租赋。倪宽正为左内史，待民宽厚，不加苛迫，遂致负租甚多，势且获谴。百姓闻宽将免职，竞纳租税，大家牛车，小家担负，全数缴齐，反得课最。宽仍然留任，且因此更结主知。还有输财助边的卜式，已由县令超任齐相，自请父子从军，往死南越。何其热心乃尔。武帝虽未曾准遣，却也下诏褒美，封式关内侯，赐金四十斤、田十顷，布告天下，风示百官。那知除卜式外，竟无一人继起请效，遂致武帝衔恨在心。巧值秋祭在迩，又行尝酎礼，秋祭日尝，美酒日酎。列侯例应贡金助祭，武帝借此泄恨，特嘱少府收验贡金，遇有成色不足，即以不敬论罪，夺去侯爵，百有六人。丞相赵周，不先纠举，连坐下狱，愤急自尽。连毙四相，毋乃太酷！另升御史大夫石庆为丞相，召齐相卜式为御史大夫。

已而车驾东巡，将往缑氏。行至左邑桐乡，正值南越捷报到来，甚是喜慰，便命桐乡为闻喜县。再行至汲县中新乡，又闻得吕嘉捕诛，因在新中乡添置获嘉县。且传谕南军，析南越地作为南海、苍梧、郁林、合浦、交趾、九真、日南、珠厓、儋耳九郡，诏路博德等班师回朝。博德已受封符离侯，至此更增食采，杨仆得加封将梁侯，外此封赏有差。惟越驰义侯遗，征兵赴越时，南夷且兰君抗命，杀毙使人，居然叛汉。遗奉诏回军，击死且兰君，乘胜攻破邛莋，连毙二酋，冉駹等国并皆震慑，奉表归命。当由遗奏报朝廷，旋接武帝复诏，改且兰为牂牁郡，邛为越嶲郡，莋为沈黎郡，冉駹为汶山郡，广汉、西白马两处为武都郡，嗣是夜郎及滇，先后降附，蒙给王印，西南夷悉平。

说也奇怪，东越王余善，也甘就灭亡，造起反来。余善尝拟从征南越，上书自效，当即发卒八千人，愿听楼船将军节制。楼船将军杨仆到了番禺，并未见余善兵到，致书诘问，只说是兵至揭阳，为海中风波所阻。及番禺已破，询诸降人，才知余善且通使南越，阴持两端。仆乃请命朝廷，即欲移兵东讨。武帝因士卒过劳，决计罢兵，但令仆部下校尉留屯豫章，防备余善。余善恐不免讨伐，索性先行称兵，拒绝汉道，号将军驺力为吞汉将军，自称武帝。汉帝死后称武，余善生前称武，也是奇闻。武帝乃再遣杨仆出兵，与横海将军韩说等分道入东越境，余善尚负嵎称雄，据险不下。相持数月，由故越建成侯敖，及繇王居股，合谋杀死余善，率众迎降，东越复平。武帝以闽地险阻，屡次反复，不如徙民内处，免得生心。乃诏令杨仆以下诸将，把东越民徙居江淮。杨仆等依诏办理，闽峤乃虚无人迹了。两越俱亡。

同时又有先零羌人，零音怜。为唐虞时三苗后裔，散处湟中，阴通匈奴，合众十余万，寇掠令居、安故等县，进围枹罕。武帝起李息为将军，使偕郎中令徐自为，率兵十万，击散诸羌，特置护羌校尉，就地镇治，总算荡平。

武帝见诸事顺手，自然欣慰，因记起渥洼水旁，曾有异马产出，即颁诏出去，嘱令送马入都。这异马并非异产，不过由暴利长捏说出来，从中取巧，小子于前文中已经叙明。见六十九回。此时暴利长奉命献马，到了都中，由武帝亲自验看，果觉肥壮得很，与乌孙国所献良马，大略相同。武帝遂称为神马，或与乌孙马共称"天马"。《通鉴辑览》载此事于元狩三年，《汉书》则在元鼎四年，本书两存其说，故前后分叙。武帝方营造柏梁台，高数十丈，用香柏为梁，因以为名。这台系供奉长陵神君，神君为谁，查考起来，实是不值一辩。长陵有一妇人，产男不育，悲郁而亡。后来妯娌宛若，供奉妇象，说是妇魂附身，能预知民间吉凶。一班愚夫愚妇，共去拜祝，有求辄应，就是武帝外祖母臧儿，也曾往祷，果得子女贵显，遂共称长陵妇为神君。武帝得自母传，遣使迎入神君像，供诸礖氏观中。嗣因礖氏观规模狭隘，特筑柏梁台移供神像，且创作柏梁台诗体，与群臣互相唱和，谱入乐歌。复令司马相如等编制歌诗，按叶宫商，合成声律，号为乐府。及得了神马后，也仿乐府体裁，亲制一《天马歌》。歌云：

> 泰一况，泰一即天神，见后文。天马下，沾赤汗，沫流赭，志俶傥，精权奇，蹑音蹈。蹑浮云，晻上驰，驱容与，逝音逝。逝万里。今安匹？龙为友。

天马歌成，马入御厩，暴利长非但免罪，且得厚赏。忽又由河东太守，奏称汾阴后土祠旁，有巫锦掘得大鼎，不敢藏匿，因特报闻。这汾阴地方的后土祠，本是元鼎四年新设，不到数月，便有大鼎出现，明明由巫锦暗中作伪，哄动朝廷。也是暴利长一般伎俩。偏武帝积迷生信，疑是后土神显示灵奇，将鼎报锡，当即派使迎鼎入甘泉宫，荐诸宗庙。武帝亲率群臣，往视此鼎，鼎状甚大，上面只刻花纹，并无款识。大众不辨新旧，但模模糊糊的说是周物，统向武帝称贺。独光禄大夫吾邱寿王，谓鼎系新式，怎得说是周鼎？语为武帝所闻，召入诘问，吾邱寿王道：“从前周德日昌，上天报应，鼎为周出，故称周鼎。今汉自高祖继周，德被六合，陛下又恢廓祖业，天瑞并至，宝鼎自出，这乃汉宝，并非周宝，臣所以谓非周鼎呢！”武帝转怒为喜，连声称善，群臣亦喧呼万岁。吾邱寿王却得赐黄金十斤，武帝又亲作宝鼎歌，纪述休祥。小子有诗叹道：

> 虚伪何曾不易知，君臣上下并相欺。
> 唐虞尚有夸张事，况是秦皇汉武时。

过了月余，又有齐人公孙卿，上书说鼎。欲知他如何说法，容待下回再详。

张骞之凿空西域，后人或力诋其过，或盛称其功。吾谓凿空可也。凿空西域，乃徒以厚赂相邀，并未知殖民政策，是第耗中国之财，而未收拓土之效，宁非有损无益乎！惟断匈奴之右臂，使胡人渐衰渐弱，不复为寇，亦未始非中国之利。然则骞有过，骞亦未尝无功，谓其功过之相抵可耳。东南两越，自取灭亡，伏波楼船，侥天之幸，而武帝益因此骄侈矣。神马也，宝鼎也，无一非作伪之举，武帝岂真愚蠢？任彼所欺？意者其亦欲借此欺人欤？上下相欺，而汉道衰矣。

第七十三回

信方士连番被惑　行封禅妄想求仙

却说齐人公孙卿本是一个方士，因闻武帝新得宝鼎，也想乘时干进，胡乱凑成一书，叫做《札书》，怀挟入都，钻通了一条门路，把书献入。书中语多荒诞，内有"黄帝得宝鼎，是辛巳朔旦冬至，今岁汉得宝鼎，适当己酉朔旦冬至，古今相符，足称盛瑞"云云。武帝览书，很觉合意，遂召公孙卿入见，问此书为何人所作。卿随意捏造，说是受诸申公，且言申公已死，只有此书遗下。武帝信以为真，且问申公有无他语。卿又答道："申公尝谓大汉肇兴，正与黄帝时代，运数相合。大约高皇帝后，或孙或曾孙，圣圣相承，必有宝鼎出现，宝鼎一出，上与神通，应该封禅，重行黄帝故事。今宝鼎适符圣瑞，可见申公所言，真实不虚了。"武帝复问黄帝如何封禅？公孙卿乱说了一大篇，无非把岳宗泰岱、禅主云亭的套话，信口铺张。又把当时甘泉宫，指为黄帝时代的明庭，谓黄帝曾在明庭接见百神，后来采铜首山，铸鼎荆山，鼎成后龙垂胡须，下迎黄帝，黄帝乘龙登天，带去后宫及大臣七十余人；还有许多小臣，要想攀髯上去，髯被扯断，统皆坠下，连黄帝所带的弓衣，亦被震落，小臣无从再攀，只得抱弓悲号，因以鼎湖名地，乌号名弓。全是牵强附会。这番言词，武帝已听过许多方士说及大略，不过公孙卿所谈，更觉得娓娓动听，遂不禁长叹道："朕如能学得黄帝，弃妻子也如敝屣哩！"当下拜卿为郎，使至太室候神，<small>太室即嵩岳之一峰。</small>既而卿入都面陈，谓缑氏城上有仙人迹，请武帝自往巡幸。上回所述驾幸缑氏，便是为了公孙卿一言。惟武帝也恐为所欺，曾向卿说道："汝莫非效文成、五利否？"卿答称人求神仙，神仙不须求人，应该宽假岁月，精诚感应，方得上迓仙人。

看官听说！这明是借端延宕，不负责任，比那文成、五利，更为狡猾。所以文成、五利，终致授首，公孙卿却得坐糜廪禄，逍遥了好几年。究竟文成、五利，姓甚名谁？小子前时无暇叙入，只好趁此补述出来。<small>是倒载而出之法。</small>

自武帝迎供长陵神君图像，便有方士李少君，料知武帝迷信鬼神，入都献技。少君不娶妻，不育子，又不肯言籍贯年纪，但挟术周游，语多奇验。及抵长安，便有人替他揄扬，传达宫中。武帝便召见少君，亲加面试，取出一古铜器，令他说明何代所制。少君不待摩挲，立即答道："这是春秋时齐国所制，齐桓公十年，曾陈设柏寝中。"武帝不免称奇。原来铜器下面，曾有文字标识，如少君言，巧被少君猜着，自然目为异人。且少君容貌清癯，似非凡相，益令武帝起敬，赐他旁坐。少君因进言道："祠灶便能致物，致物以后，丹砂可化为黄金，并可益寿，蓬莱仙人，亦可得见。从前黄帝封禅遇仙，竟得不死，乘龙升天。就是臣活了数百年，亦亏得遨游海上，遇见仙人安期生，给臣食枣，形大如瓜，然后延年。"<small>如哄小孩子一般。</small>武帝听了，乃亲祀灶神，且遣方士入海，访寻蓬莱仙人。一面令少君炼砂成金，好多时未见炼成，那少君却已死去。<small>仙枣想已泻出了。</small>

武帝还疑他尸解成仙，很加叹息。可巧来了一个齐人少翁，也与少君一般论调，正好继续少君，说鬼谈仙。适值武帝宠姬王夫人得病身亡，王夫人有子名闳，由王夫人病重时，以子相托。时武帝长子据，已册为太子，<small>即卫皇后所生。</small>闳当然不能立储，只好许为齐王，王夫人却也道谢。至王夫人死后，武帝追忆不忘，少翁即自言能致鬼魂相见如少时。武帝甚喜，便命少翁作起法来，少翁命腾出净室，四周张帷，并索取王夫人生前衣服，预备招魂。到了夜间，在帷外爇起灯烛，使武帝独坐待着，自己走入帷中，东喷水，西念咒，闹了两三个时辰，果有一个美貌女子，被他引至。武帝正向帷中痴望，见了这般美妇人，不觉出神，凝睇审视，身材等确与王夫人无二。急欲入帷与语，却被少翁出帷阻住，转眼一看，美人儿已没有了。逐句写来，情伪毕露。武帝特作词寄感，列入乐府，词云："是耶非耶？立而望之，翩何姗姗其来迟！"语意原是约略模糊，并非确见，但尚拜他为文成将军，待以客礼，令他求仙。要他求仙亦不应封为将军。

　　少翁乃请在甘泉宫中，增筑台观，绘塑许多奇形怪状的偶像，或称天神，或称地祇，或称为泰一神。泰一两字，源出古书，大约作上天的解释。当时燕齐方士，竞称天神，最贵要算泰一，五帝尚是泰一的佐使，故泰一当首先供奉。少翁也主此说，武帝方深信少翁，但教少翁如何主张，无不照办。无如神仙杳远，始终不肯光临，武帝也有些疑心起来。一日至甘泉宫，访问少翁，忽有一人牵过一牛，少翁便指示武帝道："这牛腹中当有奇书。"武帝乃命左右将牛牵住，立刻宰杀，剖腹审视，果有帛书一幅，上载文字，语多隐怪。经武帝看了又看，不由的猛然省悟，便将牵牛的人，拿下审问。一番吓迫，竟得实供，乃是少翁预知武帝到来，嘱将帛书杂入草中，使牛食下，意欲自显神通。那知书上文字，被武帝瞧破机关，知是少翁亲笔，再加供词确凿，眼见得少翁欺主，头颅落地。何苦作伪？

　　过了一年，武帝抱病鼎湖宫，多日不愈，遍求天下巫医，适有方士游水发根，说是上郡有巫，能通神语，善知吉凶。武帝即派人迎入，向他问病，巫便作神语道："天子何必过忧？不日自愈，可至甘泉宫相会。"当下使巫往住甘泉宫。说也奇怪，武帝果然渐瘥，乃亲至甘泉宫谢神，且就北宫中更置寿宫，特设神座，尊号神君。神不能言，但凭上郡巫传达，积录成书，名为画法。那上郡巫也是少翁流亚，借着神语，常说少翁枉死。武帝又不觉追悔起来。

乐成侯丁义，迎合意旨，荐上一个方士栾大，谓与少翁同师。武帝即使人往召栾大，大曾为胶东王刘寄家人，寄为景帝子，见前文。寄后系丁义姊，故义特荐引。及大应召入都，武帝见他身长貌秀，彬彬有礼，已是另眼相看。当下询及平时学术，大夸口道："臣尝往来海中，遇见安期、羡门等仙人，得拜为师，传授方术，大约黄金可成，河决可塞，不死药可得，仙人可致。惟因文成枉死，方士并皆掩口，臣虽蒙召，亦怎能轻谈方术哩！"武帝忙诡说道："文成食马肝致死，毋得误听！汝诚有此方术，尽可直陈，我却毫无吝惜呢！"大答说臣师统是仙人，与人无求，陛下必欲求仙，须先贵宠使臣，引为亲属，视若宾客，方可令他通告神人。武帝听了，尚恐大空言无术，不禁沉吟。大窥破上意，遂顾令御前侍臣，取得小旗数百杆，分插殿前，喝一声疾，即有微风徐徐过来，再加了几句咒语，风势益大，把几百杆小旗卷入空中，自相触击。顿时满朝臣吏，无不称奇，就是武帝亦见所未见，禁不住失声喝彩。俄而风定旗落，纷纷下地。不过一些觇风微术，实不足奇。武帝更加赞美，面授大为五利将军。又是一位特别将军。大不过道了一个谢字，扬长而出。

武帝见大无甚喜色，料知他心尚未足，但国库方匮，急需金银，又因黄河决口未塞，河南屡有水患，闻得栾大具有是术，还惜甚么官爵印绶？一官未足，何妨再给数官，于是天士将军、地士将军、大通将军的官衔，联翩加封。才阅月余，大已佩了四将军印绶了。那知大连日入朝，仍没有甚么欢容。武帝索性依他要求，加封为乐通侯，食邑二千户，赐甲第，给童仆，所有车马帷帐等类，俱代为备齐，送交过去。待至布置妥当，再将卫皇后所生长公主，嫁与为妻。一介贱夫，平白地得此奇遇，出舆盖、入仆御，一呼百诺，颐指气使，又有娇滴滴的金枝玉叶，任他拥抱取乐，快活何如！*武帝未曾得仙，他却做了活神仙了。*武帝时常召宴，或且至大第酒叙，赏赐黄金至十万斤，此外各物，不可胜计。*大若自能炼金，何必需此巨赏？*自窦太主各将相以下，又皆依势逢迎，随时馈献。*也想登仙么？*武帝再命刻玉印，镂成"天道将军"四字，特派大臣夜着羽衣，立白茅上，授与栾大。大亦照此装束，长揖受印，这算是客礼相待，明示不臣。总计大入都数月，封侯尚主，身悬六印，富贵震天下。

好容易又过半年，武帝不免要去催促，叫他往迎神仙，大尚支吾对付。后来实不便延宕，只好整顿行装，辞过武帝，别了娇妻，亲赴海上寻师。武帝究竟聪明，密遣内侍扮做平民，一路随去。但见大到了泰山，惟辟地为席，拜祷一番，并没有仙师，出与相语。及祷毕后，无他异举，但在海岸边游玩数日，遂折回长安。*无非记着家中的女仙。*内侍见他这般捣鬼，既好笑，又好恨，一入都门，不待栾大进谒，先向武帝报知。武帝当然动怒，俟大入报，作色诘责。大还要捏造师言，被武帝唤出内侍，当面对质，不由栾大不服，遂将大拘系狱中，按律坐诬罔罪，腰斩市曹。*只难为了卫长公主。*

看官试想，这武帝已经觉悟，连诛文成、五利，应该将方士尽行驱逐，为何又听信这公孙卿呢？原来武帝不信文成、五利，并非不信神仙，他以为文成、五利两人，法术未高，所以神仙难致，若果得一有道的术士，当必有效，因此公孙卿进见以后，无非叫他再去一试。所有一切待遇，非但不及五利，并且不及文成。亲女儿不肯无故割舍了！卿受职较卑，不使人忌，再加手段圆猾，反好从此安身。还有封禅一语，乃是公孙卿独自提议，最合武帝意旨。当时司马相如已经病殁，他有遗书上奏，称颂功德，劝武帝东封泰山，武帝已为所动，再经公孙卿一说，便决议举行。只有封禅仪制，自秦后未曾照办，无从援据。就是司马相如家中，亦曾差人查问，他妻卓文君，谓遗书以外无他语。此妇尚未死么？武帝不得已责成博士，要他酌定礼仪。博士徐偃、周霸等，采取《尚书》、《周官》、《王制》遗文，拘牵古义，历久未决。还是左内史倪宽，谓封禅盛事，经史未详，不若由天子自行裁夺，垂定隆规。武帝乃亲自制仪，略与倪宽参酌可否。适卜式上言官卖盐铁，货劣价贵，不便人民，武帝不以为然，并因式不能文章，贬为太子太傅，特迁宽为御史大夫。总要揣摩求合，方可升官。

　　封禅礼定，武帝又想这般盛举，必先振兵释旅，方可施行。乃于元鼎六年秋季，诏设十二部将军，调齐人马十八万，扈驾巡边。十月初旬出发，自云阳北行，径出长城，登单于台，耀武扬威。遣侍臣郭吉往告匈奴，传达谕旨，略言“东南一带，已皆荡平，南越王头，悬示北阙，单于能战，可与大汉天子，自来交锋；否则便当臣服，何必亡匿漠北”云云。时伊稚斜单于已死，子乌维单于嗣立，听了吉言，不禁怒起，把吉拘住不放，自己也不发兵。武帝待了数日，不见回音，乃传令回銮。道过上郡县桥山，见有黄帝遗冢，顿觉起疑道：“我闻黄帝不死，为何留有遗冢？”公孙卿随驾在旁，亟答说道：“黄帝登天，群臣想慕不已，因取衣冠为葬。”武帝喟然道：“我若上天，想群臣当亦葬我衣冠哩。”说着即命备礼致祭。祭毕还长安，遣兵回营。转眼间便是孟春，东风解冻，正好趁时东封。当下启跸东巡，行经缑氏，望祭中岳嵩山，从官齐集山下，听得山中发声，恍似三呼万岁一般。恐又是公孙卿捣鬼。

便即告知，武帝也只说听见，令祠官加增太室祠，以山下三百户为奉邑，号曰"崇高"。崇嵩二字，古文通用。再东行至泰山，山下草木，尚未生长，武帝令从吏运石上山，直立山顶，上刻铭词数语道：

> 事天以礼，立身以义，事父以孝，成民以仁。四海之内，莫不为郡县，四夷八蛮，咸来贡职。与天无极，人民蕃息，天禄永得。

立石既毕，遂东巡海上，礼祀八神。天主，地主，兵主，阴主，阳主，月主，日主，四时主。齐地方士，争来献书，统说海中居有神仙，武帝便命多备船只，使方士一并航海，往寻蓬莱仙人。且使公孙卿持节先行，遇仙即报。卿复称夜至东莱，见有大人，长约数丈，近视即杳，但留巨迹。武帝听说，自至东莱亲视，足迹尚依稀可认，惟状类鲁蹄，未免动疑。偏从臣也来启奏，谓路中遇一老翁，手中牵犬，说是欲见巨公，言毕不见。都是瞎说。武帝方信为真仙，再命随行方士，乘车四觅。自在海上守候多日，不见回音，乃回至泰山，行封禅礼。即就山下东方致祭，筑土为封，埋藏玉牒，牒中所说，无非求福求寿等语，旁人无从窥悉。又与奉车都尉霍子侯，同登山巅，秘密封土，禁人预闻。子侯名嬗，即去病子，武帝独加宠遇，故使得从行。越宿，从山北下，来禅肃然山。封禅礼成，还驻明堂。到了次日，群臣奏闻封禅各处，夜有祥光，凌晨复有白云拥护，引得武帝色动颜开。再由群臣一齐歌颂功德，武帝越加喜欢，遂下诏改称本年为元封元年，大赦天下。并忆封禅期内，连日晴和，并无风雨，当由天神护佑，或得从此接见神仙，也未可知。乃复至海上探望，但见云水苍茫，并没有神仙形影，怅立多时，心终未死，意欲亲自航海，往访蓬莱。群臣进谏不从，还是东方朔谓仙将自至，不可躁求，才将武帝劝止，不复进行。

适霍子侯感冒风寒，竟致暴死，想是成仙去了。武帝悲悼异常，厚加赙殓，饬人送柩回京。自己再沿海至碣石，终不得一见仙人，乃折向西行，过九原，入甘泉，总计费时五阅月，周行一万八千里，用去金钱巨万，赐帛百余万匹。全亏治粟都尉桑弘羊，职兼大农，置平准官，操奇计赢，才得逐年搜括，供给武帝游资。武帝因他理财有功，赐爵左庶长，金二百斤。弘羊尝自诩为计臣能手，谓民不加赋，国用自饶。独卜式斥他不务大体，专营小利。会因天气亢旱，有诏求雨，式私语亲属，谓不如烹死弘羊，自可得雨，何必祈祷？那知武帝方依任弘羊，怎肯把他加诛。

是秋有孛星出现天空，术士王朔反指为德星，群臣依声附和，说是封禅瑞应。武帝大喜，乃至雍地，亲祀五畤，复回甘泉祀泰一神。自从方士称泰一最贵，特在甘泉设祠，号为泰畤。且定例三岁一郊，各畤中随时致祭，不在此例。元封二年，公孙卿又复上言，东莱有神人，欲见天子，武帝乃再出东巡，至缑氏县，拜卿为中大夫，使为前导，直赴东莱。偏是海山缥缈，云雾迷蒙，有甚么天神天仙？卿无从解说，又把那野兽脚迹，混充过去。武帝也不便穷诘，但托言天时屡旱，特为人民祈雨，来祷万里沙神祠。万里沙在东莱海滨，借此为名，掩饰天下耳目。还过泰山，又复望祀，再顺路至瓠子口。瓠子河决，已二十多年，武帝尝使汲黯、郑当时前往堵塞，屡堙屡决。更命汲黯弟仁，与郭昌等往修河防，积久无成。此次武帝亲临决口，先沉白马玉璧，致祭河神，随令从官一齐负薪，填塞决河。河旁本有数万人夫，随吏供役，至是见文武百官，尚且这般辛苦，怎得不格外效劳？薪柴不足，济以竹石，好在天晴已久，河水低浅，竟得凭借众力，堵住决河。又上筑一宫，名曰宣防。此举总算为民除患，但梁楚一带，受害已二十多年了。抑扬得当。

武帝还至长安，公孙卿恐车驾徒劳，仙无从致，将来必加严谴，因复想出一法，托大将军卫青进言，谓仙人素好楼居，不如增筑高楼，徐待仙至。武帝乃令长安作蜚廉观，甘泉作通天台，台观统高三四十丈，费了许多经营，仍使公孙卿持节供张，恭候神仙。另在甘泉宫添筑前殿，殿成以后，忽在殿房中生出一草，九茎连叶，大众都称为灵芝，立即上奏。武帝亲往看验，果然不差，乃作《芝房歌》颁诏大赦。既而在汶上作明堂，复出巡江汉，由南而东，增封泰山，即就明堂礼祀上帝。小子不胜殚述，但作诗申意道：

> 谈仙说鬼尽无稽，英主如何也着迷？
> 累万黄金空掷去，水长山杳日沉西。

土木频兴，迷信不已，辽东突来警报，又起兵戈。欲知如何起衅，待至下回再叙。

观汉武之迷信神仙，几与秦皇同出一辙。秦始皇信方士，武帝亦信方士；秦始皇行封禅，武帝亦行封禅；秦始皇好神仙，武帝亦好神仙；秦始皇兴土木，武帝亦兴土木：凡始皇之所为，武帝皆踵而效之，尤有甚焉。始皇之信徐市、卢生也，不过使之奔走海上耳；武帝乃任以高爵，待若上宾，并举爱女而亦嫁之，且少翁戮而栾大复进，栾大诛而公孙卿又进，若明若昧，何其游移若此？要之皆贪心不足，妄冀长生，乃有此种种之谬举耳。夫养心莫善于寡欲，美意乃足以延年，以好货、好色、好战之人主，反思与天

同休，宁有是理？秦皇误于前，汉武误于后，多见其
不自量也。若非轮台之悔，则汉武之异于始皇者，果
几何耶？

第七十四回

东征西讨绝域穷兵　先败后成贰师得马

却说辽东塞外，有古朝鲜国，在黄海东北隅。周时封殷族箕子，为朝鲜主，传国四十一世，由燕人卫满侵入，逐去朝鲜王箕准，自立为王，建都王险城，攻略附近小邑，势力渐强，再传至孙右渠，诱致汉奸，阻遏汉使，武帝特遣廷臣涉何往责右渠，右渠不肯奉命，但遣裨酋送归涉何。何还渡浿水，入中国境，袭杀朝鲜裨酋，反奏称朝鲜不服，斩将报功。武帝不察底细，遽令何为辽东东部都尉。何喜如所望，受诏莅任，不意朝鲜出兵报复，攻入辽东，将何击毙。警报到了长安，武帝大怒，尽发天下死囚，充当兵役，特派楼船将军杨仆，及左将军荀彘，分领士卒，往讨朝鲜。

朝鲜王右渠，闻汉兵大举东来，连忙调发人马，堵住险要。杨仆从齐地出发，渡过渤海，入朝鲜境，前驱兵七千人，浮水轻进，径至王险城下。右渠只防辽东陆路，未防水道，蓦闻汉兵攻城，却也心惊。幸亏城中也有预备，方得乘城守御。嗣探得汉兵不多，督兵出战，两下奋斗多时，毕竟众寡不敌，汉兵败溃。杨仆走匿山中，十余日才敢出头，收集溃卒，退待荀彘。彘行至浿水，渡过西岸，正与朝鲜戎兵相值，连战数次，未得大胜。当有奏报入都，武帝闻两将无功，又遣使臣卫山，往谕右渠，晓示祸福。右渠也恐不能久持，顿首请降，令太子随同卫山，东行谢罪，并献马五千匹，及随行人众，不下万余。

卫山见朝鲜兵盛，疑有他变，先与荀彘会叙，互商一策，转告朝鲜太子，不得带兵，太子亦恐汉兵有诈，率众驰回。卫山不便再赴朝鲜，只好入朝复命。武帝问明原委，恨山失计，立命处斩，仍遣人催促两将进攻。卫山之死，失之过谨。荀彘乃驱军急进，迭破数险，直抵王险城，围攻西北两隅。杨仆也招集后队，进至城南。荀彘部下统是燕代健儿，骁勇善战，杨仆部下多系齐人，闻得前军败北，锐气已衰，因此不敢再斗。那荀彘日夕督攻，杨仆只按兵不动，右渠与荀彘力战，与杨仆讲和。相持数月，城尚无恙。彘屡约杨仆夹攻，仆但含糊答应，终未动手，也想学路博德了。遂致两将生嫌。事为武帝所闻，亟使前济南太守公孙遂，前往观兵，许他便宜从事。遂至彘营，彘当然归咎杨仆，与遂商定秘谋，召仆议事。仆因有诏使到来，不得不往，一见遂面，竟被遂喝令彘军，将仆拿下，且传谕仆众，归彘节制，自己总算毕事，匆匆复命。彘既并有两军，遂将全城围住，四面猛扑。

城中危急万分，朝鲜大臣路人韩阴，与尼溪相参将军王唊等，共谋降汉。偏偏右渠不从，路人韩阴、王唊，开城出降。尼溪相参且号召党羽，刺杀右渠，献首汉营。荀彘正率军进城，不意城门又闭，朝鲜将军成己，婴城拒守。彘使降人招谕守兵，如再抗违，一体屠戮，守兵相率惊惶，共杀成己，一齐出降，朝鲜乃平。捷书入奏，武帝令分朝鲜地为四郡，叫作乐浪、临屯、玄菟、真蕃，召彘引师回朝。彘将杨仆囚入槛车，押归长安。途次非常得意，总道此番凯旋，定邀重赏，那知驰入都门，惊悉公孙遂被诛消息，才转喜为忧。没奈何入朝见驾，武帝不待详报，便责他与遂同罪，擅拘大臣，当即褫去衣冠，推出斩首。至杨仆贻误军机，亦当伏法，但念他平越有功，准得赎为庶人。平心而论，仆罪过彘，一赎一诛，岂非倒置！

同时又有将军赵破奴，与偏将王恢等，领兵西征，往击楼兰、车师。此王恢与前王恢同名异人。楼兰、车师两国，同为西域部落，见七十一回。阴受匈奴招诱，拦阻西行汉使，武帝因遣两将出讨。破奴佯言进击车师，暗率轻骑七百人，掩入楼兰，得将楼兰王擒住，然后移攻车师。车师闻风骇溃，被破奴捣破虏廷，结果是两国服罪，情愿内附。破奴乃请旨定夺，武帝封破奴为浞野侯，恢为浩侯，使他暂为镇抚，威示乌孙、大宛诸国。

乌孙前曾遣使献马，随中郎将张骞入朝，见七十二回。已而来使归国，报称汉朝强大，乌孙王昆莫方悔从前不用骞言，更闻汉兵连破楼兰、车师，势将及已，乃急遣使至汉，愿遵旧约。武帝准如所请，但向来使征求聘礼。来使返报以后，当即送马千匹，作为聘仪。武帝取江都王建遗女，赐号公主，出嫁乌孙。江都王建，就是武帝兄刘非子，非殁建嗣，淫昏无道，上烝下淫，甚至迫令宫女，与犬羊处，同为笑乐，私刻皇帝玺绶，出入警跸，僭拟皇宫。当有人上书告发，由武帝派吏问罪，建惶恐自尽，家破国除，子女没入掖庭。至此乃遣令和亲，嫁与昆莫，昆莫立为右夫人。匈奴也欲招致乌孙，遣女往嫁，昆莫一并收纳，立为左夫人。惟昆莫年已老迈，怎禁得两国少妇，左右相陪？往往独居外帐，不敢入寝。江都公主，既悲远嫁，复适老夫，并与昆莫言语不通，服食皆异，不得已自治一庐，孑身居住。有时愁极无聊，免不得作歌告哀，歌云：

　　吾家嫁我兮天一方，远托异国兮乌孙王。穹庐为室兮旃为墙，以肉为食兮酪为浆。居常思土兮心内伤，愿为黄鹄兮返故乡！

歌末有"黄鹄"一语，因相传为《黄鹄歌》。歌词传到长安，武帝颇为垂怜，屡通使问，赐给锦绣帏帐等类。昆莫也知精力不继，死在眼前，愿将公主让与岑陬。岑陬是昆莫孙，巴不得与公主为婚，只是公主自觉怀惭，未便下嫁，不得不上书武帝，恳求召归。武帝要想结好乌孙，共灭匈奴，竟回书劝她从俗。公主无奈，转嫁岑陬，朝为继祖母，暮作长孙妇，真是旷古异闻！虽然降尊就卑，却是以少配少，也还值得。及昆莫病死，岑陬继立，改王号为昆弥，与汉朝通问不绝。

武帝复出巡东岳，禅高里，山名，在泰山下。祠后土，临渤海，望祀蓬莱。再遣方士入海求仙，仍无音信，乃返入长安。忽然柏梁台上，陡起火光，不知如何失慎，致兆焚如！请得一位祝融神，可谓不虚此台。武帝惊惜不已。有方士越人勇之，却说越中风俗，凡有火灾，须亟改造，比前时格外高大，方足厌禳灾殃。武帝乃立命建筑，另择未央宫西偏，造起一座绝大的宫殿，中容千门万户，东凤阙，西虎圈，北凿太液池，又有渐台、蓬莱、方丈、瀛洲、壶梁诸名目，无非是想象神仙，凭空构筑。南面有玉堂璧门神明台井干楼，再架飞阁跨城，直通未央宫，说不尽的繁华靡丽，描不完的轩敞崇闳。宫成后求迎神仙，始终不至，惟采选良家女子，收入宫中，相传掖庭簿载总数共一万八千人，有几个得蒙召幸，或拜容华，或充侍衣，总算列入妃嫱，得加俸禄。试想武帝如此好色，尚能延年益寿么？

是时已为元封七年，依照旧例，每六年必一改元，大中大夫公孙卿联络同官壶遂，及太史令司马迁等，上言历纪废坏，宜改正朔，御史大夫倪宽，主张夏正，乃废去前秦正朔，以正月为岁首，改元封七年为太初元年，诏令公孙卿等造太初历。阴历莫如夏正，武帝此举，尚算正时。嗣是色尚黄，数用五，更定官名，协订音律，又费了许多手续，才得成章。

会有西使回来，报称大宛国有宝马，在贰师城，不肯示人。武帝素闻宛马有名，乃特铸金为马，并加千金，使壮士车令等赍往大宛，愿易贰师城宝马。偏偏宛王不从，车令等一再商恳，终被拒绝，惹得车令怒起，诟骂宛王，且椎碎金马，携屑而还。谁知路过郁成，竟遇着番奴千人，阻住去路。车令等与他斗死，所携金币，眼见得被他夺去了。武帝闻报大怒，立拟命将出征。汉将本推卫、霍，霍去病早死，已见前文，就是卫青，亦已病亡，只落得赐谥表功，青殁后予谥曰烈。子卫伉等，虽然袭爵，却非将才，乃特选一贵戚李广利，使为贰师将军。

先是王夫人死后，后宫虽多妃妾，却无一能及王夫人。会有中山伶人李延年，入宫供奉，妙解音声，颇得武帝欢心。延年有妹，也善歌舞，又生得姿容秀媚，体态轻盈，当由平阳公主见她美丽，特为荐引。武帝立命召见，端的是天生尤物，比众不同。当下同入阳台，畅施雨露，仗着几番化育，种下胚胎，十月满足，生男名髆，后来封为昌邑王。延年因妹得官，拜为协律都尉，妹亦加封李夫人。这李夫人专宠后房，几与王夫人无二。偏她的命宫寿数，也与王夫人相同，子尚冲龄，母已病厄。武帝遍召名医，诊治无效，渐渐的容销骨瘦，将致不起。到了垂危时候，武帝殷勤探问，她偏用被蒙头，不肯见面，口中但言貌未修饰，难见至尊。武帝必欲一见，用手揭被，不料她转面向内，终不从命。及武帝退出，姊妹等入宫问候，未免说她违忤君心。她却唏嘘答说道："妇女以色事人，色衰便即爱弛，今我病已将死，形容非旧，若为主上所见，必致惹嫌，不复追念，难道尚肯顾我兄弟姊妹么？"语虽不错，但把身子作为玩物，终不脱妇女思想。众人听着，方才大悟，不到数日，红颜委蜕，玉骨销香。武帝大为悲悼，葬用后礼，命在甘泉宫绘画遗容。俗语说得好，日有所思，夜有所梦，武帝时思李夫人，遂致梦中恍惚，见李夫人赠与蘅芜，醒后尚有遗香，历久不散，因名卧室为遗芳梦室。李夫人事迹，正好趁此带出。

　　李夫人有二兄，除延年外，还有广利一人，娴习弓马，随侍宫廷。武帝不能无故加封，乃趁着大宛抗命，竟拜广利为将军，号为贰师，是教他往贰师城取马，故有是名。发属国骑兵六千，及郡国恶少年数万人，尽归贰师将军节制，带同前往。且命浩侯王恢为向导，出玉门，经盐泽，沿途统是沙碛，无粮可因，无水可汲，所过小国，统皆固守境界，不肯给食。汉兵忍不住饥渴，往往倒毙，及抵郁成，部下不过数千，随带干粮，又皆食尽。不得已为冒险计，先攻郁成。郁成王杀死汉使，早恐汉兵前来报复，严兵守候，至汉兵进攻，便即出战。汉兵虽拼死力斗，究竟食少势孤，不能取胜，反折伤了一半人马。广利料难再持，只得收军，退至敦煌，奏请罢兵。武帝曾听姚定汉言，谓大宛兵弱，三千人可以荡平，因此特派广利出去，俾他容易奏功，可授封爵。谁知广利丧师退还，反请罢休，正是大失所望，不由的动起怒来，遣使遮住玉门关，传谕广利军前，如有一人敢入此关，立即斩首！广利奉到此谕，没奈何留驻敦煌，静待后命。

　　武帝再想添兵征宛，偏来了匈奴密使，说"由左大都尉所遣，愿杀儿单于，举国降汉，请汉廷发兵相应"等语。武帝问明情形，当然大喜。原来匈奴主乌维单于，自通居漠北后，用赵信计，阴备军实，阳求和亲。汉使王乌、杨信，相继通番，与订和约，乌维单于语多反复，不肯听命。武帝还道两人望浅，特派路充国佩二千石印绶，前往议和，反被匈奴拘住。武帝始知匈奴多诈，命将军郭昌领兵防边。嗣复遣昌往击昆明，虽多斩获，一时不能还镇，昆明事见前文。因调浞野侯赵破奴代任。会乌维单于病死，子詹师庐继立，尚在少年，号为儿单于。单于任性好杀，国人不安，匈奴左大都尉方遣使至汉请降。武帝得此机缘，如何不喜，即将来使遣归，命将军公孙敖带领工役，至塞外筑受降城；一面授赵破奴为浚稽将军，饬令赴浚稽山，迎接匈奴左大都尉。

赵破奴率兵二万，到了浚稽山下，待久不至，使人探听虚实，才知匈奴左大都尉，谋泄被诛，因即引军南还。忽闻后面有呐喊声，料是胡兵追来，连忙翻身迎敌。待至胡兵行近，杀将过去，把他击走，捕得虏骑数千人，部兵亦伤亡多名。但经此一胜，总道匈奴没有后继，放心南归，距受降城只四百余里，因见天色已暮，随便安营，待且再行。营方扎定，遥见尘头大起，匈奴兵漫山遍野，骋骑前来，破奴不及移军，只好闭营守着。那匈奴兵共有八万骑，一齐趋集，围住汉营，困得水泄不通。汉营乏水，如何解渴，破奴恐军心慌乱，黉夜潜出，自去觅水。离营未及百步，竟被胡兵窥见，一声呼啸，环绕拢来。破奴只有数十个随兵，怎能与敌？一古脑儿被他捉去。全是轻率所致。大将受擒，全营皆震，胡兵乘势猛攻，汉营大乱，一半战死，一半降番。儿单于喜出望外，再进兵攻受降城，还亏公孙敖闻风预备，乘城固守，不为所乘。胡兵攻打不下，方才罢去。

公孙敖拜本上闻，武帝易喜为忧，不得不集众会议。群臣多请罢宛兵，专力攻胡，武帝以宛为小国，尚不能下，如何能征服匈奴？并且西域诸国，亦将轻汉，乃决计向宛添兵，大赦罪犯，尽发各地恶少年，悉数当兵，佐以沿边马队，共得骑卒六万，步卒七万，备足饷械，接济贰师将军李广利，又发天下七科谪戍，使他运粮。七科：谓吏有罪一，亡命二，赘婿三，贾人四，原有市籍五，父母有市籍六，祖父母有市籍七。并派出都尉两员，一号执马，一号驱马，待至攻破大宛，便好牵马归来。注重在马，何贵畜贱人如此！

李广利既得大兵，当然再往，沿途各小国，见汉兵此次重来，比前为威，倒也不免惊慌，乃皆出食饷军。惟有轮台一城，独闭门拒绝，广利挥兵屠城，乘势长驱，驰入宛境。宛王毋寡，遣将搦战，与汉兵前队相遇，前队兵共三万人，奋力击射，大破宛兵，宛将败回城中。广利经过郁成城，本拟一击泄恨，因恐宛人日久备厚，不如直攻宛都，乃绕出郁成，进薄宛都贵山城。城内无井，全仗城外流水，经汉兵四面围住，断绝水道，守兵当然危急。毋寡也觉惊惶，急遣人向康居国乞援。广利连日督攻，差不多有四旬余，方将外城攻破，擒住宛勇将煎靡。

宛人失去外城，越觉焦急，康居兵又未见到来，于是诸贵官相与私谋道："我王藏匿良马、戕杀汉使，因致汉将广利大举来攻，目下外援不至，亡在旦夕，不如杀王献马，与汉讲和。万一汉将不从，我等方背城一战，死亦未迟。"大众并皆赞成，遂攻杀宛王毋寡，枭取首级，使人持至汉营，面见广利道："宛人未敢轻汉，咎在宛王一人，今已奉献王首，请将军勿再攻。宛人当尽出良马，任令择取，且愿供给军粮。如将军不肯允许，宛人将尽杀良马，与决死战。且康居援兵，计日可至，里应外合，胜负难料。请将军熟权利害，何去何从！"广利想了又想，不若许和为善，商诸部将，部将亦无不主和，乃依了宛使，与订和约。宛使返入城中，始将马匹一齐献出，令汉兵自行择取，且赍送粮食至军。广利令两都尉物色良马，得数十匹，中等以下，三千余匹，又遣使入城，觇察情形。宛贵人昧察接待尽礼，由使人还报广利。广利乃与宛人申约，立昧察为宛王，然后退师。

是时康居闻汉兵势盛，不敢过援。郁成王却是倔强，非但不肯服汉，反截杀汉校尉王申生，及故鸿胪壶充国。广利正想还击郁成，得了此报，愤不可遏，便令搜粟都尉上官桀，引兵往攻，破入城中。郁成王乘乱逃出，奔投康居。桀追入康居境内，移檄索郁成王。康居闻汉已破宛，不敢违命，因将郁成王缚送军前。桀令四骑士押往李广利营，途次恐被走失，互相熟商。还是上邽骑士赵弟，打定主意，竟拔剑出鞘，砍落郁成王首级，持报李广利。广利乃班师东归。这番出师，虽士卒不免阵亡，究竟未及一半。无如将吏贪取财物，虐待部下，遂致死亡甚众，首殰相望，及入玉门关，众不满二万人，马不过千余匹。武帝不遑责备，但见良马到手，便已如愿，遂封李广利为海西侯，食邑八千户。赵弟亦得封为新畤侯。上官桀等均有封赏，不劳细表。

惟武帝因宛马雄壮，比乌孙马为良，乃改称乌孙马为西极马，独名宛马为天马，并作《天马歌》云：

天马徕，从西极，涉流沙，九夷服。天马徕，出泉水，虎脊两，化若鬼。天马徕，历无草，径千里，循东道。天马徕，执徐时，将摇举，谁与期？天马徕，开远门，竦予身，逝昆仑。天马徕，龙之媒，游阊阖，观玉台。

总计李广利出征大宛，先后劳兵十余万，历时共阅四年，结果只得了数十匹良马。小子演述至此，随笔写入一诗道：

十万兵残天马来，玉门关外贰师回。
冤魂载道愁云结，天子禽荒剧可哀。

大宛既平，西域诸国未免震慑，多半遣子入传，武帝欲乘此军威，再伐匈奴。欲知后事，且看下回分解。

本回专叙征伐，与上回情迹不同，而其希冀之心，则实出一辙。好神仙，不得不劳征伐，彼之希冀长生者，无非为安享奢华计耳。设非拓大一统之宏规，为天下雄主，则虽得长生，亦何足喜！故不同者其迹，而相同者其心也。朝鲜之灭，苟彘功多罪少，而独诛之；虑其专擅之为患，故用法独苛。乌孙之和，建女上书求归，而独阻之，欲其祖孙之世事，故渎伦不恤。至若征宛一役，则更为求马起衅，阅时四载，丧师糜饷不胜计，乃毫不之惜，反以良马来归，诩诩作歌。其心术尤可概见矣！语曰：止戈为武，武帝之得谥为武，其取义果安在乎？

第七十五回

入虏庭苏武抗节　　出朔漠李陵败降

却说武帝既征服大宛，复思北讨匈奴，特颁诏天下，备述高祖受困平城，冒顿嫚书吕后，种种国耻，应该洗雪，且举齐襄灭纪故事，作为引证，齐襄复九世之仇，《春秋》大之，见《公羊传》。说得淋漓迫切，情见乎词。时已为太初四年冬季，天气严寒，不便用兵，但令将吏等整缮军备，待春出师。转眼间已将腊尽，连日无雨，河干水涸，武帝一再祈雨。且因《诗经》中有《云汉》一篇，系美周宣王勤政弭灾，借古证今，不妨取譬，乃特于次年岁首，改号天汉元年。

春光易老，日暖草肥，武帝正要命将出征，忽报路充国自匈奴归来，诣阙求见。当下召入充国，问明情形。充国行过了礼，方将匈奴事实，约略上陈。充国为匈奴所拘，事见前回。原来匈奴儿单于在位三年，便即病死，有子尚幼，不能嗣位，国人立他季父右贤王呴犁湖为单于。才及一年，呴犁湖又死，弟且鞮侯继立。恐汉朝发兵进攻，乃自说道："我乃儿子，怎敢敌汉？汉天子是我丈人行呢。"说着，即将汉使路充国等一律释回，并遣使人护送归国，奉书求和。武帝闻得充国报告，再将匈奴使人，召他入朝。取得来书，展览一周，却也卑辞有礼，不禁欣然。言甘心苦，奈何不思？乃与丞相等商议和番，释怨修好。

丞相石庆，已经寿终，可谓幸免。由将军葛绎侯公孙贺继任。贺本卫皇后姊夫，累次出征，不愿入相，只因为武帝所迫，勉强接印。每遇朝议，不敢多言，但听武帝裁决，唯命是从。前时匈奴拘留汉使，汉亦将匈奴使臣，往往拘留。至此中外言和，应该一律释放，乃由武帝裁决，将匈奴使人释出，特派中郎将苏武，持节送归，并令武赍去金帛，厚赠且鞮侯单于。

武字子卿，为故平陵侯苏建次子，建从卫青伐匈奴，失去赵信，坐罪当斩，赎为庶人。嗣复起为代郡太守，病殁任所。武与兄弟并入朝为郎，此次受命出使，也知吉凶难卜，特与母妻亲友诀别，带同副中郎将张胜，属吏常惠，及兵役百余人，出都北去，径抵匈奴。既见且鞮侯单于，传达上意，出赠金帛，且鞮侯单于并非真欲和汉，不过借此缓兵，徐作后图。他见汉朝中计，且有金帛相赠，不由的倨傲起来，待遇苏武，礼貌不周。武未便指斥，既将使命交卸，即退出旁庭，留待遣归。偏生出意外枝节，致被牵羁，累得九死一生，险些儿陷没穷荒。

当武未曾出使时，曾有长水胡人子卫律，与协律都尉李延年友善。延年荐诸武帝，武帝使律通问匈奴，会延年犯奸坐罪，家属被囚，卫律在匈奴闻报，恐遭株累，竟至背汉降胡。又是一个中行说。匈奴正因中行说病死，苦乏相当人士，一得卫律，格外宠任，立封他为丁灵王。律有从人虞常，虽然随律降胡，心中甚是不愿。适有浑邪王姊子缑王，前从浑邪王归汉，浑邪王事见前文。嗣与赵破奴同没胡中，意与虞常相同，两人联为知己，谋杀卫律，将劫单于母阏氏，一同归汉。凑巧来了副中郎将张胜，曾为虞常所熟识，常私下问候，密与胜谋，请胜伏弩射死卫律。胜志在邀功，不向苏武告知，竟自允许，彼此约定，伺隙即发。适且鞮侯单于出猎，缑王虞常以为有机可乘，招集党羽七十余人，即欲发难。偏有一人甘心卖友，竟去报知单于子弟，单于子弟立即兴师兜捕，缑王战死，虞常受擒。

且鞮侯单于闻变驰归，令卫律严讯此案。张胜始恐受祸，详告苏武，武愕然道："事已至此，怎能免累？我若对簿虏庭，岂非辱国？不如早图自尽罢！"说着，即拔出佩剑，遽欲自刎。亏得张胜、常惠，把剑夺住，才得无恙。第一次死中遇生。武只望虞常供词，不及张胜，那知虞常一再遭讯，熬刑不起，竟将张胜供出。卫律便将供词，录示单于。单于召集贵臣，议杀汉使，左伊秩訾匈奴官名劝阻道："彼若谋害单于，亦不过罪及死刑，今尚不至此，何若赦他一死，迫令投降。"单于乃使卫律召武入庭，当面受辞。武语常惠道："屈节辱命，就使得生，有何面目复归汉朝？"一面说，一面已将剑拔出，向颈欲挥。卫律慌忙抢救，抱住武手，颈上已着剑锋，流血满身，急得卫律紧抱不放，饬左右飞召医生。及医生趋至，武已晕去，医生却有妙术，令律释武置地，掘土为坎，下贮煴火，无焰之火。上覆武体，引足蹈背，使得出血，待至恶血出尽，然后用药敷治，果然武苏醒转来，复有气息。第二次死中遇生。卫律使常惠好生看视，且嘱医生勤加诊治，自去返报且鞮侯单于。单于却也感动，朝夕遣人问候，但将张胜收系狱中。

及武已痊愈，卫律奉单于命，邀武入座，便从狱中提出虞常、张胜，宣告虞常死罪，把他斩首，复向张胜说道："汉使张胜，谋杀单于近臣，罪亦当死，如若肯降，尚可宥免！"说至此，即举剑欲砍张胜。胜贪生怕死，连忙自称愿降。律冷笑数声，回顾苏武道："副使有罪，君应连坐。"武正色答道："本未同谋，又非亲属，何故连坐？"律又举剑拟武，武仍不动容，夷然自若。律反把剑缩住，和颜与语道："苏君听着！律归降匈奴，受爵为王，拥众数万，马畜满山，富贵如此。苏君今日降，明日也与律相似，何必执拗成性，枉死绝域哩！"

武摇首不答，律复朗声道："君肯因我归降，当与君为兄弟；若不听我言，恐不能再见我面了！"武听了此语，不禁动怒，起座指律道："卫律！汝为人臣子，不顾恩义，叛主背亲，甘降夷狄，我亦何屑见汝？且单于使汝决狱，汝不能平心持正，反欲借此挑衅，坐观成败，汝试想来！南越杀汉使，屠为九郡；宛王杀汉使，头悬北阙；朝鲜杀汉使，立时诛灭，独匈奴尚未至此。汝明知我不肯降胡，多方胁迫，我死便罢，恐匈奴从此惹祸，汝难道尚得幸存么？"义正词严。这一席话，骂得卫律哑口无言，又不好径杀苏武，只好往报单于。这也好算苏武第三次重生了。

单于大为嘉叹，愈欲降武，竟将武幽置大窖中，不给饮食。天适雨雪，武啮雪嚼旃，数日不死。第四次死中遇生。单于疑为神助，乃徒武置北海上，使他牧羝。羝系牡羊，向不产乳，单于却说是羝羊乳子，方许释归。又将常惠等分置他处，使不相见。可怜武寂处穷荒，只有羝羊作伴，掘野鼠，觅草实，作为食物，生死置诸度外，但把汉节持着，与同卧起，一年复一年，几不知有人间世了。这是生死交关的第五次。

武帝自遣发苏武后，多日不见复报，料知匈奴必有变卦。及探闻消息，遂命贰师将军李广利，领兵三万，往击匈奴。广利出至酒泉，与匈奴右贤王相遇，两下交战，广利获胜，斩首万余级，便即回军。右贤王不甘败衄，自去招集大队，来追广利。广利行至半途，即被胡骑追及，四面围住。汉兵冲突不出，更且粮草将尽，又饥又急，惶恐异常。还是假司马赵充国，发愤为雄，独率壮士百余人，披甲操戈，首先突围，好容易杀开血路，冲出圈外，广利趁势麾兵，随后杀出，方得驰归。这场恶战，汉兵十死六七，充国身受二十余创，幸得不死。广利回都奏报，有诏召见充国，由武帝验视伤痕，尚是血迹未干，禁不住感叹多时，当即拜为中郎。充国系陇西上邽人，表字翁孙，读书好武，少具大志。这番是发轫初基，下文再有表见。也是特笔。

武帝因北伐无功，再遣因杅将军公孙敖出西河，因杅是匈奴地名。与强弩都尉路博德，约会涿邪山，两军东西游弋，亦无所得。侍中李陵，系李广孙，为李当户遗腹子，少年有力，爱人下士，颇得重名。武帝说他绰有祖风，授骑都尉，使率楚兵五千人，习射酒泉、张掖，备御匈奴。至李广利出兵酒泉，诏令陵监督辎重，随军北进。陵乘便入朝，叩头自请道："臣部下皆荆楚兵，力能扼虎，射必命中，情愿自当一队，分击匈奴。"武帝作色道："汝不愿属贰师么？我发卒已多，无骑给汝。"陵奋然道："臣愿用少击众，无需骑兵，但得步卒五千人，便可直入虏庭！"太藐视匈奴。武帝乃许陵自募壮士，定期出发，且命路博德半路接应。博德资望，本出陵上，不愿为陵后距，因奏称现当秋令，匈奴马肥，未可轻战，不如使陵缓进，待至明春，出兵未迟。武帝览奏，还疑陵自悔前言，阴教博德代为劝阻，乃将原奏搁起，不肯依议。适赵破奴从匈奴逃归，报称胡人入侵西河，武帝遂令博德往守西河要道，另遣陵赴东浚稽山，侦察寇踪。时逢九月，塞外草衰，李陵率同步卒五千人，出遮虏障，障即戍堡等类。直至东浚稽山，扎驻龙勒水上。途中未遇一敌，不过将山川形势，展览一周，绘图加说，使骑士陈步乐，驰驿奏闻。步乐见了武帝，将图呈上，且言陵能得志。武帝颇喜得人，并拜步乐为郎，不料过了旬余，竟有警耗传来，谓陵已败没胡中。

原来陵遣归步乐，亦拟还军，偏匈奴发兵三万，前来攻陵。陵急据险立营，先率弓箭手射住敌阵，千弩齐发，匈奴前驱，多半倒毙。陵驱兵杀出，击退虏众，斩首数千级，方收兵南还。不意匈奴主且鞮侯单于，复召集左右贤王，征兵八万骑追陵。陵且战且走，大小至数百回合，斫死虏众三千名。匈奴自恃兵众，相随不舍，陵引兵至大泽中，地多葭苇，被匈奴兵从后纵火，四蹙陵兵。陵索性教兵士先烧葭苇，免得延燃，慢慢儿拔出大泽，南走山下。且鞮侯单于亲自赶来，立马山上，遣子攻陵。陵拼死再战，步斗林木间，又杀敌数千人，且发连臂弓射单于。单于惊走，顾语左右道："这是汉朝精兵，连战不疲，日夕引我南下，莫非另有埋伏不成？"左右谓我兵数万，追击汉兵数千，若不能复灭，益令汉人轻视。况前途尚多山谷，待见有平原，仍不能胜，方可回兵。单于乃复领兵追赶。陵再接再厉，杀伤相当。

适有军侯管敢，被校尉笞责，竟去投降匈奴，报称汉兵并无后援，矢亦将尽，只有李将军麾下，及校尉韩延年部曲八百人，临阵无前，旗分黄、白二色，若用精骑驰射，必破无疑。汉奸可恨，杀有余辜。单于本思退还，听了敢言，乃选得锐骑数千，各持弓矢，绕出汉兵前面，遮道击射。并齐声大呼道："李陵、韩延年速降！"陵正入谷中，胡骑满布山上，四面注射，箭如雨下。陵与延年驱军急走，见后面胡骑力追，只好发箭还射，且射且行。将到鞮汗山，五十万箭射尽，敌尚未退。陵不禁太息道："败了！死了！"乃检点士卒，尚有三千余人，惟手中各剩空弓，如何拒敌？随军尚有许多车辆，索性砍破车轮，截取车轴，充作兵器。此外惟有短刀，并皆执着，奔入鞮汗山谷。胡骑又复追到，上山掷石，堵住前面谷口。

天色已晚，汉兵多被击死，不能前进，只好在谷中暂驻。陵穿着便衣，孑身出望，不令左右随行，慨然语道："大丈夫当单身往取单于！"话虽如此，但一出营外，便见前后上下，统是敌帐，自知无从杀出，返身长叹道："此番真要败死了！"实是自来寻祸。旁有将吏进言道："将军用少击众，威震匈奴，目下天命不遂，何妨暂寻生路，将来总可望归。试想浞野侯为虏所得，近日逃归，天子仍然宽待，何况将军？"陵摇手道：

“君且勿言，我若不死，如何得为壮士呢！”意原不错。乃命尽斩旌旗，及所有珍宝，掘埋地中。复召集军吏道：“我军若各得数十箭，尚可脱围，今手无兵器，如何再战？一到天明，恐皆被缚了！现惟各自逃生，或得归见天子，详报军情。”说着，令每人各带干粮二升，冰一片，借御饥渴，各走各路，期至遮卢障相会。军吏等奉令散去，待到夜半，陵命击鼓拔营，鼓忽不鸣。陵上马当先，韩延年在后随着，冒死杀出谷口，部兵多散。行及里许，复被胡骑追及，环绕数匝。延年血战而亡，陵顾部下只十余人，不由的向南泣说道：“无面目见陛下了！”说罢，竟下马投降匈奴。错了，错了！如何对得住韩延年？部兵大半复没，只剩四百余人，入塞报知边吏。

边吏飞章奏闻，惟尚未知李陵下落。武帝总道李陵战死，召到陵母及妻，使相士审视面色，却无丧容。待至李陵生降的消息，传报到来，武帝大怒，责问陈步乐。步乐惶恐自杀，陵母妻被逮下狱。群臣多罪陵不死，独太史令司马迁，乘着武帝召问时候，为陵辩护，极言“陵孝亲爱士，有国士风，今引兵不满五千，抵当强胡数万，矢尽援绝，身陷胡中，臣料陵非真负恩，尚欲得当报汉，请陛下曲加宽宥”等语。武帝听了，不禁变色，竟命卫士拿下司马迁，拘系狱中。可巧廷尉杜周，专务迎合，窥知武帝意思，是为李广利前次出师，李陵不肯赞助，乃至无功；此次李陵降虏，司马迁袒护李陵，明明是毁谤广利，因此拘迁下狱。看来不便从轻，遂将迁拟定诬罔罪名，应处宫刑。迁为龙门人氏，系太史令司马谈子，家贫不能赎罪，平白地受诬遭刑，后来著成《史记》一书，传为良史。或说他暗中寓谤，竟当作秽史看待。后人自有公评，无庸小子辨明。

武帝再发天下七科谪戍，及四方壮士，分道北征。贰师将军李广利，带领马兵六万，步兵七万，出发朔方，作为正路。

强弩都尉路博德，率万余人为后应。游击将军韩说，领步兵三万人出五原，因杅将军公孙敖，领马兵万人、步兵三万人出雁门。各将奉命辞行，武帝独嘱公孙敖道："李陵败没，或说他有志回来，亦未可知。汝能相机深入，迎陵还朝，便算不虚此行了！"敖遵命去讫，三路兵陆续出塞，即有匈奴侦骑，飞报且鞮侯单于。单于尽把老弱辎重，徙往余吾水北，自引精骑十万，屯驻水南。待至李广利兵到，交战数次，互有杀伤。广利毫无便宜，且恐师老粮竭，便即班师。匈奴兵却随后追来，适值路博德引兵趋至，接应广利，胡兵方才退回。广利不愿再进，与博德一同南归。游击将军韩说，到了塞外，不见胡人，也即折回。因杅将军公孙敖，出遇匈奴左贤王，与战不利，慌忙引还。自思无可报命，不如捏造谎言，复奏武帝，但言捕得胡虏，供称李陵见宠匈奴，教他备兵御汉，所以臣不敢深入，只好还军。你要逞刁，看你将来如何保全？武帝本追忆李陵，悔不该轻遣出塞，此次听了敖言，信为真情，立将陵母及妻，饬令骈诛。陵虽不能无罪，但陵母及妻，实是公孙敖一人断送。

既而且鞮侯单于病死，子狐鹿姑继立，遣使至汉廷报丧。汉亦派人往吊，李陵已闻知家属被戮，免不得诘问汉使。汉使即将公孙敖所言，备述一遍，陵作色道："这是李绪所为，与我何干。"言下恨恨不已。李绪曾为汉塞外都尉，为虏所逼，弃汉出降，匈奴待遇颇厚，位居陵上。陵恨绪教胡备兵，累及老母娇妻，便乘绪无备，把他刺死。单于母大阏氏，因陵擅杀李绪，即欲诛陵，还是单于爱陵骁勇，嘱令避匿北方。俄而大阏氏死，陵得由单于召还，妻以亲女，立为右校王，与卫律壹心事胡。律居内，陵居外，好似匈奴的夹辅功臣了。小子有诗叹道：

　　孤军转战奋余威，矢尽援穷竟被围。

可惜临危偏不死，亡家叛国怎辞讥？

武帝不能征服匈奴，那山东人民，却为了暴敛横征，严刑苛法，遂铤而走险，啸聚成群，做起盗贼来了。欲知武帝如何处置，待至下回表明。

武帝在位数十年，穷兵黩武，连年不息，东西南三面，俱得靫平，独匈奴恃强不服，累讨无功。武帝志在平胡，故为且鞮侯单于所欺，一喜而即使苏武之修好，一怒而即使李陵之出军。试思夷人多诈，反复无常，岂肯无端言和？苏武去使，已为多事，若李陵部下，只五千人，身饵虎口，横挑强胡，彼即不自量力，冒险轻进，武帝年已垂老，更事已多，安得遽遣出塞，不使他将接应，而听令孤军陷没耶？苏武不死，适见其忠；李陵不死，适成为叛。要之，皆武帝轻使之咎也。武有节行，乃使之困辱穷荒；陵亦将才，乃使之沉沦朔漠。两人之心术不同，读史者应并为汉廷惜矣。

第七十六回

巫蛊狱丞相灭门　泉鸠里储君毙命

　　却说汉廷连岁用兵，赋役烦重，再加历届刑官，多是著名酷吏，但务苛虐，不恤人民。元封、天汉年间，复用南阳人杜周为廷尉。杜周专效张汤，逢迎上意，舞文弄法，任意株连，遂致民怨沸腾，盗贼蜂起，山东一带，劫掠时闻。地方官吏，不得不据实奏闻，武帝乃使光禄大夫范昆等，著绣衣、佩虎符，号为直指使者，出巡山东，发兵缉捕。所有二千石以下，得令专诛。范昆等依势作威，沿途滥杀，虽擒斩几个真正盗魁；但余党逃伏山泽，依险抗拒，官兵转无法可施，好几年不得荡平。武帝特创出一种苛律，凡盗起不发觉，或已发觉不能尽诛，二千石以下至小吏，俱坐死罪。此法叫作"沉命法"，"沉命"即没命的意义。同时直指使者暴胜之，辄归咎二千石等捕诛不力，往往援照沉命法，好杀示威。行至渤海，郡人隽不疑，素有贤名，独往见胜之道："仆闻暴公于大名，已有多年，今得承颜接辞，万分欣幸。凡为吏太刚必折，太柔必废，若能宽以济猛，方得立功扬名，永终天禄。愿公勿徒事尚威！"胜之见他容貌端庄，词旨严正，不禁肃然起敬，愿安承教。嗣是易猛为宽，及事毕还朝，表荐不疑为青州刺史。暴君不暴，亏有诤友，惟不疑亦从此著名了。又有绣衣御史王贺，亦偕出捕盗，多所纵舍，尝语人道："我闻活千人，子孙有封，我活人不下万余，后世当从此兴盛呢！"为王氏荣宠张本。

是时三辅，注见前文。亦有盗贼。绣衣直指使者江充，系是赵王彭祖门客，他尝得罪赵太子丹，逃入长安，讦丹与姊妹相奸，淫乱不法。丹坐是被逮，后虽遇赦，终不得嗣为赵王。武帝因他容貌壮伟，拜为直指使者，督察贵戚近臣。江充得任情举劾，迫令充戍北方。贵戚入阙哀求，情愿输钱赎罪，武帝准如所请，却得了赎罪钱数千万缗。却是一桩好生意。武帝以充为忠直，常使随侍。会充从驾至甘泉宫，遇见太子家人，坐着车马，行驰道中，当即上前喝住，把他车马扣留。太子据得知此信，慌忙遣人说情，叫充不可上奏。偏充置诸不理，竟去报告武帝。武帝喜说道："人臣应该如此！"遂迁充为水衡都尉。

天汉五年，改元太始，取与民更始的意思。太始五年，又改元征和，取征讨有功、天下和平的意思。这数年间，武帝又东巡数次，终不见有仙人，惟连年旱灾，损伤禾稼。至征和元年冬日，武帝闲居建章宫，恍惚见一男子，带剑进来，忙喝令左右拿下。左右环集捕拿，并无踪迹，都觉诧异得很。偏武帝说是明明看见，怒责门吏失察，诛死数人。实是老眼昏花。又发三辅骑士，大搜上林，穷索不获。再把都门关住，挨户稽查，闹得全城不安，直至十有一日，始终拿不住真犯，只好罢休。何与秦始皇时情事逼肖？武帝暗想如此搜索，尚无形影，莫非妖魔鬼怪不成，积疑生嫌，遂闯出一场巫蛊重案，祸及深宫。

自从武帝信用方士，辗转引进，无论男女巫觋，但有门路可钻，便得出入宫廷。就是故家贵戚，亦多有巫觋往来，所以长安城中，几变做了鬼魅世界。丞相公孙贺夫人，系卫皇后胞姊，见前。有子敬声，得官太仆，自恃为皇后姨甥，骄淫无度。公孙贺初登相位，却也战战兢兢，只恐犯法，及过了三五年，诸事顺手，渐渐放胆，凡敬声所为，亦无心过问。敬声竟擅用北军钱千九百万，为人所讦，捕系狱中。贺未免溺爱，还想替子设法，救出囹圄。适有阳陵侠客朱安世，混迹都中，犯案未获。贺上书武帝，愿缉捕安世为子赎罪，武帝却也应允，贺乃严饬吏役，四出查捕。吏役等皆认识安世，不过因安世疏财好友，暗中用情，任令漏网。此次奉了相命，无法解免，只好将他拿到，但与安世说及详情，免致见怪，安世笑语道："丞相要想害我，恐自己也要灭门了！"遂从狱中上书，告发丞相贺子敬声，与阳石公主私通，且使巫祷祭祠中，咒诅宫廷，又在甘泉宫驰道旁，瘗埋木偶等事。武帝览书大怒，立命拿下公孙贺。一并讯办，并把阳石公主连坐在内。廷尉杜周本来辣手，乐得罗织深文，牵藤攀葛。阳石公主系武帝亲女，与诸邑公主为姊妹行，诸邑公主是卫皇后所生，又与卫伉为中表亲，伉本承袭父爵，后来坐罪夺封，伉为卫青长子，见七十四回。免不得有些怨言，杜周悉数罗人，并皆论死。贺父子皆毙狱中，卫伉被杀，甚至两公主亦不得再生，奉诏自尽。倒不如不生帝皇家。

　　武帝毫不叹惜，反以为办理得宜，所有丞相遗缺，命涿郡太守刘屈牦继任。屈牦系中山王胜子。胜为武帝兄弟，嗜酒好色，相传有姜百余，子亦有百二十人。此时胜已病逝，予谥曰"靖"。长子昌嗣承父位，屈牦乃是庶男，由太守入秉枢机。武帝恐相权过重，拟仿照高祖遗制，分设左右两相。右相一时乏人，先命屈牦为左丞相，加封澎侯。

　　惟武帝在位日久，寿将七十，每恐不得延年，时常引进方士，访问吐纳引导诸法。又在宫中铸一铜像，高二十丈，用掌托盘，承接朝露，名为仙人掌，得露以后，掺和玉屑，取作饮料，谓可长生，虽是一半谎言，却也未始无益。但武帝生性好色，到老不改。陈后后有卫后，卫后色衰，便宠王、李二夫人。王、李二夫人病逝，又有尹、邢两美姬，争宠后宫。尹为婕妤，邢号妊娥，女官名，貌美之称。两人素不会面。尹婕妤请诸武帝，愿与邢妊娥相见，一较优劣。武帝令她宫女，扮作婕娥，入见尹婕好，尹婕好一眼瞧破，便知是别人顶替。及邢婕娥奉召真至，服饰不过寻常，姿容很是秀媚，惹得尹婕好目瞪口呆，半晌说不出话来，惟有俯首泣下。邢婕娥微笑自去。武帝窥透芳心，知尹婕好自惭未逮，乃有此态。当下曲意温存，才算止住尹婕好的珠泪。但从此尹、邢两人，不愿再见，后人称为尹邢避面，便是为此。夹入此事，也是一段汉宫艳史。

此外还有一个钩弋夫人，系河间赵氏女。相传由武帝北巡过河，见有青紫气，询诸术士，谓此间必有奇女子，武帝便遣人查访，果有一个赵家少女，艳丽绝伦，但两手向生怪病，拳曲不开，当由使人报知武帝。武帝亲往看验，果如所言，遂命从人解擘两拳，无一得释。及武帝自与披展，随手伸开，见掌中握着玉钩，很为惊异。于是载入后车，将她带回。既入宫中，便即召幸，老夫得着少妇，如何不喜？当即特辟一室，使她居住，号为"钩弋宫"。也是金屋藏娇的意思。称赵女为钩弋夫人，亦名拳夫人。过了年余，钩弋夫人有娠，阅十四月始生一男，取名"弗陵"，进钩弋夫人为婕好。武帝向闻尧母庆都，怀孕十四月生尧，钩弋子也是如此，因称钩弋宫门为尧母门。或谓钩弋夫人，通黄帝素女诸术，能使武帝返老还童，仍得每夕御女，这是野史妄谈，断不可信。武帝质本强壮，所以晚得少艾，尚能老蚌生珠。不过旦旦伐性，总有穷期，到了征和改元，武帝病已上身，耳目不灵，精神俱敝。前次见有男子入宫，全是昏眊所致；至公孙贺父子得罪，连及二女，更觉得心神不宁。一日在宫中昼寝，梦见无数木人，持杖进击，顿吓出一身冷汗，突然惊醒；醒后尚心惊肉跳，魂不守舍，因此忽忽善忘。

适江充入内问安，武帝与谈梦状，充却一口咬定，说是巫蛊为祟。全是好事。武帝即令充随时查办，充遂借端诬诈，引用几个胡巫，专至官民住处，掘地捕蛊，一得木偶，便不论贵贱，一律捕到，勒令供招。官民全未接洽，何从供起？偏充令左右烧红铁钳，烙及手足身体。毒刑逼迫，何求不得？其实地中掘出的木偶，全是充暗教胡巫预为埋就，徒令一班无辜官民，横遭陷害，先后受戮，至数万人。毒过蛇蝎。太子据年已长成，性颇忠厚，平时遇有大狱，往往代为平反，颇得众心。武帝初甚钟爱，嗣见他材具平庸，不能无嫌，更兼卫后宠衰，越将她母子冷淡下去。还是卫后素性谨慎，屡戒太子禀承上意，因得不废。至江充用事，弹劾太子家人，卖直干宠，太子不免介意。见前文。嗣闻巫蛊案牵连多人，更有讹言。充恐武帝晏驾，太子嗣位，自己不免受诛，乃拟先除太子，免贻后患。

黄门郎苏文，与充往来密切，同构太子。太子尝进谒母后，移日乃出，苏文即向武帝进谗道："太子终日在宫，想是与宫人嬉戏哩！"武帝不答，特拨给东宫妇女二百人。太子心知有异，仔细探察，才知为苏文所谗，更加敛抑。文又与小黄门常融、王弼等，阴伺太子过失，砌词朦报。卫后切齿痛恨，屡嘱太子，上白冤诬，请诛谗贼。太子恐武帝烦扰，不欲渎陈，且言自能无过，何畏人言。已而武帝有疾，使常融往召太子，融当即返报，谓太子颇有喜容。及太子入省，面带泪痕，勉强笑语。当由武帝察出真情，始知融言多伪，遂将融推出斩首。苏文不得逞志，反断送了一个常融，不禁愤惧交并，便即告知江充。充乃请武帝至甘泉宫养疴，暗使胡巫檀何，上言宫中有蛊气隐伏，若不早除，陛下病终难瘳。

武帝正多日患病，一闻何言，当然相信，立使江充入宫究治。更派按道侯韩说，御史章赣为助，就是黄门苏文及胡巫檀何，亦得随充同行。充手持诏旨，率众入宫，随地搜掘，别处尚属有限，独皇后、太子两宫中，掘出木人太多。太子处更有帛书，语多悖逆，充执为证据，趋出东宫，扬言将奏闻主上。

太子并未埋藏木偶，凭空发现，且惊且惧，忙召少傅石德，向他问计。石德也恐坐罪，因即献议道："前丞相父子与两公主卫伉等，皆坐此被诛，今江充带同胡巫，至东宫掘出木人，就使暗地陷害，殿下亦无从辨明；为今日计，不如收捕江充，穷治奸诈，再作计较！"太子愕然道："充系奉遣到来，怎得擅加捕系？"石德道："皇上方养病甘泉，不能理事，奸臣敢这般妄为，若非从速举发，岂不蹈秦扶苏覆辙么？"扶苏事见前文。太子被他一逼，也顾不得甚么好歹，便即假传诏旨，征调武士，往捕江充。卤莽之极。充未曾预防，竟被拿下，胡巫檀何，一并就缚，只按道侯韩说，是军伍出身，有些膂力，便与武士格斗，毕竟寡不敌众，伤重而亡。苏文、章赣，乘隙逃往甘泉宫。

太子在东宫待报，不到多时，即由武士拿到江充、檀何。太子见了江充，气得眼中出火，戟指怒骂道："赵虏，汝扰乱赵国，尚未快意，乃复欲构我父子么？"说着，即喝令斩充，并令将檀何驱至上林，用火烧死。虽是眼前快意，但未得实供，究难塞谤。一面使舍人无且，读若居。持节入未央宫，通报卫后，又发中厩车马，武库兵械，载运长乐宫卫士，守备宫门。何不亟赴甘泉宫自首请罪？

苏文、章赣奔入甘泉宫，奏言太子造反，擅捕江充。武帝惊疑道："太子因宫内掘发木偶，定然迁怒江充，故有是变，我当召问底细便了。"遂使侍臣往召太子。侍臣临行时，由苏文递示眼色，已经解意，又恐为太子所诛，竟到他处避匿多时，乃返白武帝道："太子谋反属实，不肯前来，且欲将臣斩首，臣只得逃归。"武帝闻言大怒，欲令丞相刘屈牦往拘太子，可巧丞相府中的长史，前来告变。武帝问道："丞相作何举动？"长史随口答道："丞相因事关重大，秘不发兵。"武帝忿然道："人言藉藉，何容秘密？丞相独不闻周公诛管蔡么？"

当下命吏写成玺书，交与长史带回。

丞相屈牦，方闻变出走，失落印绶，实是没用家伙。心中正在惶急，忽见长史到来，持示玺书，屈牦乃取书展视，书中有云：

> 捕斩反者，自有赏罚！当用牛车为橹，毋接短兵，多杀伤士众！坚闭城门，毋令反者得出，至要至嘱！

屈牦看毕，才问明长史往报情形。其实长史往报，也并非由屈牦差遣，就是对答武帝，亦属随机应命。及向屈牦说明，屈牦颇喜他干练，慰勉数语，即将玺书颁示出去。未几又有诏令传至，凡三辅近县将士，尽归丞相调遣。一朝权在手，便把令来行，当即调集人马，往捕太子。太子闻报，急不暇择，更矫诏尽赦都中囚徒，使石德及宾客张光，分领拒敌，并宣告百官，说是皇上病危，奸臣作乱，应该速讨云云。百官也毫无头绪，究不辨谁真谁假，但听得都城里面，喊杀声震动天地。

太子与丞相督兵交战，杀了三日三夜，还是胜负未分。至第四日始有人传到，御驾已到建章宫，才知太子矫诏弄兵。于是胆大的出助丞相，同讨太子，就是民间亦云太子造反，不敢趋附。太子部下，死一个少一个，丞相麾下死一个反多一个，长乐西阙下，变作战场，血流成渠。枉死城中，恐客不住如许冤魂！太子渐渐不支，忙乘车至北军门外，唤出护军使者任安，给他赤节，令发兵相助。任安系前大将军卫青门客，与太子本来熟识，当面只好受节，再拜趋入，闭门不出。太子无法，再驱迫市人当兵，又战了两昼夜，兵残将尽，一败涂地。石德、张光被杀，太子挈着二男，南走复盎门，门已早闭，无路可出。巧有司直田仁，瞧见太子仓皇情状，不忍加害，竟把他父子放出城门。及屈牦追到城边，查得田仁擅放太子，便欲将仁处斩。暴胜之已为御史大夫，在屈牦侧，急与语道："司直位等二千石，有罪应该奏明，不宜擅戮。"屈牦乃止，自去详报武帝。武帝怒甚，立命收系暴胜之、田仁，并使人责问胜之，何故纵仁不诛。胜之惶惧自杀。前愆究难幸免，但不族诛，还由晚盖之功。武帝又遣宗正刘长，执金吾刘敢，收取卫后玺绶。卫后把玺绶交出，大哭一场，投缳毕命。陈后由巫蛊被废，卫后亦由巫蛊致死，不可谓非天道好还。卫氏家族，悉数坐罪，就是太子妃妾，无路可逃，也一并自尽。此外东宫属吏，随同太子起兵，并皆族诛。甚至任安受节，亦被查觉，拘入狱中，与田仁同日腰斩。

武帝尚怒不可解，躁急异常，群臣不敢进谏，独壶关三老令狐茂上书道：

> 臣闻父者犹天，母者犹地，子犹万物也。故天平地安，物乃茂盛，父慈母爱，子乃孝顺。今皇太子为汉嫡嗣，承万世之业，体祖宗之重，亲则皇帝之宗子也。江充布衣，间阎之隶臣耳，陛下显而用之，衔至尊之命，以迫蹙皇太子，造饰奸诈，群邪错谬，太子进则不得上见，退则困于乱臣，独冤结而无告，不忍忿忿之心，起而杀充，恐惧逋逃。子盗父兵，以救难自免耳，臣窃以为无邪心。往者江充谗杀赵太子，天下莫不闻，今又构衅青宫，激怒陛下，陛下不察，即举大兵而求之，三公自将，智者不敢言，辩士不敢说，臣窃痛之！愿陛下宽心慰意，少察所亲，毋患太子之非，亟罢甲兵，勿令太子久亡，致堕奸人狡计。臣不胜惓惓，谨待罪建章阙，昧死上闻！

武帝得书，稍稍感悟，但尚未尝明赦太子。太子出走湖县，匿居泉鸠里，只有二子相随。泉鸠里人，虽然留住太子，但家况甚贫，只有督同家眷，昼夜织履，卖钱供给。太子难以为情，因想起湖县有一故友，家道殷实，不如召他到来，商决持久方法，乃即亲书一纸，使居停雇人往召。不料为此一举，竟致走漏风声，为地方官吏所闻。新安令李寿，率领干役，黉夜往捕，将太子居停家围住。太子无隙可走，便闭户自缢。好去侍奉母后了。惟二男帮助居停主人拦门拒捕，结果是同归于尽。多害死了一家。

李寿飞章上陈，武帝还依着前诏，各有封赏。后来查得巫蛊各事，均多不确，太子实为江充所迫，不得已出此下着，本意并不欲谋反，自悔前时冒失，误杀子孙！高寝郎车千秋，供奉高祖寝庙。又上书讼太子冤，略言"子弄父兵，罪不过笞；皇子过误杀人，更有何罪？臣尝梦见白头翁教臣"言此。真善迎合。武帝果为所动，即召见千秋。千秋身长八尺，相貌堂堂，语及太子冤情，声随泪下。武帝也为凄然道："父子责善，人所难言。今得君陈明冤枉，想是高庙有灵，使来教我呢！"始终迷信鬼神。遂拜千秋为大鸿胪，并诏令灭江充家，把苏文推至横桥上面，缚于桥柱，纵火焚毙。特在湖县筑思子宫，中有归来望思台，表示哀忱。小子有诗叹道：

> 骨肉乖离最可悲，宫成思子悔难追。
> 当年枚马如犹在，应赋《招魂》续《楚辞》！

太子既死，武帝诸子各谋代立，又惹出一场祸祟来了。欲知如何惹祸，请看下回便知。

> 卫氏子夫，以歌女进身，排去中宫，得为继后，贵及一门，当其专宠之时，弟兄通籍，姊妹叨荣，何其盛也！公孙贺起家行伍，因妻致贵，出为将、入为

相，彼果知相位之难居，何不急流勇退？况有子敬声，骄奢不法，不教之以义方，反纵之为淫佚，既罹法网，尚思赎罪，几何而不沦胥以亡也。阳石、诸邑两公主，并遭连坐，皇女丧生，必及皇子。江充之谮，由来者渐，太子虑不自明，矫诏捕充，充固死有余辜，而父子相夷之祸，自此成矣。太子败而卫后死，卫后死而卫氏一门，存焉者寡。人生如泡影，富贵若幻梦，何苦为此献媚取荣耶？武帝南征北讨，欲为子孙贻谋，而反自杀其子孙，尤为可叹。思子宫成，归来台作，果何益乎？

第七十七回

悔前怨痛下轮台诏　授顾命嘱遵负扆图

　　却说武帝年至七十，生有六男，除长男卫太子据外，一为齐王闳，见七十三回。一为昌邑王髆，见七十四回。一为钩弋子弗陵，见前回。还有燕王旦，及广陵王胥，系后宫李姬所生，旦、胥二子，与闳同时封王，在宗庙中授册，格外郑重。事见元狩元年。闳已夭逝，燕王旦系武帝第三子，两兄俱死，依次可望嗣位，遂上书求入宿卫，窥探上意，偏武帝不许。贰师将军李广利，欲立己甥昌邑王髆为太子，屡与丞相刘屈牦商议；屈牦子娶广利女为妻，儿女私亲，当然允洽。征和三年，匈奴兵入寇五原、酒泉，汉廷闻报，即由武帝下诏，遣李广利率兵七万，往御五原；重合侯马通，率四万人出酒泉；稏音妒侯商邱成，率二万人出西河。李广利陛辞登程，由刘屈牦送至渭桥，广利私下与语道：“君侯能早请昌邑王为太子，富贵定可长享，必无后忧。”谁知是催他速死？屈牦许诺而别。

　　广利麾兵出塞，到了夫羊句山，正与匈奴右大都尉等相遇，当即驱杀一阵，虏兵只有五千骑，战不过李广利军，当即败走，广利乘胜赶至范夫人城。城系边将妻范氏所筑，故有是名。马通军至天山，匈奴大将偃渠引兵邀击，望见汉军强盛，不战而退，马通追赶不及，因即退还。商邱成驰入胡境，并无所见，乃收兵引归，回走数十里；忽由匈奴大将，与李陵率兵三万，从后追来，不得已翻身与战，击退胡兵，重复南行；偏胡兵且却且前，连番接仗，转战八九日，至汉军南临蒲奴水滨，力将胡兵击退，方得从容回来。两路兵已经言旋，只有李广利未归，武帝正在记念，蓦由内官郭穰报告，丞相屈牦与贰师将军密约，将立昌邑王为帝，丞相夫人且使女巫祈祷鬼神，诅咒主上。汉官妻女何好干预政治。武帝又勃然大怒，立拿屈牦下狱，查讯定谳，罪至大逆不道；便命将屈牦缚置厨车，腰斩东市，妻子并枭首华阳街，李广利妻子，亦连坐拘系。

　　当由广利家人，飞报军前。广利惶急失色。旁有属吏胡亚夫进言道："将军若得立大功，还可入朝自赎，赦免全家；否则匆匆归国，同去受罪，要想再来此地，恐不可复得了！"广利乃冒险再进，行至郅居水上，击败匈奴左贤王，杀毙匈奴左大将，还要长驱直入，誓捣虏庭。军中长史因广利违众邀功，料他必败，私议执住广利，缚送回国。不幸为广利所闻，立将长史处斩。广利知军心不服，下令班师，还至燕然山，不料胡骑前来报复，抄出燕然山南麓，截住去路。汉军已经疲乏，禁不住与虏再战，只好扎下营寨，休息一宵，再行打仗。到了夜半，营后忽然火起，复有胡兵杀入，汉军大乱，开营急走，偏前面被胡骑掘下陷坑，夜黑难辨，多半跌了下去。李广利虽未坠下，也觉得无路可走，前有深堑，后有大火，眼见得死在目前，自思侥幸得脱，也是一死；不若投降匈奴，还可求生。未必！未必！主见已定，便即下马请降。匈奴兵把他拥去，使见狐鹿姑单于，单于闻他是汉朝大将，特别待遇。后闻汉廷诛死广利妻子，更将己女配与广利为妻，尊宠在卫律上。律阴怀妒忌，欲害死广利，一时无隙可乘。待至年余，适值单于有病，祷治无效，律即买嘱胡巫，叫他入白单于，说是广利屡次入侵，得罪社稷，应该将他祭社，方可挽回。单于尊信鬼神，遂把广利拿下，广利还疑是单于无情，怒骂单于道："我死必灭匈奴！"何若早死，免致丧名。单于竟杀死广利，用尸祭祀。会连日大雪，畜产冻死，人民疫病，单于始记起广利前言，恐他作祟，特为立祠。看官试想，广利死后，不能向卫律索命，岂尚能灾祸匈奴么？是极。

话休叙烦。且说武帝因广利降胡，屠戮李氏一门，连前将军公孙敖、赵破奴等，亦皆连累族诛。公孙敖族诛，可为李陵母妻泄恨。惟自思许多逆案，都与巫蛊有关，究竟这班方士，有无神术，且多年求仙，终不见效，索性再往东莱，探视一番，乃再出东巡，召集方士，访问神仙真迹，大众都说是神山在海，屡被逆风吹转船只，不能前往。武帝欲亲自航行，群臣力谏不从。正拟登舟出发，海风暴起，浪如山立，惊得武帝倒退数步，自知不便浮海，但在海滨流留十余日，启跸言归。道出钜定，行亲耕礼；还至泰山，再修封禅，祀明堂，礼毕，乃召语群臣道："朕即位以来，所为狂悖，徒使天下愁苦，追悔无及。从今以后，事有伤害百姓，悉当罢废，不得再行！"大鸿胪田千秋进言道："方士竞言神仙，迄今无功；可见是虚糜廪禄，应该罢遣。"武帝点首道："大鸿胪说得甚是，朕当照行。"遂命方士一律回去，不必空候神人，方士皆索然去讫。武帝亦即还都；随拜田千秋为丞相，封富民侯。

搜粟都尉桑弘羊，上言轮台东偏，有水田五千余顷，写遣卒屯田，设置都尉；再募健民垦荒，分筑亭障，借资战守，免致西域生心。武帝却不愿相从，又下诏悔过，略云：

> 前有司奏，欲益民赋三十助边用，是重困老弱孤独也。今又遣卒田轮台；轮台在车师千余里，前击车师，虽降其王，以辽远乏食，道死者尚数千人，况益西乎！乃者

贰师败没，军士死亡，离散悲痛，常在朕心。今又请远田轮台，欲起亭障，扰劳天下，非所以优民也，朕不忍闻！当令务在禁苛暴，止擅赋，力本农，修马复。养马者，得免徭役。令以补缺，毋乏武备而已。

自经此一诏，武帝始不复用兵；就是从前种种嗜好，也一概戒绝。后人称为轮台悔诏，便是为此。可惜迟了！未几，进桑弘羊为御史大夫，另任赵过为搜粟都尉。过作代田法，令民逐岁易种，每耨草，必用土培根，根深能耐风旱，用力少，得谷多，民皆称便。

越年为征和五年，武帝志在革新，复下诏改元，不用甚么祥瑞字样，但称为复元元年。正月初吉，驾幸甘泉祀郊泰畤。及返入长安，丞相田千秋因武帝连年诛罚，中外惆惆，特与御史以下诸官僚，借着上寿为名，劝武帝施德省刑，和神养志，有"玩听音乐、娱养天年"等语。武帝又复下诏道：

朕之不德，致召非彝。自左丞相与贰师，阴谋逆乱，巫蛊之祸，流及士大夫，朕日止一食者累月，何乐之足听？且至今余巫未息，祸犹不止，阴贼侵身，远近为蛊，朕甚愧之，其何寿之有？敬谢丞相二千石，其各就馆。书曰："无偏无党，王道荡荡。"幸毋复言！

武帝此诏，虽似不从所请，却也知千秋词中有意，特加依畀。千秋本无才名，又无功绩，由一言感悟主心，便得封侯拜相，不特汉廷视为异数，就是外国亦当作奇闻。匈奴狐鹿姑单于，复遣使要求和亲，武帝亦遣使答报。狐鹿姑单于问汉使道："闻汉新拜田千秋为丞相，此人素无重望，如何大用？"汉使答道："田丞相上书言事，语皆称旨，因此超迁。"狐鹿姑笑道："照汝说来，汉相不必定用贤人，只须一妄男子上书，便好拜相了。"汉使无言可答，回报武帝；武帝责他应对失辞，意欲拘令下狱，还是千秋代为缓颊，方得邀免。千秋敦厚有智，善觇时变，比诸前时诸相，较为称职，但也是适逢机会，有此光荣。*虽有智慧，不如乘时。*

到了夏盛时候，武帝至甘泉宫避暑，昼卧未起，忽听得一声异响，才从梦中惊寤。披衣出视，见有二人打架，一是侍中驸马都尉金日磾，一是侍中仆射马何罗。武帝正拟喝止，那日磾早朗声急呼道："马何罗反！"一面说，一面将马何罗抱住，用尽生平气力，得将马何罗扳倒，投掷殿下。当由殿前宿卫，缚住马何罗，经武帝面加讯鞫，果然谋反属实，遂令左右送交廷尉，依法治罪。

马何罗系重合侯马通长兄，通尝拒击太子，绩功封侯，马何罗亦得入为侍中仆射。至江充族诛，太子冤白，何罗兄弟恐致祸及，遂起逆谋。何罗出入宫禁，屡思行刺，只因金日磾时常随着，未便下手。适日磾患有小恙，因卧直庐，*即直宿处。*何罗自幸得机，遂与弟马通及季弟安成，私下谋逆，自己入刺武帝，嘱两弟矫诏发兵，作为外应。本拟黄夜起事，因殿内宿卫严密，挨至清晨，方得怀着利刃，从外趋入。可巧日磾病已少减，早起如厕，偶觉心下不安，折回殿中，莫非有鬼使神差。方才坐定，见何罗抢步进来，当即起问。何罗不禁色变，自思骑虎难下，还想闯进武帝寝门，偏偏手忙脚乱，误触宝瑟，堕地有声，*武帝所闻之异响，从此处叙明。*怀中刃竟致失落。日磾当然窥破，赶前一步，抱住何罗，连呼反贼。何罗不能脱身，把持许久，竟被日磾掷翻，遂得破获。武帝又令奉车都尉霍光，与骑都尉上官桀，往拿马通、马安成。*此上官桀与前文上官桀不同。*两马正在宫外候着，接应何罗，不意两都尉引众突出，欲奔无路，束手就擒，并交廷尉讯办。依谋反律，一并斩首，全家骈诛。

日磾履历，已见前文。惟日磾母教子有方，素为武帝所嘉叹，病殁后，绘像甘泉宫，署曰"休屠王阏氏"。至日磾生有两子，并为武帝弄儿，束发垂鬓，楚楚可爱，尝在武帝背后，戏弄上颈。日磾在前，嗔目怒视。伊子且走且啼道："阿翁恨我！"武帝便语日磾道："汝何故恨视我儿？"日磾不便多言，只好趋出，惟心中很觉可忧。果然长男渐壮，调戏宫人，日磾时加侦察，得悉情状，竟将长男杀死。武帝尚未识何因，怒诘日磾，经日磾顿首陈明，武帝始转怒为哀，但从此亦加重日磾。且日磾日侍左右，从未邪视，有时受赐宫女，亦不敢与狎。一女年已及笄，武帝欲纳入后宫，偏日磾不肯奉诏，武帝益称他忠谨，待遇日隆。难得有此好胡儿！此次手掣马何罗，得破逆案，自然倍邀主眷。

只武帝遭此一吓，愈觉心绪不宁，自思太子死后，尚未立储，一旦不讳，何人继位？膝下尚有三男，不若少子弗陵，体伟姿聪，与己相类；不过年尚幼稚，伊母钩弋夫人又值青年，将来子得为帝，必思干政，恐不免为吕后第二。想来想去，只有先择一大臣，交付托孤重任，眼前惟有霍光、金日磾两人，忠厚老成，可属大事。但日磾究系胡人，未足服众，不如授意霍光，叫他预悉。乃特使黄门，绘成一图，赐与霍光。光字子孟，是前骠骑将军霍去病弟，前文中亦已叙过。他由去病挈入都中，得充郎官，累迁至奉车都尉、光禄大夫，出入禁闼二十余年，小心谨慎，未尝有失。至是蒙赐图画，拜受回家，展开一览，是《周公负扆辅成王朝诸侯图》，即揣知武帝微意。图既不便奉还，且受了再说。

武帝见霍光受图退去，不复再请，当然欣慰。第二着便想处置钩弋夫人，故意寻隙加谴，钩弋夫人脱簪谢罪，武帝竟翻转脸色，叱令左右侍女，把她牵扯出去，送入掖庭狱中。钩弋夫人入宫以后，从未经过这般委屈，此时好似晴天霹雳，出人意外，不由的珠泪盈眶，频频回顾。武帝见她愁眉泪眼，也觉可怜，不得已扬声催促道："去去！汝休想再活了！"实是奇想。钩弋夫人还欲再言，已被侍女牵出，送交狱中，是夕即下诏赐死。北魏屡有比例，不意自武帝作俑。一代红颜，无端受戮，只落得一抔黄土，留碣云阳。或谓钩弋夫人尸解成仙，无非是惜她枉死，故有是说。当武帝忍心赐死时，曾顾问道："外人有无异议？"左右答道："人言陛下将立少子，如何先杀彼母？"武帝喟然道："庸愚无识，何知朕意？从来国家生故，多由主少母壮所致，汝等独不闻吕后故事么？"左右听了，方才无言。

又阅一年，武帝因春日闲暇，就赴五柞宫游览。宫有五柞树，荫复数亩，故以名宫。武帝流连景色，一住数日，不料风寒砭骨，病入膏肓，遂致长卧不起，无力回宫。霍光随侍在侧，流涕启问道："陛下倘有不讳，究立何人为嗣？"武帝答道："君未知前日画意么？我已决立少子，君行周公事便了。"光顿首道："臣不如金日磾。"日磾时亦在旁，亟应声道："臣外国人，若辅幼主，徒使外人看轻，不如霍光远甚。"武帝道："汝两人素性忠纯，朕所深知，俱当听我顾命。"二人方才退下。武帝又想朝上大臣，除丞相田千秋、御史大夫桑弘羊外，尚有太仆上官桀，颇可亲信，亦当令他辅政。乃便令侍臣草诏，翌日颁出，立弗陵为皇太子，进霍光为大司马大将军，金日磾为车骑将军，上官桀为左将军，与丞相、御史一同辅政，五人奉诏入内，都至御榻前下拜。武帝病已垂危，不能多言，只是颔首作答，便麾令出外办事。

这五人的资望，上官桀最为后进，桀系上邽人氏，由羽林期门郎，迁官未央厩令，武帝尝入厩阅马，桀格外留意，勤加喂养。既而武帝患病，好几日不到厩中，桀便疏懒下去。谁知武帝少愈，便来看马。见马多瘦少肥，便向桀怒骂道："汝谓我不复见马么？"桀慌忙跪伏，叩首上言道："臣闻圣体不安，日夕忧惧，所以无心喂马，乞陛下恕罪。"武帝听罢，便道他忠诚可靠，不但将他免罪，更擢使为骑都尉，至捕获马通兄弟，有功加官，得任太仆。看官阅此，就可知上官桀的品性了。暗伏下文。

且说武帝既传受顾命，病已弥留，越宿即驾崩五柞宫，寿终七十一岁，在位五十六年，共计改元十一次。并见上文。史称武帝罢黜百家，表章六经，重儒术，兴太学，修郊祀，改正朔，定历数，协音律，作诗乐，本是一位英明的主子；即如征伐四夷，连岁用兵，虽未免劳师糜饷，却也能拓土扬威。只是渔色求仙，筑宫营室，侈封禅，好巡游，任用计臣酷吏，暴虐人民，终落得上下交困，内外无亲。亏得晚年轮台一诏，自知悔过，得人付托，借保国祚。所以秦皇汉武，古今并称。独武帝传位少子，不若秦二世的无道致亡，相差就在末着呢！论断公允。后人或谓武帝崩后，移棺至未央前殿，早晚祭菜，似乎吃过一般；后来奉葬茂陵，后宫妃妾，多至陵园守制，夜间仍见武帝临幸；还有殉葬各物，又复出现人世，遂疑武帝随尸解去。这种统是讹传，无容絮述。

大将军霍光等，依着遗诏，奉太子弗陵即位，是谓昭帝。昭帝年甫八龄，未能亲政，无论大小事件，均归霍光等主持。霍光为顾命大臣领袖，兼尚书事，因见主少国疑，防有不测，日夕在殿中住着，行坐俱有定处，不敢少移。且思昭帝幼冲，饮食起居，需人照料，帝母钩弋夫人，已早赐死，此外所有宫嫔，都属难恃，只盖侯王充妻室，为昭帝长姊鄂邑公主，方在寡居，家中已有嗣子文信，不必多管，正可乘暇入宫，叫她护持昭帝。于是加封鄂邑公主为盖长公主，即日入宫伴驾。谁知又种下祸根？内事琐屑，归盖长公主料理，当可无忧。外事与丞相、御史等参商，还有辅政两将军酌议，亦不至贻讥丛脞。

哪知过了数夕，夜半有人入报，说是殿中有怪，光和衣睡着，闻报即起，出召尚符玺郎，掌玺之官。向他取玺。光意以御玺最关重要，所以索取，偏尚符玺郎亦视玺如命，不肯交付，光不暇与说，见他手中执着御玺，便欲夺得，那郎官竟按住佩剑道："臣头可得，御玺却不可得呢！"却是个硬头子！光始爽然道："汝能守住御玺，尚有何说！我不过恐汝轻落人手，何曾要硬取御玺！"郎官道："臣职所在，宁死不肯私交！"说毕，乃退。光乃传令殿中宿卫，不得妄哗，违命即斩。此令一出，并没有甚么怪异，待到天明，却安静如常了。是日即由光承制下诏，加尚符玺郎俸禄二等，臣民始服光公正，倚作栋梁。光乃追尊钩弋夫人为皇太后，谥先帝为"孝武皇帝"，大赦天下。小子有诗咏道：

> 知过非难改过难，轮台一诏惜年残。
> 托孤幸得忠诚士，尸骨虽寒语不寒。

未几已阅一年，照例改元，号为始元元年。这一年间，便发生一种谋反的案情，欲知祸首为谁？待至下回详叙。

太子据死，刘屈牦及李广利一诛一叛，是正所以促武帝之悔心，使之力图晚盖。意者天不亡汉，乃特为此种种之刺激欤！综观武帝生平，多与秦始皇相类，惟初政时尚有可观，至晚年轮台一诏，力悔前愆，更为秦皇之所未闻。武帝有亡秦之失，而卒免亡秦之祸者，赖有此耳！且命立少子，委任霍光，顾托得人，卒无李斯、赵高之祸，斯亦武帝知人之特长。本书叙武帝事迹，视他主为详，而于秦皇异同之处，隐隐揭出，明眼人自能体会，固不在处处互勘也。

第七十八回

六龄幼女竟主中宫　廿载使臣重还故国

却说燕王旦与广陵王胥，皆昭帝兄。旦虽辩慧博学，但性颇倨傲；胥有勇力，专喜游猎，故武帝不使为储，竟立年甫八龄的昭帝。昭帝即位，颁示诸侯王玺书，通报大丧。燕王旦接玺书后，已知武帝凶耗，他却并不悲恸，反顾语左右道："这玺书封函甚小，恐难尽信，莫非朝廷另有变端么？"遂遣近臣寿西、孙纵之等，西入长安，托言探问丧礼，实是侦察内情。及诸人回报，谓由执金吾郭广意言主上崩逝五柞宫，诸将军共立少子为帝，奉葬时并未出临。旦不待说完，即启问道："鄂邑公主，可得见否？"寿西答道："公主已经入宫，无从得见。"旦佯惊道："主上升遐，难道没有遗嘱！且鄂邑公主又不得见，岂非怪事！"昭帝既予玺书，想必载着顾命，旦为此语，明是设词。乃复遣中大夫入都上书，请就各郡国立武帝庙。大将军霍光，料旦怀有异志，不予批答，但传诏赐钱三千万，益封万三千户。此外如盖长公主及广陵王胥，亦照燕王旦例加封，免露形迹。旦却傲然道："我依次应该嗣立，当作天子，还劳何人颁赐哩？"当下与中山哀王子刘长、中山哀王，即景帝子中山王胜长男。齐孝王孙刘泽，齐孝王即将闾，事见前文。互相通使，密谋为变，诈称前受武帝诏命，得修武备，预防不测。郎中成轸，更劝旦从速举兵。旦竟昌言无忌，号令国中道：

　　前高后时，伪立子弘为少帝，诸侯交手，事之八年。及高后崩，大臣诛诸吕，迎立文帝，天下乃知少帝非孝惠子也。我为武帝亲子，依次当立，无端被弃，上书请立庙，又不见听。恐今所立者，非武帝子，乃大臣所妄戴，愿与天下共伐之。

　　这令既下，又使刘泽申作檄文，传布各处。泽本未得封爵，但浪游齐燕，到处为家，此次已与燕王立约，自归齐地，拟即纠党起应。燕王旦大集奸人，收聚铜铁，铸兵械，练士卒，屡出简阅，克期发难。郎中韩义等先后进谏，迭被杀死，共计十有五人。正拟冒险举事，不料刘泽赴齐，竟为青州刺史隽不疑所执，奏报朝廷，眼见是逆谋败露，不能有成了。隽不疑素有贤名，曾由暴胜之举荐，官拜青州刺史。见七十六回。他尚未知刘泽谋反情事，适由缾侯刘成淄川靖王建子，即齐悼惠王肥孙，闻变急告，乃亟分遣吏役，四出侦捕。也是泽命运不济，立被拿下，拘入青州狱中。不疑飞报都中，当由朝廷派使往究，一经严讯，水落石出，泽即伏法，且应连坐。大将军霍光等因昭帝新立，不宜骤杀亲兄，但使旦谢罪了事；姑息养奸。迁隽不疑为京兆尹，益封刘成食邑，便算是赏功罚罪，各得所宜。

　　惟车骑将军金日磾，曾由武帝遗诏，封为秅侯，日磾以嗣主年幼，未敢受封，辞让不受。谁知天不永年，遽生重病，霍光急白昭帝，授他侯封。日磾卧受印绶，才经一日，便即去世。特赐葬具冢地，予谥曰"敬"。两子年皆幼弱，一名赏，拜为奉车都尉；一名建，拜为驸马都尉。昭帝尝召入两人，作为伴侣，往往与同卧起。赏承袭父爵，得佩两绶。建当然不能相比，昭帝亦欲封建为侯，特语霍光道："金氏兄弟，只有两人，何妨并给两绶呢？"光答说道："赏嗣父为侯，故有两绶；

余子例难封侯。"昭帝笑道："欲加侯封，但凭我与将军一言。"光正色道："先帝有约，无功不得封侯！"持论甚正。昭帝乃止。

越年，封霍光为博陆侯，上官桀为安阳侯。光、桀与日磾同讨马氏，武帝遗诏中并欲加封，至是始受。偏有人入白霍光道："将军独不闻诸吕故事么？摄政擅权，背弃宗室，卒至天下不信，同就灭亡，今将军入辅少主，位高望重，独不与宗室共事，如何免患？"光愕然起谢道："敢不受教！"乃举宗室刘辟强等为光禄大夫。辟强系楚元王孙，年已八十有余，徙官宗正，旋即病殁。

时光易过，忽忽间已是始元四年，昭帝年正一十有二了。上官桀有子名安，娶霍光女为妻，生下一女，年甫六龄，安欲纳入宫中，希望为后，乃求诸妇翁，说明己意。偏光谓安女太幼，不合入宫。安扫兴回来，自思机会难逢，怎可失却，不如改求他人，或可成功；想了许久，竟得着一条门径，跑到盖侯门客丁外人家，投刺进见。丁外人籍隶河间，小有才智，独美丰姿。盖侯王文信与他熟识，引入幕中，偏被盖长公主瞧着，不由的惹动淫心，她虽中年守寡，未耐嫠居；况有那美貌郎君，在子门下，正好朝夕勾引，与图欢乐。丁外人生性狡猾，何妨移篙近舵，男有情、女有意，自然凑合成双。又是一个窦太主。及公主入护昭帝，与丁外人几成隔绝。公主尚托词回家，夜出不还。当有宫人告知霍光，光密地探询，才知公主私通丁外人。自思奸非事小，供奉事大，索性叫丁外人一并入宫，好叫公主得遂私欲，自然一心一意，照顾昭帝。这就是不学无术的过失。于是诏令丁外人入宫值宿，连宵同梦，其乐可知。上官安洞悉此情，所以特访丁外人，想托他入语公主，代为玉成。凑巧丁外人出宫在家，得与晤叙。彼此密谈一会，丁外人乐得卖情，满口应承。待至安别去后，即入见盖长公主请纳安女为宫嫔。盖长公主本欲将故周阳侯赵兼女儿，赵兼为淮南厉王舅，曾见前文。配合昭帝，此次为了情夫关说，只好舍己从人，一力作成。便召安女入宫，封为婕妤，未几即立为皇后。六龄幼女，如何作后？

上官安不次超迁，居然为车骑将军。安心感丁外人，便思替他营谋，求一侯爵。有时谒见霍光，力言丁外人勤顺恭谨，可封为侯。霍光对安女为后，本未赞成，不过事由内出，不便固争；且究竟是外孙女儿，得为皇后，也是一件喜事，因此听他所为。惟欲为丁外人封侯，却是大违汉例，任凭安说得天花乱坠，终是打定主意，不肯轻诺。安拗不过霍光，只好请诸乃父，与光熟商。乃父桀与光，同受顾命，且是儿女亲家，平日很是莫逆，或当光休沐回家，桀即代为决事，毫无龃龉。只丁外人封侯一事，非但不从安请，就是桀出为斡旋，光亦始终不允。桀乃降格相求，但拟授丁外人为光禄大夫，光岔然道："丁外人无功无德，如何得封官爵，愿勿复言！"桀未免怀惭，又不便将丁外人的好处，据实说明，只得默然退回。从此父子两人，与霍光隐成仇隙了。此处又见霍光之持正。

且说隽不疑为京兆尹，尚信立威，人民畏服，每年巡视属县，录囚回署，他人不敢过问。独不疑母留养官舍，辄向不疑问及，有无平反冤狱，曾否救活人命？不疑一一答说。若曾开脱数人，母必心喜，加进饮食；否则终日不餐。不疑素来尚严，因不敢违忤母训，只好略从宽恕。时人称不疑为吏，虽严不残，实是由母教得来，乃有这般贤举。特揭贤母。好容易过了五年，在任称职，安然无恙。始元五年春正月，忽有一妄男子，乘黄犊车，径诣北阙，自称为卫太子。公车令急忙入报，大将军霍光不胜惊疑，传令大小官僚，审视虚实。百官统去看验，有几个说是真的，有几个说是假的，结果是不能咬实，未敢复命。甚至都中人民，听得卫太子出现，也同时聚观，议论纷纷。少顷有一官吏，乘车到来，略略一瞧，便喝令从人把妄男子拿下。从人不敢违慢，立把他绑缚起来，百官相率惊视，原来就是京兆尹隽不疑。一鸣惊人。有一朝臣，与不疑友善，亟趋前与语道："是非尚未可知，不如从缓为是。"不疑朗声道："就使真是卫太子，亦可无虑。试想列国时候，卫蒯聩得罪灵公，出奔晋国。及灵公殁后，辄据国拒父，《春秋》且不以为非。今卫太子得罪先帝，亡不即死，乃自来诣阙，亦当议罪，怎得不急为拿问哩！"临机应变，不为无识。大众听了，都服不疑高见，无言而散。不疑遂将妄男子送入诏狱，交与廷尉审办。霍光方虑卫太子未死，难以处置，及闻不疑援经剖决，顿时大悟，极口称赞道："公卿大臣，不可不通经致用；今幸有隽不疑，才免误事哩。"谁叫你不读经书。

看官阅此，应亦不能无疑，卫太子早在泉鸠里中，自缢身死。见七十六回。为何今又出现？想总是有人冒充，但相隔未久，朝上百官，不难辨认真伪，乃未敢咬定，岂不可怪！后经廷尉再三鞫问，方得水落石出，雾解云消。这妄男子系夏阳人，姓成名方遂，流寓湖县，卖卜为生，会有太子舍人向他问卜，顾视方遂面貌，不禁诧异道："汝面貌很似卫太子。"方遂闻言，忽生奇想，便将卫太子在宫情形，约略问明，竟想假充卫太子，希图富贵。当下入都自陈，偏偏碰着隽不疑，求福得祸，弄得身入囹圄，无法解脱。起初尚不肯实供，嗣经湖县人张方禄等，到案认明，无可狡饰，只得直供不讳。依律处断，罪坐诬罔，腰斩东市。真是弄巧成拙。这案解决，隽不疑名重朝廷，霍光闻他丧偶未娶，欲将己女配为继室，不疑却一再固辞，竟不承命。也是特识。后来谢病归家，不复出仕，竟得考终。

惟霍光自是器重文人，加意延聘。适谏议大夫杜延年，请修文帝遗政，示民俭约宽和。光乃令郡国访问民间疾苦，且举贤良文学，使陈国家利弊。当由一班名士耆儒，并来请愿，乞罢盐铁酒榷均输官。御史大夫桑弘羊，还要坚持原议，说是安边足用，全恃此策。经光决从众意，不信弘羊，才得榷酤官撤销，轻徭薄赋，与民休息，百姓始庆承平。可巧匈奴狐鹿姑单于病死，遗命谓嗣子年幼，应立弟右谷蠡王。偏阏氏颛渠与卫律密谋，匿下遗命，竟立狐鹿姑子壶衍鞮单于，召集诸王，祭享天地鬼神。右谷蠡王及左贤王等，不服幼主，拒召不至。颛渠阏氏方有戒心，自恐内乱外患相逼到来，乃亟欲与汉廷和亲，遣使通问汉廷。汉廷亦遣使相报，索回苏武、常惠等人，方准言和。

　　苏武困居北隅，已经十有九年。前时卫律屡迫武降，武执意不从。见七十五回。至李陵败降胡中，匈奴封陵为右校王，使至北海见武，劝武降胡。武与陵向来交好，未便拒绝，既经会面，不得不重叙旧情，好在陵带有酒食，便摆设出来，对坐同饮，侑以胡乐。饮至半酣，陵故意问武状况，武唏嘘道：“我偷生居此，无非望一见主面，死也甘心！历年以来，苦难尽述。犹幸单于弟于軒王弋射海上，怜我苦节，给我衣食，才得忍死至今。今于軒王逝世，丁灵人复来盗我牛羊，又遭穷厄，不知此生果能重归故国否？”陵乘机进言道：“单于闻陵素与君善，特使陵前来劝君。君试思子身居此，徒受困苦，虽有忠义，何人得知？且君长兄嘉，曾为奉车，从幸雍州棫阳宫，扶辇下除，除系除道。触柱折辕，有司即劾他大不敬罪，迫令自杀。君弟贤，为骑都尉，从祠河东后土，适值宦骑与黄门争船。黄门驸马被宦骑推堕河中，竟至溺死，主上令君弟拿讯宦骑，宦骑遁逃不获，无从复命，君弟又恐得罪，服毒身亡。太夫人已经弃世，尊夫人亦闻改嫁，独有女弟二人，两女一男，存亡亦未可知。人生如朝露，何徒自苦乃尔！陵败没胡廷，起初亦忽忽如狂，自痛负国。且母妻尽被拘系，更觉心伤。朝廷不察苦衷，屠戮陵家，陵无家可归，不得已留居此地。子卿、子卿！苏武表字，见前。汝家亦垂亡，还有何恋？不如听从陵言，毋再迂拘！"苏武内外情事，即由二人口中分叙。武听得母死妻嫁，兄殁弟亡，禁不住涔涔泪下，惟誓死不肯降胡。因忍泪答陵道："武父子本无功德，皆出主上成全，位至将军，爵列通侯。兄弟又并侍宫禁，常思肝脑涂地，报达主恩。今得杀身自效，虽斧钺汤镬，在所勿辞，幸毋复言！"李陵见不可劝，暂且忍住，但与武饮酒闲谈。今日饮毕，明日复饮，约莫有三五日。陵又即席开口道："子卿何妨竟听陵言。"武慨答道："武已久蓄死志，君如必欲武降，愿就今日毕欢，效死席前！"陵见他语意诚挚，不禁长叹道："呜呼义士！陵与卫律，罪且通天了！"说着，泣下沾襟，与武别去。

已而陵使胡妇出面，赠武牛羊数十头。又劝武纳一胡女，为嗣续计。尚欲笼络苏武。武曾记着陵言，得知妻嫁子离，恐致无后，因也权从陵意，纳入胡女一人，聊慰岑寂。及武帝耗问，传达匈奴，陵复向武报知，武南向悲号，甚至呕血。到了匈奴易主，与汉修和，中外使节往来，武却全然无闻。汉使索还武等，胡人诡言武死，幸经常惠得闻消息，设法嘱通虏吏，夜见汉使，说明底细，且附耳密谈，授他秘语，汉使一一受教，送别常惠。越宿即往见单于，指名索回苏武，壶衍鞮单于尚答说道："苏武已病死久了。"汉使作色道："单于休得相欺！大汉天子在上林中，射得一雁，足上系有帛书，乃是苏武亲笔，谓曾在北海中。今单于既欲言和，奈何还想欺人呢！"这一席话，说得单于矍然失色，惊顾左右道："苏武忠节，竟感及鸟兽么？"乃向汉使谢道："武果无恙，请汝勿怪！我当释令回国便了。"汉使趁势进言道："既蒙释回苏武，此外如常惠、马宏诸人，亦当一律放归，方可再敦和好。"单于乃即慨允，汉使乃退。

李陵奉单于命，至北海召还苏武，置酒相贺，且饮且说道："足下今得归国，扬名匈奴，显功汉室，虽古时竹帛所载，丹青所画，亦无过足下，惟恨陵不能相偕还朝！陵虽驽怯，但使汉曲贷陵罪，全陵老母，使得如曹沫事齐，盟柯洗辱，宁非大愿？曹沫见列国时。乃遽收族陵家，为世大辱，陵还有何颜，再归故乡。子卿系我知心，此别恐成永诀了！"说至此，泣下数行，离座起舞，慷慨作歌道："经万里兮度沙漠，为君将兮奋匈奴，路穷绝兮矢刃摧，士众灭兮名已隤，老母已死，虽报恩，将安归？"苏武听着，也为泪下。俟至饮毕，即与陵往见单于，告别南归。

从前苏武出使，随行共百余人，此次除常惠同归外，只有九人偕还，唯多了一个马宏。宏当武帝晚年，与光禄大夫王忠，同使西域，路过楼兰，被楼兰告知匈奴，发兵截击，王忠战死，马宏被擒。匈奴胁宏投降，宏抵死不从，坐被拘留，至此得与武一同生还，重入都门。武出使时，年方四十，至此须眉尽白，手中尚持着汉节，旄头早落尽无余，都人士无不嘉叹。既已朝见昭帝，缴还使节，奉诏使武谒告武帝陵庙，祭用太牢，拜武为典属国，赐钱二百万，公田二顷，宅一区。常惠官拜郎中，尚有徐圣、赵终根二人，授官与常惠同，此外数人，年老无能，各赐钱十万，令他归家，终身免役。独马宏未闻封赏，也是一奇。想是官运未通。

武子苏元，闻父回来，当然相迎。武回家后，虽尚子侄团聚，追思老母故妻、先兄亡弟，未免伤感得很。且遥念胡妇有孕，未曾带归，又觉得死别生离，更增凄恻。还幸南北息争，使问不绝，旋得李陵来书，借知胡妇已得生男，心下稍慰。乃寄书作复，取胡妇子名为通国，托陵始终照顾，并劝陵得隙归汉，好几月未接复音。大将军霍光，与左将军上官桀与陵有同僚谊，特遣陵故人任立政等，前往匈奴，名为奉使，实是招陵。陵与立政等，宴会数次，立政见陵胡服椎髻，不觉怅然。又有卫律时在陵侧，未便进言。等到有隙可乘，开口相劝，陵终恐再辱，无志重归，立政等乃别陵南还。临行时，由陵取出一书，交与立政，托他带给苏武。立政自然应允，返到长安复命。霍光、上官桀，闻陵不肯回来，只好作罢。独陵给苏武书，乃是一篇答复词，文字却酣畅淋漓。小子因陵未免负国，不遑录及，但随笔写成一诗道：

> 子卿归国少卿降，陵字少卿。胡服何甘负故邦？
>
> 独有杜陵留浩气，苏武杜陵人。忠全使节世无双。

苏武回国以后，只隔一年，上官桀与霍光争权，酿成大祸，连武子苏元，亦一同坐罪。究竟为着何事？待小子下回叙明。

> 武帝能知霍光之忠，而不能知上官桀之奸，已为半得半失。光与桀同事有年，亦未克辨奸烛伪，反与之结儿女姻亲；是可见桀之狡诈，上欺君，下欺友，手段固甚巧也。女孙不过六龄，乃由子安私托丁外人，运动盖长公主，侥幸成功，得立为后。推原由来，光不能无咎，假使盖长公主不得入宫，则六龄幼女，宁能骤登后位乎？至若苏武丁年出使，皓首而归，忠诚如此，何妨特授侯封，乃仅拜为典属国，致为外人所借口。陵复苏武书中，亦曾述及，而后来燕王旦之谋反，亦借此罪光。光忠厚有余，而才智不足，诚哉其不学无术乎！

第七十九回

识诈书终惩逆党　效刺客得毙番王

却说上官桀父子，为了丁外人不得封侯，恨及霍光。就是盖长公主得知此信，也怨霍光不肯通融，终致情夫向隅，无从贵显，于是内外联合，视霍光如眼中钉。光尚未知晓，但照己意做去。忽由昭帝自己下诏，加封上官安为桑乐侯，食邑千五百户，光也未预闻，惟念安为后父，得受侯封，还好算是常例，并非破格，所以不为谏阻。女婿封侯，丈人亦加荣宠。安却乘此骄淫，庞然自大。有时得入宫侍宴，饮罢归家，即向门下客夸张道："今日与我婿饮酒，很是快乐，我婿服饰甚华，可惜我家器物，尚不得相配哩。"说着，便欲将家中器具，尽付一炬，家人慌忙阻止，才得保存。安尚仰天大骂，哓哓不绝。

会有太医监充国，无故入殿，被拘下狱。充国为安外祖所宠爱，当由他外祖出来营救，浼安父子讨情。安父桀，便往见霍光，请贷充国，光仍不许。充国经廷尉定谳，应处死刑，急得桀仓皇失措，只好密求盖长公主，代为设法。盖长公主乃替充国献马二十匹，赎罪减死。嗣是桀、安父子，更感念盖长公主的德惠，独与霍光添了一种深仇。桀又自思从前职位，不亚霍光，现在父子并为将军，女孙复为皇后，声势赫濯，偏事事为光所制，很觉不平。当下秘密布置，拟广结内外官僚，与光反对，好把他乘隙摔去。亲家变成仇家，情理难容。是时燕王旦不得帝位，常怀怨望，御史大夫桑弘羊，因霍光撤销榷酤官，子弟等多致失职，意欲另为位置，又被光从旁掣肘，不得如愿，所以与光有嫌。桀得悉两人隐情，一面就近联络弘羊，一面遣使勾通燕王，两人统皆允洽，串同一气，再加盖长公主作为内援，端的是表里有人，不怕霍光不入网中。

会值光出赴广明，校阅羽林军，桀即与弘羊熟商，意欲趁此发难；但急切无从入手，不如诈为燕王旦书，劾奏霍光过恶，便好定罪。商议已定，当由弘羊代缮一书，拟即呈入。不意霍光已经回京，那时只好顺延数日，待至光回家休沐，方得拜本进去。是年本为始元七年，因改号五凤，称为五凤元年，昭帝已十有四岁，接得奏牍，见是燕王旦署名。内容有云：

> 臣闻大司马大将军霍光，出都校阅羽林郎，道上称跸，令太官先往备食，僭拟乘舆。前中郎将苏武，出使匈奴，被留至二十年，持节重归，忠义过人，尽使为典属国。而大将军长史杨敞，不闻有功，反令为搜粟都尉。又擅调益幕府校尉，专权自恣，疑有非常。臣旦愿归还符玺，入宫宿卫，密察奸臣变故，免生不测。事关紧急，谨飞驿上闻。

昭帝看了又看，想了多时，竟将来书搁置，并不颁发出来。上官桀等候半日，毫无动静，不得不入宫探问，昭帝但微笑不答。少年老成。翌日霍光进去，闻知燕王旦有书纠弹，不免恐惧，乃往殿西画室中坐待消息。画室悬着《周公负扆图》，光诣室坐着，也有深意。少顷昭帝临朝，左右旁顾，单单不见霍光，便问大将军何在？上官桀应声道："大将军被燕王旦弹劾，故不敢入。"昭帝亟命左右召入霍光，光至帝座前跪伏，免冠谢罪，但闻昭帝面谕道："将军尽可戴冠，朕知将军无罪！"胸中了了。光且喜且惊，抬头问道："陛下如何知臣无罪？"昭帝道："将军至广明校阅，往返不到十日，燕王远居蓟地，怎能知晓？且将军如有异谋，何必需用校尉。这明是有人谋害将军，伪作此书。朕虽年少，何至受愚若此！"霍光听说，不禁佩服。此外一班文武百官，都不料如此幼主，独能察出个中情弊；虽未知何人作伪，也觉得原书可疑。惟上官桀与桑弘羊怀着鬼胎，尤为惊慌。待至光起身就位，昭帝又命将上书人拿究，然后退朝。上书人就是桀与弘羊差遣出来，一闻诏命，当即至两家避匿，如何破获？偏昭帝连日催索，务获讯办。桀又进白昭帝道："此乃小事，不足穷究。"昭帝不从，仍然严诏促拿，且觉得桀有贰心，与他疏远，只是亲信霍光。桀忧恨交迫，嘱使内侍诉说光罪，昭帝发怒道："大将军是当今忠臣，先帝嘱使辅朕，如再敢妄说是非，便当处罪！"任贤勿贰，昭帝确守此言。

内侍等碰了钉子，方不敢再言，只好回复上官桀。桀索性想出毒谋，与子安密议数次，竟拟先杀霍光，继废昭帝，再把燕王诱令入京，刺死了他，好将帝位据住，自登大宝。却是好计，可惜天道难容。一面告知盖长公主，但说要杀霍光，废昭帝，迎立燕王旦，盖长公主却也依从。桀复请盖长公主设席饮光，伏兵行刺。更遣人通报燕王，叫他预备入都。

燕王旦大喜过望，复书如约，事成后当封桀为王，同享富贵，自与燕相平商议进行。平谏阻道："大王前与刘泽结谋，泽好夸张，又喜侮人，遂致事前发觉，谋泄无成。今左将军素性轻佻，车骑将军少年骄恣，臣恐他与刘泽相似，未必有成。就使侥幸成事，也未免反背大王，愿大王三思后行！"旦尚未肯信，且驳说道："前日一男子诣阙，自称故太子，都中吏民，相率喧哗。大将军方出兵陈卫，我乃先帝长子，天下所信，何至虑人反背呢！"平乃无言而退。过了数日，旦又语群臣道："近由盖长公主密报，谓欲举大事，但患大将军霍光与右将军王莽。此王莽系天水人，与下文王莽不同。今右将军已经病逝，丞相又病，正好乘势发难，事必有成，不久便当召我进京，汝等应速办行装，毋误事机！"众臣只好听命，各去整办。偏偏天象告警，燕都里面，时有变异。忽然大雨倾盆，有一虹下垂宫井，井水忽涸，大众哗言被虹饮尽；虹能饮水，真是奇谈。又忽然有群豕突出厕中，闯入厨房，毁坏灶甂；又忽然乌鹊争斗，纷纷坠死池中；又忽然鼠噪殿门，跳舞而死，殿门自闭，坚不可开，城上无故发火；又有大风吹坏城楼，折倒树木，夜间坠下流星，声闻远近。宫妃宫女，无不惊惶；且亦吓得成病，使人往祀葭水、台水。有门客吕广，善占休咎，入语旦道："本年恐有兵马围城，期在九十月间，汉廷且有大臣被戮，祸在目前了！"旦亦失色道："谋事不成，妖象屡见；兵气且至，奈何！奈何！"正忧虑间，蓦有急报从长安传来，乃是上官桀父子逆谋败露，连坐多人，并燕使孙纵之等，均被拘住了。旦吓出一身冷汗，力疾起床，再遣心腹人探听确音。果然真实不虚，同归于尽。

先是盖长公主，听了上官桀计议，欲邀霍光饮酒，将他刺死。桀父子坐待成功，预备庆赏。安且以为父得为帝，自己当然好为太子，非常得意，有党人私下语安道："君父子行此大事，将来如何处置皇后？"安勃然道："逐麋犬还暇顾兔么？试想我父子靠着皇后，得邀贵显；一旦人主意变，就使求为平民，且不可得。今乃千载一时的机会，怎可错过？"不如是，何至族灭？说着，且大笑不止。不料谏议大夫杜延年，竟得知若辈阴谋，遽告霍光，遂致数载经营，一朝失败！这延年的报告，是从搜粟都尉杨敞处得来，杨敞由燕苍传闻。苍前充稻田使者，卸职闲居，独有一子为盖长公主舍人，首先窥悉，辗转传达，遂被延年告发。霍光一闻此信，自然入白昭帝，昭帝便与光商定，密令丞相田千秋，速捕逆党，毋得稽延。于是丞相从事任宫，先去诡邀上官桀，引入府门，传诏斩首；丞相少史王寿，也如法炮制。再去诱入上官安，一刀处死。桀父子已经伏诛。然后冠冕堂皇，派遣相府吏役，往拿御史大夫桑弘羊。弘羊无法脱身，束手受缚，也做了一个刀头鬼。*虐民之报。*盖长公主闻变自杀，丁外人当然捕诛。*淫恶之报。*苏武子元，亦与逆谋，甚至武俱连累免官，所有上官桀等党羽，悉数捕戮。乃追缉燕使孙纵之等，拘系狱中，特派使臣持了玺书，交付燕王旦。

　　旦未接朝使，先得急报，尚召燕相平人议，意欲发兵。平答说道："左将军已死，毫无内应。吏民都知逆情，再或起兵，恐大王家族都难保了！"旦也觉无济，乃在万载宫设席，外宴群臣，内宴妃妾，酒入愁肠，愈觉无聊。因信口作歌道："归空城兮，犬不吠、鸡不鸣，横术术即道路。何广广兮，固知国中之无人！"歌至末句，有宠姬华容夫人起舞，也续成一歌道："发纷纷兮填渠，骨藉藉兮亡居，母求死子兮妻求死夫，徘徊两渠间兮，君子将安居？"环座闻歌，并皆泣下。华容夫人更凄声欲绝，泪眦荧荧。俄顷饮毕，旦即欲自杀，左右尚上前宽慰，妃妾等更齐声拦阻，蓦闻朝使到来，旦只得出迎朝使。朝使入殿，面交玺书，由旦展开审视道：

　　　　昔高皇帝王天下，建立子弟，以藩屏社稷。先日诸吕，阴谋大逆，刘氏不绝苦发，赖绛侯诛讨贼乱，尊立孝文，以安宗庙；非以中外有人，表里相应故耶？樊郦曹灌，携剑摧锋，从高皇帝耘锄海内，受赏不过封侯。今宗室子孙，曾无暴衣露冠之劳，裂地而王之，分财而赐之，父死子继，兄终弟及，可谓厚矣！况如王骨肉至亲，敌吾一体，乃与他姓异族，谋害社稷，亲其所疏，疏其所亲，有悖逆之心，无忠爱之义；如使古人有知，当何面目复奉斋酹，见高祖之庙乎？王其图之。

旦览书毕，将玺书交付近臣，自悲自叹道："死了！死了！"遂用绶带自缢，妃妾等从死二十余人。华容夫人想亦在内。朝使即日返报，昭帝谥旦为"剌王"，赦免旦子，废为庶人，削国为郡。就是盖长公主子文信，亦撤销侯封。惟上官皇后未曾通谋，且系霍光外孙女，因得免议。封杜延年、燕苍、任宫、王寿为列侯。杨敞既为列卿，不即告发，无功可言，故不得加封。另拜张安世为右将军，杜延年为太仆，王䜣为御史大夫，仍由霍光秉政如初。张安世曾为光禄大夫，便是前御史大夫张汤子。杜延年由谏议大夫超迁，乃是前廷尉杜周子。父为酷吏，子作名臣，也算是力能干蛊了。却是难得。

霍光有志休民，不愿再兴兵革；偏得乌桓校尉奏报，乃是乌桓部众，不服管束，时有叛心，应如何控御等语。乌桓是东胡后裔，从前为冒顿单于所破，余众走保乌桓、鲜卑二山，遂分为乌桓、鲜卑二部，仍为匈奴役属。至武帝时，攻入匈奴各地，因将乌桓人民徙居上谷、渔阳、右北平、辽东四郡塞外，特置乌桓校尉，就地监护，使他断绝匈奴，为汉屏蔽。既而乌桓渐强，遂思反侧。霍光正费踌躇，可巧得匈奴降人，上言乌桓侵掠匈奴，发掘先单于墓，匈奴方发兵报复，出二万骑往攻乌桓。光又另生一计，阳击匈奴，阴图乌桓。当下集众会议，护军都尉赵充国，说是不宜出师，独中郎将范明友力言可击。光即告知昭帝，拜明友为度辽将军，率二万骑，赴辽东。且面嘱明友道："匈奴屡言和亲，仍然掠我边境，汝不妨声罪致讨。倘或匈奴引退，便可径击乌桓，掩他不备，定可取胜。"明友领命而去。行到塞外，果闻匈奴兵已经退去，当即麾兵捣入乌桓。乌桓才与匈奴交战，兵力疲乏，再加汉兵袭入，势难拒守，顿时纷纷窜匿，被明友驱杀一阵，斩获六千余人，奏凯班师。明友得受封平陵侯。同时又有平乐监傅介子，也得虏立功，获膺上赏。

　　介子北地人，少年好学，嗣言读书无益，从军得官。闻得楼兰、龟兹两国叛服靡常，屡杀汉使，朝廷不得通问大宛，乃独诣阙上书，自请效命。好一个冒险壮夫！霍光颇为嘉叹，便命他出使大宛，顺路至楼兰、龟兹传诏诘责。介子受命即行，先至楼兰。楼兰当西域要冲，自经赵破奴征服后，向汉称臣，见七十四回。又苦匈奴侵伐，只得一面事汉，一面求好匈奴，两处各遣一子为质。当武帝征和元年，楼兰王死，国人致书汉廷，请遣还质子为王。适质子犯了汉法，身受宫刑，不便遣归，乃设词答复，叫他另立新王，汉廷又责令再遣质子，新王因复遣子入质，更遣一子往质匈奴。未几新王又死，匈奴即释归质子，令王楼兰。质子叫作安归，既回国中，当然得嗣父位。夷俗专妻继母，安归未能免俗，遂将继母据为妻室。忽有汉使驰至，征令入朝。安归怀疑未决，伊妻从旁劝阻道："先王尝遣两子入汉，至今未还，奈何再欲往朝呢？"想是贪恋新婚。安归乃拒绝汉使，复恐汉朝再来严责，索性归附匈奴，不与汉通，且为匈奴遮杀汉使。至傅介子到了楼兰，严词相诘，并言大兵将来讨罪。安归理屈词穷，倒也屈服，连忙谢过。介子因辞别安归，转赴龟兹，龟兹王也即服罪。会值匈奴使人自乌孙还寓龟兹，适被介子探悉，夜率从吏攻入客帐，竟将匈奴使人杀死，持首驰归。汉廷赏介子功，迁官中郎，得为平乐监。

　　介子又进白霍光道："楼兰、龟兹，反复不测，前次空言责备，未足示惩。介子前至龟兹，该国王坦率近人，容易受赚，愿往刺该王，威示诸国。"霍光徐徐答说道："龟兹道远，不如楼兰。汝果有此胆略，可先去一试便了。"介子乃募得壮士百人，赍着金帛，扬言是颁赐各国，奉诏西行。驰至楼兰，楼兰王安归，闻报介子又来，也即出见。介子与他谈数语，旁顾安归左右，卫士甚多，未便下手，因即退出。佯语番官道："我奉天子命，远来颁赐，汝王应该亲自出迎，奈何如此简慢呢？我明日便要动身他去。"番官闻言，亟去报知安归。安归探得介子果然带来许多金帛，不由的起了贪心，立命备办酒席，往邀介子入宴，偏介子不肯应召，连夜整装，似乎行色匆匆。

到了诘旦，安归先使人挽留，旋即亲率左右近臣，至客帐中回拜介子，且将酒肴随后挑到，摆设起来，款待介子。介子怡然就席，故意将金玉锦绣，陈列席前，指示安归。安归目眩神迷，畅怀与饮，待至面色微醺，介子即起座与语道："天子尚有密诏传达，请王屏去左右，方好面陈。"安归酒后忘情，竟命左右退出帐外，突见介子举杯掷地，便有十余壮士，从帐后持刀跃出，飞奔前来，正思急呼救命，那刀尖已斫中心窝，一声猛叫，倒地告终。○贪财坏命。帐外番官，闻声吓走。介子却放胆出外，呼语大众道："汝王安归，私结匈奴，屡戕汉使，得罪天子，故遣我来加诛。今汝王就戮，汝等无罪，汝王弟尉屠耆，留质汉廷，现已由大兵拥至，代就王位，汝等若敢妄动，恐不免玉石俱焚了！"大众闻言，只好唯唯听命。介子乃命番官各就原职，伫候新王尉屠耆，自枭安归首级，与壮士飞马入关，诣阙奏功。

霍光大喜，转达昭帝，命将安归首级，悬示阙下，封介子为义阳侯。即日召见尉屠耆，特赐鄯善王册印，并给宫女为夫人，派兵护送登程，由丞相将军等祖饯横门，表示殷勤。尉屠耆质汉数年，无意中得此荣宠，自然泥首拜谢，上车西去。从此楼兰国改为鄯善，不再叛汉了。小子有诗戏咏道：

质子重归得履新，还都再见旧家亲。

穹庐寡嫂应无恙，曾否迎门再献身。

尉屠耆西行归国，汉廷连遇凶丧，甚至昭帝亦得病归天，欲知详情，下回再当续叙。

霍光之不死者亦仅耳！内有淫妇，外有权戚骄亲，围起而谋一光，光孤而彼众，又当主少国疑之日，其危孰甚！幸而昭帝幼聪，首烛邪谋，以十四龄之冲人，能识燕王诈书，即以周成王视之，犹有愧色。光才智不若周公，而际遇比周为优，此乃天之默鉴忠忱，有以隐相之尔。上官桀父子，妄图篡逆，死有余辜。盖长公主淫而且恶，燕王旦贪而无亲，其速死也，不亦宜乎！范明友之破乌桓，傅介子之刺楼兰王，并得封侯，后人多轻视明友，推重介子，夫明友之得功，原非难事；介子以百人入虏廷，取番王首如拾芥，似属奇闻。然以堂堂中国，乃为此盗贼之谋，适足贻外人之口实，后有出使外夷者，其谁肯轻信之乎！！宋司马温公之讥，吾亦云然。

第八十回

迎外藩新主入都　废昏君太后登殿

　　却说元凤四年，昭帝年已十八，提早举行冠礼，大将军霍光以下，一律入贺，只有丞相田千秋，患病甚重，不能到来。及冠礼告成，千秋当即谢世，谥曰"定侯"。总计千秋为相十二年，持重老成，尚算良相。昭帝因他年老，赐乘小车入朝，时人因号为"车丞相"。继任相职，就是御史大夫王䜣。䜣由邑令起家，累迁至御史大夫，超拜宰辅，受封宜春侯；却是步步青云，毫无阻碍，到了官居极阶，反至转运，才阅一载，便即病终。搜粟都尉杨敞，已升任御史大夫，至是继䜣为相。敞本庸懦无能，徒知守谨，好在国家大政，俱由大将军霍光主持，所以敞得进退雍容，安享太平岁月。庸庸者多厚福。至元凤七年元日，复改元始平，诏减口赋钱十分之三，宽养民力。从前汉初定制，人民年十五以上，每年须纳税百二十钱，十五岁以下准免。武帝在位，因国用不足，加增税则：人民生年七岁，便要输二十三钱；至十五岁时，仍照原制，号为"口赋"。昭帝嗣祚十余年，节财省事，国库渐充，所以定议减征，这也是仁爱及民的见端。

　　孟春过后，便是仲春，天空中忽现出一星，体大如月，向西飞去，后有众小星随行，万目共睹，大家惊为异事。谁知适应在昭帝身上，昭帝年仅二十有一，偏生了一种绝症，医治无效，竟于始平元年夏四月间，在未央宫中告崩。共计在位十三年，改元三次。上官皇后止十五岁，未曾生育，此外虽有两三个妃嫔，也不闻产下一男。自大将军霍光以下，都以为继立无人，大费踌躇。或言昭帝无子，只好再立武帝遗胤，幸尚有广陵王胥，是武帝亲子，可以继立。偏霍光不以为然，当有郎官窥透光意，上书说道："昔周太王废太伯，立王季；文王舍伯邑考，立武王；无非在付托得人，不必拘定长幼。广陵王所为不道，故孝武帝不使承统，今怎可入承宗庙呢？"光遂决意不立广陵王，另想应立的宗支，莫如昌邑王贺。贺为武帝孙，非武帝正后所出。但武帝两后，陈氏被废，卫氏自杀，好似没有皇后一般。当武帝驾崩时，曾将李夫人配飨。李夫人是昌邑王贺亲祖母，贺正可入承大统，况与昭帝有叔侄谊，以侄承叔，更好作为继子。遂假上官皇后命令，特派少府史乐成、宗正刘德、光禄大夫丙吉、中郎将利汉等，往迎昌邑王贺，入都主丧。光尚有一种微意，立贺为君，外孙女可做皇太后了。

　　昌邑王贺，五龄嗣封，居国已十多年，却是一个狂纵无度的人物，平时专喜游畋，半日能驰三百里。中尉王吉，屡次直谏，终不见从。郎中令龚遂，也常规正，贺掩耳入内，不愿听闻。遂未肯舍去，更选得郎中张安等人，泣求内用。贺不得已命侍左右，不到数日，一概撵逐，但与驺奴宰夫，戏狎为乐。一日，贺居宫中，蓦见一大白犬，项下似人，头戴方山冠，股中无尾，禁不住诧异起来。顾问左右，却俱说未见，乃召龚遂入内，问为何兆？遂随口答说道："这是上天垂戒大王，意在大王左右，如犬戴冠，万不可用，否则难免亡国了！"这是借端进谏。贺将信将疑，过了数日，又独见一大白熊。仍然召问龚遂，遂复答道："熊为野兽，来入宫室，为大王所独见。臣恐宫室将空，也是危亡预兆。天戒甚明，请王速修德禳灾！"贺仰天长叹道："不祥之兆，何故屡至？"遂叩头道："臣不敢不竭尽忠言，大王听臣所说，原是不悦；无如国家存亡，关系甚大。大王曾读《诗经》三百五篇，中言人事王道，无一不备。如大王平日所为，试问何事能合《诗》言？大王位为诸侯王，行品不及庶人，臣恐难存易亡，应亟修省为是！"贺也觉惊慌，但甫越半日，便即忘怀。未几又见血染席中，再召龚遂入问，遂号哭失声道："宫室便要空虚了！血为阴象，奈何不慎？"贺终不少悛，放纵如故。

及史乐成等由长安到来，时已夜深，因事关紧要，叫开城门，直入王宫。宫中侍臣，唤贺起视，爇烛展书，才阅数行，便手舞足蹈，喜气洋洋。一班厨夫走卒，闻得长安使至，召王嗣位，都至宫中叩贺，且请随带入京。贺无不乐从，匆匆收拾行装，日中启行。王吉忙缮成一书，叩马进谏，大略举殷高宗故事，叫他谅暗不言，国政尽归大将军处决，幸勿轻举妄动等语。贺略略一瞧，当即掷置，扬鞭径去，展着生平绝技，当先奔驰，几与追风逐电相似，一口气跑了一百三十五里。已到定陶，回顾从行诸人，统皆落后，连史乐成等朝使，俱不见到，没奈何停住马足，入驿守候。待至傍晚，始见朝使等驰至，尚有随从三百余人，陆续赶来，统言马力不足，倒毙甚多。原来各驿中所备马匹，寥寥无几，总道新王入都，从吏多约百人，少约数十人；那知贺手下幸臣，多多益善，驿中怎能办得许多良马，只好将劣马凑足，供他掉换，劣马不能胜远，自然倒毙。从吏却埋怨驿吏失职，倚势作威，不胜骚扰。龚遂却也从行，实属看不过去，因向贺面陈，请发还一半从吏，免多累坠，贺倒也应允。但从人都想攀龙附凤，如何肯中道折回？又况皆贺平时亲信，这一个不便舍去，那一个又要强从，弄到龚遂左右为难，硬挑出五十余名，饬回昌邑。还有二百多人，一同前进。

次日行至济阳，贺却要买长鸣鸡，积竹杖。这二物，是济阳著名土产，与贺毫无用处，偏贺竟停车购办，以多为妙。还是龚遂从旁谏阻，只买得长鸣鸡数只，积竹杖二柄，趱程再行。及抵弘农，望见途中多美妇人，不胜艳羡，暗使大奴善物色佳丽，送入驿中。大奴善奉了贺命，往探民间妇女，稍有姿色，强拉登车，用帷蔽着，驱至驿舍。贺如得异宝，顺手搂住，不管她愿与不愿，强与为欢。茕茕弱女，怎能敌得过候补皇帝的威势，只好吞声饮泣，任所欲为。难道不想做妃嫔么？事为朝使史乐成等所闻，谯让昌邑相安乐，不加谏阻。安乐转告龚遂，遂当然入问，贺亦自知不法，极口抵赖。遂正色道："果无此事。大奴善招摇撞骗，罪有所归，应该处罪。"善系官奴头目，故号大奴。当时立在贺侧，即由遂亲自动手，把他牵出，立交卫弁正法，趁势搜出妇女，遣回原家。可惜白受糟蹋。贺不便干预，只得睁着两眼，由他处置。

　　案已办了，更启行至霸上，距都城不过数里，早有大鸿胪等出郊远迎，请贺改乘法驾。贺乃换了乘舆，使寿成御车，龚遂参乘。行近广明东都门，遂向贺陈请道："依礼奔丧入都，望见都门，即宜举哀。"贺托词喉痛，不能哭泣。再前进至城门，遂复申前请，贺尚推说城门与郭门相同，且至未央宫东阙，举哀未迟。及入城至未央宫前，贺面上只有喜色，并无戚容。遂忙指示道："那边有帐棚设着，便是大王坐帐，须赶紧下车，向阙俯伏，哭泣尽哀。"贺不得已欠身下舆，步至帐前，伏哭如仪。还亏他逼出哭声。哭毕入宫，由上官皇后下谕，立贺为皇太子，择吉登基。自入宫以至即位，总算没有甚么越礼，尊上官皇后为皇太后。十五岁为太后，亦属罕闻。过了数日，即将昭帝奉葬平陵，庙号"孝昭皇帝"。

　　贺既登位，拜故相安乐为长乐卫尉。此外随来各吏属，都引作内臣，整日里与他游狎。见有美貌宫女，便即召入，令她侑酒侍寝。乐得受用。且把乐府中乐器，尽令取出，鼓吹不休。龚遂上书不报，乃密语长乐卫尉安乐道："王立为天子，日益骄淫，屡谏不听；现在国丧期内，余哀未尽，竟日与近臣饮酒作乐，淫戏无度，倘有内变，我等俱不免受戮了！君为陛下故相，理应力诤，不可再延！"安乐也为感动，转思遂力谏无益，自己何必多碰钉子，还是袖手旁观，由他过去。

惟大将军霍光，见贺淫荒无道，深以为忧；独与大司农田延年，熟商善后方法。延年道："将军为国柱石，既知嗣主不配为君，何不建白太后，更选贤能？"光噯嚅道："古时曾有此事否？"延年道："从前伊尹相殷，尝放太甲至桐宫，借安宗庙，后世共称为圣人。今将军能行此事，也是一汉朝的伊尹呢！"引伊尹事，不免牵强。光乃引延年为给事中，并与张安世秘密计议，阴图废立。安世由霍光一手提拔，已迁官车骑将军，当然与光联络一气，毫无贰心。此外尚无他人，得知此谋。

会贺梦见蝇矢集阶，多至五六石，有瓦覆住，醒后不知何兆，又去召龚遂进来，叫他占验。遂答道："陛下尝读过《诗经》，诗云：'营营青蝇，止于樊；恺悌君子，毋信谗言。'今陛下左右，嬖幸甚多，好似蝇矢丛集，所以有此梦兆。臣愿陛下亟摈昌邑故臣，不复进用，自可转祸为福。臣本随驾前来，请陛下首先放遂便了！"原来贺在昌邑时，曾有师傅王式，授诗三百五篇，所以遂时常提出，作为谏言。偏贺习与性成，并未知改，再经太仆丞张敞进谏，亦不见省，戏游如故。一日，正要出游，有光禄大夫夏侯胜进谏道："上天久阴不雨，臣下必有异谋，陛下将欲何往呢？"贺闻言大怒，斥为妖言惑众，立命左右将胜缚住，发交有司究办。有司转告霍光，光不禁起疑，暗思胜语似有因，或由张安世泄漏隐情，亦未可知。因即召诘安世，安世实未与胜道及，力白冤诬，愿与胜当面对质。光乃提胜到来，亲加研讯，胜从容答道："《洪范传》有言，皇极不守，现象常阴，下人且谋代上位。臣不便明言，故但云臣下有谋。"光不觉大惊，就是张安世在旁，亦暗暗称奇，因将胜贷罪释缚，复任原官。

自经胜一番进谏，几乎把密谋道破，眼见得废立大事，不宜再延。光即使田延年往告杨敞，敞虽居相位，并无胆识，听了延年话语，只是唯唯连声，那身上的冷汗，已吓出了不少。时方盛暑，延年起座更衣，敞妻为司马迁女，颇有才能，急从东厢趋出，对敞说道："大将军已有成议，特使九卿来报君侯，君侯若不亟允，祸在目前了！"足愧乃夫。敞尚迟疑未决，可巧延年更衣归座，敞妻不及回避，索性坦然相见，与延年当面认定，愿奉大将军教令。延年还报霍光，光即令延年、安世两人，缮定奏牍，妥为安排。翌旦至未央宫，传召丞相、御史、列侯，及中二千石、大夫、博士，一同入议，连苏武亦招令与会。百僚多不知何因，应召齐集，光对众发言道："昌邑王行迹淫昏，恐危社稷，如何是好？"大众听了，面面相觑，莫敢发言，惟答了几个"是"字。田延年奋然起座，按剑前语道："先帝以幼孤托将军，委寄全权；无非因将军忠贤，足安刘氏。今群下鼎沸，社稷将倾，将军若不立大计，坐令汉家绝祀，试问将军死后，尚有面目见先帝么？今日即当议定良谋，群僚中如应声落后，臣请奋剑加诛，不复容情！"光拱手称谢道："九卿应该责光，天下汹汹不安，光当首先蒙祸了！"大众才知光有大变，志在必行，若不相从，定遭杀害，乃俱离座叩首道："宗社人民，系诸将军，唯大将军令，无不遵教！"

光令群臣起来，从袖中取出奏议，遍示群臣，使丞相杨敞领衔，依次署名。名既署齐，遂引大众至长乐宫，入白太后，具陈昌邑王淫乱情形，不应嗣位。太后年才十五，有何主见，一唯光言听行。光请太后驾临未央宫，御承明殿，传诏昌邑群臣，不得擅入。贺闻太后驾到，不得不入殿朝谒。朝毕趋退，回至殿北温室中，霍光从后随入，指挥门吏，遽将室门阖住，不令昌邑群臣入内。贺惊问道："何故闭门?"光跪答道："皇太后有诏,毋纳昌邑群臣。"贺复说道："这也不妨从缓,何必这般惊人!"好似做梦。光不与多言,返身趋出。早由车骑将军张安世,麾集羽林兵,将昌邑群臣驱至金马门外,悉数拿下,共得二百余人,连龚遂、王吉等一并在内,送交廷尉究治。一面报知霍光,光亟传入昭帝旧日侍臣,将贺监守,嘱他小心看护,毋令自尽,致贻杀主恶名。贺尚未知废立情事,见了新来侍臣,尚顾问道:"昌邑群臣,果犯何罪,乃被大将军悉数驱逐呢?"侍臣只答言未知。俄有太后诏传至,召贺诘问。贺方才惶惧,问诏使道:"我有何罪,偏劳太后召我?"诏使亦模糊对答。贺无法解免,只好随往,既至承明殿,遥见上官太后,身服珠襦,坐住武帐中,侍卫森列,武士盈阶,尚不知有甚么大事,战兢兢趋至殿前,跪听诏命。旁有尚书令持着奏牍,朗声宣读道:

丞相臣敞,大司马大将军臣光,车骑将军臣安世,度辽将军臣明友,前将军臣增,韩增。后将军臣充国,御史大夫臣义,蔡义。宜春侯臣谭,王谭。当涂侯臣圣,魏圣。随桃侯臣昌乐,赵昌乐。杜侯臣屠耆堂,太仆臣延年,杜延年。太常臣昌,大司农臣延年,田延年。宗正臣德,少府臣乐成,廷尉臣光,李光。执金吾臣延寿,李延寿。大鸿胪臣贤,韦贤。左冯翊臣广明,田广明。右扶风臣德,周德。故典属国臣武,即苏武。等,昧死言皇太后陛下:

自孝昭皇帝弃世无嗣,遣使征昌邑王典丧,身服斩衰,独无悲哀之心,在道不闻素食,使从官略取女子,载以衣车,私纳所居馆舍。及入都进谒,立为皇太子,常私买鸡豚以食,受皇帝玺于大行前,就次发玺不封,复使从官持节,引入昌邑从官二百余人,日与遨游。且为书曰:

皇帝问侍中君卿，使中御府令高昌，奉黄金千斤，赐君卿娶十妻。又发乐府乐器，引纳昌邑乐人，击鼓歌吹，作俳优戏。至送葬还宫，即上前殿，召宗庙乐人，悉奏众乐。乘法驾皮轩鸾旗，驱驰北宫桂宫，弄彘斗虎。召皇太后所乘小马车，使官奴骑乘，游戏掖庭之中，与孝昭皇帝宫人蒙等淫乱，诏掖庭令，敢泄言者腰斩。

上官太后听到此处，也不禁怒起，命尚书令暂且住读，高声责贺道："为人臣子，可如此悖乱么！"贺又惭又惧，退膝数步，仍然俯伏。尚书令又接读道：

取诸侯王列侯二千石绶，及墨绶黄绶，以与昌邑官奴。发御府金钱刀剑玉器彩缯，赏赐所与游戏之人。沉湎于酒，荒耽于色。自受玺以来，仅二十七日，使者旁午，持节诏诸官署征发，凡一千一百二十七事，失帝王礼，乱汉制度。

臣敞等数进谏，不少变更，日以益甚，恐危社稷，天下不安。臣敞等谨与博士议，皆曰今陛下嗣孝昭皇帝后，所谓不轨，五辟之属，莫大不孝。周襄王不能事母，《春秋》曰："天王出居于郑！"由不孝出之，示绝于天下也。宗庙重于君，陛下不可以承天序，奉祖宗庙，子万姓，当废。臣请有司以一太牢，具告宗庙，谨昧死上闻。

尚书令读毕，上官太后即说一"可"字，霍光便令贺起拜受诏。贺急仰首说道："古语有言，天子有诤臣七人，虽无道，不失天下。"说得可笑。光不待说完，便接口道："皇太后有诏废王，怎得尚称天子？"说着，即走近贺侧，代解玺绶，奉与太后。使左右扶贺下殿，出金马门，群臣送至阙外。贺自知绝望，因西向望阙再拜道："愚戆不能任事！"说罢乃起。自就乘舆副车，霍光特送入昌邑邸中，才向贺告辞道："王所行自绝于天，臣宁负王，不敢负社稷，愿王自爱！臣此后不得再侍左右了。"随即涕泣自去。

群臣复请徙贺至汉中，光因处置太严，奏请太后仍使贺还居昌邑，削去王号，另给食邑二千户。惟昌邑群臣，陷王不义，一并处斩。只有中尉王吉，郎中令龚遂，素有谏章，许得减轻，髡为城旦。贺师王式，本拟论死，式谓曾授贺诗三百五篇，反复讲解，可作谏书，于是也得免死刑。那应死的二百余人，均被绑赴市曹，凄声号呼道："当断不断，反受其乱！"这两句的意思，乃是悔不杀光。但光不问轻重，一体骈诛，也未免任威好杀呢。小子有诗叹道：

> 国家为重嗣君轻，主昧何妨作变更。
> 只是从官屠戮尽，滥刑毕竟太无情。

贺既废去，朝廷无主，光请太后暂时省政，且迁胜为长信少府，爵关内侯，令授太后经术。胜系鲁人，素习尚书，至是即将生平所学，指示太后。但太后究是女流，不便久亲政务，当由百官会议，选出一位嗣主来了。欲知何人嗣立，且至下回再详。

　　昌邑王贺，非不可立。但选立之初，宜如何考察，必视贺有君人之德，方可遣使往迎，奈何躁率从事，不问贺之能否为君，便即贸然迎立耶？光以广陵失德，主张迎贺，就令不怀私意，而失察之咎，百喙奚辞。且贺在途中，种种不法，史乐成辈均已闻知，与其后来废立，亦何若预先慎重，遣还昌邑之为愈乎？况废立之举，侥幸成功，设有他变，祸且不测。伊尹能使太甲之悔过，而霍光徒毅然废立，专制成事，其不如伊尹多矣！然以后世之莽、操视之，则光犹有古大臣风，与跋扈者实属不同。善善从长，光其犹为社稷臣乎？

第八十一回

谒祖庙骖乘生嫌　嘱女医入宫进毒

却说霍光废去昌邑王贺，汉廷无主，不得不议立嗣君，好几日尚未能决，光禄大夫丙吉，乃向光上书道："将军受托孤重寄，尽心辅政，不幸昭帝早崩，迎立非人。今社稷宗庙，及人民生命，均待将军一举，方决安危。窃闻外间私议，所言宗室王侯，多无德望，惟武帝曾孙病己，受养掖庭外家，现约十八九岁，通经术，具美材，愿将军周咨众议，参及蓍龟，先令入侍太后，俾天下昭然共知，然后决定大计，天下幸甚！"光阅书后，遍问群臣，太仆杜延年也知病己有德，劝光迎立，此外亦无人异议。光复会同丞相杨敞等，上奏太后，略云：

> 孝武皇帝曾孙病己，年十八，师受《诗经》、《论语》、《孝经》，躬行节俭，慈仁爱人，可嗣孝昭皇帝后，奉承祖宗庙，子万姓，臣等昧死以闻。

上官太后少不经事，不过名义上推为内主，要她取决，其实统是霍光一人主张；光如何定议，太后无不依从。实是一位女傀儡。当下准如所请，即命宗正刘德，备车往迎皇曾孙。皇曾孙病己，就是卫太子据孙。太子据尝纳史女为良娣，良娣系东宫姬妾，位居妃下。生子名进，号史皇孙。史皇孙纳王夫人，生子病己，号皇曾孙。太子据起兵败死，史良娣、史皇孙、王夫人并皆遇害，独病己尚在襁褓，坐系狱中。却值廷尉监丙吉，奉诏典狱，见了这个呱呱婴儿，未免垂怜。遂择女犯中赵、胡二妇，轮流乳养，每日必亲加查验，不令虐待，病己乃得保全。后来武帝养病五柞宫，闻术士言长安狱中，有天子气，因诏令长安各狱中，无论长幼，一律处死。王者不死，岂能擅杀？丙吉见诏使到来，闭门不纳，但传语诏使郭穰道："天子以好生为大德，他人无辜，尚不可妄杀，何况狱中有皇曾孙呢？"郭穰只得回报武帝，武帝倒也省悟道："这真是天命所在了！"乃更下赦书，所有狱中罪犯，一律免死。忽猛忽宽，已与乱命相似，惟因丙吉一言，活人无数，阴德可知。吉又为皇曾孙设法，欲将他移送京兆尹，先为致书相请，偏京兆尹驳还不受。

　　皇曾孙已有数岁，常多疾病，赖吉多方医治，始得就痊。吉因他常留狱中，终属不妙，仔细调查，得知史良娣有母贞君，与子史恭，居住故乡，乃将皇曾孙送归史氏，嘱令留养。史贞君虽然年老，但见了外曾孙，当然怜惜，便振起精神，好生看养。至武帝驾崩，遗诏命将曾孙病己收养掖庭，病己乃复入都，归掖庭令张贺看管。贺即右将军张安世兄，前曾服侍卫太子，追念旧恩，格外勤养皇曾孙，令他入塾读书，脩脯由贺担任。

　　皇曾孙却发愤好学，黾勉有成，渐渐的长大起来。贺知他成人有造，意欲把女儿配与为妻。安世发怒道："皇曾孙为卫太子后裔，但得衣食无亏，也好知足。我张氏女岂堪与配么！"不脱俗情。贺乃另为择偶。适有暴室啬夫许广汉，暴音曝，系宫人织染处，啬夫，官名。生有一女，叫作平君，已许字欧侯氏子为妻，尚未成婚。欧侯氏子一病身亡，遂至婚期中断，仍然待字闺中。广汉与贺，前皆因案牵连，致罹宫刑。贺坐卫太子狱，广汉坐上官桀案，累得身为刑余，充当宫中差使。掖庭令与暴室啬夫，官职虽分高下，惟同为宫役，时常晤面，免不得杯酒相邀，互谈衷曲。一日两人酒叙，饮至半酣，贺向广汉说道："皇曾孙年已长成，将来不失为关内侯。闻君有女待字，何不配与为妻呢？"广汉已有三分酒意，慨然应允。饮毕回家，与妻谈及，妻不禁怒起，力为阻止。还是广汉定欲践言，不肯悔约，且思掖庭令是上级官长，更觉未便违命，乃将皇曾孙的履历，说得如何尊贵，如何光荣。妇人家心存势利，听得许多好处，也不禁开着笑颜，描写逼真。于是依了夫言，将女许嫁。贺便自出私财，为皇曾孙聘娶许女，择日成礼。两情缱绻，鱼水谐欢。且皇曾孙更多了一个岳家，越有倚靠，更向东海澓中翁处，肄习《诗经》，暇时出游三辅，也去斗鸡走马，作为消遣。惟常留心风俗，所有闾里奸邪、吏治得失，颇能一一记忆，历数无遗。尤有一种异相，遍体生毛，起居处屡有光耀，旁人诧为奇事，皇曾孙亦因此自豪。

昭帝元凤三年正月间，泰山有大石自立，上林中大柳已死，忽然重生。柳叶上虫食成文，约略辨认，乃是"公孙病已立"五字，中外人士，莫不惊疑。符节令眭孟，曾从董仲舒受习《春秋》，通谶纬学，独奏称大石自立、僵柳复起，必有匹夫起为天子，应该亟求贤人，禅授帝位。大将军霍光说他妖言惑众，捕孟处斩。谁知所言果验，竟于元平元年孟秋，由宗正刘德迎入皇曾孙，至未央宫谒见太后。虽是天潢嫡派，已经削籍为民，光以为不便径立，特请诸太后，先封皇曾孙为阳武侯，然后由群臣奉上玺绶，即皇帝位。九死一生的皇曾孙，居然龙飞九五，坐登大宝，后来因他庙号孝宣，称为宣帝。宣帝嗣祚，例须谒见高庙；大将军霍光，骖乘同行，宣帝坐在舆中，好似背上生着芒刺，很觉不安。及礼毕归来，由车骑将军张安世，代光骖乘，宣帝方才安心，怡然入宫。侍御史严延年，却劾奏霍光擅行废立，无人臣礼。至此方言明是卖直。宣帝瞧到此奏，不便批答，只好搁置不提。

　　未几，丞相杨敞病终，升御史大夫蔡义为丞相，封阳平侯，进左冯翊田广明为御史大夫。义年已八十多岁，伛偻曲背，形似老妪，或谓光自欲专制，故用此老朽为相。当有人向光报知，光解说道："义起家明经，从前孝武皇帝，尝令他教授昭帝，他既为人主师，难道不配做丞相么？"相术与师道不同，光此言似是而非。是时上官太后尚居未央宫，由宣帝尊为太皇太后，只是后位未定，群臣多拟立霍光小女，就是上官太后亦有此意。宣帝已有所闻，独下诏访求故剑，这乃是宣帝不弃糟糠，特借故剑为名，表明微意。群臣却也聪明，遂请立许氏为皇后。宣帝先册许氏为婕妤，嗣即令正后位。并欲援引先朝旧例，封后父广汉为侯。偏霍光出来梗议，谓广汉已受宫刑，不应再加侯封。光妻谋毒许后，实是因此发生。宣帝拗他不过，暂从罢论。

　　蹉跎过了年余，始封广汉为昌成君。光见宣帝遇事谦退，持躬谨慎，料他没有意外举动，遂请上官太后还居长乐宫。上官太后当然还驾，光且派兵屯卫长乐宫，戒备非常。已而腊鼓催残，椒花献颂，新皇帝依例改元，号为本始元年，下诏封赏，定策功臣。增封大将军霍光，食邑万七千户；车骑将军张安世，食邑万户，此外列侯加封食邑，共计十人，封侯计五人，赐爵关内侯计八人。霍光稽首归政，宣帝不许，令诸事俱先白霍光，然后奏闻。光子霍禹，及兄孙霍云、霍山，俱得受官；还有诸婿外孙，陆续引进，蟠据朝廷。宣帝颇怀猜忌，但不得不虚己以听，唯言是从。独大司农田延年，首倡废立大议，晋封阳城侯，免不得趾高气扬，自鸣得意。那知有怨家告讦，说他办理昭帝大丧，谎报雇车价值，侵吞公款至三千万钱。当由丞相蔡义，据事纠弹，应该下狱讯办。田延年索性负气，竟不肯就狱，愤然说道："我位至封侯，尚有面目入诏狱么?"俄而又闻严延年劾他手持兵器,侵犯属车,更恨上添恨道:"这无非教我速死!我死便罢,何必多方迫我?"说着,竟拔剑自杀。后来御史中丞,反诘责严延年,谓既知田延年有罪,如何纵令犯法,亦当连坐;严延年弃官遁去,朝廷也不加追究。看官阅此,应知两延年一死一遁,都是性情过激,世所难容,终不免受人挤排,捽去了事!

宣帝不好过问,但凭霍光处置,惟自思本生祖考,未有号谥,乃令有司妥为议定。有司应诏奏称,谓为人后者为人子,不得私其所亲,陛下继承昭帝,奉祀陵庙,亲谥只宜称"悼",母号悼"后",故皇太子谥曰"戾",史良娣号"戾夫人";宣帝也即准议,不过重行改葬,特置园邑,留作一种报本的纪念。更立燕刺王旦太子建为广阳王,广陵王胥少子弘为高密王,越年复下诏追崇武帝,应增庙乐,令列侯二千石博士会议,群臣皆复称如诏。独长信少府夏侯胜驳议道:"孝武皇帝,虽尝征服蛮夷,开拓'土'字,但多伤士卒,竭尽财力,德泽未足及人,不宜更增庙乐。"这数语说将出来,顿致舆论哗然,同声语胜道:"这是诏书颁示,怎得故违?"胜昂然道:"诏书非尽可行,全靠人臣直言补阙,怎得阿意顺旨,便算尽忠?我意已定,死亦无悔了!"又出一个硬头子。大众闻言,统怪胜不肯奉诏,联名奏劾,说他毁谤先帝,罪该不道。独丞相长史黄霸,不肯署名。复被大众举劾,请与胜一同坐罪。宣帝乃命将胜、霸二人,逮系狱中。群臣遂请尊武帝庙为世宗庙,且提出武帝在日,巡行郡国四十九处,概令立庙,别立庙乐,号为"盛德文始五行舞",世世祭飨,与高祖太宗庙祀相同,宣帝并皆依议,饬令照办。只胜、霸两人,久被拘系,好多时不闻究治。两人同在一处,彼此攀谈,却也不至寂寞。霸字次公,籍隶阳夏,少习法律,及长为吏,迁任河南郡丞,宽和得民。宣帝即位,因召为廷尉正,兼署丞相长史。此时被逮下狱，亲友都替他愁苦，他却遇着经师夏侯胜，正好乘闲请教，乞胜传授经学。胜言犯罪当死，何必读经？霸答道："朝闻道，夕死犹可。况今夕尚未必果死哩！"可谓好学。胜乃讲授《尚书》，逐日不绝。直至本始四年，方才遇赦，后文再表。

且说乌孙国王岑陬，前纳继祖母江都公主为妻，仍然臣事汉朝。见前文。越数年后，江都公主病死，岑陬复乞和亲，汉廷因将楚王戊孙女解忧，号为公主，遣嫁岑陬。解忧尚无生育，岑陬却患了绝症，竟致不起。自思有子泥靡，出自胡妇，幼弱未能任事，不如托诸从弟翁归靡，教他代立为王；俟至泥靡长成，然后归还主位。主见已定，遂召翁归靡入帐，述及己意，翁归靡当然听命。及岑陬一死，便即称王，又见解忧年轻有色，也把她占为己妻。继祖母尚可为妻，何况从嫂？解忧只好随缘，与翁归靡结为夫妇，好合数年，得生三男二女，依次长成。长男名元贵靡，留在国中；次男名万年，出为莎车王；最幼名大乐，也为左大将。及昭帝末年，匈奴因乌孙附汉，连结车师，并攻乌孙，乌孙忙发兵守御。一面由解忧公主出面，飞书至汉，求请援师。汉廷得书，正拟调兵往救，适值昭帝驾崩，国事纷纭，无暇外顾。到了宣帝即位，复由解忧夫妇上书敦促，并言专待汉兵，夹击匈奴。宣帝与霍光议定，大发关东精锐，分路出征。命御史大夫田广明为祈连将军，领四万余骑出西河；度辽将军范明友，领三万余骑出张掖；前将军韩增，领三万余骑出云中；后将军赵充国为蒲类将军，领三万余骑出酒泉；云中太守田顺为虎牙将军，领三万余骑出五原。五路大兵，共计得十六万余人，如火如荼，杀往匈奴。再遣校尉常惠，持节发乌孙兵，会师夹攻。

匈奴主壶衍鞮单于，闻得汉兵大至，亟将人民牲畜，奔徙漠北，塞外一空。汉将五路出师，但见秋高木落，遍地荒凉，并没有甚么胡兵、甚么胡马，好容易驰入胡境，搜得几个人畜，也不过是老弱陋劣，一时不及迁移，乃被捕获。五将陆续班师，由汉廷严覈赏罚，田广明引兵先归，田顺诈报俘虏，皆被察出，下吏自杀。范明友、韩增、赵充国三人，也是半途折回，无功有罪。宣帝因已诛二将，不欲滥刑，特令从宽免议。

独校尉常惠，监护乌孙兵五万余骑，直入右谷蠡王庭内，擒住单于伯叔，及嫂居次，犹汉言公主。名王犁污，掳都尉千长以下三万九千余级，马牛羊驴七十余万头，饱载西归，返入乌孙。乌孙将掳取人畜，悉数自取，毫不分与常惠，反将常惠使节盗去。常惠无从追究，垂头丧气，驰还长安。何其疏忽至此！自料此番回都，必遭重谴，硬着头入报宣帝。宣帝却好言抚慰，面封惠为长罗侯，惠谢恩而退，喜出望外。后来探问同僚，才知宣帝因五将无功，还是乌孙兵得了大捷，虽然没有进益，也足令匈奴丧胆，免为汉患，所以叙功加封。寻且奉诏再使乌孙，令他赍着金帛，犒赏乌孙将士。惠乘机进奏，谓龟兹国前杀朝使，未曾加讨，应该顺道往攻。宣帝恐他多事，不肯照准。惟霍光密与惠言，许得便宜行事，惠遂往乌孙，宣诏颁赏，又矫命乌孙发兵，联合西域各国，进击龟兹。龟兹已经易主，后王绛宾，说是先人误听姑翼，因致得罪汉朝。当下将姑翼缚送军前，由惠喝令斩讫，当即罢兵回国。宣帝闻报，本欲责他专擅，因闻霍光暗中指使，只得作罢，但不复加赏，略示深衷。

谁知霍光专政，情尚可原，那光妻霍显，却是一个淫悍泼妇，公然阴谋诡计，下毒宫闱。说将起来，也是霍光治家不正，肇此祸阶。霍光元配东闾氏，只生一女，嫁与上官安为妻。东闾氏早殁，有婢名显，狡黠异常，为光所爱，曾纳为姜媵，生有子女数人。光便不他娶，就将显升做继室。显有小女成君，尚未字人，满望宣帝登台，好将成君纳入宫中，做个现成皇后。偏宣帝愿求故剑，令故妻许氏正位中宫，竟致霍显失望，满怀不平。日思夜想，拟把许后除去，怎奈一时不得方法，没奈何迁延过去。

迟至本始三年正月，许皇后怀孕满期，将要分娩，忽然身体不适，寝食难安。宣帝顾念患难夫妻，格外爱护，遍召御医诊治，且采募女医入宫，俾得日夕侍奉，较为合宜。巧有掖庭户卫淳于赏妻，单名为衍，粗通医理，应募入侍。衍尝往来大将军家，与霍显认识有年，至是淳于赏因妻入宫，便与语道："汝何不往辞霍夫人，为我求得安池监。若霍夫人肯代白大将军，安池监定可补缺，比户卫好得多呢！"衍遵着夫嘱，径至霍家谒显，报告入宫侍后，并求派乃夫差缺。显触着心事，暗暗喜欢道："这番机会到了！"便引衍至密室，悄然与语。特呼衍表字道："少夫！汝欲我代谋差缺，我亦烦汝一件大事，汝可允我否？"衍应声道："夫人有命，敢不敬从！"显笑说道："大将军最爱小女成君，欲使极贵，特为此事，有劳少夫。"衍不解所谓，愕然问道："夫人所嘱，是何命意？"显即将衍扯近一步，附耳与语道："妇人产育，关系生死。今皇后因娠得病，正好将她毒死。天子若立继后，小女成君，就得册纳。少夫如肯为力，富贵与共，幸勿推辞！"顾前不顾后，全是悍妇偏见。衍闻显言，不禁失色，支吾对答道："药须由众医配合，进服时需人先尝，此事恐难为力。"显复冷笑道："少夫若肯代谋，何至无法。现我将军管辖天下，何人敢来多嘴？就使有缓急情事，自当出救，决不相累。只恐少夫无意，才觉难成。"衍沉吟良久，方答说道："有隙可图，自愿尽力。"总为富贵二字所误。显又再三叮嘱，衍应命辞归，也不及告知乃夫，私取附子捣末，藏入衣袋，径往宫中。

可巧许后临盆，生下一女，却是不做难产，安然无恙。不过产后乏力，还须调理，经御医拟定一方，合丸进服。淳于衍凑便下手，竟将附子取出，掺入丸内。附子虽是有毒，本来可作药饵，并非酖毒可比，但性热上升，不宜产后。许后哪里知晓，取到便吞，待至药性发作，顿时喘急起来，因顾问淳于衍道："我服丸药后，头觉岑岑。沉重之意。莫非丸中有毒不成？"衍勉强答说道："丸中何至有毒。"一面说，一面再召御医诊治。御医诊治后脉，已经散乱，额上冷汗淋漓，也不识是何因，才阅片刻，许后两眼一翻，呜呼归天！还幸微贱时已产一男，总算留得一线血脉。小子有诗叹道：

赢得三年国母尊，伤心被毒竟埋冤。

杜南若有遗灵在，好看仇家且灭门。杜南为许后葬处，见下回。

许后告崩，宣帝亲自视殓，悲悼不已。忽由外面呈入奏章，乃收泪取阅。欲知奏章内容，待至下回再表。

史称霍氏之祸，萌于骖乘，是骖乘一事，所关甚大。夫骖乘亦常事耳，张安世亦与谋废立，官拜车骑将军，更非常官；当其代光骖乘，宣帝得从容快意，何独于霍光而疑之。吾料霍光当日，必有一种骄倨之容，流露词色，令人生畏，此宣帝之所以踢踖不安也。田延年之自杀，祸起怨家；而霍光不为救护，未免怀私。废立之议，倡自田延年，光不欲使为功首，故乐其死而恝视之。严延年之被逐，则实为劾奏霍光而起；御史中丞，诘责严延年，即非由光之授意，而巧为迎合，不问可知。至若常惠之通使乌孙，擅击龟兹，则全出光之指授。光固视宣帝如傀儡，归政之请，果谁欺乎？悍妻霍显，胆敢私嘱女医，毒死许后，何一非由光之纵成。后人或比光为伊周，伊周圣人，岂若光之悖盭为哉？

第八十二回

孝妇伸冤于公造福　淫妪失德霍氏横行

却说宣帝方悲悼许后，即有人递入奏章，内言皇后暴崩，想系诸医侍疾无状，应该从严拿究。宣帝当即批准，使有司拿问诸医。淳于衍正私下出宫，报知霍显，显引衍入内，背人道谢。一时未便重酬，只好与订后约。衍告别回家，甫经入门，便有捕吏到来，把她拘去。经问官审讯几次，衍抵死不肯供认，此外医官，并无情弊，自然同声呼冤。问官无法，一古脑儿囚系狱中。霍显闻知衍被拘讯，惊惶的了不得。俗语说得好："急来抱佛脚。"那时只好告知霍光，自陈秘计。霍光听了，也不禁咋舌，责显何不预商。显泣语道："木已成舟，悔亦无及，万望将军代为调护，毋使衍久系狱中，吐出实情，累我全家。"光默然不答，暗思事关大逆，若径去自首，就使保全一门，那娇滴滴的爱妻，总须头颅落地，不如代为瞒住，把淳于衍等一体开释，免得及祸。谁知祸根更大。乃入朝谒见宣帝，但言皇后崩逝，当是命数注定，若必加罪诸医，未免有伤皇仁；况诸医也没有这般大胆，敢毒中宫。宣帝也以为然，遂传诏赦出诸医，淳于衍亦得释出。

许皇后含冤莫白，但依礼治丧，奉葬杜南，谥为"恭哀皇后"。霍显见大狱已解，才得放心，密召淳于衍至家，酬以金帛，后来且替她营造居屋，购置田宅婢仆，令衍享受荣华。衍意尚未足，霍家财钱，却耗费许多。显知阴谋已就，便为小女安排妆奁，具备许多珠玉锦绣，眼巴巴的望她为后。只是无人关说，仍然无效，没奈何再请求霍光，纳女后宫。光也乐得进言，竟蒙宣帝允许，就将成君装束停当，载入宫中。国丈无不愿为。所有衣饰奁具，一并送入。从来少年无丑妇，况是相府娇娃，总有一些秀媚状态。宣帝年甫逾冠，正当好色年华，虽尚追忆前妻，余哀未尽，但看了这个如花似玉的佳人，怎能不情动神移？当下优礼相待，逐渐宠幸。过了一年，竟将霍氏成君，册为继后。霍夫人显果得如愿以偿，称心满意了。原是快活得很，可惜不能长久。

先是许后起自微贱，虽贵不骄，平居衣服，俭朴无华，每五日必至长乐宫，朝见上官太后，亲自进食，谨修妇道。至霍光女为后，比许后大不相同，舆服丽都，仆从杂沓，只因上官太后谊属尊亲，不得不仿许后故事，前去侍奉。上官太后，系霍光外孙女，论起母家私戚，还要呼霍后为姨母，所以霍后进谒，往往起立一劳，特别敬礼。就是宣帝亦倍加燕好，备极绸缪。

是年丞相义病逝，进大鸿胪韦贤为丞相，封扶阳侯。大司农魏相为御史大夫，颍川太守赵广汉为京兆尹。又因郡国地震，山崩水溢，北海琅琊，毁坏宗庙，宣帝特素服避殿，大赦天下，诏求经术，举贤良方正。夏侯胜、黄霸才得出狱，回应前回。胜且受命为谏大夫，霸出任扬州刺史。胜年已垂老，平素质朴少文，有时入对御前，或误称宣帝为君，或误呼他人表字，君前臣名不应呼字。宣帝毫不计较，颇加亲信。尝因回朝退食，与同僚述及宫中问答。事为宣帝所闻，责胜漏言，胜从容道：“陛下所言甚善，臣非常佩服，故在外称扬。唐尧为古时圣主，言论传诵至今，陛下有言可传，何妨使人传诵呢！”宣帝不禁点首，当然无言。夏侯胜也会献谀。嗣是朝廷大议，必召胜列席。宣帝常呼胜为先生，且与语道：“先生尽管直言，幸勿记怀前事，自安退默。朕已知先生正直了！"胜乃随事献替，多见听从。继复使为长沙少府，迁官太子太傅，年至九十乃终。上官太后记念师恩，赐钱二百万，素服五日。宣帝亦特赐茔地，陪葬平陵。即昭帝陵，见前文。西汉经生，生荣死哀，惟胜称最。胜本鲁人，受学于族叔夏侯始昌。始昌尝为昌邑王太傅，通尚书学，得胜受授，书说益明，时人称为大小夏侯学。胜子孙受荫为官，不废先业，这也好算得诗书余泽呢。归功经术，寓意独深。

且说宣帝本始四年冬季，定议改元，越年元日，遂号为地节元年。朝政清平，国家无事，惟刑狱尚沿积习，不免烦苛。宣帝有志省刑，特升水衡都尉于廷国为廷尉，令他决狱持平。定国字曼倩，东海郯县人。父于公，曾为郡曹，判案廉明，民无不服。郡人特为建立生祠，号为于公祠。会东海郡有孝妇周青，年轻守寡，奉姑惟谨。姑因家况素贫，全靠周青纺织为养，甚觉过意不去，且周青又无子嗣，不如劝令改嫁，免受冻馁，一连说至数次，青决意守节，誓不再醮，姑转告邻人道："我媳甚孝，耐苦忍劳，但我怜她无子守寡，又为我一人在世，不肯他适，我岂可长累我媳?"邻人总道她是口头常谈，不以为意，那姑竟自缢，反致周青茕茕孑立，不胜悲苦。青有小姑，已经适人，平时好搬弄是非，竟向郯县中控告寡嫂，说她逼死老母。县官不分皂白，便将周青拘至，当堂质讯。青自然辩诬，偏县官疑她抵赖，喝用严刑。青自思余生乏味，不若与姑同尽，乃随口妄供，即由县官谳成死罪，申详太守。太守批令如议，独于公力争道："周青养姑十余年，节孝著名，断无杀姑情事，请太守驳斥县案，毋令含冤！"太守执意不从，于公无法可施，手持案卷，向府署恸哭一场，托病辞去。周青竟致枉死，冤气冲天，三年旱荒。后任太守为民祈雨，全无效验，乃欲召问卜筮。可巧于公求见，由太守召入与语，于公乃将周青冤案，从头叙明。好在太守不比前任，立命宰牛，至周青墓前致祭，亲为祷告，并竖墓表。及祭毕回署，便觉彤云四布，霖雨连宵。东海郡三年告饥，独是年百谷丰收，民得少苏，自是都感念于公。天既知孝妇之冤，何不降灾郡守，乃独肆虐郡民，此理令人难解。

　　于公欣然归家，正值里门朽坏，须加修治。里人醵资估工，为缮葺计，于公笑语道："今日修筑里门，应比从前高大，可容驷马高车。"里人问他何故？于公道："我生平决狱，秉公无私，平反案不下十百，这也是一件阴德，我子孙可望兴隆，所以要高大门闾呢。"里人素敬重于公，如言办理，果然于公殁后，有子定国，出掌吏事，超列公卿。既任廷尉，哀矜鳏寡，罪疑从轻，与前此张汤、杜周等人，宽猛迥别。都下有传言云："张释之为廷尉，天下无冤民；张释之系文帝时人，见前文。于定国为廷尉，民自以不冤。"定国雅善饮酒，虽多不乱，冬月大审，饮酒越多，判断越明。又恨自己未读经书，辄向经师受业，学习《春秋》，北面执弟子礼，因此彬彬有文，谦和儒雅。大将军霍光，亦很加依重。

　　至地节二年春三月，光老病侵寻，渐至危迫。宣帝躬自临问，见他痰喘交作，已近弥留，不禁泫然流涕。及御驾还宫，接阅光谢恩书，谓愿分国邑三千户，移封兄孙奉车都尉霍山，奉兄骠骑将军去病遗祀。当下将原书发出，交丞相御史大夫酌议，即日拜光子禹为右将军。未几光卒，宣帝与上官太后均亲往吊奠，使大中大夫任宣等持节护丧，中二千石以下官吏，监治坟茔。特赐御用衣衾棺椁，出葬时候，用辒辌车载运灵柩，辒辌车为天子丧车，车中有窗闭则温，开则凉，故名辒辌车。黄屋左纛，尽如天子制度；征发畿卫各军，一体送葬，予谥"宣成侯"。墓前置园邑三百家，派兵看守。未免滥赐。丞相韦贤等，请依霍光谢恩书，分邑与山。宣帝不忍分置，令禹嗣爵博陵侯，食邑如旧。独封山为乐平侯，守奉车都尉领尚书事。御史大夫魏相，恐霍禹擅权专政，特请拜张安世为大司马大将军，继光后任。宣帝也有此意，即欲封拜。安世闻知消息，慌忙入朝固辞。偏宣帝不肯允许，但取消"大将军"三字，令安世为大司马车骑将军，领尚书事。安世小心谨慎，事事不敢专主，悉禀宣帝裁定，宣帝始得亲政，励精图治。每月五日，开一大会，凡丞相以下诸官，悉令列席，有利议兴，有害议革，周咨博访，民隐毕宣。至简放内史守相，亦必亲自召问，循名责实，尝语左右道："庶民所以得安，田里无愁恨声，全靠政平讼理，得人而治。朕想国家大本，系诸民生，民生大要，系诸良二千石，二千石若不得人，怎能佐朕治国呢？"已而胶东相王成，颇有循声，闻他招集流民，约有八万余口，宣帝即下诏褒扬，称为劳来不怠，赐爵关内侯，这是封赏循吏的第一遭。后来王成病死，有人说他浮报户口，不情不实，宣帝亦未尝追问。但教吏治有名，往往玺书勉励，增秩赐金，于是天下闻风，循吏辈出。下文自有交代。

且说地节三年，宣帝因储君未立，有碍国本，乃立许后所生子奭为皇太子，进封许后父广汉为平恩侯。复恐霍后不平，推恩霍氏，封光孙中郎将云为冠阳侯。那知霍氏果然觖望，虽得一门三侯，意中尚嫌未足，第一个贪心无厌的人物，就是光妻霍显。她自霍禹袭爵，居然做了太夫人，骄奢不法，任意妄为，令将光生前所筑茔制，特别扩充，三面起阙，中筑神道，并盛建祠宇辇阁，通接永巷。所有老年婢妾，悉数驱至巷中，叫她们看守祠墓，其实与幽禁无二。自己大治第宅，特制彩辇，黄金为饰，锦绣为茵，并用五彩丝绦作长绳，绾住辇毂，令侍婢充当车夫，挽车游行，逍遥快乐。日间借此自娱，夜间却未免寂寞，独引入俊仆冯殷，与他交欢。殷素狡慧，与王子

方并为霍家奴，充役有年。霍光在日，亦爱他两人伶俐，令管
家常琐事。惟子方面貌，不及冯殷，殷姣好如美妇，故绰号叫
作子都。显系霍光继室，当然年齿较轻，一双媚眼，早已看中
冯殷；殷亦知情识意，每乘光入宫值宿，即与显有偷寒送暖等
情。光戴着一顶绿巾，尚全然不晓。家有姣妻，怎得再畜俊奴，
这也是光种下的祸祟。及光殁后，彼此无禁无忌，乐得相偎相
抱，颠倒鸳鸯。霍禹、霍山也是淫纵得很，游佚无度。霍云尚
在少年，整日里带领门客，架鹰逐犬，有时例当入朝，不愿进
谒，唯遣家奴驰入朝堂，称病乞假。朝臣亦知他欺主，莫敢举
劾。还有霍禹姊妹，仗着母家势力，任意出入太后、皇后两
宫。霍显越好横行，视两宫如帷闼一般，往返自由，不必拘
礼。为此种种放浪，免不得有人反对，凭着那一腔懊恼，毅然
上书道：

> 臣闻《春秋》讥世卿，恶宋三世为大夫，及鲁季孙之
> 专权，皆足危乱国家。自后元以来，后元为汉武年号，见前
> 文。禄去王室，政由冢宰。今大将军霍光已殁，子禹复为
> 右将军，兄孙山亦入秉枢机，昆弟诸婿，各据权势，分任
> 兵官，夫人显及诸女，皆通籍长信宫，宫在长乐宫内，为上
> 官太后所居。或夤夜呼门出入，骄奢放纵，恐渐不制。宜
> 有以损夺其权，破散阴谋，以固万世之基，全功臣之世，
> 国家幸甚！臣等幸甚！

这封书系由许广汉呈入，署名并非广汉，乃是御史大夫魏
相所陈。相字弱翁，定陶人氏，少学《易》，被举贤良，对策
得高第，受官茂陵令。迁任河南太守，禁止奸邪，豪强畏服。
故丞相田千秋次子，方为雒阳武库令，闻相治郡尚严，恐自己
不免遭劾，辞职入都，入白霍光。光还道相器量浅窄，不肯容

故相次儿，当即贻书责备。嗣又有人劾相滥刑，遂发缇骑，拘相入都。河南戍卒，在都留役，闻知魏相被拘，都乘霍光公出，遮住车前，情愿多充役一年，赎太守罪，经光好言遣散。旋又接得函谷关吏报告，谓有河南老弱万余人，愿入关上书，请赦魏相。光复言相罪未定，不过使他候质，如果无罪，自当复任等语。关吏依言抚慰，大众方才散归。至相被逮至，竟致下狱，案无左证，幸得不死。经冬遇赦，再为茂陵令，调迁扬州刺史。宣帝即位，始召入为大司农，擢任御史大夫。至是愤然上书，也并非欲报私仇，实由霍氏太横，看不过去。因浼平恩侯许广汉代为呈递，委屈求全。相有贤声，故笔下代为洗刷。

宣帝未尝不阴忌霍家，因念霍光旧功，姑示包容，及览到相书，自无异言。相复托广汉进言，乞除去吏民副封，借免壅蔽。原来汉廷故事，凡吏民上书，须具正副二封，先由领尚书事将副封展阅一周，所言不合，得把正封搁置，不复上奏。相因霍山方领尚书事，恐他捺住奏章，故有此请。宣帝也即依从，变更旧制，且引相为给事中。霍显得知此事，召语禹及云山道："汝等不思承大将军余业，日夕偷安。今魏大夫入为给事中，若使他人得进闲言，汝等尚能自救么？"问汝果做何勾当？禹与云山，尚不以为意。既而霍氏家奴与御史家奴争道，互生龃龉，霍家奴恃蛮无理，竟捣入御史府中，汹汹辱骂。还是魏相出来陪礼，令家奴叩头谢罪，才得息争。

旋由丞相韦贤，老病乞休，宣帝特赐安车驷马，送归就第，竟升魏相为丞相。御史大夫一缺，就用了光禄大夫丙吉。吉曾保护宣帝，未尝自述前恩，此次不过循例超迁，与魏相同心夹辅，各尽忠诚。独霍显暗暗生惊，只恐得罪魏相，将被报复。且因太子奭册立以后，尝恨恨道："彼乃主上微贱时所生，怎得立为太子？若使皇后生男，难道反受他压迫，只能外出为王么？"汝试自思系是何等出身？乃悄悄的入见霍后，叫她毒死太子，免为所制。霍后依着母命，怀着毒物，屡召太子赐食，拟乘间下毒。偏宣帝早已防着，密嘱媬姆，随时护持，每当霍后与食，必经媬姆先尝后进，累得霍后无从下手，只好背地咒骂，衔恨不休。有是母必有是女。宣帝留心伺察，觉得霍后不悦太子，心下大疑。回忆从前许后死状，莫非果由霍氏设计，遣人下毒，以致暴崩。且渐渐闻得宫廷内外，却有三言两语，流露毒案，因此与魏相密商，想出一种釜底抽薪的计策，逐渐进行。

当时度辽将军范明友为未央卫尉，中郎将任胜为羽林监，还有长乐卫尉邓广汉、光禄大夫散骑都尉赵平，统是霍光女婿，入掌兵权；光禄大夫给事中张朔系光姊夫，中郎将王汉系光孙婿，宣帝先徙范明友为光禄勋，任胜为安定太守，张朔为蜀郡太守，王汉为武威太守；复调邓广汉为少府，收还霍禹右将军印，阳尊为大司马，与乃父同一官衔；特命张安世为卫将军，所有两宫卫尉，城门屯兵，北军八校尉，尽归安世节制。又将赵平的骑都尉印绶，也一并撤回，但使为光禄大夫。另使许、史两家子弟，代为军将。

霍禹因兵权被夺，亲戚调徙，当然郁愤得很，托疾不朝。大中大夫任宣，曾为霍氏长史，且前此奉诏护丧，因特往视霍禹，探问病恙。禹张目道："我有甚么病症？只是心下不甘。"宣故意问为何因，禹呼宣帝为县官，信口讥评道："县官非我家将军，怎得至此？今将军坟土未干，就将我家疏斥，反任许、史子弟，夺我印绶，究竟我家有甚么大过呢？"宣闻言劝解道："大将军在日，亲揽国权，生杀予夺，操诸掌握，就是家奴冯子都、王子方等，亦受百官敬重，比丞相还要威严。今却不能与前并论了。许、史为天子至亲，应该贵显，愿大司马不可介怀!"宣亦有心人,惜语未尽透辟。禹默然不答,宣自辞去。

越数日,禹已假满,没奈何入朝视事。天下事盛极必衰,势盛时无不奉承,势衰后必遇怨谤,况霍氏不知敛束,怎能不受人讥弹?因此纠劾霍家,常有所闻。霍禹、霍山、霍云,无从拦阻,愁得日夜不安,只好转告霍显。显勃然道:"这想是魏丞相暗中唆使,要灭我家,难道果无罪过么?"妇人不知咎己,专喜咎人。山答说道:"丞相生平廉正,却是无罪,我家兄弟诸婿,行为不谨,容易受谤,最可怪的是都中舆论,争言我家毒死许皇后,究竟此说从何而来?"霍显不禁起座,引霍禹等至内室,具述淳于衍下毒实情。霍禹等不觉大惊,同声急语道:"这、这……这事果真么?奈何不先行告知!"显也觉愧悔,把一张粉饰的黄脸儿,急得红一块、青一块,与无盐、嫫母一般。无盐、嫫母古丑妇。小子有诗叹道:

> 不经贪贼不生灾,大祸都从大福来。
> 莫道阴谋人不觉,空中天网自恢恢。

欲知霍氏如何安排,容至下回续叙。

　　孝妇含冤,三年不雨,于公代为昭雪,请太守祭茔表墓,即致甘霖之下降,是天道固非尽无凭也。天道有凭,宁有如霍显之毒死许后,纳入小女成君,而可得富贵之长保者?人有千算,天教一算,愈狡黠愈遭天忌,愈骄横亦愈致天谴;况霍显淫悍,霍禹、霍山、霍云,更游侠无度,如此不法,尚欲安享荣华,宁有是理?人即可欺,天岂可欺乎?逮至兵权被削,亲戚被徙，独不知谢职归田，反且蓄怨生谋，思为大逆，其自速灭亡也宜哉！观于霍氏之灭亡，而后之营营富贵者，可自此返矣。

第八十三回

泄逆谋杀尽后族　矫君命歼厥渠魁

却说霍显心虚情怯，悔惧交并，霍禹对显道："既有此事，怪不得县官斥逐诸婿，夺我兵权，若认真查究起来，必有大罚，奈何、奈何！"霍山、霍云，亦急得没有主意。还是霍禹年纪较大，胆气较粗，自思一不做、二不休，将错便错，索性把宣帝废去，方可免患。比母更凶。忽又见赵平趋入道："平家有门客石夏，善观天文，据言天象示变，荧惑守住御星，御星占验，主太仆奉车都尉当灾，若非罢黜，且遭横死。"霍山正为奉车都尉，听了平言，更觉着忙。就是霍禹、霍云，亦恐自己不能免祸。正在秘密商议，又有一人进来，乃是云舅李竟好友，叫做张赦。云亦与交好，当即迎入，互相谈叙。赦见云神色仓皇，料有他故，用言探试，便由云说出隐情。赦即替他设策道："今丞相与平恩侯，擅权用事，可请太夫人速白上官太后，诛此两人，翦去宫廷羽翼，天子自然势孤。但教上官太后一诏，便好废去。"云欣然受教，赦也即告别。

不意属垣有耳，竟为所闻，霍氏家中的马夫，约略听见张赦计谋，夜间私议。适值长安亭长张章，与马夫相识，落魄无聊，前来探望。马夫留他下榻，他佯作睡着，却侧着耳听那马夫密谈，待至马夫谈完，统去就寝，便不禁暗喜，想即借此出头，希图富贵。心虽不善，但不如此，则霍氏不亡。朦胧半晌，已报鸡声，本来张章粗通文墨，至此醒来，又复打定腹稿，一至

天明，即起床与马夫作别，自去缮成一书，竟向北阙呈入。宣
帝本欲杜除壅蔽，使中书令传诏出去，无论吏民，概得上书言
事；一面由中书令逐日取入，亲自披览。至看到章书，就发交
廷尉查办，廷尉使执金吾官名。往捕张赦、石夏等人；已而，
宣帝又饬令止捕。

　　霍氏知阴谋被泄，越觉惊惶。霍山等相率聚议道："这由
县官顾着太后，恐致干连，故不愿穷究。但我等已被嫌疑，且
有毒死许后一案，谣言日盛，就使主上宽仁，难保左右不从中
举发，一或发作，必致族诛。今不如先发制人，较为得计！"
已经迟了。乃使诸女各报夫婿，劝他一同举事。各婿家也恐连
坐，情愿如约。会霍云舅李竟，坐与诸侯王私相往来，得罪被
拘。案与霍氏相连，有诏令霍云、霍山免官就第，霍氏愈致失
势。只有霍禹一人，尚得入朝办事。百官对着霍禹，已不若从
前敬礼，偏又经宣帝当面责问，谓霍家女人谒长信宫，注见前
回。何故无礼？霍家奴冯子都等，何故不法？说得禹头汗直
淋，勉强免冠谢罪。乃退朝回来，告知霍显以下等人，胆小的
都吓得发抖，胆大的越激动邪心。显忐忑不安，夜间梦光与语
道："汝知儿被捕否？"光果有灵，当先活捉冯子都，这全是霍显惊
慌所致。霍禹也梦车声马声，前来拿人。母子清晨起床，互述
梦境，并皆担忧。又见白昼多鼠，曳尾画地；庭树集鸮，恶声
惊人；宅门无故自坏；屋瓦无风自飞；种种怪异，不可究诘。

　　地节四年春月，宣帝求得外祖母王媪，及母舅无故与武，
当即称王媪为博平君，封无故为平昌侯，武为乐昌侯。许、史
以外，又多了王门贵戚，顿使霍家相形见绌，日夜愁烦。霍山
独怨恨魏相，侘然语众道："丞相擅减宗庙祭品，如羔如兔
龟，并皆酌省。从前高后时，曾有定例，臣下擅议宗庙，罪应
弃市。今丞相不遵旧制，何勿把他举劾呢！"霍禹、霍云，尚
说此举只有关魏相，未足保家。因复另设一计，欲使上官太

后，邀饮博平君，召入丞相平恩侯等，令范明友、邓广汉引兵突入，承制处斩，趁势废去宣帝，立霍禹为天子。计议已定，尚未举行，又由宣帝颁诏，出霍云为玄菟太守，任宣为代郡太守。接连又发觉霍山过恶，系是擅写秘书，应该坐罪，不如意事，纷至沓来。霍显替山解免，愿献城西第宅，并马千匹，为山赎罪，书入不报。那知张章又探得霍禹等逆谋，往告期门官名。董忠，忠转告左曹杨恽，恽又转达侍中金安上。安上系前车骑将军金日磾从子，方得主宠，立即奏闻宣帝，且与侍中史高同时献议，请禁霍氏家族出入宫廷。侍中金赏，为日磾次子，曾娶霍光女为妻，一闻此信，慌忙入奏，愿与霍女离婚。

宣帝不能再容，当即派吏四出，凡霍氏家族亲戚，一体拿办。范明友先得闻风，驰至霍山、霍云家内，报知祸事。山与云魂胆飞扬，正在没法摆布，便有家奴抢入道："太夫人第宅，已被吏役围住了！"山知不能免，取毒先服，云与明友次第服下，待至捕役到门，已经毒发毙命，惟搜得妻妾子弟，上械牵去。那霍显母子，未得预闻，竟被拘至狱中，讯出真情，禹受腰斩，显亦遭诛，所有霍氏诸女，及女婿孙婿，悉数处死。甚至近戚疏亲，辗转连坐，诛灭不下千家。冯子都、王子方等，当然做了刀头鬼，与霍氏一门，同赴冥途去了。冯子都阴魂，又好与霍显取乐，只可惜要碰着霍光了。惟金赏已经去妻，幸免株连。霍后坐此被废，徙居昭台宫。金安上等告逆有功，俱得加封，安上受封都成侯，杨恽受封平通侯，董忠受封高昌侯，张章受封博成侯，平地封侯，张章最为侥幸。侍中史高也得受封乐陵侯。

先是霍氏奢侈，茂陵人徐福，已知霍氏必亡，曾诣阙上书，请宣帝裁抑霍氏，毋令厚亡。宣帝留中不发，书至三上，不过批答了"闻知"二字。及霍氏族灭，张章等俱膺厚赏，独不及徐福。有人为徐福不平，因代为上书道：

臣闻客有过主人者，见其灶直突，旁有积薪。客谓主人，更为曲突，远徙其薪，否则且有火患；主人默然不应。俄而家果失火，邻里共救之，幸而得息。于是杀牛置酒，谢其邻人，灼烂者在于上行，余各以功次坐，而不及言曲突者。人谓主人曰："向使听客之言，不费牛酒，终无火患。今论功而请宾，曲突徙薪无恩泽，焦头烂额为上客耶？"主人乃悟而请之。今茂陵徐福数上书，言霍氏且有变，宜防绝之。向使福说得行，则国无裂土出爵之费，臣无逆乱诛灭之败。往事既已，而福独不蒙其功，惟陛下察之！愿贵徙薪曲突之策，使居焦发灼烂之右。

宣帝览书，心下尚未以为然，但令左右取帛十匹，颁赐徐福；后来总算召福为郎，便即了事。时人谓霍氏祸胎，起自骖乘，见八十一回。宣帝早已阴蓄猜疑，所以逆谋一发，便令族灭。但霍光辅政二十余年，尽忠汉室；宣帝得立，虽由丙吉倡议，终究由霍光决定，方才迎入。前为寄命大臣，后为定策元勋，公义私情，两端兼尽。只是悍妻骄子，不善训饬，弑后一案，隐忍不发，这是霍光一生大错。惟宣帝既已隐忌霍光，应该早令归政，或待至霍光身后，不使霍氏子弟蟠踞朝廷，但俾食大县，得奉朝请，也足隐抑霍氏，使他无从谋逆。况有徐福三书，接连进谏，曲突徙薪，也属未迟。为何始则滥赏，继则滥刑，连坐千家，血流都市。忠如霍光，竟令绝祀，甚至一相狎相偎的霍后，废锢冷宫，尚不能容，过了十有二年，复将她逐锢云林馆，迫令自杀。宣帝也处置失策，残刻寡恩。后世如有忠臣，能不因此懈体否！*孔光、扬雄未始不鉴此虑祸，遂至失操，是实宣帝一大误处。*

宣帝既诛灭霍家，乃下诏肆赦，出诣昭帝陵庙，行秋祭礼。行至途中，前驱旄头骑士，佩剑忽无故出鞘，剑柄坠地，插入泥中，光闪闪的锋头，上向乘舆，顿致御马惊跃，不敢前进。宣帝心知有异，忙召郎官梁邱贺，嘱令卜易。贺为琅琊人氏，曾从大中大夫京房受教易学。房出为齐郡太守，宣帝求房门人，得贺为郎，留侍左右。贺正随驾祠庙，一召即至，演著布卦，谓将有兵谋窃发，车驾不宜前行。宣帝乃派有司代祭，命驾折回。有司到了庙中，留心察验，果然查获刺客任章，乃是前大中大夫任宣子。宣坐霍氏党与，已经伏诛。章尝为公车丞，逃往渭城，意欲为父报仇，混入都中，乘着宣帝出祠，伪扮郎官，执戟立庙门外，意图行刺。偏经有司查出，还有何幸？当然枭首市曹。宣帝亏得梁邱贺，得免不测，因擢贺为大中大夫给事中；嗣是格外谨慎。

为了立后问题，几踌躇了一两年。当时后宫妃嫔，共有数人得宠，张婕妤最蒙爱幸，生子名钦；次为卫婕妤，生子名嚣；又次为公孙婕妤，生子名宇；此外还有华婕妤，但生一女。宣帝本思立张婕妤为后，转思婕妤有子，若怀私意，便与霍氏无二，如何得保全储君；乃更择一无子少妒的宫妃，使登后位。拣来拣去，还是长陵人王奉光的女儿，入宫有年，已拜婕妤，可令她作为继后，母养太子。王奉光的祖宗，曾随高祖入关，得邀侯爵，至奉光时家已中落，斗鸡走狗，落拓生涯，宣帝曾寄养外家，得与相识。奉光有女十余岁，颇具三分姿色，只生就一个怪命，许字了两三家，往往克死未婚夫。到了宣帝嗣阼，奉光女尚未适人，宣帝追怀旧谊，发生异想，把她召入后宫，立命侍寝，赐过了几番雨露，王女幸得承恩，宣帝却也无恙。想是王女命中应配皇帝。后来霍后入宫，张婕妤又复继进，或挟贵，或恃色，惹得宣帝一身，无暇顾及王女，遂致王女冷落宫中，少得入御。不过宣帝却还未忘，命王女为婕妤，得令享受禄秩。王女心已知足，安处深宫，一些儿没有怨言，膝下也无子女。至此竟由宣帝选就，册为继后，就把太子薨交付了她，嘱令抚育。张婕妤等，都诧为异事，引作笑谈。惟王女虽得为后，仍不见宣帝宠遇，且情性甚是温和，毫不争夕，所以张婕妤等仍得相安，由她挂个虚名罢了。<small>王女知足不辱，却是一个贤妇。</small>

是时为宣帝六年，宣帝已改元二次，曾于五年间改号元康，内外百僚，竞言符瑞，连番上奏，说是泰山、陈留，翔集凤凰，未央宫降滋甘露，宣帝归德祖考，追尊悼考<small>即史皇孙，见八十一回。</small>为皇考，特立寝庙，豁免高祖功臣三十六家赋役，令子孙世奉祭祀，赐天下吏爵二级，民一级，女子百户牛酒，鳏寡孤独高年粟帛。又颁诏大赦，省刑减赋，今特胪述于后：

《书》云："文王作罚，刑兹无赦。"今吏修身奉法，未有能称朕意，朕甚愍焉！其赦天下，与士大夫励精更始。

狱者万民之命，所以禁暴止邪，养育群生也。使能生者不怨，死者不恨，则可谓文吏矣。今则不然，用法或持巧心，析律贰端，<small>析律谓分破律条，贰端谓妄生端绪。</small>深浅不平，增辞饰非，以成其罪。奏不如实，上无由知。此朕之不明，吏之不讲，四方黎民，将何仰哉？二千石其各察官属，勿用此人。吏或擅兴徭役，增饰厨传，<small>厨谓饮食，传谓传舍。</small>越职逾法，以取民誉，譬犹践薄冰以待白日，岂不殆哉！今天下颇被疾疫之灾，朕甚愍之，其令郡国被灾甚者，毋出今年租赋，俾民休息！

宣帝又因吏民上书，多因犯讳得罪，特改名为询诏云：

闻古天子之名，难知而易讳也。今百姓多上书触讳以犯罪者，朕甚怜之，其更名询，诸触讳在令前者赦之！

宣帝方整顿内治，未遑外攘。忽由卫侯使冯奉世，报称"莎车叛命，弑王戕使，由臣托陛下威灵，发兵讨罪，已得叛王首级，传送京师"云云。宣帝并未尝遣讨莎车，不过因西域归附，前此所遣各使，屡不称职，乃依前将军韩增举荐，授郎官冯奉世为卫侯使，持节送大宛诸国使臣，遄返故邦。

奉世系上党人，少学《春秋》，并读兵书，能通六韬三略，既奉宣帝诏命，遂与外使一同西行。及抵伊循城，闻得莎车内乱，有弑王戕使消息，便密语副使严昌道："莎车王万年，前曾入质我朝。只因前王已殁，该国人请他为嗣，由朝使奚充国送往。今乃敢抗违朝命，大逆不道，若非发兵加讨，将来莎车日强，势难更制，西域各国，均受影响，岂不是前功尽废么！"严昌也是赞成，但欲遣人驰奏，请旨定夺。奉世独以为事贵从速，不宜迟缓。乃即矫制谕告诸国，征发兵马，得番众万五千人，进击莎车。莎车国人，本迎立万年为王，万年暴虐，不洽舆情，前王弟呼屠征，乘隙纠众，击毙万年，并杀汉使奚充国，自立为莎车王，且攻劫附近诸国，迫使联盟叛汉。至冯奉世征集番兵，掩至城下，呼屠征毫不预防，慌忙募兵抵御，已是不及，竟被奉世引兵攻入。呼屠征惶急自杀，国人不得已乞降，献出呼屠征头颅。奉世另选前王支裔为嗣王，遣回各国兵士，特使从吏赍呼屠征首，报捷长安；自与大宛使臣，西诣大宛。大宛国王得知奉世斩莎车王，当然震慑，格外加敬，赠送龙马数匹，马似龙形，故名龙马。厚礼遣归。

宣帝接得奉世捷报，即召见前将军韩增，称他举荐得人，且令丞相以下，会议赏功授封。丞相魏相等，均复奏道："《春秋》遗义，大夫出疆，有利国家，不妨专擅。今冯奉世功绩较著，宜从厚加赏，量给侯封。"宣帝颇思依议，独少府萧望之谏阻道："奉世出使西域，但令送客归国，未尝特许便宜。彼乃矫制发兵，擅击莎车，虽幸得奏功，究竟不可为法。

倘若加封爵土，将来他人出使，喜事贪功，必且援奉世故例，开衅夷狄，恐国家从此多事了！臣谓奉世不宜加封。"望之所言，未免近迂。宣帝正欲综核名实，巩固君权，一得望之谏议，便不禁改易初心，待奉世还都复命，只命为光禄大夫，不复封侯。

谁知一波才平，一波又起。侍郎郑吉，曾由宣帝派往西域，监督渠犁城屯田兵士。吉更分兵三百人，至车师屯田，偏为匈奴所忌，屡遣兵攻击屯卒。吉率渠犁屯兵千五百人，亲至驰救，仍然寡不敌众，退保车师城中，致为匈奴兵所围。赖吉守御有方，匈奴兵围攻不下，方才引去。未几又复来攻，往返至好几次，累得吉孤守车师，不敢还兵。乃即飞书奏闻，请宣帝增发屯兵。宣帝又令群臣集议，后将军赵充国，谓"自西域通道，方命就渠犁屯田，为控御计。此为武帝时事，借充国口中叙明，与上文冯奉世所述莎车乱事，文法从同。惟渠犁距车师，约千余里，势难相救，最好是出击匈奴右地，使他还兵自援，不敢再扰西域，庶几车师渠犁，共保无虞"等语。此计亦妙。宣帝正在踌躇，适丞相魏相上书云：

臣闻之，救乱诛暴，谓之义兵，兵义者王。敌加于己，不得已而起者，谓之应兵，兵应者胜；争恨小故，不忍愤怒者，谓之忿兵，兵忿者败；利人土地货宝者，谓之贪兵，兵贪者破；恃国家之大，矜民人之众，欲见威于敌者，谓之骄兵，兵骄者灭。此五者，非但人事，乃天道也。间者匈奴尝有善意，所得汉民，辄奉归之，未有犯于边境。虽争屯田车师，不足致意中。今闻诸将军欲兴兵入其地，臣愚不知此兵何名者也。今边郡困乏，父子共犬羊之裘，食草菜之实，常恐不能自存，难以动兵，军旅之后，必有凶年，言民以其愁苦之气，伤阴阳之和也。出兵虽胜，犹有后忧，恐灾害之变，因此以生。今郡国守相，多不实选，风俗尤薄，水旱不时，按今年计，子弟杀父兄、妻杀夫者，凡二百二十二人，臣愚以为此非小变也。今左右不忧此，乃欲发兵报纤介之忿于远夷，殆孔子所谓吾恐季孙之忧，不在颛臾，而在萧墙之内也。愿陛下与列侯群臣，详议施行！

宣帝既得相书，乃遣长罗侯常惠，出发张掖、酒泉骑兵，往车师迎还郑吉，匈奴兵见有汉军出援，因即引去。吉率屯兵还渠犁，但车师故地，竟致弃去，仍复陷入匈奴。小子有诗叹道：

> 屡讨车师得荡平，如何甘失旧经营？
> 敛兵虽足休民力，坐瞫前功也太轻。

欲知后事如何，且看下回分解。

霍氏之灭，光实酿成之。论者谓光之失，莫大于隐袒霍显，不发举其弑后之罪。吾谓显之弑后，即光果发举，亦属过迟。弑后何事？显罪固宜伏诛，光岂竟能免谴？误在元配东闾氏殁后，即以显为继室。显一狡婢耳，为大将军夫人，名不正、言不顺，失之毫厘，谬以千里。且教子无方，诒谋无术，霍禹、霍山、霍云等，无一式谷，几何而不至灭门耶。宣帝惩于霍氏之专擅，故当冯奉世之讨平莎车，因萧望之谏阻侯封，谓其矫制有罪，即停爵赏。夫《春秋》之义，大夫出疆，有利于国，专之可也，魏相之言，不为无据，而宣帝不从，其猜忌功臣之心，已可概见。

然于许、史、王三家，第因其为直接亲戚，不问其才
能与否，俱授侯封，厚此而薄彼，宣帝其能免萦私之
诮乎？

第八十四回

询宫婢才识酬恩　擢循吏迭闻报绩

却说宣帝在位六七年，勤政息民，课吏求治，最信任的大员，一是卫将军张安世，一是丞相魏相。霍氏诛灭，魏相尝参议有功，不劳细叙。张安世却小心谨慎，但知奉诏遵行，未尝计除霍氏，且有女孙名敬，曾适霍氏亲属，关系戚谊；至霍氏族诛，安世恐致连坐，局促不安，累得容颜憔悴，身体衰羸。宣帝察知情伪，特诏赦他女孙，免致株连，安世才得放心，办事愈谨。安世兄贺，时已病殁，宣帝追怀旧惠，问及安世，才知贺子亦亡，只遗下一孤孙，年甫六龄，取名为霸。贺在时尝将安世季男彭祖养为嗣子，彭祖又尝与宣帝同塾读书，因此宣帝询明底细，先封彭祖为关内侯。安世入朝固辞，宣帝道："我只为着掖庭令，与将军无关。"安世乃退。宣帝又欲追封贺为恩德侯，并置守冢二百家。安世复表辞贺封，且请减守冢家至三十户，宣帝总算依议，亲定守冢地点，使居墓西斗鸡翁舍。舍旁为宣帝少时游憩地，故特使三十家居住，留作纪念。已而余怀未忘，自思不足报德，便于次年下诏，赐封贺为阳都侯。予谥曰"哀"，令关内侯彭祖袭爵，拜贺孙霸为车骑中郎将，赐爵关内侯，食邑三百户。霸年幼弱，但予禄秩，不使任事。贺有大德，原应赡养孤孙，但赐禄则可，赐官则不可。惟安世因父子封侯，名位太高，复为彭祖辞禄，诏令都内别藏张氏钱，数约百万。安世持身节俭，身衣弋绨，妻虽贵显，常自纺绩，家童却有七百人，但皆使为农工商，勤治产业，积少成多，所以张氏富厚，胜过霍氏。不过安世约束子弟，格外严谨，终得传遗数世，不致速亡。这是保家第一要旨。

先是安世长子千秋，与霍光子禹，并为中郎将，同随度辽将军范明友，出击乌桓。及奏凯回来，进谒霍光，光问千秋战斗方略，与山川形势，千秋口对指画，毫不遗忘。至转问及禹，禹均已失记，但答言俱有文书，光不禁叹息道："霍氏必衰，张氏将兴了！"谁叫你不知教子？后来光言果验，张氏子孙，出仕不绝。时人谓昭、宣以后，汉臣世祚，要算金、张两家。金即金日磾子孙，这且待后再表。

且说御史大夫丙吉，本与张贺同护宣帝，论起当时德惠，贺尚不及丙吉，只因吉为人深厚，绝口不道前恩。宣帝自幼出狱，尚是茫无知识，故但记及养生的张贺，未尝忆起救死的丙吉。可巧有一女子名则，尝为掖庭宫婢，保抱宣帝，至是已嫁一民夫，令他伏阙上书，自陈前功。宣帝全然忘记，特交掖庭令查讯，则供言御史大夫丙吉，曾知详细。掖庭令乃引则至御史府，验明真伪。吉见则后，面貌尚能相识，才说起前情道："事诚不虚，但汝尝保养不谨，受我督责，今怎得自称有功？惟渭城胡组，淮阳赵征卿，曾经乳养，却是有功足录呢！"即八十一回之赵、胡两妇。掖庭令乃转奏宣帝，宣帝再召问丙吉，吉因述胡、赵两妇保养情状。当下传诏至渭城、淮阳，访寻两妇，俱已去世；只有子孙尚存，得蒙厚赏。则虽未及两妇辛勤，总觉得前有微劳，也特赐钱十万，豁免掖庭差役。并将则召入细问，则备述丙吉前事，宣帝方知吉有大恩。待则去后，便封吉为博阳侯，食邑千三百户。并将许、史两家子弟，如史曾、史玄，皆史恭子。许舜、许延寿等，两许皆广汉弟。曾与宣帝关系亲旧，一体封侯。就是少时朋友，及郡狱中曾充工役，亦各给官禄田宅财物，多寡有差。一面选用良吏，入朝治事：

进北海太守朱邑为大司农，渤海太守龚遂为水衡都尉，东海太守尹翁归为右扶风，颍川太守黄霸、胶东相张敞先后为京兆尹。

朱邑字仲卿，庐江人氏，少为桐乡啬夫，廉平不苛，吏民悦服，迁补北海太守，政绩卓著，推为治行第一。宣帝乃擢为大司农。性情淳厚，待人以德，惟遇人嘱托私情，独峻拒不允，朝臣颇加敬惮。所得禄赐，辄赒济族党，家无余财，自奉却很俭约。入任大司农五年，得病不起，遗言嘱子道："我尝为桐乡吏，民皆爱我。后世子孙，向我致祭，恐反不如桐乡百姓，汝宜将我遗骸，往葬桐乡，休得有违！"言讫即逝。子遵父命，奉葬桐乡西郭，百姓果为起冢立祠，祭祀不绝。

龚遂字少卿，籍隶平阳，前坐昌邑王贺事，枉受髡刑，罚为城旦。见第八十回。至宣帝即位以后，适值渤海岁饥，盗贼蜂起，郡守以下，多不能制。丞相御史，便将龚遂登入荐牍，请令出守渤海，宣帝即召遂入见。遂年逾七十，体态龙钟，且身材本来短小，尤觉得曲背驼腰。宣帝瞧着，殊失所望，但已经召至，不得不开口问道："渤海荒乱，足贻朕忧，敢问君将如何处置盗贼？"遂答道："海滨遐远，未沾圣化，百姓为饥寒所迫，又无良吏抚慰，不得已流为盗贼，弄兵满池。今陛下俯问及臣，意欲使臣往剿呢？还是使臣往抚呢？"宣帝道："朕今选用贤良，原欲使抚人民，并非一意主剿。"遂又答道："臣闻治乱民如治乱绳，不应过急，须徐徐清理，方可治平。陛下既有意抚民，使臣充乏，臣愿丞相御史，毋拘臣文法，得一切便宜从事，方可有成。"成竹在胸。宣帝点首允诺，并赐遂黄金百斤，令即为渤海守。遂叩谢而出，草草整装，乘驿入渤海境。郡吏发兵往迎，遂一概遣还。移檄属县，尽罢捕吏，所有操持田器的百姓，尽为良民，吏毋过问；惟持兵械，方为盗贼。盗贼得此命令，闻风解散。及遂单车至府，开发仓廪，赈贷贫民，并把旧有吏尉去暴留良，使他安抚牧养。人民大悦，情愿安土乐业，不愿轻身试法，烽烟息警，阖郡咸安。渤海民风，向来奢侈，专务末技，不勤田作，遂以俭约率民，劝课农桑，教导树畜，民间或带持刀剑，悉令卖剑买牛，卖刀买犊，且亲加慰谕道："汝等俱系好民，为何带牛佩犊呢？"百姓无不遵谕，勉为良民。才阅三四年，狱讼止息，吏民富饶。抚字之道，原应如此。

宣帝嘉遂政绩，遣使召归。遂奉命登程，吏民恭送出境，望车泣别，议曹王生，独愿随行。王生素来嗜酒，旁人都说他酒醉糊涂，不应与偕，遂未忍谢绝，许得相从。自渤海至长安，王生连日饮酒，未尝进言，及已入都门，见遂下车赴阙，独抢前数步，径至遂后，高声呼遂道："明府且止！愿有所白。"遂闻声回顾，视王生脸上，尚有酒意，不知他说甚话儿。但听王生语道："天子如有所问，公不宜遽陈治绩，只言是圣主德化，非出臣力，愿公勿忘！"无非是教他贡谀，但对于专制君主，只应如此。遂额首自行，既见宣帝，果然承问治状，便将王生所言，应答出去。宣帝不禁微笑道："君怎得此长者言语，乃来答朕？"确是明察。遂不敢隐讳，索性直陈道："这是议曹教臣，臣尚未知此道呢！"恰也老实。宣帝复问了数语，当即退朝。暗想遂年已老，不能进任公卿，乃命为水衡都尉，并授王生为水衡丞。未几遂即病殁，也是一位考终的循吏。

尹翁归字子兄，音况。世居平阳，迁住杜陵。少年丧父，依叔为生，弱冠后充当狱吏，晓习文法，又喜击剑，人莫敢当。适田延年为河东太守，巡行至平阳，校阅吏役，令文吏在东，武吏在西。翁归时亦在列，独伏不肯起，抗声说道："翁归文武兼备，愿听驱策！"左右目为不逊，惟延年暗暗称奇，令他起立，与语吏事，翁归应对如流。当由延年带归府舍，嘱使讞案，发奸摘伏，民无遁情，延年大加器重，历署吏尉。及延年内调，翁归亦迁补都内令，寻且拜为东海太守。廷尉于定国，系东海人，翁归奉命出守，不能不向他辞行，乘便问及东海民风。定国有邑子二人，欲托翁归带去，量为差遣，那知互谈多时，竟难出口，只好送他出门。返语邑子道："他是当今贤吏，不便以私相托；且汝两人，亦未能任事，我所以不好启齿呢！"邑子虽然失望，也觉得情真语确，只好罢休。那翁归到了东海，悉心查访，凡吏民贤否，及地方豪猾，一一载入籍中，然后巡行各县，按籍赏罚，善必劝，恶必惩。有郯县土豪许仲孙，武断乡曲，称霸一隅，历届太守，屡缉不获。翁归亲督捕吏，将他拘住，讯出种种罪恶，立命处死。嗣是民皆畏法，不敢为非，东海遂得大治。杀一儆百，也不可少。宣帝复调翁归为右扶风，翁归莅任，仍照东海办法，且访用廉平吏人，优礼接待。详询民间利害，闻有土豪败类，立命县吏拘拿，所至必获，惩罪如律。因此扶风治盗，称为三辅中第一贤能。

至若黄霸履历，已见前文。在八十二回中。惟霸出任扬州刺史，察吏安民，三载考绩，当然课最。有诏迁霸为颍川太守，特赐车中高盖，以示旌异。霸至颍川，宣谕朝廷德惠，使邮亭乡官，皆畜鸡豚，赡养贫穷鳏寡。然后颁布规条，嘱令乡间父老，督率子弟，按章举行。会有密事调查，因派一老成属吏，前往访察，毋得泄机。属吏依言出发，途次易服微行，不敢食宿驿舍，遇着腹饥的时候，但在市中买得饭菜，就食野间。忽有一乌飞下，把他食肉攫去，吏不及抢夺，只好自认晦气，食毕即行。待至事已查毕，回署复命，霸一见便说道："此行甚苦，乌鸟不情，攫去食肉，我已知汝委曲了！"吏闻言大惊，还疑霸遣人随着，无事不知，看来是不能隐蔽，只好将调查案件，和盘说出，详尽无遗。其实霸并未差人随去，不过平日在署，任令吏民白事。有乡民诣署陈情，霸问他途中所见，他即顺口说乌鸟攫肉等事，当由霸记在心中，见吏回来，乐得借端提及，使他不敢欺饰，才得真情。有时鳏寡孤独，死无葬费，由乡吏上书报明，霸即批发出去，谓有某所大木，可以为棺，某亭猪子，可以宰祭，乡吏依令往取，果如霸言，益奉霸若神明。境内奸猾，闻风趋避，盗贼日少，狱讼渐稀。许县有一县丞，老年病聋，督邮太守属吏。欲将他免官，向霸报告。霸独与语道："许丞乃是廉吏，虽是年老重听，尚能拜起如仪，汝等正应从旁帮助，勿使贤吏向隅！"督邮只好退去。或问老朽无用，如何留住？霸答道："县中若屡易长吏，免不得送旧迎新，多需费用。且奸吏得从中舞弊，盗取财物。就使换一新吏，亦未必果能贤。大约治道，惟去其太甚，何必多此纷更呢？"自是所有属吏，各求寡过，霸亦不轻事变更，上下相安，公私交济。历观黄霸行谊，足称小知，未堪大受，故后来为相，不若治郡之有名。

适京兆尹赵广汉，因私怨杀死邑人荣畜，为人所讦，事归丞相御史查办。案尚未定，广汉却刺探丞相家事，阴谋抵制。可巧丞相府中有婢自杀，广汉疑由丞相夫人威迫自尽，乃俟丞相魏相出祭宗庙时，特使中郎赵奉寿，往讽魏相，欲令相自知有过，未敢穷究荣畜冤情。偏魏相不肯听从，案验愈急。广汉乃欲劾奏魏相，先去请教太史，只言近来星象，有无变动。太史答称本年天文，应主戮死大臣。广汉闻言大喜，总道应在丞相身上，便即放大了胆，上告魏相逼杀婢女，当下奉得复诏，令京兆尹查问。广汉正好大出风头，领着全班吏役，驰入相府。刚值魏相不在府中，门吏无法禁阻，只好由他使威。他却入坐堂上，传唤魏夫人听审，魏夫人虽然惊心，不得已出来候质，广汉仗着诏命，胁令魏夫人下跪，问她何故杀婢？魏夫人怎肯承认？极口辩驳，彼此争执一番。究竟广汉不便用刑，另召相府奴婢，挨次讯问，也无实供。广汉恐魏相回来，多费唇舌，因即把奴婢十余人，带着回衙。魏夫人遭此屈辱，当然不甘，等到魏相回府，且泣且诉。魏相也容忍不住，立即缮成奏牍，呈递进去。

宣帝见魏相奏中，略言"臣妻未尝杀婢，由婢有过自尽；广汉自己犯法，不肯伏辜，反欲向臣胁迫，为自免计，应请陛下派员查明，剖分曲直"云云。乃即将原书发交廷尉，令他彻底查清。廷尉于定国，查得相家婢女，实系负罪被逐，斥出外第，自致缢死。与广汉所言不同。司直官名。萧望之，遂劾奏广汉摧辱大臣，意图劫制，悖逆不道。恐也是投阱下石。宣帝方倚重魏相，自然嫉恨广汉，当即褫职治罪，再经廷尉复核，又得广汉妄杀无辜、鞫狱失实等事，罪状并发，应坐腰斩。廷尉依律复奏，由宣帝批准施行，眼见得广汉弄巧成拙，引颈待诛。广汉为涿郡人，历任守尹，不畏强御，豪猾敛踪，人民乐业，所以罪名既定，京兆吏民都伏阙号泣，吁请代死。宣帝意已决定，不肯收回成命，当将吏民驱散，饬把广汉正法市曹。广汉至此，也自悔晚节不终，但已是无及了！一念萦私，祸至枭首。

惟京兆一职，著名繁剧，自从广汉死后，调入彭城太守接任，不到数月，便至溺职罢官。乃更将颍川太守黄霸，迁署京兆尹。霸原是一个好官，奉调莅任，也尝勤求民隐，小心办公。谁知都中豪贵，从旁伺察，专务吹毛索瘢，接连纠劾，一是募民修治驰道，不先上闻；一是发骑士诣北军，马不敷坐。两事俱应贬秩，还亏宣帝知霸廉惠，不忍夺职，乃使霸复回原任，改选他人补缺。仅一年间，调了好几个官吏，终难胜任。后来选得胶东相张敞，入主京兆，才能称职无惭，连任数年。

敞字子高，平阳人氏，徙居茂陵，由甘泉仓长迁补太仆丞。昌邑王贺嗣立时，滥用私人，敞切谏不从。至贺废去后，谏牍尚存，为宣帝所览及，特擢敞为大中大夫。嗣复出为山阳太守，著有循声。山阳本昌邑旧封，昌邑王废，国除为山阳郡，地本闲旷，并非难治。只因刘贺返居此地，宣帝尚恐他有变动，特令敞暗中监守，毋使狂纵。敞随时留心，常遣丞吏行察；嗣又亲往审视，见贺身长体瘠，病痿难行，著短衣，戴武冠，头上插笔，手中持简，蹒跚出来，邀敞坐谈。敞用言探视，故意说道："此地枭鸟甚多。"贺应声道："我前至长安，不闻枭声，今回到此地，又常听见枭声了。"敞听他随口对答，毫无别意，就不复再问。但将贺妻妾子女，按籍点验。轮到贺女持帚，贺忽然跪下，敞亟扶贺起，问为何因？贺答说道："持帚生母，就是严长孙的女儿。"说完两语，又无他言。严长孙就是严延年，前因劾奏霍光，得罪遁去。及霍氏族灭，宣帝忆起延年，复征为河南太守。贺妻为延年女，名叫罗紨，他把妻族说明，想是恐敞抄没子女，故请求从宽。敞并无此意，好言抚慰。至查验已毕，共计贺妻妾十六人、子十一人女十一人，此外奴婢财物，却是寥寥无几，并无什么私蓄。料知贺是沉迷酒色，迹等痴狂，不必虑及意外情事。因即辞别回署，据实奏闻。

宣帝方以为贺不足忧，下诏封贺为海昏侯，食邑四千户。海昏属豫章郡，在昌邑东面，贺奉诏移居后，昏愚如故。侍中金安上奏白宣帝，斥贺荒废无道，不宜使奉宗庙，宣帝乃但使贺得食租税，不准预闻朝廷典礼。已而扬州刺史柯，又复奏称贺有异志，与故太守卒吏孙万世交通，万世咎贺不杀大将军，听人夺去玺绶，实属失策，且劝贺谋为豫章王；贺亦自悔前误，意欲自立为王等情。宣帝虽将原奏发交有司，心中已知贺无材力，不能起事，所以有司复奏，请即逮捕，有诏谓不屑究治，只削夺贺邑三千户。贺入不敷出，未免忧愁，往往驾舟浮江，至赣水口愤慨而还，后人称为慨口。未几贺即病死。豫章太守一面报丧，一面上言贺尝暴乱，不当立后，宣帝因除国为县。后来元帝嗣位，始封贺子代宗为海昏侯，即得传了好几世。小子有诗叹道：

> 荒淫酒色太神昏，狂悖何能望久存。
> 多少废王捐首去，得全腰领尚蒙恩。

贺未死时，张敞已经调任胶东，欲知敞在胶东时事，待至下回表明。

　　尝读《战国策》文，见唐雎说信陵君云："人有德于我，不可忘；我有德于人，不可不忘。"此实为对己对人之要旨。如丙吉之有功不伐，固施恩不望报者；宣帝因宫婢一言，即封吉为博阳侯，亦可谓以德报德，不愧为贤。人不可无天良，宣帝之无德不报，即天良之发现使然。此其所以为中兴令主也。且其励精图治，选用循吏，尤得抚字之方。若朱邑，若龚遂，若尹翁归，若黄霸，若张敞，果皆以治绩著名。天下多一良吏，即为国家保全数万生灵；而推厥由来，则全赖有选用循良之人主，主德清明，循吏辈出，天下自无不治矣。阅此回，益信为政在人之说，亘古不易云。

第八十五回

两疏见机辞官归里　三书迭奏罢兵屯田

却说张敞久守山阳，境内无事，自觉闲暇得很。会闻渤海、胶东，人民苦饥，流为盗贼。渤海已派龚遂出守，独胶东尚无能员，盗风日炽。胶东为景帝子刘寄封土，传至曾孙刘音，少不更事，音母王氏，专喜游猎，政务益弛，敞遂上书阙廷，自请往治，宣帝乃迁敞为胶东相，赐金三十斤。敞入朝辞行，面奏宣帝，谓劝善惩恶，必需严定赏罚，语甚称旨。因即辞赴胶东，一经到任，便悬示赏格，购缉盗贼，盗贼如自相捕斩，概免前愆；吏役捕盗有功，俱得升官。言出法随，雷厉风行，果然盗贼屏息，吏民相安。与龚遂治状不同。敞复谏止王太后游猎，王太后却也听从，深居简出，不复浪游。为此种种政绩，自然得达主知。

可巧京兆尹屡不称职，遂由宣帝下诏，调敞为京兆尹。敞移住京兆，闻得境内偷盗甚多，为民所苦，就私行察访，查出盗首数人，统是鲜衣美食，仆马丽都，乡民不知为盗首，反称他是忠厚长者。经敞一一察觉，不动声色，但遣人分头召至，屏人与语，把他所犯各案，悉数提出，诸盗皆大惊失色。敞微笑道："汝等无恐，若能改过自新，把诸窃贼尽行拿交，便可赎罪。"诸盗叩头道："愿遵明令！不过今日蒙召到来，必为群窃所疑，计惟请明公恩许为吏，方可如约。"敞慨然允诺，悉令补充吏职。诸盗乃拟定一计，告知张敞，敞亦依议，遣令回家。这番治盗又另是一番作用。诸盗既得为吏，在家设宴，遍邀群窃入饮。群窃不知是计，一齐趋贺，列席饮酒，大众喝得酩酊大醉，方才辞出。那知甫出门外，即被捕役拘住，好似顺手牵羊一般，无一漏网。及诣府听审，群窃还想抵赖，敞嗔目道："汝等试看背后衣裾，各有记号，尚得抵赖么？"群窃自顾背后，果皆染着赤色，不知何时被污，于是皆惶恐伏罪，一一供认。敞按罪轻重，分别加罚。境内少去偷儿数百人，自然闾阎安枕，枹鼓稀鸣。此外治术，略仿赵广汉成迹。惟广汉一体从严，敞却严中寓宽，因此舆情翕服，有口皆碑。

只是敞生性好动，不尚小节，往往走马章台，长安市名。轻衣绰扇，自在游行。有时晨起无事，便为伊妻画眉，都下传为艳闻，盛称张京兆眉妩风流。豪贵又据为话柄，说他失了体统，列入弹章。多事。宣帝召敞入问，敞直答道："闺房燕好，夫妇私情，比画眉还要加甚，臣尚不止为妇画眉呢！"对答得妙。宣帝也一笑而罢，敞亦退出。但为了这种琐事，总觉他举止轻浮，不应上列公卿，所以敞为京兆尹，差不多有八九年，浮沉宦署，终无迁调音信，敞亦得过且过，但求尽职罢了。

是时太子太傅疏广与少傅疏受，谊关叔侄，并为太子师傅，时论称荣。广号仲翁，受字公子，家居兰陵，并通经术，叔以博士进阶，侄以贤良应选。当时，太子奭，年尚幼弱，平恩侯许广汉为太子外祖父，入请宣帝，拟使弟舜监护太子家事。宣帝闻言未决，召问疏广，广面奏道："太子为国家储君，关系甚重，陛下应慎择师友，预为辅翼，不宜专亲外家，况太子官属已备，复使许舜参入监护，是反示天下以私，恐未足养成储德呢！"宣帝应声称善，待广退出，转语丞相魏相，相亦服广先见，自愧未逮。嗣是宣帝益器重疏广，屡加赏赐。太子入宫朝谒，广为前导，受为后随，随时教正，不使逾法。

叔侄在位五年，太子奭年已十二，得通《论语》、《孝经》。广喟然语受道："我闻知足不辱，知止不殆，功成身退，方合天道。今我与汝官至二千石，应该止足，此时不去，必有后悔，何若叔侄同归故里，终享天年！"受即跪下叩首道："愿从尊命！"广遂与受联名上奏，因病乞假。宣帝给假三月，转瞬期满，两人复自称病笃，乞赐放归。宣帝不得已准奏，加赐黄金二十斤。太子奭独赠金五十斤，广与受受金拜谢，整装出都。盈廷公卿，并故人邑子，俱至东都门外，设宴饯行。两疏连番受饮，谢别自去。道旁士女，见送行车马，约数百辆，两下里嘱咐珍重，备极殷勤，不禁代为叹息道："贤哉二大夫！"及广、受归至兰陵，具设酒食，邀集族党亲邻，连日欢饮。甚至所赐黄金，费去不少，广尚令卖金供馔，毫不吝惜。约莫过了年余，子孙等见黄金将尽，未免焦灼，因私托族中父老，劝广节省。广太息道："我岂真是老悖，不念子孙，但我家本有薄产，令子孙勤力耕作，已足自存，若添置产业，非但无益，转恐有害。子孙若贤，多财亦足灰志；子孙不贤，反致骄奢淫佚，自召危亡。从来蕴利生孽，何苦留此余金，贻祸子孙！况此金为皇上所赐，无非是惠养老臣，我既拜受回来，乐得与亲朋聚饮，共被皇恩，为甚么无端悭吝呢？"*看得穿，说得透。*父老听了，也觉得无词可驳，只得转告疏广子孙。子孙无法劝阻，没奈何勤苦谋生。广与受竟将余金用罄，先后考终。相传二疏生时居宅，及殁后坟墓，俱在东海罗滕城。这也不必絮述。

　　且说二疏去后，卫将军大司马张安世，相继病逝，赐谥曰"敬"。许、史、王三家子弟，俱因外戚得宠，更迭升官。谏大夫王吉，前曾与龚遂并受髡刑，见前文。嗣由宣帝召入，令司谏职。吉因外戚擅权，将为后患，已有些含忍不住，并且宣帝政躬清暇，也欲仿行武帝故事，幸甘泉，郊泰畤，转赴河东祀后土祠；又听信方士讹言，添置神庙，费用颇巨，吉乃缮书进谏，请宣帝明选求贤，毋用私戚，去奢尚俭，毋尚淫邪。语语切中时弊，偏宣帝目为迂阔，留中不报。吉即谢病告归，退居琅琊故里。吉少时常游长安，僦屋居住，东邻有大枣树，枝叶纷披，垂入吉家。吉妻趁便摘枣，进供吉食，吉还道是购诸市中，随手取啖。后知是妻室窃取得来，不禁怒起，竟与离婚，将妻撵回。东邻主人闻得王吉休妻，只为了区区枣儿，惹出这般祸祟，便欲将枣树砍去，免得伤情。嗣经里人出为排解，劝吉召还妻室，东邻亦不必砍树，吉始允从众议，仍得夫妇完聚。里人因此作歌道："东家有树，王阳妇去；东家枣完，去妇复还！"原来吉字子阳，故里人称为王阳。吉又与同郡人贡禹为友，当吉为谏大夫时，禹亦出任河南令。时人又称诵道："王阳在位，贡禹弹冠。"至吉乞休归里，禹亦谢归，出处从同，心心相印，真个是好朋友了。不略名人遗事。

　　惟宣帝不从吉议，依然迷信鬼神。适益州刺史王襄，举荐蜀人王褒，说他才具优长，宣帝当即召见，令作《圣主得贤臣颂》。褒应命立就，词华富赡，独篇末有"雍容垂拱，永永万年，不必眇然绝俗"等语，宣帝尚未以为然，但既经召至，暂令待诏金马门。褒有心干进，变计迎合，续制离宫别馆诸歌颂，铺张扬厉，方博宣帝欢心，擢褒为谏大夫。可巧方士上言，益州有金马、碧鸡二宝，为神所司，可以求致。宣帝因问诸王褒，褒含糊对答，未曾详言。当由宣帝饬人致祭，褒亦乐得奉诏，正好衣锦还乡。其实金马、碧鸡，乃是两山名号，不过一山似马，一山似鸡，因形留名，并非国宝。惟山上颇多神祠，褒应诏致祭，逐祠拜祷，有什么金马出现，碧鸡飞翔？褒却在途中冒了暑气，竟致一命呜呼，无从复命。想是得罪山神，故令病死。益州刺史代为报闻，宣帝很加悼惜。只因求宝未获，反致词臣道毙，也渐悟是方士谎言。又经京兆尹张敞，奏入一本，极称方士狡诈，不应亲信，宣帝乃遣散方士，不复迷信鬼神了。还算聪明。

忽由西方传入警报，乃是先零羌酋杨玉，纠众叛汉，击逐汉官义渠安国，入寇西陲。羌人为三苗遗裔，种类甚多，出没湟水附近，附属匈奴。就中要算先零、罕开二部，最为繁盛。自武帝开拓河西四郡，截断匈奴右臂，不使胡羌交通，并将诸羌驱逐出境，不准再居湟中。及宣帝即位，特派光禄大夫义渠安国，巡视诸羌。安国复姓义渠，也是羌种，因祖父入为汉臣，乃得承袭余荫。先零土豪，闻知安国西来，遣使乞求，愿汉廷恩准弛禁，令得渡过湟水，游牧荒地，安国竟代为奏闻。后将军赵充国，籍隶陇西，向知羌人狡诈，一闻此信，当即劾奏安国，奉使不敬，引寇生心。于是宣帝严旨驳斥，召还安国，拒绝羌人。先零不肯罢休，联结诸羌，准备入寇，且绕道通使匈奴，求为援助。

赵充国探得秘谋，趁着宣帝召问时候，便谓秋高马肥，羌必为变，宜派妥员出阅边兵，预先戒备，并晓谕诸羌，毋堕先零诡谋。宣帝乃命丞相御史，择人为使。丞相魏相，拟仍资熟手，再令义渠安国前往，有诏依议，复使安国西行。一误何可再误？安国驰至羌中，召集先零土豪三十余人，责他居心叵测，一体处斩。复调边兵，残戮羌首，约得千余级。先零酋杨玉，本已受汉封为归义侯，至此见安国无端残杀，也不禁怒气上冲，再加部众从旁激迫，忍无可忍，即日麾众出发，来击安国。安国方在浩亹，手下兵不过三千，突被羌人杀入，一时招架不住，拍马便奔。羌人乘势追击，夺去许多辎重兵械，安国也不遑顾及，只是逃命要紧，一口气跑至令居，闭城拒守，当即飞章入报，亟请援师。但知纵火，不能收火。

宣帝闻信，默思朝中诸将，只有赵充国最识羌情，可惜他年逾七十，未便临敌，乃特使御史大夫丙吉，往问充国，何人可督兵西征？充国慨然答道："欲征西羌，今日当无过老臣！"

可谓老当益壮。丙吉返报宣帝，宣帝又遣人问道："将军今日出征，应用多少人马？"充国道："百闻不如一见，今臣尚在都中，无从遥决。臣愿驰至金城，熟窥虏势，然后报闻。但羌戎小夷，逆天背叛，不久必亡，陛下诚委任老臣，臣自有方略，尽可勿忧！"这数语传达宣帝，宣帝含笑应诺。充国即拜命起行，直抵金城，调集兵马万骑，指令渡河。又恐为虏骑所遮，待至夜半，先遣三营人马，衔枚潜渡，立定营寨，再由充国率师复渡。

到了天明，已得全军过河，遥见虏骑数百，前来挑战。诸将请开营接仗，充国道："我军远来疲倦，不可轻动，况虏骑并皆轻锐，明明是诱我出营。我闻击虏以殄灭为期，小利切不可贪，当图大功！"说罢，遂下令军中，毋得出击，违令者斩！军士奉令维谨，自然坚守勿出。充国即密遣侦骑，探得前面四望峡中，并无守虏，乃复静候天晚，潜师夜进。逾四望峡，径抵落都山，方命下寨，欣然语诸将道："我料羌虏已无能为，若使先遣数千人马，守住四望峡中，我军宁能飞渡呢？"未几又拔寨西行，进至西部都尉府，作为行辕，安然住着。每日宴飨将士，但令静守，不准妄动。羌人连番搦战，始终不出一兵，直伺羌众退去，才遣轻骑追蹑，捕得生口数名，温颜慰问。听他答说，已知羌人互相埋怨，求战不得，各生贰心，乃即纵使归去，仍然按兵不发，坐待乖离。

从前，先、零羌开本为仇敌，先零意欲叛汉，始遣人与羌开讲和。羌开酋长靡当儿，疑信参半，特使弟雕库来见西部都尉，说是先零将反。都尉暂留雕库，派人侦察，才阅数日，果得先零反状。又闻雕库部下，亦有通同先零，与谋叛事，遂把雕库拘住，不肯放归。充国将计就计，索性放出雕库，当面抚慰道："汝本无罪，我可放汝回去；但汝须传告各部，速与叛人断绝关系，免致灭亡。现今天子有诏，令汝羌人自诛叛党，诛一大豪，得赏钱四十万，诛一中豪，得赏钱十五万，诛一小豪，得赏钱二万，就是诛一壮丁，亦赏钱三千，诛一女子或老幼，每人赏千钱，且将所捕妻子财物，悉数给与。此机一失，后悔难追，汝宜谨记此诏，宣告毋违！"雕靡唯唯受命，欢跃而去。

会有诏使到来，报称天子大发兵马，得六万人，出屯边疆，作为声援。又由酒泉太守辛武贤奏请，愿分兵出击罕开。充国与诸将会议道："武贤远道出征，劳师费饷，如何取胜？况先零叛汉，罕开虽与通和，并未明言助逆，现宜暂舍罕开，独对先零。先零一破，罕开自不战可服了！"诸将也以为然，遂即送回诏使，上陈计议，宣帝得书，又令公卿集议，群臣俱谓须先破罕开，然后先零势孤，容易荡平。宣帝乃命乐成侯许延寿为强弩将军，辛武贤为破羌将军，合讨罕开。且责充国逗留勿进，饬令从速进兵，遥为援应。充国又上书极陈利害，略言"先零为寇，罕开未尝入犯，今释有罪、讨无辜，起一难、就两害，实为非计。且先零欲叛，故与罕开结好，今若先击罕开，先零必发兵往助，交坚党合，不易荡平，故臣以为必先平先零，始可收服罕开"。宣帝见了此奏，方才省悟，乃报从充国计议。

充国因引兵至先零，先零已经懈弛，总道充国但守勿战，不意汉兵遽至，统皆骇走。充国虽率兵追逐，却是徐徐进行，并不急赶。部将请诸充国，愿从急进。充国道："这是穷寇，不宜过迫，我若急进，彼无处逃生，必然拼死返斗，反致不妙。"诸将始无异言。及追至湟水岸旁，先零兵各自奔命，纷纷南渡，船少人多，半被挤溺；再加充国从后赶至，益觉心慌，越慌越慢，越慢越僵，好几百人，做了刀头鬼。还有马牛羊十万余头，车四千余辆，不能急渡，尽被汉兵夺来。惩创先零，已经够了。充国已经得胜，却不令兵士休息，反促令大众，驰入罕开境内,只准耀武,不准侵掠。罕开闻知,相率喜语道:"汉兵果不来击我了!"正堕老将计中。渠帅靡忘,守住罕开边疆,遣人至充国军,愿听约束。充国飞书驰奏,道远未得复诏,那靡忘复自诣军前,来议和约。充国推诚相待,赐给酒食,嘱他还谕部落,毋结先零,自取灭亡。靡忘顿首谢罪,情愿遵嘱。充国便欲遣归,将佐等齐声谏阻,统说是未奉朝旨,不宜轻纵。充国道:"诸君但贪小利,不顾公忠,我且与诸君道来。"说到此句,诏书已至,准令靡忘悔罪投诚。充国不必再与将校絮谈,当即将靡忘放还,不到数日,便得罕开酋长谢过书,全部效顺。充国喜如所望,移军再讨先零。适值秋风肃杀,充国冒寒得病,脚肿下痢;虽仍筹划军情,不得不报知宣帝。有诏令破羌将军辛武贤为副,约期冬季进兵。

偏先零羌陆续来降,先后共万余人,充国乃复变计主抚,督兵屯田,静待寇敝,因上屯田奏议,请罢骑兵,但留步兵万余人,分屯要害,且耕且守。这奏牍呈入阙廷,朝臣多半反对,说他迂远难成,宣帝因复诏道:"如将军计,虏何时得灭?兵何时得解?可即复奏!"充国乃再条陈利病道:

> 臣闻帝王之兵,以全取胜,是以贵谋而贱战。蛮夷习俗虽殊,然其欲避害就利,爱亲戚,畏死亡,一也。今虏失其美地荐草,荐草谓稠草。骨肉离心,人有叛志,而明主班师罢兵,但留万人屯田。顺天时,因地利,以待可胜之虏,虽未即伏辜,决可暮月收效。臣谨将不出兵与留田便宜十二事,逐条上陈。步兵九校,吏士万人,因田致谷,威德并行,一也。排折羌虏,令不得居肥饶之地,势穷众涣,必至瓦解,二也。居民得共田作,不失农业,三也。军马一月之费,可支田卒一岁,罢骑兵以省大费,四也。至春省甲士卒,循河湟漕谷至临羌,示羌威武,五

也。以闲暇时缮治邮亭，充入金城，六也。兵出乘危，侥幸不出，令反叛之虏，窜于风寒之地，离霜露疾疫瘝堕之患，坐得必胜之道，七也。无径阻远追死伤之害，八也。内不损威武之重，外不令虏得乘间之势，九也。又无惊动河南大开、小开，皆羌种。使生他变之忧，十也。治隍陿中道桥，令可至鲜水以制西域，信威千里，从枕席上过师，十一也。大费既省，徭役豫息，以戒不虞，十二也。留屯田得十二便，出兵失十二利，唯明诏采择！

是书奏入，宣帝又复报充国，问他葺月期限，究在何时。且羌人若闻朝廷罢兵，乘虚进袭，屯田兵能否抵御？必须妥行部署，方可定夺。充国又奏称"先零精兵不过七八千人，分散饥冻，灭亡在即。待至来春虏马瘦弱，更不敢率众寇边；就使稍有侵掠，亦不足虑。现在北有匈奴，西有乌桓，俱未平服，不能不备，若顾此失彼，两处无成，于臣不忠，于国无福，请陛下明见赐决，勿误浮言！"这已是第三次奏请罢兵屯田。宣帝每得一奏，必询诸众议，第一次赞成充国，十人中不过二三；第二次便有一半赞成了；第三次的赞成，十中得八。宣帝因诘责从前反对的朝臣。群臣无词可说，只得叩头服罪。丞相魏相跪奏道："臣愚昧不习兵事，后将军规划有方，定可成功，臣敢为陛下预贺！"也是个顺风敲锣。宣帝始决依充国计策，诏令罢兵屯田。小子有诗赞充国道：

尚力何如且尚谋，平羌全仗幄中筹；
屯田半载收功速，元老果然克壮猷。

屯田策定，偏尚有人主张进攻。欲知是人为谁，待至下回再表。

　　两疏请老，后人或称之，或讥之。称之者曰：两疏为太子师傅，默窥太子庸懦，不堪教导，故有不去必悔之言，见几而作，得明哲保身之道焉。讥之者曰：太子年甫十二，正当养正之时，两疏既受师傅重任，应合力提携，弼成君德，方可卸职告归，奈何以后悔为惧，遽尔舍去。是二说者，各有理由，未可偏非。但君子难进易退，与其素餐受谤，毋宁解组归田，何必依依恋栈，如萧望之之终遭陷害乎？若赵充国之控御诸羌，能战能守，好整以暇，及请罢兵屯田，尤为国家根本之计，老成胜算，非魏相等所可几及；而宣帝卒专心委任，俾得成功。有是臣不可无是君，充国其亦幸际明良哉！

第八十六回

逞淫谋番妇构衅　识子祸严母知几

却说宣帝复报赵充国，准他罢兵屯田，偏有人出来梗议，仍主进击。看官道是何人？原来就是强弩将军许广汉，与破羌将军辛武贤。宣帝不忍拂议，双方并用，遂令两将军引兵出击，与中郎将赵卬会师齐进。卬即充国长子，既奉上命，不得不从，于是三路并发。许广汉降获羌人四千余名，辛武贤斩杀羌人二千余级，卬亦或杀或降，约得二千余人。独充国并不进兵，羌人自愿投降，却有五千余名。充国因复进奏，略称"先零羌有四万人，现已大半投诚，再加战阵死亡，不下万余，所遗止四千人，羌帅靡忘，致书前来，情愿往取杨玉，不必劳我三军，请陛下召回各路兵马，免致暴露"云云。宣帝乃令许广汉等不必进兵。

好容易已过残冬，就是宣帝在位第十年间，宣帝已经改元三次，第五年改号元康，第九年复改号神爵。充国西征，事在神爵元年，至神爵二年五月，充国料知羌人垂尽，不久必灭，索性请将屯兵撤回，奉诏依议，充国遂振旅而还。有充国故人浩星赐，由长安出迎充国，乘间进言道："朝上大臣，统说由强弩、破羌二将，出击诸羌，斩获甚多，羌乃败亡。惟二三识者，早知羌人势穷，不战可服，今将军班师入觐，应归功二将，自示谦和，才不至无端遭忌呢！"论调与王生相同。充国叹息道："我年逾七十，爵位已极，何必再要夸功。惟用兵乃国家大事，应该示法后世，老臣何惜余生，不为主上明言利害！且我若猝死，更有何人再为奏闻！区区微忱，但求无负国家，此外亦不暇顾及了！"情势原与龚遂有别。遂不从浩星赐言，诣阙自陈，直言无隐。时强弩将军许广汉，已经旋师，只辛武贤贪功未归，由宣帝依充国言，饬令武贤还守酒泉，且命充国仍为后将军。

是年秋季，果然先零酋长杨玉，为下所戕，献首入关，余众四千余人，由羌人若零弟泽等，分挈归汉。宣帝封若零弟泽为王，特在金城地方，创立破羌、允街二县，安置降羌，并设护羌校尉一职，拟选辛武贤季弟辛汤，前往就任。充国方抱病在家，得知此事，力疾入奏，谓"辛汤嗜酒，未可使主蛮夷，不如改用汤兄临众，较为得当。"宣帝乃使临众为护羌校尉。既而临众因病免归，朝臣复举辛汤继任，汤使酒任性，屡侮羌人，果致羌人携贰，如充国言。事见后文。

惟辛武贤不得重赏，仍还原任，满腔郁愤，欲向充国身上发泄，只苦无计可施。猛然记得赵卬晤谈，曾云前车骑将军张安世，亏得乃父密为保举，始得重任，这事本无人知晓，正好把卬弹劾，说他泄漏机关，复添入几句谗言，拜本上闻。宣帝得奏，竟将赵卬禁止入宫。英主好猜，适中武贤狡计。卬少年负气，悒悒的跑入乃父营内，欲去禀白，情急惹祸，致违营中军律，又被有司劾奏，被逮下狱。卬越加惭愤，拔剑刎颈，断送余生。真是一个急性子。充国闻卬枉死，未免心酸，当即上书告老，得蒙批准，受赐安车驷马，及黄金六十斤，免官就第；后至甘露二年，病剧身亡。充国生前，已得封营平侯，至是加谥为"壮"，爵予世袭，也不枉一生劳勋了。急流涌退，还算充国知几，才得考终。

自从充国征服西羌，匈奴亦闻风生畏，未敢犯边。又值壶衍鞮单于病死，传弟虚闾权渠单于，国中乱起，势且分崩。胡俗素无礼义，父死可妻后母，兄死可妻长嫂，成为习惯，数见不鲜。壶衍鞮单于的妻室，系是颛渠阏氏，年已半老，犹有淫心，她想夫弟嗣立，自己不妨再醮，仍好做个现成阏氏。那知虚闾权渠，不悦颛渠，别立右大将女为大阏氏，竟将颛渠疏斥。颛渠不得如愿，当然怨望。适右贤王屠耆堂入谒新主，为颛渠所窥见。状貌雄伟，正中私怀，当下设法勾引，将屠耆堂诱入帐中，纵体求欢。屠耆堂不忍却情，就与她颠倒衣裳，演成一番秘戏图。嗣是朝出暮入，视同伉俪。可惜屠耆堂不能久住，绸缪了一两旬，不能不辞归原镇，颛渠势难强留，只好含泪与别。过了多日，才得重会，欢娱数夕，又要分离，累得颛渠连年悲感，有口难言。至宣帝神爵二年，虚闾权渠单于在位已有好几年了，向例在五月间，匈奴主须大会龙城，祷祀天地鬼神。屠耆堂当然来会，顺便与颛渠续欢。及会期已过，祭祀俱了，屠耆堂又要别去，颛渠私下与语道："今日单于有病，汝且缓归；倘得机缘，汝便可乘此继位了！"屠耆堂甚喜。又耽搁了数天，凑巧单于病日重一日，就与颛渠私下密谋，暗暗布置。颛渠弟都隆奇，方为左大且渠，*匈奴官名。*由颛渠嘱令预备，伺隙即发。也是屠耆堂运气亨通，竟得虚闾权渠死耗，当下召入都隆奇，拥立屠耆堂，杀逐前单于弟子近亲，别用私党。都隆奇执政，屠耆堂自号为握衍朐鞮单于，颛渠阏氏，竟名正言顺，做了握衍朐鞮的正室了。*侥幸侥幸！*

惟日逐王先贤掸，居守匈奴西陲，素与握衍朐鞮有隙，当然不服彼命，遂遣使至渠犁，通款汉将郑吉，乞即内附。吉遂发西域兵五万人，往迎日逐王，送致京师。宣帝封日逐王为归德侯，留居长安。一面令郑吉为西域都护，准立幕府，驻节乌垒城，镇抚西域三十六国，西域始完全归汉，与匈奴断绝往来。匈奴单于握衍朐鞮，闻得日逐王降汉，不禁大怒，立把日逐王两弟拿下斩首。日逐王姊夫乌禅幕上书乞赦，毫不见从。

再加虚闾权渠子稽侯珊，系乌禅幕女夫，不得嗣位，奔依妇翁，乌禅幕遂与左地贵人，拥立稽侯珊，号为呼韩邪单于，引兵攻握衍朐鞮。握衍朐鞮淫暴无道，为众所怨，一闻新单于到来，统皆溃走，弄得握衍朐鞮穷蹙失援，仓皇窜死。颛渠阏氏未闻下落，不知随何人去了？都隆奇走投右贤王，呼韩邪得入故庭，收降散众，令兄呼屠吾斯为左谷蠡王，使人告右地贵人，教他杀死右贤王。右贤王系握衍朐鞮弟，已与都隆奇商定，别立日逐王薄胥堂为屠耆单于，发兵数万，东袭呼韩邪单于。呼韩邪单于拒战败绩，挈众东奔，屠耆单于据住王庭，使前日逐王先贤掸兄右奥鞬王，与乌籍都尉，分屯东方，防备呼韩邪单于。会值西方呼揭王来见屠耆，与屠耆左右唯犁当户，谗构右贤王。屠耆不问真伪，竟把右贤王召入，把他处死。右地贵人相率抗命，共讼右贤王冤情。屠耆也觉追悔，复诛唯犁当户。呼揭王恐遭连坐，便即叛去，自立为呼揭单于，右奥鞬王也自立为车犁单于，乌籍都尉复自立为乌籍单于，匈奴一国中，共有单于五人，四分五裂，还有何幸！同族相争，势必至此。

时为汉宣帝五凤元年，相传为凤凰五至，因于神爵五年，改元五凤。汉廷大臣闻知匈奴内乱，竟请宣帝发兵北讨，灭寇复仇。独御史大夫萧望之进议道："春秋时晋士匄侵齐，闻丧即还，君子因他不伐人丧，称诵至今。前单于慕化向善，曾乞和亲，不幸为贼臣所杀，今我朝若出兵加讨，岂不是乘乱幸灾么？不如遣使吊问，救患恤灾，夷狄也有人心，必且感德远来，自愿臣服。这也是怀柔远人的美政哩！"宣帝素重望之，因即依议。原来望之表字长倩，系出兰陵，少事经师后苍，学习《齐诗》。后复向夏侯胜问业，博通书礼，当由射策得官，迁为谏大夫。已而出任牧守，调署左冯翊，累有清名，乃召入为大鸿胪。可巧丞相魏相因病去世，御史大夫丙吉嗣为丞相，望之进为御史大夫。宣帝因望之湛深经术，格外敬礼，所以言听计从。当下遣使慰问匈奴，偏匈奴内讧益甚，累得汉使无从致命，或至中道折回。

那屠耆单于用都隆奇为将，击败车犁、乌籍两单于，两单于并投呼揭。呼揭愿推戴车犁单于，自与乌籍同去单于名号，合拒屠耆单于。屠耆单于率兵四万骑，亲击车犁，车犁单于又败。屠耆方乘胜追逐，不料呼韩邪单于乘虚进击屠耆境内。屠耆慌忙返救，被呼韩邪邀击一阵，杀得大败亏输，惶急自刭。都隆奇挈着屠耆少子姑瞀楼头，遁入汉关。呼韩邪单于乘胜收降车犁单于，几得统一匈奴。偏屠耆单于从弟休旬王，收拾余烬，自立为闰振单于，就是呼韩邪兄左谷蠡王呼屠吾斯，亦自立为郅支骨都侯单于，出兵攻杀闰振，转击呼韩邪。呼韩邪连年战争，部下已大半死亡，又与郅支接仗数次，虽得力却郅支，精锐杀伤殆尽。乃从左伊秩訾王计议，引众南下，向汉请朝，并遣子右贤王铢镂渠堂入质，求汉援助，再击郅支，郅支也恐汉助呼韩邪，使子右大将驹于利受，入侍汉廷，请勿援呼韩邪。可谓为渊敺鱼。

时已为宣帝甘露元年了，宣帝至五凤五年，又改元甘露，大约因甘露下降，方有此举。自从神爵元年为始，到了甘露元年，中经八载，汉廷内外，却没有甚么变端，不过杀死盖、韩、严、杨四人，未免刑罚失当。就中只有河南太守严延年，还是残酷不仁，咎由自取；若司隶校尉盖宽饶，左冯翊韩延寿，故平通侯杨恽，并无死罪，乃先后被诛，岂非失刑？

盖宽饶字次公，系魏郡人，刚直公清，往往犯颜敢谏，不避权贵。宣帝方好用刑法，又引入宦官弘恭石显，令典中书。宽饶即上呈封事，内称"圣道寖微，儒术不行，以刑余为周召，以法律为诗书"。又引《韩氏易传》云"五帝官天下，三王家天下，家以传子，官以传贤，譬如四时嬗运，功成当去"等语。宣帝方主张专制，利及后嗣，怎能瞧得上这种奏章？一经览着，当然大怒，便将原奏发下，令有司议罪。执金吾承旨纠弹，说他意欲禅位，大逆不道；惟谏大夫郑昌，谓宽饶直道而行，多仇少与，还乞原心略迹，曲示矜全。宣帝那里肯从，竟饬拿宽饶下狱。宽饶不肯受辱，才到阙下，即拔出佩刀，挥颈自刎。

第二个便是韩延寿。延寿字长公，由燕地徙居杜陵，历任颍川、东海诸郡太守，教民礼义，待下宽弘。至左冯翊萧望之升任御史大夫，乃将延寿调任左冯翊。延寿出巡属邑，遇有兄弟讼田，各执一词，延寿不加批驳，但向两造面谕道："我为郡长，不能宣明教化，反使汝兄弟骨肉相争，我当任咎！"说至此不禁泪下，两造亦因此惭悔，自愿推让，不敢复争。汉民尚有古风，所以闻言知让。延寿就任三年，郡中翕然，囹圄空虚，声誉比萧望之尤盛，望之未免加忌。适有望之属吏，至东郡调查案件，复称延寿在东郡任内，曾虚耗官钱千余万，望之即依言劾奏。事为延寿所闻，也将望之为冯翊时亏空廪牺官钱百余万，廪司藏谷，牺司养牲。作为抵制，且移文殿门，禁止望之入宫。望之当即进奏，说是延寿要挟无状，乞为申理。宣帝方信任望之，当然不直延寿，虽尝派官查办，终因在下希承风旨，只言望之被诬，延寿有罪，甚且查出延寿校阅骑士，车服僭制、骄侈不法等情，无非援上陵下。宣帝竟将延寿处死，令至渭城受刑，吏民泣送，充塞途中。延寿有子三人，并为郎吏，统至法场活祭乃父。延寿嘱咐道："汝曹当以我为戒，此后切勿为官！"三子泣遵父命，待父就戮后，买棺殓葬，辞职偕归。

延寿已死，未几便枉杀杨恽。恽系前丞相杨敞子，曾预告霍氏逆谋，得封平通侯，受官光禄勋。生平疏财仗义，廉洁无私，只有一种坏处，专喜道人过失，不肯含容。尝与太仆戴长乐有嫌，长乐竟劾恽诽谤不道，宣帝因免恽为庶人。恽失位家居，以财自娱，适有友人孙会宗与书，劝他闭门思过，不宜置产业、通宾客。那知恽复书不逊，竟把平时孤愤，借书发挥，惹得会宗因好成怨，积下私仇。会值五凤四年，孟夏日食，忽有乞马吏告恽不法，未肯悔过，日食告变，咎在此人。*欲加之罪，何患无辞？* 宣帝得书，便命廷尉查办，当由孙会宗把恽复函，呈示廷尉，廷尉又转奏宣帝，宣帝见他语多怨望，遂说恽大逆不道，批令腰斩。恽因言取祸，坐致杀身，倒也罢了，还要把他全家眷属，充戍酒泉。又将恽在朝亲友，悉数免官。京兆尹张敞，亦被株连，尚未免职。敞使属掾絮舜，查讯要件，絮舜竟不去干事，但在家中安居，且语家人道："五日京兆，还想办甚么案情？"不意有人传将出去，为敞所闻。敞竟召入絮舜，责他玩法误公，喝令斩首。舜尚要呼冤，敞拍案道："汝道我五日京兆么？我且杀汝再说。"舜始悔出言不谨，无可求免，没奈何伸颈就刑。当有絮舜家人诣阙鸣冤。宣帝以敞既坐恽党，复敢滥杀属吏，情殊可恨，立夺敞官，免为庶人。敞缴还印绶，惧罪亡去。已而京兆不安，吏民懈弛，冀州复有大盗，乃由宣帝特旨，再召敞为冀州刺史。盗贼知敞利害，待敞莅任，各避往他处去了。

　　看官阅过上文三案，应知盖、韩、杨三人的冤情，惟严延年自被劾去官，逃回故里，*见八十一回。* 后来遇赦复出，连任涿郡、河南太守，抑强扶弱，专喜将地方土豪罗织成罪，一体诛锄。河南吏民，尤为畏惮，号曰"屠伯"。延年本东海人氏，家有老母，由延年遣使往迎。甫至洛阳，见道旁囚犯累累，解往河南处决，严母不禁大惊。行至都亭，即命停住，不肯入府。延年待久不至，自赴都亭谒母，母闭门拒绝。惊得延年莫名其妙，想必自己有过，不得已长跪门外，请母明示。好多时才见开门，起入行礼，但听母怒声呵责道："汝幸得备位郡守，管辖地方千里，不闻仁爱，专尚刑威，难道为民父母，好这般残酷么？"延年听着，方知母意，连忙叩首谢罪，且请母登车至府，亲为御车。至府署中，过了腊节，一经改岁，便欲还家。延年再三挽留，母愤然道："汝可知人命关天，不容妄杀。今乃滥刑若此，天道神明，岂肯容汝！我不意到了老年，尚见壮子受诛，我今去了，为汝扫除墓地罢了！"说毕驱车自去。妇人中有此先见，却是罕闻。

延年送母出城，返至府舍，自思母太过虑，仍然不肯从宽。那知过了年余，便遇祸殃。当时黄霸为颍川太守，与延年毗邻治民。延年素轻视黄霸，偏霸名高出延年，颍川境内，年谷屡丰，霸且奏称凤凰戾止，得邀褒赏。延年心愈不服，适河南界发现蝗虫，由府丞狐义出巡，回报延年。延年问颍川曾否有蝗？义答言无有，延年笑道："莫非被凤凰食尽么？"义又述及司农中丞耿寿昌，常作平仓法，谷贱时增价籴入，谷贵时减价粜出，甚是便民。延年又笑道："丞相御史，不知出此，何勿避位让贤，寿昌虽欲利民，也不应擅作新法。"狐义连碰了两个钉子，默然退出，暗思延年脾气乖张，将来不免遇害，我已年老，何堪遭戮，想到此处，就筮易决疑，又得了一个凶兆。看来是死多活少，不如入都告发，死且留名；于是惘惘登程，直至长安，劾奏延年十大罪恶，把封章呈递进去，便服毒自尽。宣帝将原奏发下御史丞，查得狐义自杀确情，当即报闻。再派官至河南察访，觉得狐义所奏，并非虚诬。结果是依案定罪，谳成了一个怨望诽谤的罪名，诛死延年。严母从前归里，转告族人，谓延年不久必死，族人尚似信非信，至此始知严母先见。严母有子五人，皆列高官，延年居长，次子彭祖，官至太子太傅，秩皆二千石，东海号严母为"万石严妪"。小子有诗赞严母道：

> 一门万石并称荣，令子都从贤母生；
> 若使长男终率教，渭城何至独捐生！

延年死后，黄霸且得进任御史大夫。欲知霸如何升官，容至下回说明。

女蛊之害人甚矣哉！不特乱家，并且乱国，古今中外一也。观颉渠阏氏之私通屠耆堂，即致国内分崩，有五单于争立之祸，而雄踞北方之匈奴，自此衰矣。夫以迈迹自身之汉高，雄才大略之汉武，累次北征，终不能屈服匈奴，乃十万师摧之而不足，一妇人乱之而有余，何其酷欤！若夫严母之智能料子，虽不足遄延年之诛，要未始非女中豪杰。且第一延年之杀身，而其余四子，俱得高官，未闻波及，较诸盖、韩、杨三家，荣悴不同，亦安知非严母之教子有方，失于一子而得于四子耶！然后知败家者妇人，保家者亦妇人，莫谓哲妇皆倾城也。

第八十七回

杰阁图形名标麟史　锦车出使功让蛾眉

却说御史大夫一缺，本是萧望之就任。望之自恃才高，常戏谩丞相丙吉，吉已年老，不愿与较。望之心尚未足，又奏称民穷多盗，咎在三公失职，语意是隐斥丙吉。宣帝始知望之忌刻，特使侍中金安上诘问，望之免冠对答，语多支吾。丞相司直繇延寿，繇音婆。素来不直望之，乘隙举发望之私事，望之乃降官太子太傅。黄霸得应召入京，代为御史大夫。才阅一年，丞相博阳侯丙吉，老病缠绵，竟致不起。吉尚宽大，好礼让，隐恶扬善，待下有恩。常出遇人民械斗，并不过问，独见一牛喘息，却使人问明牛行几里。或讥吉舍大问小，吉答说道：“民斗须京兆尹谕禁，不关宰相。若牛喘必因天热，今时方春和，牛非远行，何故喘息？三公当燮理阴阳，不可不察。”旁人听了，都说他能持大体。我意未然。

及丙吉既殁，霸代为丞相。相道与郡守不同，霸治郡原有政声，却非相才，所以一切措施，不及魏丙。一日，见有鹡雀飞集相府，鹡音芬，或作鸰。雀形似雉，出西羌中，霸生平罕见，疑为神雀，遽欲上书称瑞。后来闻知由张敞家飞来，方才罢议。但已被大众得知，作为笑谈。从前所称凤凰庚止，想亦如是。既而霸复荐举侍中史高，可为太尉，又遭宣帝驳斥，略言“太尉一官，罢废已久，史高系帷幄近臣，朕所深知，何劳丞相荐举”等语。说得霸羞惭满面，免冠谢罪，嗣是不敢再请他事。霸为相时，已晋封建成侯，任职五年，幸得考终，谥法与丙吉相同，统是一个"定"字。惟黄霸的妻室，却是一个巫家女儿。从前霸为阳夏游侥，与一相士同车出游，道旁遇一少女，由相士注视多时，说她后来必贵。霸尚未娶妻，听了此语，便去探问该女姓氏，凂人说合。女父本来微贱，欣然允许，即将该女嫁霸为妻，谁知随霸多年，居然得为宰相夫人，并且所生数子，亦得通显，说也是一段佳话，闲文少表。

且说霸既病殁，廷尉于定国，正迁任御史大夫，复代霸为丞相。时为甘露三年，正值匈奴国呼韩邪单于款塞请朝，宣帝命公卿大夫，会议受朝礼节。丞相以下，俱言宜照诸侯王待遇，位在诸侯王下；独太子太傅萧望之，谓应待以客礼，位在诸侯王上。宣帝有意怀柔，特从望之所言，至甘泉宫受朝。自己先郊祀泰畤，然后入宫御殿，传召呼韩邪单于入见，赞谒不名，令得旁坐，厚赐冠带衣裳弓矢车马等类。待单于谢恩退出，又由宣帝遣官陪往长平，留他食宿。翌日宣帝亲至长平，呼韩邪上前接驾，当有赞礼官传谕单于免礼，准令番众列观。此外如蛮夷降王，亦来迎谒，由长平坂至渭桥，络绎不绝，喧呼万岁。呼韩邪留居月余，方遣令还塞，呼韩邪愿居光禄塞下，系光禄勋徐自为所筑之城。可借受降城为保障，宣帝准如所请，乃命卫尉董忠等，率万骑护送出境，且令留屯受降城，保卫呼韩邪，一面输粮接济。呼韩邪感念汉恩，一意臣服。此外西域各国，闻得匈奴附汉，自然震慑汉威，奉命维谨。就是郅支单于亦恐呼韩邪往侵，远徙至坚昆居住，去匈奴故庭约七千里。到了岁时递嬗，也遣使入朝汉廷。九重高拱，万国来同，后人称为汉宣中兴，便是为此。提清眉目。

宣帝因戎狄宾服，忆及功臣，先后提出十一人，令画工摹拟状貌，绘诸麒麟阁上。麒麟阁在未央宫中，从前武帝获麟，特筑此阁，当时纪瑞，后世铭功，无非是休扬烈光的意思。阁上所绘十一人，各书官职姓名，惟第一人独从尊礼，不闻书名。看官欲知详细，由小子录述如下：

大司马大将军博陆侯姓霍氏。　卫将军富平侯张安世。　车骑将军龙额侯韩增。额音额。　后将军营平侯赵充国。　丞相高平侯魏相。　丞相博阳侯丙吉。　御史大夫建平侯杜延年。　宗正阳城侯刘德。　少府梁丘贺。　太子太傅萧望之。　典属国苏武。

照此看来，第一人当是霍光，霍家虽灭，宣帝尚追念旧勋，不忍书名。外此十人，只有萧望之尚存，本应最后列名，为何独将苏武落后呢？武有子苏元，前坐上官桀同党，已经诛死，武亦免官。见前文。后来宣帝嗣位，仍起武为典属国，并将武在匈奴时所生一子，许令赎回，拜为郎官。即通国，见前文。神爵二年，武已逝世，宣帝因他忠节过人，名闻中外，故意置诸后列，使外人见了图形，觉得盛名如武，尚不能排列人先，越显得中国多材，不容轻视了！

先是武帝六男，只有广陵王胥，尚然存在。胥傲戾无亲，尝思为变，可惜兵力单薄，未敢发作，没奈何迁延过去。到了五凤四年，忽被人讦发阴谋，说他嘱令女巫，咒诅朝廷。宣帝遣人查访，果有此事，向胥提究女巫，胥竟把女巫杀死，希图灭口。那知廷臣已联名入奏，请将胥明正典刑。宣帝尚未下诏，胥已先有所闻，自知不能幸免，当即自缢，国除为郡。

宣帝立次子钦为淮阳王，三子嚣为楚王，四子宇为东平王，虽是援照成例，毕竟是树恩骨肉，信任私亲。还有少子名宽，为戎婕好所生，年龄尚幼，未便加封。钦、嚣、宇三人生母，见第八十三回，故此处叙及戎婕好。这数子中，要算淮阳王钦，最得宣帝欢心，一半由钦母张婕好色艺兼优，遂致爱母及子；一半由钦素性聪敏，喜阅经书法律，颇有才干，比那太子奭的优柔懦弱，迥不相同。宣帝尝叹赏道："淮阳王真是我子呢！"太子奭雅重儒术，见宣帝用法过峻，未免太苛，尝因入朝时候，乘间进言道："陛下宜用儒生，毋尚刑法。"宣帝不禁作色道："汉家自有制度，向来王霸杂行，奈何专用德教呢？且俗儒不达时宜，是古非今，徒乱人意，何足委任？"杂霸之言，亦岂真足垂示子孙。太子奭见父发怒，不敢再言，当即俯首趋去。宣帝目视太子，复长叹道："乱我家法，必由太子，奈何！奈何！"嗣是颇思易储，转想太子奭为许后所生，许后同经患难，又遭毒死；若将太子废去，免不得薄幸贻讥，因此不忍废立，储位如旧。

　　甘露元年，复命韦玄成为淮阳中尉。玄成系故相扶阳侯韦贤少子，韦贤年老致仕，见八十二回。生有四男，长名方山，已经早世，次子名弘，三子名舜，四子就是玄成。弘曾受职太常丞，得罪系狱。及贤病终，门生博士义倩等，矫托贤命，使季子玄成袭爵。玄成方为大河都尉，还奔父丧，才知有袭爵消息，暗思上有二兄，怎能越次嗣封？于是假作痴癫，为退让计。偏义倩等已将伪命出奏，宣帝即使丞相、御史，传召玄成，入朝拜爵，玄成仍佯狂不理。那知丞相、御史，却已窥出玄成隐情，竟复奏玄成并未真狂。幸有一侍郎，为玄成故人，恐玄成抗命得罪，亟从旁解说道："圣主贵重礼让，应优待玄成，勿使屈志！"宣帝乃知玄成好意，仍使丞相、御史，带引玄成入朝。玄成无法，只好应召诣阙，当由宣帝面加慰谕，迫令袭爵，玄成不能再让，方才拜受。寻即诏令玄成为河南太守，并将韦弘释放，使为泰山都尉。未几又召玄成入都，拜未央卫尉，调任太常。嗣复坐杨恽党与，免官归家。忽又起拜淮阳中尉，乃是宣帝为太子奭起见，特令退让有礼的韦玄成，辅导淮阳王钦，教他看作榜样，省得将来窥窃神器，酿成兄弟争端，这也是防微杜渐、苦心调剂的方法呢。

惟淮阳王钦虽然受封，还是留居长安，玄成亦未赴任。宣帝复因钦晓通经术，命与诸儒至石渠阁中，讲论五经异同。当时沛人施仇论《易》；齐人周堪、鲁人孔霸即孔子十三世孙。论《书》；沛人薛广德论《诗》；梁人戴胜论《礼》；东海人严彭祖即严延年弟。论《公羊传》；齐人公羊高传《春秋》。汝南人尹更始，与太子太傅萧望之等，论《穀梁传》。鲁人穀梁赤亦传《春秋》学。折衷取义，汇奏宣帝。宣帝亲加裁决，并设诸经博士，令习专书，修明经术，称盛一时。

忽由乌孙国遣到番使，呈上一书，乃是楚公主解忧署名。书中大意，系为年老思乡，乞赐骸骨，归葬故土。宣帝看他情词悱恻，也不觉凄然动容，当即派遣车徒，往迎楚公主解忧。

解忧本嫁乌孙王岑陬为妻，寻复改适嗣主翁归靡，生下三男两女，已见前文。见八十一回。翁归靡上书汉廷，愿立解忧所生子元贵靡为嗣，仍请尚汉公主，亲上加亲。宣帝不欲绝好，乃令解忧侄女相夫为公主，盛资遣往，特派光禄大夫常惠送行。甫至敦煌，接得翁归靡死耗，元贵靡不得嗣立，由岑陬子泥靡为王，常惠不得不驰书上奏。一面将相夫留住敦煌，自持节至乌孙，责他不立元贵靡。乌孙大臣却是振振有词，谓前时岑陬遗言，原欲传国与子，不能另立元贵靡。亦见八十一回。常惠亦驳他不过，只好驰回敦煌，请将楚少主送归。宣帝复书批准，于是常惠即偕楚少主还都。那泥靡既得立为主，性情横暴，又将解忧强逼成奸，据为妻室。解忧已经失节，也顾不得甚么尊卑，连宵缱绻，又结蚌胎，满月即产一男，取名鸱靡。但解忧究竟将老，泥靡尚属壮年，一时为情欲所迫，占住后母，渐渐的迁情他女，便与解忧失和。此外一切举动，统是任意妄为，国人号为"狂王"。

可巧汉使卫司马魏和意，及卫侯任昌同往乌孙，解忧得与相见，密言狂王粗暴，可以计诛。问汝何不早死？魏和意即与任昌商定秘谋，安排筵宴，邀请狂王过饮。狂王毫不推辞，竟来赴宴。饮到半酣，魏和意嘱使卫士，剑击狂王，偏偏一击不中，被狂王逃出客帐，飞马窜逸，不复还都。魏和意、任昌驰入都中，托言奉天子命，来诛狂王。番官多恨狂王无道，却无异言。那知狂王子细沉瘦为父报仇，召集边兵，进攻乌孙都城。城名赤谷，四面被围。亏得西域都护郑吉，从乌垒城发兵往援，才得将细沉瘦逐去。吉收兵还镇，据实奏闻。宣帝使中郎将张遵等，持医药往治狂王，并赐金币。拿还魏和意、任昌两人，责他矫诏不臣，按律当斩。狂王不过略受微伤，既由汉使赐药给金，如法调治，不久即愈，使张遵回朝谢命，自还赤谷城，仍王乌孙。偏又有翁归靡子乌就屠，在北山号召徒众，乘隙袭杀狂王，居然自立。

　　乌就屠出自胡妇，非解忧所生，汉廷当然不认为王，即命破羌将军辛武贤，领兵万五千人，出屯敦煌，声讨乌就屠。独西域都护郑吉，恐武贤出征乌孙，道远兵劳，胜负难料，不如遣人游说，令乌就屠自甘让位，免动兵戈。当下想出了一位巾帼英雄，浼她前去劝导，果然片言立解，远过行师。这人为谁？乃是解忧身旁一个侍儿，姓冯名嫽，西域称为冯夫人，足当彤笔。她随解忧至乌孙后，嫁与乌孙右大将为妻，生性聪慧，丰采丽都，本来知书达理，及出西域，仅阅数年，即把西域的语言文字，风俗形势，统皆通晓。解忧尝使持汉节，慰谕邻近诸国，颁行赏赐，诸国都惊为天人，相率敬礼。乌孙右大将得此才妇，自然恩爱有加。惟右大将与乌就屠，素相往来，冯夫人当亦识面，所以郑吉遣使关白，令她往说乌就屠。冯夫人本是汉女，满口应承，立即至乌就屠居庐，开口与语道："昆弥乌孙王号。今日乘势崛兴，可喜可贺！但喜中不能无忧，贺后不能不吊。"乌就屠惊问道："莫非有意外祸变么？"冯夫人道:"汉兵已出至敦煌,想昆弥当亦知悉。昆弥自思,能与汉兵决一胜败否?"乌就屠踌躇半晌,方答说道:"恐敌不住汉兵。"冯夫人道:"昆弥既自知汉兵难敌,奈何尚欲称尊,一旦汉兵前来,必遭屠灭。何若见机知退,听命汉朝,还可借此保全,不失富贵。"却是一个女张良。乌就屠道:"我亦不敢长作昆弥,但得一个小号,我便向汉归命了。"冯夫人道:"这想是没有难处。"说着,即辞别乌就屠,还报西域都护郑吉。吉便将冯夫人说降乌就屠,详报朝廷。

宣帝得报,便欲一见冯夫人,召令入都。冯夫人应召东来,好几日到了阙下。报名朝见,彬彬有礼,举止大方,再加一张粲花妙舌,见问即答,应对如流。宣帝大喜,面命她作为正使,往谕乌就屠;别遣谒者竺次,与甘延寿,两人为副,一同登程。妇人作为朝使,千载一时。冯夫人拜别宣帝,持节出朝,早有人备着锦车,请她登舆;就是竺次、甘延寿两人,且向冯夫人参见,听从指示。冯夫人与谈数语,从容上车,向西径去。竺次、甘延寿随后继进,直抵乌孙。乌就屠尚在北山,未入国都,冯夫人等往传诏命,叫乌就屠速至赤谷城,往会汉光禄大夫长罗侯常惠。原来宣帝遣还冯夫人时,又命常惠驰赴赤谷城,立元贵靡为乌孙王,所以冯夫人到了北山,常惠亦入赤谷城。至乌就屠往见常惠,惠即宣读诏书,册封元贵靡为大昆弥;惟乌就屠也不令向隅,使为小昆弥。乌就屠得如所望,当即乐从。常惠又与他分别辖地,大昆弥得民户六万余,小昆弥得民户四万余,割清界限,免致相争。

越两年余,元贵靡便即病逝。子星靡嗣立。楚公主解忧,年将七十,因上书乞归,得蒙宣帝慨允,派使往迎。解忧挈领孙男女三人,回至京师,入朝宣帝。宣帝见她白发皤皤,倍加怜惜,特赐她田宅奴婢,俾得养老。过了两年,解忧病殁,三孙留守坟墓,毋庸细表。

惟冯夫人曾随解忧回国，至解忧殁后，闻得乌孙嗣主星靡，懦弱无能，恐为小昆弥所害，乃复上书请效，愿仍出使乌孙，镇抚星靡。宣帝准奏，遣百骑护送出塞，后来星靡终得保全。冯夫人已嫁乌孙右大将，想总是功成以后，告老西陲了。冯夫人之殁，史传中未曾详叙，故特从活笔。小子有诗赞道：

> 锦车出塞送迎忙，专对长才属女郎，
> 读史漫夸苏武节，须眉巾帼并流芳。

越年，有黄龙出现广汉，因改元黄龙。那知不到年终，宣帝忽然生起病来，欲知病状如何，待至下回再叙。

麟阁图形，计十一人，若黄霸、于定国、张敞、夏侯胜等，皆不得并列，似乎严格以求，宁少毋滥；然如杜延年、刘德、梁邱贺、萧望之四人，不过粗具丰仪，无甚奇绩，亦胡为参预其间；且苏子卿大节凛然，独置后列，虽为震慑外人起见，但王者无私，岂徒恃虚憍之威，所能及远乎？苏武后，复有冯夫人之锦车持节，慰定乌孙，女界中出此奇英，足传千古。惜乎重男轻女之风，已成惯习；宣帝能破格任使，独不令绘其像于麟阁之末，吾犹为冯夫人叹息曰："天生若材，何不使易钗而弁也！"

第八十八回

宠阉竖屈死萧望之　惑谗言再贬周少傅

却说黄龙元年冬月，宣帝寝疾，医治罔效；到了残冬时候，已至弥留。诏命侍中乐陵侯史高为大司马，兼车骑将军，太子太傅萧望之为前将军，少傅周堪为光禄大夫，受遗辅政。未几驾崩，享年四十有三。总计宣帝在位二十五年，改元七次，史称他综核名实，信赏必罚，功光祖宗，业垂后嗣，足为中兴令主。惟贵外戚，杀名臣，用宦官，酿成子孙亡国的大害，也未免利不胜弊呢！总束数语，也不可少。太子奭即日嗣位，是为元帝。尊王皇后为皇太后。越年改易正朔，号为初元元年，奉葬先帝梓宫，尊为杜陵，庙号"中宗"，上谥法曰"孝宣皇帝"。立妃王氏为皇后，封后父禁为阳平侯。禁即前绣衣御史王贺子。贺尝谓救活千人，子孙必兴，见前文。果然出了一个孙女，正位中宫，得使王氏一门，因此隆盛。王氏兴，刘氏奈何?

惟说起这位王皇后的履历，却也比众不同。后名政君，乃是王禁次女，兄弟有八，姊妹有四。母李氏，生政君时，曾梦月入怀，及政君十余龄，婉娈淑顺，颇得女道。惟父禁不修边幅，好酒渔色，娶妾甚多。李氏为禁正室，除生女政君外，尚有二男，一名凤，排行最长，一名崇，排行第四。此外有谭、曼、商、立、根及逢时，共计六子，皆系庶出。李氏性多妒忌，屡与王禁反目。禁竟将李氏离婚。李氏改嫁河内人苟宾为妻。禁因政君渐长，许字人家，未婚夫一聘即死。至赵王欲娶政君为姬，才经纳币，又复病亡。禁大为诧异，特邀相士南宫大有，审视政君。大有谓此女必贵，幸勿轻视。好似王奉先女。真是一对天生婆媳。禁乃教女读书鼓琴，政君却也灵敏，一学便能。年至十八，奉了父命，入侍后宫。会值太子良娣司马氏，得病垂危，太子奭最爱良娣，百计求治，终无效验。良娣且语太子道："妾死非由天命，想是姬妾等阴怀妒忌，咒我至死！"说着，泪下如雨。恐是推己及人。太子奭也哽咽不止。未几良娣即殁，太子奭且悲且愤，迁怒姬妾，不许相见。宣帝因太子年已逾冠，尚未得子，此次为了良娣一人，谢绝姬妾，如何得有子嗣。乃嘱王皇后选择宫女数人，俟太子入朝皇后，随意赐给。王皇后当然照办，一俟太子奭入见，便将选就五人，使之旁立，暗令女官问明太子何人合意？太子奭只忆良娣，不愿他选，勉强瞧了一眼，随口答应道："这五人中却有一人可取。"女官问是何人？太子又默然不答。可巧有一绛衣女郎，立近太子身旁，女官便以为太子看中此人，当即向皇后禀明，王皇后就使侍中杜辅，掖庭令浊贤，送绛衣女入太子宫。

究竟此女为谁？原来就是王政君。政君既入东宫，好多日不见召幸，至太子奭悲怀稍减，偶至内殿，适与政君相遇，见她态度幽娴，修秾合度，也不禁惹起情魔，是晚即召令侍寝。两人年貌相当，联床同梦，自有一番枕席风光。说也奇怪，太子前时，本有姬妾十余人，七八年不生一子，偏是政君得幸，一索生男。甘露三年秋季，太子宫内甲观画堂，有呱呱声传彻户外，即由宫人报知宣帝。宣帝大喜，取名为骜，才经弥月，便令乳媪抱入相见。抚摩儿顶，号为太孙。嗣是常置诸左右，不使少离。无如翁孙缘浅，仅阅两载，宣帝就崩。太子仰承父意，一经即位，就拟立骜为太子。只因子以母贵，乃先将王政君立为皇后。立后逾年，方命骜为太子，骜年尚不过四岁哩。

西汉之亡，实自此始。

且说元帝既立，分遣诸王就国。淮阳王钦，楚王嚣，东平王宇，始自长安启行，各莅封土。还有宣帝少子竟，尚未长成，但封为清河王，仍留都中。大司马史高，职居首辅，毫无才略，所有郡国大事，全凭萧望之、周堪二人取决。二人又系元帝师傅，元帝亦格外宠信，倚畀独隆。望之又荐入刘更生为给事中，使与侍中金敞，左右拾遗。敞即金日磾侄安上子，正直敢谏，有伯父风；更生为前宗正刘德子，即楚元王交玄孙。敏赡能文，曾为谏大夫，两人献可替否，多所裨益。惟史高以外戚辅政，起初还自知材短，甘心退让。后来有位无权，国柄在萧、周二人掌握，又得金、刘赞助萧、周，益觉得彼盛我孤，相形见绌，因此渐渐生嫌，别求党援。可巧宫中有两个宦官，出纳帝命，一是中书令弘恭，一是仆射石显。二竖为病，必中膏肓。

自从霍氏族诛，宣帝恐政出权门，特召两阉侍直，使掌奏牍出入。两阉小忠小信，固结主心，遂得逐加超擢。小人蛊君，大都如此。尚幸宣帝英明，虽然任用两阉，究竟不使专政。到了元帝嗣阼，英明不及乃父，仍令两阉蟠踞宫庭，怎能不为所欺？两阉知元帝易与，便想结纳外援，盗弄政柄。适值史高有心结合，乐得通同一气，表里为奸。石显尤为刁狡，时至史第往来，密参谋议，史高惟言是从，遂与萧望之、周堪等，时有龃龉。望之等察知情隐，亟向元帝进言，请罢中书宦官，上法古时不近刑人的遗训。元帝留中不报，弘恭、石显因此生心，即与史高计划，拟将刘更生先行调出。巧值宗正缺人，便由史高入奏，请将更生调署。元帝晓得甚么隐情，当即照准。望之暗暗着急，忙搜罗几个名儒茂材，举为谏官。

适有会稽人郑朋，意图干进，想去巴结望之，乘间上书，告发史高遣人四出，征索贿赂，且述及许、史两家子弟，种种放纵情形。元帝得书，颁示周堪，堪即谓郑朋说直，令他待诏金马门。朋既得寸进，再致书萧望之，推为周召管晏，自愿投效，望之便延令入见，朋满口贡谀，说得天花乱坠，冀博望之欢心，望之也为欢颜。待至朋已别去，却由望之转了一念，恐朋口是心非，不得不派人侦察，未几即得回报，果然劣迹多端。于是与朋谢绝，并且通知周堪，不宜荐引此人，堪自然悔悟。只是这揣摩求合的郑朋，日望升官发财，那知待了多日，毫无影响。再向萧、周二府请谒，俱被拒斥。朋大为失望，索性变计，转投许、史门下。许、史两家，方恨朋切骨，怎肯相容，朋即捏词相诳道："前由周堪、刘更生教我为此，今始知大误，情愿效力赎愆。"许、史信以为真，引为爪牙。侍中许章，就将朋登入荐牍，得蒙元帝召入。朋初见元帝，当然不能多言，须臾即出。他偏向许、史子弟扬言道："我已面劾前将军，小过有五，大罪有一，不知圣上肯听从我言否？"许、史子弟格外心欢。还有一个待诏华龙，也是为周堪所斥，钻入许、史门径，与郑朋合流同污，辗转攀援，复得结交弘恭、石显。恭与显遂嗾使二人，劾奏萧望之、周堪、刘更生，说他排挤许、史，有意构陷；趁着望之休沐时候，方才呈入。

元帝看罢，即发交恭、显查问。恭、显奉命查讯望之，望之勃然道："外戚在位，骄奢不法，臣欲匡正国家，不敢阿容，此外并无歹意。"恭、显当即复报，并言望之等私结朋党，互为称举，毁离贵戚，专擅权势，为臣不忠，请召致廷尉云云。元帝答了一个"可"字，恭、显立即传旨，饬拿萧望之、周堪、刘更生下狱。三人拘系经旬，元帝尚未察觉。会有事欲询周堪、刘更生，乃使内侍往召，内侍答称二人下狱，元帝大惊道："何人敢使二人拘系狱中？"弘恭、石显在侧，慌忙跪答道："前日曾蒙陛下准奏，方敢遵行。"元帝作色道："汝等但言召致廷尉，并未说及下狱，怎得妄拘？"元帝年将及壮，尚未知召致廷尉语意，庸愚可知。恭显乃叩首谢过。元帝又说道："速令出狱视事便了！"恭显同声应命，起身趋出，匆匆至大司马府中，见了史高，密议多时，定出一个方法，由史高承认下去。翌晨即入见元帝道："陛下即位未久，德化未闻，便将师傅下狱考验。若非有罪可言，仍使出狱供职，显见得举动粗率，反滋众议。臣意还是将他免官，才不至出尔反尔呢！"元帝听了，也觉得高言有理，竟诏免萧望之、周堪、刘更生，但使出狱，免为庶人。郑朋因此受赏，擢任黄门郎。

才过一月，陇西地震，堕坏城郭庐舍，伤人无数，连太上皇庙亦被震坍。太上皇庙，即太公庙。已而，太史又奏称客星出现，侵入昴宿及养舌星，元帝未免惊惶。再阅数旬，复闻有地震警报，乃自悔前时黜逐师傅，触怒上苍。因特赐望之爵关内侯，食邑六百户，朔望朝请，位次将军。又召周堪、刘更生入朝，拟拜为谏大夫。弘恭、石显见三人复得起用，很是着忙，急向元帝面奏，谓不宜再起周、刘，自彰过失，元帝默然不答。恭、显越觉着急，又说是欲用周、刘，也只可任为中郎，不应升为谏大夫。元帝又为所蒙，但使周堪、刘更生为中郎，忽明忽昧，却是庸主情态。嗣又记起萧望之博通经术，可使为相，有时与左右谈及意见。适为弘恭、石显所闻，惶急的了不得；就是许、史二家，得知这般消息，也觉日夕不安，内外生谋，恨不得致死望之。望之已孤危得很，谁料到事机不顺，有一人欲助望之，弄巧成拙，反致两下遭殃。这人非别，就是刘更生。

更生本与望之友善，只恐望之被小人所嫉，把他构陷，常思上书陈明，因恐同党嫌疑，特托外亲代上封事。内称地震星变，都为弘恭、石显等所致，今宜黜去恭、显，进用萧望之等，方可返灾为祥。这书呈入，即被弘恭、石显闻知，两人互相猜测，料是更生所为。便面奏元帝，请将上书人究治，元帝忽又依议，竟令推究上书人。上书人不堪威吓，供出刘更生主使是实，刘更生复致坐罪，免为庶人。谋之不臧，更生亦难辞咎。萧望之闻更生得祸，只恐自己株连，特令子萧伋上书，诉说前次无辜遭黜，应求伸雪。多去寻祸。元帝令群臣会议，群臣阿附权势，复称望之不知自省，反教子上书讼冤，失大臣体，应照不敬论罪，捕他下狱。元帝见群臣不直望之，也疑望之有罪，沉吟良久道："太傅性刚，怎肯就吏？"弘恭、石显在旁应声道："人命至重！望之所坐，不过语言薄罪，何必自戕。"元帝乃准照复奏，令谒者往召望之。石显借端作威，出发执金吾车骑，往围望之府第，望之陡遭此变，便思自尽。独望之妻从旁劝阻，谓不如静待后命。适门下生朱云入省，望之即令他一决。云系鲁人，夙负气节，竟直答望之，不如自裁。望之仰天长叹道："我尝备位宰相，年过六十，还要再入牢狱，有何面目？原不如速死罢！"便呼朱云速取鸩来，云即将鸩酒取进，由望之一口喝尽，毒发即亡。望之原是枉死，但亦有取死之咎。

　　谒者返报元帝，元帝正要进膳，听得望之死耗，辍食流涕道："我原知望之不肯就狱，今果如此！杀我贤傅，可惜可恨！"说到此处，又召入恭、显两人，责他迫死望之。两人佯作惊慌，免冠叩头。累得元帝又发慈悲，不忍加罪，但将两人喝退。传诏令望之子伋嗣爵关内侯，每值岁时，遣使致祭望之茔墓；一面擢用周堪为光禄勋，并使堪弟子张猛为给事中。

　　弘恭、石显又欲谋害周堪师弟，一时无从下手，恭即病死。石显代恭为中书令，擅权如故。他闻望之死后，舆论不平，却想出一条计策，结交一位经术名家，自盖前愆。原来元帝即位，尝征召王吉、贡禹二人。二人应召入都，吉不幸道死，禹诣阙进见，得拜谏大夫，寻迁光禄大夫。吉、禹二人免归，见八十五回。朝臣因他明经洁行，交相敬礼，显更知禹束身自爱，与望之情性不同，乐得前去通意，亲自往拜。禹不便峻拒，只好虚与周旋。偏显格外巴结，屡在元帝面前，称扬禹美。会值御史大夫陈万年出缺，即荐禹继任，禹得列公卿，也不免感念显惠，所以前后上书，但劝元帝省官减役，慎教明刑。至若宦官、外戚的关系，绝口不谈。且年已八十有余，做了几个月御史大夫，便即病殁，别用长信少府薛广德继任。

时光易逝，已是初元五年的残冬，越年改元永光，元帝出郊泰畤。礼毕未归，拟暂留射猎，广德进谏道："关东连岁遇灾，人民困苦，流离四方。陛下乃居听丝竹，出娱游畋，臣意以为不可！况士卒暴露，从官劳倦，还请陛下即日返宫，思与民同忧乐，天下幸甚！"元帝总算听从，立命回跸。是年秋天，元帝又往祭宗庙，向便门出发，欲乘楼船。广德忙拦住乘舆，免冠跪叩道："陛下宜过桥，不宜乘船！"元帝命左右传谕道："大夫可戴冠。"广德道："陛下若不听臣，臣当自刎，把颈血染污车轮，陛下恐难入庙了。"元帝莫明其妙，面有愠色。旁有光禄大夫张猛，亟上前解说道："臣闻主圣臣直，乘船危，就桥安，圣主不乘危，御史大夫言可从。"元帝方才省悟，顾语左右道："晓人应该如此。"遂令广德起来，命驾过桥，往返皆安。广德直声，著闻朝廷。可惜是注意小节。

偏自元帝嗣阼，水旱连年，言官多归咎大臣。车骑将军史高，丞相于定国，与薛广德同时辞职。元帝各赐车马金帛，准令还家，三人并得寿终。史高亦甘引退，还算不是奸邪。元帝因三人退职，召用韦玄成为御史大夫，未几即擢为丞相，袭父爵为扶阳侯。玄成父子，俱以儒生拜相，闾里称荣。他本是鲁国邹人，邹鲁有歌谣云："遗子黄金满籯，不如一经。"玄成为相，守正持重，不及乃父；惟文采比父为胜，且遇事逊让，不与权幸争权，所以进任宰辅，安固不摇。御史大夫一缺，即授了右扶风郑弘，弘亦和平静默，与人无忤。独光禄勋周堪，及弟子张猛，刚正不阿，常为石显所忌。刘更生时已失官，又恐堪等遭害，隐忍不住，复缮成奏草一篇，呈入阙廷，奏牍约有数千言，历举经传中灾异变迁，作为儆戒，大旨是要元帝黜邪崇正，趋吉避凶。出口兴戎，何如不言！石显见了此书，明知是指斥自己，越想越恨。转思刘更生毫无权位，不必怕他，现在且将周堪师弟除去，再作计较。于是约同许、史子弟，待衅即动。会值夏令天寒，日青无光，显与许、史子弟内外进谗，并言周堪、张猛擅权用事，致遭天变。元帝方信任周堪，不肯听信。谁知满朝公卿，又接连呈入奏章，争劾堪、猛二人，弄得元帝心中失主，将信将疑。始终为庸柔所误。

长安令杨兴，具有小材，得蒙宠幸，有时入见元帝，尝称堪忠直可用。元帝以为兴必助堪，乃召兴入问道："朝臣多说光禄勋过失，究属何因？"兴生性刁猾，听了此问，还道元帝已欲黜堪，即应声道："光禄勋周堪，不但朝廷难容，就使退居乡里，亦未必见容众口。臣见前次朝臣劾奏周堪，谓与刘更生等谋毁骨肉，罪应加诛。臣以为陛下前日，育德青宫，堪曾做过少傅，故独谓不宜诛堪，为国家养恩，并非真推重堪德呢！"利口喋喋。元帝喟然道："汝说亦是。但彼无大罪，如何加诛，今果应作何处置？"兴答说道："臣意可赐爵关内侯，食邑三百户，勿使预政，是陛下得恩全师傅，望慰朝廷。一举两得，无如此计。"元帝略略点头，待兴辞退，暗想兴亦斥堪，莫非堪真溺职不成。正在怀疑得很，忽又由城门校尉诸葛丰拜本进来，也是纠劾周堪、张猛，内说二人贞信不立，无以服人。元帝不禁懊恨起来，竟亲写诏书，传谕御史道：

　　城门校尉丰，前与光禄勋堪光禄大夫猛在朝之时，数称言堪、猛之美，今反纠劾堪、猛，实自相矛盾。丰前为司隶校尉，不顺四时修法度，专作苛暴以获虚威。朕不忍下吏，以为城门校尉。乃内不省诸己，而反怨堪、猛以求报举，告按无证之辞，暴扬难言之罪，毁誉恣意，不顾前言，不信之大也。朕怜丰耆老，不忍加刑，其免为庶人！

看官阅此诏书，应疑诸葛丰所为，也与杨兴相似。其实丰却另有原因，激成过举。元帝初年，丰由侍御史进任司隶校尉，秉性刚严，不避豪贵，且遵照汉朝故例，得持节捕逐奸邪，纠举不法。长安吏民，见他有威可畏，编成短歌道："间何阔，逢诸葛。"时有侍中许章，自恃外戚，结党横行，有门下客为丰所获，案情牵连许章身上，丰遂欲奏参许章。凑巧途中与许章相遇，便欲捕章下狱，举节与语道："可即停车！"章坐在车中，心虚情急，忙叫车夫速至宫门，车夫自然加鞭急趋，丰追赶不及，被章驰入宫门，进见元帝，只说丰擅欲捕臣。元帝正欲召丰问明，适值丰封章上奏，历数章罪，元帝总觉丰专擅无礼，不直丰言，命收回丰所持节，降丰为城门校尉。丰很是气愤，满望周堪、张猛替他伸冤，好几日不见音信。再贻书二人，自陈冤抑，又不见答。于是恨上加恨，还道周堪张猛，也是投井下石，因此平时常称誉堪、猛，至此反列入弹章。*实是老悖。*一朝小忿，自误误人，元帝既削夺丰官，索性将周堪、张猛也左迁出去，堪为河东太守，猛为槐里令。

小子有诗叹道：

浊世难容直道行，明夷端的利艰贞；
小卿周堪字。也号通经士，进退彷徨太自轻。

堪、猛既贬，石显权焰益张，免不得党同伐异，戮及无辜。欲知显陷害何人，俟至下回说明。

　　萧望之、周堪、刘更生三人，皆以经术著名，而于生平涵养之功，实无一得。望之失之傲，堪失之贪，更生则失之躁者也。丙吉为一时贤相，年高望重，望之且侮慢之，何有于史高，然其取死之咎，即在于此。周堪于望之死后，即宜引退，乃犹恋栈不去，并荐弟子张猛为给事中，植援固宠之讥，百口奚辞。刘更生则好为危论，非徒无益而又害之。夫不可与言而与之言，是谓失言，智者不为也。更生学有余而识不足，殆亦意气用事之累欤？若元帝之优柔寡断，徒受制于宦官外戚而已。虎父生犬子，吾于汉宣、元亦云。

第八十九回

冯婕好挺身当猛兽　朱子元仗义救良朋

却说石显专权，怙恶横行。当时有个待诏贾捐之，为前长沙太傅贾谊曾孙，屡言石显过恶，因此待诏有年，未得受官。永光元年，珠崖郡叛乱不靖，朝廷发兵往讨，历久无功。郡在南粤海内，岛屿纷歧。自从武帝平定南越，编为郡县，居民叛服无常，屡劳征伐。元帝因连年未定，拟大举南征，为荡平计，贾捐之独上书谏阻道："臣闻秦劳师远攻，外强中干，终致内溃。武帝秣马厉兵，从事四夷，役赋繁重，盗贼四起。前事可鉴，不宜蹈辙。现今关东饥荒，百姓多卖妻鬻子，法不能禁，这乃是社稷深忧。若珠崖道远，素居化外，不妨弃置。愿陛下专顾根本，抚恤关东为是。"不务殖民远地，但以弃置为宜，亦非良策。元帝将原书颁示群臣，群臣多半赞成，遂下诏罢珠崖郡，不复过问。

捐之言虽见用，仍然不得一官，郁郁久居，不堪久待。闻得长安令杨兴，新邀主眷，正好托他介绍，代为吹嘘。当下投刺请谒，互相往来，兴见捐之口才敏捷，文采风流，且是贾长沙后人，自然格外契合。彼此缔交多日，适值京兆尹出缺，捐之乘间语兴，呼兴表字道："君兰雅擅吏才，正好升任京兆尹，若使我得见主上，必然竭力保荐。"兴亦呼捐之表字道："君房下笔，言语妙天下，倘使君房得为尚书令，应比五鹿充宗，好得多了。"原来五鹿充宗，系顿丘地方的经生，与显为友，显曾引为尚书令，故兴特借着充宗，称美捐之。捐之闻言大笑道："果使我得代充宗，君兰得为京兆尹。我想京兆系郡国首选，尚书关天下根本，有我两人，求贤佐治，还怕不天下太平么！"大言不惭。兴答说道："我两人若要进见，却也不难，但教打通中书令关节，便可得志了。"捐之不禁愕然道："中书令石显么！此人奸横得很，我甚不愿与他结欢。"兴微哂道："慢着！显方贵宠，非得彼欢心，我等无从超擢。今且依我计议，暂投彼党，这也是枉尺直寻的办法呢！"捐之求官情急，不得已屈志相从，兴即与商定，联名保荐石显，请赐爵关内侯。并召用显兄弟为卿曹，再由捐之自出一奏，举兴为京兆尹。两奏先后进去，谁知早被石显闻知，先将贾、杨二人密谋，奏达元帝。元帝尚有疑意，待二人奏入，果如显言，乃即饬逮二人下狱，使后父王禁与显究治。禁与显复称贾、杨隐怀诈伪，更相荐誉，欲得大位，罔上不道，应即加严刑，有诏坐捐之死罪，兴减死一等，髡为城旦。可怜捐之热中富贵，反落得身首异处，兴虽免死，丢去了长安令，做了一个刑徒，求福得祸，何苦为此？可为钻营奔竞者鉴。

越年，日食地震，变异相寻。东海郡经生匡衡，方入为给事中，元帝问以地震日食的原因，衡答言"天人相感，下作上应，陛下能只畏天戒，哀悯元元，省靡丽，考制发，近中正，远巧佞，崇至仁，匡失俗，自然大化可成，休征即至"云云。元帝因衡奏对称旨，擢为光禄大夫，已而地又震。日又食，自永光二年至四年，迭遭警变。元帝因记起周堪、张猛被贬在外，实是衔冤，乃责问群臣道："汝等前言天变相仍，咎在堪、猛，今堪、猛外谪数年，何故天变较甚，试问将更咎何人？"群臣无词可答，只好叩首谢罪。元帝因复征拜堪为光禄大夫，领尚书事；猛为大中大夫，兼给事中。堪、猛再入朝受职，总道元帝悔悟，此次总可吐气扬眉，那知朝上尚书，先有四人，统是石显私党。一个就是五鹿充宗，官拜少府，兼尚书令；第二个是中书仆射牢梁；第三、第四叫作伊嘉、陈顺，并皆典领尚书。堪与四人位置相同，口众我寡，怎能敌得过四奸？再加元帝连年多病，深居简出，堪有要事陈请，反要石显代为奏闻，累得堪不胜郁愤，有口难言。俗语说得好，忧能伤人，况堪已垂老，如何禁受得起？一日忽然病痦，嗫不成声，未几即殁。张猛失了师援，越觉孤危，遂被石显谗构，传诏逮系。猛不肯受辱，竟在宫车门前，拔剑自到。石显未去，师弟何苦复来。显是自己寻死。刘更生闻知堪、猛死亡，倍增伤感，特仿楚屈原《离骚经》体，撰成《疾谗救危及世颂》凡八篇，聊寄悲怀；还幸自己命不该绝，未被害死，也好算是蒙泉剥果了。

且说元帝后宫，除王皇后外，要算冯、傅两婕妤，最为宠幸。傅婕妤系河南温县人，早年丧父，母又改嫁，婕妤流离入都，得事上官太后，善伺意旨，进为才人。上官太后赐给元帝，元帝即位，拜为婕妤。凭着那柔颜丽质，趋承左右，深得主欢，就是宫中女役，亦因她待遇有恩，并皆感激，常饮酒酹地，代祝延釐。好几年生下一女一男，女为平都公主；男名康，永光三年，封为济阳王，傅婕妤得进号昭仪。元帝对她母子两人，非常怜爱，甚至皇后、太子，亦所未及。光禄大夫匡衡，曾上书规谏，劝元帝辨明嫡庶，不应得新忘故，移卑逾尊。元帝因令衡为太子太傅，但宠爱傅昭仪母子，仍然如故。

傅昭仪外，便是冯婕妤最为得宠。冯婕妤的家世，与傅昭仪贵贱不同，乃父就是光禄大夫冯奉世。奉世曾讨平莎车，只因矫诏的嫌疑，未得封侯。见八十三回。元帝初年，始迁官光禄勋。既而陇西羌人，为了护羌校尉辛汤，嗜酒性残，激怒羌众，复致造反。元帝因奉世夙谙兵法，特使为右将军，领兵出击。丞相韦玄成、御史大夫郑弘等，主张屯戍，只肯发兵万人，奉世谓宜出兵六万，方可平羌。元帝初意尚如丞相、御史所言，令率万二千人西行；及奉世到了陇西，绘呈地形，再申前议，元帝乃使太常任千秋为奋威将军，领兵六万，前往策应。奉世既得大队人马，果然一鼓破羌，斩首数千级，余羌并皆遁去，陇西复平。奉世班师复命，得受爵关内侯，调任左将军；子野王为左冯翊，父子并登显阶，望重一时。冯婕妤系奉世长女，由元帝纳入后宫，生子名兴，得拜婕妤，受宠与傅昭仪相似。

永光六年，改元建昭。好容易到了冬令，元帝病体已痊，满怀高兴，挈着后宫妃嫱，亲至长杨宫校猎，文武百官，一律从行。既至猎场，元帝在场外高坐，左有傅昭仪，右有冯婕妤，此外如六宫美人，不可胜述。文官远远站立，武官多去猎射，约莫有三五时辰，捕得许多飞禽走兽，俱至御前报功。元帝大悦，传谕嘉奖。到了午后，还是余兴未尽，更至虎圈前面，看视斗兽，傅昭仪、冯婕妤等当然随着。那虎圈中的各种野兽，本来是各归各栅，不相连合，一经汇集，种类不同，立即咆哮跳跃，互相蛮触。正在爪牙杂沓、迷眩众目的时候，忽有一个野熊，跃出虎圈，竟向御座前奔来。御座外面，有槛拦住，熊把前两爪攀住槛上，意欲纵身跳入。吓得御座旁边的妃嫔媵嫱，魂魄飞扬，争相后面窜逸。傅昭仪亦逃命要紧，飞动金莲，乱曳翠裙，半倾半跌的跑往他处。只有冯婕妤并不慌忙，反且挺身向前，当熊立住。却是奇突！元帝不觉大惊，正要呼她奔避，却值武士趋近，各持兵器，把熊格死。冯婕妤花容如旧，徐步引退，元帝顾问道："猛兽前来，人皆惊避，汝为何反向前立住？"冯婕妤答道："妾闻猛兽攫人，得人便止。意恐熊至御座，侵犯陛下，故情愿拼生当熊，免得陛下受惊。"元帝听了，赞叹不已。此时傅昭仪等已经返身趋集，听着冯婕妤的答议，多半惊服；只有傅昭仪不免怀惭，由愧生

妒，遂与冯婕妤有嫌。妇女性情往往如此。冯婕妤怎能知晓，侍
辇还宫。元帝就拜冯婕妤为昭仪，封婕妤子兴为信都王。昭仪
名位，乃是元帝新设，比皇后仅差一级，前只有一傅昭仪，至
此复有冯昭仪，位均势敌，差不多如避面尹邢，两不相下了。
尹、邢为武帝时婕妤，事见前文。

　　中书令石显，见冯昭仪方经得宠，冯奉世父子又并列公
卿，便拟倚势献谀。特将野王弟冯逡，代为揄扬，荐入帷幄。
逡已为谒者，由元帝即日召见，欲将他擢为侍中。偏逡见了元
帝，极言石显专权误国，触动元帝怒意，斥令退去，反将他降
为郎官。石显闻知，当然快意，但与冯氏亦从此有仇，把从前
援引的意思，变作排挤。

　　当时有一郎官京房，通经致用，屡蒙召问。房本与五鹿充
宗，同为顿丘人氏，又同学《易经》，惟充宗师事梁邱贺，房
师事焦延寿，师说不同，讲解互异。且充宗阿附石显，尤为房
所嫉视，尝欲乘间进言，锄去邪党。一日由元帝召语经学，旁
及史事，房遂问元帝道："周朝的幽、厉两王，陛下可知他危
亡的原因否？"元帝道："任用奸佞，所以危亡。"房又问道：
"幽、厉何故好用奸佞？"元帝道："他误视奸佞为贤人，因此
任用。"房复道："如今何故知他不贤？"元帝道："若非不贤，
何至危乱？"房便进说道："照此看来，用贤必治，用不贤便
乱。幽、厉何不别求贤人，乃专任不贤，自甘危乱呢？"元帝
笑道："乱世人主，往往用人不明。否则自古到今，有甚么危
亡主子哩？"房说道："齐桓公与秦二世，也尝讥笑幽、厉，
偏一用竖刁，一信赵高，终致国家大乱，彼何不将幽、厉为
戒，早自觉悟呢？"已是明斥石显。元帝道："这非明主不能见
及。齐桓、秦二世，原不得算做明君。"房见元帝尚是泛谈，
未曾晓悟，当即免冠叩首道："春秋二百四十年间，迭书灾
异，原是垂戒将来。今陛下嗣位数年，天变人异，与春秋相

似，究竟今日为治为乱？"元帝道："今日也是极乱呢！"房直说道："现在果任用何人？"元帝道："我想现今任事诸人，当不致如乱世的不贤。"房又道："后世视今，也如今世视古，还求陛下三思！"元帝沉吟半晌道："今日有何人足以致乱？"房答道："陛下圣明，应自知晓。"元帝道："我实不知，已知何为复用。"房欲说不敢，不说又不忍，只得说是陛下平日最所亲信，与参秘议的近臣，不可不察。元帝方接口道："我知道了！"房乃起身退出，满望元帝从此省悟，驱逐石显诸人。那知石显等毫不摇动，反将房徙为魏郡太守。房自知为石显等所忌，隐怀忧惧，但乞请毋属刺史，仍得乘传奏事，元帝倒也允许，房只得出都自去。

　　才阅月余，便由都中发出缇骑，逮房下狱。案情为房妇翁张博所牵连，因致得罪。博系淮阳王刘钦舅，钦即元帝庶兄。尝从房学《易》，以女妻房。房每经召对，退必与博具述本末。博儇巧无行，便将宫中隐情，转报淮阳王钦，且言朝无贤臣，灾异屡见，天子已有意求贤，请王自求入朝，辅助主上等语。钦竟为所惑，为博代偿债负二百万。博又报书敦促，诈言已贿托石显，从中说妥，费去黄金五百斤，钦复如数赍给。不料为石显所闻，当即讦发，博兄弟三人，并皆系狱，连京房亦被株连，系入都中定罪，案情为翁婿通谋，诽谤政治，诖误诸侯王，狡猾不道，一并弃市。房原姓李氏，推《易》得数，改姓为京。前从焦延寿学《易》，延寿尝谓京生虽传我道，后必亡身，及是果验。御史大夫郑弘，与房友善，房前为元帝述幽、厉事，曾出告郑弘，弘亦深表赞成。所以房弃市后，弘连坐免官，黜为庶人，进任匡衡为御史大夫。惟淮阳王钦，不过传诏诘责，由钦上表谢罪，幸得无恙。

　　接连又兴起一场冤狱，也是石显一手做成。坐罪的是御史中丞陈咸，与槐里令朱云。咸字子康，为前御史大夫陈万年子。万年好交结权贵，独咸与乃父不同，十八岁入补郎官，便是抗直敢言。万年恐他招祸，往往夜半与语，教他宽厚和平。咸在床前立着，听了多时，全与己意不合，但又不便反抗，索性置若罔闻，朦胧睡去。一个打盹，把头触着屏风，竟致震响，万年不禁怒起，起床取杖，意欲挞咸。咸方惊醒跪叩道："儿已备聆严训，无非教儿谄媚罢了！"原是一言可蔽。这语说出，累得万年无词可驳，也只得将咸喝退，上床就寝，不复与言。未几万年病死，咸刚直如前，元帝却重他材能，累迁至御史中丞。还有萧望之门生朱云，与咸气谊相投，结为好友，两人有时晤谈，辄诋斥石显诸人，不遗余力，可巧显党五鹿充宗，开会讲经，仗着权阉势力，无人敢抗，独朱云摄衣趋入，与充宗互相辩论，驳得充宗垂头丧气，怅然退去。都人士有歌谣云："五鹿岳岳，朱云折其角。"嗣是云名遂盛，连元帝也有所闻，特别召见，拜为博士，旋出任杜陵令，辗转调充槐里令。

云因石显用事，丞相韦玄成等依阿取容，不如先劾玄成，然后再弹石显，于是拜本进去，具言韦玄成怯懦无能，不胜相位。看官试想，区区县令，怎能扳得倒当朝宰相，徒被玄成闻知，结下冤仇。会云因事杀人，被人告讦，谓云妄杀无辜，元帝因问韦玄成。玄成正怨恨朱云，便答言云政多暴，毫无善状。凑巧陈咸在旁，得闻此言，不由的替云着急，慌忙还家，写成一封密书，通报朱云。云当然惊惶，复书托咸，代为设法，咸即替云拟就奏稿，寄将过去，教云依稿缮成，即日呈进，请交御史中丞查办。计实未善。云如言办理，偏被五鹿充宗看见奏章，欲报前日被驳的羞辱，当即告知石显，批交丞相究治。陈咸见计划不成，又复通告朱云，云便逃入都门，与咸面商救急的计策。越弄越错。丞相韦玄成，派吏查讯朱云，不见下落，再差人探听消息，知云在陈咸家中，当下劾咸漏泄禁中言语，并且隐匿罪人，应一并捕治，下狱论罪。

元帝准奏，饬廷尉拘捕二人，二人无从奔避，尽被拿住，入狱拷讯。咸不肯直供，受了好几次搒掠，困惫不堪，自思受伤已重，死在眼前，忍不住呻吟悲楚。忽有狱卒走报，谓有医生入视，咸即令召入，举目一瞧，并不是甚么良医，乃是好友朱博。当下视同骨肉，即欲向他诉苦，博忙举手示意，佯与诊视病状，使狱卒往取茶水，然后问明咸犯罪略情，至狱卒将茶水取至，当即截住私谈，珍重而别。博字子元，杜陵人氏，慷慨好义，乐与人交，历任县吏郡曹，复为京兆府督邮。自闻咸得罪下狱，即移名改姓，潜至廷尉府中，探听消息。一面买嘱狱卒，假称医生，亲向狱中询问明白，然后求见廷尉，为咸作证，言咸冤屈受诬。廷尉不信，笞博数百，博终咬定前词，极口呼冤。好在韦玄成得了一病，缠绵床缛，也愿放宽咸案，咸才得免死，髡为城旦。朱云也得出狱，削职为民。但非朱博热心救友，恐尚未易解决，这才可称得患难至交呢！小子有诗赞道：

　　　　临危才见旧交情，仗义施仁且热诚，
　　　　谁似朱君高气节，救人狱底得全生。

越年，韦玄成病死，后任丞相，当然有人接替。欲知姓名，试看下回便知。

　　冯婕妤之当熊，绰有父风，彼虽一娉婷弱质，独能奋身不顾，拼死直前，殆与乃父之袭取莎车，同一识力。彼傅昭仪辈，宁能得此。然傅昭仪因是衔嫌，而冯婕妤卒为所倾，天胡不吊，反使妒功忌能者之得逞其奸，是正足令人太息矣！不宁唯是，天下之为主效忠者，往往为小人所构陷。试观元帝一朝，二竖擅权，正人义士多被摧锄，除贾捐之死不足惜外，何一非埋冤地下。陈咸之不死，赖有良朋，否则石显、韦玄成，朋比相倾，几何不流血市曹也。宣圣有言，女子与小人为难养，诚哉其然！

第九十回

斩郅支陈汤立奇功　嫁匈奴王嫱留遗恨

却说韦玄成死后，御史大夫匡衡循例升任，另用繁延寿为御史大夫。匡衡虽尚正直，但见石显权势巩固，也不敢与他反对，只得顺风敲锣，做一个好好先生。石显有姊，欲与郎中甘延寿为妻，偏延寿看轻石显，不愿与婚，婉言谢绝。却有特识。显便即衔恨。建昭三年，甘延寿为西域都护骑都尉，与副校尉陈汤，同出西域，袭斩郅支单于，传首长安。朝臣多为甘、陈请封，独石显联同匡衡，合词劝阻，舆论遂不直匡衡。

究竟甘、陈二人，何故袭斩郅支？说来却有一种原因。郅支单于，徙居坚昆，怨汉拥护呼韩邪，不肯助己，拘辱汉使江迺始等，遣使求还侍子驹于利受。见八十六、八十七回。元帝许令回国，特遣卫司马谷吉送往，吉被郅支杀死。郅支自知负汉，又闻呼韩邪渐强，恐遭袭击。正想再徙他处，适康居国遣使迎郅支，欲令合兵，共取乌孙，郅支乐得应允，便引兵西往康居。康居王将己女嫁与郅支，郅支也将己女嫁与康居王，互相翁婿，也是罕闻。彼此结为婚姻，联兵往攻乌孙。直至赤谷城下，赤谷城为乌孙都，见前文。掠得许多人畜，方才还师。乌孙不敢追击，且将西近康居的地方，弃作荒地，所有旧时居民一律东徙，免得遭殃。郅支恃胜生骄，即蔑视康居，凌虐康居王女。康居王女不肯服气，惹动郅支怒意，竟拔刀将她砍死。自至都赖水滨，役民筑城，民或少怠，便截斩手足，投入水中。

二年余才得毕工，郅支入城居住，据险自固；屡遣使分往大宛诸国，征求岁贡。大宛国怕他强暴，不敢不依。汉廷尚以为谷吉未死，派使探问，才知吉被杀死。再使人索还尸骸，郅支不与，反将汉使羁住，佯求西域都护，自言僻居困厄，情愿归附大汉，遣子入侍。其实是设词相诳，意在缓兵。凶狡已极！西域都护郑吉，已老病归休，元帝乃特简甘延寿、陈汤两人，出镇乌垒城。

延寿字君况，北地郁郅人；汤字子公，山阳瑕邱人。延寿素善骑射，向以武力著名；汤却是文士出身，不拘小节，专好奇谋。既与延寿同至西域，所过山川城邑，无不注意。当下与延寿商议道：“夷狄畏服大国，本性使然。前时西域，尝服属匈奴。今郅支单于迁移至此，自恃国威，侵陵乌孙、大宛，并为康居划策，谋吞二国。若乌孙、大宛果被并吞，势必北攻伊列，西取安息，南击月氏，不出数年，西域诸国，且尽为所有了！且郅支骠悍善战，此时不图，必为西域大患，最好是先发制人，尽发屯田吏士，驱从乌孙部众，直指彼城。彼守备未坚，容易攻入，乘此斩郅支首，上献朝廷，岂不是千载一时的大功么？”延寿也以为然，惟欲先奏后行。汤又劝阻道：“朝廷公卿，怎知远谋？如欲奏闻，必不见从。”延寿终以为不便专擅，未肯遽行。正思上书奏请，忽然得病，只好搁置一旁，从事医治。

约过了好几日，病治少瘥，忽闻外面人声马嘶，陆续不绝，忍不住跳落床下，向外查问，但见陈汤检阅兵马，前后来列，差不多有数万人，便喝声道：“众兵到此，意欲何为！”汤毫不敛缩，反按剑相叱道：“大众齐集，往讨郅支，竖子尚敢阻众么！”敢作敢言。说得延寿瞠目伸舌，不敢异议。及询明实情，才知汤乘着己病，矫制调来。那时箭在弦上，不得不发，只得与汤部勒兵士，分作六队，即日起行。三队从南道逾葱岭，由大宛绕往康居，延寿与汤自率三队，从北道过乌孙国都，入康居境。行至阗池西面，适值康居副王抱阗，领数千骑，侵赤谷城，掳得人畜回来，被汤麾兵截杀一阵，夺还人口四百七十人，交付乌孙大昆弥，牲畜留给军食。再西行入康居界，访闻康居贵人屠墨，与郅支不协，因使人召他至军，晓示祸福，屠墨自愿乞和。汤即与歃血为盟，遣令还抚部众，毋得抗汉；一面沿途揭示，不犯秋毫。途中复得屠墨从子开牟，使为向导，直向郅支居城进发。距城约三十里，扎定营盘。

可巧郅支差人到来，诘问汉兵何故到此？陈汤出应道："汝单于上书归汉，愿遣侍子，故我朝特发兵相迎，因恐惊动左右，未便遽至城下，请单于送交妻孥，我等即当东归。"将计就计。使人返报郅支，郅支本为缓兵起见，设词诳汉，不意弄假成真，惹引汉兵入境，难道真个割舍妻子，送交汉营？当下再遣使诱约，但言行装未备，须宽限时期。汤只准宽限三两日，限满又去催促，郅支只管延宕。两下里使节往来，约有数次，汤忽然作色，怒对来使道："我等为单于远来，劳兵糜饷，今到此多日，未见一名王贵人，来报实信，为何单于慢客至此？我等粮食将尽，人马困乏，再若延挨，势且不得生还，敢请单于速定筹划，毋得误我！"仍是以假应假。来使自依言回报，郅支虽亦知汉将诈谋，惟远来粮少，想是真情，但教谨守不理，汉兵无粮，不去何待？当下号令人马，分头拒守。城上悬着五彩旗帜，令数百人戴盔披甲，登陴序立。再用壮士百余人，夹门立阵，门下使游骑百余，往来巡逻。

布置甫定，见汉兵已鼓噪前来，百余游骑，却也不管好歹，就纵马来突汉兵，汉兵早已防着，张弓迭射，箭如雨注，得将胡骑射退。汉兵从后追击，遥见城上胡兵，拍手相招道："能斗即来！"汉兵毫不怯惧，纷纷薄城，用箭仰射，飞上城头。城上守兵，退落城下；城门内外的壮士，亦皆敛入，把门关住。汉兵四面围城。城有两重，外用木城，内用土城，木城有隙，里面胡兵射箭出来，伤毙汉兵数人。延寿与汤愤不可遏，命兵士纵火烧城，木城遇火，立即延燃。胡兵抵御不住，多半逃入内城，只有数百锐骑，出外拦阻，统被汉兵射死。汉兵前拥刀牌，后持弩戟，一齐扑入木城，扫尽胡兵，然后再攻土城。郅支单于见汉兵势盛，意欲出走，转思汉兵经过康居，未闻开仗，定是康居挟嫌助汉，任令通道，且汉兵阵内，夹入西域各国兵马，眼见西域诸王亦皆为汉效力，就使得脱重围，也是无路可奔。因此决计死守，兵马不足，连宫人亦驱登城楼，自己全身披挂，上城指挥。大小阏氏，约数十人，有几个颇能射箭，也弯着强弓，俯射汉兵。汉兵用楯为蔽，觑着空隙，还射上去，弓弦迭响，射倒大小阏氏数人。可谓直中红心。有一箭不偏不倚，正中郅支鼻上，郅支忍痛不住，退入城中。宫人越觉胆怯，自然随下。

汉兵方思缘梯登城，突闻康居发兵万余，来救郅支，王女已经被杀，想是郅支女得宠康居，故以德报怨。延寿与汤不得不暂缓扑城。时又天暮，且守住营寨，防备康居兵冲突。陈汤复想出一法，暗遣裨将带领偏师，悄悄的抄至康居兵后，举火为号，以便夹击。裨将奉命，乘夜行兵，无人窥悉。康居兵但顾前面，与城中人遥相呼应，喊声四震，奋突汉营。汉营坚壁勿动，待至逼近，方用硬箭射去，济以长枪大戟，迎头痛刺，任他康居兵如何强悍，也觉无孔可钻，一夜间驰突数次，俱被击却。看看天色微明，康居兵已皆疲倦，不意汉营中鼓声忽起，领兵杀出。康居兵急忙退后，回头一望，更不得了，但见火光四进，烟焰中拥出许多汉兵，截住去路。吓得康居兵进退失据，被汉兵夹击一阵，好与斫瓜切菜相似，万余骑死了八九千，单剩得一二千人，抱头窜去。延寿与汤，既杀败康居兵马，乘势攻扑内城，四面架梯，冒险乘陴，顿将内城捣破。郅支挈同男女百余人，逃入宫中，汉兵纵火焚宫，阖宫大骇。郅支硬着头皮，拼命出战，怎禁得汉兵拥入，团团围住，一着失手，便被斫倒。军侯杜勋，抢前一步，枭了郅支首级，携去报功。诸将士陆续入宫，杀毙阏氏太子名王以下千五百人，生擒番目百四十五人，收降胡兵千余人，搜得汉使节二柄，并前时谷吉所赍诏书。此外金帛牲畜等件，悉数搬取，由甘延寿、陈汤两主将，酌量分给，除赏赐部众，遍及各国随征兵士，全体腾欢。

先是延寿与汤，矫诏发兵，已经上书自劾，至阵斩郅支，复将首级献入长安，请悬诸藁街，威示蛮夷。藁街系长安市名，蛮夷使馆，尽在此处，故有是请。石显闻得延寿功成，大为拂意，先使丞相匡衡奏请，时当春令，应掩骼埋胔，不宜悬示虏首。偏车骑将军许嘉，右将军王商，谓春秋夹谷一会，齐优戏侮鲁君，孔子即令将优施处斩，盛夏施刑，首足两分，异门取出。今郅支逆命，幸得受诛，正宜悬示十日，方可埋葬。有诏从两将军议。匡衡见不从己奏，再与石显密商，同劾甘延寿、陈汤，矫制兴兵，功难抵罪；且陈汤私取财物，应即查办。元帝乃令司隶校尉，飞饬塞上官吏，按验陈汤吏士。汤上书自讼，略言"臣与吏士，共诛郅支，万里还朝，应有使臣迎劳道路。今闻司隶校尉，反令地方官按验，是为郅支报仇，令臣不解"。元帝得书，乃收回成命，令沿途县吏，具备酒食，供给西征回来的军士；及全师凯旋，论功行赏。石显、匡衡复先后上奏，谓"延寿、汤擅自兴兵，幸得不诛，若复加爵士，将来有人出使，各欲乘危、侥幸，生事蛮夷，此风断不可开，免得国家贻患"等语。元帝以甘、陈有功，意欲加封，只因石显、匡衡是内外重臣，却也未便违议，踌躇累日，历久未决。此时刘更生已改名为向，请封甘、陈两人，大致说是：

郅支单于，囚杀使者，伤威毁重，群臣皆闵焉。陛下赫然欲诛之意，未尝有忘。西域都护延寿，副校尉汤，承圣旨，倚神灵，总百蛮之君，集城郭之兵，出百死，入绝域，遂陷康居，屠重城，斩郅支之首，扫谷吉之耻，勋莫大焉！臣闻论大功者，不录小过，举大美者，不疵细瑕。宜以时除过勿治，尊宠爵位，以劝有功，则国家幸甚！

这书呈入，元帝有词可借，方封延寿为义成侯，官长水校尉；赐汤爵关内侯，官射声校尉。一面告祠郊庙，大赦天下，群臣置酒上寿，庆赏了好几天。有故建平侯杜延年子杜钦，乘机上书，追述冯奉世前破莎车功绩，与甘、陈相同，亦宜补封侯爵，不没功臣。前也为冯昭仪献谀。元帝因奉世已殁，且破灭莎车乃是先帝时事，不便重翻旧案，因将钦议搁起不提。会御史大夫繁延寿又殁，朝臣多举荐大鸿胪冯野王，称他行能第一。野王系奉世子，由左冯翊入任大鸿胪。石显既与冯氏有嫌，自然仇视野王，当即入语元帝道："现在九卿中，原无过野王，可惜野王系冯昭仪亲兄，臣恐天下后世，还疑陛下偏私，专用后宫亲属呢！"巧言如簧，令人不觉。元帝闻言，不禁点首，遂别任太子少傅张谭，为御史大夫。奉世不得追封，当亦由石显作梗。

石显专以狡黠取宠，此次排挤野王，令元帝自然中计，他尚恐为人所斥，特向元帝密奏道："宫中有所征发，不论早晚，若夜间宫门早闭，不及呈入，请陛下准令开门。"元帝不知有诈，便即照允。显既邀允准，往往黉夜出取物件，故意延挨，待至宫门已闭，即传诏开门，几成惯例，果然有人劾奏石显，矫诏开门。元帝付诸一笑，将原书取示石显，显忙跪下泣陈道："陛下过宠小臣，特加重任，群下无不忌嫉，争谋陷害，幸赖陛下圣明，不予严谴。此后愿仍归旧职，专备后宫扫除，免得他人侧目，臣死亦无遗恨了！"元帝听说，总道显所言非诬，格外垂怜，好言抚慰，并给厚赏。后来遇有劾显诸奏，概置不理，显越得专宠，毫无忌惮。牢梁、五鹿充宗等，倚显为援，固宠希荣。都人交口作歌道："牢耶，石耶！五鹿客耶！印何累累！绶何若若！"歌虽如此，传不到元帝耳中，所以元帝一朝，石显等安然无恙。事且慢表。

　　且说建昭五年以后，复改元竟宁。竟宁元年，呼韩邪单于自请入朝，奏诏批准，遂自塞外启行，直抵长安。他因郅支受诛，且喜且惧，所以此次朝见，面乞和亲，愿为汉婿，元帝也欲羁縻呼韩邪，慨然允诺。待至呼韩邪退朝，暗想前代曾有和亲故事，辄取宗室子女，充作公主，出嫁单于。今呼韩邪已经投降，迥非昔比，但将后宫女子，未曾召幸，随便选择一人，嫁与呼韩邪，便可了事。主见已定，即命左右取入宫女图，展览一周，任意提起御笔，点选一人，命有司代办妆奁，拣选吉日，将御笔点出的宫女，送交呼韩邪客邸，赐与完婚。待至吉期已届，那宫女装束停当，至御座前辞行。元帝不瞧犹可，瞧了一眼，竟是一个芳容绝代的丽姝，云鬟低翠，粉颊绯红，体态身材，无不合度，最可怜的是两道黛眉，浅颦微蹙，似乎有含着嗔怨的模样。及见她柳腰轻折，拜倒座下，轻轻的啭着娇喉道："臣女王嫱见驾。"芳名由她自呼，转觉得猗旎动人。元帝忍不住问道："汝从何时入宫？"王嫱具述年月。元帝一想，该女入宫有年，为何并未见过？可惜如此美貌，反让与外夷享受，真正错极。本欲将她留住，又恐失信外人，且被臣民訾议，谤我好色，愈觉不妙。没奈何镇定心神，嘱咐数语，待她起身出去，拂袖入宫。再去查阅宫女图，十分中仅得两三分，还是草草描成，毫无生气。嗣又把已经召幸的宫人，比较一番，觉得画工精美，比本人要胜过几分，不由的大怒道："可恨画工，故意毁损丽容。若非作弊，定有他因！"当即传饬有司，查究画工为谁？有司遵将长安画工，一律传讯，当场查出，乃是杜陵人毛延寿，曾绘王嫱面貌，索贿不获，故意把花容玉貌，绘做泥塑木雕一般。案既审定，延寿欺君不道，谳成死刑。惟王嫱身世，应该略叙。

嫱字昭君，系南郡秭归人王穰女，当时被选入宫，例须先经画工摹绘，然后呈上御览，准备召幸。延寿本著名画家，写生最肖。只是生性贪鄙，屡向宫女索贿，宫女巴不得入宫见宠，大都倾囊相赠，延寿就从笔底上添出丰韵，能使易丑为妍。只有王昭君貌本天成，不烦藻采，她又生性奇傲，未肯无故费钱，因此毛延寿有心毁损，特将她易妍为丑，借泄私忿。元帝但凭画图选幸，怎知宫中有如此美人？到了昭君见面，才觉追悔，因将毛延寿处斩。延寿原是该死，只昭君自悲命薄，嫁了一个老番王，无可奈何，由他取乐。呼韩邪单于当然心欢，并向元帝上书，愿代为保塞，免得中国劳师。廷臣皆以为可行，惟郎中侯应熟习边事，力言北塞边防万不可撤，反复指陈利害，说得元帝憬然省悟，遂令车骑将军许嘉，传谕呼韩邪单于，略言中国边防，并非专御外患，实恐盗贼出塞，寇掠外人，单于虽怀好意，但尚有窒碍，不能遽从。呼韩邪单于乃愿罢前议，入朝辞行。带了王嫱出塞，号为宁胡阏氏。岁余生下一男，叫作伊屠牙斯。后来呼韩邪单于病死，长子雕陶莫皋嗣立，号为复株累同累。若鞮单于见昭君华色未衰，复占为妻室。一介女流，怎能反抗，况且胡俗得妻后母，乃是向来老例，昭君也只好降尊从俗，得过且过。旋复生了二女，长女为须卜居次，次女为当于居次。须卜当于皆夫家氏族，居次注见前。昭君竟老死塞外，墓上草色独青，与他处黄草不同，当时呼为"青冢"。后人因她红粉飘零，远入夷狄，特为谱入乐府，名"昭君怨"。或说她跨马出塞，马上自弹琵琶，创成此调，如泣如诉，后来不从胡礼，服毒自尽。这都是为色生怜，凭空臆造，证诸史传，便可知是虚诬了。小子有诗叹道：

> 娄敬和亲号罪魁，宫妆辱没剧堪哀。
> 如何番虏投诚日，尚使红颜出塞来？

元帝既遣归呼韩邪，尚是纪念王昭君，愁绪无聊，恹恹成疾，便要从此归天了，欲知详情，下文再当细表。

郅支单于，杀辱汉使，理应声罪致讨，上伸国威。元帝不使甘延寿、陈汤进讨郅支，其庸弱已可见一斑。汤为副校尉，名位不逮甘延寿，独能奋威雪耻，袭斩郅支，虽曰矫制，功莫大焉。况律以《春秋》之义，更觉无罪可言。匡衡号为经儒，乃甘媚权阉，妒功忌能，读圣贤书，顾如是乎？郅支既死，呼韩邪二次请朝，此时匈奴衰弱，何必再袭娄敬和亲之下计？直言拒绝，亦属无伤，仍给以宫女王嫱，徒使绝代丽姝，终沦异域，嗟何及欤！或谓元帝不贪女色，示信外夷，犹有君人之度，讵知王道不外人情，一夫不获，时予之辜，何忍摧残红粉，辱没蛮夷！如果见色不贪，尽可使之出嫁才郎，谐成嘉耦。天子且不能庇一美人，谓非庸弱得乎？"一去紫台连朔漠，独留青冢向黄昏。"读杜少陵诗，窃为之感慨不置云。

第九十一回

赖直谏太子得承基　宠正宫词臣同抗议

却说元帝寝疾，逐日加剧，屡因尚书入省，问及景帝立胶东王故事，即汉武帝。尚书等并知帝意，应对时多半支吾。原来元帝有三男，最钟爱的是定陶王康，系傅昭仪所出，见前文。初封济阳，徙封山阳及定陶。康有技能，尤娴音律，与元帝才艺相同。元帝能自制乐谱，创成新声，尝在殿下摆着鼙鼓，自用铜丸连掷鼓上，声皆中节，与在鼓旁直击相同，他人都不能及。独康亦擅此技，有乃父风，元帝赞不绝口，常与左右谈及。驸马都尉史丹，系前大司马史高长子，随驾出入，日侍左右，闻元帝称美定陶王，便向前直陈道："陛下尝谓定陶王多材，臣愚以为材具称长，莫如聪敏好学的皇太子；若徒以丝竹鼓鼙为能，是黄门鼓吹郎陈惠、李微，高出匡衡，何妨使为丞相哩！"元帝听了，也不禁失笑。

已而中山王竟，得病遽殇。竟系元帝少弟，元帝初元二年，方授王封，年幼未能就国，留居都中，与太子骜同学，颇相亲爱。中山王殁，元帝挈着太子，同往吊丧，抚棺流涕，悲不自禁，独太子骜并无戚容，元帝怒说道："天下有临丧不哀，可以仰承宗庙，为民父母么？"说着，旁顾左右，见史丹在侧，便诘问道："汝言太子多材，今果何如！"丹忙中有智，即免冠叩谢道："臣见陛下悲哀过甚，因戒太子不再涕泣，免增陛下感伤，臣罪当死！"既为太子辩护，又为自己表忠，好一个伶俐口才。元帝被他瞒过，怒气自平。到了元帝寝疾的时候，定陶王康，与生母傅昭仪，朝夕入侍。傅昭仪狡黠过人，凭着那灵心慧舌，哄动元帝，改易太子，好把亲子补充储位。元帝颇为所惑，因欲援胶东王故例，讽示尚书。史丹又有所闻，探得傅昭仪母子不在寝宫，竟大胆趋入，跪伏青蒲上面，尽管叩头。青蒲是青色划地，接近御床，向例只有皇后可登青蒲。史丹急不暇顾，又自恃为元帝近臣，不妨犯规强谏。元帝闻他叩头有声，开眼瞧着，见是史丹，乃惊问何因。丹涕泣陈词道："太子位居嫡长，册立有年，天下莫不归心，今乃道路流言，传说太子不免动摇，如陛下果有此意，满朝公卿，必然死争，臣愿先自请死，为群臣倡！"保全嫡嗣，不失守经之义。元帝素信丹言，且知太子不应轻易，才喟然长叹道："我本无此意，常念皇后勤慎，先帝又素爱太子，我怎好有违？现在我病日加重，恐将不起，愿汝等善辅太子，毋违我意！"丹乃欷歔起立，退出寝门。

又过数日，元帝驾崩，享年四十有二，在位十有六年，凡改元四次。太子骜安然即位，是谓成帝。当时太皇太后上官氏早殁，皇太后王氏尚存，因尊皇太后王氏为太皇太后，母后王氏为皇太后，封母舅阳平侯王凤为大司马大将军，领尚书事。是王氏揽权之始。奉葬先帝梓宫于渭陵，庙号"孝元皇帝"。

越年，改元建始，却有一件黜奸大计，足快人心。原来成帝居丧，朝政俱委任王凤，凤素闻石显奸刁，因即奏请成帝，徙显为长信太仆，夺去重权。丞相匡衡，御史大夫张谭，前曾阿附石显，此次见显失势，竟劾显种种罪恶，并及显党五鹿充宗等人。于是褫免显官，勒令回籍。显快快就道，病死途中。得全首领，大是幸事。少府五鹿充宗，被谪为玄菟太守；御史中丞伊嘉，也贬为雁门都尉；牢梁、陈顺，一并罢免，舆论称快。又有歌谣传闻道："伊徙雁，鹿徙菟，去牢与陈实无价！"

惟匡衡、张谭，既将石显等劾去，总道前愆可盖，从此无忧，谁知恼动了一位直臣王尊，竟奏入一本，直言丞相、御史，前知石显奸恶，并未纠弹，反与党合。今显罪已露，乃取巧弹奸，失大臣体，应该论罪！是极。成帝看了此奏，也知衡、谭有过，但甫经即位，未便遽斥三公，因将原奏搁置不理。衡得知此信，慌忙上书谢罪，乞请骸骨，缴上丞相乐安侯印。成帝下诏慰留，仍将印绶赐还，并贬王尊为高陵令，顾全匡衡面子。衡始照旧行事。但朝臣多是尊非衡，为尊扼腕。尊系涿郡高阳人，幼年丧父，依伯叔为生，伯叔家况亦贫，嘱使牧羊，尊且牧且读，得通文字。嗣充郡中小吏，迁补书佐，郡守嘉他才能，特为保荐，尊遂以直言充选，擢为虢县令。辗转迁调，受任益州刺史。莅郡以后，尝出巡属邑，行至邛郏山，山前有九折阪，不易往来。从前王阳尝出刺益州，王阳即王吉。至九折阪前，慨然长叹道："我承先人遗体，须当全受全归，为何屡经出险呢？"当下辞官自去。及尊过九折阪，记起王阳遗事，独使车夫疾驱向前，且行且语道："这不是王阳的畏途么？王阳为孝子，王尊为忠臣，各行其志便了。"

尊在任二年，又奉调为东平相。东平王刘宇，系元帝兄弟，少年骄纵，不奉法度。元帝知尊忠直敢为，特将他迁调过去。尊犯颜进谏，不畏豪威，宇好微行，尊即嘱令厩长，不准为宇驾马。宇亦无可如何，惟心中很是不悦。一日尊入庭谒宇，宇虽与有嫌，不得不延令就坐。尊亦窥透宇意，向宇进说道："尊奉诏来相大王，故人皆为尊作吊，尊闻大王素有勇名，也觉自危，今就职有日，不见大王勇威，不过自恃贵宠，才知大王无勇，如尊方算得真勇呢！"突兀得很。宇听了尊言，不禁变色，意欲把尊格杀，又恐得罪朝廷，眉头一皱，计上心来，因复强颜与语道："相君既自称有勇，腰下佩刀，定非常器，何妨与我一看？"尊注视宇面，屡次色变，料他不怀好意，但呼宇左右侍臣道："汝可为我拔刀，呈示大王！"说着，两手高举，听令侍臣拔刀，一面正色语宇道："大王毕竟无勇，乃欲设计陷尊，说尊拔刀向王，架诬罪名么？"真是急智。宇被尊说破隐情，暗暗怀惭，又久闻尊有直声，更致屈服。乃命左右特具酒席，邀令与宴，尽欢而散。无如宇母公孙婕妤，平生只有此子，很是宠爱，此时得为东平太后，见尊监视甚严，令子抱屈，不由的懊怒异常，妇人溺爱，然是可恨！当即上书朝廷，劾尊倨傲不臣，妾母子事事受制，恐遭逼死等语。元帝览奏，见她情词迫切，不得不令尊免官。及成帝即位，大司马大将军王凤，素慕尊名，因召为军中司马，奏补司隶校尉。偏后因劾奏匡衡、张谭，仍然坐贬。尊到官数月，不愿久任，即托病告归。王凤也知尊负屈，究因事关丞相，未便左袒，只好听尊乞休，徐图召用。

　　惟成帝待遇母党，格外从优，既使大将军王凤秉政，复封母舅王崇为安成侯，王谭、王商、王立、王根、王逢时，皆赐爵关内侯。凤与崇俱系太后同母弟，故凤先封侯，崇亦继封，各得食邑万户。王谭以下，统是太后庶弟，所以受封较轻。但数人并无功勋，只为了母后兄弟，都受侯封，爵赏未免太滥，廷臣俱不敢多言。可巧夏四月间，黄雾四塞，咫尺不辨，成帝也觉得奇异，有诏问公卿大夫，各谈休咎，毋得隐讳。谏大夫杨兴，及博士驷胜等，并说是"阴盛侵阳，故有此变。从前高祖立约，非功臣不得封侯，今太后诸弟无功并侯，为历朝外戚所未有，应加裁损"等语。大将军王凤，得见此奏，当即上书辞职。偏成帝不肯照准，优诏挽留。是年六月，有青蝇飞集未央宫殿，绕满廷臣坐次；八月间又有两月相承，晨现东方；九月间夜现流星，长四五丈，委曲如蛇形，贯入紫宫。种种灾异，内外多归咎王氏，独成帝因母推恩，倚畀如故。还有太后母李氏，已与太后父王禁离婚，改嫁苟氏，见前文。生下一子，取名为参。太后既贵，使王凤等迎还生母，且欲援田蚡故例，封苟参为列侯；不知大体，无非是庸妇浅见。还是成帝稍有见识，谓田蚡受封，实非正当，苟参不应加封，但尚拜参为侍中水衡都尉。此外王氏子弟，除七侯外，无论长幼，悉授官禄，这真叫做因私废公，无益有害了！

　　且说成帝嗣祚，年方弱冠，正是戒色时候，偏成帝生性好色，在东宫时已喜猎艳图欢。元帝因母后被毒，不得永年，特选车骑将军平恩侯许嘉女儿，为太子妃。许女秀外慧中，博通史事，并善书法，又与成帝年貌相当，惹得成帝意动神摇，好象得了仙女一般，镇日里相亲相爱，相偎相倚，说不尽的千般恩爱、万种温存。反跌下文。元帝令中常侍与黄门郎，前去探问两口儿情意，统回报是欢洽异常，顿使元帝欣慰，顾语左右道："汝等可酌酒贺我！"左右忙奉觞上寿，齐呼万岁。过了年余，许妃生下一男，阖宫庆贺。那知兰征方验，玉质遽凋，徒落得一泡幻影，转眼成空。到了成帝登台，眼见这位专宠的许妃，应立为后。惟皇太后王氏，因许妃生儿不育，此外储宫里面，亦未闻有女生男，于是特传诏旨，采选良家女子，入备后宫。前御史大夫杜延年子钦，方为大将军武库令，进白大将军王凤道："古礼一娶九女，无非为承祖广嗣起见。今主上春秋方富，未有嫡嗣，将军何不上采古制，慎择淑女，早备嫔嫱？从来后妃贞淑，必有良嗣，若及今不图，待至储贰无人，另求少艾，将来争宠夺嫡，祸变且百出了！愿将军深思熟虑，毋贻后忧！"王凤闻言，也以为然，乃入告王太后。偏王太后拘守汉制，不愿法古，凤亦未便固争，只好遵循故事罢了。建始二年三月，册立许妃为皇后，专宠如故。

　　是年夏季大旱，越年秋令，又复霪雨连旬，直至四十余日，尚未放晴。长安人民，忽哄传大水将至，纷纷奔避，你争先、我恐后，老幼妇女，自相蹴踏，甚至伤亡多人。这消息传入宫中，成帝慌忙升殿，召入群臣，商议避水方法。王凤道：
"如果水势泛滥，陛下可奉两宫太后，乘船暂避，所有宫中后
妃，随驾舟行，当可无忧，都中吏民，令他登城避水便了。"
语尚未毕，左将军王商接入道：此王商与凤弟同名异人，履历详
后。"古时国家无道，水尚不冒城郭，今政治和平，不闻兵革，
上下相安，大水为何暴至？这必是民间讹言，断不可信。若再
令百姓登城，岂不是更滋扰乱么！"长安地势甚高，原不至为水所
湮，但必谓政治和平，愈启成帝骄淫，商亦未免失言。成帝方稍稍放
心。商饬吏卒巡视城中，令民毋得妄动，约莫有三五时辰，民
情少定，待至日暮，并没有大水到来，才知全城惊动，实为讹
言所误。成帝因此重商，屡言商有定识，凤未免惭恨，自悔
失言。

　　说起王商履历，乃是宣帝母舅乐昌侯王武子，王武见前文。
武殁后袭爵为侯，居丧甚哀，且自愿推财相让，分给异母兄
弟。廷臣因他孝义可风，交章荐举，得进任侍中中郎将。元帝
时已迁官右将军，成帝复调任左将军，敬礼有加。不过，成帝
虽优待王商，究竟是疏不间亲，未及王凤的亲信。就是车骑将
军平恩侯许嘉，本兼有两重亲谊，且又辅政有年；嘉系孝宣许
皇后从弟，过继平恩侯许广汉，且系成帝后父，故云两重亲谊。偏成
帝恐他牵制王凤，特将他大司马车骑将军的印绶，下诏收回，
托言将军家重身尊，不宜再累吏职，特赐黄金二百斤，以特进
侯就第。汉制凡列侯有功德者，赐号特进，位在三公以下。嘉家居
岁余，便即逝世，予谥曰"恭"。惟许后宠尚未衰，后宫虽有
婕妤数人，罕得进见。许后不再生男，只产了一个女儿，又致
夭逝。太后与王凤等，屡忧成帝无子，成帝却不以为意，每日
退朝，只在中宫食宿，与许后恩好甚深；许后虽非妒妇，但必
欲令成帝爱情，移到妃嫔身上，亦所不愿，因此朝朝献媚，夜
夜承欢。

建始三年十二月朔，日食如钩，夜间又地震起来，未央宫亦为摇动。成帝亦为不安，翌日下诏，令举直言敢谏之士，问及时政阙失。杜钦及太常丞谷永，同时奏对，并言后宫女宠太专，有碍继嗣。成帝明知他指斥许后，置诸不理。丞相匡衡，曾上疏规讽成帝，请戒妃匹，慎容仪，崇经术，远技能，未见成帝听从。及灾异迭见，复屡乞让位，成帝却优诏不许。会衡子昌为越骑校尉，酒醉杀人，坐罪下狱。越骑官属，与昌弟密谋，拟劫昌出狱，不幸谋泄，为有司所讦奏，有诏从严查办。衡闻信大惊，徒跣入朝，免冠谢罪。成帝尚留余地，谕令照常冠履，衡谢恩趋退。不意司隶校尉王骏等，又劾奏衡封邑逾界，擅盗田地，罪该不道，应罢官定罪。衡坐是褫职，免为庶人，余罪免致究治，还算是成帝的特恩。左将军王商，得代衡职，拜为丞相；少府尹忠为御史大夫。

建始四年正月，亳邑陨石有四，肥累陨石有二，成帝命罢中书宦官，特置尚书员五人。汉制尚书有四，至此更增一人。四月孟夏，天复雨雪，诏令直言极谏诸士，诣白虎殿对策。太常丞谷永奏对道：

> 方今四夷宾服，皆为臣妾，北无薰粥、冒顿之患，南无赵佗、吕嘉之难；三陲晏然，靡有兵革，诸侯大者乃食数县，不得有为，无吴楚燕梁之势；百官盘互，亲疏相错，骨肉大臣，有申伯之忠，无重合、马何罗弟通封重合侯。安阳上官桀。博陆霍禹。之乱，三者无毛发之辜，乃欲以政事过差，咎及内外大臣，皆瞽说欺天者也。窃恐陛下舍昭昭之白过，忽天地之明戒，听暗昧之瞽说，归咎于无辜，倚异乎政事，重失天心，不可之大者也。

> 陛下即位，委任遵旧，未有过政，元年正月，白气起东方，四月黄雾四塞，复冒京师，申以大水，著以震蚀，

各有占应，相为表里，百官庶士，无所归依，陛下独不怪
与？白气起东方，贼人将兴之表也。黄雾冒京师，王道微
绝之应也。夫贼人当起，而京师道微，二者甚丑。陛下诚
深察愚臣之言，致惧天地之异，长思宗庙之计，改往返
过，抗湛溺之意，解偏驳之忧，奋乾纲之威，平天复之
施，使列妾得人人更进，犹尚未足也；急复益纳宜子妇
人，毋择好丑，毋论年齿，广求于微贱之间，祈天眷佑，
慰释皇太后之忧愠，解谢上帝之谴怒，则继嗣蕃滋，灾异
永息矣。疏贱之臣，至敢直陈天意，斥讥帷幄之私，欲离
间贵后盛妾，自知忤心逆耳，难免汤镬之诛。然臣苟不
言，谁为言之？愿陛下颁示腹心大臣，腹心大臣以为非天
意，臣当伏妄言之罪；若以为诚天意也，奈何忘国大本，
背天意而从人欲？惟陛下审察熟念，厚为宗庙计，则国家
幸甚！

　　看官阅到此文，应知谷永意中，全然帮着王凤。凤揽权用
事，兄弟等并登显爵，已有人议论纷纷，统说天变屡见，实由
王氏势盛所致。惟一班对策人士，都未敢明言指斥，不过模模
糊糊，说了几句笼统话儿，便算塞责。谷永更趋炎附势，力为
王氏洗刷，反嫁祸到许后身上，真是乖刁得很。此外还有武库
令杜钦，也与谷永同一论调，果然揣摩得中，两人并列高第。
永为首选，钦居第二，永得升官光禄大夫。明明是王凤主选。永
字子云，籍隶长安，就是前卫司马谷吉子。吉出使匈奴，为郅
支单于所杀，事见前文。钦字子夏，一目患盲，在家饱学，无
心出仕。王凤闻他材名，罗致幕下；同时有郎官杜邺，也字子
夏，学成登仕，时人因两杜齐名，不便区别，特号钦为盲杜子
夏。钦恨人说病，独改制小冠，游行都市，于是都人改称杜邺
为大冠杜子夏，杜钦为小冠杜子夏。钦感王凤提拔，阿附王

凤，还有可说；永由阳城侯刘庆忌荐入，庆忌系故宗正刘德孙，袭封阳城侯。也欲倚势求荣，比盲杜且不如了！小子有诗叹道：

大廷对策贵摅诚，岂为权豪独徇情？
谁料书生充走狗，学成两字是逢迎。

王氏未去，弭灾无术，俄而淫霖下降，黄河决口，百姓又吃苦不堪了。欲知河患如何得平，且看下回再表。

元帝三男，惟太子骜为王太后所出，以嫡长论，应立为嗣，有何疑义？况储位固已鋈定乎？元帝为傅昭仪所惑，几致易储，史丹一再谏诤，义所当然。或谓太子骜若不得立，则王氏之祸，可以不兴，此说似是而实非。元帝不立骜，即立康，康好声色，必致淫荒，傅昭仪亦非易与者，观哀帝时之傅太后，可见一斑。天下事但当凭理做去，祸福安能逆料乎？彼许女之为太子妃，非以色进，太子骜和好无间，亦属伉俪常情，厥后太子即位，许氏为后，乐而不淫，宁致酿灾？乃变异迭闻，史不绝书，如果为戾气所感召，则王氏应难辞咎。杜钦、谷永，不导王凤以谦抑之德，反斥许后之宠爱太专。离间帝后，构成嫌隙，祸水入而火德衰，罪由钦、永两人，宁特阿附权戚也哉！

第九十二回

识番情指日解围　违妇言上书惹祸

却说黄河为害，非自汉始，历代以来，常忧溃决，至汉朝开国后，也溃决了好几次。文帝时河决酸枣，东溃金堤，武帝时河徙顿丘，又决濮阳，元封二年，曾发卒数万人，塞瓠子河，筑宣房宫，后来馆陶县又报河决，分为屯氏河，东北入海，不再堵塞。至元帝永光五年，屯氏河淤塞不通，河流泛滥，所有清河郡属灵县鸣犊口，变作汪洋。时冯昭仪兄冯逡，方为清河都尉，请疏通屯氏河，分铩水力。元帝曾令丞相、御史会议，估计用费，不免过巨，竟致因循不行。建昭四年秋月，大雨十余日，河果复决馆陶及东郡金堤，湮没四郡三十二县，田间水深三丈，隳坏官亭卢室四万余所。各郡守飞书上报，御史大夫尹忠，尚说是所误有限，无甚大碍。成帝下诏切责，斥忠不知忧民，将加严谴。忠素来迂阔，见了这道严诏，惶急自尽。成帝亟遣大司农非调，调拨钱谷，赈济灾民，一面截留河南漕船五百艘，徙民避水。既而天晴水涸，民复旧居，乃拟堵塞决口，为惩后计。犍为人王延世，素习河工，由杜钦保荐上去，命为河堤使者，监工筑堤。延世巡视河滨，估量决口，饬用竹篓为络，长四丈，大九围，中贮小石，由两船夹载而下，再用泥石为障，费时三十六日，堤得告成。可巧腊尽春来，成帝乘机改元，号为河平。塞一决口，何必改元？进延世为光禄大夫，赐爵关内侯。

忽由西域都尉段会宗，驰书上奏，报称乌孙小昆弥安犁靡，叛命来攻，请急发兵援应等语。究竟小昆弥何故叛汉，应由小子补叙略情。先是元贵靡为大昆弥，乌就屠为小昆弥，画境自守，彼此相安。元贵靡死，子星靡代为大昆弥，亏得冯夫人持节往抚，星靡虽弱，幸得保全。事见前文。后来传子雌栗靡，被小昆弥末振将，遣人刺死。末振将系乌就屠孙，恐被大昆弥并吞，故先行下手，私逞狡谋。汉廷得信，立遣中郎将段会宗，出使乌孙，册立雌栗靡季父伊秩靡为大昆弥，再议发兵往讨末振将。兵尚未行，伊秩靡已暗使翎侯难栖，诱杀末振将，送归段会宗，使得复命。成帝以末振将虽死，子嗣尚存，终为后患，再令段会宗为西域都尉，嘱发戊巳校尉及各国兵马，会讨末振将子嗣。戊巳校尉系守边官名。会宗衔命复往，调了数处人马，行至乌孙境内，闻得小昆弥嗣立有人，乃是末振将兄子安犁靡，再探知末振将子番邱，虽未得嗣立，仍为贵官。自思率兵进攻，安犁靡与番邱必然合拒，徒费兵力，不如诱诛番邱，免得多劳。计画已定，遂留住部兵，只率三十骑急进，遣人往召番邱。番邱问明去使，只有骑兵三十，料不足患，便即带了数人，来见会宗。会宗喝令左右，缚住番邱，令他跪听诏书，内言末振将骨肉寻仇，擅杀汉公主子孙，应该诛夷；番邱为末振将子，不能逃罪。读到此处，即拔剑出鞘，把番邱挥作两段。番邱从人，不敢入救，慌忙返报小昆弥。小昆弥安犁靡当然动怒，率兵数千骑来攻会宗。

会宗退至行营，尚恐孤军深入，或致失利，因亟驰书请援。成帝亟召王凤入议，凤记起一人，便即荐举。是人为谁？就是前射声校尉陈汤。汤与甘延寿立功西域，仅得赐爵关内侯，已觉得赏不副功。延寿由长水校尉，迁任护军都尉，当即病殁，惟汤尚无恙。及成帝嗣立，丞相匡衡，复劾汤盗取康居财物，不宜处位，汤坐是免官。康居曾遣子入侍，汤又上言康居侍子，非真王子，嗣经有司查验，复称王子是实，汤语涉虚诬，下狱论死。还是太常丞谷永替他奏免，才得贷罪出狱。惟关内侯的爵赏，因此被夺，降为士伍，沦落有年。王凤因汤熟谙外事，请成帝召问方略。成帝即宣汤入朝。汤前征郅支，两臂受湿，不能屈伸，当由成帝特别加恩，谕令免拜。汤谢恩侍立，成帝便将会宗原奏，取出示汤。汤既看罢，缴呈案上，当面推辞道："朝中将相九卿，并属贤才，小臣老病，不足参议！"也是愤懑之词。成帝道："现在国家有急，召君入商，君可勿辞！"汤方答说道："依臣愚料，可保无忧。"成帝问为何因？汤申说道："胡人虽悍，兵械未利，大约须胡人三名，方可当我一人。今会宗西行，非无兵马，何至不能抵御乌孙？况远道发兵，救亦无及，臣料会宗意见，并非必欲救急，实愿大举报仇，乃有此奏。请陛下勿忧！"成帝道："据汝说来，会宗必不致被围，就使被他围住，也容易解散了。"汤屈指算罢道："不出五日，当有吉音。"全凭经验得来，故能料事如神。成帝听说，喜逐颜开，命王凤暂停发兵，汤亦辞退。

　　果然过了四日，接到会宗军报，小昆弥已经退去。原来小昆弥安犁靡进攻会宗，会宗也不慌忙，出营与语道："小昆弥听着！我奉朝廷命令，来讨末振将，末振将虽死，伊子番邱应该坐罪，与汝却是无干。汝今敢来围我，就使我被汝杀死，亦不过九牛亡一毛，汉必大发兵讨汝。从前宛王与郅支，悬首藁街，想汝应早闻知，何必自循覆辙哩！"安犁靡听了，也觉惊慌，但尚不肯遽服，设词答辩道："末振将辜负汉朝，汉欲加罪番邱，何不预先告我？"会宗道："我若预告昆弥，倘被闻风逃避，恐昆弥亦将坐罪；况昆弥与番邱，谊关骨肉，必欲捕交番邱，当亦不忍，所以我不便预告，免使昆弥为难。昆弥尚不知谅我苦衷么？"说得宛转。安犁靡无词可驳，不得已号泣退回。

会宗一面具奏，一面携着番邸首级，回朝复命。成帝赐爵关内侯，并黄金百斤。王凤因汤明足察儿，格外器重，特奏为从事中郎，引入幕府，参决军谋。后来汤复因受赃得罪，免为庶人，病死长安。惟会宗再使西域，镇抚数年，寿已七十有五，不及告归，竟在乌孙国中逝世。西域诸国，并为发丧立祠，可见得会宗平日，威爱兼施，故得此报。了过陈汤、段会宗，省得后文重提。

还有一位直臣王尊，辞官家居，王凤又荐他贤能，召入为谏大夫，署京辅都尉，行京兆尹事。是时终南山有剧盗傰宗，纠众四掠，大为民害，校尉傅刚奉命往剿，年余不能荡平。王凤因将尊推荐，嘱使捕盗。尊莅任后，盗皆奔避，地方肃清，尊得实授京兆尹，在任三载，威信大行。独豪贵以为不便，嗾使御史大夫张忠出头弹劾，说尊暴虐未改，不宜备位九卿，尊遂致坐免，吏民争为呼冤。湖县三老公乘兴上书，力为尊代白无辜，乃复起尊为徐州刺史，寻迁东郡太守。东郡地近黄河，全仗金堤捍卫。尊至东郡，不过数月，忽闻河水盛涨，冲突金堤，急忙跨马往视，到了堤边，见水势很是湍急，奔腾澎湃，险些儿摇动金堤，当下督令民夫，搬运土石，准备堵塞。那知流水无情，所有土石掷下，尽被狂流卷去，反将堤身冲成几个窟窿。尊看危堤难保，急切也无法可施，只有恭率吏民，虔祷河神。先命左右宰杀白马，投入河中，自己高捧圭璧，恭恭敬敬的立在堤上，使巫代读祝文，情愿拼身填堤，保全一方民命。待祝文焚罢，祭礼告成，索性叫左右搭起篷帐，就堤住宿，听天由命。吏民数十万人，争向尊前叩头，请他回署，尊终不肯去，兀坐不动。俄而水势越大，浪迭如山，离堤面不过两三尺，堤上泥土，纷纷堕落，眼见得危在顷刻，无从挽回。吏民各顾生命，陆续逃散，只尊仍然坐着，寸步不离。身旁有一主簿，不敢劝尊他去，独垂头涕泣，拼死相从。却是一个义吏。那水势却也奇怪，腾跃数回，好似怕着王尊一般，回流自去。嗣是渐渐平静，堤得保全。可谓至诚感神。吏民闻水平堤立，复次第回来，尊又指示堤隙，饬令修堵，竟得无恙。白马三老朱英等，为民代表，奏称太守王尊，身当水冲，不避艰险，终得河平浪退，返危为安。诏令有司复勘，果如所奏，乃加尊秩中二千石，赐金二百斤。既而尊病殁任所，吏民争为立祠，岁时致祭，这也好算是汉朝循吏了。应该赞美。

河平二年正月，沛郡铁官冶无故失性，铁竟上飞。到了夏天，楚国雨雹，形大如釜，毁坏田庐。成帝犹未觉悟，且尽封诸舅为列侯，王谭为平阿侯，王商为成都侯，王立为红阳侯，王根为曲阳侯，王逢时为高平侯。五人同日受封，世因号为五侯。总计王禁八子，惟曼早世，余七子并沐侯封。汉代外戚，此为最盛。前宗正刘向，起为光禄大夫，成帝诏求遗书，令向校勘。向见王氏权位太盛，意欲借书进谏，乃因尚书洪范，推演古今符瑞灾异，历详占验，号为"洪范五行论"，呈入宫中。成帝亦知向寓有深意，但终不能抑损王氏，杜渐防微。丞相王商，虽然也是外戚，但与大将军王凤相较，势力大不相同。凤与商又有宿嫌，恨不得将王商除去。

会值呼韩邪病死，子复株累若鞮单于继立，特遣右皋林王伊邪莫演，入贡方物。伊邪莫演自称愿降，不愿回国，朝臣多言不妨受降。惟谷永、杜钦二人，谓单于称臣，无有贰心，今不应受彼逋逃，致生间隙，成帝乃遣还伊邪莫演。复株累若鞮单于，探闻此信，虽未将伊邪莫演免职，但心中却感念汉德，因于河平四年，亲自入朝。成帝御殿召见，单于拜谒如仪。成帝与他问答数语，便命左右导他出朝。单于既出朝门，适遇丞相王商，也即趋前行礼。商身长八尺有余，状貌魁梧，仪容端肃，既与单于相揖，免不得慰劳一番。单于仰面视商，见他有威可畏，不由的倒退数步，立即辞出。当有人告知成帝，成帝叹道："这才不愧为汉相了！"为此一语，被大将军王凤闻悉，越加生忌。

冤家有孽。刚值琅琊郡内，连出灾异十余事，商派属吏前往查办，琅琊太守杨肜，音融。与王凤为儿女亲家，凤恐肜被参落职，忙向商说情道："灾异乃是天事，非人力所得挽回，肜尚有吏才，幸勿按问！"商竟不从，奏劾肜守郡不职，致干天谴，乞即罢官。成帝留中不报。王凤恨商不留情面，反且出来纠弹，遂欲乘隙构陷，借端报复。一时无过可寻，只说他闺门不谨，使私人耿定上书讦发。成帝阅书，暗思事关暧昧，并无确证，不如搁置不提。偏王凤进去力争，定要彻底查究，成帝乃将原书发出，令司隶校尉查办。商得知消息，也觉着忙，记起前时王太后曾欲选纳己女，充备后宫，当日因女有痼疾，不便允许，现在女病已愈，不若纳入，作为内援。可巧后宫侍女李平，新拜婕妤，方得上宠，正好托她进言，代为说合。于是密嘱内侍致意李婕妤，那知求荣反辱，越弄越糟。明人也走暗路，怎得不败！会值暮春日食，大中大夫张匡，上言咎在近臣，乞求召对。成帝使左将军史丹问匡，匡言"商曾奸父婢，并与女弟淫乱，前耿定上书告讦，俱系实情。现方奉诏查办，商敢私怀怨恨，请托后宫，意图纳女，谋植内援，居心实不可问。臣恐黄歇、吕不韦故事，复见今日，亟宜将商免官，穷法究治，庶足上回天变，下塞人谋，乞将军代奏毋迟！"史丹即将匡言转达成帝，成帝素器重王商，料知匡言未确，下诏勿问。王凤又入宫固争，方由成帝派遣侍臣，往收丞相印绶。成帝庸柔，酷肖乃父。商将印绶缴出，悔愤交并，惹得肝脉偾张，连吐狂血，不到三日，一命呜呼。朝廷予谥曰"戾"。所有王商子弟，曾在朝中为官，悉数左迁。一班趋附王凤的走狗，还要诣阙狂吠，夺商世封。成帝总算有些主见，不肯照议，仍许商长子安嗣爵乐安侯，一面超拜张禹为丞相。

禹字子文，河内轵县人氏，以明经著名。成帝为太子时，曾向禹受学《论语》，所以特加宠遇，赐爵关内侯，授官光禄大夫给事中，令与王凤并领尚书事。禹见凤专权秉政，内不自安，因屡次称病，上章乞休。成帝亦屡次慰留，赐金遗膳，优礼相待，累得禹不敢再请，只得迁延度日。及王商免职，竟受封安昌侯，擢为丞相。禹固辞不获，勉强就职，但也不过屡进屡退，随声附和，保全自己的老命罢了。一语断煞。

越年，改元阳朔，定陶王刘康入朝，成帝友于兄弟，留令伴驾，朝夕在侧，甚见亲重。王凤恐他入与政权，从旁牵制，因援引故例，请遣定陶王回国。偏成帝体贴亲心，自思先帝在日，常欲立定陶王为太子，事不果行，定陶王却并不介意，居藩供职，现在皇子未生，他日兄终弟及，亦无不可，因此将他留住。就是王凤援例相请，也只好置诸不理。那知过了两月，又遇日蚀，凤复乘势上书，谓"日食由阴盛所致，定陶王久留京师，有违正道，故遭天戒，宜亟令归国"云云。但知责人，不知责己。成帝不得已遣康东归，康涕泣辞去，凤才得快意。独有一个京兆尹王章，直陈封事，将日食事归罪王凤。成帝阅罢，颇为感动，因复召章入对。章竟侃侃直陈，大略说是：

> 臣闻天道聪明，佑善而灾恶，以瑞异为符效。今陛下以未有继嗣，引近定陶王，所以承宗庙，重社稷，上顺天心，下安百姓，此正善事，当有祯祥；而灾异迭见者，为大臣专政故也。今闻大将军凤，猥归日食之咎于定陶王，遣令归国，欲使天子孤立于上，专擅朝事，以便其私，安得为忠臣？且凤诬罔不忠，非一事也。前丞相商，守正不阿，为凤所害，身以忧死，众庶愍之。且闻凤有小妇弟张美人，尝已适人，托以为宜子，纳之后宫，以私其妻弟。此三者皆大事，陛下所自见，足以知其余。凤不可令久典

事，宜退使就第，选忠贤以代之，则乾德当阳，休祥至而百福骈臻矣！

成帝见章说得有理，欣然语章道："非京兆尹直言，朕尚未闻国家大计。现有何人忠贤，可为朕辅？"章答说道："莫如琅琊太守冯野王。"成帝点首，章乃趋退。这一席话，传到王凤耳中，凤顿时大怒，痛骂王章负义忘恩，意欲乘章入朝，与他拼命。还是盲杜足智多谋，亟劝凤暂从容忍，附耳说了数语，凤始消融怒气，依言做去。原来王章字仲卿，籍隶泰山郡钜平县，宣帝时已为谏大夫。元帝初年，迁官左曹中郎将，诋斥中书令石显，为显所陷，竟致免官。成帝复起章为谏大夫，调任司隶校尉，王凤欲笼络名臣，特举为京兆尹。章少时家贫，游学长安，只有一妻相随，偶然患病，困卧牛衣中。编乱麻为衣，覆蔽牛身。自恐将死，与妻诀别，眼中泪流个不住，那妻不禁发怒道："仲卿，汝太无志气！满朝公卿，何人比汝为优？疾病乃人生常事，为甚么涕泣不休，作此鄙态哩！"章妻却有丈夫气。章被她一激，精神陡振，病亦渐愈。及受职京兆尹，虽由王凤推荐，心中实不服王凤。待至王商罢相，定陶王遣归，益觉忍无可忍，遂缮成奏牍，函封待呈。章妻瞧着，连忙劝阻道："人当知足，独不念牛衣涕泣时么？"章已义愤填胸，不可复抑，竟摇首作答道："这非儿女子所能知晓，汝勿阻我！"越日便即呈入。又越二日，奉诏入对，接连又入朝数次。不意祸变猝来，骤令下狱，反觉得闺中少妇，尚有先见哩。小子有诗叹道：

牛衣困泣本堪怜，已得荣身好息肩；
何若见几先引去，与妻偕隐乐林泉！

欲知王章如何下狱，容待下回叙明。

　　本回所叙各节，俱与王凤相干连，凤之行谊，谓为权臣也可，谓为奸臣犹未可也。陈汤被劾失官，而凤独能举之。乌孙一役，不烦兵而自定，汤之智能料敌，即凤之明能举贤也。汤以外又举王尊，捕盗障河，不愧民誉，亦未始非由凤之知人。独于王商、王章两人，有意构陷，未免失德。但两王之死，不得谓全出无辜，谈彼短而恃己长，为王商一生之大玷，继以纳女一事，更足贻人口实。大丈夫当磊磊落落，遵道而行，顾效儿女子之所为，其能不贻讥当世，受人媒蘖乎！王章泣困牛衣，其志何鄙？及上书劾凤，其气何暴？彼既不愿附凤，则凤之荐为京兆尹，何勿慨然辞去，自洁其身？既已受职，则当视凤为知己，贻书规凤，亦无不可；凤若不从，去之尚未晚也。乃率尔纠弹，沽直适以召祸。名为读书有素，反不及一妇人之智，哀哉！

第九十三回

惩诸舅推恩赦罪　嬖二美夺嫡宣淫

却说王凤深恨王章，听了杜钦计策上书辞职，暗中却向太后处乞怜。太后终日流涕，不肯进食，累得成帝左右为难，只得优诏慰凤，仍令视事。王太后尚未肯罢休，定欲加罪王章，成帝乃使尚书出头，劾章党附冯野王，并言张美人受御至尊，非所宜言。弹章朝入，缇骑暮出，立将章逮系下狱。廷尉仰承风旨，谳成大逆，章知不可免，在狱自尽。章妻及子女八人，连坐下狱，与章隔舍居住。有女年甫十二，夜起恸哭道："前数夕间，狱吏检点囚人，我闻他历数至九，今夜只呼八人，定是我父性刚，先已去世了！"翌日问明狱吏，果系王章已死。当由廷尉奏报成帝，命将王章家属，充戍岭南合浦地方，家产籍没充公。合浦出产明珠，章妻子采珠为业，倒积蓄了许多钱财，后来遇赦回里，却还得安享余年。毕竟章妻多智。冯野王在琅琊任内，闻得王章荐己得罪，自恐受累，当即上书称病。成帝准予告假。假满三月，野王仍请续假，又蒙批准，遂带同妻子归家就医。王凤却嗾令御史中丞，劾野王擅敢归家，罪坐不敬，遂致免官。会御史大夫张忠病逝，凤又引入从弟王音为御史大夫，于是王氏益盛。王凤兄弟，惟崇先逝，此外谭、商、立、根、逢时五侯，门第赫奕，争竞奢华，四方赂遗，陆续不绝，门下食客甚多，互为延誉。独光禄大夫刘向，上书极谏道：

臣闻人君莫不欲安，然而常危；莫不欲存，然而常亡，失御臣之术也。夫大臣操权柄，持国政，鲜有不为害者。故《书》曰："臣之有作威作福，害于而家，凶于而国。"孔子曰：禄去公室而政逮大夫，危凶之兆也。今王氏一姓，乘朱轮华毂者二十三人，青紫貂蝉，充盈幄内。大将军秉事用权，五侯骄奢僭盛，倚东宫之尊，王太后时居东宫。假甥舅之亲，以为威重，尚书九卿，州牧郡守，皆出其门，称誉者登进，忤恨者诛伤，排摈宗室，孤弱公族，未有如王氏者也。夫事势不两大，王氏与刘氏不并立，如下有泰山之安，则上有累卵之危。陛下为人子孙，守持宗庙，而今国祚移于外亲，纵不为身，奈宗庙何？妇人内夫家而外父母家，今若此，亦非皇太后之福也。明者造福于无形，销患于未然，宜发明诏，吐德音，援近宗室，疏远外戚，则刘氏得以长安，王氏亦能永保，所以褒睦内外之姓，子子孙孙无疆之计也。如不行此策，田氏齐。复见于今，六卿晋。必起于汉，为后嗣忧，昭昭甚明。惟陛下留意垂察！

这书呈人，成帝也知向忠诚，当下召向入见，对向长叹道："君且勿言，容我深思便了！"向乃趋退，成帝终迟疑不决。蹉跎过了一年，王凤忽然得病，势甚危急，成帝亲往问疾，执手垂涕道："君若不讳，当使平阿侯嗣位。"凤在床上叩首道："臣弟谭虽系至亲，但行为奢僭，不如御史大夫音，平生谨饬，臣敢誓死相保。"成帝点首应允，又安慰了数语，当即回宫。看官欲知王凤保举从弟，不荐亲弟，实因谭平时骄倨，未肯重凤，独音百依百顺，与凤名为弟兄，好似父子一般，所以凤舍谭举音。未几凤即谢世，成帝依凤遗言，命音起代凤职，加封安阳侯。另使谭位列特进，注见前文。领城门兵。

谭不得当国，未免与音有嫌。但音却小心供职，与凤不同。成帝得自由用人，擢少府王骏为京兆尹。骏即前谏大夫王吉子，夙擅吏才。及为京兆尹，地方称治，与从前赵广汉、张敞、王尊、王章，并有能名。都人常号尊、章、骏为三王，且并为称誉道："前有赵张，后有三王。"

成帝因畿辅无惊，四方平靖，乐得赏花醉酒，安享太平。起初许后专宠，惟在中宫取乐，廷臣还归咎许后身上，说她恃宠生妒，无逮下恩。其实是许后方在盛年，色艺俱优，故独邀主眷。至成帝即位十余年，许后年近三十，花容渐渐瘦损了，云鬓渐渐稀落了，成帝素性好色，见她面目已非，自然生厌。色衰爱弛，不特许后为然。于是移情妃姜，别宠一个班婕妤。班婕妤系越骑校尉班况女，生得聪明伶俐，秀色可餐。成帝尝游后庭，欲与同辇，班婕妤推让道："妾观古时图画，圣帝贤王，皆有名臣在侧，不闻妇女同游，传至三代末主，方有嬖姜。今陛下欲与妾同辇，几与三代末主相似，妾不敢奉命！"成帝听说，却也称善，不使同辇。王太后闻婕妤言，也为心喜，极口称赞道："古有樊姬，今有班婕妤！"樊姬系楚庄王夫人，谏止庄王畋游，见刘向《列女传》。班婕妤承宠有年，生男不育。适有侍女李平，年已及笄，丰姿绰约，也为成帝所爱，班婕妤遂使她荐寝，得蒙宠幸，亦封婕妤，赐姓曰卫。此外还有张美人，就是王凤所进，成帝普施雨露，始终不获诞一麟儿。秀而不实，徒唤奈何！也觉得对着名花，索然无味。

巧有一个侍中张放，乃是故富平侯张安世玄孙，世袭侯爵，曾娶许后女弟为妻，貌似好女，媚态动人。成帝引与寝处，爱过嫔嫱，龙阳君宁能生子，越觉得白费精神。遂使他为中郎将，监长乐宫屯兵，得置幕府，仪比将军。放知成帝性好侠游，乘势恧恩，导引微行。成帝就去一试，先嘱期门郎在外候着，自己轻衣小帽，与放出宫，乘小车，跨快马，带同期门郎等，往来市巷，东眺西瞩，自在逍遥。从前成帝一出一入，都由王凤管束，不便轻动。此时凤已早死，王音但求无过，管甚么天子微行？莫谓阿凤无益。成帝一次出外，非常畅适，当然不肯罢休。每遇暇日，必与放同行，近游都市，远历郊野，斗鸡走狗，随意寻欢，所有甘泉、长杨、五柞诸宫，无不备历。放不必避忌，成帝却诡称为富平侯家人。皇帝原是乏味，不如侯门奴卒。

是年复改易年号，号为鸿嘉元年。丞相张禹老病乞休，罢归就第，许令朔望朝请，赏赐甚厚，用御史大夫薛宣为相，封高阳侯。宣字赣君，东海郯人，累任守令，迁官左冯翊。光禄大夫谷永，称宣经术文雅，能断国事，成帝因即召为少府，擢任御史大夫。至是且代禹为相，待后再表。

越年三月，博士行大射礼，有飞雉来集庭中，登堂呼嚣，嗣又飞绕未央宫承明殿，兼及将军丞相御史等府。车骑将军王音，才因物异上书，谏阻成帝微行。成帝游兴方浓，怎肯中止？仍然照常行动。一日经过一座花园，见园中耸出高台，台下有山，好与宫中白虎殿相似，禁不住诧异起来。当即指问从吏道："这是何家花园？"从吏答称曲阳侯王根。成帝忿然作色，立命回宫，召入车骑将军王音，严词诘责道："我前至成都侯第，见他穿城引水，注入宅中，行船张盖，四面帷蔽，已觉得奢侈逾制，不合臣礼。今曲阳侯又迭山筑台，规仿白虎殿，越不近情理了。如此过去，成何体统！"说得音哑口无言，只好免冠谢罪。成帝拂袖入内，音即起身趋出，归语王商、王根。商、根亦吓得发怔，意欲自加黥劓，至太后处谢罪。但黥面劓鼻，又觉耐不住痛，且是大失面子，将来如何见人。正在踌躇未定的时候，又有人入报道："司隶校尉及京兆尹，并由尚书传诏诘问，责他阿纵五侯，不知举发，现俱入宫谢罪去了。"商与根越加着急，嗣复有人赍入策书，付与王音。音展阅一周，内有最要数语道："外家日强，宫廷日弱，不得不按律施行。将军可召集列侯，令待府舍！"音也觉失色，详问朝使，并知成帝更下诏尚书，令查文帝诛薄昭故事，尤觉得瞠目伸舌，形色仓皇。商与根且抖个不住，待至朝使去后，还是音较有主意，先遣使人入请太后，乞为转圜。一面邀同王商、王立、王根，同去请罪，听候发落。音席藁待罪，商、立、根皆身负斧锧，俯伏阙下。约有一两个时辰，竟由内廷传出诏旨，准照议亲条例，赦罪勿诛。原来是银样镴枪头。四人方叩头谢恩，欢跃而归。

　　成帝既将王氏诸舅，惩戒一番，又复照常微行。偶至阳阿公主家，阳阿公主想是成帝姊妹，史传未详。与同宴饮。公主召集歌女数人，临席侑酒。就中有一个女郎，歌声娇脆，舞态轻盈，惹动成帝一双色眼，仔细端详，真个是妖冶绝伦，见所未见。待至宴毕起身，便向公主乞此歌姬，一同入宫，公主自然应允。成帝大喜，挈回宫中。帝泽如春，妾情如水，芙蓉帐里，款摆柔腰，翡翠衾中，腾挪玉体，妙在回旋应节，纵送任情，直令成帝喜极欲狂，惊为奇遇，欢娱夜短，曙色映帏，好梦回春，披衣并起，露出美人本色，弱不胜娇，溜来秋水微眸，目能传语。成帝越看越爱，越爱越怜，当即亲书纶旨，拜为婕妤。看官欲问她芳名，就是古今闻名的赵飞燕！画龙点睛。

　　相传飞燕原姓冯氏，母系江都王孙女姑苏郡主，曾嫁中尉赵曼，暗地与舍人冯大力子万金私通，孪生二女。分娩时不便留养，弃诸郊外，三日不死，方始收归。天生尤物，岂肯轻死！长名宜主，次名合德。及年至数龄，赵曼病逝，二女俱送归冯家。又过了好几年，万金又死，冯氏中落，二女无家可依，流寓长安，投入阳阿公主家内，学习歌舞。宜主身材袅娜，态度蹁跹，时人看她状似燕子，因号飞燕。合德肌肤莹泽，出水不濡，与乃姊肥瘠不同，但也是个绝世娇娃，凑成两美。飞燕既入宫专宠，合德尚在阳阿公主家中。当时后宫有一女官，叫做樊嬺，乃是飞燕的中表姊妹，成帝因她是飞燕亲戚，另眼相看，樊嬺遂献示殷勤，竟将合德美貌，上达御前。成帝忙命舍人吕延福，用着百宝凤舆，往迎合德。合德却装腔做势，谓必须奉有姊命，方敢入宫。延福还宫复命，成帝曲为体贴，料知合德隐情，恐遭姊妒，乃与樊嬺计议，先赐飞燕许多珍奇，特腾出一所别宫，铺设得非常华丽，名为"远条馆"，居住飞燕，买动飞燕欢心，然后使樊嬺乘间进言，托称皇嗣未生，正好将合德进御，为日后计。飞燕依了嬺言，便使宫人召入合德。

合德巧为梳裹，打扮得齐齐整整，入朝至尊。成帝睁开龙目，注视红妆，但见她鬓若层云，眉若远山，脸若朝霞，肌若晚雪，端的是胡天胡帝，差不多疑幻疑仙。待至合德裣衽下拜，自陈姓氏，只觉得一片莺簧，已把那成帝神魂摄引了去，几不辨为何言何语。就是左右侍御，也不禁目荡心迷，失声赞美。只有披香博士淖方成，立在成帝背后，轻轻唾地道："这是祸水，将来定要灭火了！"独具只眼。成帝勉强按神，低声呼起，合德方才起来。即由成帝指令宫人，拥入后宫，自己亦随了进去。好容易等到天晚，即替合德卸装，轻轻的携入绣帏，着体便酥，胜过重祸氍毹，含苞渐润，快同灌顶醍醐。比诸乃姊欢会时，更别有一种风味，因赐号为温柔乡。描写赵家姊妹欢情，各合身分，不同泛填。尝叹语道："我当终老是乡，不愿效武帝求白云乡了。"

合德入宫数日，也即拜为婕妤，两姊妹轮流侍寝，连夕承欢，此外后宫粉黛，俱不值成帝一顾，只好自悲命薄，暗地伤心。独有正位中宫的许皇后，从前与成帝何等亲昵，此时孤帏冷落，心实不甘。有姊名谒，曾为平安侯王章妻室，王章系宣帝王皇后兄，王舜子。暇时入宫见后，后与谈及心事，谒亦替她忧愁。暗中代延巫祝，设坛祈禳。妇人迷信，最足坏事。不幸为内侍所闻，报达赵家姊妹。赵婕妤飞燕，正想恃宠夺嫡，得了这个消息，立刻告发，竟把咒诅宫廷的罪名，坐在许后身上，并牵连及班婕妤。成帝已经含怒，再加王太后主张严办，立将许谒拿究，问成死罪，即日加诛，并收回许后印绶，废处昭台宫。一面传讯班婕妤，班婕妤从容说道："妾闻生死有命，富贵在天，修正尚未得福，为邪还有何望？若使鬼神有知，岂肯听信谗说？万一无知，咒诅何益，妾非但不敢为，也是不屑为呢！"乐得坦白。成帝听说，颇为感动，遂命班婕妤退处后宫，不必再究。班婕妤虽得免罪，自思赵氏姊妹从中谗构，将来难免被诬，不如想个自全方法，还可保身。当下思忖一番，凭着慧心妙腕，缮成一篇奏章，自请至长信宫供奉太后，遣宫人呈上成帝。成帝准如所请，班婕妤即移居长信宫，厮混度日。平居无事，吟诗作赋，消遣光阴，悯蕃华之不滋，借秋扇以自比，也未免留有余哀哩。毕竟红颜多薄命。

且说许后既废，当然轮着赵飞燕，入主中宫。成帝即欲择日册立，偏王太后因她出身微贱，尚有异言。成帝未便擅行，只得寻出一个说客，先向太后前讨情。可巧有个卫尉淳于长，乃是太后姊子，又生成一张利嘴，正好嘱充此任。果然数次关白，得蒙太后允许，乃改鸿嘉五年为永始元年，先封飞燕义父赵临为成阳侯，褒示恩宠，然后册后。赵临系阳阿公主家令，飞燕入公主家，曾因赵临同姓，拜为义父，所以无功受赏，得蒙荣封。真好运气。偏有谏大夫刘辅，上书抗议道：

　　臣闻天之所与，必先赐以符瑞，天之所违，必先降以灾变，此自然之占验也。昔武王周公，承顺天地，以飨鱼鸟之瑞，然犹君臣祗惧，动色相戒。况于季世，不蒙继嗣之福，屡受威怒之异者乎？虽夙夜自责，改过易行，妙选有德之世，考卜窈窕之女，以承宗庙；顺神祇，子孙之祥，犹恐晚暮。今乃触情纵欲，倾于卑贱之女，欲以母天下，惑莫大焉！俚语曰：腐木不可以为柱，人婢不可以为主。天人之所不平，必有祸而无福，市途皆共知之，朝廷乃莫敢一言，臣窃伤心！不敢不冒死上闻！

这篇奏议，明是大忤上意，成帝即令侍御史收捕刘辅，系入掖庭秘狱，朝夕待死。还亏大将军辛庆忌、右将军廉褒、光禄勋师丹、大中大夫谷永，联名保救，方将辅徙系诏狱，减死一等，释为鬼薪。自是无人敢谏，遂立婕妤赵飞燕为皇后，进赵合德为昭仪。一对姊妹花，同时并宠，花朝拥、月夜偎，风流天子，尝尽温柔滋味，快乐何如！

成帝特命在太液池中，造一大舟，自挈飞燕登舟游咏，嘱令歌舞。又使侍郎冯无方吹笙，亲执文犀簪轻击玉杯，作为节奏。舟至中流，大风忽至，吹得飞燕裙带飘扬，险些儿将身飞去。成帝急令冯无方救护飞燕，无方将笙放下，两手握住飞燕双履。飞燕本爱冯无方，由他紧握，索性凌风狂舞，且舞且歌。俄而风势少定，舞亦渐停，后人谓飞燕能作掌上舞，便是出此。舞罢兴阑，回棹拢岸，成帝与飞燕携手入宫，厚赐冯无方金帛，并许他出入中宫，取悦飞燕。情愿做元绪公。

飞燕本来淫荡，免不得有暧昧情事，成帝好象盲聋一般，由她胡行。飞燕得陇望蜀，复见侍郎庆安世年轻貌美，雅善弹琴，便借琴歌为名，请成帝许令出入，成帝也即照允。飞燕遂与庆安世眉挑目逗，伺着成帝经宿妹处，就留住庆安世，同效于飞。嗣且因连年不育，妄思借种，查有多子的侍郎宫奴，往往诱与寝狎，逐日迎新。又恐为成帝所闻，另辟密室一间，托言供神祷子，无论何人，不得擅入。其实是密藏少年，恣意肆淫，好好一朵娇花，勾引狂蜂浪蝶，听令摧残，那里还能够生子呢！小子有诗叹道：

　　　寡欲生男语不诬，纵淫安得望生珠？
　　　绿巾奉戴君王首，毕竟延陵是下愚。延陵系成帝葬处，
见下文。

　　飞燕这般淫荡，合德究属如何，且看下回续表。

　　观五侯之奢侈，与两赵婕妤之淫恣，可见得成帝
之昏，不可救药，然未始非王太后一人酿成。成帝尚
知刘向之忠，意欲抑损外家，及见王商、王根之奢侈
逾制，且欲按律加罪，非王太后之隐为袒护，则当
商、根等待罪之时，亦何至遽行赦免乎？彼飞燕姊妹
之入宫，虽由成帝好色，亲为选取；然微行之初，太
后胡不预戒？不微行，则两赵无从选入，祸水自消。
至于两赵承宠，阴谋夺嫡，讦许皇后诅咒之罪，就使
查有实据，而不能不废许后，则继位中宫者，当莫如
班婕妤。太后已知班婕妤之贤，乃犹为淳于长所惑，
舍班立赵、浊乱宫闱，何其懵懵若此！彼成帝尚知有
母，其如母德之不明何也！

第九十四回

智班伯借图进谏　猛朱云折槛留旌

却说合德既受封昭仪，成帝命居昭阳宫，中庭纯用朱涂，殿上遍施髹漆，黄金为槛，白玉为阶，壁间横木，嵌入蓝田璧玉，饰以明珠翠羽。此外一切构造，无不玲珑巧妙，光怪陆离。所陈几案帷幔等类，都是世间罕有的珍奇。最奢丽的是百宝床，九龙帐，象牙箪，绿熊席，熏染异香，沾身不散。更兼合德芳体，丰若有余，柔若无骨，怪不得成帝昏迷，恋恋这温柔乡，情愿醉生梦死。合德生性，与乃姊大略相似，不过新承帝宠，自然稍加敛束，但将成帝笼络得住，叫他夜夜到来，便算得计。飞燕日思借种，远条馆中，藏着男妾数十名，恣意欢娱，巴不得成帝不到，就使成帝临幸，也不过虚与周旋，勉强承应。成帝觉得飞燕柔情，不及合德，所以昭阳宫里，御驾常临，远条馆中，反致疏远。一夕，成帝与合德叙情，偶谈及乃姊飞燕，有不满意。合德已知飞燕秘事，只恐成帝发觉，连忙解说道："妾姊素性好刚，容易招怨，保不住有他人谗构，诬陷妾姊。倘或陛下过听，赵氏将无遗种了！"说至此，泫然泣下。好一腔手足情谊。成帝慌忙取出罗巾，替合德拭泪，并用好言劝慰，誓不至误信蜚言。有几个莽撞人物，得知飞燕奸情，出来告讦，都被处斩。飞燕遂得公然淫纵，毫无忌惮。

后来由合德与述前言，飞燕颇感她回护，特荐一个宫奴燕赤凤，表明谢忱。赤凤身长多力，体轻善跃，能超过几重楼阁，飞燕引与交欢，非常畅适，因此不忍独乐，使得分尝一脔。合德领略好意，趁着成帝至远条馆时，便约赤凤欢会，果然满身舒畅，比众不同。嗣是赤凤往来两宫，专替成帝效劳，只是远条馆与昭阳宫相隔太远，合德恐赤凤往来，未免不便，遂乞成帝另筑一室，与远条馆相连。成帝自然乐从，饬工赶造，数月告成，名为"少嫔馆"。合德便即移住，于是两处消息灵通，赤凤踪迹，随成帝为转移。后来成帝因赵氏姊妹宠幸有年，并不得一男半女，也不能不别有所属，随意召幸宫人，冀得生男。为下文赵氏得罪伏笔。远条、少嫔两馆中，俱不见成帝踪迹，赤凤虽然有力，究没有分身法，惹得两姊妹含酸吃醋，几至失和。还是樊嫕力为调停，劝合德向姊谢罪，才复相协。中冓丑事，也得暂免张扬。欲要人不知，除非己莫为。光禄大夫刘向，因采取诗书所载贤妃贞女，淫妇嬖妾，序次为《列女传》八篇，又辑传记行事，著《新序说苑》五十篇，奏呈成帝。且上书屡言得失，胪陈诸戒，无非请成帝轻色重德，修身齐家。成帝非不称善，但知善不用，也是枉然。

还有一件用人失当，种下了亡国祸根，险些儿把刘氏子孙，凌夷殆尽，汉朝的大好江山，竟沦没了一十八年。看官欲知何人为祟？就是那王太后从子王莽！大书特书。莽系王曼次子，曼早死，不得封侯，长子亦遭短命。莽字巨君，事母维谨，待遇寡嫂，亦皆体心贴意，曲表殷勤。至若侍奉伯叔，交结朋友，礼貌更极周到，毫无惰容，又向沛人陈参，受习礼经，勤学好问，衣服如寒士相同。当时五侯子弟，竞为侈靡，席丰履厚，乘坚策肥，独莽不挟富贵，好为恭俭，居然象个孝悌忠信的人杰，博取盛名。伯父王凤病危，莽日夕侍疾，衣不解带，药必先尝，引得凤非常怜爱。待到弥留时候，尚面托太后及帝，极口称贤。成帝因拜莽为黄门郎，迁官射声校尉。叔父王商，也称莽恭俭有礼，情愿将自己食邑，分给与莽。就是朝右名臣，亦皆交章举荐，成帝乃进封莽为新都侯，授官光禄大夫侍中。莽越加谦抑，折节下交，所得俸禄，往往赡给宾客，家无余财，因此名高诸父，闻望日隆。

成帝优待外家，有加无已，王谭死后，即令王商入代谭职。已而王音又殁，复进商为大司马卫将军，使商弟立领城门兵。商因成帝耽恋酒色，淫荒无度，也引为己忧，尝入见王太后，请为面戒成帝。太后却也训告数次，商亦从旁微谏。无如成帝流连忘返，终不少悛。永始二年二月，星陨如雨，复遭日食，适值谷永为凉州刺史，入朝白事，成帝使尚书问永意见，商即乘便嘱永，叫他具疏切谏，永有恃无恐，遂将成帝过失，一一揭出，力请除旧更新。成帝大怒，立命侍御史收永下狱，商已预有所闻，亟使永出都回任。永匆匆就道，侍御史饬人往追，已经不及，也即复命。成帝怒亦渐平，不复穷究，但仍然淫佚如前。

侍中班伯，乃是班婕妤胞弟，因病请假，假满病愈，入宫进谒，可巧成帝与张放等宴饮禁中，引酒满觞，任意笑谑。班伯拜谒已毕，也不多言，惟注视座右屏风，目不转瞬。成帝呼令共宴，班伯口中虽然应命，两眼仍注视屏风上的画图。成帝还道屏风上有甚怪象，忙即旁顾，但见屏上并无别物，只有绘着一幅古迹，乃是商纣与妲己夜饮图。原来为此。当下瞧透班伯微意，故意问道："此图何为示戒？"班伯才对着成帝道："沉湎于酒，微子所以告去，式号式謼，《大雅》所以示儆。诗书所言淫乱原因，无非因酒惹祸哩！"*借画进规，不愧为班婕妤之弟。*成帝始喟然叹息道："我久不见班生，今日复得闻直言了！"张放等方恨班伯多嘴，不料成帝叹为直言，只好托词更衣，怏怏趋出。成帝也就令撤席，一番酒兴竟被班伯打断，不消多说。

会成帝入朝王太后，太后向他流涕道："皇帝近日颜色瘦黑，也应自知保养，不宜沉湎酒色。班侍中秉性忠直，须从优待遇，使辅帝德。富平侯可遣令就国，慎勿再留！”成帝听了，只好应声而退。到了自己宫中，还不肯将张放遣去。丞相薛宣、御史大夫翟方进，俱由王商授意，联名奏劾张放，成帝不得已将放左迁，贬为北地都尉。过了数月，复召为侍中。王商复白王太后，太后怒责成帝，成帝无法，再出放为天水属国都尉。放临行时，与成帝相顾泣别。侯放去后，常赐玺书劳问。后来放归侍母疾，至母病愈，调任河东都尉；未几又召为侍中。真是情爱缠绵。那时丞相薛宣已经夺职，翟方进升任丞相，再劾放不应召用。成帝上惮太后、下怕相臣，因赐放钱五百万，遣令就国。放感念帝恩，终日不忘，及成帝驾崩，连日哭泣，毁瘠而死。可惜是个龙阳君，若变做女子身，倒是为主殉节，也可流芳百世了。这是后语不提。

惟丞相薛宣，何故免官，事由太皇太后王氏，得病告崩，丧事办得草率，不尽如仪，成帝坐罪薛宣，免为庶人。连翟方进亦有处分，贬为执金吾。廷臣都为方进解免，争言方进公洁持法，请托不行，于是成帝复擢方进为相，封高陵侯。方进字子威，汝南上蔡人，以明经得官，性情褊狭，好修恩怨。既为丞相，如给事中陈咸、卫尉逢信、后将军朱博、钜鹿太守孙闳等，迭被劾去，咸忧恚成疾，竟致暴亡；但统是与方进有嫌，致遭排击。惟奏弹红阳侯王立，说他奸邪乱政，还算是不畏权贵，放胆敢言。

至御史大夫一缺，委任了光禄勋孔光。光字子夏，系孔子十四世孙。父名霸，曾师事夏侯胜，选为博士。宣帝时进任大中大夫，补充太子詹事，元帝赐霸关内侯，号褒成君。光为霸少子，年未二十，已举为议郎，累迁至光禄勋，典领枢机十余年，遵守法度，踵行故事，从未闻独出己见，争论大廷。所有宫中行事，虽对兄弟妻子，亦不轻谈。有人向光问及，谓长乐宫内温室中，栽种何树？光默然不应，另用他语作答，看似持重慎密，实在是借此保身，取容当世罢了！断定孔光。

故南昌尉梅福，虽然辞职家居，却是心存君国，遇有朝使过境，往往托寄封事，成帝复置诸不理。至是复上书直谏，略云：

> 士者国之重器，得士则重，失士则轻。臣闻齐桓之时，有以九九见者，九九系算术，如今九章之类。桓公不逆，今臣所言，非特九九也。自阳朔以来，群臣皆承顺上指，莫有执正。故京兆尹王章，面引廷争，戮及妻子，凡受罪被辱皆称为戮，非专主刑杀也。折直士之节，结谏臣之舌，天下以言为戒，最国家之大患也。往者不可及，来者犹可追，方今君命犯而主威夺，外戚之权，日以益隆，陛下不见其形，愿察其景。建始以来，日食地震，三倍春秋，水灾无与比数，阴盛阳微，金铁为飞，此何景也？亲戚之道，全之为上，今乃尊宠其位，授以魁柄，势陵于君，权隆于上，然后防之，亦无及已！

这书呈入，也似石沉大海一般，并不见报。福自是读书养性，杜门不出；及王莽专政，越见得主柄下移，势且倾汉，遂抛妻撇子，一去不还。时人疑为仙去，后有人在会稽道上见他为吴市门卒，呼语不应。问诸旁人，代述姓名，并非"梅福"两字，才知他是移名改姓，自甘沦落了。录述梅福言行，无非阐发幽光。

永始四年孟秋，日复食。越年改号元延，元旦天阴，日再食，孟夏无云闻雷，有流星随着日光，向东南行，四面如雨，自晡及昏，方才不见。到了新秋，星孛东井。天变迭现，成帝也觉惊心，不得不遍咨群臣，使他详陈得失。刘向正调任中垒校尉，掌北军垒门，故称中垒。应诏陈言，始终是归咎外戚。谷永方调任北地太守，也应诏入对，始终是归咎后宫。两人宗旨不同。这两件紧要大事，成帝目中，早已看过数次，都是不能照办，只好迁延度日。

会值大司马卫将军王商病死，依次挨补，应使王立继任。立在南郡垦田数百顷，卖与县官，取值至一万万以上，为丞相司直孙宝所发，成帝乃舍立不用，超迁王根为大司马骠骑将军。根与故安昌侯张禹，素不相容。成帝独待禹甚优，前后赏赐无算，遇有国家大事，必遣使咨问。禹亦倚老卖老，求福得福，置田多至四百顷，前厅舆马，后庭丝竹，尚是贪心不足，还要寻块葬地，为身后计。适有平陵旁肥牛亭地，最为合意，平陵为昭帝陵，见前文。便上书乞请，求恩拨赐。成帝便欲允许，独王根入朝谏阻，谓"肥牛亭与平陵毗连，乃是寝庙衣冠，出入要道，理难拨给，只好另赐别地"云云。成帝不从，竟将肥牛亭地赐给张禹。根越加妒恨，屡次说禹短处。偏成帝暗暗忌根，每经根毁禹一次，必遣使向禹问遗。且因刘向等屡斥王氏，也欲与禹商决，亲往禹家面谈。既到禹家，值禹抱病在床，不便开口，惟至床前下拜，问候病情。禹在床上叩谢，使少子进谒成帝，拜罢便站立一旁。成帝温言慰问，禹唏嘘道："老臣衰朽，死不足惜，膝下四男一女，三子俱蒙恩得官，一女远嫁张掖太守萧咸，老臣平日爱女，比诸男为甚，只恐老臣临死，不得一见女面，所以未免怀思呢！"成帝道："这有何难！我当调回萧咸，就近为官便了。"禹不能起身，使少子代为拜谢。成帝谕他免礼，少子乃起。禹尚欲替少子求官，碍难出口，惟两眼注视少子，作沉吟状。成帝已经窥透，面授禹少子为黄门郎给事中。禹心中只此两事，并得所请，自然喜欢。老年贪得。既令少子谢恩，复欲强起自拜，成帝忙叫他不必多礼，起身回宫；立调萧咸为弘农太守。

待至禹疾已瘳，复亲临禹家，禹匄出门迎谒，延入内堂。由成帝问及安否，禹把仰叩天眷的套话，随口答讫。成帝屏去左右，就袖中取出奏牍数篇，交禹察看。禹展览一周，统是劾奏王氏专政，不由的满腹踌躇。自思年老子弱，何苦与王氏结冤，且前日为了葬地一事，更与王根有嫌，不若替他回护，以怨报德，使他知感为是。乃即答说道："春秋二百四十年间，日食三十余次，地震五次，或主诸侯相杀，或主夷狄内侵，实在天道微渺，人未易知。孔子圣人，且不语神怪，贤如子贡，犹不得闻性与天道，何况是浅见鄙儒！陛下能勤修政事，自足上迓天麻。现在新学小生，妄言惑人，愿陛下切勿轻信哩！"说着，即将奏牍呈还成帝。成帝愿安承教，辞别而去，王氏因此无恙。禹乐得卖情，不免告知亲友，当有人传到王根耳边，根果被笼络，易仇为亲，忙去谢禹，相得甚欢。此外王氏子弟，亦往来禹家，联为至好。

独有故槐里令朱云，前坐陈咸党与，罚为城旦，役满还家。闻得张禹袒护王氏，朋比为奸，又不禁激动忠忱，愤然诣阙，求见成帝。可巧成帝临朝，公卿等站立两旁，云行过拜跪礼，便朗声说道："满朝公卿，济济盈廷，上不能匡主，下不能泽民，无非是尸位素餐，毫不中用！孔子所谓鄙夫事君，患得患失，无所不至，臣愿乞赐上方斩马剑，断佞臣一人头，儆戒群臣！"声可震殿。成帝听他语言莽撞，已滋不悦，当即喝声问道："佞臣为谁？"云直答道："安昌侯张禹！"好胆量。成帝大怒道："小臣居下讪上，廷辱师傅，还当了得！"说着，复顾左右道："此人罪在不赦，应即拿下！"御史奉命，即将云扯出殿外。云攀住殿槛，不肯遽行，御史偏要把他拖去，彼此用力过猛，竟将殿槛折断。云大呼道："臣得从龙逢比干，同游地下，也是甘心！但不知圣朝成为何朝？"说到此句，已由御史牵去。群臣为云所讥，都含怒意，独左将军辛庆忌，尚带侠气，忙免冠至御座前，解去印绶，叩头力谏道："小臣朱云，素来狂直，著名当世，言果合理，原不宜诛；就使妄言，也乞陛下大度包容，臣敢拼死力争！"成帝怒尚未解，不肯照允，直至庆忌碰头出血，淋落座前，也不觉回心转意，命将朱云赦免。云始得放归。后来有司修治殿槛，成帝却面嘱道："不必易新，但从坏处修补，令得留旌直臣！"成帝非全然糊涂，可惜辅导乏人。云返家后，不复出仕，常乘牛车闲游，到处欢迎，年至七十余，在家寿终。

元延三年春月，岷山崩，土石堕落江中，水道被壅，三日不流。刘向闻报，私下叹息道："从前周岐山崩，三川告竭，幽王遂亡，岐山系周朝龙兴地，故主亡周，今汉家起自蜀郡，蜀地山崩川竭，便是亡汉的预兆！况前年星孛东井，从参及辰，辰为大火，本主汉德，乃被怪星闯入，显见是乱亡不远了！"

成帝燕乐如常，还道是内外无事，尽可安心度日，不过年逾四十，未得一男，却也不免加忧。赵家姊妹，又是嫉妒得很，自己好纳男妾，独不许成帝私迎宫人，或得生男。成帝鬼鬼祟祟，偷召宫婢曹晓女曹宫，交欢了两三次，得结珠胎，生下一男。成帝闻知，暗暗心欢，特派宫女六人，服侍曹宫。不意被赵合德察觉，矫制收宫下掖庭狱，迫令自尽，所生婴儿，也即处死，连六婢都不肯放松，勒毙了事。悍妇心肠，毒过蛇蝎。成帝怕着合德，不敢救护，坐看曹宫母子等毕命归阴。

还有一个许美人，住居上林涿沐馆中，每年必召入复室，临幸数次，也得产下一男。成帝使中黄门靳严，带同医生乳媪，送入涿沐馆，叫许美人静心调养。又恐为合德所闻，踌躇多日，计不如自行告知，求她留些情面，免遭毒手。当下至少嫔馆中，先与合德温存一番，引开合德欢颜，方将许美人生男一事，约略说出。话尚未终，即见合德竖起柳眉，易喜为怒，起座指成帝道："常骗我言从中宫来，如果在中宫，许美人何从生男？好好！就去立许美人为皇后罢！"一面说，一面哭，并且用手捣胸，把头触柱，闹得一塌糊涂。侍婢将她扶卧床上，她又从床上滚下，口口声声，说要回去。无非撒泼。成帝呆如木偶，好多时才开言道："好意告汝，为何这般难言，令我不解！"合德只是哭闹，并未答言。时已天暮，宫人搬入夜膳，合德不肯就食，成帝也只好坐待，免不得用言劝解。合德带哭带语道："陛下何故不食？陛下常誓约不负，今将何说？"成帝道："我原是依着前约，不立许氏，使天下无出赵氏上，汝尽可放心了！"合德方才止哭，又经侍婢从旁力劝，勉强就座，略略吃了几颗饭粒。成帝也胡乱进餐，稍得疗饥，便令撤去。是夕留宿少嫔馆中，枕席上面，不知如何调停。嗣是每夕与合德同寝，约阅三五天，竟诏令中黄门靳严，向许美人索交婴孩，用苇编箧，装儿入少嫔馆中，由成帝与合德私下展视，不令人看，好一歇竟将苇箧上封缄，嘱令侍婢取出，发交掖庭狱丞籍武，使他埋葬僻处，休使人知。武乃在狱楼下掘坎埋儿，看官不必细问，就可知这个死儿，是被合德辣手加害了。先是都下曾有童谣云："燕飞来，啄皇孙！"至是果验。小子有诗叹道：

> 燕燕双飞入汉宫，皇孙啄尽血风红；
> 古今不少危亡祸，半自蛾眉误主聪。

合德连毙两儿，成帝遂致绝嗣，不得不择人继承。欲知何人过继，待至下回说明。

成帝之世，非无正士，如班伯，如朱云，亦庸中佼佼者流，惜乎其皆非亲近之臣也。班伯疏而不亲，朱云卑而不近，片言进谏，幸则若班伯之见从，为益无多；不幸则若朱云之触怒，险遭不测，非辛庆忌之流血力争，几何而不为王仲卿乎！王氏首秉枢机，第知怙势，张禹望隆师傅，但务阿谀，再加飞燕姊妹之骄淫悍妒，啄尽皇孙，人事如此，不亡何待，遑论天道哉！故吾谓西汉之亡，不待哀、平，成帝固已早启之矣。

第九十五回

泄机谋鸩死许后　争座位怒斥中官

却说元延四年春正月，中山王刘兴，及定陶王刘欣，同时入朝。兴系成帝少弟，为冯昭仪所出，由信都移封中山，欣即定陶王刘康嗣子。康中年病殁，正妻张氏无出，惟姬丁姬生子名欣，由祖母傅昭仪抚养成人，得袭父爵。傅昭仪早为王太后，向有智略，闻得成帝无嗣，想把自己孙儿，承继过去，因此乘欣入朝，随令同行，并使傅相中尉，一律相从。中山王兴，只带了太傅一人。两人入谒成帝，成帝见欣少年俊逸，却也生欢，特借端发问道：“汝何故带同许多官吏？”欣从容答道：“诸侯王入朝，依法得使二千石随行，臣想傅相中尉，秩皆二千石，故使同来。”成帝又问道：“汝平日所习何经？”欣答称习《诗》。成帝随意掇诗数章，令他背诵，欣记得烂熟，历诵无遗。又能讲解大义，亦无差谬。成帝连声称善，嗣又顾问刘兴道：“汝为何只带太傅一人？”兴竟不能答。成帝又问他曾习何经？兴答称《尚书》。及成帝令他背诵数篇，他却断断续续的答了数语，一半已经忘记。冯昭仪颇有干才，如何生此豚儿？成帝暗想兴年已三十有余，为何这般呆笨，反不如十六七岁的少年？因即挥令退去。欣亦随同趋出。

成帝回入宫中，可巧欣祖母傅昭仪，亦来相见；成帝慰问路途辛苦，且称她孙儿英敏，赞不绝口。傅昭仪谦逊一番，并言挈欣入朝，一是凑便问安，二是恐欣失仪，随时教导。成帝也谢她厚意，留住宫中。傅昭仪已谒过王太后，又至赵皇后、赵昭仪处，问讯一周。且嘱孙儿刘欣入宫遍谒，并使他往候大司马王根，随处周旋，面面俱到。最动人的金帛珍玩，随身带来，半赠两赵姊妹，半赂王根。俗语说得好，钱可通灵，赵氏姊妹虽然锦衣玉食，但得了许多珍宝，也觉动心；就是王根亦贪得无厌，格外感情。于是互相庇护，共称刘欣多材，足为帝嗣。成帝非无此意，但尚望两赵生男，免得旁继。乃只为欣行了冠礼，遣还定陶；傅昭仪自然随归。赵家姊妹殷勤饯别，席间由傅昭仪婉言请托，自在意中。至刘欣母子东返，刘兴早已遣归了。

好容易又是一年，赵氏姊妹仍然不育，交相怂恿，劝立定陶王欣为太子。王根亦上书申请。成帝乃决意立欣，改元绥和，使执金吾任宏，署大鸿胪，持节召欣入京。欣祖母傅昭仪，及欣母丁姬，俱送欣至都。御史大夫孔光，独上书请立中山王，想是由王立等嘱托。成帝不从，贬光为廷尉，但加封中山王兴食邑三万户，兴舅谏大夫冯参为宜乡侯，免致兴有怨言。同日立欣为皇太子，入居东宫。又思欣已过继，不便承祀共王刘康，康殁后，予谥曰"共"，共读如恭。乃另立楚孝王孙刘景为定陶王，使奉共王康祀。傅昭仪与丁姬，留寓定陶邸中，不得随欣入宫，未免怏怏。傅昭仪遂入求王太后，许得与太子相见。王太后商诸成帝，成帝说道："太子入承大统，不应再顾私亲。"王太后道："太子幼时，全靠傅昭仪抱养，好似乳母一般；若令她得见太子，想亦无妨。"实是违礼。成帝难违母意，准令傅昭仪入见太子。惟丁姬不在此例，只好向隅，待后再说。

惟孔光既经遭贬，改任京兆尹何武为御史大夫。武字君公，蜀郡郫县人，向来守法尽公，颇有政声。及为御史大夫，上言世事烦琐，宰相才不及古，却令他职兼三公，未免废弛，应仿古制建三公官。成帝以王根本为大司马，仍令守职，惟罢去骠骑将军官衔。即命何武为大司空，封汜乡侯，罢去御史大夫官衔，俸禄皆如丞相，与丞相并称三公。

已而王根病免，一时乏人接替，暂从缓议。偏侍中王莽谋代根位，只恐被淳于长夺去，遂与王根说及，谓长见叔父病免，常有喜色，自言必可代任，且有种种不端情事，备细告知。根当然动怒，使莽入白王太后。长本王太后外甥，前次飞燕立后，赖长出力疏通，感念不置，尝劝成帝封长侯爵，成帝因封长为定陵侯。长迭得内援，势倾朝野，成帝时有赏赐，再加诸侯王岁时馈送，积资亿万，广蓄娇妻美妾，恣行淫乐。适有龙頟侯韩宝妻许嬷，为废后许氏胞姊，丧夫寡居，姿色未衰，长借吊问为名，一再勾引。妇人多半势利，见长尊荣无比，情愿委身事长，甘做小妻，卑污已极。长竟纳嬷为妾，嬷尚不知羞耻，堂堂皇皇的探视胞妹，直陈不讳。胞妹系废后许氏，方徙居长定宫，寂寞无聊，还想再承雨露，求为婕妤。姊妹情性相同，都是无耻。因取出从前私蓄，交嬷转送淳于长，托长至成帝前说情，力为挽回。长明知此事难言，只因见财起义，不忍割舍，乃想出一法，诡言将乘间入请，立为左皇后，使嬷如言转告。废后许氏总道长不去骗她，日夕盼望，有时召嬷入问，浼她催促。长反觉惹厌，故意使嬷入慰。接连致书与嬷，内容语意，多半挪揄许后，说她求欢太急，何不降尊就卑！也想娶为小妻么？真是坏蛋。许后有所需求，只好含羞忍气。不意有人传出，竟被王莽得知。莽向王根报明，无非为着此事，就是入白王太后，也是一五一十，详陈无隐。恐还要加添数语。惹得太后怒起，使莽转告成帝。成帝心尚爱长，不欲治罪，但遣令就国。长吃了一惊，自思无法转圜，不得已收拾行装，准备登程。

忽来了王立长子王融，问他索求车马，意以为长既远行，势难把车骑尽行带去，不如留赠自己，却好现成使用。长与融本是中表弟兄，见面时却也应允。但尚想留住都中，屏人与谈，要他转求乃父，代为斡旋，并取出许多珍宝，送与王融。融一力担承，就将珍宝携回家中，向父告知。立前时不得辅政，疑由长暗中进谗，常在成帝面前，揭长过恶。此次见了珍宝，竟致得意忘言，忙入宫去见成帝，为长诉冤。成帝不禁起疑，默然不答，待立趋出，竟命有司彻底查究。有司明查暗访，察出王融私受长赂，便要派吏拿融。立方才悔恨，怨融自去惹祸，累及家门。融无词可说，自知闯了大祸，不如自尽，当即服毒毕命。贪夫结果。吏役到了融家，见融已死，便去回报，有司当即复奏，成帝越想越疑，索性捕长下狱，一再审讯，把长奸淫贪诈的详情，和盘托出，罪坐大逆，瘐死狱中。自作自受。妻子移徙合浦，母归故里。许嬷不知下落，想亦充戍合浦去了。成帝复使廷尉孔光，持鸩至长定宫，赐废后许氏自尽。可怜许后在位十四年，听了两个阿姊的邪言，既失位置，复丧性命。虽是自贻伊戚，也觉得可悲可悯呢！抑扬得当。红阳侯王立，勒令就国。

王莽发奸有功，且由王根荐令代位，遂拜为大司马。莽得秉国钧，欲使名誉高出诸父，特聘请远近名士，作为幕僚，所得赏赐，悉数分给宾佐，自己格外从俭，菲食恶衣，与平民相同。会莽母有疾，公卿列侯，各遣夫人探问，大都是绮罗蔽体，珠翠盈头。莽妻王氏，乃是故相宜春侯王诉曾孙女，同姓不婚，莽既好名，何独不知守礼。急忙出门相迎，衣不曳地，裙仅蔽膝。各女宾还道她是仆妇，及密问左右，才知她是大司马夫人，都不禁诧异起来。莽妻接待女宾，分外周到，惟所供茶点，不过寻常数色。待大众问过太夫人，陆续辞归，各言大司马家俭约过人。莽得闻众言，私心暗喜，毋庸多表。全是矫诈。

且说绥和二年仲春，荧惑守心，丞相议曹李寻，上书丞相，说是灾祸将至，君侯难免当灾，应即与阃府官属商议趋吉避凶的良策。丞相翟方进，览书惶惑，不知所为。果然不到数日，便有郎官贲丽，奏请天象告变，急须移祸大臣。是翟方进的催命鬼。成帝听着，立召方进入朝，责他为相有年，不能燮理阴阳，致有种种灾异，宜善自为计，毋待朕言。方进免冠叩谢，惶然趋出，回至相府，也知不免一死，但尚望有生路可寻，未肯遽自引决。谁知过了一宵，又由朝使赍入策书，严加责备，且赐他上尊酒十石，养牛一头，叫他自裁。方进接到牛酒，想着汉家故例，牛酒赐给相臣，就是赐死的别名。没奈何硬着头皮，取出鸩酒一杯，忍心吞服，须臾毒发，便即倒毙。冤哉枉也。成帝还托言丞相暴亡，厚加赙恤，特赐乘舆秘器，并且亲往吊丧，掩耳盗铃，煞是可笑！

　　惟方进既死，丞相出缺，成帝选择廷臣，还是廷尉孔光，居官恭谨，可使为相。因先擢为左将军，再命有司拟定策文，铸成侯印，指日封拜孔光。是时梁王立系梁王揖七世孙。楚王衍宣帝孙，即楚王嚣子。入朝，已由成帝召见数次，预备翌旦辞行。成帝午后无事，便至少嫔馆餐宿，夜间不知为何欢娱，到了天色大明，赵昭仪合德先起，成帝也即起坐，才把袜带系就，忽然扑倒床上，不言不语，竟尔归阴。合德尚不知何因，连呼不应，用手微按，已无气息，不由的神色慌张，急命内侍宣召御医。等到医官入视，已是脉绝身僵，还有甚么回生妙方？那时只好报知太后，及内外要人。太后急忙趋视，亲抚帝体，肌冷如冰，当然号啕大哭。皇后赵飞燕等陆续走集，统皆陪哭一场。及大众止哀，办理棺殓，太后召入三公，独缺丞相。当由王莽禀明，谓丞相已择定孔光接任，于是复召孔光，就灵前拜为丞相，封博山侯。好在策文印绶，俱已办就，即付与孔光领受。光拜谢后，即与王莽等料理大丧。越宿由太后下诏，令王莽、孔光，会同掖庭令查明皇帝起居，及暴病一切原因。莽接奉诏旨，乐得从严究治，迭派属吏至少嫔馆调查，细诘赵昭仪合德，气焰逼人。合德虽未尝毒死成帝，自思从前亏心各事，若一经逮问，断难隐讳，且要连累姊弟，一同坐罪。沉吟多时，觉得除死以外，已无别法，遂召集贴身侍婢，各给赏赐，嘱令毋谈前愆，自己仰药毙命。一缕芳魂，总算赶上鬼门关，往寻成帝去了。也是显报。

成帝在位二十六年，改元七次，寿终四十五岁。本来是体质强壮，状貌魁梧，俨然象个尊严天子，怎奈酒色过度，斲丧本元，遂致乐极亡阳，霎时晕死，后来奉葬延陵。太子欣入宫嗣位，是谓哀帝。尊太后王氏为太皇太后，皇后赵氏为太后。

太皇太后王氏，喜谀寡断，傅昭仪谋立孙儿，常至长信宫伺候，竭力趋奉，就是丁姬也承欢献媚，孝敬有加，因此哀帝嗣位，太皇太后王氏，便令傅昭仪、丁姬两人，十日一至未央宫，与帝相见。又传旨询问丞相孔光，及大司马何武，谓定陶太后应居何宫？孔光素闻傅昭仪权略过人，若得入居宫中，将来必干预政事，挟制嗣君，所以复议上去，请另择地筑宫。何武未知光意，谓不如北宫居住，省得劳费。太皇太后依了武言，遂使哀帝诏迎定陶太后，入居北宫。傅昭仪即日移入，丁姬亦随同进去。北宫有紫房复道，与未央宫相通，傅昭仪得日夕往来，屡向哀帝要求，欲称尊号，并封外家亲属。哀帝甫经嗣祚，不敢自出主张，所以游移未决。巧有高昌侯董宏，得闻消息，意欲乘间迎合，上书引秦庄襄王故事，谓庄襄王本夏氏所生，过继华阳夫人；即位以后，两母并称太后，今宜据以为例，尊定陶共王后为帝太后。亏他寻出佐证。哀帝得书，正想依议下诏，偏大司马王莽、左将军师丹，联名劾宏。略言"皇太后名号至尊，有一无二；宏乃引亡秦敝政，盅惑圣明，应以大不道论罪"。哀帝虽然不快，究因王莽为太皇太后从子，未便梗议，乃免宏为庶人。傅昭仪闻信大怒，立到未央宫，面责哀帝，定要速上尊号。哀帝无奈，入白太皇太后，太皇太后允如所请，乃尊定陶共王为共皇，定陶太后傅氏为定陶共皇太后，共皇妃丁姬为定陶共皇后。

傅太后系河内温县人，早年丧父，母又改嫁，无亲兄弟，只有从弟三人，一名晏，一名喜，一名商。哀帝为定陶王时，傅太后欲亲上加亲，特取晏女为哀帝妃，至是即立晏女傅氏为后，封晏为孔乡侯。又追封傅太后父为崇祖侯，丁皇后父为褒德侯。丁皇后有两兄，长兄忠，已经去世，忠子满也得受封平周侯；次兄明方值中年，并封为阳安侯。哀帝的本生外家，已经加封，只好将皇太后赵氏弟钦，晋封新城侯，钦兄子䜣为成阳侯。王、赵、丁、傅四家子弟，并膺显爵，朱轮华毂，杂沓都中。

太皇太后王氏，置酒未央宫，拟邀集傅太后、赵太后、丁皇后等，一同会宴，共叙欢忱。国丧才毕，不宜大开筵宴，王政君也是多事。筵席且备，应设坐位，太皇太后坐在正中，自无疑义，第二位轮着傅太后，即由内者令官名。在正座旁，铺陈位置，预备傅太后坐处。此外赵太后、丁皇后等，辈分较卑，当然置列左右两旁。位次既定，忽来了一位贵官，巡视一周，便怒目视内者令道："上面如何设有两座？"内者令答道："正中是太皇太后，旁坐是定陶傅太后。"道言未绝，便听得一声怪叫道："定陶太后，乃是藩妾，怎得与至尊并坐？快与我移下座来！"内者令不好违慢，只好将座位移列左偏。看官道是何人动怒？原来是大司马王莽。莽见座位改定，方才出去。已而太皇太后王氏，及赵太后、丁皇后等，俱已到来就席，哀帝亦挈同皇后傅氏，共来侍宴。只有傅太后不至，当下差人至北宫催请，好几次俱被拒绝，显见得傅太后为了坐位，已有所闻，不肯前来赴席。太皇太后不暇久待，乃嘱令大家饮酒。天厨肴馔，比不得吏民酒席，自然丰盛得很。但因傅太后负气不来，反累得满座不欢，饮不多时，当即散席，各归本宫。傅太后余怒未平，免不得迫胁哀帝，叫他撵逐王莽。哀帝尚未下诏，莽已得知风声，自请辞职。当即奉诏批准，特赐黄金五百斤，安车驷马，罢令就第。朔望仍得朝请，礼如三公。公卿大夫，尚称莽持正不阿，进退以义，有古大臣风。又入王莽彀中。

莽既免职，舆情都属望傅喜，喜已任右将军，学行纯正，志操清洁，傅家子弟，要算他最有令名。偏傅太后因喜常有谏诤，与己未协，不欲令他辅政，乃进左将军师丹为大司马，封高乐侯，喜亦托疾辞官，缴还右将军印绶，有诏赐金百斤，令食光禄大夫俸禄，归第养疴。大司空何武、尚书令唐林，皆上书留喜，谓喜行义修洁，忠诚忧国，不应无故遣归，致失众望。哀帝亦知喜贤良，一时为祖母所制，不能不留作后图。过了数日，接阅司隶校尉解光奏牍，乃是一本弹章，指斥著名权戚两人。正是：

　　　　由来仕路多艰险，益信人心好诡随。

欲知解光弹劾何人，容俟下回发表。

　　　财能买命，亦足伤命；色可迷人，实足害人。试观淳于长之贪财得赂，复舍财请留，两罪并发，卒致杀身。王融贪财而死，许后舍财而死，财之误人生命，宁不大哉！成帝好色，得遇两美，其乐何如？然绝嗣由此，丧生亦由此，色之为害，最酷最烈。故"财色"二字，为古今之大戒，一为所蛊，其不至亡身灭种者几希！傅昭仪固尝以色进矣，为孙谋承正统，幸得逞志，顾所欲无厌，称尊号，争坐次，藉一己之幸遇，为种种之请求，妇德无极，信而有征。王莽命移坐位，似兢兢于嫡庶之分，言之成理，但窥其私意，仍不外为身家计。外戚争权，不顾王室，刘氏庸有幸乎！

第九十六回

忤重闱师丹遭贬　害故妃史立售奸

却说司隶校尉解光，因见王莽去职，丁傅用事，也来迎合当道，劾奏曲阳侯王根，及成都侯王况。况系王商嗣子，所犯过恶，俱见奏章，略述如后：

> 窃见曲阳侯王根，三世据权，五将秉政，天下辐辏，赃累巨万，纵横恣意，大治室第。第中筑造土山，蠹立两市，殿上赤墀，门户青琐。游观射猎，使仆从被甲，持弓弩，陈步兵，止宿离宫。水衡官名。供张，发民治道，百姓苦其役。内怀奸邪，欲笾朝政，推近吏主簿张业为尚书，蔽上壅下，内塞王路，外交藩臣。按根骨肉至亲，社稷大臣，先帝弃天下，根不悲哀，思慕山陵未成，公然聘取掖庭女乐殿严、王飞君等，置酒歌舞，捐忘先帝厚恩，背臣子义。根兄子成都侯况，幸得以外亲继列侯侍中，不思报德，亦聘娶故掖庭贵人为妻，皆无人臣礼，大不敬不道。应按律惩治，为人臣戒！

哀帝自即位后，也因王氏势盛，欲加抑损，好得收回主权，躬亲大政。既有此意，奈何复封丁傅。既将王莽免官，复得解光弹劾王根，当然中意，不过大不敬不道罪名，究嫌太重，且对着太皇太后，亦觉不情，乃只遣根就国，黜免况为庶人。

到了九月庚申日，地忽大震，自京师至北方，凡郡国三十余处，城郭多被震坍，压死人民四百余人。哀帝因灾异过巨，下诏询问群臣，待诏李寻上书奏对道：

　　臣闻日者众阳之长，人君之表也。君不修道，则日失其度，晻昧无光。间者日光失明，珥蜺数作，珥蜺系日旁云气。小臣不知内事，窃以日视陛下，志操衰于始初多矣。唯陛下执乾纲之德，强志守度，毋听女谒邪臣之欺，与诸阿保乳母甘言卑词之托，勉顾大义，绝小不忍，有不得已，只可赐以货财，不可私以官位。臣闻月者众阴之长，妃后大臣诸侯之象也。间者月数为变，此为母后与政乱朝，阴阳俱伤，两不相便。外臣不知朝事，窃信天文如此，近臣已不足仗矣。唯陛下亲求贤士，以崇社稷，尊强本朝。臣闻五行以水为本，水为准平。王道公正修明，则百川理，落脉通，偏党失纲，则涌溢为败。今汝颍漂涌，与雨水并为民害，咎在皇甫卿士之属，唯陛下抑外亲大臣。臣闻地道柔静，阴之常义，间者关东地数震，宜务崇阳抑阴以救其咎。传曰："土之美者善养禾，君之明者善养士。"中人皆可使为君子，如近世贡禹，以言事忠切，得蒙宠荣，当此之时，士之厉身立名者甚多。及京兆尹王章，坐言事诛灭，于是智者结舌，邪伪并兴，外戚专命，女官作乱。此行事之败，往者不可及，来者犹可追也。愿陛下进贤退不肖，则圣德清明，休和翔洽，泰阶平而天下自宁矣。

原来哀帝初政，也想力除前弊，崇俭黜奢。曾罢乐府官及官织绮绣，除任子令汉制凡吏二千石以上视事满三年，得任子弟一人为郎，不以德选，至此才命革除。与诽谤诋欺法，出宫人，免官奴婢，益小吏俸，政事皆由己出，海内颇喁喁望治。偏是傅太后从中干政，称尊号，植私亲，闹个不了，反使哀帝胸无主宰，渐即怠荒。仅阅半年，便致怠弛，无怪后来不长。李寻所言，明明是借着变异，劝勉哀帝，指斥傅太后。哀帝尚知寻忠直，擢为黄门侍郎，惟欲防闲太后，裁抑外家，实在无此能力，只好模糊过去。但朝臣已分为两派，一派是排斥傅氏，不使预政；一半是阿附傅氏，专务承颜。

傅太后日思揽权，见有反对的大臣，定欲驱除，好教公卿大夫联络一气，免受牵掣。大司空汜乡侯何武，遇事持正，不肯阿谀，傅太后心下不乐，密令私人伺武过失。适武有后母在家，往迎不至，即被近臣举劾，斥武事亲不笃，难胜三公重任。哀帝亦欲改易大臣，乃令武免官就国，调大司马师丹为大司空。师丹系琅琊东武县人，表字仲公，少从匡衡学诗，得举孝廉，累次超擢，曾为太子太傅，教授哀帝。既受任为大司空，也与傅氏一派不合，前后奏章数十上，无非援三年无改的古训，规讽哀帝改政太急，滥封丁傅。哀帝非不感动，但为傅、丁两后所压迫，也是无可如何。惟有一侍中傅迁，为傅太后从侄，人品奸邪，舆论不容，哀帝因将迁罢职，遣归故郡。不意傅太后出来干涉，硬要哀帝复还迁官，留任宫廷。哀帝无法，只好再将迁留住。丞相孔光与师丹入朝面奏，谓诏书前后相反，徒使天下疑惑，无所取信，仍请将迁放归。哀帝说不出苦衷，装着痴聋一般，光、丹两人，不得已趋出，迁得为侍中如故。一官都不能黜陟，哀帝亦枉为天子！

先是掖庭狱丞籍武，见赵合德屡毙皇儿，很是不忍。尝与掖庭令吾丘遵密商，拟即告发。无如官卑职小，反恐多言惹祸，因致迁延。吾丘遵又复病殁，武更孤掌难鸣，只得作罢。到了哀帝嗣位，合德自杀，籍武尚然生存，不妨稍露宫中秘情，辗转流传。被司隶校尉解光闻悉，正好扳倒赵家外戚，使傅太后独擅尊荣。当下拜本进去，追劾赵昭仪忍心辣手，曾害死成帝嗣子两人，不但中宫女史曹宫等，冤死莫明，此外后宫得孕，统被赵昭仪用药堕胎。赵昭仪惧罪自尽，未彰显戮，同产家属，尚得尊贵如恒，国法何在？应请穷究正法等语。照此奏议，连赵太后亦不能免辜，赵钦等更不消说得。哀帝因自己入嗣，曾得赵太后调护，厚惠未忘，乃仅将赵钦、赵䜣夺爵，免为庶人，充戍辽西。钦、䜣封侯，见前回。赵太后不被干连，算是万幸。慢着！时朝廷已经改元，号为建平元年，三公中缺少一人，朝臣多推荐光禄大夫傅喜，乃拜喜为大司马，封高武侯。郎中令冷褒，黄门郎段犹，见喜得列三公，傅氏威权益盛，乐得凑机献媚。上言共皇太后与共皇后，不宜再加"定陶"二字，所有车马衣服，皆应称"皇"，并宜为共皇立庙京师。哀帝即将原奏发落，诏令群臣集议可否，群臣都随口赞成。独大司空师丹，首出抗议，大略如后：

　　古时圣王制礼，取法于天，故尊卑之礼明，则人伦之序正，人伦之序正，则乾坤得其位，而阴阳顺其节。今定陶共皇太后、共皇后，以定陶为号者，母从子，妻从夫之义也。欲立官置吏，车服与太皇太后相埒，非所以明尊无二上之义也。定陶共皇号谥，前已定议，不得复改。礼，父为士，子为天子，祭以天子，其尸服以士服，子无爵父之义，尊父母也。为人后者为之子，故为所后服斩衰三年，而降其父母为期服，明尊本祖而重正统也。孝成皇帝圣恩深远，故为共皇立后，奉承宗祀。今共皇长为一国太祖，万世不毁，恩义已备。陛下既继体先帝，持重大宗，承宗庙天地社稷之祀，义不可复奉定陶共皇，祭入其庙。今欲立庙于京师，而使臣下祭之，是无主也。又亲尽当毁，空去一国太祖不堕之祀，而就无主当毁不正之礼，非所以尊厚共皇也。臣丹谨议。

照这议论，原是至公至正、不可移易，丞相孔光极力赞同，就是大司马傅喜，也以为丹言甚是，应该如议。独傅太后及傅晏、傅商等，共恨师丹，兼及孔光、傅喜，统欲把他摔去。第一着先从师丹下手，探得师丹奏草，由属吏私下抄出，传示外人，当即据事奏弹，劾他不敬。里面复有傅太后主张，迫令哀帝下诏，免丹官职，削夺侯封。给事中申咸、博士炔钦，炔音桂。联名上奏，称丹经行无比，怀忠敢谏，奏草漏泄，咎在簿书，与丹无与。今乃因此贬黜，恐失众心。那知诏书批斥，反将咸、钦贬秩二等。尚书令唐林看不过去，复疏称丹罪甚微，受罚太重；中外人士，统说是宜复丹爵邑，使奉朝请，愿陛下加恩师傅，俯洽众心。哀帝乃复赐丹关内侯，食邑三百户，特擢京兆尹朱博为大司空。

从前，朱博救免陈咸，义声卓著。见八十九回。咸起为大将军长史，将博引入，为王凤所特赏，委任栎阳长安诸县令，累迁冀州刺史、琅琊太守，专用权术驾驭吏民，相率畏服。嗣奉召为光禄大夫，迁授廷尉，博恐为属吏所欺，故意召集属吏，取出累年积案，意欲判断，多与原判相符。属吏见他明察，不敢相欺，隔了一年，得擢为后将军，坐党红阳侯王立，免官归里。哀帝复征为光禄大夫，使任京兆尹。适值傅氏用事，要想联络几个廷臣，作为羽翼，遂由孔乡侯傅晏，与博往来，结为知交，至师丹罢免，便引博为大司空。博平时专重私情，不务大体，此次与傅晏交好，也是这般行为，从此位置益高，声名反减，居然变做傅家走狗了。一失足成千古恨！

傅太后既除去师丹，便要排斥孔光，因思孔光当日，曾请立中山王兴为嗣，兴已病死，兴母冯昭仪尚存。从前为了当熊一事，留下惭恨，未曾报复，现已大权在手，不但内除孔丞相，还要外除冯昭仪。也是冯昭仪命数该终，一不加防，被他诬成逆案，致令一位著名贤妃，舍生就死，遗恨千秋。实是可惜！

原来中山王兴，自增封食邑后，得病即亡。王妃冯氏，就是兴舅宜乡侯冯参女儿，生下二女，却无子嗣。兴乃另纳卫姬，得产一男，取名箕子，承袭王封。箕子年幼丧父，并且多病，医家号为肝厥症，不时发作，每发辄手足拘挛，指甲皆青，连嘴唇亦皆变色。冯昭仪只此一孙，当然怜爱，因见他病根不断，医药难痊，没奈何祷祀神祇，希图禳解。当熊侠妇，也要迷信鬼神，总之，不脱妇人性情。哀帝闻箕子有疾，特遣中郎谒者张由，带同医士，前往诊治。既至中山，冯昭仪依礼接待，并不怠慢。由素有疯病，留居数日，见医士调治未愈，不由得惹动愁烦，引起旧恙。喧呶了一两天，竟命从人收拾行装，匆匆回都，入朝复命。哀帝问及箕子痊否，由答言未痊。恼动哀帝怒意，叱令退出。另遣尚书责问，诘他何故速归？由连碰钉子，倒将神志吓清，疯病好了一大半，暗想自己病得糊涂，无端遽返，若没有回话手本，定要坐罪。事到其间，宁我负人、毋人负我，可恶！乃即捏词作答，只说“中山王太后冯氏，私下嘱令巫觋，咒诅皇上及傅太后，事关机密，所以匆匆回报。”尚书得了口供，慌忙入宫告知。

哀帝尚未着急，傅太后已怒不可遏，亟召御史丁玄入内，嘱咐数语，叫他速往中山，尽法究办。丁玄是共皇后丁氏侄儿，与傅氏互相连结，奉命即往。一到中山，就将宫中吏役，以及冯氏子弟，拘系狱中，统共得百余人。由玄逐日提讯，好几天不得头绪，无从复奏。傅太后待了旬日，未见丁玄回音，再遣中谒者史立，与丞相长史大鸿胪丞，同往审讯。史立星夜就道，驰至中山，先与丁玄晤谈。丁玄因不得供词，未免皱着眉头，对立叹息。立却暗暗嘲笑，以为这般美差，可望封侯，乃丁玄如此没用，让我来占功劳，真是富贵逼人，非常侥幸。想到此处，跃跃欲试。当日提齐案卷，升堂鞫讯，一班案中人犯，挨次听审，平白地如何招供，自然一齐呼冤。立不分皂白，专用严刑拷讯，连毙数人，尚无供词。立也觉为难，情急智生，竟令诸人一齐退下，独将男巫刘吾提入，用了种种骗吓手段，教他推到冯昭仪身上，供称咒诅是实。刘吾竟为所赚，依言书供。立得此供词，再将冯昭仪女弟冯习，及寡弟妇君之，提到堂上，硬指她与冯昭仪通谋，冯习不禁怒起，开口骂立，立动了懊恼，喝令左右动刑，笞杖交下。一介弱妇，如何熬受得起，当堂毙命。史立杀有余辜！

立见冯习死去，也觉着忙，因习是冯昭仪妹子，比不得寻常吏役，处死无妨，当下命将君之返系狱中；想了多少时候，得着一计，遂去召入医士徐遂成，与他密谈一番，嘱令承认。遂成是经张由带去，未曾回京，此次受了史立嘱托，便出作证人，依嘱诬供道："冯习与君之，曾对我密语云：'武帝有名医修氏，医好帝疾，赏赐不过二千万。今闻主上多病，汝在京想亦入治，就使治愈，也不得封侯，不如药死主上，使中山王代为皇帝，汝定可得侯封了！'"立听他说罢，佯作不信，经遂成指天誓日，决非虚诬。立越觉有词可借，竟唤出冯昭仪，面加责问，冯昭仪怎肯诬服，自然与立对辩。立冷笑道："从前挺身当熊，自甘拼死，勇敢何如？今日何这般胆怯呢！"冯昭仪听了，方才省悟，遂不屑与辩，愤然还宫。顾语左右道："当熊乃前朝事，且是宫中语言，史立如何得晓？这定是内廷有人陷我！我知道了，一死便罢！"语中已指傅太后。当即仰药自尽。

史立已将冯昭仪等咒诅谋逆等情，谎词奏报，有司即请诛冯昭仪。哀帝还觉不忍，只下诏废为庶人，徙居云阳宫，那知冯昭仪已死，史立第二次奏报，又复到来。哀帝以冯昭仪自尽，在未废前，仍命用王太后礼安葬，一面召冯参入诣廷尉。参少通尚书，前为黄门郎，宿卫十余年，严肃有威，就是王氏五侯，亦尝见惮；后来以王舅封侯，得奉朝请。此次无辜被陷，不肯受辱，遂仰天叹道："参父子兄弟，皆备大位，身至封侯。今坐被恶名，死何足惜！但恨地下对不住先人哩！"说至此，竟拔剑自刎。弟妇君之，与习夫及子，皆被株连，或自尽，或被戮，共死十七人。参女为中山王兴妃，免为庶人，与冯氏宗族徙归故郡。

颍川人孙宝，方为司隶校尉，目睹案情冤枉，心甚不平，因即奏请复审。傅太后正在快意，偏遇孙宝硬来干涉，当然动恼，便令哀帝不诏，将宝系狱。尚书令唐林上书力争，也被贬为敦煌鱼泽障侯。汉官名。大司马傅喜，虽是傅太后从弟，却是情理难安，便与光禄大夫龚胜，一同进谏，请将孙宝复职。哀帝乃转白傅太后，傅太后尚不肯照允。嗣经哀帝一再求情，勉强许可，孙宝才得复还原官。张由首发有功，得受封关内侯，史立迁宫中太仆。仍然不得封侯，何苦屈死多人？有几个公正人士，背地里俱嘲骂张、史二人，谗陷取荣，忍心害理，二人还得意洋洋，自诩得计。直至哀帝崩后，由孔光追劾二人过恶，夺官充戍，谪居合浦。但冯氏冤狱，未闻申雪，冯昭仪不得追封，毕竟是乱世纷纷，黑白混淆了。

惟傅太后既报宿仇，便想斥逐孔光，且因傅喜不肯为助，反去助人，心中越想越气，即与傅晏商议，谋斥二人。傅晏复邀同朱博，先后进谗，不是说孔光迂僻，便是说傅喜倾邪。建平二年三月间，遂策免大司马傅喜，遣他就国。越月又策免丞相孔光，斥为庶人。朱博曾奏请罢三公官，仍照先朝旧制，改置御史大夫，于是撤消大司空职衔，使博为御史大夫，另拜丁明为大司马卫将军。未几升博为相，用少府赵玄为御史大夫。博与玄方登殿受策，忽殿中传出怪响，声似洪钟，好一歇才得停止。殿中侍臣，左右骇顾，不知从何处发声，就是博与玄亦惊心动魄，诧为异闻。小子有诗叹道：

> 国家柱石待贤臣，小智如何秉国钧，
> 殿上一声传预报，荣身已是兆亡身。

究竟声从何来，且至下回续叙。

史称傅昭仪入宫，善事人，下至宫人左右，饮酒酹地，皆祝延之。不知此正固宠希荣之伎俩，使人堕入术中而不自觉者也。哲妇倾城，本诸古训，傅昭仪固一哲妇耳。哀帝之入嗣大统，全赖傅昭仪之营谋。即位以后，其受制于傅昭仪也，固意中事，善事人者，一变而为善害人。师丹持议甚正，即首黜之；傅喜以行义称为傅氏子弟中之翘楚，而傅昭仪犹不肯相容，何论他人？彼解光之阿旨献谀，劾奏赵氏，原为赵氏姊妹之恶报，犹可言也。冯昭仪何罪？竟以当熊之惭恨，信张由之诬，容史立之诈，卒使贤妃自尽，冯氏凌夷。妇人之心，多半褊刻，宁特赵氏姊妹云尔哉！朱博颇有能名，甘作傅家走狗，无惑乎不得其死也。

第九十七回

莽朱博附势反亡身　美董贤阖家同邀宠

却说朱博、赵玄，登殿受策，闻得殿上发出怪声，都是提心吊胆，匆匆谢归。哀帝也觉有异，使左右验视钟鼓，并无他人搏击，为何无故发声？乃召回黄门侍郎扬雄，及待诏李寻，寻答说道："这是《洪范传》所谓鼓妖呢！"名称新颖。哀帝问何为鼓妖？寻又说道："人君不聪，为众所惑，空名得进，便致有声无形。臣谓宜罢退丞相，借应天变，若不罢退，莃年以后，本人亦难免咎哩。"哀帝默然不答，扬雄亦进言道："寻言并非无稽，愿陛下垂察！即如朱博为人，强毅多谋，宜将不宜相，陛下应因材任使，毋致凶灾！"哀帝始终不答，拂袖退朝。内有祖母主张，小孙何得擅改？

朱博晋封阳乡侯，感念傅氏厚恩，请上傅、丁两后尊号，除去"定陶"二字。傅太后喜如所望，就令哀帝下诏，尊共皇太后傅氏为帝太太后，古今罕闻。居永信宫；共皇后丁氏为帝太后，居中安宫。并在京师设立共皇庙，所有"定陶"二字，并皆删去。于是宫中有四太后，各置少府太仆，秩皆中二千石。傅太后既列至尊，浸成骄僭，有时谈及太皇太后，竟直呼为老妪。亏得王政君素来和缓，不与计较，所以尚得相安。赵太后飞燕势孤失援，却去奉承傅太后，买动欢心，往往问候永信宫，不往长信宫。太皇太后虽然懊怅，但因傅氏权力方盛，也只有勉强容忍，听她所为。飞燕不得善终，已兆于此。

博与玄又接连上奏，请复前高昌侯董宏封爵，谓"宏首议帝太太后尊号，乃为王莽、师丹所劾，莽、丹不思显扬大义，胆敢贬抑至尊，亏损孝道，不忠孰甚。宜将莽、丹夺爵示惩，仍赐还宏封爵食邑"。哀帝当即批答，黜师丹为庶人，令莽出都就国。独谏大夫杨宣上书，略言"先帝择贤嗣统，原欲陛下承奉东宫。注见前。今太皇太后春秋七十，屡经忧伤，饬令亲属引退。借避丁傅，陛下试登高望远，对着先帝陵庙，能勿怀惭否？"说得哀帝也为耸动，因复封王商子邑为成都侯。

会哀帝屡患痿疾，久不视朝，待诏黄门夏贺良，挟得齐人甘忠可遗书，妄称能知天文。上言"汉历中衰，当更受命，宜急改元易号，方可益年延寿"。哀帝竟为所惑，遂于建平二年六月间，改元太初，自号陈圣刘太平皇帝。那知祯祥未集，凶祸先来，帝太后丁氏得病，不到旬日，便即逝世。哀帝力疾临丧，忙碌数日，身体愈觉不适，索性奄卧床上，不能起身。幸由御医多方调治，渐渐就痊，遂命左右调查夏贺良履历。仔细钩考，实是一个妖言惑众的匪人。他平生并无技能，单靠甘忠可遗书，作为秘本。甘忠可也是妖民，曾制《天官历》、《包平太平经》二书，都是随手掇拾，似通非通。忠可尝自称为天帝垂赐，特使真人赤精子传授。当时曾经光禄大夫刘向，斥他罔上惑民，奏请逮系，卒至下狱瘐死。向当哀帝初年去世，夏贺良乘隙出头，就将甘忠可邪说，奉为师傅，入都干进。可巧长安令郭昌，与他同学，遂替他转托司隶解光、待诏李寻，代为举荐。解光、李寻便将贺良登诸荐牍，奉旨令贺良待诏黄门。此次切实调查，报知哀帝，哀帝已知他学说不经，那贺良还不管死活，复奏言丞相、御史未知天道，不足胜任，宜改用解光、李寻辅政。自己寻死，尚嫌不足，还要添入两人。哀帝越加动怒，诏罢改元、易号二事，立命捕系。贺良问成死罪，并将解光、李寻谪徙敦煌郡。解光阿附傅氏，应该至此，李寻未免遭累。

傅太后既减削王、赵二外家，独揽国权，自然快慰。只有从弟傅喜，始终不肯阿顺，实属可恨，应该将他夺去爵邑，方好出气。当下嘱令孔乡侯傅晏，商诸丞相朱博，要他追劾傅喜，夺去侯封。博欣然领命，待晏去后，即邀御史大夫赵玄到来，请他联名劾喜。赵玄迟疑道："事成既往，似乎不宜再提。"博变色道："我已应许孔乡侯了。匹夫相约，尚不可忘，何况至尊。君怕死，博却不怕死！"原是叫你去死。玄见他色厉词刚，倒也胆怯，只好唯命是从。傅又想出一法，恐单劾傅喜，反启哀帝疑心，索性将氾乡侯何武，亦牵入案中。当下缮成奏疏，内称何武傅喜，前居高位，无益治道，不当使有爵土，请即免为庶人等语。这奏疏呈将进去，总道与师丹、王莽相同，立见批准，不料复诏未下，却由尚书令奉着密旨，召入赵玄，彻底盘问。玄始尚含糊，及尚书说明上意，已知是傅晏唆使，教玄自己委责，老实说明。玄性尚忠厚，不能狡赖，遂将晏嘱使朱博，傅强迫联名，备述一遍。当由尚书复报哀帝，哀帝立即下诏，减玄死罪三等，削晏封邑四分之一，使谒者持节召博入掖庭狱。博才知大错铸成，无法求免，不如图个自尽。当即对着谒者，取出鸩酒，一喝即尽，须臾毕命。鼓妖预兆，至是果验了！冰山未倒，先已杀身。

谒者见博已自刎，回宫销差。哀帝特进光禄勋平当为御史大夫，未几即升任丞相。当字子思，籍隶平陵，以明经进阶，官至骑都尉。哀帝因他经明禹贡，使领河堤。当尝奏称按经治水，只宜疏浚，不宜壅塞，须博求浚川疏河的名士，共同监役，方可奏功，哀帝却也依议。当有待诏贾让，具陈上中下三策。上策是顺河故道，中策是凿河支流，下策是随河筑防，时人叹为名言。贾让三策，随笔插入，是不没名论。平当专主中策，择要疏浚，河患少纾。至拜为丞相，正当建平二年的冬季，汉制冬月不封侯，故只赐爵关内侯。越年当即患病，哀帝召当入朝，意欲加封，当称病不起。家人请当强起受印，为子孙计，当喟然道："我得居大位，常患素餐。若起受侯印，还卧而死，死有余罪。汝等劝我为子孙计，那知我不受侯封，正是为子孙计哩！"言之有理。说罢，遂命长子晏缮奏，乞请骸骨。哀帝尚优诏慰留，敕赐牛酒，谕令调养。当终不得愈，春暮告终，乃擢御史大夫王嘉为丞相。

嘉字公仲，与平当同乡，也以明经射策，得列甲科，入为郎官。累次超擢，竟登相位，封新甫侯。才阅数月，又出了一场重案，几与中山情迹相同，也有些含冤莫白，枉死多人。王嘉为相未久，不便强谏，只得袖手旁观，付诸一叹罢了！先是东平王宇，宣帝子。受封历三十三年，幸得考终，子云嗣为东平王。建平三年，无盐县中出二怪事。一是危山上面，土忽自起，复压草上，平坦如驰道状；一是瓠山中间，有大石转侧起立。高九尺六寸，比原址移开一丈，阔约四尺。远近传为异闻，哗动一时。无盐属东平管辖，东平王刘云得知此事，总疑是有神凭依，即备了祭具，挈了王后谒等，同至瓠山，向石祀祷。自去寻祸。祭毕回宫，复在宫中筑一土山，也仿瓠山形状，上立石像，束以黄草，视作神主，随时祈祷。想是祈死。

这消息传入都中，竟有两个揣摩求合的妄人，想乘此升官发财，步那张由、史立的后尘。一个叫做息夫躬，系河阳人。一个叫做孙宠，系长安人。躬与孔乡侯傅晏，籍贯相同，素来认识，又曾读过《春秋》大义，粗通文墨，遂入都夤缘，得为待诏。宠做过汝南太守，坐事免官，流寓都门，也曾上书言事，与息夫躬同为待诏朋友。"待诏"二字，并非实官，不过叫他留住都中，听候录用。两人都眼巴巴的望得一官，好多日不见铨选，怀金将尽，抑郁无聊。自从得着东平王祭石消息，躬便以为机会到来，密对宠笑语道："我等好从此封侯了！"异想天开。宠亦嗤然道："汝敢是痴心病狂么？"躬作色道："我何曾病狂？老实相告，却有一个绝好机会。"宠尚未肯信，经躬邀至僻处，耳语了好多时，宠始心下佩服，情愿与躬同谋。躬遂悄悄的撰成奏疏，托中郎右师谭，转交中常侍宋弘，代为呈入。大略说是：

> 无盐有大石自立，闻邪臣附会往事，以为泰山石立，孝宣皇帝遂得宠兴。事见前文。东平王云，因此生心，与其后日夜祠祭，咒诅九重，欲求非望。而后舅伍弘，咒以医术幸进，出入禁门。臣恐霍显之谋，将行于杯杓；荆轲之变，必起于帷幄，祸且不堪设想矣！事关危急，不敢不昧死上闻。

看官试想，这"荆轲"、"霍显"两语，何等利害！就使是个聪明令主，也要被他耸动，何况哀帝庸弱，又是连年多病，能不惊心？当下饬令有司，驰往严办，结果是势驱刑迫，屈打成招，只说东平后谒，阴使巫傅恭婢合欢等，祠祭诅祝，替云求为天子。云又与术士高尚，占验天象。料知上疾难痊，云当得天下。所以大石起立，与孝宣皇帝时相同。这种案词复奏上来，东平王夫妇还有何幸？哀帝诏废云为庶人，徙居房陵。云后谒与后舅伍弘，一并处死。廷尉梁相急忙谏阻，谓案情未见确实，应委公卿复讯。尚书令鞠谭、仆射宗伯凤，都与梁相同意，奏请照准。那知哀帝非但不从，反说三人意存观望，不知嫉恶讨贼，罪与相等，应该削职为民。三人坐免，还有何人再敢力争？东平王云愤急自尽，谒与伍弘，徒落得身首两分、冤沉地下。那息夫躬得为光禄大夫，孙宠得为南阳太守。就是宋弘、右师谭，亦得升官。杀人市宠，可恨可叹！居心叵测，一至于此。

哀帝还想借着此案，封一幸臣。看官欲问他姓名，乃是云

阳人董贤。父名恭,曾任官御史。贤得为太子舍人,年纪还不
过十五六岁。宫中侍臣,都说他年少无知,不令任事,所以哀
帝但识姓名,未尝相见。至哀帝即位,贤随入为郎,又厮混了
一两年。会值贤传报漏刻,立在殿下,哀帝从殿中看见,还道
是个美貌宫人,扮做男儿模样。当即召入殿中,问明姓氏,不
禁省悟道:"你就是舍人董贤么?"口中如此问说,心中却想
入非非。私讶男子中有此姿色,真是绝无仅有,就是六宫粉
黛,也应相形见秽,叹为勿如。于是面授黄门郎,嘱令入侍左
右。贤虽是男儿,却生成一种女性,柔声下气,搔首弄姿,引
得哀帝欲火中烧,居然引同寝处,相狎相亲。贤父恭已出为云
中侯,由哀帝向贤问知,即召为霸陵令,擢光禄大夫。贤一月
三迁,竟升任驸马都尉侍中,出常骖乘,入常共榻。一日与哀
帝昼寝,哀帝已经醒寤,意欲起来,见贤还是睡着,不忍惊
动。无如衣袖被贤体压住,无从取出,自思衣价有限,好梦难
寻,竟从床头拔出佩刀,将袖割断,悄然起去。后人称嬖宠男
色,叫做"断袖癖",就是引用哀帝故事。想见当时恩爱远过后
妃。及贤睡觉,见身下压着断袖,越感哀帝厚恩。嗣是卖弄殷
勤,不离帝侧,就是例当休沐,也不肯回家,托词哀帝多病,
须在旁煎药承差,小心伺候。南风烈烈,难道是无妨龙体?
　　哀帝闻他已有妻室,嘱使回去欢聚,说到三番四次,贤终
不愿应命。哀帝过意不去,特开创例,叫贤妻名隶宫籍,许令
入宿直庐。又查得贤有一妹,尚未许字,因令贤送妹入宫,夤
夜召见。凝眸注视,面貌与乃兄相似,桃腮带赤,杏眼留青,
益觉得娇态动人,便即留她侍寝,一夜春风,绾住柔情,越宿
即拜为昭仪,位次皇后。皇后宫殿,向称椒房,贤妹所居,特
赐号椒风,示与皇后名号相联。就是贤妻得蒙特许,出入宫
禁,当然与哀帝相见。青年妇女,总有几分姿色,又况哀帝平
日,赏赐董贤,无非是金银珠宝,贤自然归遗细君。一经装

饰，格外鲜妍。哀帝也不禁心动，令与贤同侍左右。贤不惜己身，何惜妻室，但教博得皇帝宠幸，管甚么妻房名节，因此与妻妹二人，轮流值宿。俗语叫做和窠爵。

　　哀帝随时赏给，不可胜算，复擢贤父为少府，赐爵关内侯。甚至贤妻父亦为将作大臣，贤妻弟且为执金吾。并替贤筑造大第，就在北阙下择地经营，重殿洞门，周垣复道，制度与宫室相同。又豫赐东园秘器，朱襦玉柙，命就自己万年陵旁，另茔一冢，使贤得生死陪伴，视若后妃。二十岁左右就替他起冢，显是预兆不祥。惟贤尚未得封侯，一时无功可言，不便骤赐侯爵。迁延了一两年，正值东平巨案，冤死多人，告发诸徒，平地受封。侍中傅嘉，仰承风旨，请哀帝将董贤姓名，加入告发案内，便好封他为侯。哀帝正合私衷，遂把宋弘除出，只说贤亦尝告逆，应与息夫躬孙宠同膺懋赏，并封关内侯。一面恐傅太后出来诘责，特将傅太后最幼从弟傅商，授封汝昌侯。不意尚书仆射郑崇，却入朝进谏道："从前成帝并封五侯，黄雾漫天，日中有黑气。今傅商无功封侯，坏乱祖制，逆天违人，臣愿拼身命，担当国咎！"说着，竟将诏书案提起，诏书案系承受诏书，形如短几，足长三寸。不使哀帝下诏，扬长而去。忠直有余，智略不足。

　　崇系平陵人，由前大司马傅喜荐入，抗直敢言。每次进见，必著革履，橐橐有声，哀帝不待见面，一闻履声作响，便笑语左右道："郑尚书履声复至，想是又来陈言了！"道言甫毕，果见崇到座前，振振有词，哀帝却也十依七八。就是此次谏阻封侯，哀帝也想作罢，偏被傅太后闻悉，怒向哀帝道："天下有身为天子，反受一小臣专制么！"哀帝经此一激，决意封商为侯。傅太后母，曾改嫁为魏郡郑翁妻，见九十五回。生子名恽，恽又生子名业，至是亦封为信阳侯，追尊业父恽为信阳节侯。郑崇虽不能谏止封商，但素性戆直，不肯就此箝口，因见董贤宠荣过盛，复入内谏诤，哀帝最爱董贤，怎肯听信？当然要将他驳斥。尚书令赵昌专务诡媚，与崇积不相容，遂乘间谮崇，诬崇交通宗族，恐有奸谋。哀帝乃召崇责问道："君门如市人，奈何欲禁遏主上？"崇慨然道："臣门如市，臣心如水，愿听查究！"哀帝恨崇答言不逊，命崇系狱逮治。狱吏又一意迎合，严刑拷迫，打得崇皮开肉烂，崇却抵死不肯诬供。司隶孙宝，知崇为赵昌所诬，上书保救，略言"崇搒掠将死，终无一辞，道路都替崇呼冤；臣恐崇与赵昌，素有嫌疑，因遭诬陷，愿将昌一并查办，借释众疑"。哀帝竟批斥道："司隶宝附下罔上，为国蠹贼，应免为庶人！"宝被谪归田，崇竟病死狱中。

哀帝复欲加封董贤，先上傅太后尊号，称为皇太太后，买动祖母欢心。再令孔乡侯傅晏，赍着封贤诏书，往示丞相、御史。丞相王嘉，为了东平冤狱，尚觉不平，此时见诏书上面，又提及董贤告逆有功，不由的触起前恨，因与御史大夫贾延，并上封事，极力阻止，哀帝不得已延宕数月。后来待无可待，毅然下诏道：

> 昔楚有子玉得臣，晋公为之侧席而坐。近如汲黯，折淮南之谋，功在国家。今东平王云等，至有弑逆之谋，公卿股肱，莫能悉心聪察，销乱未萌。幸赖宗庙神灵，由侍中董贤等发觉以闻，咸伏厥辜。《书》不云乎！"用德彰厥善"，其封贤为高安侯，孙宠为方阳侯，息夫躬为宜陵侯。

息夫躬性本狡险，骤得宠荣，便屡次进见哀帝，历诋公卿大臣。朝臣都畏他势焰，相率侧目。谏大夫鲍宣慷慨进谏，胪陈百姓七亡七死，不应私养外亲，及幸臣董贤，就是孙宠息夫躬等，并属奸邪，亟宜罢黜。召用故人司马傅喜，故大司空何武、师丹，故丞相孔光，故左将军彭宣，共辅国政，方可与建教化、图安危，语意很是剀切。哀帝因宣为名儒，总算格外优容，但把原书置诸高阁，不去理睬罢了。小子有诗叹道：

> 熏莸臭味本差池，黜正崇邪两不宜。
> 主惑如斯民怨起，汉家火德已全衰。

欲知鲍宣生平履历，俟至下回再详。

　　朱博计救陈咸，颇有侠气。乃其后晚节不终，甘附丁傅，曲媚孔乡，劾傅喜，弹何武，意欲缘此固宠。不意反动哀帝之疑，坐陷诬罔之罪，仰药而死。富贵之误人大矣哉！东平冤狱，不减中山，息夫躬、孙宠，犹之张由、史立耳。哀帝不察，谬加封赏，且举董贤而羼入之，昏愚至此，可慨敦甚？然观汉书佞幸传，高祖时有籍孺，惠帝时有闳孺，文帝时有邓通，武帝时有韩嫣，成帝时有张放，娈童弄儿，几已成为家法。董贤则以色见幸，且举妻妹而并进之，无惑乎其得君益甚，受宠益隆也！特原其祸始，实自祖若宗贻之。其父杀人，其子必且行劫，吾于哀帝亦云。

第九十八回

良相遭囚呕血致毙　幸臣失势与妇并戕

却说谏大夫鲍宣，表字子都，系是渤海人氏。好学明经，家本清苦。少年尝受业桓氏，师弟相亲，情同父子。师家有女桓少君，配宣为妻。结婚时装束甚华，宣反愀然不悦，面语少君道："少君家富，华衣美饰；我实贫贱，不敢当礼！"少君答道："家大人平日重君，无非为君修德守约，故使妾来侍巾栉。妾既奉承君子，敢不唯命是从！"少君乃卸去盛装，送还母家，改著布衣短裙，与宣共挽鹿车，同归故里。宣家只有老母，由少君拜谒如仪，当即提瓮出汲，修行妇道，乡党共称为贤妇。特叙桓少君事，好作女箴。

既而宣得举孝廉，入为郎官，大司马王商闻宣高行，荐为议郎，大司空何武，复荐宣为谏大夫。宣不屑苟谀，所以上书切谏。哀帝置诸不理，宣亦无可如何。忽由息夫躬上言，近年灾异迭见，恐有非常变祸，应遣大将军巡边，斩一郡守，立威应变。毫无道理。哀帝即召问丞相王嘉，嘉当然奏阻，哀帝只信息夫躬，不从嘉言。建平四年冬季，定议改元，遂于次年元日，改称元寿元年，下诏进傅晏为大司马卫将军，丁明为大司马骠骑将军。两大将军同日简选，意欲遣一人出巡，依着息夫躬所言，那知是日下午，日食几尽，哀帝不得不诏求直言。丞相王嘉，又将董贤劾奏一本，哀帝心中不怿。丹阳人杜邺，以方正应举，应诏对策，谓"日食失明，是阳为阴掩的灾象。今诸外家并侍帷幄，手握重权，复并置大司马，册拜时即逢日食，天象告儆，不可不防！"哀帝待遇丁傅，不过为外家起见，特示尊崇，若论到真心宠爱，不及董贤，所以董贤被劾，全然不睬。至若丁、傅两家，遇人讥议，倒还有些起疑。接连是皇太太后傅氏，生起病来，不到旬日，呜呼哀哉！老姬的洪福也享尽了。先是关东人民，无故惊走，或持稻秆，或执麻秆，辗转付与，说是行西王母筹。有几个披发跣足，拆关逾墙，有几个乘车跨马，急足疾驰，甚至越过郡国二十六处，直抵京师。官吏禁不胜禁，只好由他瞎闹，愚民又多聚会歌舞，祀西王母。当时都下人士，借端谀颂，比太皇太后王氏为西王母，谓当寿考无疆。谁知却应在皇太太后傅氏身上，命尽归西。

傅氏既殁，哀帝又不禁记忆孔光，特派公车征召。俟光入朝，即问他日食原因，光奏对大意，也说是阴盛阳衰。哀帝方才相信，赐光束帛，拜为光禄大夫。董贤也乘时进言，将日食变象，归咎傅氏。巧为卸过。于是哀帝下诏，收回傅晏印绶，罢官归第。丞相王嘉、御史贾延，又上言息夫躬、孙宠罪恶，躬、宠已失奥援，无人代为保救，便即奉诏免官，限令即日就国。躬只好带同老母妻子，仓皇就道，既至宜陵，尚无第宅，不得已寄居邱亭。就地匪徒，见他行装累累，暗暗垂涎，夜间常去探伺，吓得躬胆战心惊。适有河内掾吏贾惠过境，与躬同乡，入亭问候。见躬形色慌张，询知情由，便教他折取东南桑枝，上画北斗七星。每夜披发北向，执枝诵咒，可以弭盗，又将咒语相告。躬信以为真，谢别贾惠，即依惠言办理，夜夜咒诅，好似疯人一般。偏有人上书告发，指为诅咒朝廷。当由哀帝派吏捕躬，系入洛阳诏狱。问官提躬审讯，但见躬仰天大呼，响声未绝，立即倒地。吏役忙去验视，耳鼻口中，统皆出血，咽喉已经中断，不能再活了。问官见躬扼喉自尽，越道他咒诅属实，不敢剖辩，因此再讯躬母。躬母名圣，白发皤皤，被问官威吓起来，身子抖个不住。问官愈觉动疑，迫令招供，只说是母子同谋，罪坐大逆不道，判处死刑，躬妻子充戍合浦。至哀帝崩后，孙宠及右师谭，也为有司所劾，追发东平冤狱，夺爵充戍，并死合浦郡中。这叫做"天道好还，无恶不报"哩！当头棒喝。

谏大夫鲍宣，又请起用何武、师丹、彭宣、傅喜，并遣董贤就国。哀帝遣宣为司隶校尉，征召何武、彭宣。独对着这位亲亲昵昵的董圣卿，贤字圣卿。非但不肯遣去，还要加封食邑二千户，伪托皇太太后遗命，颁发出来。丞相王嘉封还诏书，力斥董贤谄佞，不宜亲近，结末有"陛下继嗣未立，应思自求多福，奈何轻身肆志，不念高祖勤苦"等语。这数句针砭入骨，大忤哀帝意旨。哀帝乃欲求嘉过失，记起中山案内，梁相、鞠谭、宗伯凤三人，一体坐免。独嘉复为保荐，迹近欺君。遂召嘉至尚书处责问，嘉只得免冠谢罪。不意光禄大夫孔光觊觎相位，想把王嘉摔去，竟邀同左将军公孙禄、右将军王安、光禄勋马宫等，联名劾嘉，斥为罔上不道，请与廷尉杂治。独光禄大夫龚胜，以为嘉备位宰相，诸事并废，应该坐咎，若但为保荐梁相诸人，就坐他罔上不道的罪名，不足以示天下。哀帝竟从孔光等奏议，召嘉诣廷尉诏狱。

当时相府掾属，劝嘉不如自裁，代为和药，进奉嘉前。嘉不肯吞服，有主簿泣语道："将相不应对狱官陈冤，旧例如此，望君侯即自引决！"嘉摇首不答。内使危坐门首，促嘉赴狱。主簿又向嘉进药，嘉取杯掷地道："丞相得备位三公，奉职负国，当服刑都市，垂为众戒！奈何作儿女子态，服药寻死呢？"说着，即出拜受诏，乘坐小车，径诣廷尉，缴出丞相新甫侯印绶，束手就缚。内使将印绶持报哀帝，哀帝总道王嘉闻命，定即自尽，及闻他径诣诏狱，越加气愤。立命将军以下至二千石，会同穷究。嘉不堪侵辱，仰天叹道："我幸得备位宰相，不能进贤退不肖，以是负国，死有余责了！”大众问及贤不肖主名，嘉答说道：“孔光、何武是贤人，董贤父子是不肖！我不能进孔光、何武，退董贤父子，罪原该死，死亦无恨哩！”将军以下，听嘉如此说法，倒也不能定谳。嘉系狱至二十余日，呕血数升，竟致绝命。看官试想王嘉致死，一半是孔光逼成，嘉却反称光贤，真正可怪。究竟光是何等样人？看到后文，才知他是个无耻小人了！一语断煞。

哀帝闻得王嘉遗言，遂拜孔光为丞相，起何武为前将军，彭宣为御史大夫。宣字子武，淮阳人氏，经明行修，由前丞相张禹荐为博士，累任郡守，入为大司农光禄勋右将军。哀帝本调他为左将军，嗣欲位置丁傅子弟，乃将宣策免，赐爵关内侯，遣令归里。至是复蒙召入，哀帝转罢去御史大夫贾延，使宣继任。

会丞相孔光出视园陵，从吏向驰道中乱跑，有违法度，适为司隶鲍宣所见，喝令左右从事，拘住相府从吏，并把车马充公。光不甘受辱；虽未尝上书劾宣，但与同僚谈及，怨宣不情。当有人趋奉丞相，报知哀帝。哀帝正信任孔光，饬令御史中丞查办。御史使人捕宣从事，却受了一杯闭门羹。当下奏闻哀帝，劾宣闭门拒命，无人臣礼，大不敬不道。哀帝也不问曲直，立命系宣下狱。博士弟子王咸等，都称宣奉法从公，有何大罪？当即就太学中竖起长幡，号召大众道：“如欲救鲍司隶，请集此幡下！”诸生听了此语，争先趋集，霎时间多至千余人。乘着孔光入朝，拦住车前，要他救免鲍宣。光见人多势众，不便驳斥，只好佯从众意，托言入朝奏请，定使鲍司隶无恙，众乃避开两旁，使光进去。光既入朝堂，怎肯为宣解免？奸猾可知。诸生复守阙上书，为宣讼冤。哀帝只许贷宣死罪，罚受髡钳，放至上党。宣见上党地宜农牧，又少盗贼，就将家属徙至上党，一同居住。那孔光既得报复私怨，自然快意，从此感激皇恩，但能博得哀帝欢心，无不如命。

哀帝复欲荣宠董贤，使居大位，巧值大司马丁明，怜惜王嘉，为帝所闻，因即将明免官，拟令董贤代任。贤故意推辞，哀帝乃进光禄大夫薛赏为大司马，赏受职才越数日，忽然暴亡，情迹可疑！于是决计令贤为大司马。策文有云：

> 朕承天序，唯稽古，建尔于公，以为汉辅。往悉尔心，统辟王也。元戎，折冲绥远，匡正庶事，允执其中。天下之众，受制于朕，以将为命，以兵为威，可不慎与！

是时董贤年只二十有二，竟得超列三公，掌握兵权，真是汉朝开国以来，得未曾有。想是能摆龙阳君阵，故得超授。贤父恭迁光禄大夫，秩中二千石，贤弟宽信代为驸马都尉。此次董氏亲属，并得联翩入都，受职邀荣。从前丁、傅二外家，虽然贵显，尚没有董氏的迅速，这真可谓隆恩优渥了！从前孔光为御史大夫，贤父恭尝为光属吏，及贤为大司马，与光并列三公。哀帝却故意使贤访光，看光如何待贤？光却整肃衣冠，出门恭迎。见贤车已到门前，引身倒退。俟贤既至中门，复避入门侧，直待贤下车后，方延入厅中，低头便拜；拜毕起身，请贤上坐，自在下座陪着，好似卑职迎见长官，不敢乱礼；卑鄙至此，令人齿冷。及贤起座告辞，又恭恭敬敬的送出门外，请贤登车去讫，然后回入府中。贤很是高兴，还报哀帝。哀帝大喜，拜光两兄子为谏大夫常侍，光子放已经就职侍郎，故不另授。在光还道是喜出望外，那知人格已丧，这区区浮云富贵，有甚么稀罕呢？

时外戚王氏失势，只有平阿侯王谭子去疾，尚为侍中，去疾弟闳为中常侍，闳妻父中郎将萧咸，系故将军萧望之子。贤父恭素慕咸名，欲娶咸女为次媳，特托王闳为媒，前去说合。

阂不便推辞，只好转白萧咸，咸慌忙摇手，口中连说"不敢当"，一面屏去左右，密语阂道："董贤为大司马，册文中有'允执其中'一语，这是尧传舜的禅位文，并非三公故事，朝中故老，莫不惊奇！我女怎能与董公兄弟相配？烦汝善为我辞便了！"阂听罢即行，暗记前日策文，果有此语，难道汉室江山，真要让与董贤？越想越奇，又好笑、又好气，当下仍至董恭处复报，替萧家满口谦逊，只言寒门陋质，不敢高攀。恭尚以为故作谦辞，再向阂申说一番，阂已咬定前言，有坚却意。恭不禁作色，自言自叹道："我家何负天下？乃为人所畏如是！"试问汝家何益天下？阂见恭含着怒意，起身辞去。

过了数日，哀帝置酒麒麟殿，召集董贤父子亲属，及一班皇亲国戚，共同宴叙，阂亦在旁侍饮。酒至半酣，哀帝笑视董贤道："我欲法尧禅舜，可好么？"贤陡闻此言，喜欢的了不得，但一时如何答说，也不禁暗暗沉吟。忽有一人进言道："天下乃高皇帝天下，非陛下所得私有。陛下上承宗庙，应该传授子孙，世世相继，天子岂可出戏言！"哀帝听说，举目一瞧，便是中常侍王阂，当下默然不悦，竟遣阂出归郎署，不使侍宴。左右都为阂生愁，恐阂因此得罪。太皇太后王氏闻知此事，代阂谢过，哀帝乃复召阂入侍。阂却不肯中止，复上书极谏道：

　　臣闻王者立三公、法三光，居之者当得贤人。《易》曰："鼎折足，复公餗。"喻三公非其人也。昔孝文皇帝幸邓通，不过中大夫；武皇帝幸韩嫣，赏赐而已，皆不在大位。今大司马卫将军董贤，无功于汉朝，又无肺腑之连，复无名迹高行以矫世，升擢数年，列备鼎足，典卫禁兵，无功封爵，父子兄弟，横蒙拔擢，赏赐空竭帑藏，万民喧哗不绝，诚不当天心也。昔褒神虵变化为人，实生褒

姒，乱周国，故臣恐陛下有过失之讥，贤有小人不知进退
之祸，非所以垂法后世也。

哀帝览书，也觉不欢，但因闳为太皇太后从子，不得不格
外含容；前时"法尧禅舜"一语，未免失言，因此不置可否，
模糊过去。会匈奴单于囊知牙斯，及乌孙大昆弥伊秩靡入朝。
囊知牙斯乃是复株累若鞮单于少弟，复株累若鞮早死，传弟且
麋胥，且麋胥又传弟且莫车，且莫车再传弟囊知牙斯，号为乌
珠留若鞮单于。国势寖衰，因此历代事汉，来朝哀帝。参见已
毕，由哀帝传旨赐宴，廷臣统在旁侍饮。乌孙大昆弥当然在
座，专顾饮酒，不暇张望。独囊知牙斯年少好奇，左右顾盼，
蓦见廷臣中有一青年，唇红齿白，秀丽过人，坐位却在上面，
居然首冠百僚，心中不禁诧异，遂向译员指问道："这位大员
姓甚名谁?"译员尚未及答，已为哀帝所见，询及原因，便命
译员答说道："这就是大司马董贤，年方逾冠，才德兼全，却
是我朝的大贤。"董贤既是大贤，哀帝何不特赐双名！囊知牙斯晓
得甚么董贤品行，一闻此语，便出席起贺，拜称汉得贤臣。哀
帝很是心欢，待至宴罢，赏赐囊知牙斯，比乌孙王还要加厚，
两番主谢恩回国。

董贤已任大司马，比不得前此在宫，朝夕留侍，所以公事
一了，回家休息。不防到了门首，一声怪响，门竟坍倒。贤吓
了一跳，自思门第新筑，结构甚坚，且是妻父将作大匠监工，
何至遽朽？再令左右检验土木，原是牢固得很，不知何故倒
坏？心甚不安。次日有诏颁出，乃是修复三公职衔，贤为大司
马如故；改称丞相为大司徒，即令孔光任职；迁御史大夫彭宣
为大司空，封长平侯。这诏与贤毫不关碍，贤当然无虞。又过
了一二旬，仍无变动情事，贤把那大门倒坏的怪事，也淡淡忘
却了。谁知内报传来，哀帝寝疾不起，急得贤神色慌张，立刻

入宫省视。只见哀帝卧在床上，委顿异常，一时也不好细问，只得约略请安。哀帝不愿多言，含糊答了数语，惟口中呻吟不绝。贤也觉不佳，但思哀帝年未及壮，当不致一病即崩，自己宽慰自己，就在宫中留侍数日。偏偏哀帝病势日重，即于元寿二年六月中，奄然归天，年止二十有六，在位只有六年。

傅皇后及董昭仪等，入哭寝宫，贤感哀帝厚恩，也在寝门外号恸不休。蓦由太皇太后王氏到来，抚尸举哀，哀止即收取御玺，藏在袖中；一面召贤入问，丧事该若何调度。贤从未办过大丧，且因哀帝告崩，如寡妇失去情夫，三魂中失去二魂，竟至对答不出。好一位大司马。太皇太后方说道："新都侯莽，曾奉先帝大丧，熟习故事，我当令他进来助汝。"贤忙免冠叩首道："如此幸甚!"太皇太后立即遣使，召入王莽。莽倍道入都，进谒太皇太后，首言董贤无功无德，不合尸位，太皇太后点首称是。莽遂托太皇太后意旨，命尚书劾贤不亲医药，当即禁贤出入宫殿。贤闻知此信，慌忙徒跣诣阙，免冠谢罪。莽竟传太皇太后命令，就阙下收贤印绶，罢归就第。贤怅怅回家，自思莽如此辣手，定是来报前嫌，将来自己性命，总要被他取去，不如图个自尽，免得受诛。乃即与妻说明意见，妻亦知无可挽回，情愿同死，两人对哭一场，先后自杀。冥途中若遇哀帝灵魂，仍好前后承欢，怪不得哀帝称为大贤呢!

家人还道有大祸临门，不敢报丧，遽将董贤夫妇棺殓，夤夜埋葬，事为王莽所闻，疑他诈死，复嘱有司奏请验尸，自行批准。令将贤棺抬至狱中，开棺相验，果系不差。但因他棺用朱漆，殓用珠璧，又说他僭行王制，把贤尸拖出棺外，剥去衣饰，用草包裹，乱埋狱中。再劾贤父恭骄恣不法，贤弟宽信淫佚无能，一并夺职，徙往合浦。家产发官估卖，约值钱四千三万万缗。贤平时厚待属吏朱诩。诩买棺及衣，至狱中收得贤尸，再为改葬，因即上书自劾，莽大为不悦，另寻诩罪，将他击死。大司徒孔光，专知贡谀献媚，当即邀同百官，推荐莽为大司马。前将军何武，后将军公孙禄，谓不宜委政外戚，自相荐举。太皇太后决意用莽，竟拜莽为大司马，领尚书事。莽自是手握大权，逐渐放出手段来了。小子有诗叹道：

> 幸臣死去大奸来，汉室江山已半灰。
> 毕竟妇人无远识，引狼入室自招灾！

欲知王莽如何举动，待至下回表明。

王嘉入相三年，守正不阿，不可谓非良相，惜乎不得其人，所遇非主耳！且其称美孔光，亦无知人之明。孔光阴险，恶过董贤父子，嘉知董贤父子之不肖，而不知孔光之为大奸，身被构陷，反以为贤，其致死也亦宜哉！司隶鲍宣，亦为孔光所排挤，仅得不死，而对于嬖幸之董贤，至不屑下拜，卑污若此，尚得谓之贤乎！董贤原有可杀之罪，但不当死于王莽之手，即其所劾罪案，亦不足以服人。孔光专媚于前，王莽专横于后，大奸之后，继以大憝，汉亦安能不亡？彼董贤之伏法，吾犹当为之称冤云。

第九十九回

献白雉冈上居功　惊赤血杀儿构狱

却说王莽既得专政，遂与太皇太后商议，迎立中山王箕子为嗣。箕子为哀帝从弟，就是刘兴嗣儿。兴母冯婕妤死后，箕子幸未连坐，仍袭王封。当下派车骑将军王舜，持节往迎。舜系王音子，为莽从弟，太皇太后素来爱舜，故特使迎主立功。舜奉命去讫，宫中无主，太皇太后又老，一切政令全由莽独断独行。莽即将皇太后赵氏，贬为孝成皇后；皇后傅氏，逼令徙居桂宫。赵太后的罪状，是与女弟赵昭仪，专宠横行，残灭继嗣；傅后的罪状，是纵令乃父傅晏，骄恣不道，未尝谏阻。罪案宣布以后，没一人敢与反对。莽索性追贬傅太后为定陶共王母，丁太后为丁姬，所有丁、傅两家的子弟，一律免官归里。傅晏负罪尤甚，令与妻子同徙合浦。独褒扬前大司马傅喜，召入都中，位居特进，使奉朝请。嗣复再废傅太后、赵皇后为庶人，二后皆愤恚自杀。

论起四后优劣，赵太后生前淫恶，该有此报；傅太后专擅过甚，也应有此；丁姬因哀帝入嗣，不过母以子贵，未闻干政；傅后更无过失，就是傅晏擅权，也由哀帝主见，并非傅后从中请求。王莽怎得不分皂白，一概贬黜？况莽系汉朝臣子，怎得擅贬母后，无论丁姬、傅后，不应被贬，即如赵飞燕的淫恶、傅昭仪的专擅，罪有攸归，也岂莽所得妄议！义正词严。太皇太后王氏，平时受着傅、赵二后的恶气，还道莽为己泄忿，暗地生欢。那知莽已目无尊亲，何事不可做得？履霜坚冰，由来者渐，奈何尚沾沾自喜呢！庸姬晓得甚么？

　　莽既连贬四后，恣所欲为，惟见孔光历相三朝，为太皇太后所敬重，不得不阳示尊崇；实是喜他阿谀。特引光女婿甄邯为侍中，兼奉车都尉。凡朝右百僚，但为莽所不合，莽即罗织成罪，使甄邯赍着草案，往示孔光。光不敢不依旨举劾，莽便持光奏章，转白太皇太后，无不邀允。于是何武、公孙禄，坐实互相标榜的罪名，一并免官，令武就国；董宏子武，嗣爵高昌侯，坐父谄佞，褫夺侯爵。关内侯张由，史太仆史立等，坐中山冯太后冤案，削职为民，充戍合浦；红阳侯王立，为莽诸父，成帝时遣令就国，哀帝时已召还京师，莽不免畏忌，又令孔光奏立前愆，请仍遣立就国。太皇太后亲弟，只立一人，不愿准奏；又经莽从旁撺掇，谓不宜专顾私亲，太皇太后无可奈何，只好命立回国。莽遂引用王舜、王邑王商子。为腹心，甄邯、甄丰主弹击，平晏平当子。领机事，刘歆刘向子。典文章，孙建为爪牙。布置周密，一呼百诺，平时欲有所为，但教微露词色，党羽即希承意旨，列入奏章。太皇太后有所褒奖，莽假意推让，叩首泣辞。其实是上欺姑母、下欺吏民，口是心非，自便私图罢了。

　　大司空彭宣见莽挟权自恣，不愿在朝，遂上书乞休。莽恨他无端求退，入白太后，策免宣官，令就长平封邑。宣居长平四年，寿考终身。就是傅喜奉诏入都，也觉得孤立可危，情愿还国，莽亦许他归去，亦得寿终。莽因进左将军王崇为大司空，崇为王吉孙，与王太后母弟王崇同名异人。封扶平侯。

　　既而中山王箕子到来，由莽召集百官，奉着太皇太后诏命，拥他登基，改名为衎，是为平帝。年只九岁，不能亲政，即由太皇太后临朝。莽居首辅，百官总己以听。奉葬哀帝于义陵，兼谥"孝哀皇帝"。大司徒孔光，却也内怀忧惧，上书求乞骸骨。有诏徙光为帝太傅，兼给事中，掌领宿卫，供奉宫禁。所有政治大权，尽归莽手，与光无涉。莽想权势虽隆，功德未著，必须设一良法，方可笼络人心。踌躇数日，得了一策，暗使人至益州地方，嘱令地方官吏，买通塞外蛮夷，叫他假称越裳氏，献入白雉。地方官当即照办。

　　平帝元始元年正月，塞外蛮人入都，说是越裳氏瞻仰天朝，特奉白雉上贡，莽即奏报太皇太后，将白雉荐诸宗庙。从前周成王时代，越裳氏来朝重译，也曾进献白雉，莽欲自比周公，故特想出此法。果然群臣仰承莽意，奏称莽德及四夷，不让周公旦。公旦辅周有功，故称周公，今大司马莽安定汉朝，应加称安汉公，增封食邑。太皇太后当即依议，偏莽装出许多做作，故意上表固辞，只说"臣与孔光、王舜、甄丰、甄邯诸人，共定策迎立中山王，今请将孔光等叙功，臣莽不敢沐恩。"太皇太后得了莽奏，不免迟疑。甄丰、甄邯等急忙上书，谓莽功最大，不宜使落人后。太皇太后乃谕莽毋辞。莽再三推逊，定要让与孔光等人，寻且称疾不起。太皇太后因封孔光为太师，王舜为太保，甄丰为少傅，甄邯为承安侯，然后乃颁诏召莽，入朝受赏。莽尚托病不至，真会装乜。再经群臣申请封莽，即日下诏，令莽为太傅，赐号安汉公，加封食邑二万八千户，莽始出受官爵名号，但将封邑让还。且为东平王云伸冤，使云子开明为东平王，奉云祭祀。又立中山王宇孙桃乡侯子成都，为中山王，奉中山王刘兴祭祀。再封宣帝耳孙三十六人，皆为列侯。此外王侯等无子有孙，或为同产兄弟子，皆得立为嗣，承袭官爵，皇族因罪被废，许复属籍，官吏年老致仕，仍给旧俸三分之一，赡养终身，下至庶民鳏寡，无不周恤。如此种种恩施，统由王莽创议施行，好教朝野上下交口称颂，都说是安汉公的仁慈，把老太后、小皇帝二人一概抹煞。真是好计。莽又讽示公卿，奏称太皇太后春秋太高，不宜亲省小事，此后惟封爵上闻，他事尽归安汉公裁决。太皇太后又复依议，于是朝中只知有王莽，不知有汉天子了。

惟当时一班朝臣，偶有私议，谓平帝入嗣大统，本生母卫姬未得加封，不免向隅。莽独惩丁、傅覆辙，恐卫姬一入宫中，又要引进外家，干预国政。但若不加封卫姬，又未能塞住众口，乃遣少傅甄丰，持册至中山，封卫姬为中山孝王后，帝舅卫宝、卫玄，爵关内侯，仍然留居中山，不得来京。扶风功曹申屠刚，直言对策道："嗣皇帝始免襁褓，便使至亲分离，有伤慈孝。今宜迎入中山太后，使居别宫，使嗣皇帝得按时朝见，乐叙天伦；并召冯、卫二族，<small>平帝祖母冯婕妤，故云冯、卫二族。</small>选入执戟，亲奉宿卫，免得另生他患。"<small>迎母则可，必召入外家宿卫，亦属未善。</small>这数语最中莽忌，莽当然驳斥，因不欲自己出名，特请太皇太后下诏，斥责申屠刚僻经妄说、违背大义，因即放归田里。<small>恩归自己，怨归太后。</small>刚被黜归还，有何人再敢多言？

越年二月，黄支国献入犀牛，廷臣相率惊异，都称黄支国在南海中，去京师三万里，向来未曾朝贡，今特献犀牛，想来又是安汉公的威德。正要上书献谀，偏又接得越嶲郡奏报，说有黄龙出游江中。太师孔光，遂与新任大司徒马宫，以及甄丰、甄邯等三人，拟奉表称瑞，归德王莽。旁有大司农孙宝说道："周公上圣，召公大贤，彼此尚有龃龉，今无论遇着何事，都是异口同声，难道近人，果胜过周召么？"众人听了，莫不失色，甄邯遂口称奉旨，暂令罢议。其实犀牛入献，也是买嘱出来，黄龙游江，未必果是真事。邯本与莽同谋，自觉情虚，所以情愿中止，但心中很仇视孙宝，不肯轻轻放过。当下嘱咐党羽，阴伺孙宝过失。适宝遣人迎接老母，并及妻子数人，母至中途，忽患老病，因折回弟家养疴，但遣妻子入都。当有司直陈崇，查得此事，立上弹章，斥宝宠妻忘母。莽即告知太皇太后，将宝免官。大司空王崇，不愿与群小联络，称病乞归。当有诏书批准，令崇解职，改用甄丰为大司空。光禄大夫龚胜，大中大夫邴汉，并皆辞官归里。胜系楚人，节行并茂。同郡人龚舍，与胜友善，胜尝荐为谏大夫，舍不肯就征，再召拜光禄大夫，仍然不起，平居以《鲁诗》教授生徒，年至六十八乃终，时人称为两龚。邴汉系琅琊人，亦有清行。兄子曼容，养志自修，为官不肯过六百石，稍有不合，当即辞归，因此名望益隆，几出汉右。莽尚欲借此市恩，优礼送归胜、汉。胜、汉明知莽奸巧，表面上只好道谢，两袖清风，飘然自去。摆脱名缰，莫如此策。

　　会当盛夏大旱，飞蝗为灾，莽不能视作祥瑞，只得派吏查勘，准备赈饥。一面奏请太皇太后，宜衣缯减膳，表率万民。自己也戒杀除荤，连日茹素，且愿出钱百万，献田三十顷，付诸大司农，助给灾黎。满朝公卿，见莽如此慷慨，也不得不捐田助宅，充作灾赈，共计有二百三十人。但第一发起，总要算安汉公王莽，一班灾民，仍说莽功德及人，莽又借着天灾，得了一种大名。处处使乖。已而得雨经旬，群臣联疏上陈，请太皇太后照常服食，又盛称安汉公修德禳灾，感格天心，果沛甘霖。

　　可巧匈奴有使人到来，入见王莽。莽问及王昭君二女，是否俱存。来使答言俱已适人，现并无恙，莽乘机说道："王昭君系我朝遣嫁，既有二女遗传，亦应使他入省外家，顾全亲谊，烦汝转告汝主便了！"来使唯唯受教，谢别而去。过了月余，匈奴单于囊知牙斯，竟依着莽意，特遣王昭君长女云，曾号须卜居次，入谒宫廷。须卜居次，见前文。当由关吏飞章入报，莽闻信大悦，便令地方官好生接待，派妥吏护送来京。及须卜居次已到，莽即禀白太皇太后，说是匈奴遣女入侍，应该召见。太皇太后听着，也是心欢，立即传见须卜居次。须卜居

次虽是番装，却尚不脱遗传性质，面貌颇肖王昭君，楚楚动
人。再加中朝言语，也有好几句通晓，就是寻常礼节，亦约略
能行，所以入见太皇太后，跪拜应对，大致如仪。太皇太后喜
动慈颜，赐她旁坐，问过了许多说话，然后赐给衣饰等物，令
她留住宫中。须卜居次生长朔方，所居所食，无非毳帐酪浆，
此次得至皇宫中寄居数月，服罗绮、戴金珠，饱尝天厨珍馐，
有何不愿？不过安汉公以下的走狗，又说得天花乱坠，归德安
汉公，能使外人悦服，遣女入侍。就是太皇太后也道由莽德能
及远，上下被欺，莽计又被用着了。

时光易过，又是一年，须卜居次怀念故乡，恳请遣归。太
皇太后却不加阻，准令北返，临行时复厚给赏赐。须卜居次拜
舞而去。平帝年仅一十二岁，情窦未开，但当须卜居次来往
时，见她语言举动，半华半夷，很觉有些稀奇，所以每与相
见，辄为注目。莽又凑着机会，转告太皇太后，应为平帝择
婚，太皇太后自无异议。莽复采取古礼，谓宜援天子一娶十二
女制度，方可多望生男，借广继嗣，当下诏令有司，选择世家
良女，造册呈入。有司领命，采选数日，已得了数十人，按年
编次，呈将进去。莽先行展阅，见他所开选女，原是豪阀名
家，但一半是王氏女儿，连己女亦有名在内。莽眉头一皱，计
上心来，即携名册入内，面奏太皇太后道："臣本无德，女亦
无材，不堪入选，应即除名。"太皇太后听了，不知莽是何用
意，俯首细思，想系莽不欲外家为后，故有此议。当下诏令有
司，王氏女俱不得选入。那知王莽本意，正要想己女为后，好
做个现成国丈；不过为了选名册中，多采入王氏女，只恐鱼目
混珠，被他夺去。偏太皇太后无端误会，竟命将王氏女一概除
去，岂不是弄巧成拙么？全是欲取姑与的狡计。

正忧虑间，已有许多朝臣，伏阙上书，请立安汉公女为皇
后；接连是吏民附和，都奏称安汉公功德巍巍，今当立后，奈

何不选安汉公女，反去另采他家？说得太皇太后不能不从，只
好依言选定。莽始尚推辞，继见太皇太后已经决意，乃申言臣
女为后，亦当另选十一人，冀合古制。群臣又相率上议，竟言
不必另选，免多后患。莽还要生出周折，一是请派官看验，一
是请卜定吉凶。太皇太后因遣长府、宗正、尚书令等，往视莽
女，须臾复命，俱言女容窈窕，允宜正位中宫；再令大司徒、
大司空，策告宗庙，兼及卜筮，太卜又奏称卜得吉兆，乃是金
水旺相，父母得位，定主康强逢吉。谁知后来是乌焦巴弓！于是
续议聘礼，遵照先代聘后故事，计黄金二万斤，钱二万万缗。
莽仍请另选十一媵女，待至选就，自己只受聘礼钱四千万，还
把四千万内腾出三千三百万，分给媵女各家，每家得三百万。
群臣再奏称皇后受聘，只收受七百万钱，与媵女相去无几，应
该加给。太皇太后复增钱二千三百万，合莽原留七百万缗，共
计三千万；莽又腾出一千万，散给九族。群臣更寻出古礼，谓
古时皇后父受封百里，今当举新野田二万五千六百顷，加封安
汉公，莽慌忙固辞，乃不复加封。莽意原不止此。

　　后既聘定，由太史择定婚期，应在次年仲春吉日。莽家闻
信，预备嫁奁，自然有一番忙碌。不意一夕有门吏出外，见有
一人立在门前，才打了一个照面，便即窜去。门吏本认识此
人，乃是莽长子宇妻舅吕宽，平日尝相往来，为何鬼鬼祟祟，
逢人即避？此中定有蹊跷。正在怀疑，蓦闻有一阵血腥气，贯
入鼻中，越觉奇怪得很。慌忙返身入门，取火出照，见门上血
迹淋漓，连地上亦都沾湿，不由的毛骨悚然。亟入内报知王
莽，莽怎肯不问？连夜遣人缉捕吕宽。次日即被捕到，仔细盘
问，乃是莽子宇唆使出来。

　　从前莽迎入平帝，只封帝母卫姬为中山王后，不许入都。
见本回前文。卫后止有此子，不忍远离，免不得上书请求，莽
仍然不从。独莽子宇，不直乃父，恐将来平帝长成，必然怀

怨，不如预先筹谋，省得后悔。当下与师吴章，及妻兄吕宽，私下商议良策。章默想多时，方密告道："论理应由汝进谏；但汝父执拗，我亦深知，现在只有一法，夜间可用血洒门，使汝父暗中生疑，向我说起，我方好进言，劝他迎入卫后，归政卫氏便了。"吕宽拍手道："此计甚妙，便可照行。"宇知莽迷信鬼神，亦连声称善，遂托吕宽乘夜办理。宽遂出觅猪羊狗血，聚藏钵内，至夜间往洒莽门。冤冤相凑，撞见门吏，竟被发觉诡谋，不得不卸罪王宇。他想宇是莽子，定可邀恕，谁知莽毫无恩情，立刻将宇召入，问由何人主谋。宇答由吴师所教。莽竟缚宇，送交狱中，连宇妻吕焉一同连坐。越宿即逼宇自杀，吕焉腹中有孕，才令缓刑；复把吴章拿到，磔死市曹。狼心狗肺，至此已露。

章籍居平陵，素通《尚书》，入为博士。生徒负笈从游，约有一千余人。莽都视为恶党，下令禁锢。诸生统皆抵赖，不肯自认为吴章弟子，独有大司徒掾属云敞，自认章徒，且收抱吴章遗尸，买棺殓葬。都人士因此誉敞，就是莽从弟王舜，亦称敞见义必为，足比栾布。布收彭越首级事，见前文。莽专好沽名，因闻敞为众所称，倒也不敢加罪。惟甄邯等入白太皇太后，极称莽大义灭亲。当由太皇太后下诏道："公居周公之位，行管蔡之诛，不以亲亲害尊尊，朕甚嘉之！"为此一诏，更激动贼莽狠心，一不做、二不休，索性杀尽卫氏支属，只留下帝母卫后一人。还有元帝女弟敬武公主，曾为高阳侯薛宣继妻，宣死后留居京师，屡言莽专擅不臣。莽查得宣子薛况，与吕宽为友，遂将他母子株连，迫令敬武公主自尽，处况死刑。外如莽叔父红阳侯王立，及从弟平阿侯王仁，王谭长子。乐昌侯王安，王商子。与莽未协，由莽假传太皇太后诏旨，并皆赐死。又杀死故将军何武、前司隶鲍宣、护羌校尉辛通、函谷都尉辛遵、水衡都尉辛茂、南郡太守辛伯等人，所有罪状，都坐

与卫氏通谋。北海人逢萌，留寓长安，怅然语友人道："三纲
已绝，若再不去，祸将及身！"说着，即脱冠悬挂东城，匆匆
出都。至家中挈领妻子，渡海东游，径往辽东避祸去了。小子
有诗叹道：

> 洒血门前理固差，论心还是望持家。
> 无端杀尽诸亲属，难怪伊人逝水涯。

越年便是元始四年，平帝大婚期至，特派大员，往迎莽
女。所有一切礼仪，且至下回再叙。

本回全叙王莽专恣，见得莽阴贼险鸷，与众不
同。甫经起用，即贬废四后，彼岂尚有人臣之义耶？
孝元后反喜其报怨，妇人之私，断不足与议大体。越
裳氏之献白雉，何足言功？周公之称为元圣，固与白
雉无关，况其由买嘱而致乎？厥后黄支献犀牛，越巂
现黄龙，何一非侈饰祯祥，矫揉造作。即如须卜居次
之入侍，与汉廷有何利益？而朝臣竟称为王莽功德，
不值一哂！至若吕宽事起，亲子可杀，已非人情，甚
且叔父从弟，无辜被害，是可忍，孰不可忍！宁待入
宫逼玺，始无姑侄情乎？要之莽之篡汉，全由孝元后
一人酿成，彼孔光等何足责哉！

第一百回

窃国权王莽弑帝　投御玺元后覆宗

却说元始四年春二月，平帝大婚。特遣大司徒马宫、大司空甄丰等，奉着乘舆法驾，至安汉公第，恭迎皇后。莽令女儿装束齐整，出受皇后玺绶，登舆入宫。当有典礼官依着仪注，引着一十三岁的小皇帝，与莽女成婚。莽女年龄，与平帝相去不多，也未曾通晓礼节，全赖男女傧相，随时指导。礼成以后，颁诏大赦，三公以下，一律加赏。

太保王舜，邀集吏民八千余人，申请加封安汉公王莽。事下有司复议，议定大略，仍将莽所让还新野诸田，作为赏赐，采集伊尹、周公称号，命莽为宰衡，位居上公。赐莽母太夫人号为功显君，莽子安为褒新侯，临为赏都侯，加皇后聘金三千七百万。太皇太后当即依议，亲临前殿，授策封拜。莽率二子入朝，稽首辞让，不敢受赏。又要装腔。及趋退后，复上奏章，只愿受母功显君称号，余皆不受。太师孔光又出来谀莽，向太皇太后面奏道："安汉公勋德绝伦，所议封赏，尚未足以酬功，公虽谦抑退让，朝廷总当显秩酬庸，毋令固辞！"太皇太后又依言谕莽，莽仍求见太皇太后，叩头涕泣，坚辞封赏。装得象。太皇太后再召问孔光，光答言新野诸田，或可听他让还，功显君名号止及一身，褒新、赏都两国不过三千户，并非重赏，聘金加给，乃是尊重皇后，与安汉公无关，应再派大员推诚晓喻，勿受让词。王舜为莽从弟，助莽或犹可说，孔光实属可杀。太皇太后乃再命大司徒马宫、大司空甄丰持节劝莽，莽方才拜受。惟所受例外聘金，又取出千万，赂遗太皇太后，下至宫娥彩女，无不沾润。且请尊太皇太后姊君侠为广恩君，妹君力为广惠君，君弟为广施君，三人均给汤沐邑。妇人女子，得了好处，当然大喜过望，交口誉莽。于是内外一致，莫不称莽为第一好人。

莽又求媚太皇太后，无所不至。暗想老年妇人，寂处深宫，定乏兴趣，不若导令出游，使她快意，遂入请太皇太后，四时出巡，存问孤寡。又是一个好题目。太皇太后果然合意，带领皇后及列侯夫人，乘辇巡幸。莽饬有司预备钱帛牛酒，随辇出发，到处查问孤儿寡妇，量为赐给，一班穷民，欢呼万岁。太皇太后已经大悦，再加辇迹所经，都是长安城外的名胜地方，有山可眺，有水可观，还有草木鸟兽，无奇不备，试想这老太后久处宫中，忽得别开生面，一扩眼界，还有甚么不怡情悦色哩！太皇太后有一弄儿，病居外舍，莽且亲往探视，弄儿感激非常，待至病愈，自然入白太皇太后。太皇太后尤为得意，觉得莽面面周到。就是古来孝子，想亦不过如斯，何况是一个侄儿，偏能这般孝顺，真好说独一无二了！那知他要夺你的家产！

莽既取悦太皇太后，还想笼络天下士人，特创议设立明堂、辟雍、灵台，踵行周制。想做周公原应如此。并筑学舍万间，招罗天下俊秀，齐集京师。一面立乐经，增博士员，考校士人优劣。贤能为师，愚陋为徒，各有廪饩，不使向隅。群臣又奏言"周公摄政七年，制度乃定，今安汉公辅政四年，营作二旬，大功毕成，应请升宰衡，位置在诸侯王上。"太皇太后便即许可。群臣具会议九锡隆礼，为莽崇封。莽心想九锡封典，乃是异数，自从辅政以来，虽得运动四方夷狄，南献白雉犀牛，北亦遣女入侍，只是东西两方还未入贡，应该再广招徕。招徕二字用得妙。乃复派遣心腹，多持金帛，贿通东夷西羌，东献方物，西献鲜水海、即青海。允谷盐池等地，莽特增置西海郡，派吏往治。一片荒陬，毫无生产，乃更令罪犯徙居，迫令恳牧。每年充发，多约数万，少约数千，罪犯不足，继以边民，百姓始渐有怨言了。

越年孔光病死，代以马宫。宫比孔光还要谄谀，促成九锡礼仪；且阴嘱吏民，陆续上书，请加赏安汉公。一时书奏杂陈，仅阅旬月，上书人数，总计共得四十八万七千余名，究竟是虚是实，后亦无从确查，大约是见字计数罢了。近来选举敝习，就是从此处学来。太皇太后见得朝野上下，恭维王莽，遂决行九锡封典。九锡是一锡衣服，二锡车马，三锡弓矢，四锡斧钺，五锡秬鬯，六锡命圭，七锡朱户，八锡纳陛，九锡虎贲。这是古今特别厚赏，由太皇太后御殿亲行。莽上殿拜受，却不推辞，太皇太后更将楚王旧邸，赐给王莽。莽即令修筑，整刷一新，复改造祖庙，统用朱户、纳陛，仿佛宫殿规模。会因采风使陈崇、王恽等八人，还朝复命，这八人系王莽所遣，叫他观风问俗；他却窥透王莽本意，出去游览一周，管甚么风俗醇浇，徒凑成了几句歌功谣、颂德诗，就来复报，莽都说他有功，尽封列侯。好运气。

当时郡国傅相、四方守令，均由采风使与他叙谈，嘱使上陈符瑞。大众统皆应命，独广平相班稚，不肯遵行；琅琊太守公孙闳，反奏报灾荒。大司空甄丰，便劾闳捏造不祥，稚搁置嘉应，俱罪坐不道，应该捕诛。无理之至。当下由王莽批准，命将两人逮京。还是太皇太后有些慈心，与莽谈及，稚系班婕好弟，为贤妃家属，宜加哀矜，莽乃将稚放归。闳下狱论死。莽又奏上市无二价，官无狱讼，邑无盗贼，野无饥民，道不拾遗，男女异路的古制，颁示天下。有人违法，应处象刑。看官听说！这"象刑"二字，出自《尚书》，凡刑人俱按律更衣，游行市曹，作为众戒。但也须由王道化成，方足使人无犯，那里靠着一道文告，就得见效？可笑王莽贼头贼脑，竟欲踵行古制，粉饰太平，天下甚大，岂真尽为莽所欺吗？况莽所行诸事，多是自相矛盾，忽而行仁，忽而逞威。从前吕宽事起，杀子及弟，并害叔父，此外无辜连坐，又有多人，一腔残忍，已见端倪。

至元始五年夏季，又欲发掘丁、傅两后坟墓。太皇太后不肯听从，莽却忿然力争道："傅氏、丁氏，曾怀着皇太太后、帝太后玺绶，今已明旨加贬，若不将玺绶取毁，如何行法？且傅氏更宜徙葬定陶，方足正名。"太皇太后只好应诺，但不准易棺，并须备椁作冢，祭用太牢。莽默然退出，即命有司督同工役，分掘二后坟茔。傅太后曾合葬渭陵，即元帝陵，见前。筑土甚高，工役开掘进去，费了无数气力。突闻一声响亮，土石崩颓，压毙了数百人，余众悉数逃回。丁姬合葬共皇园，甫经掘通椁门，忽有火光射出，烟焰高至四五丈。工役都吓得倒躲，经监工官饬令救火，方用水乱浇。等到火灭烟消，仔细看视，椁中器物，已尽被毁过，只有棺木不动。两处都逢怪象，并报王莽，莽尚不知悔，反奏称"共王母前尝骄僭，触怒皇天，故致坍陷；丁姬葬亦逾制，火焚椁中。且两处棺木，并称梓宫，衣用珠玉，更非藩妾所宜，臣前拟只取玺绶，尚属非是，应改易棺木，并将丁姬改葬媵妾墓旁，方为顺天合理"云云。太皇太后信为真言，居然许可，于是两棺俱发。傅氏椁中，臭达数里。其生也荣，其死也臭。吏役不得已塞鼻检视，取出玺绶珠宝，把尸骨另易他棺，草草葬讫。丁姬处也是照办。可怪的是丁姬棺上，突来燕子数千，口中统衔泥投棺，惹得工役亦为感动，力为建筑，固土厚封。独莽恐众人私议，令就二后墓上，遍种荆棘，作为瘅恶的榜样，垂戒后人。要说人恶，愈见己恶。

太师马宫，前曾与议傅太后尊谥，此时见莽追翻前案，心下不安，因上书自劾，愿乞骸骨。莽本因宫事事阿顺，无心追究，偏他胆小如鼷，自来请罪，一时无法挽留，不得已请太皇太后下诏，免太师官，以侯爵归第。这种事情，平帝全然不得参议。但平帝年已十四，知识渐开，闻得莽掘迁二后坟墓，也觉不平，并因莽杀尽舅家，单剩生母卫后一人，还不许相见，如此刻毒，实属容忍不住，所以与莽见面，常露愠色，背地里且有怨言。宫中侍役，多是王莽耳目，当然有人报知。王莽一想，皇帝小小年纪，竟要怨我，将来长成，还当了得！况汉室江山，已在掌握，所碍唯一女儿，他时亦好改嫁。我不如先发制人，较为得计！主见已定，也不商诸他人，待到是年腊日，进献椒酒，暗中置毒。汉以大寒后戌日为腊，并非除夕。平帝何从知晓，见酒便喝，一杯下肚，夜间便即发作，自呼腹痛，辗转呻吟。翌日由宫中传出，平帝得病甚剧，医治乏效。莽暗暗心喜，又恐被人瞧破，假意入宫问疾，装作愁眉泪眼一般。及至退出，复令词臣制成一篇祝文，情愿以身代帝，立赴泰畤祷告。再将祝文藏置金縢，故意嘱语群臣，不得多言。群臣以为金縢藏策，是周公故事，周公为了武王有病，愿甘代死，今安汉公也是如此，真是周公重生。那知平帝一条性命，已被贼莽断送，腹痛数日，竟致告崩。名目上是在位五年，活得一十四岁。

莽入临帝丧，伪作悲号，一面令殓用元服，尊谥为"孝平皇帝"，奉葬康陵，命官吏丧服三年。太皇太后因平帝无嗣，特召群臣会议立储。时元帝支裔已绝，只有宣帝曾孙五人为王，淮阳王缤，中山王成都，楚王纡，信都王景，东平王开明。及列侯四十八人。群臣拟就五王、列侯中，推立一人，独王莽厉声道："五王、列侯，统系大行皇帝兄弟，不能相继为后，应就宣帝玄孙中选立。"群臣闻言，都不敢出声。莽利在立幼，故有此说。惟宣帝玄孙二十三人，莽独寻出一个最幼的玄孙，名叫作婴，父为广戚侯显，乃是楚王嚣曾孙，年仅二岁。托言卜相俱吉，应立为嗣。群臣怎敢抗议？全体赞成。先是泉陵侯刘庆上言，谓"宜令安汉公摄政，如周公相成王故事。议尚未行，此时又由前辉光谢嚣奏称，武功县长孟通，浚井得白石，上有丹书，文云：'告安汉公莽为皇帝。'"前辉光就是长安，莽曾改定官名及十二州郡县界画，分长安为前辉光、后承烈二郡。谢嚣由莽荐举，又在都中，因即揣摩迎合，捏造符命。莽亟令王舜转白太皇太后，太皇太后作色道："这是欺人妄语，不宜施行！"晓得迟了！王舜道："事已至此，无可奈何。"莽亦但欲居摄，镇服天下，余无他意。只可欺骗妇人。太皇太后不得已下诏道：

> 盖闻天生众民，不能相治，为之立君以统理之。君年幼稚，必有寄托而居摄焉，然后能奉天施而成地化。朕以孝平皇帝幼年，且统国政，几加元服，委政而属之。今短命而崩，呜呼哀哉！已使有司征孝宣皇帝玄孙婴，入嗣孝平皇帝之后。玄孙年在襁褓，不得至德君子，孰能安之？安汉公莽，辅政三世，制礼作乐，与周公异世同符。今前辉光嚣上言丹石之瑞，朕深思厥意，云为皇帝者，乃摄行皇帝之事也。其令安汉公居摄践阼，如周公故事，以武功县为安汉公采地，名曰汉光邑。所有居摄礼仪，令有司具奏以闻。

群臣接奉诏书，酌定礼仪，安汉公当服天子衮冕，负扆践阼，南面受朝，出入用警跸，皆如天子制度。祭祀赞礼，应称"假皇帝"。臣民称为"摄皇帝"，自称"臣"、"妾"；安汉公自称曰"予"，若朝见太皇太后、皇帝、皇后，仍自称"臣"。

这种不伦不类的礼议，呈将上去，有诏许可。转眼间已是正月，便改号为居摄元年。莽戴着冕旒，穿着衮衣，坐着銮驾，前呼后拥，到了南郊，躬祀上帝，祀毕至东郊迎春，又赴明堂行大射礼，亲养三老五更，五更亦老人，能知五行更代之事，周制尝设三老五更，故莽特仿行。然后返宫。迟至春暮，方立宣帝玄孙婴为皇太子，号为"孺子"。尊平帝后为皇太后，使王舜为太傅左辅，甄丰为"太阿右拂"，读若弼。甄邯为"太保后承"。这项特别的官名，都是王莽创造出来。

才阅一月，便有安众侯刘崇起兵，前来讨莽。崇系长沙定王发六世孙，定王发系景帝子。闻得莽为假皇帝，遂与相张绍商议道："莽必危刘氏，天下共知莽奸，莫敢发难。我当为宗族倡义，号召天下，同诛奸贼！"张绍很是赞成，崇不顾利害，单率部下百余人，进攻宛城。宛城守兵却有数千，一经对仗，任你刘崇如何忠勇，也是寡不敌。崇及绍俱死乱军中。崇族父嘉，绍从弟竦，未被杀死，只恐王莽追究，反诣阙谢罪。莽欲牢笼人心，下诏特赦。张竦能文，又替刘嘉做了一篇奏章，极力谀莽，且愿潴崇宫室，垂为后戒。何其无耻乃尔。莽览奏大喜，立即批准。褒封嘉为率礼侯，竦为淑礼侯。都人替他作歌道："欲求封，无过张伯松；力战斗，不如巧为奏！"伯松系竦表字，竦由他歌笑，大官大禄，总得安然享受了。群臣乘机上奏，略言刘崇谋逆，由安汉公权力太轻，今应许他重权，方可镇抚天下。太皇太后一想，莽已居摄，还有何权可加？再召王舜等入问，舜等谓宜除去"臣"字，朝见时也即称假皇帝。太皇太后已不能制莽，只好由他称呼。

偏是东郡地方，又有义兵崛起，传檄讨逆，为首的乃是郡守翟义。义为故丞相方进子，表字文仲，居官正直，因闻王莽种种要求，势将篡汉，不由的义愤填胸，遽谋起义。有甥陈丰，年只十八，却生得胆力兼全。义因召丰入议道："新都侯莽，摄天子位，故意择定幼主，号为孺子，将来必篡汉家。今宗室衰弱，外无强藩，没人敢抗国难，我父子受国厚恩，义当为国讨贼，汝意以为何如？"丰扬眉抵掌，朗声应诺。义尚恐陈丰一人不能济事，再约同东郡都尉刘宇、严乡侯刘信，及信弟璜，共同起事。一面部勒车骑材官，招募郡中勇敢战士，准备出发，自称大司马柱天将军，推立刘信为天子。信系东平王云子，东平一案，人皆称冤，见九十七回。所以将他推戴，以便号召。当下传檄郡国，略言"王莽鸩杀平帝，摄天子位，欲灭汉室，今天子已立，当恭行天罚"等语。远近义士，见他名正言顺，却也慨然乐从。义克日兴师，自东郡行至山阳，约得十余万众。警报传到长安，莽不觉心惊，几乎食不下咽。慌忙召集党羽，决议迎敌，拜轻车都尉孙建为奋武将军，成都侯王邑为虎牙将军，明义侯王骏为强弩将军，城门校尉王况为震威将军，忠孝侯刘宏为奋冲将军，震羌侯窦况为奋威将军，尽发关东兵甲，分道击义。

正在陆续进兵的时候，又有三辅土豪赵朋、霍鸿等，与义相应，趁着都中空虚，竟来攻打长安。莽远近受敌，愈觉着忙，亟令卫尉王级为虎贲将军，大鸿胪阎迁为折冲将军，领兵出御。赵朋、霍鸿兵势甚盛，不下十余万名，到处放火，连未央宫前殿，都瞭见火光。莽又使甄邯为大将军，受钺高庙，总掌天下兵马，屯守城外；王舜、甄丰，昼夜巡行殿中。莽抱孺子婴至郊庙间，日夜祷告，且召语群臣道："昔周公辅相成王，管、蔡挟禄父叛周，今翟义亦挟刘信作乱，古时大圣人尚忧此变，况莽本斗筲，何堪遇此？"群臣都应声道："不经此变，如何得彰明圣德哩！"可谓善颂善祷。莽又仿《周书》作大诰，颁示天下，表明反位孺子的意思。果然计划精良，军士效力，七将军会齐陈留，与翟义等大战一场，先斩刘璜，后获翟义，只刘信逃得不知去向。义被捕至都中，磔死市曹。义有勇无谋，所以败死。七将军班师西行，移攻三辅。赵朋、霍鸿探得翟义兵败，已经气馁，再加莽军大集，愈不能敌，勉强持过了年，终落得兵败身亡，同归于尽。

莽连得捷报，大喜过望，当即大封诸将、颁爵五等，意欲即日篡位；适值莽母功显君得病，只好在家侍奉，佯示孝思。迁延到了秋季，功显君方才死去。莽只服缌缞，自言摄践阼，当承汉后，但令长孙王宗主丧素服三年。莽专援古例，敢问此例出自何朝？广饶侯刘京、车骑将军千人官名。扈云、太保属吏臧鸿，先后上书，竞言符瑞。京说是齐郡临淄县亭长辛当，梦见天使与语云："摄皇帝当为真皇帝，如若不值，但看亭中发现新井，便是确证。"次晨辛当起来，往视亭中，果有新井，深至百尺。云说是"巴郡有石牛出现，上有丹文"。鸿说是"扶风雍石，也有文字发表"。石牛、雍石，一并呈验。全是现造。莽欣然迎纳，还要加造数语，奏白太皇太后，谓雍石文共有八字，乃是"天告帝符，献者封侯。"看来天意难违，此后令天下奏事，不必称摄，并改居摄三年为初始元年，上应天命。太皇太后已悟莽奸诈百出，但权在莽手，不能不从。期门郎张充颇怀忠义，密邀同志五人，刺杀王莽，改立楚王刘纡为帝。不幸谋泄，尽被杀死。

梓潼人哀章，素行无赖，挟诈求逞，暗制铜匮一具，上署两签，一署"天帝行玺金匮图"，一署"赤帝玺邦传与皇帝金策书"。自己扮作方士模样，黄衣黄冠，趁着黄昏时候，赍匮至高帝庙中，付与守吏，一经交代，匆匆引去。守庙官忙报王莽，莽密令人展视铜匮中语，略言摄皇帝莽，应为真天子，下署佐命十一人，一王舜，二平晏，三刘歆，四就是哀章本名，五甄邯，六王寻，七王邑，八甄丰，九王兴，十孙建，十一王盛。看毕后返报王莽，莽亦知是外人捏造，但正要他这般做作，方好侈言神命，篡窃国家。初始元年十二月朔，莽率群臣至高祖庙，拜受金匮神禅，还谒太皇太后，说了一派胡言。太皇太后正想诘驳，莽已见机趋出，改服天子冠裳，大摇大摆的走至未央宫前殿，居然登座。一班趋炎附势的官僚，居然向莽朝贺。莽喜逐颜开，立命左右写好诏旨，堂皇颁布，定国号曰"新"，即改十二月朔日为始建国元年正月朔日，服色旗帜尚黄，牺牲尚白。此诏一出，争呼新皇帝万岁。

莽下座回宫，自思得为天子，侥幸已极，只是传国御玺，尚在太皇太后手中，应该向她取索。便召王舜入内，嘱咐数语。舜应命即行，直至长乐宫中，向太皇太后取玺。原来孺子婴未立，玺归太皇太后执管。太皇太后骂舜道："汝等父子兄弟，蒙汉厚恩，尚无报答，今受人托孤，反敢乘机篡夺，不顾恩义？如此过去，恐狗彘将不食其余。天下岂有象汝等兄弟么？且莽既托言金匮符命，自作新皇帝，尽可自去制玺，还要这亡国玺何用？我是汉家老寡妇，死且旦夕，欲与此玺俱葬，汝等休得妄想！"迟了，迟了！说着，涕泣不止。侍女统皆下泪，舜亦俯首唏嘘。过了片时，舜乃仰头申说道："事已至此，臣等无可挽回；若莽必欲得玺，太后岂能始终不与么？"太皇太后沉吟半晌，竟取出御玺，狠命的摔在地上，且大骂道："我老将死，看汝兄弟能不灭族否？"舜也不答言，拾玺即出，缴与王莽。

莽见玺上已缺一角，问明王舜，知被太皇太后掷碎。不得已用金修补，终留缺痕。这玺乃是秦朝遗物，由秦子婴献与汉高祖，汉高祖留与子孙，至是暂归王莽。莽用冠军人张永言，改称太皇太后为新室父母皇太后。未几，废孺子婴为定安公，号孝平皇后为定安太后，西汉遂亡。总计前汉十二主，共二百一十年。究竟王莽阴谋诡计，窃得汉家天下，能否长久享受，且孝元、孝平两后，及孺子婴等如何结局，当由小子续编《后汉演义》，再行详叙。惟有俚句二绝，作为《前汉演义》

的煞尾声。诗曰：

> 百战经营造汉朝，谁知一旦付鸱鸮？
> 庸妪无术江山去，空使官僚着黑貂！莽改汉黑貂著黄
> 貂，元后独令宫吏黑貂，事见《后汉演义》。
> 得自子婴失亦婴，两朝授玺若同情。
> 从知报应由来巧，莫替刘家恨不平！

　　孝元皇后，无傅太后之骄恣，又无赵氏姊妹之淫荒，亦可谓母后中之贤者。乃过宠王莽，使其罔上行私，得窃国柄，是则失之愚柔，非失之骄淫也。莽知元后之易与，故设为种种欺媚，牢笼元后于股掌之中。迨弑平帝而元后不察，迎孺子而元后不争，称"摄皇帝"、"假皇帝"而元后不问，徒怀藏一传国玺，不欲遽给，果何益耶？要之妇人当国，暂则危，久则亡。元后享年八十有余，历汉四世，不自速毙，宜乎汉之致亡也。呜呼元后！呜呼西汉！